〖中华诗词存稿·军旅专辑〗
中华诗词学会 编

军旅诗词汇编

军旅诗钞

（上编）

高立元 姚飞岩 主编

中国书籍出版社
China Book Press

图书在版编目（ＣＩＰ）数据

军旅诗词汇编：军旅诗钞·上 / 高立元 姚飞岩 主编. -- 北京：中国书籍出版社，2019.12

（中华诗词存稿）

ISBN 978-7-5068-7793-0

Ⅰ．①军… Ⅱ．①高… Ⅲ．①诗词－作品集－中国－当代 Ⅳ．①I22

中国版本图书馆CIP数据核字(2019)第295086号

军旅诗词汇编：军旅诗钞 上编

高立元 姚飞岩 主编

责任编辑	李国永
责任印制	孙马飞 马 芝
封面设计	采薇阁
出版发行	中国书籍出版社
地 址	北京市丰台区三路居路 97 号（邮编：100073）
电 话	（010）52257143（总编室） （010）52257140（发行部）
电子邮箱	eo@chinabp.com.cn
经 销	全国新华书店
印 刷	北京虎彩文化传播有限公司
开 本	710毫米×1000毫米 1/16
字 数	245 千字
印 张	23
版 次	2019 年 12 月第 1 版 2019 年 12 月第 1 次印刷
书 号	ISBN 978-7-5068-7793-0
定 价	1098.00 元（全4册）

《中华诗词存稿》
编委会名单

《军旅诗钞》编委会

编辑说明

一、本书所收作品均为作者1949年至2016年间所创作的。

二、作品体裁为传统诗词。有些作品不属于传统诗词，本着存诗与存史并重的原则，酌情收录。

三、本书分上下两编。上编为军（或相当）以上职务人员，按职务和军衔高低排序，同一军衔的以姓氏笔画为序。下编为师以下职务人员，以姓氏笔画为序；姓氏笔画相同的以出生先后为序。

四、根据中华诗词学会要求，每位作者不超过30首，按诗、词、曲顺序排列。

五、入选作品原则上不作修改，不保留创作时间，注释尽量从简。

六、在声韵使用上，贯彻中华诗词学会"双轨并行"的方针。可以用《佩文韵府》（水平韵），也可以用《中华新韵》、但在同一首中不能混用。考虑到历史原因和《红叶》诗友的实际情况，兼容上海古籍出版社的《诗韵新编》。所用诗韵均不作标注。

总　序

　　我们这个诗歌大国有一个很好的传统,历来注重"采诗"、搜集整理诗歌材料。作为唯一的全国性诗词组织的中华诗词学会,自1987年5月成立以来,就十分重视这项工作。学会每年的学术研讨会和历届"华夏诗词奖",都出版论文集和获奖作品集。纪念学会成立二十年、三十年时,还专门编辑出版了《大事记》《论文选集》《诗词选集》。《中华诗词》创刊以来,每年都制作年度合订本。2007年5月,在北京天识东方文化艺术传播有限公司的资助下,以近代以来诗词创作、诗词理论、诗词运动重要文献汇编,当代名家个人作品专集等为主要内容,出版了《中华诗词文库》。经过十来年的编辑整理,已经出了近百卷。这些诗集、文集的出版,记录了近百年来尤其是改革开放四十多年来,中华诗词从起步、复苏走向复兴的砥砺前行的历程,为近、当代诗歌史的撰写准备了丰富的资料。

　　党的十八大以来,中华民族优秀传统文化重新受到应有的重视。习近平总书记《念奴娇·追思焦裕禄》词和《军民情》七律的相继发表,引领中华大地诗潮滚滚而来。《中共中央关于繁荣发展社会主义文艺的意见》和中办、国办《关于实施中华优秀传统文化传承发展工程的意见》,都明确提出"加强对中华诗词、音乐舞蹈、书法绘画、曲艺杂技和历史文化纪录片、动画片、出版物等的扶持。"国家教育部组织制定由中华诗词学会起草的新中国语言体系中的新韵书《中华通韵》已经通过国家语言文字工作委员会语言文字规范标准审定委员会审定，即将颁布全国试行。这些都使我们真切地感受到，中华诗词的春天真的到来了。诗人们乘着骀荡春风，正以高昂的激情，书写着中华民族伟大复兴的新时代、新史诗，国家富强、民族振兴、人民幸福的中国梦；正以与人民同呼吸、共命运的诗人之心，对人民的欢乐、人民的忧患、人民的情怀给以诗意的表达；正以"美"或"刺"的诗人之笔，对市场经济大潮中人民对幸福生活的期待，对美好未来的希望，对假丑恶的深恶痛绝，或给以方向，或给以赞美，或给以鞭挞。正如习近平总书记所指出的："好的文艺作品就应该像蓝天上的阳光、春季里的清风一样，能够启迪思想、温润心灵、陶冶人生，能够扫除颓废萎靡之风。"

当前，传统诗词创作者和诗词爱好者队伍发展迅速，已超过三百万。每天创作的诗词作品超过唐诗、宋词、元曲的总和。诗词评论研究队伍也成长很快，诗词评论、诗词学、诗词创作理论研究成果丰硕。如何从浩如烟海的诗词作品中"淘"出优秀作品，并使之存下来、传下去，如何使诗词研究理论成果"面世"并发挥应有的指导作用，确实是摆在我们面前的无可回避的一个重要课题。中华诗词学会是一个没有国家编制，没有国家拨款的社会团体，事业的运转主要靠社会赞助和会员费支撑。俊识（北京）文化传媒有限公司总经理吕梁松、北京采薇阁总经理王强，两位一直是对中华传统文化情有独钟的热心人，慷慨解囊，愿意同中华诗词学会一起，搜集整理编辑推出《中华诗词存稿》这套书，共同为中华诗词文化的继承和发展，做成这件十分有意义的事情。

　　《中华诗词存稿》主要搜集整理出版三部分内容的资料：一是当代诗词名家的个人作品集；二是当代诗词评论家、诗词学者的学术著作集；三是当代诗词作品、诗词理论学术成果阶段性、专题性、地域性的集成类作品集。诗词作品强调精品意识，沙里淘金，把"有筋骨、有道德、有温度"的优秀诗词作品搜集起来。诗词评论、研究类资料强调理论性和创新性，应具有鲜明的个性特点，具有创建性的见解。集成类的资料应有一定的史料保存价值。总之，做成一套具有当代价值和历史意义的好书。在此，我们编委会人员，向提供资料、筛选编辑、版面设计、校对勘误，包括所有为这套资料付出辛勤劳动的同志们，表示真诚的谢意！

郑欣淼

二〇一九年七月于北京

前　言

中国是诗的泱泱大国，自古以来诗人灿若群星，诗作浩如烟海。其中军旅诗词有如一颗璀璨的明珠镶嵌在诗词艺术的王冠上。在现当代伴随着人民解放军的诞生和党领导的人民革命战争的进程，以毛泽东、朱德、陈毅、叶剑英等为杰出代表的老一辈革命家、军事家、开国将帅和我军官兵，不仅在戎马倥偬的战争年代，写下了许多光辉的军旅诗篇，成为战火中的呐喊和进军中的鼓角，助推了革命战争的胜利，而且在建国以后，伴随着国家和军队现代化建设的铿锵脚步，又创作出大量新时代优秀的军旅诗。特别是改革开放40年来，中华传统诗词从复苏到复兴，中华军旅诗坛也空前繁荣，诗家辈出，新人崛起，佳作奔涌，成为中国特色社会主义事业的重要组成部分，为助力强军、强国发挥了重要作用。

中华诗词学会倡导和推动编纂《当代中华诗词集成》（现定名《中华诗词存稿》），是一项功在当代、利在千秋的伟大工程，对于进一步增强文化自信，推动中华优秀传统文化创造性转化、创新性发展，继承革命文化，发展社会主义先进文化，助力文化兴国、文化强军具有重要意义。中华诗词学会委托解放军红叶诗社编辑《集成·军旅诗词卷》（现定名《存稿·当代军旅诗钞》），我们深感使命光荣、责任重大，专门成立了以李栋恒、李殿仁、任海泉三位社长为主任的编委会和以高立元执行副社长为组长的编审组。编审组自2013年至2018年历时5年，经过6次集中会稿和聘请专家审稿，虽经艰辛、曲折，而社领导决心不变，编辑人员斗志不减，砥砺前行，团结奋进，终于近日竣稿付梓。

本卷共收入1080多位作者的6800余首诗作。作者涵盖领袖元勋、开国将帅、高级将领、基层官兵、复转军人和离退休老同志，都有军旅经历。其中建国以后出生的作者近百人，体现了军旅诗词的传承和接续发展。作品的题材既有诗人回忆为建立新中国亲历革命战争之作，也有讴歌新中国建设伟大成就和人民军队保卫祖国、献身社会主义建设事业的光辉篇章。可以说是一部创立和建设新中国的诗史，是当代中华军旅诗词创作的集中展示。

本书收入的作品，除应征稿件，皆为编者所选，主要选自本社编著《中华诗词文库·军旅诗词卷》《红叶诗词十年选》《红叶》诗辑，部分选自《中华诗词文库·北京诗词卷》、《中华诗词》杂志及省市诗刊和个人诗集。所选领导人的作品均系公开发表的。

应当说明的是，由于编者占有资料所限等原因，又由于编者水平所限，难免错讹不当之处，还望方家和读者给予指正。在本书即将问世之际，特向关心、支持和帮助本书编辑和出版的诗友和单位表示诚挚的谢意。

谨以此书献给新中国成立七十周年。

编　者

2019年4月26日

目　录

总序……………………郑欣淼（001）
前言……………………………（001）

上　编

万　毅
过秦岭抵汉中……………………（003）
秋　雨…………………………（003）
纪念辽沈战役四十周年……………（003）
怀张汉卿将军……………………（003）
纪念连云港抗日五十周年…………（003）
追往事…………………………（003）
献给古代军事家孙膑故乡…………（003）
贺解放军六十五岁诞辰……………（003）
江城子·四平联想…………………（003）
诉衷情·光彩耀人寰………………（004）

王必成
忆孟良崮大捷……………………（004）

王宗槐
八路军…………………………（004）

韦　杰
忆会师…………………………（004）

孔从洲
纪念西安事变兼怀张杨二将军……（004）
忆旧慰忠魂……………………（005）

孔庆德
记长征路上聆听朱总司令教诲……（005）

刘志坚
忆长征…………………………（005）
血战八年垂青史…………………（005）
中原决战………………………（005）
重访战地杂咏……………………（005）

孙　毅
西江月·回冀中…………………（006）

杜　平
抗美援朝………………………（006）
三战三捷………………………（006）
板门店谈判……………………（006）
树　亭…………………………（006）

杜义德
忆会宁会师……………………（006）

李雪三
宁都起义………………………（007）
忆长征中紧急渡湘江………………（007）

杨秀山
湘鄂西革命烈士纪念馆……………（007）

吴信泉
忆战友…………………………（007）

吴富善
磨我长剑卫碧空…………………（007）

旷伏兆
颂地道战地雷战…………………（008）

张池明
红二十五军长征…………………（008）

张贤约
先遣支队下太行…………………（008）

陈正湘
为长征胜利五十周年作……………（008）

欧阳文
悼念罗荣桓元帅…………………（008）

长征组诗·················(009)

欧阳毅

为《湘南起义在宜章》一书而题······(009)

周仁杰

甘溪丰碑耸云天·············(010)

周玉成

为平江起义四十周年作·········(010)

周希汉

陈堰歼敌················(010)

聂凤智

忆淮海战役···············(010)

莫文骅

悼十三烈士···············(011)

井冈山壮士···············(011)

解放南宁（选二）···········(011)

观坦克进攻演习············(011)

怀念周总理···············(011)

八角楼·················(012)

怀念雷经天同志············(012)

怀念张云逸同志············(012)

红七军五十周年纪念··········(012)

读陈毅元帅诗词选集··········(012)

读《叶剑英诗词选集》

　有感兼和《远望》韵 ·······(012)

英雄碑·················(012)

家　宴·················(012)

萧公在战斗···············(012)

十面金牌················(013)

杨溪渡口的英雄············(013)

痛悼聂荣臻元帅············(014)

壮士行（选三）············(014)

英雄塔山················(015)

徐深吉

西路军述怀···············(015)

郭化若

炮击金门················(015)

援邻驱虎传千载············(015)

哀悼李伯钊同志············(016)

重来广州有感·············(016)

自　叙·················(016)

渔家傲·悼念·············(016)

一剪梅·迎春·············(016)

贺新郎·庆祝建军六十五周年······(016)

黄新廷

江城子·忆洪湖············(016)

萧向荣

送复员同志···············(017)

天安门·················(017)

读雷锋日记···············(017)

题一学校················(017)

鹧鸪天·欢呼成功发射科学

　实验人造地球卫星·········(017)

萧新槐

卜算子·横城大捷···········(017)

詹才芳

抗日英雄赞···············(018)

廖汉生

抗战胜利四十周年···········(018)

谭冠三

进驻拉萨················(018)

丁甘如

访遵义会议旧址············(018)

丁世方

再访湛江海滨·············(019)

飞船上天················(019)

王　屏

重返遵义娄山关············(019)

王　晓

战倭寇·················(019)

渡江战役……………………………（019）
纪念海军建军五十周年……………（019）
王永浚
怀念长征中的"无名英雄"蔡威……（019）
忆红军过草地………………………（019）
为某部诞生五十五周年
　志庆（选五）……………………（020）
忆红二、六军团在乌蒙山区
　胜利突围…………………………（020）
缅怀王诤同志………………………（020）
离休有感……………………………（020）
观《重征集叶》有感………………（020）
王作尧
东江纵队成立四十周年……………（020）
王政柱
铁拳指向关中………………………（021）
王贵德
满江红·纪念长征胜利七十周年……（021）
西江月·抒怀………………………（021）
王振乾
进军川东……………………………（021）
方　正
红都反"围剿"………………………（021）
尹明亮
忆白求恩大夫（选三）………………（022）
左　齐
农垦曲………………………………（022）
石一宸
回顾黑铁山起义有感………………（022）
孟良崮战役有感……………………（022）
战金塘解放舟山……………………（022）
忆开封战役兼怀粟裕………………（023）
《杨虎城将军》观后感………………（023）
满江红·南京大屠杀展览观后赋……（023）

龙　潜
渣滓洞………………………………（023）
祭罗世文、车耀先…………………（023）
卢仁灿
百团大战纪念碑落成有感…………（023）
叶青山
忆过雪山……………………………（023）
史进前
忆在上海的地下斗争………………（024）
学习毛主席诗词手迹寄情…………（024）
咏　梅………………………………（024）
从长汀到龙岩驱车所见……………（024）
追歼马匪解放兰州…………………（024）
狼牙山五壮士………………………（024）
纪念红军长征六十周年……………（024）
忆秦娥·飞越十八盘与
　老八路会师………………………（024）
念奴娇·忆一九四一年
　反"扫荡"…………………………（024）
冯仁恩
清平乐·逐鹿中原……………………（025）
朱兆林
草地行………………………………（025）
朱家璧
行军有感……………………………（025）
朱鹤云
百色起义五十周年有感……………（025）
任　荣
沉痛悼念小平同志…………………（025）
江城子·纪念抗日战争胜利
　五十周年…………………………（026）
浣溪沙·丰碑高耸耀天涯……………（026）
霜天晓角·忆锦州战役………………（026）
鹧鸪天·板门店谈判…………………（026）
浣溪沙·缅怀毛泽东同志……………（026）

浣溪沙·长征胜利感怀…………(026)
画堂春·武昌起义感赋………(026)
浣溪沙·贺神舟五号载人
　　飞船上天…………(026)
点绛唇·贺将军学府建校
　　二十周年…………(026)
忆秦娥·庆祝香港回归十周年……(027)

刘　汉

无　题…………(027)
陆　游…………(027)
郑　和…………(027)
林则徐…………(027)
谒英灵山烈士陵园…………(027)
读郭沫若同志史剧,并悼郭老 …(027)
弄孙折齿戏作…………(027)
勉衍斌侄…………(027)
观武中奇书法展览…………(028)
秦俑展览馆…………(028)
悼虞棘同志…………(028)
读陈毅元帅《梅岭三章》…………(028)
深　秋…………(028)
送别纪抗儿赴毛里求斯
　　做外事工作…………(028)
故乡行…………(028)
赠　人…………(029)
七十述怀…………(029)
己巳元旦志感（选一）…………(029)
军事博物馆建馆三十周年纪念…(029)
太湖石…………(029)
八十书怀…………(029)

刘　昂

观琼崖纵队旧址有感…………(029)

刘　镇

忆第一次见到毛主席…………(030)

刘光裕

赤帜导征程…………(030)
咏白洋淀雁翎队…………(030)

清平乐·忆白洋淀武装抗战……(030)
满江红·救灾…………(030)

刘秉彦

边家铺之战…………(030)

江民风

忆塔山阻击战…………(031)

严　光

怀徐海东军长…………(031)
记新四军九旅二十六团…………(031)

严　政

鹧鸪天·金城战役…………(031)
浣溪沙·纪念红军三大主力
　　胜利会师六十周年…………(031)
浪淘沙·喜迎党的十五大
　　胜利召开…………(032)
浣溪沙·五十年后重至
　　南京"总统府"感怀…………(032)
浣溪沙·中华新纪更崔巍…………(032)
浣溪沙·纪念辛亥革命
　　九十周年…………(032)

李　伟

桃李遍文坛…………(032)
老干发新枝…………(032)
赠原野同志…………(032)
痛悼小平同志…………(032)

李　真

挺进西北…………(032)
西进胜利…………(033)
夜渡临津江…………(033)
铁原阻击战…………(033)
黄山浩歌…………(033)
游松花湖…………(033)
山　行…………(033)
游大庸青岩山…………(033)
营地感怀…………(033)
夜　雨…………(033)

追　思……………………………(033)

射寇营……………………………(033)

下黄山……………………………(033)

再上长城…………………………(033)

回张家口东山坡…………………(034)

赞塞外造林………………………(034)

走雁门关有思……………………(034)

忆火烧阳明堡敌机事……………(034)

雁门关思旧………………………(034)

忆草地……………………………(034)

二进新疆…………………………(034)

雨　村……………………………(034)

桃源思旧…………………………(034)

夜宿青岩山………………………(034)

卢沟桥……………………………(034)

李　健

金色重阳…………………………(035)

李中权

思　念……………………………(035)

多　梦……………………………(035)

望井冈山…………………………(035)

红四方面军入川六十周年纪念……(035)

老年漫兴…………………………(035)

纪念红军长征胜利六十周年……(035)

清平乐·辽沈战役………………(035)

李化民

宁都起义…………………………(036)

百万英雄起太行…………………(036)

紫荆怒放伴红星…………………(036)

浣溪沙·纪念红军三大
　　主力会师……………………(036)

李世安

忆南方三年游击战争……………(036)

李赤然

忆阎红彦…………………………(036)

李铁砧

炮兵入城…………………………(036)

杨　恬

欢庆潜艇水下首射导弹成功……(037)

杨国宇

飞弹吟……………………………(037)

长城站颂…………………………(037)

吴　石

绝笔诗……………………………(037)

吴　西

赠五十年前难友莫文骅同志……(037)

龙州抒怀…………………………(037)

忆征战……………………………(037)

忆小长征负伤二首………………(037)

忆由香港陪邓拔奇到红七军……(038)

与钟夫翔同志合影题诗…………(038)

吴林焕

首次击落美军王牌飞机…………(038)

辛国治

庆祝建党八十周年………………(038)

汪　洋

赠欢儿，题土木古战场照………(038)

善战何求赫赫功…………………(039)

重返长春…………………………(039)

除夕日寻梅………………………(039)

春　深……………………………(039)

登雁门关…………………………(039)

谒李牧碑…………………………(039)

觐杨五郎庙………………………(039)

访碧桃园…………………………(039)

题赠辽沈战役纪念馆……………(039)

北海夏日（选一）………………(039)

被吸收为斐社社员有感…………(039)

庆祝抗日战争胜利五十周年……(039)

东征组歌四首……………………(039)

忆高克……………………………(040)

忆王扶之······(040)
忆小三子······(040)
战士奖我一块糖······(040)
题勿忘楼······(040)
元夜寄诸儿女······(040)

宋维栻
吊白沙门岛烈士歌······(040)
怀念张池明同志······(041)
浪淘沙·彭明治同志诞辰
　一百周年······(041)

张 华
忆反"扫荡"······(041)

张 衍
哈军工赞······(041)

张 翼
琼海红色娘子军······(042)

张汝光
革命军人······(042)

张崇文
黄桥决战四十周年纪念······(042)
听黄桥烧饼歌······(042)

张蕴钰
缅 怀······(042)
长相思·首次核试验之夜······(042)

陈 沂
送韩先楚出征······(042)

陈 祥
忆红二十七军东线转战······(043)

陈兴畴
黄洋界······(043)

陈美藻
忆淮海大战······(043)

陈锐霆
不使敌人片甲归······(043)

范子瑜
抗战回忆······(043)

林 毅
忆渡江第一船······(044)

欧致富
抒 怀······(044)
纪念百色、龙州起义六十周年······(044)
红七军成立五十周年······(044)

罗应怀
战旗咏······(044)
过凤山缅怀"红八团"······(044)
凭吊朱家岗······(045)
回忆长征······(045)

周文在
题靖江革命烈士纪念馆······(045)

钟国楚
金星照我还······(045)

姜林东
挺进苏北······(045)
随彭雪枫东渡黄泛区······(045)
巢湖水上练兵······(046)
解放杭州······(046)
雪山草地吟······(046)
雪 山······(046)
草 地······(046)
临江仙·梁岔伏击战······(046)
汉宫春·纪念抗战胜利五十周年······(046)
清平乐·抗洪勇士李长志······(046)
临江仙·赞驻港部队······(046)
水调歌头·纪念淮海战役
　胜利五十周年······(046)
踏莎行·杂技楷模赞······(047)
风入松·纪念粟裕将军
　诞辰九十五周年······(047)

贺晋年

怀子长……………………………(047)
怀志丹……………………………(047)
纪念长征五十周年………………(047)

袁福生

游湘西……………………………(047)

栗在山

戈壁吟……………………………(048)

贾若瑜

甘 孜……………………………(048)
敬悼粟裕同志……………………(048)
红军坟悼长征战友………………(048)
旅云南忆长征……………………(049)
"八一"节有感…………………(049)
重访山东老区……………………(049)
抗大第一分校校史研究会遇旧……(049)
忆长征过渭河……………………(049)
南昌起义…………………………(049)
遵义会议六十周年………………(050)
忆红军三大主力会师会宁(选一)……(050)
纪念抗大建校六十周年
　怀陈赓同志…………………(050)
红军长征过古蔺渡口……………(050)
祝贺萧克院长九秩华诞…………(050)
悼马石山英烈……………………(050)
红二、六军团长征经贵州
　七十周年……………………(050)
建军八十周年……………………(051)
军博建馆五十周年………………(051)
满江红·南京忆渡江战役………(051)
汉宫春·纪念遵义会议五十周年……(051)
浪淘沙·"七七"事变五十周年……(051)
浪淘沙·过猿猴(元厚)红军渡……(051)
醉江月·青岛解放五十周年……(051)

高 锐

审修战斗条令杭州会议即事……(052)
杭州条令会议结束送别…………(052)
审修军师团营战斗条令会议结束……(052)

离京赴兰州军区莅职……………(052)
边境行……………………………(052)
登古荥阳城遗址…………………(052)
举水岸边看地形…………………(052)
旅次兖州…………………………(052)
风雪飘摇大泽山…………………(053)
浦东战歌…………………………(053)
进军福建…………………………(053)
九十自吟…………………………(053)
风入松·洛阳潼关道上…………(054)
满江红·济南攻城战斗
　战场巡礼……………………(054)
双雁儿·移师南下靖江…………(054)
望江南·临江备战………………(054)
念奴娇·登贺兰山最高峰马蹄坡……(054)
满江红·五十年回顾……………(054)
千秋岁·感时自勖………………(055)

高存信

接张学良将军题字感怀…………(055)

高体乾

观海鹰试验………………………(055)
南 望……………………………(055)
凯 旋……………………………(055)
过紫荆关…………………………(055)
游大同有感………………………(055)
老将赋……………………………(055)
退居二线偶题……………………(055)
闻打击刑事犯罪有成效喜赋……(056)
悼刘金轩同志……………………(056)
朝阳忆旧…………………………(056)
悼王新亭同志……………………(056)
颂红叶……………………………(056)
忆百团大战中牺牲的董天知同志……(056)

郭维城

纪念西安事变五十周年
　兼颂张学良将军……………(056)
沁园春·兴安筑路………………(056)

郭影秋

念奴娇·湘南战役…………(057)

萧　森

夜梦周恩来总理来我部………(057)

致战友………………………(057)

萧荣昌

我军无线电通信工作创建

六十周年………………(057)

彭清云

断臂五十年纪念并忆白求恩同志……(057)

彭富九

缅怀叶剑英元帅………………(058)

忆红二、六军团长征…………(058)

程启文

独树镇战斗……………………(058)

童陆生

悼李明瑞……………………(058)

别延安………………………(058)

八十五岁吟怀………………(059)

曾　生

东江纵队成立四十周年………(059)

曾克林

长征感怀……………………(059)

谢胜坤

武昌起义感赋………………(059)

长征胜利会师老战友黄鹤楼

座谈有感………………(059)

一朝雪耻复金瓯……………(059)

岁月峥嵘七五春……………(059)

悼念张爱萍同志……………(059)

老有所学……………………(060)

黄花更沐晚风香……………(060)

卜算子·周恩来总理百年

诞辰感赋………………(060)

强晓初

忆故乡战斗……………………(060)

詹大南

登长城忆旧…………………(060)

谒平北烈士纪念碑…………(060)

忆攻占张家口………………(060)

鲍奇辰

孟良崮战役…………………(061)

廖鼎琳

忆冀中"五一"反"扫荡"……(061)

谭友林

纪念抗战胜利五十五周年………(061)

颜吉连

长征片断……………………(061)

魏传统

为黄镇同志长征画册配诗………(062)

入　党………………………(062)

西宁西路军纪念馆…………(062)

高台雨………………………(062)

缅怀刘伯坚…………………(063)

读《萧克诗稿》有感…………(063)

题程世才碑铭………………(063)

题杨闇公烈士铜像…………(063)

浣溪沙·忆四川广汉起义……(063)

方祖岐

长白山下野营………………(063)

军民演阵图…………………(063)

世纪望远……………………(064)

云顶望金门盼团圆…………(064)

坝上行………………………(064)

甬江潮………………………(064)

茅山缅怀……………………(064)

访布列斯特…………………(064)

东海练阵曲…………………(064)

参加南昌市纪念建军

七十周年活动·············(064)
淡黄柳·登刘公岛··········(064)
江城子·庙子湖岛··········(064)
满江红·九江狂澜··········(064)
高阳台·登大沽口炮台·······(065)
浪淘沙·雄师渡江解放
　　南京六十周年庆·······(065)
满江红·闽封锁线··········(065)
天香·嫦娥奔月············(065)
传言玉女·神七问天········(065)
风入松·登井冈山··········(065)
水调歌头·遵义城楼········(066)
映山红慢·延安颂··········(066)
蝶恋花·西柏坡············(066)
破阵子·红岩魂············(066)
行香子·仙阁蓬莱··········(066)
国香·神剑腾飞············(066)

朱文泉
横睡长江大堤听堤外水塘蛙声·····(066)
参观黄桥决战纪念馆·······(067)
咏马山军营··············(067)
傍晚登漠河北极哨所·······(067)
题海洋国防教育馆·········(067)
纪念王必成一百周年诞辰·····(067)
追念彭雪枫将军··········(067)
三门峡砥柱石············(067)
瞻鼓浪屿郑成功雕像·······(068)
珍宝岛记···············(068)
江城子·罗炳辉···········(068)
鹧鸪天·瞻新四军军部黄花塘·····(068)

刘亚洲
三中全会即席············(068)
读习主席追思焦裕禄词有感·····(069)
读 史·················(069)
巳年人物···············(069)
甲午十章（选二）·········(069)
新古田会议即席··········(069)

登秦岭·················(070)
珠穆朗玛峰·············(070)
过太行·················(070)
嘉峪关·················(070)
望南海·················(070)

李继耐
光辉的八一·············(070)
奋勇当先···············(071)
畅吟六首···············(072)

宋清渭
老兵抒怀···············(072)
神舟赋·················(072)
观《戈壁母亲》电视剧记·····(072)
临江仙·遥望六盘山········(073)
忆秦娥·忆济南战役········(073)

张文台
高原官兵···············(073)
官兵夜话···············(073)
战鹰之歌···············(073)

周克玉
神舟六号载人飞船成功畅想曲·····(073)
鸭绿江畔一堂课··········(073)
世界霸主奈若何··········(074)
怀念父老情·············(074)
乡 音·················(074)
心 曲·················(074)
寻根井冈···············(074)
过芜湖忆旧·············(074)
观驻港部队大厦··········(074)
驻澳部队礼赞············(074)
寻访长征路·············(074)
遵义行·················(075)
重登娄山关·············(075)
忆开国大典·············(075)
盛世阅兵颂·············(075)
厦门凭吊叶飞将军墓········(075)
彰浦石雕园祭皮定均将军········(075)

忆江南·延安颂·············(076)

赵可铭

寸草心················(076)

百字令·解甲·············(076)

喻林祥

边关行················(076)

赴库尔勒训练基地看望参加

　　"西部——二〇〇四"

　　演习官兵·············(077)

黄羊滩感怀·············(077)

记军区联合兵团实弹战术演习·····(077)

马　森

丝路火州··············(077)

颂西线战士·············(077)

赞喀喇昆仑汽车兵··········(077)

游龙泉阁即兴············(077)

乐时鸣

参加革命六十周年书怀········(077)

夜宿遵义··············(078)

满江红·海上观武··········(078)

苏幕遮·飞车河西走廊········(078)

沁园春·红星颂···········(078)

东风第一枝·纪念毛主席

　　诞辰一百周年··········(078)

诉衷情·黄继光···········(078)

满江红·雷锋············(078)

沁园春·大典阅兵··········(078)

临江仙·颂长征···········(079)

沁园春·迎香港回归·········(079)

水龙吟·邓公周年祭·········(079)

东风第一枝·纪念周恩来总理

　　诞辰百周年···········(079)

水龙吟·登秦岭寻嘉陵江源头·····(079)

满江红·皖南事变六十周年祭·····(079)

沁园春···············(080)

任海泉

难忘香会··············(080)

中华五千年（选四）·········(080)

夜　袭···············(080)

军旗颂···············(080)

南太神兵··············(080)

答友人《廉颇心愿》·········(081)

世界五千年（选四）·········(081)

逐梦深蓝··············(081)

仰望星空··············(081)

九三阅兵··············(081)

访俄三吟··············(081)

新年放歌··············(082)

怀念伟人··············(082)

念奴娇·遵义············(082)

沁园春·百色抒怀··········(082)

西江月·谈史论兵··········(082)

贺新郎·穿江过海··········(083)

李宝祥

过六盘山··············(083)

李栋恒

七十感言··············(083)

严冬夜间拉练············(083)

率机械化集团军演习·········(083)

在待机地域地下工事中演习·····(083)

庆澳门回归·············(083)

退休老将军·············(083)

三亚登高眺南海···········(084)

旅顺游记··············(084)

参加全国政协会议有感········(084)

部队跨区远程机动演习········(084)

读《当代军旅诗词选》········(084)

胡杨颂···············(084)

贺刘洋乘神九飞船上太空·······(084)

有　感···············(084)

看北京奥运会乒乓球

　　男女单打决赛有感········(084)

读　史···············(084)

冬日暮行军过小村⋯⋯⋯⋯⋯⋯(084)
冬　练⋯⋯⋯⋯⋯⋯⋯⋯⋯⋯(085)
《万马军中一哑兵》读后⋯⋯⋯(085)
登长城⋯⋯⋯⋯⋯⋯⋯⋯⋯⋯(085)
游甲午海战古战场刘公岛⋯⋯(085)
浪淘沙·第一次站哨⋯⋯⋯⋯(085)
唐多令·雪夜奔袭⋯⋯⋯⋯⋯(085)
踏莎行⋯⋯⋯⋯⋯⋯⋯⋯⋯⋯(085)
清平乐·国防施工⋯⋯⋯⋯⋯(085)
临江仙·纪念学雷锋活动
　　五十五周年⋯⋯⋯⋯⋯⋯(085)
采桑子·深秋练兵场⋯⋯⋯⋯(085)
南乡子·鸭绿江残桥⋯⋯⋯⋯(086)
汉宫春·乘艇近观金门诸岛⋯⋯(086)
忆秦娥·风雨中行军⋯⋯⋯⋯(086)

李殿仁
学党史迎十八大⋯⋯⋯⋯⋯⋯(086)
游虎跳峡⋯⋯⋯⋯⋯⋯⋯⋯⋯(086)
痛悼周克玉将军⋯⋯⋯⋯⋯⋯(086)
读迟浩田副主席影集感言⋯⋯(086)
纪念建军九十周年⋯⋯⋯⋯⋯(086)
雁门关大捷⋯⋯⋯⋯⋯⋯⋯⋯(086)
平型关大捷⋯⋯⋯⋯⋯⋯⋯⋯(086)
天宫二号升空喜赋⋯⋯⋯⋯⋯(087)
纪念长征胜利八十周年⋯⋯⋯(087)
太行山⋯⋯⋯⋯⋯⋯⋯⋯⋯⋯(087)
深切缅怀京剧大师方荣翔先生⋯⋯(087)
离家从军⋯⋯⋯⋯⋯⋯⋯⋯⋯(087)
孙子塑像落成⋯⋯⋯⋯⋯⋯⋯(087)
游峨眉山感言⋯⋯⋯⋯⋯⋯⋯(087)
观现代训练感言⋯⋯⋯⋯⋯⋯(087)
赏西府海棠⋯⋯⋯⋯⋯⋯⋯⋯(087)
官厅野训⋯⋯⋯⋯⋯⋯⋯⋯⋯(087)
瞻仰徐向前元帅故居⋯⋯⋯⋯(087)
新世纪元日遐想⋯⋯⋯⋯⋯⋯(088)
渔家傲·阳明堡大捷⋯⋯⋯⋯(088)
浣溪沙·九七喜盈门⋯⋯⋯⋯(088)

邹庚壬
冬怀西陲戍边将士⋯⋯⋯⋯⋯(088)
赞模范护士长姜云燕⋯⋯⋯⋯(088)
赞宁夏军区给水团⋯⋯⋯⋯⋯(088)
喜庆青藏铁路全线通车⋯⋯⋯(088)
书　怀⋯⋯⋯⋯⋯⋯⋯⋯⋯⋯(088)
临江仙·寄战友⋯⋯⋯⋯⋯⋯(088)

沈荣骏
卜算子·东风航天城桥头⋯⋯⋯(089)
菩萨蛮·神舟一号飞船射前有感⋯⋯(089)
满江红·神舟飞船首次
　　载人飞行有感⋯⋯⋯⋯⋯(089)

张少松
从军六十年⋯⋯⋯⋯⋯⋯⋯⋯(089)
西藏乃堆拉哨所⋯⋯⋯⋯⋯⋯(089)
渔歌子·锦江情⋯⋯⋯⋯⋯⋯(089)
忆江南·桑梓情⋯⋯⋯⋯⋯⋯(089)

张书坤
菩萨蛮·忆解放营口⋯⋯⋯⋯(090)
沁园春·大难见证中国心⋯⋯(090)
西江月·武汉东湖⋯⋯⋯⋯⋯(090)
[中吕·山坡羊]胡长清案
　　引发的警示⋯⋯⋯⋯⋯⋯(090)

张仲瀚
塞上咏怀⋯⋯⋯⋯⋯⋯⋯⋯⋯(090)
老兵歌⋯⋯⋯⋯⋯⋯⋯⋯⋯⋯(090)

陈能宽
赠戈壁友人⋯⋯⋯⋯⋯⋯⋯⋯(091)
清平乐·首次竖井核试验⋯⋯(091)

林　谦
颂长征⋯⋯⋯⋯⋯⋯⋯⋯⋯⋯(092)
老兵夜话⋯⋯⋯⋯⋯⋯⋯⋯⋯(092)

周一萍
新四军重建军部四十周年⋯⋯(092)
贺中华诗词学会成立⋯⋯⋯⋯(092)

建军五十五周年咏怀……………(092)
宿马兰……………………………(092)
西江月……………………………(092)
临江仙·为建军五十三周年
　而作……………………………(092)
唐多令……………………………(092)
沁园春·欢庆党的六秩诞辰……(093)
如梦令……………………………(093)
捣练子……………………………(093)
一剪梅……………………………(093)
破阵子……………………………(093)
浣溪沙……………………………(093)
忆江南……………………………(093)
减字木兰花………………………(093)
西江月……………………………(093)
沁园春·欢庆建国三十五周年…(094)
望海潮·冬日登鼓浪屿…………(094)
少年游·丁卯清明龙潭诗会……(094)
一痕沙·春归……………………(094)
满江红……………………………(094)
采桑子……………………………(094)
霜天晓角·龙飞…………………(094)

赵立荣
长空寥廓展雄鹰…………………(095)
看飞行表演………………………(095)

徐春阳
深　思……………………………(095)
忆济南战役中血战苏北路………(095)
诗朋喜聚共攀登…………………(095)
会　友……………………………(095)
鹧鸪天·农家乐…………………(095)
沁园春·赞牛玉儒………………(095)
满江红·贺"神六"………………(095)

黄　新
杜鹃花——艰难岁月……………(096)
白玉兰——白衣天使……………(096)
白头翁——对白头………………(096)

龙吐珠——腾飞…………………(096)
木棉花——红艳艳………………(096)
金边瑞香——思故乡……………(096)
百花园——女兵之花……………(096)
江城子·太空之花………………(096)
摊破浣溪沙·庆空军成立
　五十周年………………………(096)
采桑子·贺新型地空导弹
　发射成功………………………(097)
鹧鸪天·贺空降兵部队…………(097)

鲁玉昆
李汉首次击落美机………………(097)
秋夜寄怀…………………………(097)
访老部队…………………………(097)
采桑子·航空兵夜训……………(097)

谭冬生
井冈山……………………………(097)
换了人间…………………………(097)

于官堂
作战值班…………………………(097)

大　朋
打东洋……………………………(098)
新四军东进………………………(098)
赤子心……………………………(098)
西江月·赞老战士合唱团………(098)

王　星
忆夜袭石槽镇……………………(098)
过烈士墓感怀……………………(098)

王之明
忆塔山阻击战……………………(098)
怀念老首长韩先楚将军…………(099)
深切怀念江燮元将军……………(099)
纪念天福山起义暨第四十一
　集团军诞生六十周年…………(099)
忆平津战役………………………(099)

王文才

忆追歼逃敌·····················(099)

王永正

参观河南内乡旧衙有感··········(099)
游金丝峡·······················(099)
西江月·珠海····················(100)

王永林

忆戍边·························(100)

王秀川

登长城·························(100)
忆秦娥·人民空军赞·············(100)
清平乐·夜间复杂气象飞行训练····(100)
菩萨蛮·自在登高处·············(100)
水调歌头·赞南水北调···········(100)
虞美人·穿梭武汉长江斜拉
　　大桥有感···················(100)
水调歌头·访珠江三角洲有感·····(100)

王佐邦

中秋旅次呼兰县城游钓鱼台·····(101)
入山海关·······················(101)
湘西追敌庆开国·················(101)
祭薛剑强同志···················(101)
风雪驰祁连·····················(101)
夜度玉门关·····················(101)
题三战友战地合影···············(101)
读报戏作·······················(101)
踏雪意识流·····················(102)
缅怀黄克诚大将诞辰百周年······(102)
访刘公岛·······················(102)
赞钟伟将军·····················(102)
纪念辽沈战役胜利六十周年······(102)
建国六十华诞浩歌缔造公········(102)
蝶恋花·枕上哼··················(102)
永遇乐·开国五十大庆观礼·······(102)
渔家傲·忆日本投降日兼
　　缅怀刘震将军···············(103)

王育华

忆塞北演习·····················(103)
麻栗坡陵园感怀·················(103)
鹧鸪天·在苏宁雕像前···········(103)
一剪梅·白洋淀··················(103)
采桑子·老山兰··················(103)
渔家傲·国庆六十周年观礼······(103)

王建中

西安怀旧·······················(104)
破阵子·百团大战攻取
　　井陉煤矿···················(104)
武陵春·忆攻占农安城···········(104)
浪淘沙·军次桂林···············(104)
临江仙·························(104)
青玉案·吊旅顺战场·············(104)

王洪起

灵山祭·························(104)

王济生

忆中秋夺城战···················(105)
赞"渡江第一船"················(105)

王清葆

沁园春·铁军八十抒怀···········(105)

王银彪

中华崛起写辉煌·················(105)

王静波

缅怀杨靖宇将军·················(105)

毛乃舜

火焰山行·······················(106)
塔里木行·······················(106)
老兵抒怀·······················(106)

仇学富

铁军颂·························(106)

方　汲

离休寄诸友·····················(106)
抗战胜利四十周年庆············(106)
八一感怀·······················(107)

偶　成……………………………(107)

庆贺建党七十周年………………(107)

梅花诗钞…………………………(107)

方良清

尖刀集训…………………………(107)

联合演习…………………………(107)

比武大会…………………………(107)

夜　岗……………………………(107)

请　缨……………………………(108)

探　家……………………………(108)

邓正明

清明瞻仰人民英雄纪念碑………(108)

三门峡大坝………………………(108)

生日感怀…………………………(108)

秦皇古道…………………………(108)

纪念秋收起义……………………(108)

颂杨靖宇将军……………………(108)

中华世纪钟吟唱…………………(108)

古田薪火再传承…………………(108)

三军抗震显英雄…………………(109)

踏莎行·深秋夜过卢沟桥………(109)

梦江南·橘子洲…………………(109)

八声甘州·深山修国防坑道……(109)

渔家傲·边塞哨兵………………(109)

渔家傲·苦练精兵………………(109)

江城子·夜行军…………………(109)

沁园春·渡海作战演习…………(109)

水调歌头·就读国防大学………(110)

毋瞩远

谍战英烈颂………………………(110)

北　沙

梦君归……………………………(110)

忆南下途中闻新中国成立………(110)

叶达泉

原豫皖苏军区、十八军

　　战友欢聚蓉城………………(110)

雪域边防哨所……………………(110)

叶家林

抗日战争七十七周年纪念………(110)

春游陶然亭………………………(111)

重九登高…………………………(111)

秋游圆明园遗址…………………(111)

浪淘沙·登井冈山………………(111)

清平乐·早春……………………(111)

清平乐·自乐……………………(111)

鹧鸪天·赞清洁女工……………(111)

西江月·瑞雪喜降京城…………(111)

忆江南·忆延安…………………(111)

长相思……………………………(112)

南乡子·贺通信卫星发射成功…(112)

浪淘沙·塞外巡逻………………(112)

田瑞昌

游千岛湖…………………………(112)

破阵子·中华英歌………………(113)

史　乃

咏共产党员先进性………………(113)

自　况……………………………(113)

满江红·纪念抗日战争爆发

　　七十周年……………………(113)

南歌子·莱芜战役………………(113)

采桑子·苏中七战七捷颂………(113)

史祥彬

重返朝鲜有感……………………(113)

故乡情……………………………(113)

游千岛湖…………………………(114)

纪念中国共产党诞辰……………(114)

读陈毅元帅诗词选有感…………(114)

改革开放三十周年怀小平同志…(114)

学书感悟…………………………(114)

卜算子·军邮车动阿里行………(114)

白宝满

欢呼神舟三号飞船发射成功……(114)

歌颂伟人毛泽东·················(114)

兰书臣

长　征···························(114)
怀人三截·······················(115)
太行山···························(115)
《国家军制学》编著···········(115)
《当代中国丛书·中国
　人民解放军》脱稿···········(115)
《中国军事百科全书》出版·····(115)
雪霁卢沟桥·····················(115)
读平型关战斗图·················(115)
汶川大地震·····················(115)
悼萧克将军·····················(116)
国　旗·························(116)
国　歌·························(116)
国　徽·························(116)
题黄花岗烈士墓·················(116)
读林觉民绝笔书·················(116)
悼袁崇焕·······················(116)
北京植物园春早·················(116)
生态移民村·····················(116)
浪淘沙·远望楼·················(117)

边文怀

卢沟桥·························(117)
登鼓浪屿日光岩·················(117)
登妙峰山感怀···················(117)
满江红·喜迎新世纪·············(117)
点绛唇·迎九七回归·············(117)
长相思·巴以冲突···············(117)
鹧鸪天·登蟒山·················(117)
忆江南·古北口·················(118)
临江仙·两岸包机直航···········(118)

邢景文

登临江楼·······················(118)
古田之光·······················(118)
和谐亭·························(118)
贺兰州军区《边塞诗刊》创刊·····(118)

九曲漂流·······················(118)
小院即景·······················(118)

吉保真

怀念聂荣臻元帅·················(118)
两弹一星·······················(118)

毕可伍

忆东北人民解放军进关···········(119)
参军六十年抒怀·················(119)

朱秀海

有　感·························(119)
海　上·························(119)
长篇电视连续剧《客家人》
　文学剧本完成寄导演
　都晓先生（选一）···········(119)
拟乐府诗六首（选四）···········(120)
将进酒·························(120)
因读广州十三行旧闻忆
　嘉峪关之行兼及林文忠
　公出关事有怀（选一）·········(120)
符志就先生嘱书因思往事
　成诗一首·····················(120)
夏日感事·······················(120)
岁末杂咏（选一）···············(120)
张万年上将逝世哀辞·············(120)
赞邓华将军（选一）·············(121)
《音乐会》入选"百种抗战
　经典图书"有怀···············(121)
银川北望·······················(121)
为《神箭》杂志三十周年
　写诗遥想昔年现场目睹东风
　某型导弹发射有感·············(121)
夜回战场成短诗一首寄友·········(121)
新出塞曲一束···················(121)
题朱向前先生宜春别墅壁·········(122)
赠　内·························(122)
过秦楼·茅台···················(122)
满江红·丙申新年将至有怀·······(122)

朱坤岭

采桑子·重上高原······················(123)

采桑子·忆当年······················(123)

朱佳木

参加部队与民兵在张北联合

　　军事演习有感··················(123)

参加王震将军遗体告别仪式······(123)

祝贺新四军五师下一代

　　联谊会成立······················(123)

周总理逝世二十二周年有感······(123)

纪念陈云同志诞辰百周年······(123)

六十抒怀······························(123)

嘉兴纪行······························(123)

参观孟良崮战役纪念馆······(123)

沁园春·携友游长城············(124)

采桑子·入伍有感··············(124)

水龙吟·纪念毛泽东同志

　　诞辰一百二十周年··········(124)

忆江南·陪同陈云同志游

　　杭州云栖二首··············(124)

六州歌头·悼胡乔木同志······(124)

任　晨

暮年自励······························(124)

题自画雪莲··························(125)

题自画葫芦··························(125)

丝路抒情······························(125)

住院体检得闲写回忆录············(125)

刘　志

忆反"扫荡"··························(125)

刘　孚

一军颂······························(125)

抗洪曲······························(125)

观庐山美蒋谈判台··············(125)

答战友······························(126)

东欧风云······························(126)

过信江怀方志敏··············(126)

战友唱和有感··················(126)

悼念张达志将军··············(126)

九三年春谒广州起义烈士陵园······(126)

参观军博老干部书画展··········(126)

观战友在老战士艺术团演出······(126)

战友重逢感怀··················(126)

参观秦兵马俑··················(126)

悼郭化若同志··················(126)

红叶吟······························(127)

西山兰蕙香··························(127)

莽莽昆仑第一峰··············(127)

贺新郎·战友情··············(127)

临江仙·夕阳赞··············(127)

刘　良

浪淘沙·海峡军事演习············(127)

刘　强

诉衷情·忆奔赴延安途中········(127)

刘力生

平北根据地战斗往事··········(127)

日寇铁蹄越长城犯冀东··········(128)

冀东大暴动··························(128)

刘世恩

喜赋"天河一号"获国家

　　科技进步特等奖··········(128)

参演情景诗朗诵《大漠

　　深处的回响》··············(128)

军　嫂······························(128)

连队生活琐忆··················(128)

献给某导弹英雄营··············(128)

读抗战将士诗词··············(128)

诉衷情·基地抒怀··············(129)

贺新郎·"神十"感吟··········(129)

忆江南·雷锋颂··············(129)

刘平俊

军营新貌······························(129)

思念战友······························(129)

戍边曲·······················（129）
寄退伍老兵···················（129）
南海登舰·····················（130）
边防纪行（选五）·············（130）
乘机巡逻（选四）·············（130）
阿山抗雪救灾吟···············（130）
重访旧部感怀·················（130）

刘白羽

舟　山······················（131）

刘宝亮

岛礁卫士·····················（131）
战友情结·····················（131）
纪念彭雪枫将军殉国五十周年·····（131）
高山哨所·····················（131）
观《将帅名录》照片有感········（131）
菩萨蛮·忆奇袭渔沟镇··········（131）
破阵子·抗战胜利··············（131）

刘振堂

赠某部队团史室···············（132）
零下四十度　血战万金台········（132）
壮哉，一九四九···············（132）
赞梁兴初司令员梁必业政委······（133）
忆疗伤·······················（133）
金婚颂·······················（133）
老红军·······················（133）
五百英才心勒铭···············（133）

刘毅民

西北行·······················（133）
赞酒泉卫星发射中心指挥所
　计算机室··················（133）
观地面核试验成功有感··········（134）

江　涛

抗美援朝散记（选二）··········（134）
赠战友·······················（134）
将军学府紫云翔···············（134）
浣溪沙·征战回眸··············（134）

江　潮

悼江拥辉·····················（135）
江城子·保卫连云港战斗
　五十周年··················（135）

江伟文

扁担系军魂···················（135）

江洪涛

满江红·痛檄日军南京
　大屠杀暴行················（135）
鹧鸪天·追忆洪泽湖岁月········（135）
水调歌头·血战朱家岗
　五十年祭··················（135）
破阵子·读《粟裕传》··········（136）
高阳台·赞时代新星徐洪刚······（136）
蝶恋花·山乡春晓··············（136）
唐多令·喜迎新世纪第一春······（136）
风入松·赞国产新型战机········（136）
鹧鸪天·江南山村··············（136）
念奴娇·莫干山消暑············（136）
一剪梅·晚年乐················（136）
汉宫春·欢呼三峡通航··········（136）

江雪山

忆毛主席西苑阅兵·············（137）
鹧鸪天·家乡新貌··············（137）

江靖飞

边塞夜巡·····················（137）
梦故乡童年小伴···············（137）
学诗偶感·····················（137）
挽李闯王·····················（137）
边防苦乐·····················（137）
坝上情怀·····················（137）
黄山游·······················（138）
江城子·纪念长征胜利六十周年···（138）
满江红·贺人民解放军进驻香港···（138）
念奴娇·纪念《共产党宣言》
　发表一百五十周年··········（138）

许欣之

夜　袭·······················（138）
夜宿巴楚新疆农三师···········（138）

严智泽

参军记事·················（138）
早　操···················（139）
读　山···················（139）
雪　冬···················（139）
寄战友···················（139）
燕子矶···················（139）
蓬莱水城·················（139）
泰　山···················（139）
东钱湖···················（139）
刘公岛吊甲午海战诸将士·······（139）
莫　言···················（139）
送毕业学员赴西藏···········（139）
故　园···················（139）
奉调至武汉有作·············（139）
英雄树···················（139）
偶　得···················（140）
别军营···················（140）
移防拉练·················（140）
生查子·筑营··············（140）
金缕曲·旅顺口日俄战争遗址·····（140）
水龙吟·别西沙兼寄南沙战友····（140）
江城子·落金鞭············（140）
满江红·过古玉门关·········（141）

苏玉柱

看入伍合影照感怀···········（141）
情系北疆·················（141）
清明烈士陵园祭扫感题·········（141）
泰山挑夫·················（141）

李　圭

读《啊！战友—记冀鲁豫
　战场上的文艺兵》··········（141）
忆青化砭伏击战·············（141）
碧潼战俘营···············（141）

鹧鸪天·入党感赋···········（142）
鹧鸪天·一军老同志聚会·······（142）
水调歌头·贺北京申奥成功·····（142）
江城子·读邓颖超同志遗嘱·····（142）
长相思·悼罗阳············（142）
水调歌头·读《彭德怀传》·····（142）

李　伟

老英雄钟其汉·············（142）
赞李国安同志·············（143）
学习孔繁森···············（143）
赠于泉同志···············（143）
摊破浣溪沙·读组建香港
　首届政府公报············（143）

李　欣

忆平津战役···············（143）

李　桢

军委二局某项工作获周恩来
　副主席嘉勉·············（143）
赴朝鲜战地参观实习记事·······（143）
参观我军世纪大演兵有感·······（144）
重读《毛泽东诗词选》·········（144）
纪念任弼时同志九十诞辰·······（144）
闻胡锦涛总书记赴西柏坡
　考察学习有感············（144）
读邓公"南方谈话"有感·······（144）
沁园春·瞻仰导师毛主席故居····（144）

李　铎

观　海···················（144）
七　绝···················（144）
漓江行···················（144）
忆洞庭···················（145）
题　画···················（145）
观黄果树瀑布··············（145）

李　静

咏西柏坡·················（145）
纪念彭德怀元帅诞辰一百周年·····（145）

参观甲午海战馆有感……………(145)

抗大二分校生活琐忆……………(145)

踏莎行·忆敌后行军………………(145)

水调歌头·赞长江抗洪抢险……(145)

沁园春·庆祝建党八十周年……(146)

李长宽

老兵心怀…………………………(146)

悼英魂……………………………(146)

怀念张学良将军…………………(146)

卜算子·国庆五十周年感怀……(146)

李文朝

国庆六十周年大阅兵感怀………(146)

纪念建军八十周年　……………(146)

世纪初年走边关…………………(146)

神龙颂……………………………(147)

北京奥运会开幕式感怀…………(147)

高原抒怀…………………………(147)

井冈山抒怀………………………(147)

越零丁洋步韵遥祭文丞相………(147)

戏马台怀古………………………(147)

歌风台抒怀………………………(147)

咏　志……………………………(147)

红船咏……………………………(147)

巴黎问月…………………………(147)

青莲曲……………………………(147)

满江红·雅安抗震………………(148)

水调歌头·学习习近平总书记

　　《念奴娇》寄怀………………(148)

如梦令·中国梦…………………(149)

满庭芳·甲午海棠雅集…………(149)

沁园春·诗魂中华………………(149)

西江月·赞西藏边防岗巴营……(149)

如梦令·赞"蚊虫王国"戍边人……(149)

长相思·边关中秋月……………(149)

满江红·长征……………………(149)

满江红·卢沟桥事变……………(149)

望海潮·呼唤和平………………(150)

念奴娇·戊寅抗洪………………(150)

清平乐·赞解放军驻香港部队……(150)

江城子·飞天梦圆………………(150)

李书卷

建筑兵之歌………………………(150)

跃马扬鞭赴新程…………………(150)

李后君

忆淮海之战………………………(151)

"喀秋莎"夜射……………………(151)

破阵子·蒋第一快速纵队覆灭记……(151)

李兆书

赞十八大一代新人新风…………(151)

忆十万大军进东北………………(151)

忆保卫四平歼敌八十七师………(151)

一九四七年夏季攻势喜当尖刀……(151)

忆突破彰武城……………………(151)

决战锦州…………………………(151)

赞志愿军彭德怀司令员…………(152)

咏"神枪手四连"…………………(152)

看机械化师演习…………………(152)

重回老团队………………………(152)

忆高克同志………………………(152)

清明节缅怀彭仲韬政委…………(152)

破阵子·缅怀薛剑强同志………(152)

李宏垠

活捉四个日本兵…………………(152)

征途中迎国庆……………………(152)

抗美援朝…………………………(152)

李治亭

"战上海"老兵重聚申城…………(153)

谒华东革命烈士陵园……………(153)

深切怀念谭启龙书记……………(153)

故乡行……………………………(153)

忆夜行军…………………………(153)

李绍山

秋晨早行入秦岭…………………(153)

江岸人家······(153)
西溪晚秋······(153)
爱琴海畔······(153)
湘西凤凰城即事······(153)
新疆那拉提草原途遇大雪······(153)
吐鲁番葡萄沟······(154)
拉萨河······(154)

李绍群
高举红旗会陕甘······(154)
中原突围漫忆······(154)
老战士吟······(154)
读叶剑英元帅《远望》诗步
　　原玉,兼志悼念······(154)
江城子·怀战友······(154)

李静声
忆强渡洪泽湖······(154)
忆雪河战斗······(155)
看烈士画册有感······(155)
八秩放歌······(155)
浣溪沙·悼八十二烈士······(155)
风入松·驻军齐市······(155)
鹊桥仙·支前······(155)
鹊桥仙·过秦岭······(155)
江城子·送别······(155)
浣溪沙·我军机要工作创建
　　六十年······(155)
南乡子·红星照五洲······(155)
浣溪沙·答战友······(156)
江城子·赞神舟五号······(156)

杨　森
海岛行······(156)
遥寄边关······(156)
军演二〇一三······(156)
参观核潜艇基地感赋······(157)
水调歌头······(157)
沁园春·井冈山······(157)
沁园春·雨花台······(157)

金缕曲·三军联合演习感赋······(157)
水龙吟·舟桥旅长江架设
　　浮桥演练······(157)
水龙吟·防空兵黄海滩头驻训···(157)
水调歌头·登阅江楼······(158)
满江红·侵华日军南京
　　大屠杀遇难同胞祭······(158)
鹧鸪天·过嘉峪关······(158)
金缕曲·军嫂······(158)
水龙吟·梦南海······(158)
浣溪沙·忆永兴岛······(158)
金缕曲·建国六十五周年感赋······(158)
清平乐·古田会议会址······(159)
望海潮·京城相聚世平先生······(159)

杨卫群
百代飞天梦圆······(159)

杨子才
上党感怀······(159)
陈赓麾下一老兵······(159)
大决战开新纪元······(160)
满江红·过卢沟桥感赋······(161)
满江红·吴佩民《野草集》代序······(162)
满江红·读赵可铭上将
　　《戎马吟》诗词集······(162)
[仙吕·一半儿]自愧······(162)
[仙吕·一半儿]自挽曲······(162)
[仙吕·一半儿]十年浩劫······(162)
[仙吕·一半儿] 读
　　《史记·货殖列传》······(162)
[正宫·塞鸿秋] 吊古······(162)
[正宫·塞鸿秋] 读《水浒传》······(162)
[大石调·青杏子]赞雷锋······(162)

杨光明
小井感怀······(163)
渔家傲·回思往事······(163)
念奴娇·红军渡感怀······(163)

杨利伟

神舟雄风·······················(163)

杨清波

赞修建青藏铁路官兵··········(163)

杨澄宇

帕米尔访军营··················(164)

鸣沙山·························(164)

时 冲

缅怀粟裕大将··················(164)

六州歌头·忆地下党抗日活动·····(164)

水调歌头·瞻仰皖南新四军

军部旧址及烈士陵园··········(164)

十六字令·枫···················(164)

瑞鹧鸪·七十初度···············(164)

西江月·老同志聚会·············(165)

吴戈华

忆在总部听朱总司令教诲········(165)

左权总参谋长接待我············(165)

忆随部队反"扫荡"转移··········(165)

大刀曲························(165)

草鞋颂························(165)

忆除夕风雪夜袭敌··············(165)

缅怀解放战争中牺牲的

朝鲜族诸战友···············(165)

谒杨子荣墓····················(165)

悼驻南使馆三烈士··············(165)

千秋岁·谒西柏坡党中央故址····(165)

菩萨蛮·鼓浪屿上望金门········(166)

兰陵王·东南沿海三军··········(166)

吴光裕

歌唱爱民医生吴登云············(166)

赠日本友人····················(166)

依韵回奉诗友··················(166)

水龙吟·一江山登陆战大捷·······(166)

念奴娇·渡海登陆练兵··········(167)

六州歌头·刘亚楼同志百龄冥寿···(167)

金缕曲·黑茶山空难悼叶挺将军·····(167)

东风第一枝·抗战胜利六十

周年感怀···················(167)

过秦楼·吊甲午战争·············(167)

金缕曲·马关条约一百周年暨

台澎光复五十周年有感········(167)

浣溪沙·梅花岭凭吊·············(168)

雨霖铃·山海关兴怀·············(168)

踏青游·访福建崇武石寨城·······(168)

鹧鸪天·游古瓜洲渡·············(168)

吴杰章

怀念张爱萍将军················(168)

读《战斗中的文艺兵》感赋·······(168)

调笑令·国庆大阅兵女兵方队·····(169)

吴荫越

进 藏·························(169)

鹧鸪天·忆出剑门···············(169)

何昌运

读《当代军旅诗词奖获奖·········(169)

作品集》一等奖诗作有感········(169)

余伯由

新四军颂·······················(169)

瞻仰粟裕大将骨灰墓············(169)

悼念钟期光上将················(169)

满江红·香港回归一周年·········(169)

宋英奇

新疆探望老战友················(170)

国庆六十周年大阅兵············(170)

丁德福阿里戍边颂··············(170)

西藏阿里风光好················(170)

李勇大摆地雷阵················(170)

凭吊雨花台烈士碑··············(170)

神仙湾哨卡赞··················(170)

解放军进军新疆六十年散忆······(170)

进藏部队万里行················(170)

新疆边防连····················(171)

张 力

小艇打大舰·················(171)
卢沟桥感赋·················(171)
北戴河观日出···············(171)
西江月·怀念萧劲光司令员·····(171)
十六字令·颂南沙守礁官兵·····(171)
江城子·青岛海上演习·········(172)

张 英
悼熊兰英烈士···············(172)

张 晶
新疆托云口岸···············(172)
蝶恋花·海南特区纪游·········(172)

张 耀
捣练子·忆夜战无名山·········(173)

张化春
学无涯····················(173)
总装备部老干部书画展观感·····(173)
老将军的风采···············(173)
诉衷情（四首）·············(173)

张本清
新四军成立·················(173)
参加新四军某部史料征集
　　座谈会·················(174)

张乐元
贺我国第一艘试验飞船上天·····(174)
清明忆母···················(174)
退休感怀···················(174)
七十抒怀···················(174)
国庆六十周年大阅兵···········(174)
破　晓····················(174)
光荣的足迹·················(174)
卢沟桥感赋·················(174)
沁园春·贺"神九"飞天
　　"蛟龙"潜海············(175)
浪淘沙·辽宁舰服役··········(175)
西江月·还乡···············(175)

张西帆

读叶帅诗···················(175)
读萧克同志《浴血罗霄》·······(175)
浣溪沙·香港回归············(175)

张旭初
聆听陈毅北征动员···········(175)
忆血战松辽·················(175)
出冷口关···················(176)
西江月·忆辽沈战役··········(176)
忆抗大····················(176)
西江月·结社研史············(176)
桃源忆故人·怀念同窗·········(176)
满江红·悼故乡反"扫荡"
　　十二烈士···············(176)

张寿华
千秋光照一题词·············(177)
龙腾四海···················(177)
贺核潜艇远航归来···········(177)
乐守南沙···················(177)
太阳花····················(177)
鼓浪屿迎春抒怀·············(177)
海边行····················(177)
水调歌头·记华东海军舰艇
　　命名盛典···············(177)

张鼎铭
夜　潜····················(178)
远　航····················(178)
恋　海····················(178)

张鹏飞
赞总装飞控中心话务员·········(178)
赞国防科技大学创新团队·······(178)
喜赋翟志刚太空行走···········(178)
赞"飞天"舱外航天服·········(178)
梦寄西安电讯工程学院学友·····(178)
江城子·缅怀聂荣臻元帅·······(178)
一剪梅·载人航天曲··········(178)
鹧鸪天·首次潜艇水下发射导弹···(178)
水调歌头·东风航天城········(179)

南乡子·马兰雄风·············(179)

陆恒

缅怀聂荣臻元帅·············(179)
缅怀罗荣桓元帅·············(179)
纪念小平同志诞辰一百周年······(179)
赞试飞英雄邹延龄···········(179)
纪念彭德怀元帅诞辰
　　一百一十周年············(179)
纪念我志愿军赴朝参战六十周年···(179)
纪念朱德元帅诞辰一百二十周年···(179)
赞北空地空导弹兵某部·········(180)
忆战斗英雄史光柱来访
　　并赠《眼睛》诗集·········(180)
赞何美祥················(180)
长城颂·················(180)
谒人民英雄纪念碑有感·········(180)
一代伟人毛泽东············(180)
功勋飞行员岳喜翠···········(180)
赞神七飞天···············(180)
忆聂荣臻元帅会见日本
　　"小姑娘"美穗子·········(180)
赠守岛战士···············(180)
回忆军大生活·············(180)
长相思·赞学雷锋···········(181)
浪淘沙·赞圣火耀珠峰·········(181)
鹊桥仙·赞我海军编队出访
　　美洲四国·············(181)
浪淘沙·赵一曼············(181)
浪淘沙·刘胡兰············(181)
鹧鸪天·纪念抗日战争胜利
　　六十周年·············(181)

陈靖

难忘玉屏箫··············(181)
苗娃颂·················(181)
贺龙任弼时草地觅钓破敌记·····(182)

陈一虹

从北岳到平西············(182)

诉衷情·述志·············(182)
望江南·从延安到敌后·········(182)
卜算子·小捷归来··········(182)

陈为松

过三峡·················(183)
谒刘公岛烈士纪念展·········(183)
大海比深···············(183)
观北京残奥会田径决赛·········(183)
江南行·················(183)
忘年台·················(183)
浣溪沙·怀念·············(183)
沁园春·走进绍兴···········(183)
西江月·瞻三台山于谦塑像·····(183)

陈世文

海练·················(184)
露营滹沱岸··············(184)
歌乐山感赋··············(184)
忆延安·················(184)
焦裕禄烈士陵园············(184)
长江口················(184)
高峡平湖···············(184)
碛口古渡···············(184)
华山感赋···············(184)
江城子·驻训金银滩··········(184)

陈右铭

赞南沙西沙将士···········(185)
鹧鸪天·忆核潜艇远航试验·····(185)

陈旭榜

贺神舟五号载人飞行成功········(185)
赞航天英雄翟志刚···········(185)
神十飞天···············(185)
大海之子···············(185)
赞李文波···············(185)
出席首届军旅诗词研讨会感赋···(185)
赞红军长征··············(185)
三军威武展雄风············(186)
玉树生命大救援············(186)

忆部队冬季拉练…………………(186)
八十抒怀………………………(186)
满江红·湘西剿匪………………(186)
忆秦娥·血战严岘山……………(186)
清平乐·红旗插上老秃山………(186)
渔家傲·忆部队长途野营训练…(186)
临江仙·人民科学家钱学森……(186)
西江月·赞方永刚………………(187)
西江月·赞万金刚………………(187)
破阵子·时代尖兵许永福………(187)
西江月·蹈火英雄阳鹏…………(187)
卜算子·贺女航天员刘洋飞天…(187)
西江月·悼罗阳…………………(187)
西江月·大洋深处铸核盾………(187)
临江仙·赠防川边防战士………(187)
西江月·甘泉颂…………………(188)
西江月·惊涛亮剑………………(188)

陈辛火
抗日战争胜利六十周年感怀……(188)
奥运健儿凯旋感怀………………(188)
大江截流成功……………………(188)
彭德怀元帅百年祭………………(188)
新纪宏开壮丽篇…………………(188)
八十抒怀…………………………(188)

陈枢令
浪淘沙·欢庆澳门回归…………(188)

陈昊苏
缅怀毛主席………………………(189)
缅怀周总理………………………(189)
颂新四军…………………………(189)
新四军成立七十五周年…………(189)
南京大屠杀七十周年公祭………(189)
为乐至县红军小学命名作………(189)
入党五十年纪念…………………(189)
水龙吟·读新四军战史…………(189)

陈法僧
纪念毛泽东同志诞辰

一百二十周年…………………(190)
清平乐·纪念学雷锋活动
四十周年……………………(190)
沁园春·庆祝后勤学院六十华诞…(190)

陈德鸿
一剪梅·起航……………………(190)
忆秦娥·团结一心………………(190)

苗汝鹍
忆进军川东过桐梓山……………(190)
抗美同心驱虎豹…………………(190)
水调歌头·战火中的南开儿女…(190)

范维纲
万州解放五十周年寄留川诸战友…(191)
征程回眸…………………………(191)
读《彭德怀自述》………………(191)
南疆怀古…………………………(191)
水调歌头·鼓浪屿东望金门……(191)
千秋岁·人民海军诞生…………(191)

范豫康
驱逐舰导弹打靶…………………(191)
小型水面舰艇战斗条令
审定会感赋…………………(192)
咏西沙（选三）…………………(192)

林平
无题………………………………(192)
乡思………………………………(192)
故居忆旧…………………………(192)
庐山初记…………………………(192)
笔墨情……………………………(192)
喜咏金秋…………………………(192)
忆夜行军过分水关………………(192)
忆解放厦门………………………(192)
厌旧喜新之咏……………………(193)
天香·抗洪堤畔鱼水情…………(193)
水调歌头·重访启东塘芦港……(193)
沁园春·巨人颂…………………(193)

林　毅

冬日雾中登娄山关·················（193）
金婚感怀·····················（193）
故乡行······················（193）
满江红·参访井冈山···············（194）
卜算子·站在赤水河边··············（194）
破阵子·粟裕将军赞···············（194）

林伯野

观总政铁流艺术团春节慰问演出·······（194）
忆下连当兵···················（194）

欧阳瑞林

忆攻占沈阳之夜·················（194）
天津战役记事··················（194）
窗前那片竹···················（195）
夜宿京郊山村··················（195）
胡耀邦同志九十冥诞祭·············（195）
看望六连····················（195）
军乐震河山···················（195）
参军六十五周年留句··············（195）

尚　可

吉星照宇寰···················（195）
忆江南·戎马太行················（195）
忆秦娥·忆反"扫荡"··············（195）
调笑令·南海前哨················（195）

罗立斌

诗记抗美援朝战争················（196）

和谷岩

战地黄花伴丹枫················（196）

岳　军

忆抗联生活···················（196）
忆延安生活···················（197）
忆新疆新兵营··················（197）
忆衡宝之战···················（197）
延安风光····················（197）
毋忘制戎衣···················（197）

岳如萱

兄弟寄望····················（197）
刘洋飞天····················（197）
癸巳岁末怀感··················（197）
回　师·····················（197）
调关矶上生死碑·················（198）
从乌林到赤壁舟中···············（198）
新中国成立六十周年阅兵···········（198）
鹧鸪天·惊心动魄赴公安············（198）
西江月·第二届中国诗歌节···········（198）
蝶恋花·新中国成立六十周年··········（198）
忆秦娥·首艘航母"辽宁"舰··········（198）
清平乐·法律援助西藏行············（198）
鹧鸪天·神舟十号飞船
　　上天值端午节··············（198）
清平乐·嫦娥登月················（198）
满江红·红军长征胜利八十周年·······（198）

周　迈

惊闻四川汶川大地震志感··········（199）
礼赞中华····················（199）
参加国庆六十周年阅兵有感·········（199）
观上海世博会喜赋···············（199）
红叶诗社建社二十五周年···········（199）
喜闻我航母舰载机首飞成功··········（199）
贺空军女飞行员首飞六十周年·······（199）
贺空军八一飞行表演队成立
　　五十周年················（199）
党的十八大感赋·················（199）
访西柏坡····················（200）
甲午恭王府海棠雅集··············（200）
赞空军英雄试飞大队··············（200）
敬谒白求恩墓··················（200）
钱学森颂····················（200）
中华诗词学会成立三十周年感怀·····（200）
唐多令·参加中俄联合反恐演习········（200）
满庭芳·中国梦·················（200）
西江月·贺空军·················（200）
南歌子·神十飞天···············（201）

醉花阴·咏嫦娥玉兔…………(201)

临江仙·夏日军营采风………(201)

西江月·红叶……………………(201)

南乡子·观《中国梦中华

诗词演唱会》……………(201)

望海潮·祖国颂………………(201)

鹧鸪天·读英雄遗言感怀……(201)

鹧鸪天·访马海德夫人苏菲女士…(201)

浣溪沙·访军委一号台………(202)

喝火令·观纪念抗日战争

胜利七十周年大阅兵有感…(202)

浣溪沙·空军"追梦空天"

航空开放日………………(202)

虞美人·赞百岁女红军王定国…(202)

周东葵

读蒋兆和《流民图》残卷……(202)

老干部大学四时吟……………(202)

"金钥匙"赞…………………(202)

甲申殷鉴……………………(202)

忆早年皖南受训夜练…………(203)

行香子·伟大复兴梦…………(203)

破阵子·戍边强军梦…………(203)

破阵子·雅安挺住!…………(203)

蝶恋花·庐山风云与黄克诚…(203)

朝中措·心中月季……………(203)

如梦令·南征掠影……………(203)

周克林

战　鹰…………………………(204)

寄南沙指战员…………………(204)

海军飞行员之歌………………(204)

空舰演习………………………(204)

情系海空………………………(204)

永遇乐·庆祝海军建军四十周年…(204)

郑若谷

渡江作战五十周年……………(204)

人民军队抗震行………………(204)

欣获功勋天平奖章……………(205)

郑肇东

太原东山牛驼寨烈士陵园祭……(205)

项　明

满江红·纪念彭雪枫殉国

五十周年…………………(205)

水调歌头·赞百万军民英勇抗洪…(205)

赵文光

抗美援朝………………………(205)

水调歌头·吊淮海战场………(205)

六州歌头·访西柏坡…………(206)

赵予征

读岑参诗述志…………………(206)

为农七师《奎屯晨报》题词…(206)

参加六十六团老战士聚会……(206)

庆祝香港回归有感……………(206)

赵金光

别西溪…………………………(206)

进　山…………………………(206)

书剑郎中………………………(206)

中国军人赞……………………(206)

戊子春节前南国雪灾…………(206)

寄三○四医院同仁……………(206)

故乡行…………………………(207)

戏水川江………………………(207)

题孙大石《重担放下一身轻图》……(207)

江　边…………………………(207)

咏辛弃疾………………………(207)

鹧鸪天·暴雨上学路…………(207)

破阵子·热血关山……………(207)

江城子·报国路………………(207)

临江仙·南海…………………(207)

鹧鸪天·参观红军四渡赤水

纪念馆……………………(207)

唐多令·赋闲…………………(207)

[双调·得胜令]从军 ………(207)

[正宫·叨叨令]阳台 ………(208)

胡若嘏

清平乐…………………………(208)

钟　英

缅怀杨靖宇将军………………(208)

施鹏九

老兵情思………………………(208)

抗洪前线子弟兵………………(208)

瞻仰人民英雄纪念碑…………(208)

怀念黄克诚大将………………(208)

忆贺兰山劳动往事……………(209)

菩萨蛮·旅顺口………………(209)

鹧鸪天·与青干校校友相聚沈阳…(209)

鹧鸪天·后勤指挥学院成立

　　五十周年…………………(209)

贺　彬

记一次反"扫荡"………………(209)

鹧鸪天·红小鬼………………(209)

鹧鸪天·忆抗日区小队………(209)

水调歌头·凭吊英雄葛振林……(209)

贾休奇

忆　往…………………………(210)

上苇甸伏击战…………………(210)

临江仙·马场送军马…………(210)

江城子·夏夜宿察古拉边防点……(210)

夏　川

边卡战士颂……………………(210)

访"高原红色边防队"…………(210)

重返西藏………………………(210)

夏　婴

重到鄂西北……………………(210)

痛悼李人林同志………………(211)

纪念抗日战争胜利五十周年有感……(211)

菩萨蛮·重访安家集…………(211)

念奴娇·九八抗洪……………(211)

党中奎

寄墨脱戍边模范营官兵………(211)

悼张自忠将军…………………(211)

山村问路人……………………(211)

朱德的扁担……………………(211)

瀛台夜会………………………(212)

徐　行

登乌蒙山走长征路……………(212)

纪念抗日战争胜利七十周年……(212)

庆祝改革开放三十周年………(212)

胡杨林…………………………(212)

赞军旅诗………………………(212)

登司马台长城…………………(212)

延安新貌………………………(212)

欣访北大荒……………………(212)

苏幕遮·红叶…………………(212)

满江红·庚子百年……………(212)

水调歌头·武陵源揽胜………(213)

渔家傲·国庆六十周年感赋……(213)

贺新郎·天河颂………………(213)

念奴娇·飞天…………………(213)

八声甘州·中国航天城………(213)

浣溪沙·忆大决战……………(213)

徐　红

雁门关…………………………(214)

合川钓鱼城……………………(214)

吴淞炮台………………………(214)

纪念一江山岛解放六十周年……(214)

三军仪仗大队…………………(214)

闻雅安地震感赋………………(214)

天宫一号与神舟八号成功对接……(214)

神舟十号飞船在酒泉成功发射……(214)

道德恒星——雷锋……………(214)

贺解放军红叶诗社二十五

　　周年华诞………………(215)

五十初度………………………(215)

寄　怀…………………………(215)

书　怀…………………………(215)

老将军翰墨缘·····················(215)
六十初度·························(215)
念奴娇·刘公岛·····················(215)
浪淘沙·山海关·····················(215)
浪淘沙·老龙头·····················(215)
浪淘沙·北固山·····················(215)
破阵子·井冈山黄洋界哨口······(216)
采桑子·黄桥决战纪念馆·········(216)
望江东·纪念抗日战争
　　胜利日有感·················(216)
临江仙·上海战役·················(216)
水调歌头·华东劲旅···············(216)
浪淘沙·我海军远洋护航·········(216)
浪淘沙·浪里国旗红一线·········(216)
浪淘沙·且看郑和新一代·········(216)
破阵子·国庆大阅兵···············(216)
水调歌头·抗洪英雄赞···········(217)
浪淘沙·湄公河四国联合
　　执法巡逻首航···············(217)

徐　放
忆濮阳聆听朱总司令报告·······(217)

徐洪章
如梦令·四极哨所（选二）·····(217)
御街行·国庆献礼·················(217)
春风袅娜·迎春·····················(217)
南浦·瞻方志敏纪念园···········(218)
永遇乐·深情厚爱励三军·········(218)

高立元
过平型关·························(218)
山乡麦收·························(218)
寻访边防哨·······················(218)
昆仑哨兵·························(218)
走边防遇执勤山东籍战士有题·····(218)
寄扎根边疆老战友···············(218)
过榆林古长城·····················(219)
虎头要塞谒抗日英雄群雕·······(219)
出绥芬河访双城子···············(219)

古稀抒怀·························(219)
者阴山凭吊烈士陵园···········(219)
军休所老干部游老龙头·········(219)
观雁荡山龙湫瀑布···············(219)
军旅诗友聚会广州奉题，
　　时在金秋·····················(219)
老战友来访有吟···············(219)
与老战友乘东方红游轮
　　自渝州下南京，雨中对酌，
　　彻夜无眠，遂赋长句 ·······(219)
读《迟浩田传》感呈
　　迟浩田副主席···············(219)
登鹳雀楼咏永济···············(220)
祭焦公·························(220)
珍珠港参观亚利桑那号沉舰·····(220)
过维纳恩湖畔见归雁有寄
　　寓瑞典乡友···············(220)
临高夜望琼州海峡有题·········(220)
过京西鲁谷·····················(220)
重访西柏坡感题···············(220)
军旅诗友雅集感事抒怀·········(220)
咏天涯古榕树·····················(220)
鹧鸪天·延安窑洞的纺车·········(220)
行香子·军旅诗友携游香山·····(220)
念奴娇·拜读习近平总书记念奴娇
　　词《追思焦裕禄》感赋 ·····(221)

郭小湖
十六字令·刘邓进军大别山·····(221)
临江仙·丙子中秋抒怀···········(221)
阮郎归·香港回归周年···········(221)
踏莎行·登白云山···············(221)

郭世泽
参观边防九团·····················(222)
腾冲国殇墓园·····················(222)
嘉峪关滑翔机飞行···············(222)
观场史展览馆·····················(222)
西昌卫星发射中心···············(222)

天宫发射成功·····················(222)
纳基平台看发射·················(222)
浣溪沙·随想·····················(222)
西江月·兰州军区访友·········(222)
西江月·到西藏军区营·········(222)
鹧鸪天·昆明全军专咨委
　　工作会议·····················(222)
破阵子·演习·····················(223)
青玉案·国庆游玉门关·········(223)
破阵子·新干部培训赠言·······(223)
摸鱼儿·名为何物···············(223)
破阵子·赠子弟兵···············(223)
水龙吟·业务竞赛···············(223)
满江红·灵渠·····················(223)
临江仙·高峰论坛准备有感·····(224)
秋夜月·宁远思袁崇焕·········(224)
下水船·锦州辽沈战役纪念馆·····(224)
破阵子·回母校讲课···········(224)
破阵子·空军六十周年跳伞表演·····(224)
破阵子·庆典有感···············(224)
浣溪沙·业务会有感···········(224)
鹧鸪天·山海关登高···········(224)
好事近·演练有感···············(224)

唐作厚

抗美援朝忆事···················(225)

黄代培

观旺苍女民兵操演···············(225)
登重龙山·························(225)
国殇民难雄师在···············(225)
挥旌再领军·····················(225)
庆祝党的九十华诞···············(225)
小纸船·····························(226)
沁园春·"神十"交会"天宫"·····(226)
水调歌头·国庆六十周年感赋·····(226)
鹧鸪天·访旺苍怀徐帅·········(226)

曹　汀

惜　别·····························(226)

雨中游西湖·····················(226)
欣闻我第一颗原子弹爆炸成功·····(226)
书　愤·····························(226)
怀叶帅·····························(227)
读《红叶》有感···············(227)
悼亡妻·····························(227)
寄友人·····························(227)
满江红·八十述怀···············(227)
满江红·建党七十周年怀毛主席·····(227)
浪淘沙·看窗外门球比赛有感·····(227)
满江红·雷锋颂···················(227)

崔　坚

"一二·九"运动感怀···········(228)
忆日寇首次轰炸延安···········(228)
忆敌训队毕业赴冀中···········(228)
披靡直向平津塘···············(228)
春节致延安抗大敌训队诸同学·····(228)
纪念《红叶》创刊十五周年·····(228)

崔儒勇

留苏同学聚会感怀···············(228)
卜算子·赞火箭兵···············(228)

彭　飞

访十七勇士渡河处···············(229)
老战友重逢·····················(229)
赠小常同志·····················(229)
北　海·····························(229)
夕阳红·····························(229)
余勇可沽·························(229)
三五故旧小饮席上···············(229)
读《红叶》·····················(229)
焦裕禄、孔繁森赞歌···········(229)
夜行军忆趣·····················(230)

彭松青

长城天下雄·····················(230)

韩守一

冷口关宿营·····················(230)

傅任远

伟　业 ·······················(230)

鸦片战争一百五十周年·······(230)

傅庞如

从军五十年················(230)

自　勉··················(230)

鲁　挺

抒　怀··················(231)

第二届青运会即兴···········(231)

江城子·读《叶乔波日记》有感·····(231)

游全举

鹧鸪天·吕正操将军··········(231)

谢　放

西江月·忆第一代支边女兵······(231)

楚　青

送　君··················(231)

褚恭信

喜迎"神五"航天英雄·········(232)

老将军笔会有感············(232)

念奴娇·赤壁畅想···········(232)

破阵子·现代战争素描········(232)

破阵子·现代炮兵掠影········(232)

减字木兰花·战争之神新赞·····(232)

清平乐·月夜行军···········(232)

诉衷情·玉树地震···········(232)

忆江南·除夕夜············(232)

采桑子·重阳··············(232)

千秋岁·悼中国航天之父钱学森···(233)

破阵子·"神十"又访天庭·····(233)

如梦令·"神六"游天········(233)

清平乐·"神七"舱外行······(233)

诉衷情·"嫦娥一号"绕月·····(233)

诉衷情·"嫦娥三号"落月·····(233)

清平乐·贺"天宫一号"

　　发射成功··········(233)

清平乐·"神九"与"天宫"

　　交会对接··········(233)

樊玉振

忆西沙海战··············(233)

咏天涯哨兵··············(234)

晚　年··················(234)

江城子·参观防化团操演·······(234)

薛守唐

篝火弱水连航天···········(234)

戴清民

登南岳··················(234)

过白马山················(234)

送战友出京··············(234)

对星吟··················(235)

送战友··················(235)

登天柱山················(235)

魏祥成

祭淮阴刘老庄连八十二烈士

　　抗日殉国六十二周年·······(235)

瞿新发

纪念毛主席为雷锋题词

　　四十五周年···········(235)

金婚忆··················(235)

诉衷情·战友喜相逢·········(236)

浣溪沙·忆导弹部队夜练······(236)

鹊桥仙·纪念二炮成立四十周年···(236)

浣溪沙·参加"新四军"植树···(236)

乙白海

老红军··················(236)

孟良崮大捷···············(236)

淮海大决战··············(236)

百万雄师过大江···········(236)

沂蒙情思················(236)

渡江大军过我家···········(237)

吊毛岸英烈士············(237)

枭龙出世················(237)

潜艇出航················(237)

南沙戍海………………………(237)
西沙蔬果香……………………(237)
《百年抗争诗词选萃》读后……(237)
送大熊猫团团圆圆赴台…………(237)
抗旱又见子弟兵…………………(237)
我国首位女航天员刘洋升空礼赞……(237)
贺我国首艘航母辽宁舰入列……(237)
高　适…………………………(238)
岑　参…………………………(238)
王昌龄…………………………(238)
李　白…………………………(238)
杜　甫…………………………(238)
今日边塞吟……………………(238)
念奴娇·井冈山…………………(238)
锦堂春慢·新中国六十周年……(239)
沁园春·海上大阅兵……………(239)

丁　玉

渡江战役………………………(239)

丁　芒

从军乐…………………………(239)
咏赣榆抗日山…………………(239)
纪念抗日战争胜利………………(239)
坚持苏北敌后…………………(239)
待机夜越封锁线…………………(239)
遭遇战…………………………(240)
突围令…………………………(240)
夜　宿…………………………(240)
天亮庄…………………………(240)
冬夜壕中待机…………………(240)
鲁南山区中秋夜行军……………(240)
十人桥…………………………(240)
船桥夜渡………………………(240)
繁昌渡江战……………………(240)
淮海追击………………………(240)
担架队员………………………(241)
枪杆诗…………………………(241)
油印报…………………………(241)

军中俏…………………………(241)
军中晚会………………………(241)
军　邮…………………………(241)
战上海——偏师出浦东…………(241)
除夕年饭………………………(241)
渡江纪念碑……………………(241)
月照征途………………………(241)
随　感…………………………(241)
渔家傲·海军……………………(242)
踏莎行·黄海随舰行……………(242)

丁　帆

"九一八"事变感赋………………(242)
抗日女杰赵一曼…………………(242)
踏莎行·赞焦裕禄………………(242)

丁　洪

忆一九四七年春渡松花江………(242)
咏董存瑞………………………(242)
七四兴怀………………………(242)
题老战士书画学习班……………(243)
读权延赤《董必武的生活》……(243)

丁子骏

过大庾岭………………………(243)
粤桂边大捷……………………(243)
进军云南………………………(243)
驻防昭通………………………(243)
离休抒怀………………………(243)
花甲咏志………………………(243)
重访三江营……………………(243)

丁云鹏

忆彭德怀元帅…………………(244)

丁浩然

勘察归来………………………(244)
春　夜…………………………(244)
庆祝我国首次核试验成功
　四十周年……………………(244)
八十自咏………………………(244)

一剪梅·军休·····(244)
长相思·忆试验场·····(244)

丁继松
拓荒杂咏·····(244)
沁园春·抒怀·····(244)

丁德润
万众争夸子弟兵·····(245)
回顾参军五十周年兼致
　军委工校首届校友·····(245)
谒韶山毛主席故居·····(245)
过狼牙山·····(245)
离休抒怀·····(245)
登大境门感怀·····(245)
满江红·怒斥美轰炸我驻南使馆·····(245)

卜开初
分卫生队学医·····(245)
秦皇岛海训·····(246)
抒　怀·····(246)
西江月·夜过青龙山·····(246)

于　真
六和塔下望钱塘江大桥·····(246)
贺神舟四号试验成功·····(246)

于　浩
赞白求恩大夫·····(246)

于志民
烈士赵尚志颅骨寻得·····(246)
怀董崇章同志·····(246)
电视剧《诺尔曼·白求恩》观后·····(246)
张思德窑前·····(247)
志愿者·····(247)
读《中华诗词文库·军旅
　诗词卷》·····(247)
悼张爱萍将军·····(247)
长征胜利七十周年瞻仰蒙
　顶山红军纪念馆·····(247)
八旬初度·····(247)

电视剧《井冈山》观后·····(247)
人民英雄纪念碑·····(247)
踏莎行·渡江突击团·····(248)
浣溪沙·电视剧《陈赓大将》
　观后·····(248)
定风波·····(248)
千秋岁引·重读《梅岭三章》·····(248)
望云间·赞人民空军五十年·····(248)
破阵子·建军节书感·····(248)
破阵子·援老抗美纪事·····(248)
浣溪沙·军旅诗作者心语·····(249)

于选成
渡江战役·····(249)
忆参加我国首次核试验·····(249)

于福长
忆夜行军·····(249)
忆兰州战役兼悼阵亡战友·····(250)
记北宁线破击战·····(250)

万　励
水调歌头·赞下连蹲点·····(250)

万　玮
参　军·····(250)
救死扶伤·····(250)
赞军队群众路线教育·····(250)
思战友·····(250)

万拴成
怀念陈潭秋烈士·····(250)
怀念毛泽民烈士·····(250)
怀念林基路烈士·····(250)
冰姑娘·····(251)
军垦组歌·····(251)
扬州慢·谒八路军驻疆办事处·····(253)
金缕曲·清明节谒烈士陵园·····(253)
望海潮·神木杨家城抒怀·····(253)
江城子·靖边统万城怀古·····(253)
江城子·榆林镇北台怀古·····(253)

贺新郎·少年强者洪战辉·········(253)
木兰花慢·"侠之大者"
　　魏青刚·····················(254)
水调歌头·公仆本色杨善洲······(254)

马文通
红　山·······················(254)
伊犁河畔·····················(254)
秋　夜·······················(254)
题画梅·······················(254)
游清音阁·····················(254)
嘉峪关·······················(254)
忆少穆公·····················(254)
老兵新传·····················(255)
所　思·······················(255)

马礼诚
无　悔·······················(255)
从军吟·······················(255)
新兵集训感怀·················(255)
夜宿黄连山···················(255)
自卫还击感赋·················(255)
"五好"喜报寄回家·············(255)
老照片·······················(255)
战地重游·····················(255)
上海南京路漫步有作···········(255)
除夕出征·····················(255)
满江红·甲午感怀·············(255)
清平乐·参观黔泥堡村红军
　　标语感作·················(256)
沁园春·大美黔西南···········(256)

马仲喜
重回老团队···················(256)
观战士镌石有感···············(256)
电视报道韩美联合军演·········(256)

马旭升
解甲感赋·····················(256)
"辽宁"号航母诗话 ···········(256)
西江月·军嫂秋月·············(256)

马时成
毛主席赴重庆谈判·············(257)
千秋万众颂延平···············(257)

马容方
纪念红军长征胜利六十周年······(257)
西安行·······················(257)
老人节感怀···················(257)

马斯兴
辎重兵在朝鲜·················(257)
鹧鸪天·纪念朝鲜停战六十周年······(257)

王　伟
祝　捷·······················(257)
在马良山上筑城···············(258)
水调歌头·纪念抗美援朝
　　五十周年·················(258)

王　杰
凯旋归国·····················(258)
故乡情·······················(258)
怀念父母·····················(258)
沁园春·迎春喜赋·············(258)

王　贵
颂毛主席《论持久战》···········(258)
任致迅马景然烈士牺牲四十年·····(258)
参军六十年有感···············(258)
忆解放西藏···················(259)
西江月·栽柳·················(259)
减字木兰花·昌都战役·········(259)
长相思·建党九十周年·········(259)
沁园春·西藏和平解放六十周年······(259)

王　竞
谒雨花台烈士陵园·············(259)
学《邓小平文选》···············(260)
瞻仰皖南事变纪念馆感怀·······(260)
鹧鸪天·礼赞十六届三中全会······(260)

王　维

怒海争锋……………………（260）
演　习………………………（260）

王　琳

浣溪沙·歼十飞行员塔台待命室……（260）
鹧鸪天·歼十飞行团长训练归来……（260）
临江仙·访天路哨所…………（260）
倾杯乐·寻访平型关…………（260）
金错刀·寻访阳明堡…………（261）
望远行·寻访忻口战役
　　抗日战场…………………（261）
念奴娇·甲午重上刘公岛……（261）
西江月·女测绘兵……………（261）
朝中措·当兵剪长发…………（261）
西江月·春测…………………（261）
临江仙·秋归…………………（261）
朝中措·野营途中小憩………（261）
行香子·女兵赶马车…………（262）
一剪梅·女兵猪倌……………（262）
浣溪沙·战友探家归来………（262）
浣溪沙·野营拉练侧记………（262）
临江仙·探亲前夜……………（262）
西江月·军博绘图……………（262）
一剪梅·驾自行火炮于坦克
　　训练场……………………（262）
减字木兰花·访虎头要塞哨所…（263）
浣溪沙·登中俄会晤楼观兴凯湖…（263）
西江月·夜访演习指挥部……（263）
卜算子·雨中走中俄白棱河
　　边防巡逻路………………（263）
鹧鸪天·兴凯湖上除夕夜……（263）
临江仙·"一步跨"边防哨所…（263）
浣溪沙·访"虎山排"边防
　　哨所食堂…………………（263）
南歌子·访国境线巡江艇哨所……（263）

王　超

筑青藏铁路……………………（263）
鹧鸪天·颂海军航空军医……（264）

鹧鸪天·辞军营………………（264）

王　萱

鹧鸪天·蓝天骄子……………（264）
浣溪沙·赋伞师旧事呈贯章兄……（264）

王　赋

哨所晚炊……………………（264）
一顶旧军帽…………………（264）
老班长………………………（264）

王　群

贺新郎·抗美援朝忆怀………（264）
卜算子·悼抗击"非典"的
　　白衣战士…………………（264）

王　毅

望　月………………………（265）
拉　练………………………（265）
西疆即事……………………（265）
反恐境外演习………………（265）
浣溪沙·伏"敌"………………（265）

王　澍

抗战胜利六十周年感赋………（265）
红旗渠………………………（265）
修密云水库…………………（265）
临江仙·船过神女峰下………（265）

王　霖

子弟兵颂……………………（266）
老伞兵观《鹰隼大队》………（266）
忆跳伞训练…………………（266）
忆文化大进军………………（266）
满江红·伞兵师战友欢聚绿波廊……（266）

王　儒

题自画梅花…………………（266）
八十抒怀……………………（266）

王乃坤

忆在空军某通信营值勤………（266）
战友来陕……………………（267）

喜迎老战士大学新学期·········(267)
古都书画院名家军营献艺·········(267)
浣溪沙·思念战友·············(267)

王力军
破阵子·忆四机空战演习·······(267)

王力辛
想延安················(267)
干休所见闻·············(267)

王力勋
渡江战役诗抄············(268)

王大生
南下漫忆··············(268)

王子江
哨所吟···············(268)
哨兵吟···············(269)
咏界花···············(269)
海岛哨兵··············(269)
潜伏训练··············(269)
哨所吟···············(269)
巡逻吟···············(269)
父赠丝瓜籽结瓜有作········(269)
中秋吟···············(269)
哨所吟···············(269)
巡边吟···············(269)
夜行军···············(269)
宿营吟···············(269)
哨兵吟···············(269)
塞上吟···············(269)
战士歌···············(270)
北疆歌···············(270)
哨所吟···············(270)
哨兵吟···············(270)
海岛兵歌··············(270)
初上黑瞎子岛············(270)
最高峰上··············(270)
渔歌子·雪夜哨兵··········(270)

调笑令·哨所吟···········(270)
如梦令·长白山哨兵·········(270)
卜算子·冬日哨兵··········(270)
卜算子·潜艇兵···········(270)
鹧鸪天·听笙曲···········(271)
蝶恋花·海林冬训··········(271)

王子道
忆战友···············(271)

王文仲
咏卫星回收部队···········(271)
遥祝保钓七勇士成功登上钓鱼岛····(271)
破阵子·再登八达岭长城·······(271)
八声甘州·咏徐帅··········(271)
满江红·纪念反法西斯战争胜利····(271)

王世明
鹧鸪天·忆战地春节·········(272)
长相思·乡思············(272)

王石泉
忆夜渡长··············(272)

王平东
纪念建军七十周年··········(272)
赞广州军区将七位英模
　铜像配发部队···········(272)
鹧鸪天·纪念建军八十周年·····(272)
长相思·守岛官兵斗志昂·······(272)

王东方
炒面颂···············(273)
回忆辽沈战役············(273)

王业扬
忆襄樊战役活捉康泽·········(273)
抗美援朝感赋············(273)

王禾嘉
八一建军节感怀···········(273)
纪念红军长征胜利七十周年·····(273)
读《诗朋雅聚》次韵奉和········(273)

纪念建军八十五周年·············（273）
读《红叶》有感·················（273）
古稀也发少年狂·················（273）
江城子·胸章···················（274）

王亚平
西部屯垦歌·····················（274）
沁园春·吊地窝子···············（275）
沁园春·吊坎土镘···············（275）
沁园春·吊军垦犁···············（275）

王华文
缅怀济南战役牺牲的战友·······（275）
怀战友·························（275）
浣溪沙·解放济南···············（275）

王兴华
咏海角奇石·····················（276）
送战友·························（276）
临江仙·退休抒怀···············（276）
鹧鸪天·老兵···················（276）

王兆如
神舟号试飞成功赞···············（276）
忆秦娥·························（276）
破阵子·中国世纪大演兵·········（276）

王兆昂
忆进藏平叛·····················（276）
战戈壁·························（276）
祭东风航天城烈士陵园···········（277）
临江仙·贺嫦娥一号绕月
　飞行成功···················（277）
鹧鸪天·八十抒怀···············（277）
采桑子·贺“神六”胜利返航·····（277）
长相思·颂毛公·················（277）
浣溪沙·曾希圣请客···········（277）

王兆祥
毛主席纪念堂···················（277）
客　至·························（277）
破阵子·忆下团训练航法·········（277）

王创基
题毛泽东《论持久战》···········（278）
题彭老总画像···················（278）
国庆感怀·······················（278）
居庸关·························（278）
边　思·························（278）
卢沟桥感赋·····················（278）
南国春早·······················（278）
青松赞·························（278）
张家界写生·····················（278）
游庐山有感·····················（278）
破阵子·高原剿匪战·············（278）

王冰冰
驻训南京偶题···················（278）

王如钊
边　卡·························（279）

王志彦
登嘉峪关·······················（279）
赠原部队战友···················（279）
与战友参观营口西炮台···········（279）
读李惠军旅诗感怀···············（279）

王芷斌
赠新疆生产建设兵团·············（279）
登岳阳楼·······················（279）
古稀吟·························（279）
贺神九飞天成功·················（279）
蒙古包作客·····················（279）
长江游·························（280）
念奴娇·昆仑山·················（280）
浪淘沙·登高···················（280）

王改正
狼牙山·························（280）
哨　月·························（280）
夜哨观月·······················（280）
营外青山·······················（280）
山　野·························（280）

八达岭·······················(280)
号 鸣·······················(281)
雪·······················(281)
神七发射成功感怀···········(281)

王若钦
读《缅怀粟裕大将》···········(281)

王明松
[正宫·塞鸿秋]炮兵团野营归来······(281)

王怡颜
铺路石·······················(281)
有怀崇明扬子中学···········(281)
遥念许迪生···················(281)
胡志毅先生《戍楼望月集》
读后奉题···············(282)
瞻仰毛主席遗容···········(282)
纪念兰州战役六十年谒榆
中陵园无名烈士墓········(282)
眼镜自述···················(282)
园丁颂·······················(282)
枕石吟·······················(282)
减字木兰花·学习雷锋·······(282)
唐多令·清明时节怀英烈·······(282)
青玉案·秋怀···············(282)
水调歌头·忆南征···········(282)
沁园春·感怀···············(283)
望海潮·大连一瞥···········(283)
高阳台·神八天宫银汉对接·····(283)
满庭芳·横渡天堑···········(283)

王春霖
忆从戎·······················(283)

王树令
北疆兵歌（选五）···········(284)
早 操·······················(284)
潜 伏·······················(284)
打 靶·······················(284)
巡 逻·······················(284)

宿 营·······················(284)
演 兵·······················(284)
圆 梦·······················(284)
青 松·······················(284)
兔年咏兔···················(284)
行香子·雪原鏖兵···········(284)

王致新
白云山团礼赞···············(285)
缅怀蔡正国副军长···········(285)

王笑竺
笔换枪·······················(285)
留在大山里的记忆···········(285)
军营夜·······················(285)
访某边防哨所楼···········(285)
边哨寄语···················(285)
界江秋色···················(285)
三伏戍边···················(285)
过狼牙山凭吊英烈···········(286)
山 居·······················(286)

王爱山
神仙湾哨兵···················(286)
访塔县边防团与官兵座谈·······(286)
谒石河子市王震将军铜像·······(286)
癸巳秋与保成参观大别山
战史馆有怀···············(286)
天心阁怀战友···············(286)
烟台遇老战友作此诗以慰之·······(286)

王通路
老测绘兵···················(286)
老兵过八一···················(287)
一名老测绘兵如是说···········(287)
导弹营·······················(287)
解读"五气"精神···········(287)
八一奋笔···················(287)
民族精神歌···················(287)
新中国六十五春···········(287)
解甲述怀···················(287)

参军四十五周年与战友心聊······(287)
鹧鸪天·眺甲午战场·············(287)

王铭卿
千帆飞驶·····················(287)
"这里有解放军吗？"············(288)

王淑昭
喜吟毛主席诗词················(288)
江城子·咏开国大典·············(288)
[越调·天净沙]补丁谣·········(288)

王景河
菩萨蛮·打过长江·············(288)
小重山·激战前夜·············(288)

王鉴非
扶眉战役大捷·················(289)
壮心仍系旧疆场················(289)
在七军复委会工作··············(289)
在后勤学院授衔办公室工作·······(289)
参加全军后勤先进工作者
　代表大会···················(289)
卜算子·后勤学校学员毕业······(289)

王霞玲
解放军雅安地震救援·············(289)
赞我国第一艘航母··············(289)

韦　弦
临江仙·忆渡江战役·············(289)
江城子·打窑湾················(290)
[中吕·山坡羊]打英舰··········(290)

韦善通
忆军旅生活···················(290)
我北海舰队亮剑西太平洋········(290)
从军忆·····················(290)
参加实弹射击·················(290)
南海吟·····················(291)
边声入梦寄慨·················(291)
松风亭·····················(291)

杂　诗·····················(291)
观涛亭·····················(291)
风入松·实弹射击·············(291)
踏莎行·寒夜················(291)
西江月·首届军旅诗词研讨会·····(291)
破阵子·卢沟桥···············(291)
破阵子·习主席视察海军
　驻三亚部队·················(291)
风入松·边关月···············(292)
破阵子·奔袭演练·············(292)
桂枝香·家书·················(292)

韦湘秋
踏莎行·淮海英雄颂·············(292)

牛　健
竞向神州撒彩霞···············(292)

毛文戎
大军别安东···················(292)
夜过新义州···················(292)
夜行军遇雨···················(292)
忆军委顾问王建安（选一）······(293)
看新中国六十周年大阅兵········(293)
喜观我核潜艇揭秘··············(293)
访"天涯哨兵"途中感怀········(293)

毛文明
曾记当年气势昂···············(293)

文小平
贺哈军工校友诗社成立··········(293)
贺哈军工校友书画社成立········(293)
问　童·····················(293)
出征曲·····················(293)
归国行·····················(294)
减字木兰花·赞工程兵··········(294)

文作鹏
战马情深···················(294)
忆秦娥·····················(294)

文济田

板门店谈判·····················(295)

忆"八六"海战···············(295)

忆西沙海战·····················(295)

方国礼

雷鸣罗布泊·····················(295)

爆区取样分队···················(295)

核大姐引·······················(295)

沁园春·挺进敦煌···············(296)

满江红·挥师金银滩·············(296)

鹧鸪天·工地纪事···············(296)

渔家傲·夫妻树·················(296)

念奴娇·漠野垦荒···············(296)

桂枝香·核测试攻关抒怀·········(297)

西江月·核试验场···············(297)

木兰花·祝捷大会···············(297)

江城子·两弹结合试验···········(297)

谢池春·氢弹试验成功···········(297)

青玉案·首次地下平洞试验·······(297)

渔家傲·过废墟·················(297)

水调歌头·团结村···············(297)

忆江南·马兰···················(298)

沁园春·西昌···················(298)

水调歌头·我国首次载人

　飞船发射成功···············(298)

清平乐·朱德挑粮小路···········(298)

渔家傲·雁翎队·················(298)

渔家傲·八千里巡逻·············(298)

临江仙·仰军史浮雕·············(298)

采桑子·兰花坪·················(298)

方俊民

中国蓝盔之歌···················(299)

驻港部队礼赞···················(299)

中国舰队护航亚丁湾·············(299)

渔歌子·南沙卫士···············(299)

方培泰

忆一江山岛登陆战···············(299)

赴大陈岛感赋···················(299)

北海雄风·······················(299)

缅怀张爱萍将军·················(300)

拼　搏·························(300)

游燕子矶·······················(300)

满江红·登贺兰山···············(300)

尹同太

老兵抒怀·······················(300)

老友欢聚·······················(300)

水调歌头·喜看孙辈爱宇航·······(300)

念奴娇·狼牙山五壮士颂·········(301)

水调歌头·迎圣火献文明·········(301)

东风第一枝·再访马兰···········(301)

丑运洲

出　海·························(301)

江城子·登娄山关···············(301)

孔庆伯

夜袭秋庄·······················(301)

野营拉练抒情···················(301)

邓　亭

满江红·离休初度···············(302)

虞美人·回长沙·················(302)

邓元资

无尽相思忆故人·················(302)

有怀偶成·······················(302)

老兵杂咏·······················(302)

怀老战友·······················(302)

忆旧抒怀·······················(302)

读《凉州词》有感···············(303)

酬原《解放军报》总编辑杨子才

　惠赠《八大家诗醇》·········(303)

魂兮归来·······················(303)

北飞归雁寄相思·················(303)

江城子·战士归来寻旧梦·········(303)

锁阳台·赢得凯歌还·············(303)

虞美人·怀阿妈妮···············(303)

蝶恋花·梦里伊人···············(303)

鹊桥仙·老兵吟…………………(304)

西江月·忆朝鲜停战……………(304)

邓传瑶

熔炉初炼…………………………(304)

战友情殷…………………………(304)

应邀参观民兵射击演习…………(304)

水调歌头·观荧屏军演漫咏……(304)

邓芳英

梦军营……………………………(304)

阵　地……………………………(304)

划　船……………………………(304)

荧屏观战…………………………(304)

邓荣忠

沸腾的鸭绿江边…………………(305)

空战轶事…………………………(305)

空军英雄张积慧…………………(305)

邓树竹

威海保卫战………………………(305)

邓碧霞

抗美援朝有感……………………(305)

登"二七"纪念塔读董必武

　诗有感………………………(305)

向为科研攻关而战的同志致敬……(305)

纪念抗日战争胜利七十周年……(305)

怀念元帅…………………………(306)

纪念陈毅元帅诞辰九十周年……(306)

西江月·缅怀小平同志喜迎

　香港回归……………………(306)

十六字令·王家台凭吊抗日

　英雄墓………………………(306)

双　石

抗美援朝三咏……………………(306)

艾　平

东风航天城初创岁月感怀………(307)

忆秦娥……………………………(307)

左文泽

浪淘沙·忆奔袭九井镇战斗……(307)

左素兰

忆秦娥·勿忘先哲………………(307)

如梦令·菊…………………………(307)

卜算子·诗词班老班长周东葵……(307)

石　弘

忆南下行军途中…………………(307)

立功感怀…………………………(307)

欢呼我国第一颗人造卫星上天……(307)

纪念周总理九十诞辰……………(308)

读《魏征传》偶感………………(308)

玉楼春·欢庆粉碎"四人帮"……(308)

石长厚

祝贺总装老干部大学成立

　二十五周年…………………(308)

满江红·入伍四十年回望………(308)

石理俊

家　祭……………………………(308)

吴山青·雨夜行军………………(308)

鹧鸪天·草宿……………………(308)

青玉案·从军大到航校…………(309)

望远行·地勤……………………(309)

水调歌头…………………………(309)

满庭芳·华东军大成立

　四十周年……………………(309)

行香子·赞黄金万两尽归公……(309)

浣溪沙·华东军大校友聚会……(309)

鹧鸪天·浙东革命根据地

　建立五十周年………………(309)

浣溪沙·送别小平同志…………(309)

江城子·海韵……………………(310)

青玉案·抗洪部队胜利撤离……(310)

采桑子·《没有写完的日记》

　出版…………………………(310)

子夜歌·澳门回归零时印象……(310)

渔家傲·过阪泉·················(310)
踏莎行·寻找王伟·············(310)
渔家傲·军休所里春风面········(310)
临江仙·飞天·················(310)
满江红·重读《血的哺养》·····(310)
踏莎行·汶川速写·············(311)
虞美人·致浙江诗友···········(311)
菩萨蛮·登百望山望儿台········(311)
鹧鸪天·"大跃进"中稳放鹰···(311)
水调歌头·神十问天···········(311)
大江东去·国庆，忆从军六十年·····(311)

石德兴
忆"天涯海角"夏夜站岗········(312)
卜算子·记志愿军入朝
　第一次战役·················(312)
鹧鸪天·敌机陪我夜行军········(312)

平　均
西江月·拉练·················(312)
忆江南·西沙好················(312)

上　编

万　毅

1907—1997年,满族,辽宁金县(今大连金州)人。1926年参加东北军,参与了西安事变,1938年加入中国共产党。曾任东北民主联军纵队司令员,炮兵第一副司令员,国防科委技术委员会主任。1955年被授予中将军衔。

过秦岭抵汉中

诗话终南几代人,我今举步喜登临。
层峦叠翠摩星月,万水分飞下汉秦。
南走长龙劳战友[①],北依太白望京门。
将坛回首未央剑,澎湃心潮逐暮云。

① 长龙,为秦岭南坡一小村。此诗作于1961年秋,时陕西省林业厅设计人员曾散居此处。

秋　雨

萧瑟凄风苦雨夜,狱门共产党人心。
案宣三铁辩何济[①],错铸九州屈莫伸。
俯首为牛责有怍,腆颜事贼史非真。
庐山面目还原日,再奋勇忠报国恩。

① 三铁,谓"铁证如山、铁板钉钉、铁嘴钢牙也改变不了。"

纪念辽沈战役四十周年

蒋记王朝陷楚歌,战酣辽沈启先河。
塔山筑阵雷池壁,锦市拔城列缺波。
高垒金汤成泡影,美装精锐入天罗。
独夫梦破万民庆,决胜运筹西柏坡。

怀张汉卿将军

1989年5月,应张学良将军旧居陈列馆而作。

黑水白山魂梦牵,长安五十二年前。
救亡兵谏残民者,申义笔催误国篇。
对垒因之弃旧恶,同仇至此展新颜。
汗青永志汉卿业,千古功臣千古传。

纪念连云港抗日五十周年

大桅凌霄连岛横,朝阳出海水云彤。
万人登垒御强虏,六月鏖兵屠孽龙。
仇寇舰机飞火雨,军民血肉筑长城。
一挥五十春秋逝,天外黑风可结绳?

追往事

——献给抗日老战友

半世纪前寇焰腾,炎黄儿女竟从戎。
军民鱼水同甘苦,新老埙篪共死生。
岱岳挥兵敌阵落,大江桴鼓战裳红。
谱来绝唱英雄曲,翘首延安北斗明。

献给古代军事家孙膑故乡

膑翁韬略世传扬,为救邯郸围大梁。
减灶计成敌断误,马陵道上魏军亡。

贺解放军六十五岁诞辰

导师铸剑井冈峰,要剪人间最不公。
三座大山锷下倒,五洲强霸戟前熊。
乌云飞卷迎难进,沧海横流劈浪冲。
听命红旗忠指向,永消吸血竟全功。

江城子·四平联想

当年四打四平城,求解放,缚苍龙。前仆后继奋勇争先登。壮哉多少英雄士,身百战,气若虹。　如今建设方蓬蓬,路线正,方向明。四项原则光辉照前程。"血沃中原肥劲草",望神州,遍愚公。

诉衷情 · 光彩耀人寰

—纪念延安文艺座谈会52周年

当年盛事忆延安,宏论启文坛。明灯普照敌后,光彩耀人寰。　　强寇扑,天地翻,主权还。艺文宗旨,服务人民,薪火流传。

王必成

1912—1989年,湖北麻城人。1928年参加革命,参加了长征。曾任新四军纵队司令员,华野六纵司令员,武汉军区司令员。1955年被授予中将军衔。

忆孟良崮大捷

蒋军重点攻齐鲁,敌我交战孟良崮。陈粟大军遇骄虏,杀得天翻地也覆。鲁南山区出奇兵,背后直捣匪师部。美械王牌遭全歼,击毙顽酋张灵甫。

王宗槐

1915—1998年,江西万载人。1930年参加中国工农红军,参加了长征。曾任第十九兵团军政委,总政秘书长,昆明军区副政委,第二炮兵副政委。1955年被授予中将军衔。

八路军

红军改八路,开进五台山。创建根据地,如鱼得水欢。奋战东洋鬼,驰骋晋冀间。抗战得胜利,人民乐九天。

韦　杰

1914—1987年,壮族,广西东兰人。1929年参加中国工农红军,参加了长征。曾任成都军区副司令员。1955年被授予中将军衔。

忆会师

一

昔日强攻会宁城,歼鲁团,迎会师,三军战友齐欢呼。踏上新征途,救国基础固。

二

今日长征会师处,纪念堂,塔矗立,万里转征丰碑树。慰先烈英灵,励新人成柱。

三

当年远征不怕难,理想根,扎心间,誓教山河换新颜。重任担铁肩,推倒三座山。

四

而今工作重点转,向四化,勇登攀,且喜将士不畏艰。又显长征胆,宏图定能展。

孔从洲

1906—1991年,陕西西安人。1924年参加国民革命军,1946年5月率部起义。曾任炮兵副司令员。1955年被授予中将军衔。

纪念西安事变兼怀 张杨二将军

虏骑风尘满蓟燕,操戈同室犹相煎。五湖潮涌申胥恨,三晋人歌魏子贤。

旗奋农工齐缚虎,手翻云雨独违天。
川江血浪台山月,悲愤千秋共泫然。

忆旧慰忠魂①

豫州举义旗,陕军获新生。燕赵子弟兵,壮志卫邯城。中原还逐鹿,走马追征程。随军入川西,神驰天安门。戍边建油田,文武两昆仑。关山少音讯,梦中寻故人。开国多英烈,忆旧慰忠魂。新人如后浪,远望一片春。

① 诗作于1978年党的十一届三中全会之后,见于罗东进、辛旗、张焱《仰无愧于天 俯不怍于地——回眸孔从洲将军革命足迹》一文,标题为编者所加。

孔庆德

1912—2010年,山东曲阜人。1931年参加中国工农红军,参加了长征。曾任纵队副司令员,第五十八军军长,武汉军区副司令员。1955年被授予中将军衔。

记长征路上聆听
朱总司令教诲

道孚温暖漾春风①,齐打毛衣迎贺龙。
朱德带头搓线线,学员围座喜融融。
"朱毛不可分开干,北上才能大道通。"
草地三过云雾散,艳阳高照战旗红。

① 道孚,曾为红四方面军总部和红军大学驻地。

刘志坚

1912—2006年,湖南平江人。1928年参加平江起义,参加了长征。曾任红四军政治部主任,总政治部副主任,军事科学院政委,昆明军区第一政委,政治学院院长兼

政委。1955年被授予中将军衔。

忆长征

一

忆长征,双脚踏开路重重。铁流二万五千里,豪情壮东风。

二

忆长征,三军大纛映日红。围追堵截奈我何?长缨缚苍龙。

三

忆长征,一杯醇酒酹长空。多少战友今何在?远山草木青。

四

忆长征,青史永垂创业功。长江后浪推前浪,接力有新兵。

血战八年垂青史

国门衅起战云翻,铁流东进卫河山。
黄河波涌民族泪,太行峰叠壮志篇。
醒狮一吼天地动,金戈铁马扫狼烟。
血战八年垂青史,古国奋起挥手间。

中原决战

中原鏖战急,诱敌到宛西。神速出天兵,歼敌数万奇。淮海决胜负,中州全无敌。雄师过大江,所向寇披靡。直捣五羊城,九州遍红旗。

重访战地杂咏

洛 阳

南游战地行,雄哉洛阳城。黄河走鼻端,太行立为屏。逐鹿百战多,

浩气贯长虹。铁骑传飞檄，经略出奇兵。民族发祥地，基业赖尔撑。热血沃中原，古城留英名。

邓 县

城坚水深顽敌恶，大军踊跃待一搏。此役全局相攸关，彻夜不眠费琢磨。重锤敲开硬核桃，利刃刺穿敌心窝。运筹帷幄巧安排，旌旗蔽日奏凯歌。战友故地喜相逢，皓首之翁感慨多。

襄 樊

襄樊古今争夺地，中州问鼎经略计。顽敌龟缩守坚城，依山傍水拼蛮力。聚兵再作困兽斗，覆巢危卵势已去。借问康泽欲何往？阶下之囚可面壁。凯歌入云军民乐，此城一拔定大局。解甲之人故地游，龙腾虎跃今胜昔。

孙 毅

1904—2003年，河北大城人。1931年参加宁都起义，参加了长征。曾任河北省军区司令员，总参军训部副部长，总参谋部顾问。1955年被授予中将军衔。

西江月·回冀中

郁郁山坡果树，茫茫水库云烟。冀中搏斗忆当年，日寇闻风丧胆。　鱼水交融一体，军民骨肉相连。风云变幻岂无边，我自安然笑看。

杜 平

1908—1999年，江西万载人。1930年参加中国工农红军，参加了长征。曾任兵团政治部主任，中国人民志愿军政治部主任，沈阳军区副政委兼政治部主任，南京军区政委。1955年被授予中将军衔。

抗美援朝

十月金秋起风云，雾罩边关烟满城。唇亡齿寒安危系，义旗跨江助友邻。

三战三捷

迎头痛击敌锋芒，三战三捷士气昂。武器岂抵正义师，中朝联军美名扬。

板门店谈判

停战谈判三春秋，打打谈谈几运筹。何妨较量持久战，我有真理握在手。

树 亭①

亭前广玉兰，雪压几枝残。
树老根深固，叶茂花蕾繁。
绿荫遮如亭，小憩胜凭栏。
居安当思危，老骥莫偷闲。

①作者宅院中有一树广玉兰，高丈馀，叶茂花繁，清香扑鼻，谓之"树亭"。1958年7月1日，作者以白水曲柳木板为底，书写此诗挂于树干。

杜义德

1912—2009年，湖北黄陂人。1928年参加革命，1929年参加中国工农红军。曾任兵团政委，沈阳军区副政委，海军第二政委，兰州军区司令员。1955年被授予中将军衔。

忆会宁会师

为会师纪念塔落成暨长征胜利50周年作。

一

五十年前会宁城,三军会师齐欢欣。
两万里路艰辛过,烈士鲜血染征程。

二

今日再聚会宁城,纪念塔前慰英灵。
红军业绩代代传,革命征途永不停。

李雪三

1910—1992年,河南修武人。1931年参加宁都起义,参加了长征。曾任中国人民志愿军后勤部政委,总后勤部副政委兼政治部主任,后勤学院副政委。1955年被授予中将军衔。

宁都起义

独夫倒行天地昏,激怒神州赤子心。
春风一夜宁都过,义旗高举奔红军。

忆长征中紧急渡湘江

一

突围破敌三防线,敌人追截成空忙。
殿军健儿大刀闪,纵横劈舞保中央。

二

忽悉湘军设江防,军委电令急渡江。
迈开两条飞毛腿,腾云驾雾乐无双。

三

又复一日夜未眠,拂晓湘江到眼前。
远方传来枪炮声,三军渡过尽开颜。

杨秀山

1914—2002年,湖北沔阳(今属洪湖)人。1930年参加中国工农红军。曾任训练总监部院校部副部长,武汉军区副司令员,政治学院副院长,后勤学院院长。1955年被授予中将军衔。

湘鄂西革命烈士纪念馆

洪湖晨光,旭日初吐,千里金波。轻雾袅袅淡,凫游莲畔,鳞戏娇荷,雁翔列阵,鹤舞婆娑。欲拟西子,犹盛三分壮色。待端阳,聚红男绿女,万众争舸。当年赤旗几多,看工农奋起挥干戈。我红二军团、逸群、贺总,东江子弟荡妖魔。湘赣苏区,功留史册,千古风流,任评说。看今朝,四化创新业,同欢乐。

吴信泉

1912—1992年,湖南平江人。1930年参加中国工农红军,同年加入中国共产党,参加了长征。曾任第三十九军军长,沈阳军区参谋长,炮兵副司令员。1955年被授予中将军衔。

忆战友

刀马风年挥甲兵,战罢白发解盔缨。
记取沙场百战事,多少忠魂眠野峰。

吴富善

1912—2003年,江西吉安人。1927年参加革命,1930年参加中国工农红军。曾任广州军区副司令员,空军副司令员。1955年被授予中将军衔。

磨我长剑卫碧空

黄沙百战万里征,六十余载路重重。
重任在肩志犹壮,磨我长剑卫碧空。

旷伏兆

1914—1996年，江西永新人。1929年参加革命，1933年参加中国工农红军，参加了长征。曾任第六十七军政委，第十九兵团政委，空军副政委，铁道兵第二政委。1955年被授予中将军衔。

颂地道战地雷战

以弱胜强地道战，陷敌灭顶地雷轰。
四通八达巧设防，东拼西杀善进攻。
天罗地网赛火牛，金瓜铁豆炸害虫。
自古燕赵多豪杰，而今冀中出英雄。

张池明

曾用名张赤民，1917—1997年，河南新县人。1932年参加中国工农红军，参加了长征。曾任第四野战军四十三军政委，总后勤部政委，炮兵政委。1955年被授予中将军衔。

红二十五军长征

大别风雨胆未寒，鄂豫陕边奋危艰。
沧海锻就英雄志，崂山战役震敌顽。
万里征程喜胜利，会师主力序入编。
直罗一仗开新面，西北奠基著史篇。

张贤约

1912—2002年，河南商城南溪下湾村（今属安徽金寨）人。1929年参加中国工农红军，参加了长征。曾任第一野战军六军副军长、政委，西北军区空军副司令员、军区后勤部部长，总后勤部副部长。1955年被授予中将军衔。

先遣支队下太行

1937年11月，我奉命率一二九师教导团一部组成的先遣支队，赴冀西建立抗日武装。

千里下太行，新冢遍路旁。入寇蚕食我村庄，冀西好凄凉。青壮踊参军，妇幼支前忙。同仇敌忾举刀枪，抗战红旗飏。

陈正湘

1911—1993年，湖南新化人。1930年参加中国工农红军。曾任纵队司令员，北京军区司令员。1955年被授予中将军衔。

为长征胜利五十周年作

长征告捷震乾坤，光阴荏苒五十春。
喜看神州革新事，擎旗自有后来人。

欧阳文

1912—2003年，湖南平江人。1928年参加平江农民暴动，1930年参加中国工农红军，参加了长征。曾任第四十一军副政委兼政治部主任，解放军报社总编辑，西安军事电信工程学院政委、院长，第四机械工业部副部长。1955年被授予中将军衔。著有《青松诗集》。

悼念罗荣桓元帅

一

晴空霹雳噩耗传，罗帅逝世别人间。
千里凭吊痛挥泪，悲失良师夜不眠。

二

数十余年度艰辛，南征北战为人民。
政工建设殊勋在，千古流芳永记铭。

三

十字路镇同室寝，一席谈话尽倾心。

谆谆教诲铭肺腑,切切音容记犹新。

四

九泉英灵若有知,喜看祖国建树奇。
后人承志勿懈怠,共产主义胜利时。

长征组诗
——纪念长征胜利50周年

一

秋风飒飒战马鸣,红军被迫远征行。
突破四道封锁线,飞越五岭占黎平。
强渡乌江跨天险,攻占遵义救黔民。
打败军阀王家烈,消灭侯旅双枪兵①。

① 侯,指侯之担,时任国民党军第二十五军副军长。双枪,指步枪、烟枪。

二

遵义会议挽艰危,红军将士喜上眉。
重占遵义施计巧,再夺娄山显神威。
四渡赤水歼顽敌,三路白军化烟灰①。
夜过乌江迫贵市,军威浩荡震蒋魁。

① 三路白军,指国民党军薛岳、吴奇伟、周浑元三个纵队。

三

红军巧渡金沙江,围攻会理入大凉①。
彝汉结盟同举义,民族政策放光芒。
僻壤越嶲接峻岭,巍峨营盘迫大江②。
喜得彝胞来引路,胜利抵达安顺场。

① 大凉,大凉山。
② 越嶲,县名,今越西。营盘,营盘山,传说太平军石达开曾驻守此地。

四

军渡大河入天全①,穿过邛崃到抚边。
脚踏甲金千秋雪②,目览瑶池九寒天。

空气稀薄难呼吸,雪花飘洒铺满肩。
携手翻过分水岭,树下岩边饮清泉。

① 大河,指大渡河;天全,即天全县。
② 甲金,指夹金山。

五

时云时雨又时晴,苍茫无际草原行。
遍地泥潭无寸木,缺米短柴断火星。
乌云覆盖无飞鸟,旷野相依任雨淋。
静坐待更难合眼,遥望天际盼黎明。

六

英勇红军世无双,踏破千山万水长。
雪山草地任飞越,寒暑饥乏无阻挡。
冲破天险腊子口,歼灭顽敌鲁大昌①。
铁流两万五千里,挺进陕甘为救亡。

① 鲁大昌,当时守备腊子口的敌军首领。

欧阳毅

1910—2005年,湖南宜章人。1927年参加革命,参加了湘南起义和长征。曾任公安部政治部主任,炮兵副政委。1955年被授予中将军衔。

为《湘南起义在宜章》一书而题

朱陈痛歼许克祥,湘暴炮声响宜章。
建立政权苏维埃,工农携手力量强。
赤白斗争殊死战,为操胜券上井冈。
灿烂历史切莫忘,团结一致奔前方。

周仁杰

1912—2001年,湖南茶陵人。1930年参加中国工农红军,参加了长征。曾任海军东海舰队副司令员、南海舰队司令员、海军副司令员。1955年被授予中将军衔。

甘溪丰碑耸云天①

一

风雨云烟五十年，豪情伴我回石阡。
当年长征先开路，甘溪突围惊心胆。

二

刺刀挑开荆棘路，热血浸染尖峰山。
声东击西布迷阵，夹沟水密巧脱险。

三

木黄会师虎添翼，湘鄂川黔笑开颜。
烈士英魂今安在？巍巍丰碑耸云天。

① 1934年10月，率先退出湘赣苏区向黔东作战略转移的红六军团，与红二军团在黔东会师。在纪念会师50周年前夕，作者回到石阡甘溪镇，在尖峰山烈士碑前，凭吊壮烈牺牲的战友们，心潮澎湃，写诗志之。

周玉成

1904—1971年，湖南祁阳人。1928年参加平江起义，参加了长征。曾任沈阳军区后勤部部长，总后勤部副部长。1955年被授予中将军衔。

为平江起义四十周年作

血雨腥风，湘鄂赣，鬼蜮弹冠。工农血，赤县尽染，白骨数万。土豪军阀倒算时，黎民长夜何时旦。怎堪忍，干柴遇烈火，兵揭竿。雪奇耻，惩奸宄；挥金戈，立决断。石穿巧运筹①，尽人赞叹。瞒天过海愚周磐②，暗渡陈仓闹饷变。义兵起，孤城弹指克，惊湘赣。

① 石穿，彭德怀的号。
② 周磐，湘军独立第五师师长。

周希汉

1913—1988年，湖北麻城人。1927年参加黄麻起义，1928年参加中国工农红军并加入中国共产党，参加了长征。曾任第二野战军十三军军长，第四兵团军长兼滇南卫戍司令员，海军副司令员。1955年被授予中将军衔。

陈堰歼敌

黄公美械旅①，自诩天下一。陈堰遭我困，始知遇劲敌。突围累数度，难得寸步移。求援电未止，已入战俘席。

①黄公，指国民党军中将黄正诚。

聂凤智

1913—1992年，湖北礼山（今大悟）人。1929年参加中国工农红军，参加了长征。曾任华东野战军第九纵队司令员，华东军区空军司令员，福州军区、南京军区副司令员兼军区空军司令员，南京军区司令员。1955年被授予中将军衔。

忆淮海战役

淮海鏖兵忆昔年，喜除桀日换尧天。
常思斩将驰驱日，犹记搴旗谈笑间。
芳草萋萋掩忠骨，凯歌阵阵起征鞍。
高风亮节照寰宇，青史长留英勇篇。

莫文骅

1910—2000年，广西南宁人。1926年参加革命，参加了百色起义和长征。曾任政治学院院长，福州军区副政委，装甲兵政委。1955年被授予中将军衔。曾为解放军红叶诗社名誉社长。著有《莫文骅诗词选》。

悼十三烈士①

触目惊心做楚囚,惨如地狱逼人愁。
敢抗横流称直士②,要翻逆势做耕牛。
对月吟哦诗泣血,号天却被布塞喉!
烈士刑场歌慷慨,同俦脱险灭敌酋。

① 十三烈士,即1927年在南宁被国民党反动派杀害的中共党员、国民党左派人士和进步青年罗如川、何福谦、梁砥、卢宝贤、莫品佳、雷天壮、雷沛涛、梁六度、陈立亚、张争、李仁及、周飞宇、高孤雁等13人。

② 国民党左派人士、第一中学教员卢宝贤,中秋节与同狱的国民党左派县长李炽南对句,李出上句: "聊与今人谈古月",卢对: "愿为直士抗横流"。

井冈山壮士①

注视英雄谱:一贼向前攻,二贼迂侧翼,来势其汹汹。勇哉一壮士,愤起相交锋,怒火燃山谷,临危显贞忠。死生绝不顾,长矛插敌胸,意志诚可法,浩气贯长虹。今日朝圣地,山岭绿葱葱,地灵因人杰,齐慕仰英风。国事承平日,斗志勿稍松,敌若来侵凌,万众一如公。

① 1961年4月6日,参观井冈山博物馆时,发现一张当年民兵与敌人肉搏的照片,深受感动,作此。

解放南宁（选二）

1949年12月4日, 我任中国人民解放军第四野战军第十三兵团政治委员,率部进入广西南宁。

一

雷霆万钧力,疾风卷乌云。
大军突桂境,残阳已西沉。
血战二十载,重踏家乡门。
地面变颜色,天上换星辰。

二

仰望北门楼,不觉泪涔涔。
曾悬拔哥首,示众惨无伦。
郊外刑场地,烈士血淋淋。
沙场鏖战士,多数化征尘!

观坦克进攻演习①

宇震山摇蓦地来,云烟滚滚卷尘埃。火龙喷发碎敌垒,快枪高射灭飞豺。"铁甲骑兵"逞神武,穿插分割势如虎。"抗反"追歼策长驱②,连战皆捷俘敌房。一声号令离战场,轰轰轮动凯歌扬。茹苦练成真本事,杀敌卫国慎勿忘。

① 诗写于1975年9月初任装甲兵政委后,去嘉山县三界观看南京部队坦克演习时。
② "抗反",抗击敌人的反冲击。

怀念周总理

一

声威震人寰,功勋著世间。
步履劈荆棘,舟行过险滩。
简朴常自励,茹苦共民艰。
指挥神若定,运筹掌中看。

二

秉性极刚毅,处事精且细。
堪称卓越才,领袖倍重器。
奸贼"四人帮",万般施毒计。
生时狠摧残,死后尤妒忌。

三

品德洁如玉,功高不夸诩。

骨灰撒满天，顿成倾盆雨！
逝世一周年，耳犹闻教语：
建设装甲兵，红旗必高举！

八角楼

茅坪屹立八角楼，巨人曾在楼上头。
纵观世事如指掌，含辛茹苦解民愁。
出击无常称奇术，乡包城市展宏谋。
中原大计从兹定，星火燎原遍九州。

怀念雷经天同志①

昔年烽火右江来，妖魔鬼怪一齐埋。
羡君壮年执政事，领率群众显英才。
半世纪来天地覆，翻身人民笑颜开。
大庆狂欢高歌节，缅怀功绩不忘怀。

① 雷经天（1904—1958），广西南宁人。早年参加学生运动。参加了南昌起义、广州起义和百色起义。1929年曾任右江工农民主政府主席。后担任过陕甘宁边区高等法院院长、上海华东政法学院院长，上海社会科学院院长等职。1958年在上海病逝。

怀念张云逸同志

雷鸣一声妖魔死，半世功勋录青史。
力疲倚马枕寒流，腹空啖蕨如甘蔗。
局危奋起挽狂澜，灭敌挺身冒毒矢。
鞠躬尽瘁已长眠，雨露朝朝育桑梓。

红七军五十周年纪念

难忘历代冤与愁，谁甘继续做马牛？
南方霹雳红一角，东亚纷纭震半球。
人民翻身掌金印，勇士夺枪带兜鍪。
半世纪来频征战，血淋大地绿田畴。

读陈毅元帅诗词选集

贯册气如虹，犀利文笔锋。
目观光闪闪，耳听声隆隆。
恨敌牙切切，爱友笑融融。
功著凌烟阁，文武一元戎。

读《叶剑英诗词选集》有感兼和《远望》韵

满腹经纶一帅翁，声名显赫响长空。
鸣鸡起舞怀国事，策马扬鞭追敌踪。
征战挥师威似虎，筹谋谈判活如龙。
兴来吟咏披肝胆，宏丽诗篇峻伟功！

英雄碑

12月11日，百色、龙州起义55周年纪念暨李明瑞、韦拔群烈士塑像揭幕大会有感。

百战开疆百战功，南湖屹立两英雄。
弹雨枪林危不惧，风餐露宿苦亦荣。
虎威赫赫称独胆，妖惊忡忡吓裂胸。
默念碑前心潮激，万人挥泪仰遗风！

家　宴①

家宴欢欣喜相逢，融融谈笑座生风。
妇辈雅赛青春女，吾亦忘却是老翁。
若非厄运催人逝，举杯还有四英雄！
展眉乐观前景美，似收愁思且轻松。

① 吴克华中将逝世后，其夫人张铭来京。1987年9月15日，我和妻杨枫设家宴请她及已故罗荣桓元帅、萧华上将、萧向荣中将的夫人林月琴、王新兰、余慎。宴后，有感而作诗以志之。

萧公在战斗

——忆萧劲光同志在长征中

一

多载冒烽烟,阵上着先鞭。
无辜遭迫害,颠倒一经年!
长征重率队,健儿近一连。
兄弟军被袭,掩护责实艰。

二

敌军临关下,攻击势非凡。
我公急奋起,冲锋势无前。
七十多猛虎,杀声震九天。
敌众吾虽寡,屹立守娄山。

三

随军返遵义,周公极欢喜。
三渡赤水役,黑夜三十里。
袭占仁怀城,公勋无伦比。
乘胜驻茅台,酒香酬知己。

四

万兵能部署,兵少则猛冲。
胜利不矜夸,冤不诉苦衷。
危难仍昂首,临阵血沸胸。
品质耀日月,千古所推崇。

十面金牌①

——祝中国人民解放军摩托队竞赛胜利

欢欣鼓舞涌如潮,万众凝神注目瞧。
雷响尘扬山岳动,车飞风卷树林摇。
一群铁汉冒惊险,十面金牌配彩条。
苦练功成孚众望,虚心前进莫辞劳。

① 自注:全国第四届运动大会赛车项目中,摩托竞赛有11面金牌,解放军摩托队获得10面。参观竞赛回来后,写此诗以祝贺。

杨溪渡口的英雄①

——为纪念杨溪渡口战斗60周年作

一

滔滔绿水向东流,宽阔深深不能泅。尾有追军难飞渡,夕阳偏西使人愁!撤后夜行七十里,疲兵四处觅孤舟。主力差幸急忙过,后续欲继难停留。韶关敌军乘车扑,河北攻击战火稠。枪声向北疏且远,当知转移另作谋。

二

黄昏夕照苦殿军,伤员辎重乱纷纷。引颈彷徨何处去?极疲无奈就地蹲。忽然骑来军长至,群情兴奋热心胸。一声号令向后移,三十华里驻小村。夜来哨兵躺岗上,寒风瑟瑟无人声。茅屋一点红星火②,策谋筹划定指针。

三

七百壮士集山岗,睡眼疲躯迎曙光。肩挑拐行难成队,枪驮马背锅人扛。将军声音如斩铁,指出危急和处方。自救挺身为生路,畏难怕死必灭亡!雷鸣震天齐鼓舞,三夫三兵急拿枪③。辎财抛弃伤病起,组织新队束戎装。

四

东北南方无去路,唯有西行差可步。密友秘引出迷津④,崎岖奔驰如脱兔!巧计偷渡坪石河,勇猛急冲穿马路。艰难险阻斗山河,更击追兵全力赴。首长白日率全军,夜间调查忙公务。月余拼死胜恶魔，直抵苏区吸甘露⑤。

五

生死存亡共弟兄，关怀战士远相从。一身安危何足道？坚持革命符初衷。大小江河安可阻？千军万马难追踪。指挥勇敢兼沉着，冲锋更有众英雄。顶天立地真人杰，百战将军万世红。天翻地覆六十载，杨溪渡口立丰功。

①　1931年1月，红七军奉命从广西出发，打至广东，在乳源县梅花村战斗失利，夜撤向乐昌河杨溪渡，于次日下午到达。邓小平政委、李明瑞总指挥率五十五团和五十八团一部过河，张云逸军长率五十八团一部和辎重、卫生队等未过，即被敌人截断。

②　指张军长和军经理处长叶季壮、五十八团团长黄子荣在研究行动计划。

③　指伙夫、马夫、挑夫；号兵、传令兵、勤务兵。

④　指大革命时，湘南暴动遗留在乐昌、坪石一带的共产党员和革命者。

⑤　指永新县为中心的湘赣苏维埃区。

痛悼聂荣臻元帅

七十年来对党忠，顶天立地好元戎。旅欧细察兴亡事，返国投身恶浪中。百战挥刀灭仇敌，危难艰苦态从容。卫星升天呕心血，群魔乱舞扑妖风。两袖清风归去也，品德高超众噢噢。遗憾"史"成公不晓，"序言"光耀永鲜红①。

①　作者自注：聂帅提出编写《红一方面军战史》，指示组织编审委员会。并亲自指导，多次接见编委会及写作组成员，又亲写"序言"。1992年5月14日，"史"

书定稿，编委会公推杨得志等同志向聂帅汇报，而聂帅已于当晚逝世。

壮士行（选三）

——回忆平津战役中的四十一军

一

血战塔山正深秋，保障攻锦胜敌酋。解放沈阳才前夜，衔枚疾进入幽州。脚底长城非天险，手中枪炮胜吴钩。迈步向前歌慷慨，不歼魔鬼誓不休。康庄、怀来一刀切，平绥路断敌心忧。不甘灭亡往西窜，铁甲列车凶赛牛。健儿大呼奋神勇，敌军溃散满山丘。混战难分敌与我，白刃较量见刚柔。乱兵之中亲捉虏①，残敌庆幸险为因。腰斩长蛇声威震，战局光明一望收。

二

迅速挥师出南口，攻战北平如击缶。奉命转师西向插，火急电传如风骤。宣化会师庆重逢，觥筹交错相祝酒。备战途经新保安，不自量力敌固守。支援友邻炮兵团，合力歼敌一无漏②。钢铁炼成兄弟军，携手围攻张家口。铁桶周匝十万军，谁云困兽犹能斗？北向突围冀逃生，伸头却被铁拳揍。五万四敌一日歼，西窜图谋化乌有。天津解放又张垣，龟缩孤城谁能救？

三

战胜次日正当午，直奔北平势如虎。两月转战路三千，马不停蹄践霜露。海淀屯兵势压城，外围肃清畅无阻。歼敌又要保文物,任务极艰宜慎处。奉告出城使者君③,如愿和平不动武。昆明湖畔庆新春,佛香阁上翩翩舞。大军踏进西直门④,不闻枪炮闻锣鼓。万众笑迎子弟兵,红旗飘扬难计数。沸腾欢庆入城式,领袖阅兵显英武。古都从此庆新生,多难人民今做主。

① 自注:在怀来、康庄战斗中,追击敌十六军时,双方混战,我军部指挥所吴克华军长和我等二十余人,亲抓俘虏三百余人。

② 华北第二兵团政治委员罗瑞卿,向我提出借炮兵团攻新保安,经报中央军委和东北总部批准后借给。

③ 1月18日,原北平市长何思源率领的北平各界和平代表团从西直门出来,要求和平。由我与副政治委员欧阳文接待。

④ 1月31日北平和平解放,我率一二一师从西直门进入,接管北平市,担任警备任务。军部及大部队由吴克华军长次日率领进城。

英雄塔山①

炮弹狂轰工事隳,狼群猛扑阵垂危。地震隆隆尘埃滚,刀光闪闪血肉飞!敌急逃,我神威,残兵败退弃尸盔。钢铁长城谁越步?保障攻锦凯旋归。

① 1948年,作者任第四纵队政委,该纵3个师在塔山堡阻击了国民党11个师的猛烈进攻,保障了主力攻打锦州的胜利。

徐深吉

1910—2000年,湖北黄安(今红安)人。1927年参加黄麻起义,1930年参加中国工农红军。曾任空军副司令员,北京军区副司令员。1955年被授予中将军衔。

西路军述怀

三军飞渡克天险①,挫敌夺占一条山。黄河东西两铁拳,遥相策应丧敌胆。西征古浪几易手,反复冲杀惩敌顽。四十里铺肉搏战,刀下横尸七百三。高台倪营杀气寒,血雨腥风蔽日天。枪折弹尽用棍棒,刃卷石绝以牙拳。马匪步骑达十万,胡贼一旅驰增援。怎奈红军英雄何,挺进戈壁出祁连。敌施毒计围追堵,损兵折将逾两万。浴血奋战四月整,人间艰辛视等闲。八百余名钢铁汉,星星峡里奏凯旋。英烈肝胆昭日月,坚贞为党忠感天。

① 三军,指红三十军、红九军和红五军。

郭化若

又名郭俊英,1904—1995年,福建福州人。1925年加入中国共产党,参加了长征。曾任红一方面军代参谋处,第三野战军九兵团政委,南京军区副司令员,军事科学院副院长。1955年被授予中将军衔。曾为解放军红叶诗社名誉社长。著有《郭化若诗词选》等。

炮击金门

1958年10月 国防部文告发表后

重洋制敌古今稀,帷幄运筹费苦思。系得瘟神留海角,东风一着见高棋。

援邻驱虎传千载
——怀念杨勇同志

苦战红区诚早威,长征勇突四重围。金沙浪急军行疾,泸定桥残炉火微。

华北挥戈夷胆破,中原逐鹿敌灰飞。
援邻驱虎传千载,噩耗哀闻老泪催。

哀悼李伯钊同志[①]

红区歌舞震中华,文艺幼丛此一家。
最是长征风雪路,剧团烽火放奇花。

① 李伯钊(1911—1985),四川重庆(今重庆市)人。1931年加入中国共产党,参加了长征。长期从事艺术工作,曾任北京市文联副主席,北京人民艺术剧院院长,中央戏剧学院副院长,中国戏剧家协会副主席。

重来广州有感

坎坷奋战记从前,屈指重来六十年。
尘世浮沉波浪急,征途曲折是非颠。
玉石难分杯底影,穷通频改镜中天。
晚晴岂料承优遇,诗兴豪情白发添。

自　叙

艰难奋战忆从前,风雪关山历险艰。
帷幄频传神妙计,沙场叠显史诗篇。
从戎早已忘生死,拔剑长思易地天。
野马轻尘无寸效,但留点墨在人间。

渔家傲·悼念

回首当年初创业,罗霄山上红旗揭。妙计神兵频奏捷。新路辙,东风星火燎原烈。　　塞外吹来风雨雪,雄关漫道真如铁。天堑江河巧跨越。惊险绝,岷山过后三军悦。

一剪梅·迎春

战马征途路亦遥。风又萧萧,雨又飘飘。首都小寓说新潮。诗兴飘摇,酒气波涛。　　爆竹声中旧岁消。心事如潮,国事滔滔。诗魂飞傍月轮高。送却今宵,迎着明朝。

贺新郎·庆祝建军六十五周年

回首关山路,六五年、几番骇浪,几经险阻!十载长征惊天地,八年抗战御侮。运奇谋,坚持自主。鏖战中原摧腐朽,看雄师百万大江渡。乾坤转,凯歌赋。　　绿江跨越曾驱虎。挽狂澜、红旗高举,中流砥柱。雪岭挥戈边警靖,黑水又传战鼓。惩凶顽,西沙守土。暴雨狂风都渐净,喜除旧更新明部署。遍神州,同欢舞。

黄新廷

1913—2006年,湖北沔阳宁家墩(今属洪湖)人。1929年参加革命,参加了长征。曾任成都军区司令员,装甲兵司令员。1955年被授予中将军衔。

江城子·忆洪湖

当年喝尽麸子汤。自思量,米鱼乡。矢志坚贞,紧握红缨枪。不畏前程多雨雾,挥铁马,响叮当。　　洪湖掀起拥军忙。望征人,捉豺狼。让帐腾房,送鞋又送粮。今日振兴怀故土,思贺总,念德昌[①]。

① 段德昌(1904—1933),湖南南县人。1925年加入中国共产党。参加了北伐战争和南昌起义。是湘鄂西革命根据地主要创建人之一。1933年在肃反中遭诬陷,被杀害。

萧向荣

1910—1976年，广东梅县人。1926年参加革命，参加了长征。曾任中央军委办公厅主任中央军委副秘书长，国防科委副政委。1955年被授予中将军衔。

送复员同志

问君跃跃欲何去，解甲还乡复故犁。
春色喜临辉福地，奇花争艳映瑶池。
冲霄干劲争先进，奋发精神破素规。
莫让苍天长作宰，人间须听我驱驰。

天安门

重檐高复对南天，阅历人寰五百年。
几代帝王归粪土，两旁华表傲风烟。
一声霹雳雄雷震，十载龙腾骏马先。
且看今朝千里势，指标齐向斗牛边。

读雷锋日记

一

雷锋日记好诗篇，义正词严气凛然。
无我精神光闪闪，利人思想月娟娟。
苍松劲节千年翠，弱柳垂腰一瞬烟。
召唤人人书历史，保持红色永鲜妍。

二

雷锋事迹映朝晖，志在高山行在微。
爱物犹嫌粒随地，保民何惜血沾衣。
勤研毛著迷求是，每念斯人警涤非。
二十三年生命促，遗篇字字尽珠玑。

三

雷锋意志挺坚强，好了疮疤痛不忘。
誓把青春争上进，愿将幸福付虞唐。

一枝独艳无春色，万水归流有滴光。
生既光荣标典范，死犹伟大映群芳。

四

余生应许学雷锋，俯首横眉意不穷。
岂让螺钉生暗锈，那容刀剑失霜锋。
时亲宝卷常开眼，永向生民更豁胸。
事业不随人共老，琼花竞放太阳红。

题一学校

四十年来意气豪，沙场戎幕砺弓刀。
红旗起处山随倒，星火燃来原也燎。
改地待学科文武，换天唯向马列毛。
遥看后继葱茏甚，一浪追前一浪高。

鹧鸪天·欢呼成功发射科学实验人造地球卫星

再踏天门叩地扉，探寻宇宙解悬谜。
空间领域排魔焰，洲际距离抑兽威。
人八亿，志鬼巍，阎王上帝也披靡。
区区几个豺狼虎，谁把他们放眼眉！

萧新槐

1907—1980年，湖南宜章人。1927年参加革命，参加了湘南起义和长征。曾任第二兵团六十六军军长，中国人民志愿军军长，陕西省军区司令员。1955年被授予中将军衔。

卜算子·横城大捷①

猎猎义旗飞，夜渡鸭江水。壮志如天慷慨行，号角声声脆。　沙郡点奇兵，捷报横城汇。霞染硝烟战火停，神怡关山翠。

①抗美援朝战争第四次战役的战斗，

共毙伤和俘虏美军及南朝鲜约一万二千
余人。

詹才芳

1907—1992年，湖北黄安（今红安）人。参加了黄麻起义和长征。曾任冀热辽军区副司令员，第四十六军军长，广州军区副司令员。1955年被授予中将军衔。

抗日英雄赞

一

抗日英雄各个强，神出鬼没打得响。
揍得鬼子没处逃，保卫人民保家乡。

二

抗日健儿志如钢，革命精神永盛旺。
长矛土枪端在手，刺刀见红斗志昂。

廖汉生

1911—2006年，湖南桑植人。1929年参加桑植苏区游击队，翌年加入中国共产党。曾任第一野战军一军政委，西北军区副政委，国防部副部长，军事科学院政委，北京、南京、沈阳军区政委，全国人大副委员长。1955年被授予中将军衔。

抗战胜利四十周年

一

八年烽火锁中华，驱寇扶邦血作画。
求得和平天长久，我欲全力干四化。

二

魔灭寇除四十年，大地重光展新颜。
和平之花众培护，人民鼎力当擎天。

谭冠三

1908—1985年，湖南耒阳人。1926年参加革命，参加了秋收起义、湘南起义和长征。曾任第二野战军十八军政委，西藏军区政委，最高人民法院第一副院长，成都军区顾问。1955年被授予中将军衔。

进驻拉萨

汉将班超斗敌顽，拯民水火成边关。
卅载忠心护西域，定远侯名万古传。

茫茫雪山疆域宽，祖国版图岂容剁。
驱逐英帝和匪叛，进军宜早不宜晚。

大军西进一挥间，二次长征不畏难。
数月艰辛卧冰凌，世界屋脊红旗展。

男儿壮志当报国，藏汉团结重如山。
高原有幸埋忠骨，何须马革裹尸还①。

① 作者积极倡导"长期建藏，边疆为家"的思想，多次表示"死在西藏，埋在西藏"的决心。1985年12月16日他逝世后，经党中央、中央军委批准，将其骨灰安放在西藏拉萨八一农场苹果园。

丁甘如

1911—1996年，陕西澄县人。1937年参加中国工农红军。曾任炮兵政治部主任，炮兵副政委。1961年晋升少将军衔。

访遵义会议旧址

遵义会议转乾坤，中国人民必翻身。
王明路线遭破产，红军从兹日月新。

丁世方

1913—1965年，安徽金寨人。1931年参加中国工农红军，参加了长征。曾任海军后勤部副部长兼卫生部部长，总后勤部卫生部副部长。1955年被授予少将军衔。

再访湛江海滨①

五年两访海南滨,俱是同行两国人。
南国风光无限好,花香鸟语四时春。

① 1954年与1959年,作者曾两次与苏联顾问视察南海舰队卫生工作。

飞船上天

无论太空与海洋,飞船驾驶任翱翔。
和平发展难横阻,称霸前途实渺茫。

王 屏

原名李世宾,1919—2007年,江西兴国人。1930年参加革命,1932年参加中国工农红军,参加了长征。曾任辽东军区副政委兼政治部主任,装甲兵副政委。1955年被授予少将军衔。

重返遵义娄山关

五十年前经此间,征途万险与千艰。
遵义会议乾坤定,四渡赤水过危关。
雪山草地何所惧,工农红军是铁汉。
突破天险腊子口,长征胜利敌胆寒。

王 晓

1913—2013年,山西定襄人。1937年参加山西新军,同年加入中国共产党。曾任海军学院副院长,海军后勤部部长。1961年晋升少将军衔。

战倭寇

——忆1941年8月对倭寇的一次伏击战

八月秋高马正肥,青纱帐阔做屏帷。
短兵相接歼倭寇,昂首高歌得胜回。

渡江战役

山村露宿静无声,夜渡雄师百万兵。
白日青天旗踩碎,挥戈浙赣过宁城。

纪念海军建军五十周年

渡江炮响石头城,白马海军初启程①。
三个桩桩基础奠,一机艇艇换装成②。
轻骑戍海能歼敌,重舰巡洋待远征。
捉鳌屠龙春五十,乘风破浪碧波倾。

① 1949年4月23日,华东军区海军在江苏泰州白马庙宣告成立。同日,解放军占领南京。

②三个桩桩,指海军建军初期提出的打好思想、组织、技术三个桩子。一机艇艇,指海军初期重点发展航空兵、潜艇、快艇部队(简称空、潜、快)的建设方针。

王永浚

1908—2003年,湖南衡阳人。1933年5月参加中国工农红军,1936年加入中国共产党。曾任总参某部副部长、顾问。1955年被授予少将军衔。曾为解放军红叶诗社顾问。

怀念长征中的"无名英雄"蔡威①

长征夜路有明灯,可贵无名烈士风。
智破天书心血热,频传捷报战旗红。
寻针每入龙宫里,知彼如临敌帐中。
星陨岷山飞白雪,会师陕北念殊功。

①蔡威,福建宁德人。1926年参加革命。曾任红四方面军无线电台台长、红军总司令部二局局长。1936年9月22日长征至甘肃岷县朱尔坪镇时病逝。

忆红军过草地

茫茫草地渺无边,鸟兽绝迹罕人烟。天公喜怒无常态,污淖弥漫举步难。行前通告备粮帐,风餐露宿历险艰。不料粮食筹措少,且采野草度饥寒。遥望长城缚龙去,含辛茹苦心亦甘。贺帅让骑人感戴,任公分羹众互援。困厄更显阶级谊,患难犹砥意志坚。不幸少数病弱友,捐躯草地永长眠。仰望今日江山秀,藉慰英灵于九泉。

为某部诞生五十五周年志庆（选五）

一

龙冈大捷响惊雷,从此红军有电台。
照夜灯笼经造得,讯情战线顿颜开。

二

幼芽破土遇春风,受党滋培成劲松。
赋性刚强征险阻,为民为党尽精忠。

三

人才济济气昂扬,日夜操劳工作房。
代代相传出梁栋,年年创造谱新章。

四

建国以来得证明,讯情工作无和平。
孜孜不倦求精进,终使攻坚有大成。

五

历程五十五周年,奋斗勋功载史篇。
不怕途中拦路虎,攻开万堡越重关。

忆红二、六军团在乌蒙山区胜利突围

穿云破雾抵乌蒙,突出重围何所从。
探悉敌情筹对策,指挥铁甲振雄风。
明修暗渡迷离阵,避实击虚奔滇东。
回棹金沙欣北上,红旗直指玉龙峰。

缅怀王诤同志

革命战争星火烈,通联敏捷展风骚。
电台建设开新路,技术薰培出俊豪。
神速用兵传信息,出奇制胜尽高招。
参天大树生机茂,来自诤公亲手浇。

离休有感

自然法则促离休,谢党关怀不用愁。
往事追思知短处,晚年安度待长谋。
健康锻炼坚持好,政治图强莫自流。
国事兴时家事顺,宏观照耀乐无忧。

观《重征集叶》有感①

为从温故知新事,集叶传情咏典章。
锦上添花扬国粹,途中揾翠品馨香。
雪山草地寻征迹,彩笔珍图纪众芳。
仰望鹏程思壮举,凌云浩气喜赓扬。

①红军作家陈靖为写《长征实录》重访长征路,沿途除采集史料外,每到一县必采集当地珍贵树叶制成艺术品,并绘画题诗其上,结集名《重征集叶》。

王作尧

1913—1990年,广东东莞人。1936年加入中国共产党。曾任东江纵队副司令员兼参谋长,沈阳军区空军、武汉军区空军副司令员。1961年晋升少将军衔。

东江纵队成立四十周年

碑盂山上忆当年,榴花塔畔虎门边。
大岭山头烽火旺,南海波涛浪接天。
浴血挥戈经八载,红旗飘展四十年。
狐鼠家奴皆已灭,江山似锦固如磐。

王政柱

1915—2001年,湖北麻城人。1930年参加中国工农红军,参加了长征。曾任第一野战军副参谋长,海军后勤部部长,总后勤部副部长。1955年被授予少将军衔。

铁拳指向关中

大军挺进黄龙,迎接战略反攻。
痛歼蒋胡精锐,铁拳指向关中。
新式整军威力,彭总指挥丰功。
缅怀革命烈士,开国奠基英雄。

王贵德

1914—2017年,福建上杭人。1930年参加革命,1931年参加中国工农红军,参加了长征。曾任贵州省军区政委,铁道兵副政委兼政治部主任。1955年被授予少将军衔。

满江红·纪念长征胜利七十周年

太拔风云[①],惊雷滚,赤旗漫卷。抗豪绅,农民暴动,梭镖光闪。十六男儿辞故里,五番"围剿"音书断。最难忘,鲜血染湘江,澜谁挽? 会遵义,更航线,穿赤水,迂回转。过雪山草地,无数天堑。强敌堵追成旧梦,全民抗战开新面。七十年,一曲铁流歌,军魂赞。

① 太拔乡,在福建省上杭县。

西江月·抒怀

转战千山万水,笑迎华夏新天。神州建设谱新篇,伟世宏图初展。 老骥壮怀犹在,喜听捷报频传。余生甘为铺路砖,大道光明无限。

王振乾

1914—2005年,辽宁沈阳人。1932年参加革命。曾任第四野战军第五十军政治部主任,国防科委第六研究院政委,第三机械工业部副部长。1955年被授予少将军衔。

进军川东

一

马正萧萧旗正飘,渡江覆灭蒋王朝。
中原北望山河壮,大将南征日月昭。
令下恩施扫落叶,兵临奉节访民谣。
好风今予周郎便,策马扬鞭永不骄。

二

火延乌江劫满城,枉依石柱忧天倾。
残山剩水川军乱,末日寒门蜀犬惊。
国土陈尸凄雾雨,英雄健步请长缨。
得来重庆投降表,盼到昆明起义旌。

方正

1914—1997年,湖南平江人。1930年参加中国工农红军,参加了长征。曾任军事学院战史教授会主任,济南军区副政委。1955年被授予少将军衔。

红都反"围剿"

南国莺歌好,屠夫不堪听。铁马快枪征讨,红都立刀丛。雾漫龙冈千嶂,风烟滚滚蔽日,奈何朱毛彭?捉得张辉瓒,谈笑退连营。一战胜,二战捷,三还赢。四破强房,老表细妹唱大风。蓦然大潮直落,罪在教条路线, 书生怎用兵? 萧萧秋雨里, 挥泪看长征!

尹明亮

1915—1999年, 江西泰和人。1932年参加中国工农红军, 参加了长征。曾任晋察冀第三军分区卫生部部长兼政委, 福州军区副政委。1961年晋升少将军衔。

忆白求恩大夫（选三）

一

当年相识晋察冀, 正值烽火麈战急。
抗敌急需救护术, 天助华佗降神医。

二

医术高明扬四海, 谦逊热情好平易。
舍生忘死救战友, 多少英雄泪湿衣。

三

以身殉职惊天地, 全军将士奋杀敌。
国际主义树楷模, 崇敬之情常依依。

左 齐

1911—1998年, 江西永新人。1929年参加中国共产主义青年团, 1932年转入中国共产党, 同年参加中国工农红军。曾任新疆军区副政委兼政治部主任, 济南军区副政委。1955年被授予少将军衔。

农垦曲

一

和平建设办农场, 战斗荷锄两内行。
犹记当年驱战马, 不因今日换戎装。

二

架下葡萄浓荫凉, 垂枝串串碰头香。

重逢昔日老班长, 促膝殷勤话战场。

石一宸

1914—2004年, 山东临淄人。1937年参加八路军。曾任福州军区副司令员, 军事科学院顾问。1964年晋升少将军衔。曾为解放军红叶诗社顾问。著有《铁血曲》。

回顾黑铁山起义有感[①]

黑铁山上红旗飘, 小清河畔聚英豪。
投笔从戎兴军旅, 脱下长衫换战袍。
血战渤海驱倭寇, 横扫齐鲁斩枭妖。
五军英气今犹在, 老骥不老献今朝。

① 黑铁山, 在山东淄博地区。七七事变后, 中共山东省委在这里组织抗日武装起义, 参加有四千五百余人, 称第五军, 为山东八路军主力之一。

孟良崮战役有感

一

沂蒙耸峙刺青天, 狂人恍惚入云端。
武夫岂知牢笼计, 灵甫落马凤凰山。

二

陈毅帐下尽虎将, 虎啸雄风山折半。
战鼓响处雷声激, 锋向所指敌尽歼。

战金塘解放舟山

一

千帆扬金塘, 霹雳撼舟山。九师破浪出东海, 三军健儿凯歌还。岛上敌尽歼。

二

金塘告捷日, 定海敌胆寒。石觉

率兵十数万[①]，兵不血刃庙胜算。舟山红旗遍。

三

旭日云水露，彩霞烂漫天。海岛天涯追穷寇，老兵未敢忘国安。军马莫卸鞍。

① 石觉，国民党军舟山防卫司令。

忆开封战役兼怀粟裕

中原逐鹿战旗红，卅载犹闻战鼓声。
汴上攻坚军号急，龙亭一击气如虹。
鹰扬胜算怀先烈，鹏举宏图策后生。
欣悉古都更万象，激情霜鬓海天东。

《杨虎城将军》观后感

长夜昏昏天不晓，乌云低垂雾难消。
抗倭有罪千年恨，救国无门万木号。
少帅凄凉囚海岛，将军悲愤对屠刀。
生为人杰人崇敬，纵入泉台亦自豪。

满江红·南京大屠杀
展览观后赋

扬子江悲，声激愤、千秋铁案。滔滔处、尸横漂杵，满江红染。松井暴施邪与恶，金陵凝铸仇和怨。鬼神惊、匝地丧无辜，三十万。　　天堕泪，风云惨，旌旗奋，刀光闪。看长城内外，战云弥漫。屈辱百年铭国耻，峥嵘八载开新面。振神州、更唱自强歌，天行健。

龙　潜

1913—1992年，江西永新人。1929年参加中国工农红军，参加了长征。曾任河南省军区政委，济南军区副政委。1955年被授予少将军衔。

渣滓洞

本是风景地，偏使变魔窟。
铁牢囚英雄，黑夜飞血肉。
纵用千般刑，难使志士屈。
睹屋念英烈，凭吊痛心腹。

祭罗世文、车耀先

山高千仞插云霄，松林坡上风怒号。
罗车化去血犹碧，留得丹心万古标。

卢仁灿

1915—2007年，福建永定人。1931年参加中国工农红军，参加了长征。曾任太行军区第三军分区、皖西军区第一军分区政委兼地委书记，海军北海舰队政委，海军副政委。1955年被授予少将军衔。

百团大战纪念碑落成有感

百团大战震宇寰，万众振奋敌胆寒。
狮垴山上丰碑立[①]，英雄史诗千古传。

① 狮垴山，位于山西阳泉市西南部。

叶青山

1903—1987年，福建长汀人。1929年参加中国工农红军，同年加入中国共产党。参加了长征。曾任红一军团卫生部副部长，华北军区卫生部部长，北京军区后勤部副部长。1955年被授予少将军衔。

忆过雪山

雪山白茫茫，寒风透骨凉。
左手扶伤员，右肩把枪扛。
北上为抗日，脚下无屏障。

山高志更高,风凉血不凉。

史进前

原名薄恒温,1917—2008年,山西定襄人。1935年参加中国社会科学家联盟和一二九运动。曾任总政治部保卫部部长,总政治部副主任。1961年晋升少将军衔。曾为解放军红叶诗社社长。著有《冷暖轩诗钞》。

忆在上海的地下斗争

忆昔风华正少年,从容报国向南天。红军北上金沙畔,学子潜踪上海滩。夜幕沉沉箕斗亮,狂飙滚滚"社科联"。接头隐蔽安排巧,行动规范纪律严。暗号铭心生命系,誓言在耳铁肩担。浦江播火凭肝胆,禹甸腾龙见赤丹。七十二年弹指去,老兵忆此泪潸然。

学习毛主席诗词手迹寄情

龙飞凤舞井冈山,锦簇花团绣六盘。神韵超凡采桑子,英华奇峻菩萨蛮。千秋绝唱惊天地,万代雄文耀宇寰。浩气如虹光日月,乾坤扭转创新元。

咏　梅

铁树虬枝疏影斜,抗霜傲雪乐生涯。千红万紫凋零日,秀色芳香映日华。

从长汀到龙岩驱车所见

郁郁葱葱竹满山,弯弯曲曲路盘旋。明明净净江流阔,滚滚潺潺瀑布悬。叠叠重重梯田绿,清清澈澈碧天蓝。来来往往车流水,袅袅娜娜女秀娟。

追歼马匪解放兰州

扶眉战役痛歼胡,喘息未定更远驱。日夜兼程追青马,胜利雄师猛如虎。高山深堑三关越,冰雪风狂少踟蹰。迅雷不及天兵降,兰州守敌下鱼釜。多少战友成新土,解放西北绘新图。

狼牙山五壮士[1]

狼牙高耸阻烽烟,勇士从容把敌歼。弹尽无援身殉国,悬崖一跃入云天。

[1] 作者时任英雄所在团政治处主任。

纪念红军长征六十周年

一

惊天动地六旬春,披荆斩棘一代人。闪闪红星驱夜雾,精神永在照乾坤。

二

气壮山河盖世功,拯民水火倒悬中。铁流两万五千里,覆地翻天东方红。

忆秦娥·飞越十八盘
与老八路会师

寒风烈,漫天大雪行军迫。行军迫,小五台险,十八盘曲。　　会师八路坚如铁,山高路险飞奔越。飞奔越,汗流如注,心潮如沸。

念奴娇·忆一九四一年
反"扫荡"

倭兵七万,大"扫荡",政策三光恶极。最恨铁蹄残踏处,骤变人间地狱。分路合围,远途奔袭,难破吾坚壁。又聋又哑,疯狂挣扎三月。　　军民奋力齐心,青纱地道,游击显神力。户户村村罗网布,机动灵活歼敌。敌退我追,敌疲我打,伏击加奇袭。狼牙山报,男儿勇创奇迹。

冯仁恩

1912—2005年,湖北麻城人。1929年参加中国工农红军,参加了长征。曾任山东省军区副司令员。1961年晋升少将军衔。

清平乐 · 逐鹿中原

天长夜短,行军急如闪。大别山上红旗展,逐鹿中原酣战。　　昨夜方克开封,今晨又收黄龙。正叹突围神速,会师依旧从容。

朱兆林

1907—2003年,四川平昌人。1933年参加中国工农红军。曾任北京军区空军政治部副主任。1964年晋升少将军衔。

草地行

一

茫茫草地渺无烟,烁烁红星耀人间。方跨党岭终年雪,又迈泥泞沼泽艰。

二

断炊断粮忍饥难,牛皮野菜赛美餐。青稞青黄不相接,搓毛双手胜磨盘。

三

薄衣难御夜风寒,草地茫茫篝火燃。泥毡露营头枕雪,相依温体暖心甜。

朱家璧

1910—1992年,云南龙陵人。1933年毕业于黄埔军校,1938年参加八路军。曾任云南省公安厅厅长,云南省军区副司令员。1964年晋升少将军衔。

行军有感

布缕草鞋六股筋,苍山怒水万里行。穿林破雾芦笛响,边寨父老壶浆迎。

朱鹤云

1912—1992年,壮族,广西恩隆(今田东)人。1929年参加百色起义。曾任南京军区装甲兵司令员。1964年晋升少将军衔。

百色起义五十周年有感

一

记得当年左右江,农友揭竿建武装。汉壮兄弟同征战,血染红旗战歌扬。

二

跟党长征五十载,自愧不能再站岗。而今耄耋人犹在,喜看新辈接钢枪。

任　荣

1917—2017年,四川苍溪人。1933年参加革命,参加了长征。曾任成都军区副政委兼西藏军区政委,武汉军区副政委。1955年被授予少将军衔。曾为解放军红叶诗社顾问。

沉痛悼念小平同志

少年矢志缚苍龙,百折不回夷险丛。力挽狂澜成伟业,高标实践还党风。巨星乍陨天人恸,遗爱长存日月崇。

智勇超群垂德范,中华特色嗣毛公。

江城子·纪念抗日战争胜利五十周年

八年妖雾塞苍冥。虎狼狞,遍膻腥。烧杀"三光",多少万人坑?"铁壁合围"无净土,河岳泣,恨难平! 兵民奋起筑长城。义填膺,耀长庚。风展红旗,铁臂缚鲸鲲。报国精忠承浩气,千古铸,九州锋。

浣溪沙·丰碑高耸耀天涯

四海波欢映绮霞,东风化冻绽春花,龙腾霄汉震群蛙。 指路明灯承马列,兴邦大略振中华,丰碑高耸耀天涯。

霜天晓角·忆锦州战役

关门打狗,态势惊强寇。开创劣装赢敌,新范例,俘群丑。 宏韬辉北斗,凯歌屠龙手。成败悉从黎庶,昭向背,红旗橐。

鹧鸪天·板门店谈判①

舌剑唇枪亦战场,折冲樽俎岂能忘?边谈边打披肝胆,彭帅"敲糖"有妙方②。 伸正义,志坚刚,金城一役敌凄惶。克酋签约燃眉急③,纸虎戈穿赤帜昂。

① 作者作为中朝军队的代表之一,参与了板门店谈判。
② 1952年6月,毛主席称赞彭总提出的不断轮番各个歼灭敌人的方针和部署是"零敲牛皮糖"。
③ 克酋,指侵朝联合国军总司令克拉克上将。

浣溪沙·缅怀毛泽东同志

欣遇佳辰仰岱宗,乱云飞渡自从容,乾坤扭转九州红。 冷对皇朝轻粪土,笑谈纸虎藐罴熊,清廉浩气沛长空。

浣溪沙·长征胜利感怀

壮举长征不世功,千关勇士斩顽凶,回天圣手仰毛公。 万里铁流辉史册,薪传踵武战歌洪,中兴华夏运筹雄。

画堂春·武昌起义感赋

楚台枪响震长空①,王冠落地无踪。高呼民主大江东,气势如虹。 九秩沧桑巨变,神州万紫千红。振兴邦国竭精忠,天下为公。

① 楚台,指楚望台,位于武昌起义门东面山岗上。这里曾为湖北新军军械库所在地,革命党人打响起义第一枪后,很快占领了这个地方,之后各路起义军集结于此,一时成为起义军的大本营。

浣溪沙·贺神舟五号载人飞船上天

"神五"昂扬上太空,银河穿越国旗红,吴刚含笑捧瑶钟。 四海喜圆翔宇梦,五洲齐颂焘天功,腾飞华夏跃苍穹。

点绛唇·贺将军学府建校二十周年

鄂渚芳菲,将军学府春风暖。

老兵耕砚,耄耋童心焕。　　廿载弦歌,教习输肝胆。桃李艳,征帆风满,功绩神州赞。

忆秦娥·庆祝香港
回归十周年

东风烈,国行两制钦高策。钦高策,港人治港,万民和谐。　　香江春暖烟波阔,紫荆花艳炎黄悦。炎黄悦,更期两岸,史翻新页。

刘　汉

原名刘慕蕃,1916—2008年,山东文登人。1936年加入中华民族解放先锋队,1938年参加山东人民抗日救国军。曾任总政治部宣传部副部长,军事博物馆馆长。1964年晋升少将军衔。著有《刘汉诗词选》。

无　题

有客来谈军衔级别者,以此作答。

从来时势造英雄,灿烂星徽纪战功。
未灭匈奴应有恨,当无李广叹难封。
万千气象春来早,尺寸山河血染红。
生死都能置度外,斤斤何必计穷通。

陆　游

仗剑高歌戍散关,诗家亘古一儿男。
心雄铁马冰河梦,泪哭朱门花酒天。
忍视腰终弯北国,难瞑目不见中原。
当时民气存蒿野,唱尽人间所欲言。

郑　和

自古神州锁国门,郑和巨舰乘风云。
洪波有路行程远,大海无边境界新。
中土风流传异域,天涯寥廓结芳邻。
南洋今尚称三保,处处欣闻华夏音。

林则徐

毒品来从鬼蜮邦,虎门一火九州光。
外交须恃开花炮,激战屡惩撒野狼。
结社平英民有愤,开门揖盗国无防。
皇清甘吻洋人脚,戈壁难逃替罪羊。

谒英灵山烈士陵园

峥嵘高塔立危峰,忠骨青山两有情。
血染河山争寸尺,泪垂丘墓吊英灵。
同舟风雨皆师友,半世烽烟几死生。
慷慨前人身许国,海东今日跃鲲鹏。

读郭沫若同志史剧,并悼郭老

历史陈篇出意新,鸡鸣风雨唱诗魂。
悲笳翻得曹公案,颂橘聊存屈子心。
诗领风骚成一代,笔挟雷电扫千军。
今年痛悼文星坠,灿烂光华启后人。

弄孙折齿戏作

齐公折齿戏为牛,俯首甘循孺子求。
总是乾坤归乳臭,常希雏犊尽风流。
神形终乘长风去,耕种将归后辈收。
欲创人寰新世界,奋身要为子孙谋。

勉衍斌侄[①]

铁马奔腾天地阔,汗浇沃土喜丰收。
横眉勿对芸芸众,立志常存上上游。
万里学农真壮志,一心练笔足风流。
名言一句须常记:骄傲使人落后头。

① 时衍斌在黑龙江三江农场学农。

观武中奇书法展览

游击沂蒙未识君，风流翰墨久知闻。
移山力奋愚公手，和血怒题烈士坟。
且喜山东有好汉，大为艺苑长精神。
势惊笔下风兼雨，犹见冰河铁马心。

秦俑展览馆

军阵堂堂卷地来，秦皇金剑出尘埋。
阿房虽庆坑灰冷，地下犹惊宝库开。
一统河山真万世，九天雷电赞雄才。
世人尚作鞭桥说，东海风云激壮怀。

悼虞棘同志①

风雨同舟东海东，义兼师友记平生。
歌台慷慨山河壮，彩笔淋漓金鼓雄。
天丧斯文悲战士，魂销浩劫共牛棚。
高山流水遗音在，不唱风花只唱兵。

　　① 虞棘（1916—1984），字德骥，山东掖县（今莱州）人。1938年参加革命，曾任八路军山东纵队第五支队国防剧团团长，山东军区文化部副部长，总政文化部副部长、顾问。中国作家协会会员，剧作家。先后创作多种题材的剧本四十余部。有《虞棘剧作选》等。

读陈毅元帅《梅岭三章》

无边风雨压梅山，生死从容毫发间。
旧部泉台岂十万，新开血路逾三年。
红旗不倒支南斗，赤手终能换九天。
斩却阎罗豪气在，雄风千古壮人寰。

深秋

细雨微风绿渐黄，身闲喜看别人忙。
衰年偏觉寒来早，少睡方嫌夜正长。
犹傲繁霜红叶艳，且吟晚节菊花香。

树犹如此人何以？落叶添薪亦用场。

送别纪抗儿赴毛里求斯做外事工作

一

春风杨柳拂燕山，又送征航过海天。
为使国威扬域外，何辞书剑出乡关。
立身少自身家想，获虎当从虎穴还。
犹有漫天风雨在，人生方向只朝前。

二

谁写风云世界篇？和平温饱两题难。
老来常抱未完感，汝辈终移现代山。
秉笔虽随持节使，弹冠亦属国家官。
位卑未敢忘忧国，珍重胸中一寸丹。

故乡行

　　1986年五六月间，由济南至莱阳，游烟台、蓬莱、文登等处，并谒灵山、马石山。

重回胶东

长驱胶海三千里，已是七年重到人。
偏爱乡音原耳顺，再踏故土倍情亲。
层楼林立村成市，万货川流国富民。
敢忘山河曾血染，陵园再拜故人坟。

青岛

我夸月是故乡明，华夏炎蒸此独清。
雾作烟飞迷海色，浪推山立壮潮声。
红楼绿树成幽趣，铁马长鲸奋远程。
胶澳风云连世界，海东一角起鲲鹏。

重游济南

五十年前忆旧游，新风流改旧风流。
楼群高压历山起，工业新添趵突愁。

九点齐烟呈五彩，一尊东岳仰千秋。
山东好汉凭双手，要斗天公低下头。

赠　人

卫国挥戈东海滨，历城一战世知闻。
功垂铁血英雄业，首俯孺牛战士心。
渤海风云连世界，北门锁钥付诸君。
他年请得长缨手，更壮军魂与国魂。

七十述怀

一

一从马列传真理，四海风云指大同。
复水重山容有失，改弦易辙变能通。
百年计定安邦策，九仞山成垒土功。
人到古稀心未已，愿投块土助峥嵘。

二

回首关山岁月惊，中华万里奋飞腾。
愧供沧海唯涓滴，忍数朋僚几死生。
战士岂期双鬓白，闲人未敢一身轻。
杞人犹有忧天梦，钱若通神天亦倾。

三

已觉登攀步履艰，回头才过几重山？
旁观喜羡鱼盈网，坐食多惭汗滴田。
自信平生宗马列，可堪当代答疑难？
天人之道真无限，叹息枥前路未完。

四

平生漫说惯风波，且喜枥前释重驮。
搔首每惭歧路失，咬牙终闯险滩过。
有涯生命追无限，不测天机识几多？
赤帝斩蛇长剑在，重开天地待重磨。

己巳元旦志感（选一）

唯是年年血火争，中华惭愧未驱穷。

定求财富增千倍，却忌金钱逞万能。
天下何能皆曰利，人间当使渐趋平。
喜见马列回天手，重举东方红日升。

军事博物馆建馆三十周年纪念

军徽金塔耸云端，惨淡经营三十年。
星火燎原成大业，哀兵苦战换新天。
愿将战士英雄血，谱写人民教育篇。
全馆诸君多奉献，滥竽八载愧前贤。

太湖石

曾是太湖水下裁，西施女伴晾纱来。
自从花石成纲税，常伴侯王共盛衰。
艮岳风霜辞故园，联军兵火没蒿莱。
谁来重续石头梦，诉尽人间血泪哀！

八十书怀

老来山海息游踪，战火尚留八十翁。
拄杖能扶双足软，挺胸犹跳寸心红。
曾抛汗血浇沃土，定致江山到大同。
莫道前途风浪有，神州代出补天工。

刘　昂

1916—2002年，江西吉安人。1930年参加中国工农红军。曾任南京军区炮兵副司令员，浙江省军区副司令员，空五军政委。1955年被授予少将军衔。

观琼崖纵队旧址有感

椰林密，浪花细，海角天涯谁归？寻踪迹，思英魂，琼崖烽火辉。继先烈，展宏愿，娘子军歌似催。勤开发，苦创业，海南凤凰飞。

刘 镇

1914—2001年，江西莲花人。1930年参加中国工农红军，参加了长征。曾任兰州军区空军政委。1961年晋升少将军衔。

忆第一次见到毛主席①

盖世英才久负名，喜得沙场乍相逢。
巧点奇兵乱敌阵，横扫千军下建宁。
布鞋蓝衫挎草帽，笑问小鬼何处人？

① 作者自注：1931年在第二次反"围剿"中，毛泽东、朱德同志亲临我所在部队，命令我连摸黑赶到吉安，向城内放排子枪，声东击西，掩护主力部队长驱七百里，由江西向建宁一带挺进。那时我年仅17岁。

刘光裕

1916—2003年，河北安新人。1932年参加反帝大同盟，1937年加入中国共产党。曾任冀中军区第九军分区政治部主任，北京军区空军副司令员。1964年晋升少将军衔。曾为中华诗词学会理事，解放军红叶诗社顾问。著有《碧波烽火》。

赤帜导征程

解放神州近大同，全凭赤帜导征篷。
三山顽石夷平地，一代奇人立伟功。
处处欢歌民致富，年年改革国长丰。
豪情激荡观前景，天下为公贯始终。

咏白洋淀雁翎队

扛枪握戟更操刀，芦淀为依斗恶妖。
湖泽无山民众广，浅滩有水苇丛高。
健儿盼入雁翎队，勇士飞腾歧岔槽。
日寇猖狂落网里，全部被歼非一遭。

清平乐·忆白洋淀武装抗战

风云激荡，大炮卢沟响。溃退蒋军沿路抢，华北人民失望。　　安新城外白洋，苇塘大片如墙。抗日人民纷起，雁翎队友真忙。

满江红·救灾

1976年7月28日，唐山大地震，我奉命乘机急往救灾，感赋。

睡梦方醒，身顿觉、撼床振壁。忙趋外，地光如电，摇动不息。忽报唐山成瓦砾，又传奉县夷平地。驾雄鹰、赶往重灾区，驰援急。　　震犹续，风雨疾。飞机降，送衣食。抢时间分秒，岂分朝夕。党政军民同救济，伤残老幼皆抚恤。世上事，一切在人为，当全力。

刘秉彦

1915—1998年，河北蠡县人。1933年加入中国共产党，同年入伍。曾任冀中军区第十六军分区司令员，军委防空军副参谋长，第三、第七、第八机械工业部副部长，中共河北省委书记，河北省代省长。1955年被授予少将军衔。

边家铺之战

残月下，西风尖，千轰万炸墙已穿。
湿处擒敌衣上血，不眠之夜夜如年！

天方晓，洗军衣，征人饥饿早饭稀。
连日不眠频梦见，断墙打滚士未归。

士不归，速行军，白洋淀远急煞人。
绕道郑州审俘虏，伊豆文雄别一樽①。

① 伊豆文雄,日军"剔抉队"队长。1942年6月在边家铺战斗中被俘。后成为"日本八路",在华工作14年。

江民风

1920—2003年,山东黄县人。1939年参加八路军。曾任东北野战军四纵十二师三十七团(塔山英雄团)政委,四十一军政委,军委工程兵副政委,总参工程兵部政委。1964年晋升少将军衔。

忆塔山阻击战

中央军委定奇谋,截断北宁打锦州。起起雄师围城下,顿使老蒋陷深忧。疾飞沈阳亲部署,妄图反扑救死囚。我团受命阻援敌,坚守塔山扼咽喉。敌炮轰击频如雨,敌机盘旋弹乱投。"效忠""敢死"齐出动,个个凶恶似野牛。我军将士如猛虎,斗志高昂壮海陬。誓死确保阵地在,人存寸土绝不丢。艰苦奋战六昼夜,杀得敌人尸堆丘。塔山阻击创奇迹,英雄团队美名留。

严 光

1915—2002年,湖北大悟人。1929年参加革命,参加了长征。曾任南京军区副参谋长,安徽省军区司令员,南京军区后勤部部长。1955年被授予少将军衔。

怀徐海东军长①

一

黄浦江畔腥风起,八一南昌枪声急。血火诞生红廿五,鄂豫皖区红旗举。

二

窑工出身铁骨铮,出生入死立大功。运筹帷幄胜诸葛,百世流芳徐海东。

① 徐海东(1900—1970),湖北大悟人。1925年加入中国共产党。曾任红二十五军军长,红十五军团军团长,中央军委和国务委员会委员。1955年被授予大将军衔。

记新四军九旅二十六团

抗日旌旗出泰山,金戈铁马未下鞍。铜邳城头易旧帜,洪泽湖畔换新幡。朱岗枪声破天晓,山头落月照孤韩。闲来漫话英雄事,至今犹忆廿六团。

严 政

1918—2003年,四川达县人。1933年参加中国工农红军,参加了长征。曾任志愿军第二十一军副政委兼政治部主任,成都军区、武汉军区政委。1955年被授予少将军衔。曾为解放军红叶诗社顾问。

鹧鸪天·金城战役

大雨滂沱破敌营,天兵并辔缚长鲸。四师烟灭儿皇泣,重炮灰飞霸主惊。 新木秀,彩云轻,凯歌捷报满金城。克酋惶恐签名急,停战欢呼喜气腾。

浣溪沙·纪念红军三大主力胜利会师六十周年

万里长征不惧难,岷山踏破志贞坚,铁流播种火薪传。 眼亮心明瞻北斗,会师甘陕赤旗欢,神兵壮举震坤乾。

浪淘沙·喜迎党的十五大胜利召开

盛会又躬逢①,满座春风。腾飞禹甸日昌隆。新返香洲辉两制,举世推崇。　改革上层峰,群彦心雄。小平理论帜红彤。伟业方兴逾世纪,气贯长虹。

① 作者为特邀代表出席了此次会议。

浣溪沙·五十年后重至南京"总统府"感怀

建业重来感万端,长萦铁骑靖硝烟,蒋家殿宇赤旗欢。　六代古都今更美,千禧新纪战犹酣,征尘未洗跃雕鞍。

浣溪沙·中华新纪更崔巍

含笑紫荆欣已回,浮香菡萏又荣归,邓公两制显神威。　一统金瓯湔国耻,九州故土复尧陲,中华新纪更崔巍。

浣溪沙·纪念辛亥革命九十周年

首义为民解倒悬,炮声威震落皇冠,共和九秩历辛艰。　先哲逸仙当笑慰,神州河岳尽芳妍,大同世界勇登攀。

李　伟

1914—2005年,河北沧县(今沧州市)人。1931年加入中国共产主义青年团,1934年参加中华民族解放先锋队,1938年参加八路军。曾任总政治部副秘书长、宣传部部长、文化部顾问。1964年晋升少将军衔。曾为解放军红叶诗社顾问。

桃李遍文坛

——祝解放军艺术学院建院30周年

军艺步行艰,崎岖三十年。
育才走正路,桃李遍文坛。

老干发新枝

——总政老干部学院建院4周年

革命贵坚持,神州舞醒狮。
鲜花铺沃野,老干发新枝。
晚节流香处,青山夕照时。
年高热未竭,奋力吐蚕丝。

赠原野同志①

从戎前卫驻泉城,遐迩闻琴乐奏鸣。
今日身披橄榄绿,再添金盾弓弦声。

① 原野,著名板胡演奏家。

痛悼小平同志

一

革命生涯亦壮哉,三番起落志无衰。
战争年代功勋著,改革时期显异才。

二

汽笛齐鸣山海恸,万人肃立满长街。
悼词和泪声声咽,哀乐酸心阵阵来。

李　真

1918—1999年,江西永新人。1932年参加中国工农红军,参加了长征。曾任军政委,防化兵部政委,工程兵政委,总后勤部副政委。1955年被授予少将军衔。

挺进西北

硝烟处处染春禾,壮语豪情赋战歌。

夜雨晨风崎险路,红旗飞舞易山河。

西进胜利①

莽莽万重山,晨昏入壶关。
大军驰西塞,直上白云间。
百战戎衣碎,胡马斩未还。
当君怀归日,九曲尽腾欢。

① 作者自注:1949年4月,太原解放后,我十九兵团奉命向大西北进军,配合第一野战军消灭胡宗南、马鸿逵、马步芳等盘踞在西北的敌人,解放了西安、兰州、银川、西宁,黄河流经的各省人民欢庆胜利。

夜渡临津江

山雨风寒弹铠伤,千军待发气昂昂。
临津夜渡抢高点,金窟群山截割忙。
荆莽欲封迂回路,风雷猛击入侵狼。
泥田赤脚深深陷,号角频频血气刚。

铁原阻击战

高台骤雨险空前,金鹤危岩十万千①。
战士胸燃仇恨火,群魔气累漫山沿。
层层火网烧岩碎,叠叠尸山血似泉。
硬战妖魔八昼夜,威风志气壮云天。

① 高台、金鹤,系铁原东南的两座大山。

黄山浩歌

翩翩银燕九霄间,滚滚云涛映碧澜。
蘸尽千潭长绿水,生花梦笔写黄山。

游松花湖

碧云秋色净江烟,回荡游鱼瘦可怜。
百树何伸垂钓手?千帆竞驶镜中天。
白山风起随雁意,黑水花翻任浪漩。
拍遍栏杆斜日坠,平湖高峡话当年。

山　行

蜿蜒路险势天然,板屋悬崖绕紫烟。
相接渡槽连壁垫,潺潺绿水灌桑田。

游大庸青岩山

青岩竦立楚云边,隐没无常雾霭间。
碧玉玲珑谁琢出?神工鬼斧不知年。

营地感怀

塞上边关暮雨来,登高眺望野营开。
长城万里坚如铁,两用人才快培栽。

夜　雨

惊涛骤雨百江流,逐浪从容一叶舟。
击水不辞今夜冷,杖藜水榭立芳洲。

追　思

戎马疆场数十年,征程万里扫狼烟。
功名利禄寻常事,夕照青山再着鞭。

射寇营

策马长城下,挽弓射寇营。
征人千万里,号角两三声。
日聚神仙洞①,夜攻唐河城。
凯歌声震野,衔命又兼程。

① 神仙洞,系河北省涞源、阜平两县之间的神仙山,山中之洞在日寇"扫荡"时为我坚壁清野之隐蔽场所。

下黄山

风骄雨莽千峰翠,衰草寒烟一径通。
鸟雀呼晴归去晚,轻舟犹伴钓鱼翁。

再上长城

晓雾轻尘拨不开,长城万里日边来。

曾经少壮风云变，老骥重登烽火台。

回张家口东山坡①

当年征战任东西，斩棘披荆路不夷。
曾抱玉鞍怀壮志，白头犹愿作春泥。

　　① 我第六十五军抗美援朝回国后，即驻张家口东山坡。

赞塞外造林

当年策马走边关，遍踏光山鸟不还。
今日浓荫迎塞雁，黄花无际鸟腾欢。

走雁门关有思

三光惨状泣冤魂，马啸猿哀过鬼门。
血雨腥风浑不断，万家空巷变荒村。

忆火烧阳明堡敌机事①

刺骨风寒入紫关，加鞭跃上五台山。
阳明一炬多仇火，不遣寇机残骸还。

　　① 1937年10月19日夜，我八路军一二九师先头部队的七六九团一部扑向阳明堡日军机场，激战一小时，歼敌一百余人，毁敌机24架。

雁门关思旧

日落平型夜又阑①，星光骏马绕恒山。
欣闻大漠燃怒火，万仞千山任意攀。

　　① 平型，指平型关。

忆草地

一

丹心热血过荒郊，瘦骨如柴枕宝刀。
水草茫茫天一色，边秋甲马尽英豪。

二

狂风怒吼雪飞旋，夜宿冰坡断夕烟。

如血残阳空自照，雄师迈步上三边①。

　　① 三边，指陕甘宁边区。

二进新疆①

碧天浩渺雁行多，年少从军老偄戈。
欲作入疆横槊赋，葡萄美酒扣弦歌。

　　① 作者自注：余于1985年9月赴新疆参加维吾尔自治区成立30周年大庆。1966年5月入疆参观马兰、罗布泊地区热核爆炸。

雨　村

竹影轻摇罩素窗，恼人布谷催种忙。
黄梅不熟家家雨，咯咯蛙声入藻塘。

桃源思旧

我入桃林不见村，桃花源里尽穷人。
仙家未扫乌云去，昔日儿郎乞贵门。
况有税租寒恻恻，终如牛马意昏昏。
将军引火诛豪劣①，春到人间草木新。

　　① 1935年初，红二、六军团在贺龙、任弼时等同志率领下，攻克湘敌盘踞之大庸、慈利、桃源等县，何键十分震惊。红军打土豪，分田地，人民革命情绪很高。

夜宿青岩山

乍雨乍晴夕照明，风来风去绕山行。
危桥和梦扶岩过，杜宇声声不忍听。

卢沟桥

　　1987年7月7日，应丰台区人大之邀，赴卢沟桥参加纪念抗战50周年活动而作。

永定河浑欲断流，飞沙赤血漫天浮。
奇兵东渡关河险，壮志同消今古愁。
燕赵新营嘶战马，太行古道斗凶牛。
昨宵炮火声声急，大战平型斩寇头。

李 健

1918—2007年，河南济源人。1938年参加八路军。曾任北京军区炮兵司令员、北京军区司令部顾问。1964年晋升少将军衔。曾为解放军红叶诗社顾问。

金色重阳

——参加百对将军夫妇庆重阳咏感

金秋金色耀神州，百对将军喜聚头。
斩棘披荆兴古国，鼎新革故上层楼。
励精图治廉开道，立党为公水载舟。
耄耋欣圆强国愿，心随神五太空游。

李中权

1915—2014年，四川达县人。1932年参加中国工农红军，参加了长征。曾任第四十六军政委，北京军区空军副司令员，南京军区空军第一副司令员、第二政委。1955年被授予少将军衔。著有《李中权诗词选》。

思 念

家仇国恨忆当年，跟党从军过雪山。
草地征途亡父母，悲歌一曲动人寰。

多 梦①

多梦萦绕夜夜，往事重现于今。喜遇同壕战友，又见兄妹双亲。冲锋陷阵战场，枪炮飞弹齐鸣。或似北国原野，又似草地长征。频频辗转反侧，忽忽时喜时惊。有时高声呼叫，醒来汗湿周身。漫漫峥嵘岁月，历历脑海长存。总归情系军装，横戈跃马此生。

① 作者自注：我家9口人，父母、兄弟5人、妹2人，均参加红军。父亲牺牲在大巴山，母亲牺牲在草地，大哥在张国焘错误路线下冤死，二哥在作战中牺牲，大妹在过草地时去世。我和两个弟弟、一个妹妹长征到达陕北。

望井冈山

一峰雄伟雨中观，威武当年驱敌顽。
历尽艰难星火旺，奠基圣地井冈山。

红四方面军入川六十周年纪念

英雄红四方面军，入蜀一年建巨勋。
创造苏区居二大①，扩编军队八万人。
雪山草地三番过，万里长征万苦辛。
五省两山好儿女②，牺牲流血为人民。

① 毛主席曾说，川陕苏区是第二大苏区。
② 五省，指鄂豫皖苏区和川陕苏区。两山，指大别山、大巴山。

老年漫兴

老临盛世乐馀辰，每忆当年奋斗忱。
北战南征云与月，东驰西骋土和尘。
风华正茂三山恶，美丽黄昏二度春。
欲问千秋何事好？忠心耿耿为人民。

纪念红军长征胜利六十周年

民族危机濒灭亡，东瀛谋我势猖狂。
红军各路长征毕，御外决心北战忙。
八载抗争倭寇败，四年解放秣陵亡。
春秋六十回头望，感谢中央红太阳。

清平乐·辽沈战役

天高云淡，辽沈空前战。席卷沙场兵百万，要把乾坤扭转。 锦州打狗关门，敌人大部俘擒。四野挥戈南下,旌旗首指平津。

李化民

1915—2002年,甘肃临洮人。1931年参加宁都起义,1933年由共青团转入中国共产党,参加了长征。曾任第四野战军四十四军副军长,武汉军区、沈阳军区副司令员。1955年被授予少将军衔。

宁都起义

宁都起义号声扬,两万官兵换武装。
夜半西风吹最烈,红旗漫卷马蹄香。

百万英雄起太行

黄河咆哮战旗张,百万英雄起太行。
伟论导航持久战,平型立马剑锋长。
雷鸣禹甸山川怒,日落大洋锣鼓狂。
民族同仇兴社稷,并肩舒袖奏新章。

紫荆怒放伴红星

英魔炮舰震清廷,华夏明珠遭戮凌。
屈辱百年终洗雪,紫荆怒放伴红星。

浣溪沙·纪念红军 三大主力会师

遵义城头耀启明,红军重又显威灵,千关飞越鬼神惊。　甘陕会师金鼓振,救亡解放破坚冰,神州遍奏太阳升。

李世安

1915—1996年,安徽六安人。1929年参加中国工农红军,坚持了南方三年游击战争。曾任福州军区空军政委,民航总局政委。1955年被授予少将军衔。

忆南方三年游击战争

艰苦卓绝是三年,百万凶魔"清剿"繁。掳掠奸淫民遭燹,千村薜荔断炊烟。鄂豫皖边群奋起,赤旗高举战敌顽。纵横八省十四域,保存火种熊熊燃。

李赤然

1914—2006年,陕西安定(今子长)人。1927年参加革命,1934年参加中国工农红军。曾任南京军区空军副政委。1955年被授予少将军衔。

忆阎红彦[1]

清涧兵暴火燎野,晋西大队震高原。钢骨铁筋铮铮汉,光明磊落一世贤。

[1] 阎红彦(1909—1967),陕西安定(今子长)人。1925年加入中国共产党,1927年参加清涧起义。曾任成都军区第一政委,中共云南省委第一书记兼昆明军区第一政委。1955年被授予上将军衔。

李铁砧

1915—1967年,安徽桐城人。1938年参加八路军。曾任第四野战军特种兵政治部组织部副部长,军委炮兵政治部副主任。1964年晋升少将军衔。

炮兵入城

投笔从戎进炮兵,连年北战与南征。
我军大胜敌军后,高奏凯歌入北平。

杨　恬

1920—2002年,江西德安人。1937年参加八路军。曾任总后勤部副参谋长,国防科工委后勤部部长。1964年晋升少将军衔。

欢庆潜艇水下首射导弹成功

神剑破狂澜，青锋游广寒。慧眼追千里，顺风捷报传。薄雾笼山野，高樯指九天。奇阵列东海，今朝更好看。

杨国宇

1914—2000年，四川仪陇人。1933年参加中国工农红军，参加了长征。曾任第十一军参谋长，海军训练基地副司令员，海军副司令员，南极考察委员会副主任。1961年晋升少将军衔。

飞弹吟

船驰大洋外，弹射赤道天。
不容核垄断，永执逐浪鞭。

长城站颂

洁白银沙铺大洋，冰雪王国多宝藏。
建站造福全人类，五星红旗又增光。

吴 石

字虞薰，1894—1950年，福建闽侯人。抗战时期曾任国民党军第四战区中将参谋长。1947年开始从事我党秘密工作。1950年1月于台湾"国防部参谋次长"任内因叛徒出卖被捕入狱，同年6月10日在台北就义。1973年，中华人民共和国国务院追认其为革命烈士。

绝笔诗①

五十七年一梦中，声名志业总成空。
凭将一掬丹心在，泉下嗟堪对我翁。

① 诗为烈士在狱中所作，秘密写于一

本画册的背面。

吴 西

1903—2005年，壮族，广西扶南（今扶绥）人。1930年参加中国工农红军，参加了长征。曾任海军军事检察院检察长，海军后勤部副政委。1955年被授予少将军衔。著有《吴西诗词集》《老骥吟》。曾为解放军红叶诗社顾问。

赠五十年前难友莫文骅同志①

梨花照眼忆当年，铐镣啷当古榕前。
永记邕州同患难，老来相勉育新贤。

① 1927年"四一二"政变，作者与莫文骅同时被捕入南宁监狱。1977年5月4日两难友合影留念，以诗相赠。

龙州抒怀①

戎马征战五十秋，幸存回眸古龙州。
当年烽火红旗展，今日左江青史留。

① 1930年2月1日爆发龙州起义，建立红八军和左江革命根据地。

忆征战

露宿风餐枕宝刀，南征北战逞英豪。
换来华夏新兴貌，何计当年苦与劳。

忆小长征负伤二首

一

溪口负伤军长惊①，即令战士抬随行。
途中难以跟队走，亲托农夫藏养生。

二

仰天独坐思戎征，何日通途复归营。
得悉我军到仁化，披星戴月上征程。

① 军长即红七军军长张云逸。

忆由香港陪邓拔奇到红七军[1]

一

陪伴拔奇到七军,路途扮作贩牛人。
重过家门未可入,白色恐怖抑亲心。

二

神州万里泛银波,几处今宵重枕戈。
但愿人间休似月,阴缺时少圆时多。

　　[1] 邓拔奇,1903年生,广西怀集(今属广东)人。1926年加入中国共产党。曾任广西特委书记。1932年10月在广东大南山地区从事革命活动时,遭国民党军包围,在突围中牺牲。

与钟夫翔同志合影题诗[1]

一

龙州起义赤旗高,奋起工农战恶涛。
半纪风云天地覆,赢来新宇彩霞飘。

二

英雄本色沙场死,君我幸留心自豪。
再次长征争四化,余生竭力育新苗。

　　[1] 钟夫翔(1911—1992),广西北流人。1930年与作者一起参加龙州起义,长期担任通信领导工作,是我军通信事业的创建者之一。曾任邮电部党组书记、部长。1954年创建北京邮电学院(今北京邮电大学),兼首任院长。

吴林焕

　　原名吴基荣,1915—1979年,湖北大悟人。1929年参加中国工农红军,参加了长征。曾任第二十一兵团五十二军副军长,湖北省军区副司令员。1955年被授予少将军衔。

首次击落美军王牌飞机[1]

一

铁鹰展翅天地动,亦是雷电亦是风。
流云飞星织烈火,曳光金焰化长虹。

二

九重豪气贯银甲,一腔热血染碧空。
回笑王牌随逝水,彩云奏凯壮军容。

　　[1] 1950年12月至1953年7月,我志愿军空军先后共有10个歼击师21个团672名飞行员参加战斗,击落击伤敌机425架。

辛国治

　　1921—2013年,河北黄骅人。1937年参加地方抗日组织,翌年加入中国共产党。曾任总政宣传部副部长、青年工作部部长,海军北海舰队政治部主任、南海舰队副政委。1964年晋升少将军衔。

庆祝建党八十周年

莫恨长空归雁迟,春风吹绿老梧枝。
红旗凝血抒豪气,喜见神龙焕彩姿。

汪　洋

　　1920—2001年,陕西横山人。1937年参加革命。曾任沈阳军区副司令员兼参谋长,第七机械工业部部长,北京军区副司令员。1964年晋升少将军衔。

赠欢儿,题土木古战场照[1]

将军齐集古长城,土木之变忆犹新。
忧思非为空怀古,运筹千里靖边尘。

　　[1] 土木古战场位于怀来县境内,1449年明英宗在此与瓦剌军作战被俘,史称"土木之变"。

善战何求赫赫功

少小从戎报国心,沙场千里任驰骋。
誓歼倭寇出江北,为讨顽军入关东。
初战云山声威振[①],临津险渡用奇攻。
十年"文革"无由记,善战何求赫赫功[②]。

　① 云山之战为志愿军第三十九军
一一六师入朝第一战,作者时任该师师长。
　② 语出苏洵《辨奸论》:"孙子
曰:'善用兵者无赫赫之功。'"

重返长春

阔别关东廿一春,今朝幸会在春城。
故人故地谈故事,不了白山黑水情。

除夕日寻梅

胜日寻梅向艺园,疏枝浅影暗香妍。
牡丹富贵非吾愿,却共苍松立雪前。

春　深

何必春归便感伤,藤萝解意上西墙。
堂前犹见椿萱绿,一架蔷薇满院香。

登雁门关

雁门关上望悲鸿,今日还闻战马鸣。
列阵高丘埋烈骨,忠魂犹护古长城。

谒李牧碑

　善战者无赫赫之功,盖已决胜于庙堂
矣。而用将者多不察,嗟夫!

将军善战不劳兵,胡马踟蹰远雁门。
奸佞一言良将去,古今同恨吊忠魂。

觐杨五郎庙

秀水奇峰载过云,晓钟暮鼓送晨昏。
一家忠烈无归处,忍解征袍入佛门。

访碧桃园

贪看桃花乱减衣,春风料峭袭人肌。
经年老树知寒暑,笑我炎凉不自知。

题赠辽沈战役纪念馆

　辽沈战役时,余任参谋长之四野二纵
五师(后为第三十九军一一六师)曾协同
友邻,首克义县,再破锦州,奔袭沈阳,屡建
奇功,诚可谓攻无不克,战无不胜,英雄辈
出也。每当忆及,则当日惊天地、泣鬼神
之情景,犹历历在目;缅怀先烈,宜歌宜
泣。今英雄部队长青,振兴中华有日,可
慰先烈而昭后人也。戊辰为辽沈战役纪
念馆而作。

苍松翠柏掩雄宫,多少悲欢一览中。
告慰忠魂关外事,白山黑水遍春风。

北海夏日(选一)

楼台雾绕幻疑仙,按剑凝思久倚栏。
乍起惊雷噤万物,人间天上一浑然。

被吸收为斐社社员有感[①]

少年辍学赴沙场,马上那闻翰墨香。
今入斐苑成社友,敢将铁血化文章。

　① 斐社,广州中山大学中文系1949级
之社名,作者妻子周湘玫时在此就读,后几
番重聚,情谊殊深,及于配偶。

庆祝抗日战争胜利五十周年

手缚苍龙国耻除,河山万里绘新图。
愚公代有挖山志,环宇当惊华夏殊。

东征组歌四首[①]

长相忆

漫漫东征路,悠悠战士心。

娓娓诉不尽,万里寄知音[2]。

首战云山

云山雾霭低,清川江水急。
忽报敌逃遁,一声令下"追"!
百年常胜师,初战弃甲归。

垂手得平壤

麦帅傲又狂,圣诞誓过江。
一战折铁骑,再战黑人降。
奋勇追穷寇,垂手得平壤。

饮马汉江边

三八防线坚,临津江水寒。
三奇复三险,破阵旦夕间。
抚琴总统府,饮马汉江边。
应谢信使者,香江有书笺。

① 作者自注:写于1997年偕家人赴内蒙古途中。东征指抗美援朝。
② 时湘玟尚在香港。

忆高克

断臂非为血气勇,飞兵七十下沈城[1]。
云山奇兵出敌后,巧夺飞机独一人[2]。

① 辽沈战役时,高克为三四八团代团长,率团4小时急行军70里直抵沈阳铁西,并一举突入由蒋军精锐二〇七师防守的坚固阵地。
② 云山,指抗美援朝时的云山之战。此战夺得敌机4架。

忆王扶之

长身玉立小红军,初识太行认乡亲。
谈笑从容操胜算,一生九死建奇勋。

忆小三子[1]

清瘦黝黑三尺童,智勇沉着特惊人。

高梁秆内藏情报,半兜黄豆计敌军。
穿梭敌区传密件,一方安危系一身。
梦里常见不得见,何日故地可逢君?

① 据作者自注,所述为1943年春反"扫荡"斗争中事,时小三子只有十二三岁。

战士奖我一块糖

马良山前摆战场[1],捷报频传喜欲狂。
坑道官兵同庆贺,战士奖我一块糖。
归去途中遭不幸,我未吃糖他已亡。
四十八年忆往事,刻骨铭心倍感伤。

① 马良山在三八线上,临津江西岸。

题勿忘楼

老龙头西有八小楼,乃侵华八国联军八司令官邸也。今四楼已修复,馀四楼残垣在焉。改建的一号楼,余曾过之小憩。经理嘱题,因题之曰"勿忘楼",勿忘中华历史蒙羞之页也。

东望龙头八小楼,潮来潮去几春秋。
联军虽去残垣在,戒我神州勿忘忧。

元夜寄诸儿女

元夜灯如昼,欢乐满京都。
遥想万里外,同思勿忘庐。

宋维栻

1917—2010年,安徽金寨人。1932年参加革命,参加了长征。曾任第四十三军副政委,广东省军区政委,政治学院副院长,铁道兵政委,福州军区副政委。1955年被授予少将军衔。

吊白沙门岛烈士歌

充塞天地英雄气,纵贯古今生死情;我身未随先烈去,留赋挽歌祭英

灵。昔有萧萧易水歌,匹夫之勇图一
逞;今有壮士跨大海,血战白沙鬼神
惊。白沙小岛狭长形,岛外之岛地势
平;距敌巢穴在咫尺,滩头稀泥草不
萌;鹭飞鱼跳蟹横走,云蒸雾熏咸且
腥;浪翻潮涌日夜吼,浑如震天厮杀
声。钦先烈之伟志兮,创木船打兵舰
之奇迹;哀先烈之不幸兮,陷绝地遭
顽敌之围攻;赞先烈之勇武兮,虽九
死而犹奋战;颂先烈之坚贞兮,宁玉
碎而不苟生。天崩地裂爆巨响,电光
血影化彩虹;硝烟弥空日暗淡,海鸟
远遁龙潜形;血凝白沙成碧草,骨植
咸泥变青松;人间长留浩气在,史册
永志烈士名。呜呼哀哉!我哭战友
声哽咽,万里南征一路行;我祭战友
肠寸断,战前宣誓同死生;我思战友
夜难寐,幽明阻隔不再逢;我梦战友
颜如故,醒来遥见月朦胧。椰风舞袖
拭丽日,蕉雨滴泪洗长空;忽闻琼崖
花似锦,回看天涯旗正红!

怀念张池明同志

萧萧落木送清秋,怎奈君先跨鹤游。
吐尽素丝情未已,丹心永伴大江流。

浪淘沙·彭明治同志
诞辰一百周年①

少小出三湘,黄埔寒窗。持戈北
伐战武昌。起义洪都扬赤帜,大破天
荒。　　一自着戎装,北国南疆。纵
横跃马射天狼。百战将军惊敌胆,史
册留芳。

① 彭明治(1905—1993),湖南常
宁人。1925年入党,1930年参加红军,参加
了长征。曾任第四野战军十三兵团副司令
员兼参谋长,驻波兰大使,河北省军区司令
员。1955年被授予中将军衔。

张　华

1912—1998年,江西永丰人。1932年
参加中国工农红军,参加了长征。曾任海
军青岛基地防空司令部政委,北海舰队政
治部副主任,北海舰队航空兵政委。1961
年晋升少将军衔。

忆反"扫荡"

秋风卷来骤雨狂,滹沱河岸反
"扫荡"。滚垄沟坡遭围困,怒对三
面狗豺狼。悬岩绝壁置身后,陡峭十
丈无处藏。誓死拼做革命鬼,跳岩碎
尸又何妨!突见岩壁一细缝,一截树
枝挂中央。绝处逢生机运妙,攀树突
围从天降。首长派人寻尸骨,疑我早
已见阎王。忽闻归队喜望外,挥拳紧
抱泪盈眶。十里乡亲争相告,"神仙
科长"传四方。

张　衍

1917—2003年,安徽灵璧人。1937年
参加八路军。曾任军事工程学院政治部主
任,军事电信工程学院政委,国家计委副
主任,国防科委副主任兼国防科技大学校
长。1961年晋升少将军衔。

哈军工赞

陈赓大将,受命疆场。人才开
发,创建学堂。军工育人,德才优
良。宜军宜政,亦工亦商。科技攻
关,竞我所长。常规尖端,国力增

强。两弹一机，屡试锋芒。国防科大，继承发扬。教学科研，相得益彰。中流砥柱，神州辉煌。

张　翼

1918—2015年，山东诸城人。1937年加入中华民族解放先锋队。曾任空八军政委，空军学院副政委。1964年晋升少将军衔。

琼海红色娘子军

琼海丛林密森森，万泉河水广且深。
分界岭前枪声急，知是红色娘子军。

张汝光

1914—2000年，河南渑池人。1931年参加中国工农红军，参加了长征。曾任第四野战军卫生部副部长，总后勤部副部长兼卫生部部长。1955年被授予少将军衔。

革命军人

军人征战在沙场，奋斗焉为百世芳。
赢得江山红一片，何怜热血洒八荒。

张崇文

1906—1995年，浙江临海人。1926年加入中国共产党。曾任第二十五军政治部主任，华东军政大学政治部副主任，铁道兵政治部副主任。1955年被授予少将军衔。

黄桥决战四十周年纪念

黄桥决战四十周，陈粟当年巧运谋。
红旗漫卷民情沸，白马长嘶敌焰收。
苏中户户迎新曙，金陵瑟瑟怨新秋。
老兵重来鬓如雪，军歌犹自响心头。

听黄桥烧饼歌

问君今日意如何？又听黄桥烧饼歌。当年鏖战黄桥畔，黄桥烧饼暖心窝。"烧饼靠火军靠民"，此中深意耐吟哦。长征新路重跃马，愿君长记烧饼歌。

张蕴钰

1917—2008年，河北赞皇人。1937年参加八路军。曾任沈阳军区副参谋长，核试验基地司令员，国防科工委副主任。1961年晋升少将军衔。曾为解放军红叶诗社顾问。著有《张蕴钰诗词集》。

缅　怀

国人称老邓，心底倍加亲。
放眼千般好，无他岂有今！

长相思·首次核试验之夜

光巨明，声巨隆，无垠戈壁腾蛰龙。笑看触山崩。　　呼成功，欢成功，一剂量知数载功。欣听五更钟。

陈　沂

1912—2002年，贵州遵义人。1929年参加革命。曾任东北野战军军政委，总政文化部部长，上海市委副书记兼宣传部部长。1955年被授予少将军衔。

送韩先楚出征①

一

先楚练兵在徐闻，我来催粮助远征。
东风一起千帆劲，木船渡海大功成。

二

望海楼边夜不眠，一心一意想海南，

凌空蒋机声犹在,千军万马现敌前。

① 韩先楚(1913—1986),湖北黄安(今红安)人。曾任志愿军副司令员,福州军区、兰州军区司令员,1955年被授予上将军衔。出征,指1950年4月指挥解放海南岛战役。

陈 祥

1916—1997年,安徽金寨人。1932年参加中国工农红军。曾任第四野战军四十三军一二八师政治部主任,中南军区装甲兵副政委,北京军区副政委,工程兵副政委。1961年晋升少将军衔。

忆红二十七军东线转战

白雪皑皑,大地冰封。绿色杉树,昂首迎风。东线转战,日夜行军。炮声隆隆,枪声阵阵。漫山遍野,党政军民。身处险境,抖擞精神。克敌制胜,向着光明。红旗招展,奋勇前进。

陈兴畴

1917—1997年,江苏铜山人。1930年参加革命。曾任福州军区空军政治部主任、副政委。1964年晋升少将军衔。

黄洋界

千嶂重叠一眼收,万壑纵横鬼神愁。
浮云片片脚下过,青松涧水常悠悠。
运筹巧设五大哨,雄文夜书八角楼。
众志成城金汤固,红旗高举漫神州。

陈美藻

1914—1989年,湖北黄安(今红安)人。1931年参加中国工农红军,参加了长征。曾任第三野战军二十八军政委,济南军区副政委。1955年被授予少将军衔。

忆淮海大战

雷声入梦化烟云,淮海重游觅弹痕。
邱李徐东折半旅,聿明陈官覆全军①。
英雄胆气惊天地,烈士英风泣鬼神。
一部青史丹心照,留予后辈续军魂。

① 邱李,指国民党军第二兵团司令邱清泉、第十三兵团司令李弥。聿明,指徐州"剿总"副司令杜聿明。

陈锐霆

1906—2010年,山东即墨人。1936年加入中国共产党,1941年参加新四军。曾任华东野战军特种兵纵队司令员、代政委,华东军区炮兵司令员,军委炮兵副司令员。1955年被授予少将军衔。

不使敌人片甲归

沂水清,蒙山翠,军民团结显神威。
黑云压境无惧色,不使敌人片甲归。

范子瑜

1914—2002年,湖南大庸(今张家界)人。1935年加入中国工农红军,参加了长征。曾任第一野战军后勤部部长,商业部部长,总后勤部副部长。1955年被授予少将军衔。

抗战回忆

卢沟桥畔枪声响,日寇侵华气嚣张。
国共合作同抗日,红军改编赴前方。
东流黄河入晋冀,挺进敌后辟战场。
创建巩固根据地,统一战线齐救亡。
坂垣敌师犯晋北,穷凶极恶图太原。

平型关前遭惨败，"皇军"神话飞九天。阳明敌机焚二四，雁门伏击敌胆寒。实事驳倒"亡国论"，我军威名天下传。山地平原烽火起，百团大战破"囚笼"。破袭交通五千里，大捷声威震东溟。打击亲日投降派，鼓舞社会各阶层。人民战争党领导，陷敌汪洋大海中。男女志士忧国难，冲破封锁奔延安。学习马列明方向，投身实践心更丹。持久抗战三阶段，相持时长战尤繁。前线后方同杀敌，开展生产救饥寒。封锁金瓯蛟龙困，八年苦斗志更刚。春夏秋冬反"扫荡"，军民协力愈坚强。亿万同胞齐奋战，炮声隆隆遍城乡。壮丽河山终归我，杲杲旭日升东方。

林　毅

1917—2000年，陕西华县人。1938年加入中国共产党。曾任第三野战军师参谋长，北京军区空军参谋长，第二十训练基地副司令员，第六机械工业部副部长兼第七研究院党委书记、院长。1964年晋升少将军衔。

忆渡江第一船

昔日战地漫硝烟，长江强渡第一船。
重览金陵换新貌，共慰忠魂笑九泉。

欧致富

原名欧阳致富，1915—1999年，壮族广西田阳人。1929年11月入伍。曾任广州军区副司令员。1955年被授予少将军衔。

抒　怀

人老心难老，凌云志更坚。

赋诗歌盛世，泼墨写尧天。

纪念百色、龙州起义六十周年

少年多壮志，尚武弄刀枪。
官逼黎民反，揭竿左右江。

红七军成立五十周年

难忘代代苦冤仇，俯首谁甘做马牛。
霹雳惊天红一角，干戈动地震环球。
中原万里飞弧矢，长戟三门戴象鍪。
半世纪中名四海，血凝华夏绿田畴。

罗应怀

1915—2010年，湖北黄安（今红安）人。1929年参加中国工农红军，参加了长征。曾任福州军区副政委兼福建省军区政委，成都军区副政委，北京军区副政委。1955年被授予少将军衔。

战旗咏[1]

战旗猎猎壮威风，炮声隆隆阵前冲。
累累弹洞皆虎胆，斑斑血迹是英雄。
南征北战硝烟去，本色依然火样红。
四化前程添秀色，万千麾纛俨长龙。

[1] 1931年至1932年，作者是红四方面军第十二师三十四团一营的旗手。1977年秋，作者到成都革命纪念馆参观，发现那里陈列着当年的战旗，十分感慨，便写下了这首诗。

过凤山缅怀"红八团"[1]

朝辞皇姑屯[2]，午憩凤山营。
飞雪迎五月，夜来梦故人。
回忆红八团，共祭英雄魂。
燕山多奇俊，寄望新长城。

① 红八团为当年大别山革命根据地红二十八军的红军团队。

② 皇姑屯,指今河北省隆化县城。

凭吊朱家岗①

当年血战伏寇魔,风雷激荡洪泽波。
小鬼班在阵地在,大鼓词歌胜利歌。
忠骨留在青松下,英灵含笑伴淮河。
阳春重上朱家岗,思情更比鲜花多。

① 朱家岗保卫战,是淮北新四军在1942年冬对日寇进行的反"扫荡"战斗,是一个以少胜多的著名战例。这一胜利对扭转淮北抗日形势、彻底粉碎日寇对这一地区长达33天的残酷"扫荡",起到了决定性作用。

回忆长征

慷慨赴国难,不畏征程艰。两万五千里路,于今方知难。草地遍寻主力,病伤独自徘徊,领兵志丹前。路逢危险处,最贵意志坚。山伟岸,水清明,人翩跹。无端风雨过后,万顷碧云天。改革开放双翼,十亿人民团结,飞跃大鹏篇。犹有壮心在,御敌国门边。

周文在

1906—1994年,江苏常熟人。1925年加入中国共产党,1926年入黄埔军校学习,参加了南昌起义。曾从事党的秘密工作,后任第十兵团参谋长,福建省军区副政委。1955年被授予少将军衔。

题靖江革命烈士纪念馆

慷慨捐躯命,英雄壮国魂。
大江流日夜,浩气共长存。

钟国楚

1912—1996年,江西兴国人。1930年由共青团转入中国共产党,坚持了南方三年游击战争。曾任第三野战军二十六军军长,志愿军第二十三军军长,上海警备区副司令员,江苏省军区第二政委,南京军区顾问。1955年被授予少将军衔。

金星照我还

难忘挥泪别江南,逐鹿中原奏凯旋。
百万雄师过天堑,金星灿烂照我还。

姜林东

1918—2016年,山东烟台人。1937年参加革命。曾任北京军区副政委、广州军区副政委。1964年晋升少将军衔。曾为解放军红叶诗社顾问,广东省诗词学会名誉会长。著有《烽火征程》《军旅春秋》等。

挺进苏北①

返营奉命去东征,将士赳赳气势宏。
挺进雄师催战马,高擎义帜救苍生。
心怀怒火歼倭寇,手挽强弓射大鲸。
粉碎日顽围剿梦,江淮大地岁峥嵘。

① 作者自注:1939年12月,余奉命返回新四军六支队,后随军到皖东北。1940年9月1日,朱湖镇部队整编壮大,挺进苏北,开辟苏北抗日根据地。

随彭雪枫东渡黄泛区

远离延水赴淮滨,收复金瓯挽陷沦。
百里泛区黄水恶,千村涝患万黎贫。
奔驰苏皖摧强虏,力挽狂澜拯庶民。
东渡飞奔六支队,同袍幸会庆新春。

巢湖水上练兵

——纪念渡江战役40周年

三军云集大江边，雨怒风狂浪打舷。
北国健儿操水战，誓摧天险换人间。

解放杭州

突破江防取贵池，雄师所指尽披靡。
彩旗熠熠通花港，春雨潇潇过白堤。
千里风驰收逆旅，三军电掣卷枯枝。
如今胜景还黎庶，一曲高歌露曙曦。

雪山草地吟

1959年，我军奉命平叛，穿插于甘南、川北雪山草地，环境艰苦。当年红军长征足迹和精神激励着部队战胜艰险，胜利完成任务。迄今记忆犹新，因赋。

雪　山

皑皑白雪覆山峦，冰剑风刀刺骨寒。
百战英雄翻越过，三军北上会师欢。

草　地

草地茫茫夜雨凄，淤泥污水步难移。
神兵开辟长征路，飒飒西风卷战旗。

临江仙·梁岔伏击战①

东渡运河驱虎豹，新区一片欢腾。喜迎解放庆新生。倭奴心震撼，反扑露狰狞。　　炮火隆隆梁岔地，我军埋伏精兵。军民奋战缚长鲸。大刀齐砍去，鬼首祭英灵。

① 时在1940年10月，共歼敌百余人。

汉宫春·纪念抗战
胜利五十周年

烽火卢沟，血染神州地，惨绝人寰。三光凶暴，铁蹄踏遍田园。南京施虐，血成河、尸骨堆山。平日寇，八年苦战，前贤力挽狂澜。　　五十春秋飞逝，看风雷激荡，地覆天翻。中华赤帜熠熠，故国新颜。和平万世，衣带水、共赏婵娟。应警觉、重温旧梦，东瀛军国灰燃。

清平乐·抗洪勇士李长志

李长志驾驶冲锋舟，先后救出遇险群众1446人，被灾区人民誉为"水中救星"。军区授予"抗洪抢险"勇士称号。

抗洪勇士，胸有英雄志。搭救灾民千百次，无私无畏机智。　　披星破浪功高，飞舟抢险情豪。水上救星美誉，抗灾业绩昭昭。

临江仙·赞驻港部队

猎猎军旗红似火，文明劲旅英雄。五年戍港誉声丰。洁身尘不染，亭立若芙蓉。　　使命崇高生壮志，争当卫国先锋。港防职责记心中。紫荆花璀璨，战士永鲜红。

水调歌头·纪念淮海
战役胜利五十周年

淮海鏖兵日，转瞬五旬秋。大军往昔云集，决战定神州。顽敌纷纷蚁聚，陈粟指挥若定，旗展敌巢休。霄汉狂飙卷，怒撼蒋王酋。　　收江北，枪林逼，石城愁。布防千里何用，难阻铁洪流。惊破金陵春梦，谈虎惶惶色变，残局怎筹谋。饮马长江水，万众放歌喉。

踏莎行·杂技楷模赞

　　广州军区战士杂技团自1951年成立以来，从世界各大赛场捧回金牌31枚，三次蝉联"法兰西共和国总统奖"，两次摩纳哥"金小丑奖"。

　　艺德双馨，红专并具，人才辈出求新著。金牌卅一业辉煌，年年竟把荣光取。　　华夏扬名，瀛寰享誉，"天鹅对顶"精华铸[①]。软功艺术众称奇，攀登汗洒高峰路。

　　① "天鹅对顶"，指荣获摩纳哥"金小丑"奖的《东方天鹅——芭蕾对手顶》。

风入松·纪念粟裕
将军诞辰九十五周年

　　苏中七捷蒋军惊，淮海更峥嵘。江防突破金陵取，蒋王朝、土解山崩。斩断人民枷锁，大江南北欢腾。　　功高淡泊不扬名，一粟自称轻[①]。珠联璧合陈同粟，顾大局、将帅英明。千载人钦战将，众抒念念深情。

　　① 粟裕将军某日访叶剑英元帅，临别叶帅扶杖送曰："百战老将，不简单哪。"粟对曰："沧海一粟，不足挂齿。"

贺晋年

　　1910—2003年，陕西安定（今子长）人。1928年加入中国共产党。曾任第十五兵团副司令员兼四十八军军长，东北军区副司令员兼参谋长，装甲兵副司令员。1955年被授予少将军衔。曾为解放军红叶诗社顾问。

怀子长[①]

游子今日归故乡，古稀千里祭子长。
九泉忠魂对我笑，浩气热血化冰霜。

　　① 谢子长（1897—1935），陕西安定（今子长）县人。陕北红军和苏区主要创建人之一，中国工农红军杰出指挥员。曾任中国工农红军陕甘游击队总指挥，红二十六军四十二师政委，中共西北工委委员、西北革命军事委员会主席。

怀志丹[①]

四十六载别志丹，古稀之年返灵前。
老泪纵横怀忠骨，一代风流永不还。

　　① 刘志丹（1903—1936），陕西保安（今志丹）县人。陕西革命根据地和红二十六军创建者之一。曾任中国工农红军陕甘游击支队总指挥，红十五军团副军团长兼参谋长，西北革命军事委员会副主任、北路军总指挥。1936年4月率红二十八军东征抗日，在山西遭国民党反动派阻击牺牲。

纪念长征五十周年

井冈翠竹瑞金风，雪山草地映旗红。
长征本是播种机，扎根陕北九州同！

袁福生

　　1916—1993年，湖南茶陵人。1930年参加中国工农红军，参加了长征。曾任武汉军区后勤部副政委，工程兵特种工程指挥部后勤部政委。1961年晋升少将军衔。

游湘西

一

阔别湘西卅二年，光阴弹指一挥间。
山间重踏长征路，父老争迎若凯旋。

二

往事回头卌二年，星火燎原换人间。
相期再奋凌云志，跃马征途着新鞭。

三

突破乌江浪卷沙，木黄会师雪飞花。
十万坪川报大捷①，山区播火长新芽。

四

陈家河畔决雌雄，以少胜多仗子龙。
桃子溪边缴重炮，全歼强敌建奇功。

五

三路齐攻战略高，天门炮火响云霄。
进军大庸追穷寇，瓮中捉鳖何处逃。

① 十万坪在湘西龙家寨地区。1934年11月，红二、六军团会师后，曾在此击败国民党军陈渠珍、皮德培、杨其昌部，占领了永顺、桑植、大庸等县，创建了湘鄂川黔苏区。

栗在山

1916—2006年，河南南阳人。1933年加入中国共产主义青年团，1935年转入中国共产党。曾任导弹卫星发射基地政委，国防科委副主任兼政治部主任、副政委。1955年被授予少将军衔。

戈壁吟

浩瀚戈壁兮，气候异常。终年不雨兮，极端荒凉。狂风大作兮，沙石飞扬。天昏地暗兮，日月无光。苦战三年兮，景况改良。新型村镇兮，技术厂房。梅花绿洲兮，沙枣柳杨。红日高悬兮，碧空清朗。火箭腾空兮，众喜欲狂。

贾若瑜

1915—2016年，四川合江人。1931年参加革命，参加了长征。曾任胶东军区司令员，山东军区参谋长，解放军军事俱乐部主任兼军事博物馆馆长，总政治部副秘书长、代秘书长，军事学院副院长。1955年被授予少将军衔。曾为中华诗词学会顾问，解放军红叶诗社社长。著有《贾若瑜诗词集》。

甘 孜

1936年7月2日，红二、四方面军在甘孜会师，北上抗日。旧地重游，感而赋此。

重游旧地忆长征，往事萦思百感生。
北上方能驱虎豹，南行定会折精兵。
红旗指向风雷动，战马奔驰神鬼惊。
团结向前歌胜利，烽烟滚滚听潮声。

敬悼粟裕同志

北战南征未卸鞍，军威叱咤震尘寰。
胸藏甲胄风雷动，袖里珍奇敌胆寒。
玉帐谈兵明月夜，中原逐鹿晓星残。
神州飞将今何在？浩气长存天地间。

红军坟悼长征战友

一

浴血沙场竟献身，黔山碧水伴忠魂。
中华奋起君知否？梦里相逢告故人。

二

挥戈苦战破重关，血染黔山风雨寒。
万世英名垂史册，长留正气在人间。

三

滚滚烽烟战鼓催，精忠报国起惊雷。
黔山有幸埋忠骨，凝望英灵化鹤归。

旅云南忆长征①

长征路上忆长征,往事萦思梦不成。
堵截围追空梦幻,盘旋走打展麾旌。
丽川一线山河阔,石鼓千帆骇浪生。
天险飞渡歌胜利,红旗似火伴龙腾。

① 1936年春,红二、六军团转战川、滇、黔边区,摆脱了敌军的围追堵截,从石鼓渡过天险金沙江,取得了长征中的又一战略胜利。

"八一"节有感

南昌首义响洪钟,唤起工农盖世功。
战地降魔挥落日,征途伏虎试长弓。
烽烟一扫宁宇内,伟业千秋照寰中。
服务人民心似水,西园煮酒论英雄。

重访山东老区

平度有感

抗日烽烟遍鲁东,人民奋起缚蛟龙。
射雕出没来平度,走马回还展阵容。
大泽山前驱虎豹,高莱路上斩黑熊①。
十年浴血头添白,喜看今朝建大同。

重访万第

天兵讨逆赴莱东,万第射雕气势雄②。
决战功成除国贼,攻坚破垒逐元凶。
挥师万第左村下,饮马五龙碧水中。
荡尽妖氛迎春节,军民同乐听晓钟。

重返胶南③

空向苍穹咒逝川,壮年离别老年还。
难忘父老同风雨,最忆乡亲共苦甘。
山里交朋联友谊,沙场破敌夺津关。
何事今朝花报喜?征鸿冉冉落胶南。

山里秋天好射雕,旌旗招展接云霄。
花沟初战军威振,障日屯兵意气豪。
破敌石门曾戴月,探戈诸莒度寒宵。
腥风扫却河山壮,喜看雄师架彩桥。

① 高莱路,指由高密经平度去掖县(莱州)的公路。
② 1945年2月11日(农历除夕),胶东军区在五龙河畔的万第、左村一带与胶东最大一股叛军赵保原部决战,歼敌一万二千余人,剪除了日寇的羽翼,为抗日大反攻创造了条件。
③ 自注:1943年夏,作者奉命率滨海第二支队先后在诸(城)、胶(县)、高(密)、日(照)、莒(县)等区活动,并经过花家沟、石门、插旗岩、六王等战斗,创建了诸、胶、高边抗日游击根据地。

抗大第一分校校史研究会遇旧

战地烽烟友谊真,杏坛化雨四时春。
太行风雪君知我,齐鲁烟云我与君。
昔日青年皆白发,今朝老骥共丹心。
京华聚首思延水,往事悠悠话古今。

忆长征过渭河

一

西和战罢越盐关,巧运奇谋出武山。
堪笑胡蛮空梦幻,红军走马过天兰①。

二

万里长征越险关,三军夜渡渭河寒。
会宁聚汇风雷动,红旆高扬天地宽。

① 胡蛮,指胡宗南。天兰,指天水至兰州公路,敌之封锁线。

南昌起义①

首义南昌百世功,惊雷动地战旗红。

周公决策雄图远,贺叶谈兵壮志宏。
讨逆早闻临赣北,挥师竟自下江东。
朱刘布阵人争道,众志成城化彩虹。

① 作者自注:20世纪50年代,周恩来同志指示,南昌起义领导人的名次排列为:周恩来、贺龙、叶挺、朱德、刘伯承。军事博物馆陈列的南昌起义的油画,本此创作而成。

遵义会议六十周年

古城会议挽危舟,骇浪惊涛作壮游。
扫却乌云红日出,迎来皓月大江流。
雄关笑越乾坤转,狭路相逢叠嶂稠。
踏遍河山开伟业,一轮甲子写春秋。

忆红军三大主力会师会宁(选一)

征程万里越津关,北国秋风夜雨寒。
踏遍雪山红旆动,艰逾草地怒潮翻。
难堪顽敌惊魂丧,喜见飞鹊笑语欢。
点将台前英杰聚,三军会合报春还。

纪念抗大建校六十周年怀陈赓同志

旌旗猎猎破津关,逐鹿中原敌胆寒。万里长征探虎穴,八年抗战试龙泉。东西纵辔军威振①,南北平戎国境安②。玉帐运筹谋远略,将坛论道挽狂澜。高朋满座诗文会,胜友如云气宇宽。磊落一生堪典范,清廉毕世永留丹。匡扶正义民心敬,挥斥奸谗马首瞻。往事萦怀空有泪,梦中相聚话悲欢。

① 东西纵辔,指陈赓同志在抗日战争和解放战争时期,分别转战晋冀鲁豫和大

西南战区。
② 南北平戎,指上世纪50年代,陈赓同志曾先后参加援越抗法和抗美援朝战争。

红军长征过古蔺渡口

四渡之江话太平,二郎滩渡出奇兵①。
鸡鸣三省宏图远②,雄关踏破又长征。

① 太平、二郎滩均为赤水河上的渡口。
② 鸡鸣三省,指红军一渡赤水进至四川古蔺县与滇、黔两省交界处的分水岭以南地区。

祝贺萧克院长九秩华诞

坦荡胸怀树正声,心如冰鉴享遐龄。
无私无怍添春色,立德立言壮旃旌。
绛帐育才功业在,沙场破敌霹雷生。
雪霜经过松葱郁,逸气纵横众望倾。

悼马石山英烈①

一从半岛起乌云,铁壁合围拉网新。
马石山前尸骨遍,渔阳陇上雾烟昏。
军民血战驱狼虎,党政同心壮国魂。
慷慨悲歌神鬼泣,忠肝义胆震乾坤。

① 1942年11月19日至12月29日,日寇一万五千余人,伪军近万人,在国民党顽军五千余人配合下,对我胶东抗日根据地进行"铁壁合围"和拉网大"扫荡",将我解放区群众三千余人和二百多名军人合围在马石山上。为掩护群众突围,我第十三团三营七连六班、胶东行署警卫连一个排和一些零散军人全部战死。作者时任胶东军区参谋长,参加了这次粉碎日寇大"扫荡"的战役。

红二、六军团长征经贵州七十周年

铁流滚滚入贵州,故园景物望中收。

夜郎素有三无号①，志士常怀千岁忧。毕节深山栖彩凤，乌蒙小径跨骅骝。救亡抗日兴中国，万里长征作壮游。

① 贵州古为夜郎国。新中国成立前此地十分贫困，有"天无三日晴，地无三里平，人无三分银"之说。

建军八十周年

一

红星耀彩几经秋，八十年来作壮游。推倒三山驱虎豹，威加四海缚蛟虬。筹边喜有筹边策，卫国能无卫国谋。改革创新开伟业，扫却浮云春满楼。

二

首义南昌八十秋，人民军队壮神州。十年苦战驱狼虎，八载降魔纾国忧。推倒三山兴禹域，宏图四化建琼楼。强兵富国开新页，务实求真竞上游。

军博建馆五十周年

荡尽烽烟六十秋，英雄儿女振神州。三山推到笑华夏，百姓同心建玉楼。最忆沙场挥劲旅，难忘战地动吴钩。凌烟兴建丰碑永，五秩年华耀五洲。

满江红·南京忆渡江战役

滚滚长江，孕育了、几多英杰？曾记得、南征北战，壮怀激烈。推倒"三山"求解放，威加四海迎佳节。听炮声、阵阵似雷鸣，惊天阙。　　万船发，谋远略。天堑渡，烟波歇。看红旗万里，风卷残叶。铁马西行追落日，雄师东进迎新月。喜今朝、重整旧乾坤，民怀切。

汉宫春·纪念遵义会议五十周年

战火烽烟，看长征途上，血染雕鞍。几番风雨，雪夜云冷星残。苍茫大地，有何人、会解连环。挥巨手，乾坤扭转，阳光普照尘寰。　　指点孤帆航向，任惊涛骇浪，力挽狂澜。九天迅雷震动，荡尽馀寒。重关踏破，振军威，直指云南。凝望眼、黔山蜀水，铁流滚滚向前。

浪淘沙·"七七"事变五十周年

血雨洒卢沟，月冷云愁。连天炮火震神州。众志成城驱寇虏，功业千秋。　　含笑握吴钩，誓斩仇雠。古今豪杰壮山丘。捷报频传长夜晓，光复金瓯。

浪淘沙·过猿猴（元厚）红军渡

信步猿猴，我自神游。赤江四渡挽危舟。进出川黔天地广，袖里奇谋。　　何事可埋忧？又拭吴钩。娄山一战震寰球。巧渡金沙龙入海，伟业千秋。

酹江月·青岛解放五十周年

星移斗转，又匆匆过了，几多年月？血战三齐驱虎豹，一扫烟消云灭。甲舰逃离，牙旗坠地，陆海

皆传捷。明珠无恙,彩霞光射南
北。 直指港口滩头,重关踏破,
炮火惊天阙。鼓角声声盈宝岛,又听
凯歌层叠。逐北追奔,妖氛荡尽,豪气
吞河岳。江山如画,普天同庆佳节。

高 锐

　　1919—2016年,山东莱阳人。1937年
入陕北公学。曾任华东野战军第三十七师
师长,第三十一军参谋长,兰州军区副司令
员兼宁夏军区司令员,军事科学院副院长。
1961年晋升少将军衔。曾为解放军红叶诗
社社长。著有《行吟集》《居吟集》。

审修战斗条令杭州会议即事

九月杭州丹桂香,审修条令西湖旁。
挑疵批谬将军作,嚼字咬文秉笔忙。
乏眠误食睛无彩,沥血呕心须有霜。
为使规章利战斗,任凭秋色自苍黄。

杭州条令会议结束送别

湖滨开会罢,分手赴归程。
一水含留意,双峰寓别情。
兵书当细读,学术待争鸣。
他日重相聚,条条战令精。

审修军师团营战斗
条令会议结束①

迎春相会送春别,用尽心机呕尽血。
莫道百天书未成,菊花开在清秋节。

　　① 军师团营战斗条令草稿审查修定
会议于1962年3月至5月在北京友谊宾馆举
行。由北京军区和军兵种科研机构主要同
志参加。

离京赴兰州军区莅职

一

站台握手告辞行,难舍十年同志情。
劳燕分飞今日别,相期重会在边城。

二

久有戍边卫国情,今朝始得离京城。
兰州此去三千里,塞外西风壮啸声。

三

曙色朦胧夜未明,兰州车站冷凝灯。
相迎初识生疏面,客舍寒暄暖气盈。

边境行

一

边疆漫漫大荒行,千里迢迢唯哨营。
戍守官兵重见面,浑如久别至亲情。

二

归程横越祁连山,百里行车峻岭间。
九月雪花云路暗,征人忽觉着衣单。

登古荥阳城遗址

昔年楚汉荥阳争,今日登临看古城。
十里高墙半突兀,千秋残壁尚峥嵘。
长围不决非良策,久困绝粮难抗衡。
诡计脱身还再战,项刘胜负已分明。

举水岸边看地形

举水岸边看地形,欲寻吴楚战场情。
纵观大别山前势,更信前人考不精。

旅次兖州

车串兖州寻战场,西门街畔有残墙。

当年少妇今垂老,指点攻城弹裂房。

风雪飘摇大泽山[①]

——忆1940年冬抗大胶东支校坚持大泽山斗争

一

风雪飘摇大泽山,日军环设鬼门关。
塞吾粮道绝吾食,扩彼奴区固彼阛。
村被剿燔人被虏,男遭缧役女遭奸。
伪顽假势横无忌,贪似豺狼凶似貚。

二

抗大坚持大泽山,军民团结斗凶顽。
村村组建自卫队,站站潜藏伺敌间。
夜战西村血溅臂,晓行东岭汗冰颜。
餐糠宿雪何须惮,春来冲破鬼门关。

三

方酣敌后斗凶貚,忽有皖南惨案传。
抗大师生齐愤忾,胶东儿女备悁悁。
忍恨坚持游击战,含悲聆读檄顽篇。
纵令反共丝萝结,抗日英雄能举天。

① 作者自注:1940年冬至1941年春是胶东抗日战争最艰难时期,刚开辟的大泽山根据地,正遭日、伪、顽军的封锁、围攻。时抗大一分校胶东支校组建不久,便边教学、边战斗、边建设大泽山根据地,环境极为艰苦,斗争极为困难。恰在此时又发生了皖南事变。余时在抗大任营长。回忆这一抗战岁月,不胜感慨。

浦东战歌

——上海战役50周年

穷寇东逃上海滩,妄图洋佬救生还。前军已抵郊区县,快步如飞赶上前。周浦先开头一战,三千守敌被全歼。北进浦东南北贯,完成右翼包围圈。稻田水网泥潭陷,碉堡星散攻期延。集中兵力中间钻,雷炮齐鸣江海翻。践泥踏水冲前进,个个浑成泥水团。一夕高桥要塞破,吴淞江口锁喉咽。两翼合围交铁臂,瓮中徒手捉玄鼋。街市宵眠惊市众,人民军队不虚传。鞭炮齐鸣迎解放,朝阳出海映蓝天。胜利待命浦江岸,秣马厉兵箭上弦。

进军福建

——解放福州战役

一

沪上凯歌才上弦,南征号令已先传。
天堂风物无暇顾,军内层层忙动员。

二

夜雨蒙蒙山径崎,谁擎灯火照迷离。
尖兵连长惊相问,老妪怡怡不置辞。

三

古田溪畔暂休兵,阳谷山前演角争。
备足干粮装足弹,雄鹰敛翼噤啾声。

四

陡壁崖梯高入云,山村父老喜迎军。
路旁茶水留香远,一片深情浓馥芬。

九十自吟

湖堤古柳百年新,九十无须寿诞辰。
笔底春秋犹未了,胸中志趣待长吟。
朝观红日东天曜,暮睹残阳西岭沦。
世纪沧桑回转疾,安能不动老兵心。

风入松·洛阳潼关道上①

昔年潼洛路行难，夜黑朔风寒。煤车偎坐相依暖，一心想早到延安。恶狗呲牙拦路，车佡伸手要钱。　神州日月换新天，旧事化灰烟。三门峡口新车站，往来客喜笑颜欢。雨洗梯田新绿，葱茏林漫山巅。

① 作者自注：1937年11月，余偕同学4人，以转学为名奔赴延安。时陇海路东段铁路交通秩序已乱，我等于某日晚在孝义车站爬上运煤列车，于洛阳潼关区间曾为国民党部队及列车乘务员抢掠敲诈。

满江红·济南攻城
战斗战场巡礼

趵突泉边，中秋节、缅怀英烈。清溪畔、当年鏖战，山摇地裂。炸药雷鸣坚壁破，云梯直立高城越。古城头、杀气映天红，英雄血。孤城破，汤池竭，瓮中鳖，何从脱？！看洪流直泻，土崩堤决。淮海潮吞西楚国，长江浪卷金陵阙。慰忠魂、千古照丹心，湖山月。

双雁儿·移师南下靖江

移师南下近江干。杨柳岸，仲春天。盐城路上绿田园。度东台，越海安。　靖江城外竹林藩。深港汊，系舟船。小桥流水绕村环。似书中，画江南。

望江南·临江备战①

一

临江岸，战备火朝天。指战员们齐备战，朝研登陆夕操船，苦练不休闲。

二

江岸柳，染绿大江干。一派葱茏环浦竹，桃花点点缀其间，春色正娇妍。

三

堤岸上，举镜望江南。江水滔滔连碧宇，清岑点点水天悬，何处是江边？

四

圩埂埂，陌径带绦宽。战士持枪攻战演，时时失足落圩田，泥水湿衣衫。

五

深港汊，绿竹掩征船。白昼敌机难发现，夜来撑出大江边，演练驾征帆。

① 作者自注：1949年渡江战役前，我师在靖江江岸地区演战备渡。

念奴娇·登贺兰山
最高峰马蹄坡

马蹄坡上，望西北、天外尘云低密。瀚海茫茫千万里，大漠连通北极。寂寂空空，空空寂寂，视似无人迹。奈观前史，曾经兵马蕃殖。　追自荤粥匈奴，数千年里，烽火几曾息？一代天骄驱铁骑，万里河山狼藉。往事烟消，如今塞上，豪杰如云集。关山铁壁，谁人还敢侵袭？！

满江红·五十年回顾

五十年华，堪回首、沧桑岁月。征途上、熊熊战火，风雷激烈。挟锐摧隳坚堡阵，挥师突破高城阙。纵关山万里险巇多，从容越。　炮虽歇,烽未绝。修铁壁,防飚飓。演兵场不啻战场凌冽。教练军官倾气力,精研兵法花心血。趁三秋果熟菊花黄,秋英撷。

千秋岁·感时自勖

鬓毛苍白,更被光阴迫。逢改革,兴中国。春潮天海涌,新港连云舶。心犹活,安能稳作观潮客。　　两手空空也,唯有羊毫笔。调五色,研浓墨。为松书劲骨,为竹题风格。千百岁,人间不再流黄色。

高存信

1915—1996年,辽宁开原人。1938年参加八路军。曾任华北军区炮兵司令员,炮兵学院院长,炮兵副司令员。1955年被授予少将军衔。

接张学良将军题字感怀①

台北飞鸿来不易,汉公真迹呈眼前。拭目凝视疑是梦,将军钤记存赫然。恭瞻墨宝清挺力,九一高龄气非凡。缅怀老友情谊重,先父感慰笑九泉。

①　1991年11月14日为先父高崇民百岁诞辰。张学良将军特于10月12日题写“高崇民传”和“忆高崇民”两个书名,于10月26日寄到北京。

高体乾

1911—1998年,辽宁建平人。1932年参加东北抗日义勇军。曾任第二十一兵团参谋长,广州军区副参谋长,军事科学院副院长。1955年被授予少将军衔。1987年创立解放军红叶诗社,为第一任社长。著有

《高体乾诗集》。

观海鹰试验

葫芦岛外渤海湾,一色水天绝人寰。海鹰展翅卫沧海,不教敌舰过长山。

南　望

遥望南天不胜哀,卅年风雨结奇胎。只因霸气冲霄汉,惹得惊雷遍地来。

凯　旋

自卫还击御外奸,廿年一战惩骄顽。蚁居槐侧夸南国,犬仗熊势逞狂蛮。莽莽义军摧密垒,惶惶残寇走荒山。频传捷报收兵马,战士高歌入汉关。

过紫荆关

山高谷深路隘,战车坦克难来。果欲操刀一试,不免呜呼哀哉。

游大同有感

同张犄角护燕京,云屯千军地下城。堪笑刘郎雁北困,犹思霍骑漠南征。无知祁镇轻出塞,蠢子监军丧甲兵。解放军人多豪迈,军威严整振华旌。

老将赋

三十年前百战身,反封反帝扫烟尘。而今纵有安边策,鬓发斑斑难问津。

退居二线偶题

白山黑水净烟尘,秣马江南弭战云。建国卅年霜鬓漫,九天揽月有英群。

闻打击刑事犯罪有成效喜赋

卅年建设莽苍苍，十亿英雄各奔忙。
犹有城狐常舞跳，时闻社鼠厌稻粱。
犁庭旨在安家国，扫穴端令富敖仓。
剪灭奸邪扬正气，迎来正道是沧桑。

悼刘金轩同志[①]

太行太岳共驰驱，四十年来久相知。
今日卧云天上去，难忘战马抖戎衣。

　　① 刘金轩（1908—1984），湖南祁阳人。1930年参加中国工农红军，参加了长征。曾任铁道兵司令员。1955年被授予中将军衔。

朝阳忆旧

草色青青日正长，暖风送我到朝阳。
常思鏖战黑山上，马踏重围月夜光。

悼王新亭同志[①]

今晓雾漫净无尘，久病将军竟卧云。
梦里闻耗惊坐起，忍看儿女共沾巾。

　　① 王新亭（1908—1984），湖北孝感人。1930年参加中国工农红军，参加了长征。曾任副总参谋长，中央军委副秘书长，军事科学院政委。1955年被授予上将军衔。

颂红叶

翩翩红叶集群芳，言志抒情献玉章。
宋韵唐风扬古调，以文会友见清香。

忆百团大战中牺牲
的董天知同志[①]

誓扫凶顽不顾身，百团大战历征尘。
精英血染王庄镇，留得丹心励后昆。

　　① 董天知（1911—1940），河南荥阳人。1927年参加革命，曾参与"牺盟会"领导工作，牺牲时为决死三纵队政委。

郭维城

　　1912—1995年，满族，辽宁义县人。1933年由共青团转入中国共产党。曾任志愿军铁道兵指挥所司令员，铁道兵副司令员，铁道部部长。1955年被授予少将军衔。

纪念西安事变五十周
年兼颂张学良将军

一

十八载大展鸿猷，半世纪枉作楚囚。
功罪千古昭日月，大江东去芳名留。

二

幸今朝国运新谋，同袍间声气相投。
自古爱恨终自解，而今一笑泯恩仇。

三

台湾风云几时休，振兴中华待共筹。
光阴荏苒时不再，人心向往有老牛。

沁园春·兴安筑路

　　大小兴安，岭叠车盘，无限风光。看碧洲内外，鹃红柳绿，晴峦上下，桦白松苍。清风软吹，一尘不染，阵阵花香夹树香。待月夕，望素绡笼翠，仪态万方。　　长林不复寂寞，有无数青年斗志昂。听马达声喧，歌儿嘹亮，移山填谷，建设繁忙。四通八达，铁路公路，定叫僻壤变康庄。暗思量，以四海为家，何必还乡。

郭影秋

1909—1985年，原名玉昆，江苏铜山人。1935年加入中国共产党，从事党的地下工作，后投笔从戎。曾任湖西军分区司令员，冀鲁豫军区政治部主任，第十八军政治部主任，云南省省长兼省委书记，南京大学校长，中国人民大学党委书记，北京市委书记处书记。著有《郭影秋诗选》。

念奴娇·湘南战役

九嶷山上，楚天低、几缕斜阳凝血。怅望中原云漠漠，断雁一声清绝。阵压东南，旗连西北，捷报纷如雪。军严令肃，纵横直捣贼穴。　　且任攀涉层峦，夜深滩险，鬼火时明灭。骤雨疾风扫落叶，千万人民击节。黔贵峰奇，湘漓水咽，笑捉瓮中鳖。高原眼底，弯弓猛射残月。

萧　森

1914—2004年，江西永新人。1929年参加中国工农红军，参加了长征。曾任总参某部副政委、顾问。1961年晋升少将军衔。

夜梦周恩来总理来我部

一如往日见慈容，满面春风到会厅。
炯炯目光真俊武，堂堂神采溢豪情。
叮咛奋力攀新路，指示同心闯险峰。
无奈掌声惊破梦，醒来犹自泪盈盈。

致战友

曾是摘星追月手，又挥巨手扫长天。
回眸喜见三山倒，放眼当看两霸歼。
跃步征途情切切，勇攀峰顶意拳拳。

一腔热血多珍重，慷慨无由鬓发斑。

萧荣昌

1918—2012年，江西吉安人。1930年参加中国工农红军，参加了长征。曾任总参某部副部长兼后勤部部长。1961年晋升少将军衔。

我军无线电通信工作创建六十周年

一战龙冈创纪元，电台通信始发源。
无名业绩垂青史，更喜来人绘彩篇。

彭清云

1918—1995年，江西永新人。1933年参加中国工农红军，参加了长征。曾任第四野战军四十七军一六〇师政委，政治学院政治部主任，总参政治部主任，总参某部政委，总参纪委副书记。1955年被授予少将军衔。

断臂五十年纪念并忆白求恩同志

画角长城鸣铁琴，幽朔奇兵扫胡尘。狂虏恰逢强中手，敌酋无计广灵殒。弹雨如刀割右臂，沙场血拼半死生。战友忧焚少医药，几番恶梦怨天瞑。王震旅长闻凶信，速遣名医昼夜行。雪暗风高路千险，偏有独骑峰上人。救死塞上凭兵械，方信妙手技艺真。断臂裂肌几欲死，星移斗转庆回生。细火鸡汤亲手喂，躬身炕前持调羹。扶伤海外献碧血，更见无私冠卓群。戎马匆匆纵南北，身残不堕志凌云。血脉勃勃五十载，长忆英雄白求恩。如今逝者已矣生者老,满江春水满江红。沧海千帆唱大潮,唯愿浩荡宏图雄!

彭富九

1918—2011年,江西永新人。1931年参加革命,参加了长征。曾任总参某部部长、第一政委,军事科学院副政委。1955年被授予少将军衔。曾为解放军红叶诗社顾问。

缅怀叶剑英元帅

举义羊城器宇昂,长征路上护中央。
尊崇诸葛多才智,效仿商鞅有主张。
十载风行三字狱,一拳粉碎"四人帮"。
为民除害开新局,元帅威名百世芳。

忆红二、六军团长征

风樯阵马渡沅澧,两万雄师出湘西。驰骋滇南任南北,铁流所向敌披靡。轻舟横穿金沙浪,笑看顽徒道拾遗。峻绝险隘无所惧,玉龙雪山飘红旗。踏破草地千重障,腹空且采草充饥。腊子口外天地阔,走马陕甘更奋蹄。巧战猖狂敌百万,将士不惜血染衣。雄关漫道两万五,青史垂名千古奇。

程启文

1915—1994年,湖北黄安(今红安)人。1929年参加中国工农红军。曾任解放军体育学院副院长,湖南省军区副司令员。1961年晋升少将军衔。

独树镇战斗①

雨雪交加刺骨寒,红军挺进伏牛山。
独树镇上遭强敌,焕先挥刀冲在先②。
饥寒劳累何所惧,全军将士齐奋战。
生死攸关我为胜,长征路上又向前。

① 这是1934年11月下旬,红二十五军在长征中进行的一次关键性战斗。独树镇,在河南方城。
② 焕先即吴焕先,时任红二十五军政委。

童陆生

1901—2001年,湖北黄陂人。1923年参加革命,参加了湖北黄安暴动。曾任训练总监部军事出版部副部长,军事科学院院务部副部长。1955年被授予少将军衔。曾为解放军红叶诗社顾问。著有《吾心集》。

悼李明瑞①

北伐建战功,英勇七军名。百龙举暴动,为党尽忠贞。能当革命苦,不做高官荣。可惜身遭害,埋冤终得平。精诚永不灭,光辉照后生。

① 李明瑞(1896—1931),广西北流人。云南讲武堂韶州分校第一期生。曾参加北伐战争,人称"虎将",所率第七军被誉为"钢军"。后加入中国共产党,领导了百色、龙州起义,任红七、红八军总指挥,因"左"倾错误路线迫害致死,"七大"后平反昭雪。

别延安

北斗横天夜欲阑,夜行兵马踏河山。
峰回千转山溪窄,沟曲盘旋朔气寒。
红日初升驱晓雾,春风送暖拂晴峦。

前途要渡黄河岸,一水重分秦晋难。

八十五岁吟怀

八十五年春夏冬,生涯不尽与人同。
何然俗务烦难解,总望良谋计必工。
驰骋征途怜骏马,蹉跎末路惜天虫。
长生无药终归去,到此方知造化公。

曾 生

1910—1995年,广东惠阳人。1936年加入中国共产党。曾任东江抗日纵队司令员,华南军区第一副参谋长,海军南海舰队第一副司令员,广州市市长,交通部部长。1955年被授予少将军衔。

东江纵队成立四十周年

倭奴铁蹄蹂南粤,青山绿水诉悲伤。东江健儿拍案起,舍家为国赴疆场。南疆转战驱倭寇,中原痛击蒋匪帮。英烈捐躯催旧制,神州大业指日强。壮士不谈辛酸事,放眼未来谱新章。四十春秋丰功铸,东纵青史永流芳。

曾克林

1913—2007年,江西兴国人。1929年参加中国工农红军。曾任东北民主联军第三纵队司令员,海军后勤部副部长,海军航空兵司令员,海军顾问。1955年被授予少将军衔。

长征感怀

小时长征老长征,两代长征在一身。
伏枥长忆当年勇,四化还作骏马奔。

谢胜坤

1911—2005年,江西万载人。1930年参加中国工农红军,参加了长征。曾任第三野战军后勤部副政委,浙江省军区政委,南京军区政治部副主任,武汉军区副政委。1955年被授予少将军衔。

武昌起义感赋

革命惊雷响楚天,武昌起义着先鞭。
勇掀帝制开民国,重振神州仰逸仙。
君主独裁成往事,共和政体见当年。
江山一统宏图展,先烈殊勋万古传。

长征胜利会师老战友黄鹤楼座谈有感

白云黄鹤拥江楼,宿将登临话语稠。
共忆金沙艰险渡,畅谈吴起会师酬。
三军聚首声威壮,八载驱倭斗志遒。
难忘连天烽火事,岂将热血付东流。

一朝雪耻复金瓯

虎门烟禁届前仇,沦陷明珠百数秋。
两制奇觚钦创举,一朝雪耻复金瓯。
国强何用刀兵见,义正能赢谈判筹。
华夏欢腾千里共,老夫煮酒醉方休。

岁月峥嵘七五春

岁月峥嵘七五春,军歌嘹亮庆生辰。
欢呼家国宏图起,喜看城乡面貌新。
壮志兴邦添锦绣,丹心卫稷献忠贞。
红旗指引长征路,万马奔腾建伟勋。

悼念张爱萍同志

悲叹长空陨将星,风云叱咤鬼神惊。
岷山踏破千年雪,苏皖重光箪食迎。

东海浪翻凭智勇, 西疆云卷上青锋。
健毫挥洒多才气, 剑胆琴心壮柳营。

老有所学

笃学求新豁我胸, 老夫九十不龙钟。
绮年卫国驱倭寇, 华发离鞍做学童。
重道尊师知识广, 吟诗作画雅情浓。
应夸晚景风光好, 万象欣欣夕照红。

黄花更沐晚风香

老年大学不寻常, 百战残生书画忙。
两眼朦胧头已白, 一身余热笔生光。
英雄再展当年勇, 老骥未松千里缰。
硕果得来诚不易, 黄花更沐晚风香。

卜算子·周恩来总理百年诞辰感赋

义胆耀南昌, 智勇长征路。绝代英才举世尊, 一饭犹三哺。　两袖满清风, 亮节何须数。竟把灵灰洒碧空, 千古丰碑矗。

强晓初

1918—2007年, 陕西子长人。1934年参加革命。曾任陕甘宁边区甘泉县县长, 中共热河省委第二书记、省军区政委, 第七机械工业部副部长, 吉林省委第一书记兼省军区第一政委, 中央纪委书记。著有《晓初诗词选》。

忆故乡战斗

一

五十年前战火红, 僻村窑洞月光中。
几人振臂齐宣誓①, 战友开颜喜相同。
忽报敌军来进犯, 瞬间率部去交锋。

胸怀马列全无敌, 众志成城立战功。

二

拂晓甘霖入夜风, 良筹帷幄见奇功。
寡能敌众惊天地, 气壮兵单逞杰雄。
民族兴亡凭战斗, 苍生命运托马翁。
人间坎坷知多少, 旗展高原映日红。

三

倥偬戎马任挥戈, 捍我神州百战多。
为国为民酬夙愿, 无私无畏历风波。
频经烽火歼顽敌, 赢得升平唱国歌。
多少英雄为国殉, 英灵化雨润山河。

① 指战斗中入党宣誓。

詹大南

1915年生, 安徽金寨人。1931年参加中国工农红军, 参加了长征。曾任华北军区第二〇九师师长, 兰州军区副司令员兼甘肃省军区司令员, 南京军区副司令员。1955年被授予少将军衔。

登长城忆旧

八达岭上望山川, 往事茫茫聚眼前。
雁北挥师插敌后, 冀东挺进抢贼先。
燕山南北攻坚隘, 滦水东西破险关。
难忘人民情似海, 回头不觉五十年。

谒平北烈士纪念碑

海坨耸立似天垂, 莽莽长城显虎威。
平北军民挥戟起, 幽燕寇伪败兵回。
丹心许国披肝胆, 碧血长流铸峻碑。
一代忠良千古颂, 喜看故地尽芳菲。

忆攻占张家口

塞上巍然地, 壮哉大境门①。徐

公建关隘，吉氏逐倭奔。傀儡吞华梦，天人振国魂。我军似潮涌，邻旅若云屯。激战将三日，生俘十百人。欢呼得胜利，虏获难列陈。

① 大境门，为河北省张家口市明代长城一重要隘口。

鲍奇辰

1916—2007年，山东临清（今属河北临西）人。1938年参加革命。曾任华东野战军政治部组织部部长，福州军区政治部副主任，总政群工部部长，军事学院政治部主任。1961年晋升少将军衔。

孟良崮战役

沂蒙腹地孟良崮，击毙敌酋张灵甫。七十四师全部歼，掏心之战传千古。

廖鼎琳

1914—2017年，江西吉安人。1930年参加中国工农红军，参加了长征。曾任志愿军装甲兵指挥部政委，北京军区工程兵政委，炮兵学院政委。1955年被授予少将军衔。

忆冀中"五一"反"扫荡"

一

敌"扫荡"，围铁壁，沟壕交错据点立。烧杀抢掠逞淫威，村村残破处处泣。血雨腥风民受苦，沉渣泛起敌得意。子弟兵，志不移，紧握钢枪怒火激。冀中人民不可辱，持久抗战定胜利！

二

寒风起，着单衣，风餐露宿高粱地。惩处汉奸"单打一"，"两面政策"把敌戏。教育群众鼓勇气，对敌喊话显威力。民如水，我似鱼，灵活游刃堡群里。"强化治安"成泡影，冀中不倒抗日旗！

三

勇歼敌，善隐蔽，滹沱河岸巧奔袭。王村枪响敌胆颤，"护麦斗争"伪酋毙。伏击、攻城、烧岗楼，日伪龟缩心惊悸。平壤沟，拔据点，恢复扩大根据地。党政军民团结紧，迎来反攻新胜利！

谭友林

1916—2006年，湖北江陵人。1930年参加中国工农红军，参加了长征。曾任第四野战军三十九军副军长，工程兵副司令员，乌鲁木齐军区政委，兰州军区政委。1955年被授予少将军衔。

纪念抗战胜利五十五周年

征战多年未洗尘，竹沟再聚中华魂。会师杜岗大发展，首捷窦楼斩林津。奠基一仗芦家庙，豫皖苏区酬万民。索名叶挺六支队，建功中原天地新。

颜吉连

1916—2011年，湖南茶陵人。1931年参加中国工农红军。曾任通信兵副参谋长，总参管理局局长，总参通信部副主任。1964年晋升少将军衔。

长征片断

一

主席麾军逾二万，征程万里少炊烟。

草根野菜充饥腹,协力同心永向前。

二

雄关险隘路茫茫,我弱敌强炊断粮。
堵截围追全不怕,红军都是好儿郎。

三

电台虽小有能量,千里顺风联四方。
弹雨枪林背肩上,畅通无阻乐心房。

四

玉龙飞舞面前横,冰雪终年鸟绝声。
氧气稀薄谁敢越,英雄大步气凌峰。

五

茫茫沼泽望无边,英勇红军过险滩。
雨急风狂冰雹打,并肩携手笑声喧。

六

红军战士英雄汉,万水千山若等闲。
虎穴龙潭皆敢闯,旌旗指引到延安。

魏传统

1908—1996年,四川达县人。1933年参加中国工农红军,参加了长征。曾任总政治部秘书长兼宣传部副部长,解放军艺术学院院长。1955年被授予少将军衔。曾为解放军红叶诗社顾问。著有《魏传统诗词全集》。

为黄镇同志长征画册配诗①

长征中的老英雄林伯渠

路是自己走,灯要自己提。
夜收旭日出,旱过降云霓。
为了共产党,全心又全意。
行动作楷模,同志互学习。

过湘江

西行秋风凉,月夜过湘江。
四道封锁线,奋起一扫光。
蒋贼倾巢犯,猖狂似虎狼。
聚歼梦难成,红军智无双。

中国红军彝民沽鸡支队

涤尽血泪斑,革命道路宽。
扛枪打游击,兄弟肩并肩。
星火在燎原,播种声震天。
感谢共产党,红日照凉山。

① 黄镇(1909—1989),安徽枞阳人。1931年参加红军,新中国成立后曾任外交部副部长,驻法大使。他在长征途中创作了许多写生画和漫画,这些画作后来结为《长征画集》正式出版。

入　党

石庙今何在①?毕生难忘处。
灵渊倾谈后②,从此向东去!

① 作者1926年加入共青团,1928年在石庙子转入中国共产党。
② 灵渊即徐灵渊,是作者入党介绍人。

西宁西路军纪念馆①

悲壮历程载史册,忠贞不屈写雄篇。
祁连怒吼湟中水,浩气长存日月山。

① 1937年"双十二事变"后,西路军的红五军在甘肃张掖地区倪家营子的几十个堡子里,被据守的马匪骑兵四面包围,两次进攻,元气大伤,只好进祁连山分散活动。

高台雨①

高台今见雨,不是为洗尘。陵园埋忠骨,榆林藏泪痕。深深感秋意，默默祭英灵。苦战知多少，难忘倪家营。

① 1937年2月，西路军红五军团在高台、倪家营子一带与国民党军和马匪军血战十几昼夜，打退了数倍于我之敌八九次进攻，敌遭重创，我军牺牲数以千计，军长董振堂、政委杨克明壮烈牺牲。

缅怀刘伯坚

长征今又是，缅怀刘伯坚。刀光闪水口，大余写雄篇。龙冈出俊杰，巴水映蓝天。平昌永恒祭，宁都义旗鲜。高风遗后世，亮节照人间。

读《萧克诗稿》有感

马背哼来意趣多，敌强无奈义师何。罗霄随意练双足，围剿依然我自歌。三座大山齐倒地，万端比兴向天河。静观变幻风雷激，笑看狂鲨逐海波。

题程世才碑铭①

一枪命中敌飞机，从此永昌不受欺。万众欢呼神射手，英姿潇洒在河西。悲壮历程书战绩，敌多我寡晓寒凄。最终克服冰河苦，长征凶顽更惊奇。今写将军程世才，巴山父老不忘怀。君我一别何其早，但愿轮台少夜来。

① 程世才（1912—1990），湖北大悟人。1930年参加中国工农红军，参加了长征。曾任沈阳军区副司令员兼沈阳卫戍司令员，装甲兵副司令员。1955年被授予中将军衔。

题杨闇公烈士铜像①

佛图关初见，石壁有追思。

闇公遭屠戮，风华正茂时。难忘三卅一，渝州写史诗。音容遗爱在，堪作后人师。

① 杨闇公（1898—1927），名尚述，四川潼南人。曾任中共四川省委第一书记兼军委书记，与朱德、刘伯承一起领导了顺泸起义，1927年在"三·三一惨案"中被四川军阀逮捕杀害。

浣溪沙·忆四川广汉起义①

广汉兴兵誉满川，奔流热血任飞溅，三军杀伐惊人间。　仰望晴空天际好，今逢"八一"忆当年，征程不畏万重山。

① 1930年10月25日，在中共川西特委领导下，驻广汉的国民党军两个团举行起义，后因遭国民党军镇压失败。

方祖岐

笔名重九，1935年生，江苏靖江人。1951年入伍，曾任南京军区政委，上将军衔。中华诗词学会顾问，解放军红叶诗社顾问。著有《方祖岐诗词选》等。

长白山下野营

层林翠柏入云天，黑土沉眠亿万年。走兽惊奔潜壑谷，丛花争艳露娇颜。沟边设帐安营寨，阵上布兵越险关。旷野无声藏变幻，寻机常在一挥间。

军民演阵图

1999年秋，我军于东南沿海舟山某岛，演练新条件下人民战争。

万顷波涛铁甲舟，旌旗挥浪竞龙游。冲滩击水腾霄汉，裂地移沙震斗牛。高舞云中飞隼鹮，潜驰海底走骓骝。

欲知妙阵惊天下,待看长缨缚敌酋。

世纪望远

瞬息沧桑千载去,漫迎新纪悄然来。
五洲震荡风云涌,四海翻腾激浪排。
坐看东方朝日出,笑谈华夏灿花开。
谁家天地山河美,自有史公论盛衰。

云顶望金门盼团圆

九曲潜壕宛折伸,登峰举目望金门。
云天碧水藏林屋,暗堡砦矶布阵屯。
不见门前人影动,但知室内话语频。
相交世纪风雷急,共咏同根隔海闻。

坝上行

阵阵西风卷地黄,中秋塞北胜淮江。
登高环视兵家地,乘兴漫行古战场。
守隘关山曾有失,捐躯险要足悲慷。
龙城一线穿南北,伟踞雄盘卫远疆。

甬江潮

甬江血泪涌潮头,镇海当年战寇仇。
毋忘裕谦投泮恨,千秋奋志卫神州。

茅山缅怀

茂林层岭战旗挥,不斩寇仇誓不回。
敢洒殷红凝血碧,但留壮志铸云碑。

访布列斯特

壮歌高奏贯长空,恍忆当年万炮隆。
野草纷言侵辱史,石碑愤诉敌仇烽。
深林别墅长幽静,解体风云一霎风。
无限沧桑过往事,心潮起伏不言中。

东海练阵曲

极目姜山碧海环,观音坐虎抱怀间①。
千秋怒浪腾云水,一曲壮歌震宇寰。
且看天兵操战戟,漫飞弩箭试神弦。
应知鬼孽妖风烈,布阵藏机斗炽顽。

① 姜山,福建平潭县东部海区之一礁岛。观音坐虎,即观音渡、虎山,为姜山面对之海岸的地名。

参加南昌市纪念建军七十周年活动

南昌举义旗,威震敌营急。
华夏筑城长,神州征战疾。
挥戈喋血飞,遍地讴歌溢。
世代铸军魂,风流千载册。

淡黄柳·登刘公岛

登高望海,千里波涛阔。赤日青光崖壁血。甲午风云远去,难忘忠魂献身节。　　任人割,中华屡蒙屈。赤旗举,志如铁。屹东方雪耻重开页。四海新潮,涌流奔激,终有今朝再崛。

江城子·庙子湖岛

浮山点点水中漂。路迢迢,浪滔滔。送月迎星,沉雾抱峰峣。我搭飞舟东去疾,冲巨浪,任逍遥。　　笑谈缆索断分条,涌漩涛,艇狂摇。呕吐晕眩,登岛只寥寥。但见官兵盈眶泪,情尽放,涌如潮。

满江红·九江狂澜

浊浪滔滔,蟠蛟处、九江口

泄。惊四海、五洲关注,八方情切。京邑不眠传令紧,神兵奔救关山越。战洪魔、拼搏看中华,声威烈。 赤日烤,狂浪袭;黎庶急,军心热。聚群情众志,壮心如铁。血肉长城歌永固,军民胜利惊奇捷。沸腾欢、倾泻满江情,心潮叠。

高阳台·登大沽口炮台

渤海茫茫,桅帆点点,津门古塞勾留。起伏思潮,随风顿涌心头。百年耻辱辛酸事,古炮台、记抗强仇。想当年、国弱人欺,几度蒙羞。 登台远望京津道,正车流滚滚,簇拥层楼。伟业新图,凌云志壮神州。漫迎四海风雷急,有长城、靖扫民忧。望红旗、飞舞飘扬,重写春秋。

浪淘沙·雄师渡江解放南京六十周年庆

举目望钟山,春又飞还。苍松翠柏护龙盘。玄武湖波齐笑唱:大好河山! 远影渡江船,电逐雷喧。斑斓岁月化虹悬。六十华年同欢咏:换了人间!

满江红·闯封锁线

奔涌江边①,封锁线、夜空残月。沉寂处、蛰雷惊起,暗云撕裂。呼啸敌机迎面吼,长空倾泻千吨铁。烟火漫、英烈舞忠魂,江声咽。 异国土,情意切;飞热血,鲜花结。看林山原野,土焦灰沸。抗美战场初洗礼,援朝征路争攀越。中华魂、浩气贯云天,勋名烈。

① 指朝鲜北部大同江边。

天香·嫦娥奔月

银箭腾空,寰球仰望,华夏嫦娥奔月。梦想千年,功成一夕,笑别人间英杰。电穿星海,惊灿烂、星芒摇睫。驰赏高天浩瀚,登游广寒宫阙。 遥思颅蒙渺阔,叹其中、几多谜结。人类艰难探索,百回千折,赢得雄心似铁。赞奇异,腾空化仙蝶。妙舞翩跹,欢声涌沸。

传言玉女·神七问天

再荡神舟,七访浩天无极。碧海茫茫,任徜徉游息。携手结伴,共作天宫佳客。太空行走,人间求索。 试问嫦娥,有谁人、拱手揖?漫天星座,是谁惊岑寂?中华俊杰,勇辟人天新域。雄姿英发,九天留迹。

风入松·登井冈山

黄洋界上雾蒙蒙,隐隐炮声隆。茂林漫植丹鹃树,花开处、碧血沉浓。遥念当年英烈,人间盖世英雄。 葱葱郁郁此山中,满目挂天松。茨坪巧遇难忘节①,举杯时、秋日金风。还念苍天翻覆,潭龙奋舞长空。

① 难忘节,指10月27日。1927年毛泽东同志在该日带领秋收起义部队到达茨坪。

水调歌头·遵义城楼

界首渡湘水,遵义谒城楼。漫沿旧路,驰行千里越山丘。革命征途曲折,真理追求难得,成败在关头。圣地拨航向,功业载千秋。　　千百战,山河变,历沉浮。艰难建国,开创新业又宏谋。笑对当今世界,天下英雄竞起,勇者自先酬。会展凌云志,重彩画神州。

映山红慢·延安颂

圣地延安,创业处、功垂史卷。忆万里长征,奠基陕北,宏图重展。全民抗日丰碑赞,赴渝谈判雄怀见。挥胜利旗帜,反攻直指平汉。　　临仰地、情动心弦;登塔望、三山惊变①。瞻伟迹、细温往事,远梦延河波岸。宏文洞火今犹在,倚天身影山河恋。又新图绘,聚群力、前程灿烂。

① 三山,指环抱延安之宝塔山、凤凰山、清凉山。

蝶恋花·西柏坡

地覆天翻惊宙宇。虎卧龙藏,筹创新天举。百万雄师征战谱,谋成荒村灯火处。　　决胜寻机天网布。蛟鳄途穷,困兽难逃捕。已见晨光驱夜雾,江山久待迎甘雨。

破阵子·红岩魂

一曲囚歌长啸,八条寄语情真。绝笔遗孤留血泪,赴死高吟雪后春,焚身照晓晨。　　梦里红岩常在,歌山脚下碑文。为有牺牲多壮志,一片丹心铸国魂,敢同天地存。

行香子·仙阁蓬莱①

海角波翻,高阁横天。八仙过、飞渡洋边。蜃楼海市,遥幻奇观。喜城池美,车船聚,街衢宽。　　蓬莱胜境,千里奇观。重檐倚、丹翠林峦。凭栏纵目,碧海无边。叹神仙渺,惊涛壮,鸥云旋。

① 蓬莱,因海市蜃楼和八仙过海传说,被历代视为仙境。蓬莱阁即缘此而于北宋嘉佑六年(公元1061年)建于丹崖山西侧。

国香·神剑腾飞

日月增辉,望碧空万里,雪冠峰围。深秋太行山静,峡壑声微。霹雳轰鸣骤起,破天啸、神箭腾飞。欢呼震原谷,广宇惊迎,电转星催。

中华多盛事,听频传喜讯,叠树丰碑。火龙遥去,回响天地风雷。叱咤风云三代,辟征程、万众追随。神州创宏业,继往开来,百代功垂。

朱文泉

1942年10月生,江苏响水人。1961年7月入伍,1964年5月入党。曾任南京军区司令员、国防动员委员会主任。2006年6月晋升上将军衔。

横睡长江大堤听堤外水塘蛙声

1998年8月16日晚,奉中央军委"全部上堤令",军师团长均睡长江大堤,靠前指挥。我睡于九江长江大堤第六号闸口旁,因高度疲劳,睡得很香。及觉,闻蛙声大作,顿有清醒之感。觉腰下江水滚动,大堤颤抖。急令部队加速修房,保证灾民安全。

江堤一觉听蛙鸣,忽有洪涛滚滚行。
才令东流缓缓去,挥兵速速万家营。

参观黄桥决战纪念馆

黄桥战役,新四军以7千人粉碎顽固派韩德勤三万余人的进攻,歼敌1.1万人,此役为华中敌后抗战"向南巩固,向东作战,向北发展"奠定了坚实的基础。

布棋捉子别心裁,韩首恸悲失箭牌。
南北会师谋大略,一泓新水满江淮。

咏马山军营

余曾任坦克七团团长,1963年10月,该团由广州移防马山。时山荒岭秃,杂草丛生。全体官兵顽强奋斗,"挖山不止",终建成园林式营院,为全国全军先进单位。近日回老部队看望,对历届"愚公"尤增敬佩之情。

一镐一锹挥不闲,一畦一埂看春还。
此园壮景谁勾出?笃信愚公调马山。

傍晚登漠河北极哨所

时在2014年8月5日

樟子熊吞三万里,山河洞吐六千陲[1]。
弥陀胁侍公心在[2],黑水那边当属谁?

① 沙俄侵吞中国150多万平方公里土地,使中国内河黑龙江成了中俄界江,黑龙江省只剩六千公里边防线。

② 弥陀胁侍:阿弥陀佛和左胁侍观音、右胁侍大势至,尊称"西方三圣"。

题海洋国防教育馆

南京鼓楼区委斥巨资将宁海路街道一座老楼改建为海洋国防教育馆。有感于

斯,敬题一阕,以贺以记。

禁海天朝徒自伤,繁华事散草犹香。
苍龙借得东风便,百舸扬帆正启航。

纪念王必成一百周年诞辰

扬鞭饮马叩长江,首战东湾剪寇狂。
或隐或奔旌振振,亦游亦击鬼惶惶。
银塘金堰初屠虎,绿水黄桥又射狼。
北骋南驰开百尹,胤生犹敬叶陶王[1]。

① 叶陶王,指一纵队司令员叶飞,二纵队司令员王必成,三纵队司令员陶勇,是华中抗日战场的三员虎将。

追念彭雪枫将军[1]

壮气凌云雪砺枫,纬文经武乃为雄。
风侵霜染八千路,北袭南歼十万虫。
晓色初开良将陨,苍天欲哭大河懵。
江山今日归民主,傲世应能慰寸衷。

① 彭雪枫(1907—1944),河南南阳人。1925年加入中国共产主义青年团,1927年转入中国共产党,参加了长征。曾任新四军第四师师长兼淮北军区司令员。1944年9月牺牲于夏邑县八里庄。

三门峡砥柱石

兴登大坝叩三门,难见鬼神难见人[1]。
但有勒铭留砥柱[2],犹闻奉国淡家珍。
推功让德仰高节,菲食卑宫慕重臣。
浩浩长河千载史,几为社稷几为民?

① 大坝,指三门峡大坝,号称万里黄河第一坝。三门,相传大禹治水将高山劈成"人门、神门、鬼门"三道峡谷。因修大坝抬高水位,三门淹没水下。

② 唐太宗李世民巡视陕州,感念大禹"挂冠莫顾,过家不息""让德夔龙,推功益稷",即命魏征撰文勒铭于大禹庙旁砥

柱石上。

瞻鼓浪屿郑成功雕像

覆鼎重岩意气昂,如金炬目越深洋。
擎旗立马驱千乘,仗剑横刀敌万骧。
击楫中流沉玉玺①,挥师东去逐荷狼。
任凭妖雾朔风起,定海神针披月航。

　　① 郑成功进军台湾前,拆军灶、沉宝剑、投玉印于海底,庄严誓师。

珍宝岛记①

乌江宝岛裂惊涛,张伯谋渔第一篇。
楫奋独撑千浪起,雕争双引万夫嘈。
螳蝉苦斗常窥雀,邦国相依偶结桃。
榆树从兹声迹显,长留天地几英豪②?

　　① 2014年8月18日下午登珍宝岛,该岛位乌苏里江中心线我方一侧。一千多年前,一位姓张渔民就在此打鱼为生,始称翁岛,因其状如元宝,又称宝银。
　　②"榆树"句:珍宝岛作战击毙苏军230人,击毁击伤敌坦克装甲车辆19辆,捍卫了中国的领土主权。中方英勇善战,牺牲71人,其英雄事迹镌刻于珍宝岛榆树旁。

江城子·罗炳辉①

　　天遗宏旨若关张,出彝乡,骋疆场。讨袁护国,北伐破金汤。何惧求真途漫漫?攻杨启,挽中央②。　　手挥莺落谓神枪,鸟啄粮,梅缠桩。长江饮马,金牛壮辉煌③。堪笑某人悬八万④,雄无敌,智无双。

　　① 罗炳辉将军是党中央确认的36位军事家之一,人誉神枪手,善游击战法。
　　② 杨启为天全县旧称。长征途中,罗执行中央"万万火急"的命令,率九兵团一部突袭夺取天全县城,挽救红军主力于极度危险之中。

　　③ 金牛,指金牛山大捷。
　　④ 蒋介石曾悬赏8万大洋取其首级。

鹧鸪天·瞻新四军军部黄花塘

　　知否黄花分外香?铁肩担道挽危亡。华中浴血旌旗奋,陕北擎灯日月长。　　心莫腐,手毋张,清官墨吏自彭殇。澄怀更济元元事,功在千秋百代芳。

刘亚洲

　　1952年10月生,安徽宿县人。1968年入伍,曾任空军副政委,国防大学政委,空军上将军衔。

三中全会即席

一

风清华幕卷,晓度几声钟。
秋宇晴光好,横天一道虹。

二

荡海采骊珠,剪云开画图。
回眸听石语,天问涉江初。

三

倚晴烹小鲜,信手解连环。
金鼎承元脉,九州看月圆。

四

千年几合符,边壤憾曾孤。
望里归帆起,长风报玉都。

五

穿空张碧丝,天语一弹之。
吟领千年梦,秋肥万马嘶。

读习主席追思焦裕禄词有感

一

一阕忠诚赋,拳拳百姓心。
焦桐凝挚爱,清响振重林。

二

心剪泡桐碧,绿云流四方。
碱花沉上底,新树万千行。

三

痴意报春晖,笑看秋穗肥。
寸心何所寄,又见彩云归。

四

争说赤诚子,一生双袖风。
桐花曾有意,春雨洗新红。

五

山水钟灵秀,沙丘镌故魂。
为民弃生死,万古仰昆仑。

读　史

揖　别

青枝方揖别,枯木已生烟。
飞石穿狐耳,陶鱼煮旧年。

合　符

血原肥庙草,锈箭没天垓。
冠沐坂泉影,合符拜一台。

共　和

双字开元古,共和印素笺。
汗青滋血脉,索梦有遗篇。

楚　骚

哀郢三生恨,楚骚一寸心。
浮华翻水影,家国认青襟。

巳年人物

一

灞上鸿门宴,荥阳壮士靴。
紫霄三尺剑,千古大风歌。

二

弯刀裁洱海,蹄袖握居延。
皇舆接云极,弹缨六十年。

三

红日出韶峰,旌旗卷碧空。
轩辕新世纪,万里是东风。

四

期望一何殷,晴穹扫蠹尘。
拓元舒圣手,有梦信成真。

甲午十章（选二）

一

折戟大东沟,龙旗逐水流。
刘公空有泪,难洗百年羞。

二

纸甲油筋铠,铁棁金角催。
杀声天欲裂,龙运一帆灰。

新古田会议即席

一

朱梅香四岭,曾向彩眉开。
风雨经年过,新红今又栽。

二

燎原一星火,八十五年前。
复兴拳拳梦,时时忆古田。

三

依山生翠绿，竹海出凌云。
天远腾秋气，青芒卧虎贲。

四

虹霓衔晴宇，长风荡浊尘。
轩辕三尺剑，倚笛唱阳春。

登秦岭

相顾昆仑小，弹襟太白峰。
苍茫界南北，万古一轮红。

珠穆朗玛峰

青穹赖孤柱，盘古玉刀裁。
心语天风响，短虹缘袖开。

过太行

星沉乱山雪，天挂一刀横。
古隘驱新辇，忽闻征马鸣。

嘉峪关

风撕皮甲裂，旗冻月辉寒。
劫火煮咸海，筛金葱岭南。

望南海

天山遗雪莲，南海碧螺盘。
曾母可安好，茫茫一望间。

李继耐

1942年7月生，山东滕州人。1965年加入中国共产党，1967年入伍。曾任中央军委委员，总政治部主任，上将军衔。现为中华诗词学会名誉会长，解放军红叶诗社名誉社长。

光辉的八一

——纪念中国人民解放军建军80周年而作

南昌枪声

血雨稠，腥风疾，赣江吼，号角起。南昌打响打一枪，惊天霹雳震寰宇。工农十万齐踊跃，长缨所向鬼神泣。

乾坤转，改天地，求解放，靠自己。枪杆子里出政权，武装斗争夺胜利。人民有了子弟兵，光辉日子是八一。

井冈风云

罗霄山，高万丈，翠竹挺，飞瀑扬。三湾改编立军魂，红旗漫卷上井冈。开辟农村根据地，星火燎原亮东方。

龙源口，旌旗望，黄洋界，炮声响。游击战术显神威，古田烛光明方向。中国革命开新路，谱写马列新篇章。

长征岁月

路艰险，伟业壮，同甘苦，坚信仰。遵义霞光驱迷雾，经天纬地树理想。万水千山何所惧，战略转移定北上。

雪山高，士气昂，草地险，志如钢。红旗翻飞著军史，树皮草根书华章。丹心碧血英雄路，长征精神放光芒。

延安灯火

枣园亲，窑洞暖，小米香，延水

甜。共赴国难换征衣,挺进敌后持久战。平型关头飞捷报,百团大战威名传。

青纱帐,刀光闪,芦苇荡,藏利剑。人民战争威力大,铜墙铁壁敌胆寒。延安灯火映日月,军民心向宝塔山。

命运决战

剑似山,民为峰,驱黑暗,遣重兵。运筹帷幄西柏坡,雄师百万尽在胸。两种命运总决战,排山倒海大反攻。

克辽沈,战淮海,取平津,夺南京。摧枯拉朽旌旗卷,革命到底势如虹。中华民族站起来,地覆天翻太阳升。

和平征途

新中国,沐朝霞,百废兴,蓝图画。保家卫国建新功,烽烟滚滚传佳话。神州泪雨英雄血,赴汤蹈火两堪夸。

播绿洲,守边卡,架彩虹,建广厦。赤胆忠心写春秋,四海为家走天下。服务人民谱新曲,霓虹灯下放光华。

东方巨响

云水怒,高天寒,巨龙吟,镇狂澜。保卫和平好儿女,能武能文耀史篇。热血青春固金瓯,英雄赞歌代代传。

出阳关,饮酒泉,走戈壁,育马兰。不惧妖魔不怕鬼,"两弹一星"铸神剑。东方巨响惊广宇,风啸云涌破九天。

精兵之路

东风劲,满眼春,大潮涌,催人奋。中国特色精兵路,战略转变担重任。沙场点兵展雄姿,盛大检阅惊乾坤。

重实践,务求真,建规章,严治军。拨乱反正事业兴,解放思想向前进。英明决策载青史,"三化"建设日日新。

科技强军

新时代,情如海,云涛红,大路开。紫荆莲花映军徽,决胜"三江"展风采。陆海空天成一统,神舟翱翔任往来。

打得赢,不变质,国运昌,心潮湃。科技强军虎添翼,推进变革志满怀。"三个代表"照征程,继往开来情豪迈。

神圣使命

神州美,天地广,共和谐,奔小康。科学发展织锦绣,以人为本铸辉煌。新的世纪新阶段,历史使命担肩上。

捍主权,作栋梁,维和平,争荣光。爱军精武当标兵,优良传统大发扬。军旗永跟党旗走。人民军队向太阳。

奋勇当先

伟大的2008年凝聚了人民军队新的光荣,依《光辉的八一》体例,赋诗感怀。

国有难,军令颁,主力军,勇当先。热血沸腾化冰雪,铁骨丹心战汶川。山崩地裂英雄路,血浓情深肩并肩。

百年梦,话期盼,神云飞,绕五环。圣火烛天众翘首,将士豪情冲霄汉。无与伦比惊世界,奉献奥运谱鸿篇。

畅吟六首

神舟飞天

千年得梦圆,乘船飞九天。
谁言乾坤大,自由任往还。

嫦娥绕月

嫦娥手牵手,吴刚献桂酒。
玉兔跃星海,盛世写春秋。

抗震救灾

你我肩并肩,浩歌战汶川。
党为擎天柱,国是大靠山。

奥运盛会

百年话期盼,华夏圣火燃。
有朋远方来,开怀喜空前。

应对"海啸"

金融卷海啸,稳控自逍遥。
科学谋发展,风景这边好。

阅兵庆典

统帅大阅兵,雄师豪气冲。
铁流壮江海,神威天下惊。

宋清渭

1929年3月生,山东陵县人。1944年7月参加革命,1945年6月参加八路军。曾任济南军区政委,上将军衔。中华诗词学会顾问,解放军红叶诗社顾问。著有《学吟记》等。

老兵抒怀

一

战旗猎猎角声哀,风雨兼程阔步来。
三座大山翻脚下,改天换地笑颜开。

二

少小从戎报国来,枪林弹雨长成材。
自知肩上将星重,奋斗终生志不衰。

神舟赋

一

嫦娥奔月神话传,飞天梦想越千年。
今日神舟载利伟,往返太空报凯旋。

二

航天已非美俄占,中华腾升举世欢。
民族自强增国力,昂首高歌阔步前。

观《戈壁母亲》电视剧记

影片主人公刘月季,是一位屯垦戍边、苦战戈壁的山东农村妇女,可亲可敬的英雄母亲,一生坎坷非凡,中华民族的传统美德在她身上得到了集中体现,故事情节感人至深。

一

大军十万进新疆,屯垦戍边重任扛。
戈壁母亲甘奉献,战天斗地创辉煌。

二

勤劳纯朴暖人间,两代情缘融雪山。
建业立家基础稳,铜墙铁壁固边关。

三

母亲功业九州歌,爱国育人美事多。
宽阔胸怀消夙怨,困难善解构谐和。

临江仙·遥望六盘山

云淡天高气爽,旅程日走千三。
六盘远望彩云间。峰高红日照,碑耸
赤旗翻。　　追忆长征岁月,伟人指
点江山。千山万水历危艰。飙风驱
黑雾,巨手挽狂澜。

忆秦娥·忆济南战役

　　号声咽,硝烟迷掩仲秋月。仲秋
月,千军万马,短兵浴血。　　齐鲁
顽敌瓮中鳖,攻济打援顷刻绝。顷刻
绝,土崩瓦解,城池陷缺。

张文台

　　1942年生,山东胶州人。1958年入
伍。曾任总后勤部政委,上将军衔。解放
军红叶诗社顾问。著有《张文台将军诗
三百首》等。

高原官兵

唐古拉山四季冬,官兵扎寨在冰峰。
丹心奉献诚无悔,生命禁区建伟功。

官兵夜话

江南绿水青山多,翠竹摇枝嬉碧波。
落日斜晖塘坳畔,官兵促膝掏心窝。

战鹰之歌

咚咚战鼓震长空,搏击风云万里程。
暴雨狂飙何所惧,冲天豪气化彩虹。

周克玉

　　1929—2014年,江苏阜宁人。1944年参
加革命。曾任总政治部副主任,总后勤部政
委,上将军衔。曾为中华诗词学会顾问,解放
军红叶诗社顾问。著有《京淮梦痕》等。

神舟六号载人飞船
成功畅想曲

又庆神舟上太空,无边宇宙一望中。
星河溅溅帆争渡,大地盈盈兵竞雄。
屏立嫦娥清丽影,翘期相聚广寒宫。
必将万象归同日,时见飞船织彩虹。

鸭绿江畔一堂课

　　大约二百名衣衫褴褛黑瘦而又天真的
朝鲜儿童,由朝方送到我国辑安县,受到热
情的接待和安置。他们大多是抗美战争中
的烈士子女和家破人亡流离失所的孤儿。
我正好路过这里到朝鲜参战,也自动参加
了接待工作。

一

今日鸭绿江,流水何仓皇。
忽闻车笛声,疾驰入营房。

二

数百南岸童,欢呼喜若狂。
脱离虎狼口,来到安乐乡。

三

大者十一二,幼者方叫娘。
叔叔阿姨们,热泪护儿郎。

四

洗去满身垢,换上棉衣裳。
炕头热乎乎,饭菜喷喷香。

五

我心亦流泪,自动去帮忙。

邻邦好儿女,个个是霞光。

六

入朝第一课,爱恨满胸膛。
宁可自身死,不准犯国疆。

世界霸主奈若何

——朝鲜停战之夜即兴

一

枪炮狂作山欲舞,豺狼无路罢干戈。
五洲惊望板门店,世界霸主奈若何。

二

数年苦战艰难多,三八线上泪滂沱。
酒酹苍天祭英烈,正义终究胜恶魔。

怀念父老情①

一身素洁挺傲骨,万里转战染红缨。
年年岁岁来此地,怀念故园父老情。

　① 作者自注:1945年,新四军三师师长黄克诚亲率苏北健儿四五万人赴东北,参加建立东北根据地的伟大斗争,许多同志奉献了自己年轻的生命。丹顶鹤每年一次由东北飞到盐城,我视之为战友英灵。

乡　音

勿因位尊沾自喜,任重岂可忘乡梓。
娘亲教我时谨慎,万变不离农家子。

心　曲

——参加第九届全国人大第一次会议感赋

轻按电钮重千钧,胸中跳动万民心。
百姓赋权当珍重,人为本兮民至尊。

寻根井冈

不辞他乡作故乡,千里寻根上井冈。
黄洋界上诗篇壮,茨坪群英日月长。
密林幽幽藏妙算,峰峦巍巍旌旗扬。
潇潇春雨旧痕绿,灼灼杜鹃红欲狂。

过芜湖忆旧

一

雄师横渡记犹新,乘雾扬帆勇登临。
含笑皖姑来相问,号角声声催征人。

二

春雨绵绵泥泞路,昼夜兼程马不停。
风卷残云追穷寇,青山几程水几程。

观驻港部队大厦

昔日英军地,今为我柱梁。五星耀辕门,紫荆吐芬芳。八一军徽闪,文明誉香江。南风过眼底,闹市气轩昂。临海观远景,续写新辉煌。

驻澳部队礼赞

望洋东台高,花开木棉红。
挺胸三岛立,放眼海浪涌。
濠镜日月新,妈祖香火盈。
望厦去不返,荷艳舞春风。

寻访长征路

仰望长征第一山①

丛林雨洗绿云烟,曲径陡旋山洋巅。
樟树犹聆星落后,梁祠目睹檄颁先。
秋风雁叫晴空动,马踏霜晨石级咽。
此去长征逾二万,雄魂拓出一重天。

① 位于江西瑞金城西的云石山,是中央苏区党政军机关长征的出发地,被称为"长征第一山"。

过长征第一村

在福建龙岩至江西瑞金的公路旁,见一山村竖一块木牌,上书"红军长征第一村"。

盈盈绿水抱新根,艳艳云霞抚旧痕。
路旁树标明望眼,长征道是第一村。
当年少妇含情送,今日阿婆泪依门。
户户嘘唱期早返,归来尚有几人存。

谒长征第一渡

清流映日浪衔枚,贡水犹怀急令催①。
心托门桥输壮士,泪沾红薯盼归来。
云遮赖有灯相照,水冷还当胆似醅。
渡口凝神思不尽,虔诚敬礼慰英才。

① 贡水流经江西省于都县境内的一段称于都河。1934年10月,中央红军8.7万人从这里的8个渡口连夜抢渡。

遵义行

——又瞻遵义会议会址感赋

山倾水暴路何求?荟萃群英自运筹。
骏马竞嘶分得失,飞龙点睛聚神游。
二过遵义英雄笑,四渡赤河敌酋愁。
大业垂成赖策决,江山锦绣拜红楼。

重登娄山关

挥汗再上关,极目雾烟间。
叶海摇芳翠,花山忆血斑。
当年征战急,险处出新颜。
壮咏昭前路,催人勇越攀。

忆开国大典

1949年10月1日,我部在东海前线追敌途中,从广播里听到中华人民共和国宣告成立,群情振奋。而今想起,如在眼前。

波呼浪喊追穷寇,忽听雷鸣动九州。
灿灿五星开新纪,茫茫逝水没残舟。
昆仑昂首担日月,小岛悬浮泣断钩。
六十年来求索路,一层脚印一层楼。

盛世阅兵颂

2009年10月1日,余在天安门城楼上观看国庆大阅兵,扬军威,振国威,心极振奋。

金秋国典起长虹,受阅三军气势雄。
滚滚铁流威八极,煌煌鹰翅撼九重。
长城巍峨扬豪志,华夏和谐展笑容。
万里江山谱新曲,白鸽盛世绣无穷。

厦门凭吊叶飞将军墓①

安眠此地不计年,观海听涛似生前。
耿耿痴情犹未尽,何时两岸得团圆。

① 叶飞(1914—1999),祖籍福建南安,生于菲律宾。幼年回国求学,1928年加入中国共产主义青年团,1932年转入中国共产党。曾任福州军区司令员兼政委,海军第一政委,海军司令员。1955年被授予上将军衔。

彰浦石雕园祭皮定均将军①

初闻遇难泪纷纷,梦里将军何处寻。
赫赫英名传后世,青山巍耸载功勋。

① 皮定均(1914—1976),安徽金寨人。1928年参加中国共产主义青年团,1929年参加红军,1931年转入中国共产党。曾任兰州军区司令员,福州军区司令员。1955年被授予中将军衔。

忆江南·延安颂

一

延安好，宝塔触重霄。虎啸龙吟腾骏马，遮天蔽日彩旗飘，胜地聚英豪。

二

延安好，东进树航标。首战平型关报捷，敌酋名将亦难逃，战火照天烧。

三

延安好，民主百花开。政简兵精声势壮，八方志士勇登台，客自远方来。

四

延安好，开辟南泥湾。军政开荒惊陕北，山丹怒放赛江南，载舞献花篮。

五

延安好，皓月洒长沟。窑洞电波传万里，灯光如豆照千秋，妙手绘神州。

赵可铭

1942年生，武汉市人。1961年入伍。曾任总政宣传部部长，某集团军政委，国防大学政委，上将军衔。著有《戎马吟》。

寸草心

——记一位烈士的遗言

星火难分辨，硝烟遮月熏。高地几争夺，群峦罩霾云。脚下皆焦土，草木露碎根。激战到天亮，顽敌似狼群。壮士话死生，双目何泪噙。言语岂详尽，遗言寸草心。面北行大礼，九死难报恩。我若战不归，请作两均分：一还故乡村，播撒果树林。年年结鲜果，恭奉众乡亲。三岁丧父母，儿依百家存。衣食足饱暖，千千恩情深。一留守高地，战友永不分。边土未宁日，不做瞑睡昏。血肉滋青松，地下长歌吟。铁骨忠魂在，边疆总是春。

百字令·解甲

登高眺望，见天染枫叶，云蒸霞蔚。驹隙仕途飞骎度，思绪万千交泄。左右黄河，长江南北，人在戎营垒。雪泥雁迹，谢恩心问无愧。　　莫叹未有春晖，壮怀不老，搏浪东流水。起舞人生征路远，借个百儿多岁。飒瑟秋风，不销英气，何惧冰霜坠？我书能就，添与夕阳明媚。

喻林祥

又名蒲阳，1945年生，湖北应城人。1963年2月入伍。曾任兰州军区政委，武警部队政委。上将军衔。著有《戍楼诗草》。

边关行

"九一一"后，美军进驻阿富汗，我西北边境形势骤然吃紧。奉中央军委命令，部队前出瓦汗走廊封边控边。十月初，余率工作组视察十个封边控边一线连队。官兵在高寒缺氧的恶劣环境中，伏冰卧雪，昼巡夜潜，以苦为荣，为国效忠。此情此景，感人至深，兹赋五古一首，以志纪念。

问路牧羊女，遥指南山巅。此乃

古要塞,海拔逾五千。五步三平喘,依稀见岗烟。昂昂有武士,巧手凿冰川。持枪凝目视,神清意态专。为输报国心,茹苦不畏难。雪涌边关路,巡逻控刀环。紧握战士手,十指僵如玕。容颜透青紫,唇裂留血斑。殷殷致叮嘱,共献寸心丹。既是边庭儿,当搏九霄抟。解囊倾所有,聊慰兵与官。归途几回首,一路默无言。试问名利客,几人能戍边?

赴库尔勒训练基地看望参加 "西部——二〇〇四" 演习官兵

漠北烽烟绝,天山明月多。铁甲列阵远,夜半落银河。八月暑气重,戈壁犹流火。军井尚未汲,将士不言渴。疆场东移位,演练严近苛。网上一令下,千军急如梭。雪岭飞兵来,沙碛出金戈。用兵务求联,胜算成于合。军中贵神勇,笑向刀丛过。

黄羊滩感怀

昆仑八月漫天雪,千峰挺立争高洁。银海无痕秋色隐,雪里空留车行辙。黄羊野马不复见,但有饿鹰声悲切。守防高原等闲事,哨卡军旗临风猎。寒尽春暖何时来,厉兵秣马情自得。

记军区联合兵团 实弹战术演习

演兵长城外,扬威贺兰山。秋风吹白草,黄沙寄微寒。铁甲出漠北,

轻骑绕三关。精打中军敌,聚歼众愚顽。夜雨征衣湿,晓云古道宽。制敌凭远击,短兵仍救残。

马　森

1919—2017年,山西孝义人。1937年参加八路军。曾任新疆军区参谋长,乌鲁木齐军区副司令员。曾为新疆诗词学会顾问。

丝路火州

火焰山头闪赤光,骄阳如炽灼高昌。清清坎井甘泉水,滋润东湖瓜果香。

颂西线战士

戎装奋进戍昆仑,喜看西陲日日新。奉献青春忘我者,年年昼夜察风云。

赞喀喇昆仑汽车兵

车轮滚滚越昆仑,万仞冰峰景色新。千里迢迢送温暖,奔驰大漠胜腾云。

游龙泉阁即兴

汉时西域隶中原,战士今朝又戍边。伫立红山思少穆,龙泉阁上忆张骞。

乐时鸣

1917—2015年,浙江舟山人。1936年参加革命,曾任解放军政治学院副政委。曾为中华诗词学会顾问,解放军红叶诗社顾问。著有《时鸣诗词草》等。

参加革命六十周年书怀

六十春秋志未违,幸存热血沐朝晖。书生难得沙场醉,老朽何妨秃笔挥。

应惜余光看世界,宜将剩勇护芳菲。
无须落叶寻归处,且借东风着力飞。

夜宿遵义

枕中雄气近红军,梦里枪声烈士魂。
扭转乾坤途坎坷,推窗拥入好风云。

满江红·海上观武

气爽天高,正好是、演兵时节。胶州外,汪洋一片,艨艟四集。轻骑踏波鱼鳖遁,巨鲸入海龙王栗。看雄鹰,振翅掠长空,风雷掣。　　火箭射,炸弹裂;机炮猛,鱼雷疾。庆"成都"奋勇,远程中的。霹雳响时银柱涌,烟云开处飞舟急。弄潮儿,东海筑长城,坚如铁。

苏幕遮·飞车河西走廊

望祁连,山势厉。云压乌鞘,谷暗深陂翠。岭后黄沙吞弱水。阵雨匆匆,忽忆西征泪。　　一车风,追万里。午越凉州,晚宿甘州地。到得酒泉能不醉?更出阳关,古道迷天际。

沁园春·红星颂

1988年7月颁授红星奖章前夕

闪闪金光,铁骨熔铸,鲜血凝成。忆朝霞染艳,漫天赤帜;苍山点彩,遍地朱缨。戍角呜呜,旌旗猎猎,万里征途照眼明。谁能忘,凭心底旭日,帽上红星。　　峥嵘岁月无声,当记得先驱壮烈情。把室家抛舍,但寻真理;头颅可掷,只为群氓。创业

维艰,雄心未已,几许幸存安晚晴。喜今日,有红星作伴,堪慰平生。

东风第一枝·纪念毛主席诞辰一百周年

开辟鸿蒙,扫除魑魅,阳光催得春晓。韶山幽壑蛟龙,井冈燎原大道。长征拯险,漫吟出,千秋佳报。耸楼上,石破天惊,布告神州新造。　　雄韬略,三山推倒;丰马列,五洲先导。扬眉咏雪风骚,挥椽泼云行草。才华功业,数今古,谁能相较。庆百岁,举国同心,"风景这边独好"。

诉衷情·黄继光

上甘岭上颂英雄,浩气贯长虹。挺胸堵住枪眼,天地霎时聋。　　身不倒,路开通,起狂风。刀山火海,一往无前,笑傲苍穹。

满江红·雷锋

人类银河,有一颗、恒星不落。金光照、青山绿水,乡村城廓。看似平凡怀宇宙,名称解放家中国。仰楷模、老幼唤同声,雷锋叔。　　荣辱界,应明确,新旧比,铭心曲。既恩仇不忘,爱憎严肃。传统弘扬增动力,精神建设成要目。学雷锋、做个小螺钉,言行笃。

沁园春·大典阅兵

礼炮轰鸣,国歌高奏,升起五星。望广场雄伟,队齐阵整;万民欢

跃,花艳旗明。日丽云开,风和气爽,撼动天公也送晴。城楼上,听江公宣示,倾注深情。 艰难浴血征程,创今日辉煌大地荣。看激昂步伐,纵横如一;导弹开进,异彩新型。"飞豹"穿云,雄鹰射电,刺破长空天地惊。扬威武,庆东方屹立,虎啸龙腾。

临江仙·颂长征

遵义城头升旭日,延安宝塔生辉。金沙赤水创神奇。雪山天际越,草上大军飞。 滚滚铁流流万里,铸成世纪丰碑。精神骨气谱长诗。地球红一线,化作五星旗。

沁园春·迎香港回归

血染中华,百年离散,无数辛酸。忆虎门烟沸,同仇敌忾;舟山城陷,割地图安。岁月沧桑,风云变幻,屹立峥嵘岂等闲。迎游子,正故园英发,春满人间。 龙船启碇扬帆。邀举世炎黄共载欢。看昆仑起舞,脉连东岛;江湖奔涌,水接南天。香港先归,澳门继返,寄语台澎早日还。珠峰上,望骄阳喷薄,笑傲尘寰。

水龙吟·邓公周年祭

紫荆随伴红星,并肩升起庄严庆。国歌声震,欢呼雷动,伟人身影。衮衮华堂,煌煌论析,邃思彪炳。看长江流截,黄河浪静,扬眉笑,波光映。 敢破陈规天命。主沉浮,一言九鼎。首倡两制,准标三利,富强安定。绵里藏针,雄才大略,世

间崇敬。莫悲怀,前路开通稳进,是繁荣景。

东风第一枝·纪念周恩来总理诞辰百周年

东海之滨,启明星灿,拨云破雾迎晓。献身求索真诠,毕生护持正道。建军主政,镇虎穴,中华新造。善统筹,治国安邦,青史口碑光耀。 曾经受,艰难困扰;甘负重,匡扶既倒。邃思炯目和颜,大公佥廉风操。鞠躬尽瘁,从未计,功名多少。举世钦,一代人豪,品德万年师表。

水龙吟·登秦岭寻嘉陵江源头

盘旋九曲攀升,东西绵亘连天起。岭分南北,路通川陕,峰高云滞。渭水奔流,嘉陵细出,探寻分际。把丛幽踏遍,几多野趣,豪情寄,登临意。 休说陈仓故道,大散关,英雄旧地。鸡鸣迎晓,车穿山腹,时人才气。傲立三秦,不愁风雨,莽原苍翠。看今朝,正是神农后裔,创繁荣纪。

满江红·皖南事变六十周年祭

饮水思源,国势盛、倍怀先烈。六十载、年年追悼,皖南血碧。蚩贼阴谋施毒手,孤军失策遭围击。茂林山、千古忆奇冤,青弋泣。 捐旧恨,共抗敌;迷统战,忘警惕。待临危拼杀,终成惨剧。名

将风仪同敬仰,项公功过重评识。到如今、含泪祭英豪,情犹戚。

沁园春

写抗美援朝琐记,恰逢出国作战50周年,有感。

美帝逞凶,仗义出师,敢挫强锋。看腾腾烈焰,遮天蔽日;煌煌正气,血雨腥风。巧战捕俘,猛攻歼敌,无数英雄鲜血红。炮声里,迫孽龙就范,昂首称雄。　　此生堪对苍穹,五十载长留魂梦中。忆小羊慷慨,献身无悔①;立勋机智,突袭成功。旧事如新,岂容或忘,唯恐难彰志士忠。虽往矣,有老翁尚在,聊表心衷。

① 作者自注:李小羊同志原为余警卫员,后任连指导员,在夏季反击作战中英勇牺牲,被授予二级战斗英雄称号。

任海泉

1950年10月生,江苏南通人。1968年3月入伍。曾任国防大学副校长,军事科学院副院长,教授,中将军衔。解放军红叶诗社社长,著有组诗《中华五千年》《世界五千年》。

难忘香会

余率团赴新加坡出席第十一届香格里拉对话会,同各国防务部门和军方领导人进行了多边交流与双边会谈,并接受了境内外媒体的采访,结束时吟成此诗。

赤道无冬夏,狮城有热凉。
一坛盛四海,六甲锁三洋。
力大休凌弱,形单莫畏强。
笑谈时代变,围堵少良方。

中华五千年（选四）

武王伐纣

君暴开屠戒,臣忠遭斩欺。
武王承父业,天下举征旗。
立誓盟津壮,挥师牧野齐。
纣何多负少?奴隶倒戈移。

龙城飞将

李广功勋巨,三朝辅帝坚。
带兵桃李范,击虎石棱穿。
却敌解鞍后,摧锋圆阵前。
龙城飞将号,青史永相传。

岳飞抗金

母刺尽忠字,师传报国功。
投戎三次义,杀敌百回雄。
护卒胜儿抚,爱民如父崇。
岳飞军势壮,高唱满江红。

收复新疆

老将左宗棠,出征强塞防。
兵驱阿古柏,威慑帝俄皇。
植柳天山绿,抬棺气节昂。
伊犁复归我,行省设新疆。

夜 袭

月隐东山星眨眼,蛙歌虫唱鸟休眠。
倏然一闪神兵现,枪口已逼敌哨前。

军旗颂

八一浴血诞南昌,烈焰飘扬出井冈。
舞遍神州威震世,旌坛从此再无双。

南太神兵

——赞参加中澳新三国联演的我军医

疗救援队

南太频传海啸狂，神兵天降救援忙。
医精语畅展奇技，疑是华佗飞大洋。

答友人《廉颇心愿》

半岛惊雷动地来，神州宝剑利锋开。
廉颇每日思良策，重出江东灭祸灾。

世界五千年（选四）

亚历山大

战车远镇东南北，领土广连欧亚非。
权杖未交留憾事，英年早逝带忧归。

日俄战争

俄日争撕华夏肉，清廷失控满洲源。
双头鹰落北熊默，武士刀扬东犬喧。

红都屹立

巴巴罗萨袭苏境，袅袅余音醉哨林。
黑浪长驱摧阵脚，红都屹立稳人心。

反恐战争

劫机撞塔有多仇，反恐擒凶怎可休？
战斧巡航阿富汗，联军围捕本登酋。

逐梦深蓝

——庆祝辽宁舰航母编队首次远海训练归来

启　航

神州航母逐深蓝，卅载梦圆天职担。
长啸一声山海应，劈风斩浪向东南。

编　队

巍峨舰岛稳居中，三护三驱阵势雄。
掠影飞鲨离甲板，红星八一耀长空。

演　战

卫星预警联天网，导弹循踪击靶樯。
空海过招赢点穴，拒人千里乃平常。

出　洋

紧箍三道锁中华，百载拼争未破枷。
今日穿行宫谷去，明朝列队走天涯。

环　岛

纵横四海御神龙，南北东西绕玉峰。
咫尺天涯兄弟隔，独魔驱尽再相逢。

凯　旋

旌旗林立彩门悬，远海归来夜未眠。
甲午悲鸣犹在耳，五洋捉鳖待开篇。

仰望星空

——怀念老首长李德生上将

茫茫宇宙夜空净，唯有恒星光灿明。
九死一生凝赤胆，千征百战铸精兵。
蒙冤忍辱终无悔，受命临危每必赢。
风范功勋垂万古，高山仰止记英名。

九三阅兵

胜日阅兵开帅帏，朝阳旭月竞同辉。
群山肃立回声远，排浪齐移挟势归。
长箭锋昂书正义，雄师将领振军威。
毛公邓老在天慰，风顺人和好起飞。

访俄三吟

红场漫步

熏风伴我步红场，恍若送军开远方。
条石深镶坚路面，塔林高耸壮宫墙。
元戎立马犹飞笑，领袖移棺可感伤？
喜见碑边新像塑，台前摆满郁金香。

列宁墓畔

列宁墓畔身难返，第一岗移思绪长。
先恋公开羞祖业，后迷休克枕黄粱。
换旗不觉除根痛，解体方知误国殇。
幸有众生重醒悟，水晶棺里伟人祥。

涅瓦河边

州名未改城名换，涅瓦河边心浩茫。
彼得奠基兴百载，列宁开业振千方。
曾经绝地三年困，又历翻天一夜荒。
今遇制裁何露笑？人怀自信必坚强。

新年放歌

——写给奉献母校《通中人》网站的老三届校友

人过六旬时赛金，常将往事当诗吟。
濠滨三届学飞苦，江海十年搏浪辛。
龙跃云端思水底，虎行草莽望山林。
愿梳陈忆化丝线，喜绣新图献母亲。

怀念伟人

——纪念毛泽东主席诞辰120周年

伟人离远矣，怀念乃由衷。华夏苍穹暗，韶山旭日红。娘慈传挚爱，儿慧号泽东。少小察民苦，长成求世同。洲头奇志立，沪上党纲萌。执印兼国共，举旗呼矿农。独夫忽叛戮，书匠遂从戎。挥手别妻去，贴颊念子聪。井冈播火种，遵义掌军锋。赤水牵敌妙，延安创理宏。联合驱日寇，自卫斗顽凶。重庆鸿门险，枣园窑洞空。运筹千里外，决胜万师中。两蒋逃台泣，三山倒地崩。开国崛若鼎，护众挺如松。抗美决心硬，援朝奉献崇。平衡初探索，改造复包容。爆弹声威振，安边战果隆。美中融冻暖，联大返席荣。奠定繁华础，响鸣发展钟。唯实思想本，民主作风宗。革命精神倡，科学理论弘。改革开放继，追梦复兴从。喜看江山锦，常鞠先圣躬。

念奴娇·遵义

西南腹地，有何城，可谓名垂千古？锁钥川黔唯此处，曾立擎天之柱。把盏茅台，泛舟赤水，醉赏娄山舞。雄关漫道，马蹄声伴战鼓。　　回首万里长征，红军遭创，危如鱼趋釜。生死关头商柏墅，推举高人专主。四渡神招，破开罗网，终获江山妩。巨星重现，中华圆梦能睹。

沁园春·百色抒怀

夏日临空，八桂寻根，百色城头。看丰碑屹立，伟人挥手；红旗漫卷，万众凝眸。千岭逶迤，百舻腾跃，左右江逢入海流。心潮涌，问激情岁月，何谓忧愁？　　当年追梦虔求，信马列能将壮志酬。唤工农兄弟，齐成劲旅；英豪才俊，共挽危舟。热血刚躯，几经磨难，起落三番得自由。征途险，记南巡谆嘱，续写春秋。

西江月·谈史论兵

在保加利亚首都索非亚举行的国际军事历史委员会第38届年会上，余作了"军事技术与战略战术"的演讲，引起与会人员的高度关注和热烈讨论。

盾甲刀矛铁骑,舰机炮坦雄兵。谁凭小米步枪赢,开创惊天胜境? 早练三防四打,更研两弹一星。信息时代保和平,还靠传家本领。

贺新郎·穿江过海

——看《知青岁月》视频片有寄

志起通天浪。只听说顺流而下,可达洋上。船立潮头方晓覆,峡险湾急人晃。谁不惧帆折力丧?举世哪寻直航路,看黄河改道将淮抢。叹命运,好悲壮。 出江入海燃希望。盼征程从今顺畅,碧波轻漾。云水难分才觉颤,礁暗涡旋眼惘。更况那风狂涌涨?自古本无如愿事,悟成功都是心倔强。握紧桨,辨清向。

李宝祥

1940年生,山西襄汾人。曾任兰州军区副政委,中将军衔。著有《偷闲集》等。

过六盘山

九月天高万里晴,六盘红叶色鲜明。
此非秋到寒霜重,烈士当年血染成。

李栋恒

1944年生,河南南阳人。1963年入伍,曾任武警部队政治部主任,总装备部副政委。中将军衔。中华诗词学会顾问,解放军红叶诗社社长。著有《李栋恒将军诗词选》等。

七十感言

地转天回日日新,此生有幸遇良辰。

古稀已是平常事,耄耋今称第二春。
学问应惭半瓶醋,修身期达十成纯。
强军富国铭心愿,伏枥为霞尤有神。

严冬夜间拉练

旷野云垂遥犬吠,寒宵人过宿鸦惊。
面球似铁真难嚼,壶水成冰不可倾。
汗浸征衣干复湿,雪迷山路止犹行。
抢攻命令凌晨下,风卷红旗遍杀声。

率机械化集团军演习

又是苍鹰眼疾时,天公偏爱铁军驰。
荒原万里腾狮影,晴宇千寻掠隼姿。
地裂山崩开火令,灰飞烟灭凯旋诗。
大风忧曲何须唱,我自高歌砥柱师。

在待机地域地下工事中演习

云凝风吼玉龙飞,数日藏兵待战机。
天外浑忘乌兔往,地中谋划虎狼围。
为防烟逸皆寒食,欲抢时先不解衣。
匣剑长鸣凛然起,除魔斩怪显神威。

庆澳门回归

紫荆绽后白莲开,喜事蹁跹接踵来。
七子悲歌成旧恨,九州热泪洒新醅。
国强方得山河统,邦弱难纾奴役灾。
今日登高馀憾意,茱萸遍插共思台。

退休老将军

汗血嘶筋角,廉颇恋战袍。
硝烟迷夜梦,霜露浸晨刀。
翘首江山统,扬眉国势豪。
安危心上结,关切与年高。

三亚登高眺南海

极目茫茫万里波，南沙遥念铁拳摩。
龙腾隐忍青虾闹，鲲蛰冷观乌贼多。
风吼云翻天斥恶，礁巉浪打海磨戈。
会当长携雷霆往，卫国谁思两鬓皤。

旅顺游记

每教碑石搅清游，鬼迹熊痕是处留。
海鸟低回谈史痛，浪潮往返忆邦羞。
湿风犹带血腥味，忠墓深藏家国仇①。
酒绿灯红人欲醉，可知仍有虎狼忧？

① 忠墓：指万忠墓。

参加全国政协会议有感

春来都市满和光，天下群英聚一堂。
广汇民声掏肺腑，共商国是吐衷肠。
建言除弊匡时论，献策兴邦济世方。
万里长空古龙舞，同挥巨笔写辉煌。

部队跨区远程机动演习

挥师征战继晨昏，万里纵横守国门。
壶水寒中带冰饮，面球风里就沙吞。
龙腾势破豺狼胆，虎跃威惊盗贼魂。
陆海空天浑一体，神兵戮力斩魔瘟。

读《当代军旅诗词选》

字词犹带硝烟味，篇什多留战火痕。
万里沙场吟客骋，千秋边月咏声存。
爱憎倾注真情泻，肝胆皆披热血喷。
荡气回肠歌一曲，山应海和壮军魂。

胡杨颂

俨如军阵列沙场，苦斗风魔护远疆。
累累伤疤蔑飞石，萧萧枝叶傲骄阳。
战亡烈士身昂立，仆倒忠魂目久张。
西去何多歌泣事？大千世界有胡杨。

贺刘洋乘神九飞船上太空

嫦娥应是乐无穷，又有婵娟到太空。
海碧天青河汉灿，兔欢蟾笑烛花红。
神舟呼啸添新友，巾帼豪歌出杰雄。
此后何须悔灵药，迢遥霄壤路常通。

有　感

钳制包围势又成，屠刀向我正高擎。
低眉难乞慈心发，亮剑方能狭路生。
胜算全凭谋局巧，先机还待出招精。
敢争善斗铮铮骨，营卫中华代代荣。

看北京奥运会乒乓球男女单打决赛有感

绿桌翻飞急急星，小球牵转万双睛。
追风逐电穿梭艺，倒海排山喝彩声。
日似乒乓忙往返，史如裁判证公平。
用心挥好人生拍，留下世间无愧名。

读　史

朱门臭肉路边骨，自古安邦应解题。
君主何忧石崇富，将军惟怕自成饥。
虏强难击长城破，民弱常将社稷移。
贫富悬殊非小病，症除端赖有良医。

冬日暮行军过小村

才越高山又一梁，雪飞暮色更苍茫。
遥看村树三分白，隐透窗灯几点黄。
岩麓谁家鸡犬闹，柴门何处酒茶香。
军情未许乡情发，脚下征程仍漫长。

冬 练

地中工事贯迢迢,十万貔貅暂隐消。
雪满山川钻骨冷,露悬坑道濡肤潮。
灯光长亮谋擒虎,方略精筹誓灭獠。
利剑应须勤砥砺,一朝挥出照云霄。

《万马军中一哑兵》读后①

鏖战刑天不畏残,取经白马任劳烦。
失聪质朴心能悟,难语情真行作言。
无姓无名忠义举,敢憎敢爱地天翻。
苦苗何可凌云长?土沃阳和木自蕃。

① 《万马军中一哑兵》为一纪实故事书,讲述一聋哑残疾人参加红军,经历长征,在中央领导身边东征西战的传奇故事。人们不知其姓名,是我军唯一授予军衔的聋哑干部。

登长城

久期当好汉,今上古长城。
瀛瀚高低接,天时内外更。
原图攘狄虏,孰料笑元清。
真正金瓯堞,并非砖石营。

游甲午海战古战场刘公岛

落晖脉脉照刘公,隐约悲歌入海风。
似祭英灵鸥裹白,如腾恨火浪翻红。
舰残犹欲犁顽阵,炮缺依然啸远空。
知耻男儿休洒泪,卧薪尝胆奋邦雄。

浪淘沙·第一次站哨

缺月挂西天,北斗阑干。碱滩荒坦望无边。万籁更深都睡去,静寂森然。 星闪刺刀寒,独步回还。安危忽觉压双肩。真正人生由此始,万水千山!

唐多令·雪夜奔袭

风势助银龙,周天布阵重。夜沉沉、步履匆匆。 冻透皮衣成铁甲,眉睫白、鼻霜浓。 军号咽寒风,红旗引剑锋。正挥师、百里争雄。三九练兵奔袭急,为来日、建奇功。

踏莎行

在零下三十多度的严寒中,机械化部队进行战术演练。

冷铁沾皮,寒风咬肉。茫茫积雪迷人目。围攻敌阵战车隆,林梢巢动惊鸦扑。 火炕融融,甘醇馥馥。想来户户全家福。为能强武卫江山,雪原无际车痕曲。

清平乐·国防施工

高山俯首,歌起冲星斗。地下长城穿远岫,大显英雄身手。 炼成铁骨钢筋,更增壮志凌云。来日硝烟若起,奇兵处处如神。

临江仙·纪念学雷锋活动五十五周年

常忆当年初立国,党风民俗清纯。高标君树耸凌云。九州春意闹,万象面容新。 美德传承兼信仰,汇成时代精神。千磨百折不沾尘。山河同久远,日月共存真。

采桑子·深秋练兵场

天蓝云白山斑驳,处处花黄。处处花黄,铁甲钢枪笑傲霜。 南征雁阵声嘹亮,行色匆忙。行色匆忙,捎瓣心香到远方。

南乡子·鸭绿江残桥

弹洞满钢桥，滚滚硝烟若未消。诉说当年鏖战事，堪骄！青史千秋记自豪。　　隔水望遥遥，层叠山峦浓淡描。无数英魂眠彼处，滔滔！心似江波醉绿醪。

汉宫春·乘艇近观金门诸岛

犁碎波涛，向离怀诸岛，纵我轻舟。明珠失散日久，满载离愁。风枝招手，草含情，峻石恭留。更泪涌，殷勤迎送，依依厚意群鸥。　　远望烟波浩渺，盼双潭得见，八洞能游。沐猴背宗未已，裂国难休。何当霹雳，扫阴霾，宝岛归收。亲骨肉，团圆永世，同擎无缺金瓯。

忆秦娥·风雨中行军

神刀劈，穿天乱石愁飞翼。愁飞翼，松涛声壮，雨哗声急。　　苍山狂舞红旗疾，青春远志冲天立。冲天立，歌回深谷，号鸣悬壁。

李殿仁

1945年生，山东滨县人。1964年入伍，曾任国防大学副政委兼纪委书记。中将军衔。中华诗词学会顾问，解放军红叶诗社社长。著有《纸烁真情》等。

学党史迎十八大

唤醒睡狮惊世界，敢教华夏换新天。
征程十八丰碑熠，大业千秋特色先。
务实求真承马列，强军富国著雄篇。

变中不变民为本，旗举镰锤永向前。

游虎跳峡

峭壁悬崖虎跳峡，金沙奔涌破云崖。
激流顿作千堆雪，银浪狂喷万壑哗。
风骤天高懦夫抖，水深地险鬼嗟呀。
身临其境添豪气，不畏艰难敢振华。

痛悼周克玉将军

识君历下幸平生，半纪相随师长风。
骇浪惊涛肝胆照，金戈铁马泽袍行。
胸中韬略军中策，笔底雷霆心底声。
星陨琼霄天地恸，灵台泪雨诉衷情。

读迟浩田副主席影集感言

写真如史记征程，捧读犹闻教诲声。
驰骋沙场捐热血，运筹帷幄献丹诚。
功高每忆沂蒙水，德劭常怀北斗星。
正气一身松不老，军心民意赞分明。

纪念建军九十周年

洪都义举破天荒，从此工农有武装。
星火一萤燎大野，铁流万里动遐方。
为民宗旨鱼依水，制胜军魂党管枪。
九秩征程旗指引，而今重塑更辉煌。

雁门关大捷

雄关自古兵争地，锁钥长城气肃森。
凶恶铁蹄忻口犯，逶迤辎重西陉侵[1]。
龙腾虎啸枪林逼，豕突狼奔地狱寻。
风展红旗鲜血染，雁门大捷振三军。

[1] 西陉关，与东陉关合称雁门关。

平型关大捷

日倭寇我蛇吞象，三月亡华吐妄言。

自诩皇军无匹敌,谁知狼豕入牢圈。
风吹号角杀声起,血溅征衣刀影寒。
首战功成民气振,平型关隘著雄篇。

天宫二号升空喜赋

杭州峰会话正浓,二号天宫喜升空。
腾飞惊羡神州地,引领欣仪大国风。
银汉泛槎星际会,金桥映月五洲通。
几声犬吠何须理,特色中华旗更红。

纪念长征胜利八十周年

长征万里世间奇,动地惊天一史诗。
钢铁红军皆好汉,独夫悍将尽污泥。
红星照耀血腾沸,舵手领航险化夷。
接力新程强国路,初心励我奋旌旗。

太行山

壁立群峰势接天,乱云飞渡更巍然。
元戎驻马旌旗猎,劲旅挥刀敌胆寒。
持久光辉坚砥柱,军民智勇挽狂澜。
太行山上歌嘹亮,高耸丰碑亿斯年。

深切缅怀京剧大师
方荣翔先生

大师驾鹤廿多春,裘韵方腔天籁音。
不倒龙图歌正气,奇袭白虎壮军魂。
情牵观众怀思永,碑耸梨园德艺馨。
健竹凌云扬国粹,净行喜看火传薪。

离家从军

　飘银飞絮,遍野茫茫。胸怀壮志,辞别故乡。从军报国,心到疆场。雪随我后,春在前方。

孙子塑像落成

奇谋伟略十三篇,旷世兵经万古传。
袖里风雷安社稷,掌中日月定坤乾。
运筹窑洞穷真谛,决胜柏坡超古贤。
环宇闻名争效法,咸来故里仰高山。

游峨眉山感言

峨眉叠翠入云端,金顶佛光照宇寰。
游客慕名寻圣地,信徒诚挚拜普贤。
绿茶香气能醒脑,泉水温柔可养颜。
秀美风光天造化,人间万事尽随缘。

观现代训练感言

自古演兵求正奇,如今网上角雄雌。
百疑屏幕谁模拟,一点鼠标吾即知。
万马千军皆数字,天文地理化阶墀。
风云变幻多微妙,胜负由人岂可疑。

赏西府海棠

海棠怒放正逢时,满院芬芳惠露滋。
旧府余音添雅韵,新园故友和香诗。
风随天意圆清梦,雨洒春枝荡玉池。
一缕幽香心底醉,花繁叶茂舞琼姿。

官厅野训

风卷黄沙尘飞扬,车喷火龙放红光。
塞北晚秋添新景,荒漠练兵逞英强。
官厅波涌歌勇士,燕山展臂锁金汤。
铁甲战士豪气在,和平之声传四方。

瞻仰徐向前元帅故居

朴朴实实小山村,冷冷清清一故园。
邑是元帅诞生地,面貌仍是旧时颜。
并非无力修高宅,岂忍靡费百姓钱。

一生荣辱抛身外, 两袖清风留世间。
徐帅风范鉴千古, 后继有人永向前。

新世纪元日遐想

一夜无眠世纪更, 耳边犹荡古钟声。
回眸百载峥嵘路, 翘首千军锦绣程。
远虑环球弥战乱, 近忧台独惹纷争。
似麻思绪心头涌, 欲晓星空斗柄横。

渔家傲·阳明堡大捷

日寇欺吾无长剑, 铁枭侦察频丢弹。骚扰边区真讨厌。英雄胆, 机窝打掉连根断。　袭击阳明乘夜暗, 短兵相接刀光闪。爆炸声声惊敌胆。齐声唤, 廿多飞贼吞烟焰。

浣溪沙·九七喜盈门

虎步龙骧瑞气豪, 百年奇耻一朝消, 太平山上赤旗飘。　汇聚京城商国是, 再腾华夏定洪韬, 史开新页上重霄。

邹庚壬

1943年生, 湖南新化人。1961年入伍, 曾任兰州军区副司令员, 中将军衔。

冬怀西陲戍边将士

白昼登高频翘首, 夜来萦梦履西陲。
茫茫云海翻凶浪, 冽冽寒风逞恶威。
站哨楼孤人易困, 巡边雪拥马难催。
军人奉献岂征战, 漫漫年华均有为。

赞模范护士长姜云燕

雪域高原勇扎根, 寒天苦地女儿身。

巡医次次频临险, 疗疾回回久耗神。
救死爱心长奉献, 扶伤巧手总归春。
殊荣得获犹坚志, 不懈攀峰更笃勤。

赞宁夏军区给水团

使命萦怀拥赤心, 为民解困力千钧。
旱塬奋钻救生井, 戈壁艰寻致富根。
汩汩清泉凝汗血, 茫茫瘠地馈葱茵。
攻坚历苦勋昭著, 纪念高碑颂水神。

喜庆青藏铁路全线通车

高寒缺氧又何妨, 壮举惊人旷世煌。
勇破三难高艺绝, 强攻五载美名扬。
神山含笑迎宾客, 雪域欢歌庆吉祥。
从此地空来往便, 八方援建藏区昌。

书　怀

年少从军为戍边, 毕生矢志力行间。
霜风雪地从无惧, 弹雨枪林若等闲。
两鬓银丝非老态, 一腔热血胜华年。
戎装紧束边陲望, 待度关山把寇歼。

临江仙·寄战友

一

记否延安拉练日, 火炉除夕熊熊。窗中塔影月光明。畅谈先辈事, 守岁到鸡鸣。　晨起枣园同伴去, 欣看古木龙钟。参差窑洞傲寒风。油灯今尚在, 马列此中生。

二

记否金秋军演日, 壶梯山上霜风。全团夜伏寂无声。三千英壮汉, 拂晓待冲锋。　信号升空光耀眼,顿时炮火雷鸣。敌前爆破路开通。强攻如猛虎,悍勇迅登峰。

三

记否年终军考日,全团斗志凌云。强行百里不知辛。奔袭金锁岭,乘势夺宜君。　　论战沙盘奇计定,精兵潜入掏心。低垂夜幕晓风侵。纵深鏖战急,正面扫千军。

四

记否赴边轮战日,栖身漏水棚房。忠心耿耿卫边疆。谨防偷袭敌,不寐是寻常。　　拔点运筹谋划细,力拳狠击惩狂。巧施奇正敌迷茫。秋风扫落叶,战果屡辉煌。

沈荣骏

1936年生,安徽合肥人。1958年毕业于解放军测绘学院。曾任国防科工委副主任,载人航天工程副总指挥。中国工程院院士,中将军衔。

卜算子·东风航天城桥头

风拂面蒙沙,弱水欢歌奏。大漠胡杨一点春,远处青山秀。　　遍地起高楼,惊梦驼铃路。汗洒荒原十八秋,挥袖东风骤。

菩萨蛮·神舟一号飞船射前有感

金戈铁马交相映,东风欲驾游天境。"神一"傲苍穹,嫦娥舒袖迎。　　今朝风雷动,圆却飞天梦。七载苦攻争,方酬赤子情。

满江红·神舟飞船首次载人飞行有感

大漠深深,黑河畔、神箭耸立。放眼望、日月同辉,碧空万里。惊雷一声震寰宇,巨龙冲天鬼神慄。看今朝、圆我飞天梦,如愿矣。　　忆往昔,夜难寐。同携手,斩荆棘。伟业路漫漫,仍需努力。浩瀚苍穹常驻守,欲挽嫦娥游星际。立壮志、更上一层楼,全无惧。

张少松

1933年生,湖南炎陵人。1949年入伍,曾任成都军区副政委兼纪委书记,中将军衔。解放军红叶诗社顾问。

从军六十年

少年报国志凌云,松柏苍葱四季青。将士官兵亲手足,军营指战共心声。

西藏乃堆拉哨所

党的光辉照雪山,农奴百万把身翻。只缘我在岗亭站,鬼怪妖魔莫入关。

渔歌子·锦江情

府南河畔游人多,绘画吟诗又唱歌。花烂漫,水扬波,桂香柳绿醉心窝。

忆江南·桑梓情

家乡好,风景美如霞。奇石仙山炎帝墓,闻名遐迩誉天涯,今日更繁华。

张书坤

1925年生,河北深县人。1940年入伍,曾任总后基地指挥部司令员,中将军衔。解放军红叶诗社社员。著有《心涛》。

菩萨蛮·忆解放营口

桥头榴弹疾如雨①,英雄反复冲锋死。侧背出奇兵,敌营掩旆旌。　　翌日攻营口,鱼蟹入罾笱。烈焰起宣怀②,伤怀蒋总裁。

① 指11月1日夜之大石桥战斗。
②"宣怀"号大型远洋客轮被蒋军征来撤运廖兵团残部,被我炮火击中燃烧。

沁园春·大难见证中国心

大难当头,本性呈真,熠熠爱心。看华夏民族,血融一脉;天南地北,陌路亲人。前次冰灾,今番地震,亿万同胞共梦魂。天塌陷,有英雄巨手,擎挺乾坤。　　汶川地震杀人!悲广袤、城乡荡不存。汇千军万马,风雷赴难;安人恤命,昼夜晨昏。血汗身心,义无反顾,天鉴冰心耀宇旻。情动处,纵男儿泪贵,亦任倾盆!

西江月·武汉东湖

莽莽苍苍翠岭,粼粼滟滟明珠。梅林植圃舫亭浮,最是寻芳胜处。　　后浪逐催前浪,东湖跃越西湖。磨山朱帅预言书①,实现只争旦暮。

① 东湖磨山有朱德元帅诗碑,其中有"东湖暂让西湖好,今后将比西湖强"句。

[中吕·山坡羊]胡长清案引发的警示

绩卓德劭,洁身自好。清风润雨为官道。挎纤腰,饕胰膏,公仆演作贪饕盗。时至今天悔晚了。钱,缴没了;人,枪毙了。

张仲瀚

1915-1979年。河北献县人。1933年参加中国共产党,1937年组织抗日武装。曾任新疆军区副政委,新疆生产建设兵团政委。

塞上咏怀

雄师十万到天山,且守边疆且屯田。塞上江南一样好,何须争入玉门关。

老兵歌

兵出南泥湾,威猛不可当。身经千百战,高歌进新疆。新疆举义旗,心倾共产党。干戈化玉帛,玉帛若金汤。各族好父老,喜泪湿衣裳。争看子弟兵,建设新故乡。放下我背包,擦好我炮枪。愚公能移山,我开万古荒。务农畜为贵,苜蓿草中王。肥多田增产,粮足六畜强。田在畜身边,畜在田近旁。欲求田畜旺,场队办五坊。五坊何所指?油酒粉豆糖。渣滓皆饲料,粪便变棉粮。遍野棉絮白,精心育蚕桑。飞来长江鱼,殖满清水塘。整地平如镜,凿渠万里长。引来天山水,为我灌禾秧。水库如棋布,水吼电辉煌。晴阴无旱涝,保产先保墒。护田林成带,条田俱长方。四周森森树,万堵绿城墙。工厂连栉起,机鸣日夜忙。商店陈百货,自办大学堂。人称新疆好,地阔天无疆。远山蜃楼动,平沙海市扬。壮士五湖来,浩浩慨而慷。君有万夫勇,莫负好时光。江山空半壁,何忍国土荒。荒沙变绿洲,城乡换新装。乡人离乡去,十年未还乡。归来惊不识,指问此何方?负重从大局,发奋誓图强。兴建新社会,岂只艺稻粮。农林牧副渔,工农兵学商。相辅又相成,相得乃益彰。多种经营好,主次切衡量。务业农为主,各物粮为纲。农业有宪法,八字放光芒。字字都办好,年年红满堂。似军又似民,衣杂帽无章。坚持三个队①,队队意深长。各族同水乳,情深似海洋。愿偿历史债②,共谱新篇章。青年当有志,立志在四方。祖国需要处,皆是我家乡。老兵带新兵,一浪接一浪。新陈自代谢,后来应居上。回首创业初,当兵自种粮。手舞坎土曼,地窝做营房。将士齐上阵,三军酣战忙。处处南泥湾,江南到北方。节衣复缩食,集资建工商。今日机械化,当年手挽缰③。万事开头难,念念莫基章。甘将苦为荣,建国是康庄。白纸绘新图,立足保边疆。严戒前门虎,谨防后门狼。未战早备战,年丰多储粮。莫待临战时,举措顿仓皇。巨手翻天地,大胆易沧桑。前人业未竟,不怪左宗棠。兵团多勇士,未离手中枪。边关烽烟起,重新上战场。

　　① 三个队,指战斗队、工作队、生产队。

　　② 史债,指清朝统治者镇压少数民族的历史。

　　③ 挽缰,即原始的人拉犁。

陈能宽

　　1923年生,湖南慈利人。曾任二机部九院副院长,核工业部科技委副主任兼国防科工委科技委副主任,中科院院士。

赠戈壁友人

一

君往戈壁滩,我住大江源。
相隔万千里,同行未下鞍。

二

同行究何去?科技有尖端。
彩云天上少,记否同赏看。

三

彩云露丰姿,格物须致知。
连年风和雨,旭日竟迟迟。

四

晓阳破重雾,春雷响人间。
又作团结赋,迈步越雄关。

清平乐·首次竖井核试验

　　削岩直下,欲把金石化。点金有术细评价,人道花岗耐炸。　　井边扬起轻尘,四海却传震情。祝捷更添壮志,凝思万里新征。

林　谦

　　1918—2011年,陕西大荔人。1938年参加革命,曾任后勤学院副政委。曾为解放军红叶诗社顾问。著有《笔墨情怀》。

颂长征

运筹帷幄破关津，万里长征历苦辛。
遵义群贤崇马列，赤河四渡转乾坤。
挽澜自有回天手，前进欣逢掌舵人。
化险为夷凭智慧，帅旗指引铸军魂。

老兵夜话

玉苍含黛夏风轻，历历当年夜点兵。
摇扇摆谈先烈事，眶盈老泪话刘英[①]。

① 刘英，浙江党与红军的主要领导人之一，曾与粟裕同志一道，以玉苍山为据点，开展革命武装斗争。

周一萍

1915—1990年，江苏无锡人。1936年参加革命，皖南事变后，奉调苏北解放区参加新四军，曾任国防科工委副政委。曾参与创建中华诗词学会，为第一任常务副会长。著有《书剑吟》。

新四军重建军部四十周年

1941年1月，蒋介石发动皖南事变，掀起第二次反共高潮。1月25日，刘少奇、陈毅同志奉中央军委之命，在苏北盐城重建新四军军部，迄今已40周年。追溯往事，赋诗志感。

重振雄师号角催，峥嵘岁月记光辉。
南柯幻梦成泡影，东进旌旗尽展眉。
赫赫殊勋垂史册，谆谆教诲印心扉。
当年慷慨歌一曲[①]，犹在征人耳际回。

① 指由陈毅同志执笔的《新四军军歌》。

贺中华诗词学会成立

风骚代代毓诗人，笔落推陈又出新。
此日火榴光灿灿，长歌短咏永风神。

建军五十五周年咏怀

喜送雄鹰上碧空，争观战舰胜蛟龙。
军工戮力军威壮，一曲高歌四海同。

宿马兰

茫茫瀚海暮云垂，壮志吟风铁臂挥。
遍野马兰花怒放，烟岚起处发春雷。

西江月

建国30周年之夜，首都军民在人民大会堂联欢，四百余名新四军老战士登台高歌。我有幸参加演唱，抚今追昔，感慨万端，填词一首。

往昔并肩奋战，而今聚首高歌。军歌一曲壮山河，四十春秋坎坷。　　虽有几丝白发，幸无一日蹉跎。征程跃马复扬戈，壮志依然故我。

临江仙·为建军五十三周年而作

黑夜沉沉传霹雳，新军崛起南昌。铁流滚滚战旗扬。神州驱虎豹，碧血谱华章。　　再度长征肩重任，军威又震南疆。雄师百万整戎装。挽弓如满月，何日射天狼。

唐多令

——读《老战士诗文集》

碧血染征尘，沙场百战身。一篇篇、动地诗文。记取当年鏖战事，披肝胆、见情真。　　老骥壮心存，尚思戍国门。喜同俦、抖擞精神。继往开来挥健笔,抒胸臆、绘芳春。

沁园春·欢庆党的六秩诞辰

六秩春秋,工农奋起,星火燎原。记井冈鼓角,长征篝火;延安窑洞,抗日烽烟。历尽艰辛,前仆后继,飞渡长江谱壮篇。迎旭日,看人间换了,万众欢颜。　　百年劫难空前,幸雨霁云开复见天。喜三中嘉会,春风送暖;鹏程四化,万象争妍。十亿舜尧,同心戮力,振兴中华竞着鞭。抬望眼,有红旗引路,壮志弥坚。

如梦令
——祝潜艇水下发射运载火箭成功

激浪扶摇吐焰,划破云天掣电。千里舞狂飙,气壮瀛寰神箭。神箭,神箭,争颂神州新彦。

捣练子
——参加潜艇发射运载火箭祝捷大会

惊霹雳,驾长风,虎啸龙飞万里雄。四海欢歌钦巨匠,丹心妙手夺天工。

一剪梅
——题神剑第一届摄影、美术、书法展览

神箭腾飞溅碧涛,影展天骄,画展天骄。毛锥快镜与纤刀,塑造英豪,赞颂英豪。　　百万军工尽舜尧,鹰入重霄,星入重霄。关山云路信非遥,立足今朝,放眼明朝。

破阵子
——观电影《风雨下钟山》

江北雄鸡报晓,江南枭鸟惊弓。纵有狂涛横绝险,誓缚苍龙气若虹,挥师唱大风。　　统一深孚民意,兴亡岂是天功?壮丽史诗今再现,帆影丛中觅旧踪,殊勋岱岳崇。

浣溪沙
——神剑文学艺术学会贺词

铸剑雕弓壮国威,风流文采亦神奇,雄师百万发英姿。　　远望楼头齐抖擞,纵横健笔共扬眉,花开艺苑竞芳菲。

忆江南
——题《战斗在苏北平原》

重回首,征战历沧桑。弹啸马嘶犹在耳,佚闻壮事已成章,业绩永传扬。

减字木兰花
——贺我国试验通信卫星发射成功

金焰万丈,拔地冲天银汉壮。意态从容,愿向人间播彩虹。　　星球同步,天际遨游惊玉兔。俯瞰神州,万象生辉春意稠。

西江月
——为神剑第二届美术摄影书法展览而作

饱蘸山河异彩,尽收艺苑风光。喜迎嘉庆绘新章,笔底豪情激

荡。　　铸剑跻攀绝顶，挽弓待射天狼。利兵坚甲意飞扬，固我长城雄壮。

沁园春·欢庆建国三十五周年

旗耀秋空，光临大地，十亿欢腾。看雄师威武，铁骑驰骋；冲天神箭，破雾银鹰。花束彩虹，缤纷灿烂，滚滚洪流抒激情。歌吟处，唱繁花似锦，华夏振兴。　　华灯齐放光明，更火树银花点点星。集菁英十万，载歌载舞；金光四射，绘色绘声。百态千姿，迎风映照，壮丽宛如不夜城。齐鼓劲，看巨龙昂首，阔步长征。

望海潮·冬日登鼓浪屿

海天寥廓，峰峦突起，恍如出水瑶琼。银鹭掠飞，波涛拍岸，梦回鼓浪声声。云树入帘青。正繁花红绽，绰约微馨。谁信寒冬，披襟一快叹风轻。　　龙头故垒峥嵘。想日光岩上，筑寨操兵。抚剑远征，投鞭飞渡，水师十万纵横。极目望沧溟，那金门一点，时刻心萦。何日归来，凭高酹酒庆清平。

少年游·丁卯清明龙潭诗会

千枝嫩绿，一泓澄碧，春草又芊芊。胜地重游，骚人兴会，谈笑久留连。　　潜龙潭底腾空起，吟啸卷狂澜。激荡风云，雄浑健笔，清韵似花妍。

一痕沙·春归

——祝北京诗词学会成立

春到京都风袅，龙跃晴空神矫。元月集群英，作嘤鸣。　　笔落诗情磅礴，神韵芳如兰若。处处有清香，发长吟。

满江红

——参加上海学生运动史座谈会有感

春满淞江，迎来了、都门归客。齐回首、万千往事，激情难抑。许国敢辞燃地火？壮怀终得驱顽敌。趁今朝、旧侣忆征程，铭书册。　　张汉帜，精英集。丹心碧，怀先哲。纵豺狼处处，志坚如铁。叱咤飞传雷电檄，纵横自有凌云策。浑难忘、豪气忾同仇，泗无极。

采桑子

中央军委颁发命令，表彰远望一号、二号远洋航天测量船，记集体一等功，特赋小词致贺。

倚天长剑飞天外，烈焰腾空，赤道追踪，万里征航不誉功。　　千军踏破千重浪，远望溟濛，志壮心雄，为国增辉四海崇。

霜天晓角·龙飞

神龙起舞，飞向长空去。奋跃瞬间千里，重奔赴、天涯路。　　巨星冲薄雾，欲为琼宇旅。频向人间传语，笑声朗、共凝仁。

赵立荣

1934年生,河北雄县人。1953年入伍,曾任北京军区空军政委,中将军衔。

长空寥廓展雄鹰

神州赤子驾云腾,满岁雏鸢破雾征。
利剑江东穿纸虎,条旗域北坠荒陵。
星移斗转迎花甲,翼健天高竞技能。
泰岳峥嵘凭旭日,长空寥廓展雄鹰。

看飞行表演

长空比翼沐东风,低掠高旋绘彩虹。
朵朵祥云仙女降,烟花烂漫国旗红。

徐春阳

1925—2014年,山西晋城人。1937年1月参加革命,曾任军政委,济南军区纪律检查委员会专职书记,中将军衔。

深 思

十月炮声传,工农掌政权。
震惊全世界,日月换新天。

忆济南战役中血战苏北路

一

攻济打援战未休,飞兵淮海小窑头。
英雄浴血拼强敌,不朽功勋誉九州。

二

沭河沂水连苏鲁,两地军民一样情。
攻济捐躯苏北路,至今不忘祭英灵。

三

倏忽时光六十年,神州久已展新天。
缅怀先烈何为最,心系人民永向前。

诗朋喜聚共攀登

——济南军区老战士诗词学会成立

八秩学诗兼学画,年来初悟养怡情。
梅兰竹菊神形雅,歌赋诗词意蕴宏。
学后方知深不易,吟成时觉艺难精。
今朝喜得诗朋聚,续向诗山蹑步登。

会 友

春风细雨润羊城,老友相逢无限情。
戈壁雪山同洒汗,金城风雨共征程。
昨惊黄水波涛急,今喜珠江碧水清。
酷暑严寒多砥砺,老怀堪慰庆升平。

鹧鸪天·农家乐

阡陌披红旭日升,朝霞似锦映前程。东风吹拂禾苗浪,遍地歌声伴笑声。 政策好,百业兴,和谐社会爱心浓。繁荣盛世农家乐,特色康庄耀眼明。

沁园春·赞牛玉儒

北域晴空,爆响惊雷,天坠雄鹰。看举城悲恸,长街披素,万人相送,痛悼精英。两袖清风,八方造福,倾尽拳拳公仆情。学先进,由中央带领,全党趋行。 职高位显风清,铸党员高干好典型。赞英雄谱灿,丰碑林立,清廉旗帜,自有人擎。立党为公,竭诚奉献,执政为民万事兴。观华夏,恰春潮涌动,柳绿花明。

满江红·贺"神六"

西域深秋,神舟六、飞天报

捷。看双雄、英姿勃发，豪情激烈。数十春秋昼与夜，几多英杰汗和血。游太空、五日试新舟，辉煌业。　　海洋测，高山阅；京城控，草原接。盼神舟凯旋，九州情切。费聂出舱招手笑，欢声雷动环球悦。待来日、壮志更凌云，探星月。

黄　新

1944年生，江西南康人。1963年入伍，曾任空军副政委，中将军衔。解放军红叶诗社顾问。

杜鹃花——艰难岁月[1]

井冈星火记心中，要把江山变大同。
无数先驱捐碧血，神州染就杜鹃红。

[1] 作者自注：诗为父亲黄祖炎烈士牺牲60周年作。父亲1926年参加革命，1927年加入中国共产党。在瑞金时曾任毛泽东秘书。1951年3月13日，在参加军区文化工作座谈会时遇害，时任山东军区政治部副主任。

白玉兰——白衣天使[1]

身着霓裳白玉衫，凌风傲雪斗春寒。
克魔前线亭亭立，天使如花赛木兰。

[1] 诗赞抗击非典一线医务人员。

白头翁——对白头[1]

烽火映天浓，边关挽强弓。
凯旋妻远接，对视白头翁。

[1] 作者自注：1985年3月，我在参加保卫南疆作战前，还是一头乌发。翌年6月凯旋时，我们夫妻对视，已是发如霜染。

龙吐珠——腾飞

沧海碧波龙吐珠，东方一任展宏图。
腾飞已待中兴日，看客休惊世界殊。

木棉花——红艳艳[1]

朵朵木棉红艳艳，仁人志士血斑斓。
待到祖国芃芃日，莫忘英雄铁甲寒。

[1] 诗为中国首个烈士纪念日而作。

金边瑞香——思故乡[1]

天命之年两鬓霜，征程砥砺事戎装。
芬芳何处思飘逸，遥指故园金瑞香。

[1] 作者自注：金瑞香，原产自我的家乡江西赣南。

百花园——女兵之花

百卉园中独一枝，非桃非李最情痴。
年年月月春风笑，威武戎装烂漫姿。

江城子·太空之花

——贺中国首次载人飞船发射成功

神舟一箭震穹苍，驾飞舱，踏祥光。玉宇遨游，华夏美名扬。翘首英雄杨利伟，昂斗志，射天狼。　　喧天锣鼓彩旗张，喜歌扬，引壶觞。多少辛苦，何惧鬓如霜。花绽太空迎旭日，今圆梦，看东方。

摊破浣溪沙·庆空军成立五十周年

云似惊涛霓作篷，战鹰展翅九霄重。为保金瓯臻永固，献精忠。　　搏击长空千万里，戳穿纸虎猎黑熊。

五十春秋捐热血,彩云彤。

采桑子·贺新型
地空导弹发射成功

倚天长剑冲天啸,兀立如峰。弹发云中,电掣雷鸣霹雳风。 长城万里金汤固,鹰击长空。天马如龙,威慑敌魂弯劲弓。

鹧鸪天·贺空降兵部队

朵朵伞花耀彗星,晴空霹雳降神兵。尖刀刺敌魂飞散,笑傲长空热血腾。 来匿影,去潜踪,排山倒海鬼神惊。丹心常系民忧乐,大地蓝天写赤诚。

鲁玉昆

1929年生,湖南岳阳人。1945年参加八路军,曾任广州军区空军副司令员,中将军衔。中华诗词学会会员,解放军红叶诗社社员。

李汉首次击落美机

长空搏斗白云飞,首击侵朝霸主机。英勇男儿功业著,喜传捷报振军威。

秋夜寄怀

天高云淡玉轮浮,遥念洞庭湖水秋。挥手从戎情激越,呼鹰仗剑劲刚遒。朱颜衰惫思乡友,白发萧疏忆队旒。此夜飞鸿谁遣往,冰心一片寄巴州。

访老部队

一

原部热情邀,柳营无旧僚。

戎园春色暖,沃土长新苗。

二

雄师换锦装,猛士器轩昂。砺炼高科技,精飞卫国防。

采桑子·航空兵夜训

斜阳西下银钩挂,暮霭朦胧。勇隼升空,极目风云练硬功。 厉兵秣马连沧海,防御夷凶。笑傲苍穹,技术精良志未穷。

谭冬生

1940年10月生,湖南攸县人。1958年1月入伍,曾任总参动员部部长,广州军区副司令员,中将军衔。

井冈山

星火燎原第一章,红旗漫卷起苍黄。青松翠竹昔时美,金鼓蓝天今日扬。日月永恒歌正气,功勋不朽颂天罡。此朝凭吊忠魂处,激励神州奔小康。

换了人间

——纪念红军长征胜利70周年

七十春秋俯仰间,春风浩荡改坤乾。东方古树花红艳,赤色巨龙翔九天。

于官堂

1928年生,山东莱州人。1948年参加革命,1949年入伍,曾任空军指挥学院研究部副部长。

作战值班

一

北斗挂空中,银鹰夜震隆。

敌机窥大海,不敢犯疆空。

二

战鹰呼啸起,展翅翱长空。
报国心涛涌,英姿贯日虹。

大　朋

本名聂大朋,1924年生,河南固始人。1939年3月参加革命,曾任总政文化部副部长。

打东洋

平型关下试锋芒,天降神兵震太行。
万众同心夸八路,出奇制胜打东洋。

新四军东进

巍巍新四军,浩浩江海间。锵锵胜钢铁,隆隆摧敌顽。耿耿报国志,昭昭日月天。昊昊丰碑立,呆呆万古传。

赤子心

——怀念老师长黄克诚

大将展雄略,跃马黄海滨。赫赫当一面,华北复华中。两淮初建立,遑遑征战频。戎马倥偬里,心系众儿童。"新安旅行团",殷殷骨肉情。连连反"扫荡",提携走西东。回信喻深意:风雨见英雄;孜孜勤学习,志做主人公。忽忽日月转,漫漫几征程。晚年纵罹难,卓然显高风。拳拳心所虑,事业代代承。会见"老团员",谆谆肺腑声:昔时多风雨,来日有阴晴;传统足珍贵,建设双文明。呜呼思黄老,高山仰青松。后继

千千万,欣然慰英灵!

西江月·赞老战士合唱团

台上战歌嘹亮,尽皆白发老兵。余音缭绕震长空,不减当年英勇。　　昔日战胜敌寇,如今顶住邪风。歌声唤起老中青,永记优良传统。

王　星

1928年生,山东聊城人。1940年参加革命,曾任海南军区政委。解放军红叶诗社社员。

忆夜袭石槽镇

夜袭石槽霜月明,枪帘火雨护登城。
拒降倭寇应声倒,缴械顽军伏地惊。
巷战街头真猛虎,碉俘匪首假伤兵。
归来欲曙雄鸡唱,晓梦依稀又出征。

过烈士墓感怀

青松翠竹掩坟茔,雀噪残阳照晚晴。
菽稻弯腰频点首,峰峦肃立默含情。
浩然正气千秋驻,碧血丹心百代倾。
国富民强先烈志,岂容为政不廉清。

王之明

1929年3月生,山东文登人。1943年3月参加革命,1945年8月入伍。曾任广州军区政治部干部部部长、副军职调研员。著有《晚晴诗文》。

忆塔山阻击战

秋风冷月马萧萧,弥漫烽烟入九霄。
横槊塔山争寸土,关门绝塞射双雕。

几番肉搏雄师猛,六日旗靡顽敌逃。
伟绩丰功千古记,凌烟阁上仰清标。

怀念老首长韩先楚将军

将军百战早留痕,浴血关山初识君。
烽火辽东惊敌胆,鏖兵琼海振军魂。
援朝抗美功勋著,卫国治军风雅存。
怀念良师情不已,窗前遗著我常温。

深切怀念江燮元将军①

南征北战纛旗红,淡泊平生贯始终。
两袖清风心似火,一尘不染志如松。
洁廉勤政堪宏范,茹苦含辛立懋功。
为国为民甘尽瘁,高风亮节老英雄。

① 江燮元（1914—1990）,江西永新人。1932年参加中国工农红军,曾任广州军区副司令员。1955年被授予少将军衔。

纪念天福山起义暨第四十一集团军诞生六十周年

揭竿天福震齐鲁,首战雷神气势雄。
浴血八年驱敌寇,挥戈四海建奇功。
威烟已复初传捷,黄福重光待反攻。
日暮途穷倭屈膝,赤旗高挂瑞云红。

忆平津战役

一

辽沈告捷入榆关,星夜兼程至北燕。
箪食壶浆情谊厚,军威严正凯歌还。

二

未洗征袍又展旌,燕山号角敌魂惊。
康怀首战军威振,主力顽军已弃缨。

三

冰封千里北风狂,雪地行军月色凉。
壮士何辞奔袭苦,张垣歼敌意轩昂。

王文才

1924—2007年,甘肃镇原人。1940年入伍,曾任新疆东疆军区副政委。

忆追歼逃敌

一

远古森林不见天,雪山草地绝人烟。
天穹地炕和衣卧,战马歇蹄不解鞍。

二

谷底花香草木鲜,终端积雪白如棉。
山高垂直分层次,春夏秋冬四季天。

三

恰似长征过雪山,爬冰卧雪走泥潭。
食粮短少炊烟断,野菜充饥作大餐。

王永正

1940年7月生,山西临汾人。1955年6月参加工作,1958年12月入伍。曾任宁夏军区政委,少将军衔。

参观河南内乡旧衙有感

官吏箴言志为民,常书公正慎清勤。
乌纱自古千千万,身践躬行有几人?

游金丝峡

叠嶂重峦接远天,翠青满目绕云烟。
壁削万仞冲霄汉,瀑泻千阶入碧渊。
腾跃龙岩奇且妙,仙人湖水绿如蓝。
无边胜景观难尽,峰险尤需奋力攀。

西江月·珠海

山壑青岚缭绕，海湾白浪腾翻。木棉花绽色如胭，更有绿茵连片。　　风惠水清天阔，虾肥蟹美鱼鲜。昔年小镇换新颜，且看明珠灿烂。

王永林

1930年生，河南确山人。1945年4月入伍，曾任兰州军区后勤部政委。

忆戍边

戈壁昆仑放眼收，华年远戍乐心头。离休霜发归荆楚，心系阳关塞上秋！

王秀川

1933年生，福建惠安人。1949年5月参加革命，曾任空军后勤部政委，空军少将军衔。

登长城

烽烟百代已无踪，万里关山亘巨龙。震世雄威今尚在，凛横冰雪笑西风。

忆秦娥·人民空军赞

长空裂，苍穹震颤星河泄。星河泄，工农筋骨，红军行列。　　戍天制敌真豪杰，耕云习武多威烈。多威烈，江山无限，骖鸾乘月。

清平乐·夜间复杂
气象飞行训练

风斜雨注，迷漫通天路。来日长空多伏虎，精练穿云破雾。　　灯标红绿心明，电波引导征程。谁撒春雷夜半，神州红色天兵。

菩萨蛮·自在登高处

落基山上寒流逼，昆仑山下春潮急。四海竞飞舟，五洲风雨稠。　　中华何所去？自在登高处。沃野叫蝼蛄，撂荒不种乎？

水调歌头·赞南水北调

新意萌奇想，思绪任飞翔。北方干旱难耐，出路在何方？觊觎昆仑冰雪，梦系江淮河汉，今日创辉煌。引水凌云志，北国变苏杭。　　从南国，借点水①，有何妨。似龙汲水，中东西线浪花扬。举重若轻使得，十载凿三江。功业超前代，山海尽苍苍。

① 人民日报介绍南水北调情况时，讲到20世纪50年代初，毛泽东主席曾说过：北方干旱，可不可以从南方借点水来。

虞美人·穿梭武汉长江斜拉大桥有感

斜拉桥奏霓裳曲，钢索知音律。竖琴四十几根弦，排列整齐系挂、白云边。　　大桥风过听音响，荡漾烟波上。楚天劲鼓瑟和琴，弹拨中华崛起、最强音。

水调歌头·访珠江三角洲有感

久仰珠三角，路远水迢迢。蜿蜒高速公路，楼宇入云霄。万顷蕉林争俏，百里荔枝献媚，金橘果香飘。古镇华灯饰，山水更妖娆。　　电元件，牛仔服，五洲销。松山湖畔，梧桐引筑凤凰巢。铭记韬光养晦，发奋卧薪尝胆，愁绪酒难浇①。辗转夜难寐，一阵雨潇潇。

① 愁绪，珠三角虽经济发展迅速，但高科技仍面临发达国家的压力。

王佐邦

1923—2018年，江苏南通人。1940年参加新四军。曾任解放军报社时事政策部主编，副军职。著有《知止斋自怡集》等。

中秋旅次呼兰县城游钓鱼台

烽火祭中秋，钓台偕伴游。
悲歌云震荡，怒啸水湍流。
南满烟霾怖，北空晴朗讴。
秋丛霜烂漫，林鸟引吭啾。

入山海关

沧莽鳌头入望迷，雄垣万里绕天西。
当年出塞羊行道，今日飞轮马歇蹄。
山跃玉龙连碧海，衢驰金甲耀红旗。
征程浩荡乾坤扭，回顾榆关踏雪泥。

湘西追敌庆开国

武陵道上追残寇，湘澧源头忽沸扬。
地覆天翻宜鼎革，人欢马跃激情狂。
安江速下洪江克，沅水直驱资水防。
一自陈王揭竿起，始今奴隶主玄黄。

祭薛剑强同志①

雪岭寒川夜，月明星影稀。车奔沙院里，心跃汉城畿。情急二人晤，肢无双翅飞。云山歼美寇，首战振军威。尚未燕然勒，何期国士归？停车惊魄梦，噩耗刺胸扉。梦醒犹疑梦，知真更惧知！冰轮含恨转，素裹倍添悲。我失干城友，邦殇虎将资。身残保尔志，怀壮岳飞词。汗马征程远，沙场殒命违！过徐吴札剑，奠友照相机②。满腹燃仇焰，盈腔和泪诗。邻邦烽火炽，回望断云低。

① 薛剑强，原三十九军一一六师参谋长，1951年1月3日在朝鲜釜谷里战斗中不幸牺牲，年仅28岁。

② 因薛剑强喜爱，作者曾将自己的一架采斯照相机送给他，他作战时背着，牺牲时照相机被毁。

风雪驰祁连

扬鞭风雪跃祁连，回首刀鞍二十年。
飑舞冲天穿玉宇，蹄腾绝地漫银烟。
裁峰志壮千钧剑，劈野神驰万里田。
昔日骠骑踪迹处，英雄儿女谱新篇。

夜度玉门关

铁龙御我两峰间，百里华灯不夜山。
误把维歌作吴曲，玉门疑是秣陵关。

题三战友战地合影

合影辽西烽火中，昔时偶傥尔今翁。
依稀鼙鼓耳边震，仿佛弟兄肩并冲。
三位故人人健旺，九泉朋辈辈豪雄。
晨曦一瞬黄昏近，满目苍山血样红。

读报戏作

一

镝震橄飞人愿违，枭鹰巢出狡鹰归。

隔洋豢主穿梭急,深恐毛维费指挥。

二

熊虎相争虎独雄,岂容天际复腾龙。
鹰猴豢养东南隅,扼尔遨洋上碧空。

三

逞雄管领地球村,此虎仍然纸扎成。
布阵连营八万里,运回尸袋国人腾。

四

蹉跎风雨误机缘,榻侧闻鼾五十年。
谁铸金瓯成永阙,汗青名录伐诛篇。

五

不关地利关人事,射虎仲谋登庙廊。
他日东风江面起,破曹妙计恃周郎。

踏雪意识流

飞雪迎春到,老狂返年少。斗冷访婵娟,素裹分外俏。拂面白絮寒,雪泥留鸿爪。兴来忘耄耋,踏声乐奏急。微汗忆松辽,鏖战霜晨月。三下冰封江,雪深没过膝。援邻出边关,炒面和雪咽。迁客发祁连,霜雪伴终年。妻儿冻愁苦,人前强笑颜。思绪骤缥缈,梦回年幼小。路见冻死殍,夜惊鬼影叫。雪花变成棉,稚心向天祷。再祈变粉粮,世人得温饱。触景意识流,神游七十秋。忽闻东风笑,姹嫣眼底收。

缅怀黄克诚大将诞辰百周年

仰止高山一劲松,狂澜共醉独醒翁。
等闲冤诬沉浮事,唯计宏猷祸吉凶。
甚矣懵愚超汲黯,巍哉彪炳伴彭公。
将军亮节今尤贵,时代唤呼民气通。

访刘公岛

甲午风云怒未消,声光电控演前朝。
阉争帘政戎机误,庭腐求和覆灭遭。
折戟沉沙狮梦醒,毁篱破户马关条。
回眸现世东洋镜,参拜寇宗台毒嚣!

赞钟伟将军

命令进东他滞西①,原来此地有熊罴。
将军立断包围紧,诱敌增援捕战机。
钓得四平鱼两尾,全歼蒋匪美装师。
不从君令将于外,一仗松辽势态移。

① 此指1947年3月对国民党军的一次战斗,钟伟将军时任东北民主联军五师师长,战后被誉为"敢打违反命令胜仗的将军"。

纪念辽沈战役胜利六十周年

黑水白山藏宝丰,松辽儿女遍英雄。
锦城一战熊罴灭,百万雄师出塞东。

建国六十华诞浩歌缔造公

珠峰雅谷世无伦,堪比高深独此身。
百载陆沉凭砥柱,千秋光复奠基根。
戎机武略超孙武,教化文明越孔文。
西去取经僧侣众,谁将真谛布红尘?

蝶恋花·枕上哼

峻岭崇山湍水绕。万里征途,哪有阳关道?!翻过前峰惊一跳,连天叠嶂层峦峭。　疲马悲鸣人乏倒。悟得艰难,还把愚公找。跋涉新程心毋躁,且听新谱移山调。

永遇乐·开国五十大庆观礼

霄泻银河,天街晨浴,光焕无

限。战燕星驰, 戎乘雾列, 击宇艨艟箭。通衢彩溢, 旌旗蔽日, 盛典古今罕见。想联翩、难禁老泪, 浸糊了缭花眼。　　湘西道上, 当年歼敌, 闻讯於菟扑犬。五十年来, 春风时雨, 装点江山艳。望前程莽, 珠峰雅谷, 磅礴亘绵浩瀚。盼来者、风骚翰采, 越唐逾汉。

渔家傲·忆日本投降日兼缅怀刘震将军

淮海新秋昏又晓, 军民飞泪欢歌跳。急把倭酋降讯告。山河笑, 百年沦丧翻身了。　　秣马厉兵残寇扫, 将军而立风华茂。我去请缨真碰巧。他说好, 阵前倚马修文稿。

王育华

1933年6月生, 甘肃永登人。1951年7月入伍, 曾任总参炮兵部部长, 军事学教授, 少将军衔。中华诗词学会会员, 解放军红叶诗社社员。

忆塞北演习
——寄宣化炮兵指挥学院老战友

风餐露宿话当年, 炮火硝烟幂赵川。
学子心痴求战法, 教头锐意望超前。
千锤百炼长城石, 沥胆披肝自着鞭。
共谱打赢畅想曲, 惯看飞雪漫关山。

麻栗坡陵园感怀

麻栗坡前月半弓, 含悲拭泪祭英雄。
鲜花一束虔哀婉, 白水半壶代酒盅。

尸裹未曾言马革, 碑林严阵怵苍穹。
舍身为国留青史, 叱咤南疆气贯虹。

鹧鸪天·在苏宁雕像前①

塞外凌霜衰草寒, 难忘夜话七星残。纵论中外烽烟事, 醉议苏君克敌篇。　　追往事, 记犹鲜, 谁知壮士竟长眠。洋河依旧青山在, 思绪云翻荡九天。

① 苏宁, 原沈阳军区某炮团参谋长。1991年4月, 在组织部队军事训练中, 为保护战友光荣牺牲, 被中央军委授予"献身国防现代化的模范干部"称号。

一剪梅·白洋淀

昔日歼倭苇子浜, 铁血儿郎, 蹈火奔汤。几多英烈阵前亡。号角悲怆, 山水凄荒。　　今日荷花吐艳芳, 杨柳成行, 歌韵悠扬。渔家四处捕鱼忙。竞发千舱, 谱写新章。

采桑子·老山兰

层峦叠嶂丛林翠, 秋蕙成行, 洁白兼黄。战地幽兰分外香。　　临风沐雨清新面, 不逐春光, 不压群芳。盈寸丹诚豪气昂。

渔家傲·国庆六十周年观礼

破浪扬帆沧海济, 春秋六秩谈何易。心共流光追往事。歌盛世, 故人血沃芳菲地。　　雨洗碧空晴万里, 人潮花海红旗蔽。别样彩车风格异。怀壮志, 九州崛起腾鹏翼。

王建中

1912—2007年，辽宁新民人。1936年在东北军西安学兵队加入中国共产党。曾任军区空军政治部主任，空军后勤部副政委、副部长。著有《军旅诗痕》。

西安怀旧

西抵长安作学兵，望穿秋水盼东征。张杨愤起骊山变，周宋劝和内战停。烽火卢沟齐御敌，金戈铁马胜东瀛。汉卿软禁虎城死，救国丹心史定评。

破阵子·百团大战攻取井陉煤矿

强渡沙河水涨，喜看沿路挥鞭。快步千程为抗战，巧运百团警敌顽，长驱燕赵间。　　井陉天车直竖，微水细浪如涓。炸弹声中碉堡破，刀影闪时敌伪歼，高歌庆凯旋。

武陵春·忆攻占农安城①

高塔指天空矗立，刁斗已三更。奇袭夜困农安城，云隙透疏星。　　碉密沟深何济事，炸药响连声。高梯直上齐冲锋，扫顽敌，不容情。

① 1945年，我独五师奇袭长春外围之农安县城，城内守军一个团被全歼。作者时任该师政委。

浪淘沙·军次桂林

六月下荆州，昼夜汗流。满江军马渡帆舟。踏破湘西千里野，不胜不休。　　古渡桂江头，冬色清幽。瑶人欢悦贵人愁。回首辽西才一载，孙武当羞。

临江仙

抗战胜利后离开太行山忽已40年了，看今日家邦之盛况，感赋此阕。

炮响卢沟狮震醒，铁马金戈八年。军民苦斗太行山。渝城少战志，海内瞩延安。　　敌后游击奇迹现，倭兵大半被牵。福兮因祸换新天。神州正四化，指日两翻番。

青玉案·吊旅顺战场

山崖海浪仍依旧，残垒立，旧堡漏。鏖战当年风雨后，沙皇座倒，伊藤弹透，大盗以身受。　　东风已自迎新旦，华夏峥嵘出奇秀，黄帝子孙立宇宙。松江油富，安岭铁厚，圣乐九州奏。

王洪起

1923年生，山东莱州人。1937年入伍，曾任第二炮兵某基地司令员。

灵山祭①

晴空万里彤云淡，日寇三路犯灵山。掳掠烧杀家家破，抓鸡烹狗户户烟。无辜父老遭屠戮，子弟兵刃怒火燃。潜伏游击毙恶兽，据崖依险炸仇顽。计穷鬼子烧山火，赤手乡亲哭连天。将士舍生救民危，碧血丹心为国捐。

① 1940年6月，日伪军六千余众，合围扫荡招远抗日根据地。我十四团一营为掩护党政机关和人民群众安全转移，坚守阵

地,浴血苦战,副团长宋子良、政委张咨明和该营大部官兵壮烈牺牲。

王济生

1922—2011年,山东烟台人。1938年入伍,曾任"济南第一团"政治处主任,后勤学院院务部顾问。解放军红叶诗社社员。著有《往事如歌》。

忆中秋夺城战①

历城佳景泉湖山,齐烟九点名人传。蒋军盘踞黎民苦,风雨长夜盼晴天。秋叶萧瑟催战鼓,月影西移号角喧。勇士渡河炸堡垒,梯断人亡泪不弹。顽敌凶残更据险,战士冲锋把身捐。发扬民主集众智,红旗破晓勇夺关。角楼搏杀尸成片,急跃入城又争先。横扫千军擒敌首,换来齐鲁满笑颜。凌阁高悬诗篇颂,后人敬仰忆当年。神州崛起创四化,先烈含笑眠九泉。

① 1948年9月16日,济南战役全线展开,华野九纵二十五师七十三团首先突破内城,被中央军委授予"济南第一团"光荣称号。

赞"渡江第一船"①

三月烟花备战艰,飞舟泗水勇争先。一声号令千帆渡,万里长江第一船。

① 1949年4月20日晚,在"毛主席今晚不睡觉,等着听我们渡江胜利消息"电话的鼓舞下,"济南第一团"一营三连五班冒敌火首先渡江,突破敌前沿阵地,获"百万雄师过大江,千里渡江第一船"的美称。

王清葆

1950年生,安徽太和人。曾任南京军区政治部副主任,少将军衔。中国新四军和华中抗日根据地研究会副会长,《铁军》杂志社社长。

沁园春·铁军八十抒怀

吴楚腾骧,江汉扬帆,潮聚浪汹。忆春秋楚汉,鸿门斗宴;越吴争霸,西子飘零。鼎立三国,东风巧借,赤壁矶头烈火熊。英雄血,注江山无限,千古英名。　　岂容倭寇穷凶,看铁马金戈唱大风。汇八方健将,铸成铁阵;龙吟虎啸,驰骋纵横。砥柱中流,忠肝义胆,半壁河山众志成。大江涌,续铁军血脉,日月同明。

王银彪

1938年12月生,江西吉安人。1960年8月入伍,曾任解放军通信工程学院副院长,少将军衔。

中华崛起写辉煌

风狂雨暴一帆扬,荡碎惊涛万里航。斩棘披荆除腐恶,拨云逐雾现朝阳。踏平坎坷开新纪,绘就宏图奔小康。锦绣江山旗漫舞,中华崛起写辉煌。

王静波

1931年9月生,黑龙江巴彦县人。1947年2月入伍,曾任广西军区政委。广东省诗词学会顾问。

缅怀杨靖宇将军

鸿雁北飞春复春,声声哀唳祭英魂。

白山黑水驱倭急,寒暑晨昏袭敌频。
铺雪盖天还觉暖,吞冰咽草亦欢欣。
舍生报国麾兵死,遥望蒙江泪满襟。

毛乃舜

1924年生,河北安平人。1939年参加八路军,曾任新疆生产建设兵团副司令员。兵团诗词楹联家协会名誉会长。

火焰山行

屯兵火焰山,大漠变良田。
万亩葡萄熟,金秋瓜果鲜。

塔里木行

塔河汹涌水长流,截坝分流灌绿洲。
野马无缰今俯首,喜看旱涝保丰收。

老兵抒怀

一

攻克西宁过白山①,狂风卷雪黑云寒。
河西昼夜兼程过,天降神兵歼敌顽。

二

远征西域出阳关,创业艰辛疆界安。
十万精英抒壮志,戍边屯垦在天山。

三

十万雄师百炼精,荷戈戴甲事农耕。
金瓯永固八千里,不教胡骑窥国门。

四

跃马天山四十秋,屯边已白少年头。
时来悟得诗书趣,一夜春风染绿洲。

五

挥毫岂为作名家,吾已年高两目花。
安得身心云水静,好将晚景作朝霞。

① 祁连山古称白山。

仇学富

1952年生,江苏阜宁人。曾任南京军区联勤部副部长,少将军衔。中国新四军和华中抗日根据地研究会副会长兼秘书长。

铁军颂

为纪念新四军成立80周年而作

梅岭风腥信念强,洪流汇聚赴沙场。
相忍为国胸襟阔,团结驱倭正义张。
民族危亡铁肩挺,大江南北战旗扬。
回看八秩风云路,不朽精神永闪光。

方　汲

本名牛方稷,1921—2004年,山东高密人。1935年参加"中华民族解放先锋队",曾任军事科学院《军事学术》杂志社副社长。著有《方汲自选诗》。

离休寄诸友

一

斯人憔悴心难老,强拂征尘敢息肩?
万丈狂涛怀赤帜,十年大雪困蓝关。
曾多壮志凌风雨,岂有闲情托管弦。
百尺楼高存纸笔,何须独自对南山。

二

壮别潍河昨日事,繁霜却上少年头。
豪情尚伴丹心在,敢忘黄花战地秋?

抗战胜利四十周年庆

中华儿女操戈起,热血浸红祖国山。
压顶狂云如沸海,摧城暴雨欲倾天。
献身岂为英名录,临难长怀正气篇。

一雪百年民族恨,此心何敢忘烽烟。

八一感怀

1988年八一前夕,得授二级红星勋章一枚。诗二首,均记此时心境者。"为公是本"四字,并书为大字中堂。

一

休言胜负笑谈间,碧血曾涂万里山。
英烈丰功垂赤史,刘郎碌碌竟何堪。

二

行间似带颤顸气,胸际长怀赤子心。
共产党人何所本,为公二字最纯真。

偶　成①

奉献精神百世师,最高境界是无私。
人民呼唤雷锋久,际会风云正此时。

① 作者自注:人或视此种诗为"应时"或"应命"之作,余只能叹其境界之低。雷锋、焦裕禄,均我心中圣贤。

庆贺建党七十周年

取来圣火起燎原,誓为中华革旧观。
七秩风沙腾浩气,十年雨露润山泉。
无私功业垂青史,有志宏图仗铁肩。
前哲真知何隽永,船行岂惧浪滔天。

梅花诗钞

一

长空皓月流清气,北岭红梅有素贞。
何事花开香彻骨,浑身都是岁寒心。

二

冰封万里阵堂堂,难禁梅花吐异香。

老树盘根原有待,年年此际战风霜。

三

倾国倾城谁称得,夭桃艳李是凡胎,
一天风雪迷寰宇,独见梅花次第开。

四

会在孤山月下逢,流年未改旧时风。
着花何爱弥天雪,似觉春音地里生。

方良清

1946年12月生,湖北赤壁人。1963年11月入伍,曾任总参军训部副部长,广州军区副参谋长,少将军衔。著有《行思吟》等。

尖刀集训

罗浮山麓战方遒,虎跃龙腾一望收。
剑舞千军成大略,戈挥万敌展良谋。
弹穿柳叶惊飞雁,马立云端笑圣猴。
春雨春潮中国梦,男儿沙场竞风流。

联合演习

突起风云卷地来,时空急动战帷开。
网中利剑排兵阵,月下群星点将台。
立体用谋奇手出,多维制敌匠心裁。
山崩海裂成城志,铁马金戈万里埃。

比武大会

豫鄂三军会太行,官兵跃马比刀枪。
硝烟滚滚迎朝日,炮火隆隆震夕阳。
百几课题穿插巧,十多赛场运筹忙。
频传捷报秋风里,漫卷旌旗走大疆。

夜　岗

星稀月淡夜茫茫,胆立昆仑镇八方。

脚下江山花更盛，胸中大地梦尤香。
高云滚滚常思醒，低雾沉沉永定航。
国泰莫忘忧患日，和平褒奖是钢枪。

请　缨

戎装战戟马蹄轻，饮露披星万里行。
踏尽晚霞才北返，梦惊晓笛又南征。
旗飘桐柏众山小，歌震伏牛群岭倾。
侧耳已闻边塞炮，躬身正欲请长缨。

探　家

伫立船头日正斜，东风激荡满天花。
龙舟飞剑惊归雁，战士心潮逐彩霞。
陆水轻歌迎远客，雪峰微笑捧新茶①。
声声热浪呼游子，浩浩汪洋是我家。

① 陆水，指陆水河。雪峰，指雪峰山。

邓正明

1943年9月生，湖南宁乡人。1961年7月入伍，曾任广州军区政治部副主任，少将军衔。中华诗词学会会员。著有《邓正明诗词选》。

清明瞻仰人民英雄纪念碑

清明时节雨滂沱，凭吊英雄感慨多。
洒血捐躯开伟业，擎天玉柱壮山河。

三门峡大坝

拦河一坝锁黄龙，镇住三门泣鬼雄。
碧水扬波山岳秀，良田卷浪稻菽丰。
平湖高峡连天接，电网银辉遍地明。
首建雄关扬志气，中华跨跃起新程。

生日感怀

六五生辰蕴意浓，满堂亲友共持觥。

秋深红叶知寒冷，日久诚心见赤衷。
半老轻名心若水，一生敬业志如虹。
胸怀坦荡铮铮骨，傲笑江天看劲松。

秦皇古道

三千岁月仍蹉跎，古道经年任砺磨。
深辙犹闻车马过，残关似听帝王歌。
边陲漠漠征人苦，隘塞森森血泪沱。
史镜昭明须照鉴，炎黄世代应融和。

纪念秋收起义

炮滚雷霆敌胆寒，秋收起义谱新篇。
攻城破塞英雄血，弹雨枪林斗志坚。
战地黄花开赤县，长天彩练映山川。
和谐盛世怀先烈，猎猎军旗耀眼前。

颂杨靖宇将军

确山暴动记犹真，鏖战中原泣鬼神。
抗日救亡挥碧血，征顽扫寇铸忠魂。
枪林弹雨捐躯骨，雪海饥寒噬草根。
峻极高山齐仰止，神州浩荡共歌吟。

中华世纪钟吟唱

千年盛典彩旗扬，天籁洪钟震海疆。
时代新开迎吉庆，国家鸿发展辉煌。
山河共唱神州乐，日月同喧宇宙光。
华夏腾飞跨世纪，寰瀛瞩目屹东方。

古田薪火再传承

峥嵘岁月古田根，薪火相传铁旅魂。
听党指挥原则定，为民服务旨宗循。
兵民共济千钧力，艰苦同凝万众心。
历史征程新拐点，强军梦想壮乾坤。

三军抗震显英雄

汶川噩耗猝成灾,号令三军铁甲来。
冒死趋前排险障,舍身断后顶灰埋。
双肩扛起山崖塌,十指扒通生路开。
热血倾流平国难,红星闪耀喜民怀。

踏莎行·深秋夜过卢沟桥

月水流银,星光溅玉,长桥两岸
烟霭隔。石狮昂首对霜天,寒江似练
通城阙。 静听风吟,轻咽似诉,
当年战火金瓯缺。而今华夏展宏图,
神州万里真如铁。

梦江南·橘子洲

一

湘江畔,橘树掩长洲。浩渺江
心千舸过,葱茏岛上万人游,击水弄
矶头。

二

麓山侧,翠岛卧江流。学府书
声扬九域,晚亭红叶耀三秋,赏影倚
琼楼。

八声甘州·深山修国防坑道

进深山野岭扎营盘,持戈卫边
防。历风餐露宿,芦茅作褥,竹竿支
床。糙米南瓜果腹,泡菜煮清汤。心
有红星照,其乐洋洋。 炮猛隆隆
震谷,看硝烟滚滚,弥漫山冈。抱风
枪掘洞,血汗拌泥浆。染岩灰、全身
银白,寄丹心、壮曲唱铿锵。挥鸿
志,青春作笔,书写华章。

渔家傲·边塞哨兵

半月开镰天镜割,黄沙砾石荒
原漠。哨所依旁红柳角。寒星烁,军
徽闪亮征衣薄。 紧缩浓眉双眼
灼,钢枪压弹心中搁。脑海喜装强祖
国。人民乐,甘为塞外金刚锁。

渔家傲·苦练精兵

曙色初开霜满岫,练兵场上风
雷骤。汗水挥流衣湿透。雄狮吼,残
云漫卷惊天狗。 利剑寒光冲北
斗,擒拿格斗连环扣。靶靶开花神射
手。功夫厚,战时制胜高歌奏。

江城子·夜行军

天沉夜半黑蒙蒙。箭离弦,快如
风。一队轻骑,越岭过山崚。汗透征
衣霜雪染,扬浩气,耀红星。 金
戈铁马卷涛声。跨千程,展鲲鹏。怕
扰村民,巷陌步轻轻。来日沙场猛老
虎,精武艺,建奇功。

沁园春·渡海作战演习

海浪滔滔,战舰巍巍,号角高
鸣。看雄师铁旅,劈波横渡,抢滩夺
点,陷阵冲锋。汽垫轻舟,民船快艇,
万箭腾飞雪浪中。雄风展,似蛟龙出
水,气势恢宏。 千军席卷雷霆。
新武器,神威震敌营。遣集团奔袭,机
群猛炸,铁骑拼杀,重炮齐轰。立体攻
坚,电磁强击,敌指中枢耳目聋。旌旗
舞,听凯歌频奏,气贯长虹。

水调歌头·就读国防大学

入学赴军大,情系惠州营。多回梦里吹角,跨马走雷霆。今日黉堂列阵,来日沙场制胜,利剑卷雄风。谋划九霄外,布势丈图中。　　捧章卷,勤奋学,伴萤灯。深研理论,军事思想古而今。手握一支毫笔,驾驭奇兵百万,斗胆问苍穹。睿智兼文武,冶炼出精兵。

母暇远

1946年生,四川剑阁人。曾任解放军理工大学政委,少将军衔。中国新四军和华中抗日根据地研究会副会长兼文化宣传委员会主任。

谍战英烈颂

隐姓埋名戎幕间,华中谍报战烽烟。
丹心碧血携忠骨,虎穴龙潭铸铁肩。
沐雨经霜怀赤胆,前仆后继荐轩辕。
英雄未必镌碑碣,先烈高风仰九天。

北　沙

1919—2012年,陕西镇安人。1936年参加革命,曾任后勤学院副教育长。

梦君归

白云白马送君归,鼓乐喧天引驾回。
满面春风人未老,兴隆殿宴夜光杯。
春秋五十城乡变,柳绿桃红五谷堆。
战地重游寻故旧,王墉挥手彩舆飞①。

① 王墉,抗战时期是晋冀鲁豫军区太岳第三分区司令员,解放战争时任八纵队二十四旅旅长。1948年临汾战役中观察地形时牺牲。

忆南下途中闻新中国成立

军威雄壮红旗展,快马加鞭下四川。
夺隘斩关穿栈道,合围会战扫残顽。
京都宣布共和立,华夏欢呼天地翻。
昔日征程成故事,老兵学海竞千帆。

叶达泉

1926年生,江苏泰兴人。1944年入伍,曾任成都军区政治部干部部部长,军区技术局政委。

原豫皖苏军区、十八军战友欢聚蓉城

金戈铁马暗征尘,风雨沧桑数十春。
逐鹿中原抒壮志,进军西藏建奇勋。
宏图初展千花茂,大业方成万象新。
老骥嘶空心似火,共襄四化见精神。

雪域边防哨所

一

森森峡谷绝人烟,鲜艳红旗映雪原。
漫道水深云路险,关山飞越喜蓝天。

二

云中劈路壮山河,驱石开荒种谷禾。
瓜菜虽无勤自力,戍边卫国放高歌。

叶家林

1920年生,安徽合肥人。1940年7月入伍,曾任解放军艺术学院顾问。中华诗词学会会员。著有《晚枫集》等。

抗日战争七十七周年纪念

抗日烽火又一秋,纷繁往事涌心头。

铁蹄践踏山河碎,野兽欺凌血泪流。
军国阴魂仍未散,扩张黑手几时收。
冷看东海风涛恶,紧握长缨早运筹。

春游陶然亭

沐浴春光上翠微,葱茏花木斗芳菲。
平湖岸畔千红灿,孤岛廊周万绿肥。
华夏名亭今荟萃,燕京双杰映朝晖①。
诸君共醉陶然梦,一曲清歌踏月归。

① 指革命烈士高君宇、石评梅雕像。

重九登高

红叶秋原放眼量,远山近水浴朝阳。
登高岂畏风吹帽,把酒欣逢菊送香。
高唱东坡铁板句,低吟三变晓风章。
归来尚感情未尽,黈夜灯前凑韵忙。

秋游圆明园遗址

独步残园菊正黄,斜阳泣血九回肠。
碧池瑞兽埋荒径,玉宇琼楼变砾场。
烈火熊熊千古恨,颓垣累累百年伤。
蒙羞历史应铭记,四化兴邦奔富强。

浪淘沙·登井冈山

攀上井冈巅,情满山川。星星之
火自兹燃。旭日东升光普照,地覆天
翻。　　放眼杜鹃妍,红遍层峦。群
雕像下仰先贤。祭酒一杯表敬意,永
记当年。

清平乐·早春

连天芳草,桃李开多少。庭院谁
家鸡报晓,郊野春来真早。　　小溪
汩汩清流,西山隐隐林幽。最喜麦苗

茁壮,追肥梳垅增收。

清平乐·自乐

蜗居闲住,喜读诗词赋。文采风
流心景慕,闭户笔耕学步。　　墨香
沁润书斋,低吟浅唱开怀。篱畔黄花
谢了,亭西梅蕊将开。

鹧鸪天·赞清洁女工

月色朦胧夜苍茫,凉风吹拂薄衣
裳。水车洒过污尘净,扫帚挥来路面
光。　　顶烈日,斗寒霜,心红胆赤
志昂扬。青春似火颜如玉,巧为长街
梳理妆。

西江月·瑞雪喜降京城

欣看京城瑞雪,琼枝玉树阶
前。家家把酒庆丰年,处处欢歌一
片。　　拂面春风送暖,朝阳普照
人寰。神州大地庆新元,家国前程
烂漫。

忆江南·忆延安

一

长相忆,最忆是延安。宝塔山
前枫叶赤,凤凰岭上日光鲜,气象
万万千。

二

延安忆,最忆清凉山。演武场
边军号响,高歌昂首上前沿,热血好
儿男。

三

延安忆,最忆杨家山。《讲

话》精神传四海,方针双百记心间,文艺启新篇。

四

延安忆,最忆学员连。《修养》时时勤奋读,滴滴甘露入心田,个个志弥坚。

五

延安忆,最忆文化砭。白昼读书无倦意,华灯初上舞蹁跹,同志共腾欢。

六

延安忆,最忆延河边。夕照映红河畔柳,将军战士手相牵,革命纵情谈。

七

延安忆,鱼水密无间。红枣年糕新纳履,秧歌腰鼓舞花船,互拜喜丰年。

八

延安忆,历历在心间,禾黍满山牛马壮,喧天锣鼓贺新年,老少笑开颜。

九

延安好,到处放山丹。革命精神红似火。光荣传统万年传,岁岁着先鞭。

长相思

忆抗日战争时期延安,并为抗战胜利70周年纪念而作。

一

宝塔山,清凉山。猎猎旌旗延水边,战歌彻古垣。　　碧云天,黄沙天。肩挎钢枪上征鞍,前方杀敌顽。

二

情满腔,血满腔。圣火延安照四方,山花齐向阳。　　春垦荒,秋垦荒。秃岭童山变谷仓,丰衣又足粮。

三

锣锵锵,钹锵锵。火炬迤迤映翠冈,军民情意长。　　号声扬,笑声扬。群舞高歌喜欲狂,欢呼日寇降。

南乡子·贺通信卫星发射成功

大地跃长虹,喜报新星入太空。碧落从容同步转,匆匆,熠熠荧屏辨去踪。　　无翼也乘风,心有灵犀一点通。寂寞嫦娥迎远客,融融,舞袖翩翩桂影中。

浪淘沙·塞外巡逻

大漠雪漫漫,塞外风寒。裘衣皮帽薄如单。骏马飞驰如闪电,岂畏艰难。　　举首望长天,变幻云烟。时时警惕虎狼钻。怀抱钢枪心里暖,祖国平安。

田瑞昌

1936年11月生,辽宁绥中人。1951年9月入伍,曾任成都军区空军副政委,少将军衔。中华诗词学会会员。著有《藏头诗与杂体诗集》等。

游千岛湖

快艇犁波不了耕,滑车穿堑上梅峰。

群山叠绕连天宇,列岛环萦接水宫。
一览围湖千里艳,尽收馀绪万民忠。
江湖重塑风光好,今日淳安旅业蓬。

破阵子·中华英歌
——有感于中国将成世界第二大经济体

历史风云漫卷,今朝日月生辉。百载图强先辈血,卅年改革邓公碑,复兴大业遂。　　舞动群山梦绕,歌翻沧海魂归。论剑华山重比试,把酒青天胜属谁?慨慷国立威。

史 乃

1927年生,江苏启东人。1944年入伍,曾任第二十四军政治部主任。解放军红叶诗社社员。著有《骥风笑天》等。

咏共产党员先进性

对党忠心赤胆投,无私奉献别无求。
披鞍愿作征途马,负轭甘为孺子牛。
草料不挑粗与细,功劳岂计尾和头。
而今解甲人垂老,余热生辉为国筹。

自 况

从军抗战未偷闲,解甲归来独倚栏。
落日难追双鬓白,西风正烈万山寒。
守真不懈求真理,立异何妨为异端。
笔作刀枪思作马,孤灯拙笔路漫漫。

满江红·纪念抗日战争爆发七十周年

血溅卢沟,燃烽火、梦残晓月。驰目处、金瓯破损,众临强虐。一曲悲歌民族耻,满腔义愤忠魂血。挽沉沦、狮醒动山河,除妖孽。　　家国恨,今已雪。仰天地,怀先烈。念八年抗战,绩高欢捷。落后频遭亡国辱,复兴犹应强身骨。七十年、前史忆如新,风云激。

南歌子·莱芜战役

饿肚餐煎饼,枯肠饮一瓢。军鞋底破布绷包,多路衔枚疾走雪花飘。　　断敌偷潜路,截拦后退桥。风声鹤唳叹难逃,中将仙洲系颈苦求饶。

采桑子·苏中七战七捷颂

和平协议遭撕毁,云集顽军。那可欺凌,宣泰阵前把虎吞。　　如黄路窄豺狼扫,奔袭残存。七捷惊魂,永铸丰碑启后人。

史祥彬

1934年生,江苏宜兴人。1953年入伍,曾任解放军广州通信学院训练部部长,少将军衔。解放军红叶诗社社员。

重返朝鲜有感

同仇昔日斗豺狼,故地重游意慨慷。
板店会谈签协定,金城激战抑嚣张。
中流击搏同江水,万众欢呼阿里郎。
应记援朝多烈士,他乡埋骨姓名香。

故乡情

太湖世誉米粮仓,游子情牵养育乡。
最喜春风催巨变,繁华似锦饰天堂。

游千岛湖

明波万顷缀群峰,翠树青螺倒影重。
云水蒙蒙天际远,一船诗梦伴游踪。

纪念中国共产党诞辰

浩荡南湖起巨轮,镰锤挥舞漫风云。
苍天欲补狂澜挽,指点江山耀北辰。

读陈毅元帅诗词选有感

腥风血雨裹硝烟,一片丹心上笔端。
雪压青松高洁在,长留豪气满人间。

改革开放三十周年
怀小平同志

狂澜力挽指迷津,染绿河山满目新。
壮丽蓝图挥巨笔,辉煌诗卷动高吟。
春天故事九州颂,拔地丰碑万代钦。
阔步征途三十载,中华遍布小康村。

学书感悟

右军昔日写兰亭,天下行书冠美名。
一代宗师留古韵,千秋遗墨显精英。
入门当自勤临始,创意还从苦练生。
形似方为途一半,风神悟得笔纵横。

卜算子·军邮车动阿里行

风雪阻春光,沙暴迎来客。阿里高原缺氧区,草木无颜色。　　何物润心田?家信思如渴。万里飞鸿到帐营,边卡腾欢乐。

白宝满

1932年8月生,辽宁辽阳人。1951年入伍,曾任第一军医大学训练部部长,教授,少将军衔。

欢呼神舟三号飞船发射成功

一

神舟三号太空行,玉宇风云一览清。
发展航天安乐土,严防妖雾浸寰瀛。

二

飞船入轨会群星,宇宙争雄举世惊。
探访广寒期未远,振兴科技卫和平。

歌颂伟人毛泽东

韶山出英雄,伟人毛泽东。救民脱苦难,导航缚苍龙。井冈红旗举,遵义方向明。长征广播种,燎原星火红。推倒三座山,神州换新容。雄文有五卷,留韵壮东风。后人皆敬仰,不忘盖世功。华夏今崛起,当可慰毛公。

兰书臣

1943年生,回族,河南偃师人。1968年入伍,曾任军事科学院军事百科研究部副部长,少将军衔。曾为中华诗词学会理事,解放军红叶诗社副社长兼《红叶》主编。著有《春风集》等。

长　征

单家集①

单家小集好山川,万里长征一宿鞍。
难舍红军人马去,清真古寺月痕寒。

将台堡

际会风云此地来,红军北上大迂回。

丰碑黄土高原草,青史流芳有将台。

① 单家集,在今宁夏西吉县兴隆镇境内。1935年10月5日,中国工农红军长征来到这里。毛泽东、张闻天、王稼祥、博古等中共领导人曾夜宿清真寺北侧一农家院内。

怀人三截

一

一读毛诗一肃然,闻鸡立马有遗篇。
清辉不减中秋月,犹照洪都一片天。

二

山河缟素哭周公,雪后穷乡泪最蒙。
多少人家汤饭冷,炊烟飘断跌哀鸿。

三

螯列峰攒气固严,挑粮队伍走云岚。
至今竹海风过处,兀自悄声说扁担。

太行山

古国名山岂万千,太行气象最魂牵。
层峦叠嶂神州翠,碧血红旗抗日篇。
仡马元戎披白雪,抱崖壮士负青天。
咆哮声里黄河浪,化作群峰尽带烟。

《国家军制学》编著

立军定制系兴衰,著述深山重镂裁。
荀子议兵歌扇动,欧公修史舞衣来。
优化结构谋全局,完善功能育俊才。
笔砚不淹云与月,闻鸡起筑九层台。

《当代中国丛书·中国人民解放军》脱稿

我军功业世无伦,史笔从来重写真。
开国炮鸣成序曲,裂天箭啸报新春。

经霜不坠青云志,破浪行看巨舳身。
继晷焚膏三阅岁,一书漫卷汗多洇。

《中国军事百科全书》出版

神秘龙宫富蕴藏,修成大典问汪洋。
谨严互约文风好,求是齐遵撰审忙。
知识穷宄谁惜力?疑难破解我从长。
十年一剑凭磨砺,探取骊珠有电霜。

雪霁卢沟桥

雪霁云开隼影高,山河依旧枕长壕。
太行有脊驰银象,永定无声走玉涛。
冻石寒融碑溅泪,斗狮战罢鬣飞毛。
新成弘馆藏青史,列队参观有后曹。

读平型关战斗图

雄关要隘伏奇兵,纸上犹闻喊杀声。
山地网收围野螯,敌军路夺困荒茔。
蓝绦舞断哀号起,红箭飞穿劲镝鸣。
灯下观摩惊所见,赫然入目是长城。

汶川大地震

一

禹生石纽史书传,其地于今为北川。
地裂山崩人不倒,狂澜力挽有前贤。

二

水电标兵又奋先,曾经抗震战唐山。
英雄前面无坦路,敢把天梯蜀道攀。

三

强弓劲挽箭离弦,八局健儿急入川。
曾列戎行为旧部,新征恨不更并肩。

四

宁夏人民对口援,清真食品运青川。

跋山涉水兼程急,赶月追云一线穿。

五

军鹰一去不回还,峰壑纵横觅迹艰。
闻向血薮收断羽,眼前倾倒万重山。

悼萧克将军

一

讣告惊心暮雨愁,又鸣归雁是深秋。
罗霄掩面千峰暗,浴血当年百战稠。

二

风流儒雅上将军,耄耋雄心仍绝云。
百卷一书文化志,海天万里播芳芬。

三

战罢疆场起豪思,旌旗鼓角尽成诗。
排云一鹤乘归日,恰是西山叶坠时。

国　旗

一抹红霞曙色重,五星照耀大旗明。
潮生彭蠡刀枪举,雾满罗霄竹木争。
经纬终成星火梦,飘扬总吐燎原情。
国盈笑貌春风展,乐奏辉煌有凤笙。

国　歌

惊天动地起来声,一往无前炮火行。
晓月朦胧云失意,山河破碎雨伤情。
长缨既振鲲鹏缚,旭日初升命运更。
为有高山云霭里,音符依旧伴征程。

国　徽

天安门上曜金星,万丈光华汗血莹。
草地无边明野火,雪山有顶亮旗旌。
人民作主江山固,发展为先道路平。
根本工农团结事,齿轮谷穗最关情。

题黄花岗烈士墓

海含地负土凝香,七十二峰堆莽苍。
碧血黄花开不尽,白云到此总徜徉。

读林觉民绝笔书

墨迹斑斑血泪滂,阴阳悬隔自堪伤。
年年红豆生南国,笔绝书存晓鼓长。

悼袁崇焕

史书粗检恨常悠,末路英雄几断头。
衙上论兵知塞扼,边中送别说淹留。
凭城欲为千秋计,用炮安图万户侯。
掩面回身西市月,忍看白骨片云收。

北京植物园春早

远山积雪,近水含烟,春悄然动矣。园内樱桃沟有"一二·九运动纪念亭",清明临近,少先队员列队亭前庄严宣誓等情景忽现眼前。

水暖湖生翠,山寒雪带灰。
方惊新草拱,又见早花开。
鸟断追云去,人连觅绿来。
清明行看近,旗下听春雷。

生态移民村

向称"苦瘠甲天下"的西海固地区,在党和政府的关怀下,许多人家从不适宜居住、不适宜发展的偏僻山区搬出,住进了美丽的新村,有了自来水和种菜大棚,并用上了统一配发的太阳能热水器。

一

粉墙红瓦靓新村,焕发容光喜庆人。
告别深山土窑洞,太阳能洗一身尘。

二

管道蜿蜒接地深,自来水唱动龙吟。
难忘十里背高桶,山路绳悬汗直淋。

三

大棚光洒满园春,茄子黄瓜露滴银。
更喜辣椒鞭炮举,攒看红火有池鳞。

浪淘沙·远望楼

2011年10月中浣,首届军旅诗词研讨
会于北京远望楼召开,甚盛事也。

十月正清秋,红叶增稠。京华风
物有名楼。山海飞来开画轴,天地悠
悠。　　盛会聚风流,旧侣新侪。铁
板铜琶说从头。为铸雄魄齐努力,爝
火穷蒐。

边文怀

1928年生,山西五台人。1943年参加
革命,曾任总政保卫部副部长,解放军军事
检察院副检察长,少将军衔。

卢沟桥

卢沟晓月挂桥头,曾记当年战火稠。
华夏高歌驱虎豹,黄河怒吼卷貔貅。
残碉断壁埋幽径,忠烈丰碑耀九州。
一代英豪光射斗,兴邦壮志谱春秋。

登鼓浪屿日光岩

遥看金厦国之门,碧水相连鸡犬闻。
炮火蔽天成往事,硝烟弥漫等闲云。
一家兄弟恩仇泯,两岸城乡交往频。
华夏子孙团结紧,比肩屹立地球村。

登妙峰山感怀

妙峰揽胜豁心胸,五彩金秋枫叶红。
临远似闻军令急,登高更望战场东。
怒涛紧迫桑干水,大雪狂飞塞外风。
斩断王牌三十五,平张守敌锁牢笼。

满江红·喜迎新世纪

崛起神州,吹响了、腾飞号角。
迎新纪,满城花木,耸天楼阁。山岳
欣欣更万象,江河滚滚淘污浊。耀蟾
宫,禹甸送神舟,嫦娥愕。　　港澳
地,尘埃落;台澎手,终相握。念先
贤壮士,雄才大略。斩尽豺狼昭日
月,戳穿纸虎攘邪恶。立东方,永铸
金汤固,鲲鹏缚。

点绛唇·迎九七回归

强劲东风,百年耻辱烟云去。
珠还合浦,共庆金瓯固。　　万众齐
心,京九通无阻。看寰宇,彩霞满布,
龙绕红旗舞。

长相思·巴以冲突

城无炊,乡无炊,瓦砾成堆孤儿
啼。巡航导弹飞。　　山也悲,水也
悲,怒火熊熊烧向谁?何人是罪魁?

鹧鸪天·登蟒山

五月鲜花遍地娇,蟒山峭壁接云
霄。一泓碧水扬中外,满壑苍林起绿
潮。　　山河改,赤旗飘,青山青史
更妖娆。先贤创立千秋业,接力长征
尽舜尧。

忆江南·古北口

风和畅,战地喜重游。春染苍山青万壑,龙腾古镇越千秋,潮水复悠悠。　今回首,岁月逝如流。残敌窜逃留龟壳①,雄师挺进扼咽喉,喜庆满神州。

① 龟壳,指日寇暗碉。

临江仙·两岸包机直航

乙酉雄鸡啼破晓,朝霞一抹微红。台湾海峡驱寒冬。人心连两岸,民意要三通。　浊浪阴风休阻隔,高空飞架长虹。漫漫歧路转回峰。情丝难割断,银燕立头功。

邢景文

1933年12月生,山西古交人。1946年10月入伍,曾任济南军区前卫报社社长,高级编辑,少将军衔。

登临江楼

人世沧桑几度秋,江楼依旧枕寒流。伟人曾与斯楼伴,一曲黄花遍九州①。

① 1929年秋,毛泽东同志曾在福建省上杭县临江楼休养,并写下脍炙人口的著名词作《采桑子·重阳》。

古田之光

沃野田园河岳秀,英豪正气伟功殊。廓清迷雾雄文在,智慧之光照坦途。

和谐亭

名冠和谐意蕴长,何方不要睦邻乡。人间纵有真情在,也赖传承与颂扬。

贺兰州军区《边塞诗刊》创刊

眺望西陲万里遥,山川瑰丽景多娇。巍巍雪域军威壮,莽莽昆仑将士骁。大漠雄浑增斗志,边疆辽阔咏风骚。民生富庶国安泰,喜见诗坛茁劲苗。

九曲漂流

魂牵梦绕武夷游,九曲漂流兴味稠。碧水盈湾随石转,竹排载客顺溪流。奇峰异石千般秀,古树山花万点幽。美景天成堪叹止,人间此处胜琼楼。

小院即景

景色无奇岁复回,常添快意慰心怀。鲜花抚顶怡人笑,落果敲门疑客来。扁豆蹭蹭爬树冠,南瓜稳稳卧墙台。收成多少无须问,乐在休闲养性哉。

吉保真

1922年10月生,江苏沭阳人。1940年4月入伍,曾任科委十三院科技部政委。解放军红叶诗社社员。

怀念聂荣臻元帅

国防初建请长缨,两弹飞天上一星。科技强军无反顾,攻难克险破坚冰。

两弹一星

科技兴邦固国防,精英能将运筹忙。追求先进陆空海,研制尖端核导航。两弹飞天惊世界,一星环宇唱东方。国强民富军威壮,美好江山幸福长。

毕可伍

1928年生，山东文登人。1944年7月参加革命，曾任总后勤部基建营房部副部长。

忆东北人民解放军进关

一

塔山传捷报，命令即随颁。
未及征衣解，先头急进关。

二

顶日宿山壤，披星行百三。
飞翻喜峰口，神速抵幽燕。

参军六十年抒怀

少年身许国，未计死和生。
不觉时轮转，惊成白首翁。
幸存无建树，高位有虚名。
矢志完终节，秋来枫叶红。

朱秀海

1954年8月生，满族，河南鹿邑人。1972年入伍。曾任海军政治部创作室主任，一级文学创作。中国作家协会会员，军事文学委员会委员。著有《升虚邑诗存》、《升虚邑诗存续编》。

有　感

胸存千古事，还坐乱峰头。
回首宫城远，舒心燕地秋。
荒村落日尽，重岫只星流。
恨不赴沙漠，长从骠骑游。

海　上

友人自远方来，谈及远航事，为其忆多年前出远洋航行之所遭所遇，过后成诗一首。

海声动寰宇，八荒共一色。晨惊涌吐日，夜愕涛吞月。星坠樯帆外，鲸吸洋流末。岸远鸥鸟少，浪急豚鲨多。望极天低海，目尽云入波。方欣万里晴，又骇闪电作。飓风起汤汤，狂飙自天落。雷声震大块，茫洋旋巨涡。白昼暗如夜，崇舸似浮荷。任尔坠深渊，任尔耸峰岳。颤如风中柳，转如鞭下陀。白沫与天齐，飞鱼升桅峨。龙啸云山怒，鼍吼鱼虾蛰。乾坤难分明，暗与尘世决。一时风雨霁，长虹悬烟波。浩阔澄似镜，晴远碧如濯。千籁俱不发，寂若世之末。恍惚非人间，缥缈见琼阁。竟是蓬莱山，莫非仙人国。依稀现太真，仿佛目姮娥。吴刚酿美酒，玉兔秉玉磋。或恐是谪仙，力士为脱靴。或疑是陈王，千金宴平乐。或思在金谷，石崇夸豪奢。范蠡共西子，五湖走舟车。须臾涛声兴，幻景入白波。久立神始定，方悟所见多。归去意欣欣，长梦海天月。

长篇电视连续剧《客家人》文学剧本完成寄导演都晓先生（选一）

书罢英雄梦尚深，当初过海漂洋人。
千年不弃中州土，百代长存节义门。
恢复中华铁石志，驱除鞑虏死生魂。
风流一族成遗响，重铸诗魂待我君。

拟乐府诗六首（选四）

梅花落

溪畔梅花落，他年复此年。
春风吹渭水，边雪满天山。
蜡玉凝脂影，清波动墨干。
何时平骄虏，捷报过居延。

关山月

关山月出时，碎叶大兴师。
料敌流沙外，合围咸海湄。
单于秋马快，汉将鸣镝悲。
一战摧枯朽，回头月色微。

折杨柳

岁岁折杨柳，难消戍望愁。
春风经几度，捷报未一酬。
怀子当清夜，登楼动近忧。
君看班定远，一战取封侯。

将进酒

君不见烽火又乱瀚海天，铁骑连
营出楼兰。君不见昆仑千丈悬冰雪，
兵靴杂踏心魂裂。太平安逸有几时，
一朝闻警军檄移。人生自古谁无死，
宁裹马革葬永祠。断头何辞万里外，
且与青山长偎依。白登道，青海湾，
将进酒，杯莫闲。身既为戍卒，今日
偕子辞乡关。北风凛冽暮云彤，一赴
天山共鬼雄。偏师方战碎叶前，身后
笙歌有红颜。玉环飞燕皆尘土，无玷
我辈舞且鼓。中华存国五千载，称不
朽者卒与伍。葡萄酒，夜光杯，今朝
饮罢何时回？沙场相见血与骸。

因读广州十三行旧闻忆嘉峪关之行兼及林文忠公出关事有怀（选一）

西行路绝到伊犁，老骥身同心尽瘗。
青海长云看畏色，天山新月照忧居。
疆南画定屯耕策，山北思成守战陴。
仍具深疑葱岭外，一言俄患泪沾厄。

符志就先生嘱书因思往事成诗一首

少年蒙教习时纶，鼓角戎装共几春。
寒重嵩山千蹈雪，冰封汝水百濡身。
边关血战轻骄虏，南粤欢逢醉美醇。
晚岁每思当日事，《无衣》暗诵长精神。

夏日感事

竹韵松风总自清，平骚玉赋见才情。
东坡难叶唐诗戒，太白羞同晋士鸣。
今古啸歌任性寄，从来佳咏出天成。
谁知破律惊厄句，不是春雷第一声？

岁末杂咏（选一）

颓乎既老意如何，再上重峦峻望多。
疲马啸风思广道，旧舷滞淖梦长河。
蠹鱼腹匮诗千种，槐蚁廷存赋百窠。
莫道桑榆时已晚，江山满眼待吟哦。

张万年上将逝世哀辞[①]

薨逝干城天地阴，壮魂来去乘风霖。
忠臣死国尸燃火，良将平戎鼓咽金。
三个搞清胜敌策，四应知道带兵箴[②]。
斯人一去山河恸，风范长留待景吟。

[①] 张万年（1928—2015），山东黄县（今龙口市）人。1944年8月入伍，翌

年加入中国共产党。曾任陆军第四十三军军长，武汉军区副司令员，广州军区、济南军区司令员，解放军总参谋长，中央军委副主席，中央政治局委员。1993年晋升上将军衔。

② "三个搞清"又称"三个搞透"，为：每战之先必将我情搞透，将敌情搞透，将地形搞透，做到知己知彼，知天知地，方可以言战。"四应知道"就是"四个知道一个跟上"，即：班长对战士、上级对下级要知道在哪里、做什么、想什么、需要什么，然后思想政治工作和管理工作要跟上。

赞邓华将军（选一）

井冈初会少年妆，战罢龙岩战上杭。
研策长征折锐日，知机攻锦夺坚场。
平津敢议方成命，琼海能飞不渡洋。
东北置军传旧部，书生已是识兵郎。

《音乐会》入选"百种抗战经典图书"有怀①

数年琢史意如何，死士啁啾鬼唱歌。
家国黍离流泪尽，舆图瓦解横尸多。
敢吟《无衣》穷腔血，能赋同仇怼兽魔。
今夜当听长白雨，青山处处慰松蓑。

① 作者所著长篇小说《音乐会》，曾获第十一届中国人民解放军文艺奖。2015年7月被中宣部、国家新闻广电出版总局列入"百种抗战经典图书"，由作家出版社再版。

银川北望

乙未五月，应邀赴宁夏，住银川，登夏人陵，北望贺兰山，思霍骠骑事，口占一绝。

碛草接遥天，贺兰空鸟旋。
男儿千载事，勒石在燕然。

为《神箭》杂志三十周年写诗遥想昔年现场目睹东

风某型导弹发射有感

一

岁岁如椽赋箭程，兵心诗意两峥嵘。
卅年书就《登天纪》，铁马秋风到月明。

二

狂飙一起上深霄，如火诗情贯广迢。
霹雳声开羊角动，鹏程九万看扶摇。

夜回战场成短诗一首寄友

今年来时有回战场织梦，昨梦再有。想此战已36年矣，牺牲者墓木已拱，存者渐至暮年，有感慨也，成诗一首以寄友。

夏风夜过竹篁间，长梦征轮越险关。
卅六年前烽火路，青春谁共渡边山？

新出塞曲一束

2016年5月19日至28日，应朋友约走北疆，得诗8首，归来校后，题名《新出塞曲一束》。遵旧律，守平水韵。

走天山，适逢数日前大雪方霁，口占（选一）

脱去戎衣换缊袍，天山北路步云涛。
前身血战轮台否，未弹《阳关》意已高。

于天山下见海棠初开，有思焉

初绽一枝但觉寒，天山冰雪正阑干。
军前唯有《折杨柳》，谁付横吹曲里看。

至疏勒故城遗址，听谈汉耿恭守疏勒故事有怀并记

在新疆奇台境内寻觅故疏勒城遗址，正值考古人员探挖旧城。旧城唯馀荒草，但当年汉耿恭守疏勒城的英雄功业仍彪炳史书，在当地流传，几乎妇孺皆知，读之令人敬仰，当永垂不朽。耿恭当年万里外绝

悬孤城,在匈奴百倍于我之敌反复围攻下,一支数百人孤军坚持战至最后26人,凿山为井,马革为食,不降不退,视死如归,直到200天后援军来至。千秋功业,气壮山河,闻之不觉涕下沾衣。由此又知西域乃我大中华数千年死战得存之西域也。为之诗。

一

天山北望草粘天,麦海花风万亩田。
死战存吾疏勒地,此生不向洛阳川。

二

生必不思入玉关,死何须重裹尸还。
长知马革同粮用,留与匈奴战雪山。

喀纳斯竹枝词

高山牧场

白头雪岭不知年,水美花盈草满川。
牛马毡房沙漠外,仙城始信在西天。

布尔津河

光密林深眩影摇,百旋一线下重霄。
意长谁似布河水,敢向北洋问碧潮。

喀纳斯湖

雪峰倒映日光长,寒气弥空沙枣香。
天赐一池如镜水,好教西母看周王。

题朱向前先生宜春别墅壁

秀江雅墅立青苍,天下人知员外堂。
逸少当同三级禄,子云还逊五车床。
兰亭笔墨飞花乱,白鹿诗文落叶香。
夺席论经何日再,坐中狂介有茫汤①。

① 作者网名茫汤。

赠　内

吾妻晚年学画,颇有所得,尤其所画梅兰二花,勃然有生气。为之成诗一首相赠。

梅意兰情两盎然,一花一叶总翩翩。
何时再写窗前竹,劲节虚心到九天。

过秦楼·茅台

2015年1月31日再赴茅台镇参加电视剧《赤水河》关机仪式,此余第五次为该剧事赴茅台,饮醇酒。多年奔波,终见其成就之日不远,亦有思焉,成词一首。

众派波平,重山云暗,大野地空天闭。冰凝叶杪,雾锁巉岩,赤水冻凌千里。依旧渡驻江唇,旗荡崖城,残霞光坠。又牂牁旧镇,娄关烟火,播州村市。　还屈指、五次曾来,历冬经暑,也有众多成毁。当时一诺,酒醉书生,竟忍积年劳悴。谁解悲欢梦场,家国恩仇,谱从心旨。看生旦歌舞,一晌耽迷鼓吹。

满江红·丙申新年将至有怀

残腊迎春,晴风送、薄寒馀绪。佳时近、盈盈喜气,长临东土。柳线李梢青乍吐,桃苞杏蕾红将举。归去来、对一剪梅娇,情难诉。　读旧卷,思往遇。平生误,谁能语。恨鸡鸣舞剑,祖公空慕。年少曾从沙漠战,老来未共凌烟谱。待春深、又竹杖芒鞋,云山去。

朱坤岭

1939—2014年,河南虞城人。1959年入伍,曾任第二炮兵副参谋长,少将军衔。解放军红叶诗社社员。著有《砺剑人生》等。

采桑子·重上高原

满怀壮志军营进,曾战高原。重上高原,战友容颜在眼前。　　当年部队军威壮,誓保河山。今日河山,处处斑斓景万千。

采桑子·忆当年

八三奉命昆仑上,久驻边关。我爱边关,将士同心破万难。　　笑迎青藏千般苦,军令从严。训练从严,砺剑精神代代传。

朱佳木

祖籍江苏南通,1946年生于黑龙江佳木斯。1970年入伍。曾任军政治部理论干事,1975年调国务院政研室理论组,先后在中共中央书记处研究室、中国社科院研究生院、中央党史研究室工作。曾任胡乔木、陈云同志秘书,中国社科院副院长。现为国史学会会长。著有《三己斋诗稿》等。

参加部队与民兵在张北联合军事演习有感

塞上寒冬热气浓,银花流火夜空红。何需飞将龙城在,众志如山万万重。

参加王震将军遗体告别仪式

将军百战执刀柯,嫉恶如仇正不阿。挥手澄清浑世界,俯身重建好山河。中南海里新人在,八宝山中老泪多。从此魂飘边塞上,黄泉犹唱大风歌。

祝贺新四军五师下一代联谊会成立

当年塞北起风尘,赤子争投虎旅门。

鏖战中原河淌血,苦撑豫鄂岭为坟。千锤壮志今犹在,久染豪情敢不存。漫道前途旗欲卷,老兵渐弱有传人。

周总理逝世二十二周年有感

又逢飞雪腊梅开,遥忆当年动地哀。风范化身千万万,一人心里一恩来。

纪念陈云同志诞辰百周年

纵览平生若越峦,一山翻过一山拦。理财必使财源茂,治党能将党纪严。总以静心迎热浪,常出奇策解危难。倘逢烦乱思良将,且觅遗风与巨篇。

六十抒怀

是年5月下旬,余随中央党校省部级干部进修班第二小组赴井冈山和佛山实习、考察,恰值60岁生日,组内同学为此举办聚会,遂赋诗抒怀。

上罢井冈上佛山,枫丹小聚笑言欢。平生回首无遗憾,去路遥瞻有大难。已届六十没耳顺,纵活八百可身闲?求真索理何时尽,欲览群山永向前。

嘉兴纪行

红船独立残阳低,秋水涟漪漫柳堤。慨叹百年魔影舞,遥思遍野鼓声急。钱塘江涌缘湾口,宝塔楼高仗地基。今赞神州红烂漫,不忘血染五星旗。

参观孟良崮战役纪念馆

夏日晴空点淡云,孟良崮下仰头吟。细观墙上张张画,遥忆山中滚滚轮。草短萍浮缘底浅,叶繁林茂赖根深。隆隆炮响今何在,烈士园中可驻魂?

沁园春·携友游长城

何处抒情？登古长城，看旭日升。望关中塞外，松涛汹涌；燕南赵北，麦浪翻腾。峻岭低询，东风眷顾："尔等果然愿出征？"何须问？有江山如画，乞握长缨！　　豪言四座皆惊。却难免，无为度半生。叹年逢廿五，寸功未立；食粮千斗，识浅资轻。而李将军，飞弓搭箭，早已驱敌传美名。惆怅起，再登高眺远，俯瞰群峰。

采桑子·入伍有感

人生多变谁能料？昨是书生，今是武生，上下求索寻正经。　　前程难卜何方去？休做达翁，要做愚翁，不畏辛劳攀险峰。

水龙吟·纪念毛泽东同志诞辰一百二十周年

当年长夜雄鸡唱，便有云翻雷走。江山指点，苍生奋起，降魔驱寇。回首春秋，环看欧美，全无对手。阅宝卷宏文，真经识否？唯三字：敌我友。　　烽火湮熄日久。这根基，何人堪守。神鸦聒噪，香民侧目，能不除垢？虎豹伺窥，家园伏险，怎休争斗？上高楼四望，英雄遍地，但瞧龙首。

忆江南·陪同陈云同志游杭州云栖二首

杭州好，最好是云栖。万顷翠竹遮望眼，茂林烟雨遍生机，泉响令神怡。

云栖好，最好是修篁。梅坞茶香盈雅室，窗前遮蔽有枫樟，主客笑声扬。

六州歌头·悼胡乔木同志

胡乔木同志于1992年9月28日逝世，至今半年。回顾其一生，文笔才华固然久负盛名，令人敬佩，更值得后人纪念学习的是他追求真理、坚持原则、兢兢业业、不计名利的革命精神。清明在即，遂以其生前喜填之《六州歌头》为词牌，学写一首，聊寄哀思。

神来之笔，四海皆称奇。霸风劲，巫山泣，彩云低。陨星移。燕许何堪比，毛锥利，春秋意，微言寄，诗情溢，胜天衣。倚马文章，纸上如飞骥，风雅皆宜。去书生意气，一扫论坛靡。学贯中西，智无涯。　　想当年事，功名弃，春光觅，仰红旗。宏图记，雄文拟，议军机，伟人依。岂料遭嫌隙，奸佞忌，骨精欺。忠良庇，苍生起，险为夷。唯虑千秋大计，竭全力，再解难题。正枢机漫忆，未了竟诀离，国笔谁遗？

任　晨

1916—2008年。河南灵宝人。1937年参加革命。曾任新疆军区副参谋长，少将军衔。曾为新疆诗词学会顾问。著有《痕迹》。

暮年自励

江花边月恋征鞍，解甲归来敢息肩？奋笔北窗出战史，峥嵘岁月忆当年。

题自画雪莲

暑日雪初融,芳馨花正浓。
百草羞为伍,知音有药农。

题自画葫芦

青嫩绵绵风味佳,作瓢凿孔便农家。
记曾贮水长随我,踏破天涯万里沙。

丝路抒情

铁流滚滚出阳关,丝路迢迢西域天。
履险卧沙攀峻岭,乘风破浪着先鞭。
昆仑山下人欢笑,歌舞声中马卸鞍。
大漠沧桑从此始,重温历史笑张班。

住院体检得闲写回忆录

乙丑六旬九,体检康强否?
自笑火红心,奋发到白首。
回忆录一篇,笔砚为良友。
革命迹痕留,人生谁永寿。

刘　志

1919年生,河北藁城人。1937年参加革命,曾任政治学院政治部主任。

忆反"扫荡"

一

日寇津田似虎狼,猖狂扫荡搞三光。
雄师十旅驱穷寇,怒发冲冠战太行。

二

旅直机关正突围,敌机滥炸每相欺。
硝烟过后同袍失,影只形单志不移。

三

搜山鬼子枉横骄,敢与狂奴较剑矛。
敌弹穿胸虽中我,手雷落处鬼狼嗥。

四

醒时四顾敌尸陈,一笑欣然仰赤暾。
战友寻来忙救护,犹奇归路血殷痕。

刘　孚

1925—2014年,河北深泽人。1938年入伍,曾任军事科学院研究员。曾为解放军红叶诗社《红叶》编委。著有《秋阳赋》。

一军颂

赫赫声名第一军,民为根本党为魂。
六连硬骨凭磨剑,百炼熔炉为塑人。
攻战但争齐进退,归依何计论卑尊。
同咸同淡同生死,战友深情胜仲昆。

抗洪曲

一

千里长堤列阵云,狂澜肆虐赖谁人。
由来猎猎军旗艳,看缚蛟龙入海门。

二

冲锋舟过几搜寻,断续哭声时有闻。
没颈水深汹涌处,伢儿犹抱老枝身。

观庐山美蒋谈判台

非庵非寺费疑猜,战祸元凶盖此台。
信誓调停标独立,阴私交易暗徘徊。
梵音泉下青烟渺,美械声中白骨埋。
得意安知民气尽,几番霹雳化尘埃。

答战友

作为承君为撰安,依稀往事寄云烟。
难熬最忆吕梁日,鏖战常怀秦陇天。
每见嚣嚣乱天下,欲输耿耿喟鬓斑。
此生空负千万里,夜梦忽飞笔如椽。

东欧风云

风诡云谲斜刺飞,星空邈邈月微微。
改革总为多歧路,历史焉能一风吹。
卷地滔滔消复长,登台面面是与非。
多瑙河水流日夜,冲浪弄潮看属谁!

过信江怀方志敏

曾举义旗起弋阳,山林褴褛路何方?
重开炉灶兴割据,星火燎原傍井冈。
对阵青山惊号炮,匿声褴褛痛夭亡。
又思切切清贫句,月正幽幽夜正苍。

战友唱和有感

吟哦赏罢动心弦,突兀烽烟过眼前。
且战且奔同蒲路,相扶相救脑包山。
同仇关陕哀兵策,剩勇河湟决胜篇。
总为胸中悬日月,味同辛苦衣同单。

悼念张达志将军①

陕北一元勋,赫然列史林。
闹红红火火,割据据森森。
跃马阴山下,鏖兵渭水滨。
兰州决胜日,谁不忆将军。

① 张达志(1911—1992),陕北根据地创建人之一。曾任兰州军区司令员,炮兵司令员,中央军委委员,国防委员会委员。1955年被授予中将军衔。

九三年春谒广州起义烈士陵园

粤海素开风气先,惊雷广暴势冲天。
捐躯何止五千骨,垂世会当斯万年。
久历沧波先得水,善驰绿耳早着鞭。
依稀已见小龙尾,旗正飘飘鼓正酣。

参观军博老干部书画展

老梅花竞发,凛凛吐芬芳。
铁干临风处,翕然龙虎藏。

观战友在老战士艺术团演出

白发竞崔嵬,高亢动鼓吹。
壮歌当百战,狂舞挟风雷。
遥忆军情急,恍看毛瓣挥。
一声纺线线,心向延安飞。

战友重逢感怀

十年梦魇奈何情,战友暌违竟若冰。
皮里春秋徒耿耿,腹中肝胆惜惺惺。
因陈旧习随风逝,振鬣雄狮举世惊。
上苑花新堪共赏,清风习习水盈盈。

参观秦兵马俑

列阵弯弓气正雄,削平六国未休兵。
井田早废兴耕战,黔首初伸举将卿。
新法商鞅通万变,高阶嬴政捷先登。
胜看驷马争锋处,峻耳尖尖意纵横。

悼郭化若同志

擅文擅武一身兼,曾列朱毛虎帐前。
血泊浇凝凝战策,硝烟飞舞舞长联。
韦编三绝潜心意,精著六韬耀眼观。
最喜将军慷慨句:但留点墨在人间。

红叶吟

泼翠流丹献赤忱，嶙峋老树发花新。
赏心最惜融融日，一片秋阳一片金。

西山兰蕙香

最是西山好，幽幽兰蕙香。
芳菲情固重，恬淡意偏长。
缕缕牵魂魄，丝丝挂肚肠。
廓然江海志，余热赋秋阳。

莽莽昆仑第一峰

——纪念毛泽东诞辰110周年

旷世奇才旷世功，开春发岁日曈曈。
擎天谁补东南坼，莽莽昆仑第一峰。

贺新郎·战友情

幸会逢今日，沐春风、呼名道姓，当年声气。冷冷山前汾水月，曾记裈扪闲趣。肠辘辘、芦根滋味。陕北新窑盘峭壁，笑谈声、纺线争头艺。年少女，怎堪比。　　生生死死同心曲。度重关、耳提面命，并肩齐步。前队崎岖天接处，呼唤三番让骑。牵马尾、小精灵鬼。岁岁清茶千里寄，总幽香缕缕情何已。清泪滴，总思忆。

临江仙·夕阳赞

极目西山红烂漫，当年战火熊熊。垂垂扶杖已成翁。无边风雨骤，行色总匆匆。　　斗米廉颇犹未老，威风盛气如虹。江山灵秀代相雄。后生多俊彦，万类竞峥嵘。

刘　良

1915—2009年，山西吉县人。1936年参加革命，曾任总参测绘局局长，测绘学院院长。

浪淘沙·海峡军事演习

海峡晓风寒，白浪滔天。声声战号动狂澜。中国终须归一统，军令初颁。　　有客弄强权，鼓噪频繁。派机调舰欲窥监。演习纯归吾内政，底事相关！

刘　强

1919—2007年，四川武胜人。1938年入伍，曾任总参某部局政委。

诉衷情·忆奔赴延安途中

当年万里抗倭酋，结伴去延州。途中突遇轰炸，卧倒轨西头。　　涉险滩，失同舟[1]，泪长流。始达吴堡，入战青班，共赴国忧。

① 工友程秉恭到吴堡青训班即病逝。

刘力生

1915—1998年，河北蓟县人。1938年参加冀东抗日大暴动，曾任八一电影制片厂政委。著有《刘力生诗集》。

平北根据地战斗往事

一

烽火神州战斗年，英雄奋起挽狂澜。
梦魂兵下黄龙府，谈笑旗开白马关。
万里风云指东海，八方雷雨会燕山。
健儿身手新磨剑，怒斩楼兰跃马还。

二

延安军令如山动,铁甲金戈大反攻。
剑戟挥时狂寇死,头颅掷处泰山轻。
鹰扬虎跃高歌进,禹域尧疆走马迎。
羼房惊弓驰橄定,亚东残照霸图空。

日寇铁蹄越长城犯冀东

一

长城未阻铁蹄狂,纵目家乡非故乡。
大地无言天不语,黄尘滚滚压渔阳。

二

烽火神州白日寒,何人巨手挽狂澜?
河山破碎头颅在,羞说胸中一寸丹。

冀东大暴动

一望州河夜聚频,力争生死献青春。
原来田野庄稼汉,便是兴邦救国人。

刘世恩

笔名绵夫,1946年5月生,山西介休人。1970年入伍,曾任国防科技大学计算机学院政委,少将军衔。著有《大字放歌》三集。

喜赋"天河一号"获国家科技进步特等奖

又闻传喜讯,美誉五洲扬。
数代追超梦,今朝速算乡。
欲知开奖味,去问带星窗。
再看湘江畔,还明彻夜光。

参演情景诗朗诵《大漠深处的回响》

戎装华发歌新梦,怎忘风沙创业情。

戈壁滩头重会战,胡杨树下再相逢。
声声霹雳飞龙起,字字铿锵烈焰腾。
热泪晶莹和汗落,分明呐喊勇冲锋!

军　嫂

一

算来归队刚仨月,感觉犹如半载多。
欣喜娇儿成长快,咿呀叫爹听到么?

二

一封回信百天多,拿起手机不敢拨。
夜夜将心托明月,边陲今夜有月么?

连队生活琐忆

野营拉练

热汗融飞雪,宽胸暖冷风。
野炊餐未毕,号响又登程。

站　岗

头顶满天星,身披夜半风。
钢枪诚好友,伴我到天明。

紧急集合

夜半惊闻哨,摸黑打背包。
持枪刚入列,跑步向山腰。

献给某导弹英雄营

凛凛倚天剑,森森发射场。
长空鸣警报,深堑跃儿郎。
志比鸿鹄壮,花因战地香。
齐齐心胜火,铁血御豺狼!

读抗战将士诗词

展卷硝烟漫,黄花战地香。

篇篇榴弹炮,句句冲锋枪。
金鼓惊倭胆,红旗耀海疆。
功勋昭日月,绝唱映辉煌!

诉衷情·基地抒怀

当年毕业到芦芽,热血绽心花。
崇山峻岭张臂,拥抱学生娃。　　情
激荡,踏风沙,展飞霞。此生无憾,豪
迈航天,咱也能夸!

贺新郎·"神十"感吟

壮阔神舟路,最豪雄、苍穹浩
渺,任由来去。俯瞰人间频奏凯,改
革天翻地覆。看处处、丰碑争竖。
万户千家齐欢笑,也引来、嫉恨无端
妒。中国梦,正高矗!　　不知量
力还玩酷,乱哄哄、几只鹫犬,尾追
山姆。不忘当年遭屈辱,铁壁铜墙早
筑。有利剑、专除骄虏。已见东方
红霞曙,任惊涛骇浪何能阻!旗猎
猎,炫歌舞!

忆江南·雷锋颂

一

雷锋好,乐善喜帮人。心净全
无尘半点,情激总似火一盆,熠熠五
洲钦。

二

雷锋好,宗旨践行真。短短一
生唯奉献,青青百草也歌吟,肝胆照
乾坤。

三

雷锋好,时代唤英魂。大鹏腾

飞双奋翼,头雁领航悉献身,且看万
年春!

刘平俊

1952年10月生,河南三门峡人。1970
年入伍,曾任新疆生产建设兵团军事部政
委,少将军衔。中华诗词学会会员,新疆诗
词学会名誉会长。

军营新貌

绿水湾湾自在流,骆驼峰下白云游。
归鸿不识栖休地,营院新成战士楼。

思念战友

戎马生涯几十春,边关岁月炼忠魂。
当年入伍三千士,剑气熏成白发人。

戍边曲

惯踏高山揽白云,风霜雨雪更强身。
一年又是寒

冬近,难奈堂堂卫国人。

风里巡边扬剑眉,沙尘何惧一身飞。
收缰勒马归营后,雪水冰渣绞烂泥。

戎马生涯三十年,镜中犹见鬓毛斑。
何期边事殊难靖,战士安能早歇肩。

雨后长虹照远天,丛林秋色更斑斓。
察边归队忘身倦,灯下长吟伏枥篇。

寄退伍老兵

老兵解甲踏歌归,一列长龙站上催。
边塞难忘风雪夜,激情伴着雪花飞。

南海登舰

新型军舰喜登临，海上新兵梦幻真。
甲板迎风波浪涌，青鸥一路送殷勤。

边防纪行（选五）

夜雪

云淡风轻边地行，冰山烨烨也多情。
邀来无数散花女，一夜琼花满大营。

寒流

日落西山暖气收，冰天雪地滚寒流。
舍他海量贪杯酒，一副热肠登哨楼。

冰雹

一阵狂风卷地起，雪球冰雹自逍遥。
英雄豪气增无减，鲜艳红旗哨卡飘。

过北屯镇

额河边上起琼楼，北国新城景色优。
水墨丹青如画美，边防战士少乡愁。

溪边毡房

毡房搭起士兵家，溪水潺潺起浪花。
此处纵然风景异，防边何惧住天涯。

乘机巡逻（选四）

冰川

战机轰响彩云间，俯察冰川不觉寒。
绝壁往来难记数，固吾边塞永平安。

雪线

高山野岭数难穷，百态千姿各不同。
几度盘旋雪地上，远收绝景镜头中。

界碑

繁星相伴守山河，屹立西疆久琢磨。

更喜年年风与雨，共同高唱戍边歌。

丛林

铮铮傲骨破严寒，敢斗狂沙不畏难。
恰似雄师扬威武，根深叶茂壮关山。

阿山抗雪救灾吟

出兵

北向当空望，阿山雪海中。
孤村离岛远，困畜草棚空。
火令疏封道，分兵破险冲。
茫茫天地黯，昼夜笛声隆。

征途

征途步履艰，将士战犹酣。
暮抵金山下，朝辞五彩湾。
豪情催铁甲，热血化冰川。
救助情真切，倾心解倒悬。

助农

村庄送炭人，大雪正纷纷。
灶上炊烟起，门前泪语频。
焉知无远客，细看有边军。
不为民安乐，谁能献此身？

援牧

兵援农牧场，满载夜间行。
草断群羊瘦，棚寒厩马鸣。
无端遭雪虐，急盼救援兵。
喜见寒流去，红旗荡五星。

重访旧部感怀

一

放眼关山感慨多，边兵爱唱大风歌。

如松挺立豪情壮,不恋黄河护界河。

二

哪怕骄阳炙脸红,往来马上卷尘风。
出关不再入关去,立定天山做老松。

三

军营处处是新容,雪映山楂树树红。
久别重来逢老友,繁霜两鬓不言翁。

四

远望群山忆旧程,营盘壁垒赤诚凝。
新诗成句情难了,彻夜无眠日吐红。

刘白羽

1916—2005年,山东青州人,生于北京。1938年参加革命,曾任新华社军事记者,总政文化部部长。

舟　山

壮士情深试宝刀,曾经跨海斩狂涛。
万樯风动沈家港,一展风帆乘早潮。

刘宝亮

1920—2007年,河南永城人。1937年参加革命,1938年入伍,曾任总参防化学院副政委。著有《夕窗吟草》。

岛礁卫士

烈日当头照,风吹白浪鸣。
有山泉不见,无土草难生。
月淡波微暗,肤黧眼独明。
群鸥戏鹰隼,仗有守礁兵。

战友情结

一轮甲子又逢春,曾值春宵丧故人。

因少知兵勤旦暮,为挑重任抑天真。
自从双庙攻坚战,只在华胥共哨巡。
今日情形堪告慰,国宁民富草如茵。

纪念彭雪枫将军殉国五十周年

将星沉陨五旬年,淮北乡亲泪似泉。
师誓竹沟驱虏寇,鼍骠书案解民悬。
文明第一军声显,武略超群敌焰蔫。
俊德高风千古范,丰功永煜汗青篇。

高山哨所

云端浮哨所,铁履踏边巡。
风雪为知友,月星皆近邻。
市场陈锦绣,乡镇闹新春。
当谢冰峰上,擎戈夜戍人。

观《将帅名录》照片有感

新装不减旧征袍,立马横刀藐牧骄。
上古日灾凭后羿,汉时虏患仗嫖姚。
万人坑外桑麻盛,烈士坟前桃李夭。
和气生祥春意暖,众心岂允复寒潮。

菩萨蛮·忆奇袭渔沟镇

银河斜挂尘无色,轻装疾走迁城北。星下献俘囚,残兵凭炮楼。　轻兵难着力,烟火穿门击。破晓凯归程,壶浆箪食迎。

破阵子·抗战胜利

怎忍山河破碎,岂容野兽凶残。易水萧萧辞国去,壮士同挥杀贼鞭,楼兰破始还。　浴血八年鏖搏,赢来碧水蓝天。广袤神州桑竹茂,紫电青霜哨汉关,看谁敢寇边。

刘振堂

1929年生,祖籍河北。1946年入伍,曾任总参政治部副主任,总参工程兵部政委,少将军衔。曾为解放军红叶诗社常务副社长,现为该社顾问。

赠某部队团史室

嵩山闻虎啸,豪气壮中州。
修史弘家宝,执勤创一流。
战神添劲翼,忧患挂心头。
灼灼熔炉火,天天锻吴钩。

零下四十度　血战万金台

火障冰墙雪漫天,哀兵怒马不知寒。血溅鹿砦梅痕叠,气夺短兵刀影三。银甲冰须鞔手足,铁衣汗背冻枪栓。居高火力封前路,刹那飞来"毛腿边"。瞄准小窗投炸弹,碉楼顿哑冒黑烟。熊罴难敌下山虎,豕突狼奔举白幡。仇火烧心怒火旺,几人殇逝几人残。堡群屋垒灰烟灭,担架穿梭抬不完。战马悲鸣仰义节,排枪泣别换新天。年年冬月金台墓,人满陵园花满篮。

壮哉,一九四九

——随四野南征亲履纪实

一九四九,虎跳龙游。三山崩塌,摧枯拉朽。中华河山,重新造就。旭日东升,光耀宇宙。辽沈神威,天呼地吼。马不歇鞍,兵不卸胄。百万大军,渡关走口。北平惊呆,南京锉手。长蛇寸断,敌孤难守。斩头截尾,津张两头。重兵围城,北平俯首。绥远势孤,变敌为友。刚柔有度,嘉谋鸿猷。三种方式,决胜运筹。开国奠基,凯歌高奏。和谈破裂,停止整休。军民万众,敌忾同仇。军进全国,扫荡群丑。打过长江,誓歼残寇。革命到底,破浪飞舟。中南半壁,另写春秋。白小诸葛,困兽犹斗。狡猾战术,像个泥鳅。避战拒和,飘忽游走。死拖寻机,乘势一口。我常扑空,敌已脱漏。北兵南战,水网河流。暑酷路窄,山高雨骤。疟疾痢疾,神疲心揪。缺粮少药,人困马瘦。前总号令,就地整休。疗伤治病,改善食宿。二中决议,传到下头。建国消息,口传心受。红旗飘飘,斗志赳赳。血书请战,一收再收。兵强马壮,军威抖擞。两翼包抄,猛字当头。牵住鼻子,穷追猛揍。衡宝重创,白匪开溜。湘赣粤桂,撒网布兜。牵住五羊,难逃桂猴。奔袭博白,张淦做囚。老本七军,胆丧魂丢。狼奔豕突,满山牵牛。五个兵团,灭在四周。钦州海外,妄图一斗。"伯陵防线",固设恒久。陆海空防,叫嚣纷纠。宜将剩勇,再试吴钩。海练三月,虎变龙游。木船机帆,风驰雨骤。巧布机关,多股渗透。琼崖纵队,接援补漏。主力强渡,势如蛟虬。黄竹决战,敌溃弃守。扫荡全岛,残敌请投。乘机逃遁,薛岳蒙羞。三亚俘舰,白旗滩头。万众欢呼,声震海陬。江山一统,水秀山幽。遥望北京,举杯祝酒。南天柱石,后顾无忧。岁月沧桑,往事悠悠。金戈铁马,国恨家仇。相逢一笑,尽付东流。苍颜白发,轮椅杖鸠。并肩战友,几个存留。烈士入梦,举酒相酬。民族复兴,老兵何求?愿人长久,愿国加油!

赞梁兴初司令员梁必业政委

赣水苍茫湘水愁,梁家叔侄竞风流。
搴旗闯阵云长气,料敌将兵子敬谋。
津口滇关驱汗马,黑山秀水锁疯牛。
欢呼万岁军声里,又见大牙巡岭头①。

①"万岁军"是三十八军在抗美援朝战争中赢得的美称。大牙,战时人们对梁兴初司令员的称谓。

忆疗伤

偷抬担架到村西,草榻瓜棚浣血衣。
黄酒消炎除肿胀,草灰涂患作良医。
精烧野菽真甘味,时警泼皮常转移。
康复明朝回火线,房东夜半杀晨鸡。

金婚颂

新婚无酒未张罗,两个背包一马驮。
情意常随烽火染,良缘忽被铁窗磨。
传媒信使巾和笔,形影相依翁伴婆。
老至方知补恋爱,濯缨采菊唱东坡。

老红军

唱歌最喜东方红,手举大刀闯敌营。雪山顶上辣椒面,南泥湾里纺车声。草鞋穿烂一千六,战友掩埋三百零。老旧军装颇自得,家中宝贝五角星。至今犹带土腥味,救助灾区总头名。耳鼓常鸣赤水号,心头时警平山灯。领挂红巾老辅导,学生爱他讲长征。最关国事天下事,愚公思德伴平生。

五百英才心勒铭

——赞曾在海南军区速成中学任教的老师

烽烟无愧是英雄,苦恨新程不识丁。岭脚燃烧生命火,三江鼎沸读书声①。良师累月呕心血,骁勇争分偷夜灯。瞬息忽添金翅膀,应时竟做排头兵。熔炉谁是鼓风手,五百英才心勒铭。

① 岭脚、三江均为当时学校住地。

刘毅民

1919—1997年,河南武陟人。1938年入伍,曾任酒泉卫星发射中心副政委。

西北行

东辞海岛赴高昌,西跨乌鞘越走廊。
此去不观敦煌画,为求弹落太平洋。

赞酒泉卫星发射中心指挥所计算机室

戈壁枣花鲜,东风启远帆。
缘求数据准,艰苦勇攻关。
累累难题解,牢牢握铁鞭。
卫星翔宇宙,英杰志齐天。

观地面核试验成功有感

茫茫大漠聚群雄,夺隘攻坚跋险峰。
紫电红光辉斗柄,蘑菇云柱刺苍穹。

江 涛

1928年生,辽宁西丰人。1946年入伍,曾任武汉军区政治部副主任。解放军红叶诗社社员。

抗美援朝散记（选二）

重建家园

朝鲜黎众得新生,重建家园喜振兴。
放下刀枪擎斧锯,肩扛梁柱建门庭。
军民协力欢声起,里郡同心热气腾。
新校新村新大地,和平卫士筑新城。

志愿军撤军

两军战友喜相拥,美酒千樽叙别情。
老妇阿妈牵袂泣,少男靓女踏歌行。
依依惜别情难舍,步步回头泪眼明。
鏖战风云岂能忘,中朝友谊血铸成。

赠战友

德艺双馨早识君,书坛驰骋播佳音。
霜凝青剑垂英范,笑挟风雷育后昆。
希望学堂捐热血,老区殷富系丹心。
将星闪闪高山仰,更壮军魂四海钦。

将军学府紫云翔

将军学府紫云翔,鹤发求师情意长。
破敌金戈更彩笔,奋蹄老骥趁斜阳。
晨烟暮霭勤耕砚,夏雨秋霜总聚庠。
华夏风光无限好,耆年攻读写新章。

浣溪沙·征战回眸

一

倭寇投降蒋更猖,针锋对策决中央,关东争夺话沧桑。　三下江南雄气势,临江四保史无双,松辽从此绽春光。

二

边塞河山白露霜,精兵十万砺刀枪,关门打狗志高昂。　攻克锦州歼敌众,辽西顽匪逐归降,白山黑水固金汤。

三

建业双簧虎作伥,认清本性打豺狼,平津战线亮锋芒。　鏖战南开除敌患,破惊傅帅向朝阳,古都喜报腊梅香。

四

骤雨疾风袭桂湘,自矜诸葛恃兵戕,负隅衡宝梦黄粱。　腰斩七军凭劲旅,西蒙诺夫赞华章[①],国歌高唱遏云翔。

五

十万大山林莽苍,妖魔鬼怪洞中藏,摧残黎庶抢钱粮。　化整为零清匪霸,文攻武打驻村庄,广西父老庆安康。

① 西蒙诺夫,苏联作家,曾有作品介绍我军衡宝战役的胜利。

江 潮

1917年生,河北正定人。1940年参加八路军,曾任南京高级陆军学校副校长。

著有《江潮诗词选》。

悼江拥辉[①]

长征万里有行踪,滨海整风喜巧逢。
尔雅温文常带笑,多谋善断屡称雄。
鲁南苏北歼倭寇,黑水白山伏虎熊。
抗美援朝勋业著,青松苍劲记丰功。

　　① 江拥辉(1917—1991),江西瑞金人。1933年参加中国工农红军。曾任沈阳军区副司令员,福州军区司令员。1955年被授予少将军衔。

江城子 · 保卫连云
港战斗五十周年

　　东方霞彩涌朝阳,浪花飐,闪金光。矗立双峰,连岛水中央。远望云台松叶荡,山色秀,海波茫。　　当年倭寇气嚣张,炮声狂,炸村庄。奋战军民,杀贼志高昂。桅顶红旗长不落,齐庆贺,凯歌扬。

江伟文

　　1924年7月生,江苏江阴人。1941年3月入伍,曾任解放军南京通信工程学院院长,少将军衔。

扁担系军魂

　　——纪念朱德元帅诞辰120周年

茅坪小道汗一身,将士并肩负万钧。
屹立井冈挥劲旅,朱德扁担系军魂。

江洪涛

　　1921年生,山东泰安人。1938年入伍,曾任南京军区装甲兵副政委。著有《风雨诗钞》。

满江红 · 痛檄日军
南京大屠杀暴行

　　红叶惊秋,抬望眼、哀鸿飞绝。三十万、人头落地,碎尸喋血。焦土烽烟天地暗,江流呜咽肝肠裂。暴如斯、残惨史无前,人间劫。　　共荣梦,荒诞灭。凌辱恨,须湔雪。念人民历史,岂容轻亵!奋起炎黄驱寇贼,香魂烈骨多英杰。问今天、谁为主沉浮?磐如铁。

鹧鸪天 · 追忆洪泽湖岁月

　　浩淼烟波接九天,重游风物想联翩。天然屏障开基业,芦荡周旋把敌歼。　　山似黛,柳如烟,渔帆片片浪花颠。蓝秋采撷鸡米老,风雨同舟并蒂莲。

水调歌头 · 血战朱家岗
五十年祭[①]

　　隐约蹄声碎,飞弹裂长空。敌分三路来袭,兵马势汹汹。打垮轮番猛扑,压倒狂飙霹雳,壮士气吞虹。旗偃"太阳"落,"武运"不亨通。　　东方白,硝烟烈,敌围攻。强兵虎将,振起白刃斩苍龙。贼落黄粱梦断,我自岿然屹立,决胜慰精忠。哀祭书史册,英烈泰山崇。

　　① 1942年冬,日寇清水旅团以五倍兵力夜袭淮北我九旅廿六团,厮杀一昼夜,我战士英勇搏斗,杀敌三百余,残敌弃尸逃窜。

破阵子·读《粟裕传》

展望旌旗羽檄,立身武纬文经。宿北鲁南歼重寇,七战苏中神鬼惊,决胜淮海兵。　　百战纵横威显,指挥炉火纯青。千虑远谋连锁阵,所向披靡虎气生,奇勋大将星。

高阳台·赞时代新星徐洪刚

万里长风,三春丽景,九州盛誉蜚扬。时代新星,匡扶正气轩昂。浪翻风怒湔污浊,活雷锋,敢斗强梁。为人民,血溅刀丛,破腹流肠。　　山飞海沸共呼唤,走英雄道路,贝叶书香。壮举惊雷,平生磨炼成钢。人生价值从何说,但无私,心向朝阳。壮乎哉!剑胆千秋,百世流芳。

蝶恋花·山乡春晓

晓雾笼辉沉玉兔。云吻梯田,翠岭桃花坞。紫燕黄鹂啼杏雨,铁牛欢唱银犁舞。　　柳浪频翻春初度。水送山迎,北斗霖甘露。绿女红男欢笑语,山乡竞跃康庄路。

唐多令·喜迎新世纪第一春

世纪正翻新,神州满眼春。百年来、半世沉沦。半世醒来兴伟业,三巨变、上青云。　　改革任艰辛,蓝图万马奔。看飞龙、瑞霭芳馨。迈好初年头一步,振兴路、转乾坤。

风入松·赞国产新型战机

攻坚破隘着先鞭,合力越重关。性能机样皆精湛,望鸿蒙、决策寻探。捷报电波雷迅,战旗万里鹏抟。　　继承前辈出新篇,胆略震尘寰。霸王黑手难遮日,克尖端、我更争先。今日雕弓明月,雄鹰直刺蓝天。

鹧鸪天·江南山村

万顷芳菲拥翠妆,梯田百叠散禾香。熏风洒露青岩舍,细柳含烟碧水旁。　　梨蕊白,菜花黄,红衣小妹放鹅忙。长鞭甩得晨星落,不负阳春一寸光。

念奴娇·莫干山消暑

云涛竹海,见山势峻峭,苍凉飘逸。跃上葱茏三百旋,绿黛翠峦四碧。飞霭微茫,烟波淡荡,清爽尤安谧。风云际会,骚人潇洒挥笔。　　剑池瀑布飞湍,如诗如画,夹涧听泉滴。千古推崇莫干剑,神物尚留陈迹。寄意沧桑,水天烂漫,奇秀如圭璧。苏杭佳色,青峰冲雾雄立。

一剪梅·晚年乐

九十耄龄不得闲,饭也五餐,药也五餐。家庭和睦乐天年,醒也心欢,梦也心欢。　　十载寒窗不老颜,诗也婵娟,画也婵娟。欣逢盛世寿无边,不似神仙,胜似神仙。

汉宫春·欢呼三峡通航

三代情怀,看百年圆梦,三峡通航。昆仑一泻,飞驰直下江洋。平湖绝壁,拥巫山,神女梳妆。开巨闸,八方云海,惊舟逐浪泱泱。 堪笑霸王羞煞,喜山河似锦,云水长廊。黄金巨轮水道,虎跃龙骧。电波远送,唱千秋,国泰民康。除水害,寰球之最,中华大业辉煌。

江雪山

1918—2002年,山东掖县人。1938年参加八路军,曾任海南军区司令员。

忆毛主席西苑阅兵

春风西苑练兵场,钢铁英雄赤帜扬。
坦克步骑军列阵,旌旗鼓乐队成方。
导师挥手心潮涌,将士舒胸志气昂。
检阅三军迎胜利,跨江渡海斩凶狼。

鹧鸪天·家乡新貌

少小从戎霜鬓还,穷乡僻壤换新颜。红楼朝日繁华艳,绿树成荫硕果鲜。 洪坝筑,土方填,昔时沟壑变良田。春风化雨滋桑梓,愚叟移山创业艰。

江靖飞

1929—2007年,江苏新沂人。1945年参加革命,1947年入伍,曾任南京军区陆军指挥学院政治部副主任、教授。解放军红叶诗社社员。著有《竹叶集》等。

边塞夜巡

朔风嚎啸云遮月,雪上犹留马蹄痕。
彻骨寒流冰甲冷,舒心春意臆胸温。
岂容猫犬窥窗牖,暂作鹰鹏卫国门。
四海烽烟今未灭,震天鼓角壮军魂。

梦故乡童年小伴

无断故乡情,朦胧入梦中。
骑牛寻绿草,扑蝶逐长风。
水上摇新橹,廊边捉幼蛩。
可怜今耄矣,心志向顽童。

学诗偶感

诗词知底事?魂梦几回牵。
偶得新鲜意,浑然直若仙!

挽李闯王

金銮现瑞卿云绕,宝鼎呈祥玉篆香。
相国明堂摧柱石,将军幽室戏鸳鸯。
雄关鼙鼓惊春梦,古寺洪钟断客肠。
尽丧前功千古恨,迷津怎渡费思量。

边防苦乐

白雪当冷饮,冰洞作营房。大风扬我志,深穴利我藏。谁曰土豆苦,三餐泥沙香[①]。谁曰铁甲冷,衣薄不觉凉。钎声催人醒,炮声激情昂。烽烟犹未熄,时握手中枪。

① 土豆冻了,吃起来有点麻苦;小米饭杂有泥沙,战士们戏改唱词"一日三餐有鱼虾"为"一日三餐有泥沙"。

坝上情怀

一墙间隔关内外,一日长城两三越。俯观群山三叠景,仰视碧空高而阔。大漠孤烟冲霄汉,荒山野花早突兀。仲夏日白石犹冷,午夜月明星欲没。放马日行三千里,躬身夜探五百窟。登高无尽血益热,慷慨塞外无名卒。马革裹尸岂还葬,到处黄土埋忠骨。

黄山游

云海掩白日,奇峰矗蓝天。有石皆成趣,无树不生烟。冷泉润幽谷,飞流下前川。翠鸟鸣清雅,花蝶舞蹁跹。猿越远山跳,人绕太空旋。瑶台亦如是,蓬莱难比肩。吁嗟乎,人言"黄山归来不看山",今日始知非虚言。我欲住此长不返,伴此山水胜神仙。

江城子·纪念长征 胜利六十周年

红旗万里卷狂澜。耀山川,照雄关。华夏脊梁,热血荐轩辕。革命精神无价宝,生命线,净心泉。　　今朝更识远征难。水旋旋,路盘盘。何处招魂,昂首问苍天。祝愿天公重抖擞,除恶腐,复青丹。

满江红·贺人民解放 军进驻香港

故国明珠,陷魔爪、香江浴血。山河碎、米旗压境,鬼兵猖獗。弱国弱军鱼与肉,霸权霸道妖和孽。卧薪时、到底气难平,空悲切。　　百年耻,今日雪。礼炮震,雄狮跃。驾长风,喜上凤凰山缺。标志主权为一统,坚持两制弥杯葛。庆回归、携手固长城,从头越。

念奴娇·纪念《共产党宣言》 发表一百五十周年

幽灵一个,我来也,动地惊天撼岳。论语圣经同失色,莫道凡间玄学。暗夜灯明,千年谜解,亿万工农觉。赤旗漫卷,狂飙横扫污浊。　　大海浩瀚扬波,潮兴潮落,必有圆时月。桀犬吠尧堪笑止,竖子岂通河洛。拍马文行,跳梁丑类,终作灰烟屑。乌云数片,怎遮天山红日。

许欣之

1917年生,河南开封人。1938年入伍,曾任宣化炮兵学院副院长。

夜袭

夜黑军行疾,冰垂汗马毛。
轻骑飞险谷,狐狡岂能逃。

夜宿巴楚新疆农三师

车临瀚海叶河干,红柳胡杨大漠间。
一带条田苗翠绿,三秋绝塞雁凄寒。
饭香肴美葡萄醉,谊重情深笑语欢。
同庆飞觞除四害,屯边战友劝加餐。

严智泽

1946年生,湖北麻城人。1968年入伍,曾任空军后勤学院、雷达学院政委,民航总局纪委书记,少将军衔。曾为解放军红叶诗社副社长。著有《踏歌行》。

参军记事

风雪辞京别路长,南川春早换戎装。
燕园旧梦书窗冷,军旅新篇号角扬。
放逐心身云与水,携行笔墨镐和枪。
东营歌起西营应,声越金山激凤江。

早　操

清晓号声起,山川共激扬。
并肩千嶂立,一色绿军装。

读　山

万里山川万卷书,从其有处读其无。
分明奕世沧桑事,化作风花月雪图。

雪　冬

一冬云暗雪来频,山敛威容水噤声。
独有军营浑不眠,依然旗舞战歌腾。

寄战友

十年戎马胆肝同,踏遍关山几万重。
蜀岭风云歌翠竹,太行霜雪访愚公。
宏图展出川原壮,血汗浇来春色浓。
喜看征途山水阔,扬鞭齐向更高峰。

燕子矶

何年燕子落江边,阅尽东流万里澜。
去国君臣悲逝水,感时儿女挂征帆。
山河代有繁华梦,青史长存搏击篇。
秋雨春风无限意,石矶留与后人看。

蓬莱水城

海门屏控旧城台,天外长风卷疾雷。
一浪腾飞高岫起,万山奔涌怒涛来。
琼楼不见神仙迹,雉堞常思将帅才。
自古家邦须捍御,刀枪莫使染尘埃。

泰　山

泰岱雄擎万里秋,晴空放目畅神游。
黄山奇秀颜如玉,珠穆危寒雪满头。
云外岳莲诚可采,峡中神女杳难求。

高情谁比东天柱,国士军英第一流。

东钱湖

一湖清水锁烟岚,万树红花映碧湾。
雨后飞鸣布谷鸟,风中摇漾打鱼船。
开窗室有幽兰气,倚槛人同野鹤闲。
忽听深山军号起,始惊身世在尘寰。

刘公岛吊甲午海战诸将士

战败国之耻,捐躯将士荣。
百年沧海泪,潮汐奠英雄。

莫　言

莫言营外涌金潮,我自高歌砺宝刀。
头上星徽昭日月,橐囊华发任萧萧。

送毕业学员赴西藏

军人使命重千钧,困苦艰危一发轻。
冈底斯山崇胆魄,玛旁雍错净心灵。

故　园

碌碌军营走岁时,故园归梦付相思。
坡头夜月椿萱影,云际秋风雁鹤姿。
北祭龙江波涌泪,南巡碧海岛悬丝。
金瓯尚有台澎缺,不赋东篱采菊诗。

奉调至武汉有作

二度辞家出国都,自携书剑傍江湖。
曾登峻岭曾观水,不问仙丹不羡鱼。
雨润杏坛桃李放,令传柳帐健儿呼。
山河四望台澎隔,拟乘长风跨海隅。

英雄树

驻广西友谊关金鸡山某雷达连阵地

旁，有一株高大的木棉树，年年花开似火，辉映军营。南疆自卫还击作战中，雷达阵地屡遭炮火袭击，官兵们浴血坚守，值班员英勇牺牲，实现了"人在阵地在，人在天线转，人在情报通"的豪迈誓言；木棉树和官兵们一起经受了战争洗礼，虽然枝叶焦残，十年未现一花一蕾，却始终铁干傲立，与弹痕遍体的雷达守望相共。战后，连队荣立集体一等功，被授予"钢铁雷达连"称号；木棉树也在两国互通边贸之际繁花重绽，艳胜从前。

一

青峰绝顶战旗扬，雷达巡天日夜忙。
一树红棉崖畔立，金心铁骨守南疆。

二

当年炮火浴群山，幸与英雄互比肩。
枝叶焦残根本固，依然昂首白云天。

三

十年无意赴花期，拂尽硝烟有所思。
又见雄关通玉帛，天香云锦满戎衣。

偶 得

偶得闲暇别样忙，书山网海任徜徉。
情怀戎马情何炽，梦绕云涛梦亦香。
百感千衷诗一首，二难四美酒三觞。
东窗红日西窗月，共研疆场与市场。

别军营

欲脱戎装意若何，更持法纪作干戈。
党风民意军人胆，续写人间正气歌。

移防拉练

深山春雨漫荒溪，紧急行军路欲迷。
涧草岩花争导引，左攀枪带右牵衣。

生查子·筑营

筑营涧壑中，毛竹支框架。顶上盖油毡，四壁荆笆挂。　黄泥一抹齐，新舍明如画。伴我铸长城，砺剑高山下。

金缕曲·旅顺口日俄战争遗址

山海相邀约。到此间、争奇斗险，龙腾虎跃。搏出金汤形胜地，雄踞辽东一角。人道是、疆防锁钥。百国舟船来眼底，微茫外、云水何空阔。对佳景，怀忧乐。　当年战火从天落。漫硝烟、纷驰炮舰，旗翻俄日。万里关河无阻障，一任列强凌割。竟作了、盘中美酪。废垒残碑留魅影，逐人来、一阵风萧索。似诚我，休忘却。

水龙吟·别西沙兼寄南沙战友

岛礁搏击空明，云飞凤吼波翻雪。声光影里，鱼龙幻化，穿行日月。史迹纷呈，甘泉遗址，永兴碑碣。算茫茫南海，沉浮多少，先民梦，英雄血。　一卷沧桑图册，系军人，伏波情结。疆防万里，遥巡苦戍，千秋勋业。似水流年，倾心付与，天容海色。伴红旗招展，战歌嘹亮，舰船驰掣。

江城子·落金鞭

相传成吉思汗西征过鄂尔多斯，见此地山川秀美、水草丰茂，一时沉醉，不觉手中马鞭坠落，乃谓左右曰，我死后可葬于此。

纵横驰逐跨雕鞍。舞弓弦,唱刀环。多少英雄倾倒马头前。眼底人间无限景,偏在此,落金鞭。 当时谁解个中缘。对山川,约他年。百战功名身后任评谈。直把梦魂先付与,芳草地,碧云天。

满江红·过古玉门关

大漠长风,吹散了、烽烟几缕。雄关静、汉城唐燧,肃然无语。铁马踏干疏勒水,黄沙未共春风绿。是何人、犹自唱阳关,前朝曲。 旧章句,休吟读;新图景,已描出。正通连陆海,重光丝路。万里河山家国梦,千秋史册英雄谱。看中华、与世俱飞腾,超今古。

苏玉柱

1940年7月生,山东临朐人。1961年8月入伍,曾任解放军保密委员会专职委员,少将军衔。解放军红叶诗社社员。

看入伍合影照感怀

风华正茂几知青,投笔从戎别岱宗。
热血一腔燃岁月,边关万里写精忠。
卧冰身化北疆雪,击浪帆扬南海风。
忍看青丝悬白发,玉轮同望各西东。

情系北疆[①]

天寒地冻雪飞狂,爆竹声中走北疆。
迷彩一身临哨卡,银枪五尺话担当。
喜听连队新鲜事,寄语熔炉炼硬钢。
边塞春雷催好雨,征途策马奋蹄扬。

① 习主席于春节前夕冒着零下三十多度严寒,到内蒙古边防看望守疆官兵,全军将士深受鼓舞。

清明烈士陵园祭扫感题

陵前含泪悲,细雨冷风吹。
默洒三杯酒,桃花带血飞。

泰山挑夫

挑夫虽骨硬,担重背成弓。
脚踏石留印,汗流山动容。
双肩挑日月,一意逐贫穷。
何惧千重险,奋身追梦中。

李 圭

1924年生,山东济宁人。1938年参加八路军,曾任军事学院党史政工教研室主任。曾为《红叶》编委,现为解放军红叶诗社顾问。

读《啊!战友—记冀鲁豫战场上的文艺兵》

书名战友寄情深,三载编成费苦心。
半世硝烟风并雨,要留石级垫新人。

忆青化砭伏击战

春夜山头透骨寒,伏击战士忘衣单。忽听冲锋号声响,好似猛虎扑下山。蒋军惊慌忙应战,无奈陷入包围圈。活捉旅长李纪云,歼灭官兵近三千。延安撤退方六日,首战得胜尽开颜。

碧潼战俘营

鸭绿江南岸,碧潼是村名。

四十八年前,曾作战俘营。此俘何处来?"联军"五千兵。战败当俘虏,胆战又心惊。不料进营后,优待很热情:衣食有保障,球赛伴歌声;帮助寄家信,感激常涕零。联军多残忍,滥炸兼狂轰,我军讲人道,待俘宽亦诚。正义与侵略,善恶最分明。奉告霸道者,莫忘碧潼营。

鹧鸪天·入党感赋

宣誓红旗六五春,当年稚子鬓霜侵。几经战火身犹健,更历浩劫识愈深。　　凌壮志,献丹心,未忘忧国并忧民。平生回首应无愧,为有党来做母亲。

鹧鸪天·一军老同志聚会

五十春秋弹指间,老兵朝暮想延安。清凉山下群英聚,七里铺中战友欢。　　强寇入,起烽烟,青羊蟠瓦捷音传。西北解放功勋著,特色征途再登攀。

水调歌头·贺北京申奥成功

八载申奥梦,今夜始圆成。萨翁一句宣告,华夏尽欢腾。个个挥拳呼喊,处处喧天锣鼓,焰火映长空。遍地红旗舞,万众泪花盈。　　国强盛,人心定,体育兴。百年睡狮,觉醒之时举世惊。洗雪病夫耻辱,奋起扬眉吐气,昂首傲西风。我党真伟大,群众是英雄。

江城子·读邓颖超同志遗嘱

遗书读罢泪涔涔,字千钧,意精深。奉献终生,为党为人民。两袖清风跨鹤去,衣虽旧,净无尘。　　无私忘我世难寻,五不嘱①,撼人心。彻底唯物,品德耸青云。有口皆碑歌大姐,平实处,见精神。

① 五不:不保留骨灰,不搞遗体告别,不开追悼会,不搞故居纪念,不照顾亲属关系。

长相思·悼罗阳

爱国情,报国情,实干兴邦献真诚。舰机喜飞腾。　　志航空,殉航空,一片赤心贯始终。含悲送英雄。

水调歌头·读《彭德怀传》

捧读元戎传,几度泪沾襟。横刀立马当日,征伐立殊勋。发动百团大战,保卫延安三捷,抗美援朝邻。沙场廿余载,常胜大将军。　　柏松节,冰雪品,赤忱心。不识庐山面目,直谏起风云,秉笔为民请命,不幸蒙冤受屈,含恨竟终身。沙尽真金显,千古吊忠魂。

李　伟

1917—1997年,山东寿光人。1938年参加威海起义,曾任总参防化部政委,总参某部顾问。著有《李伟诗词集》。

老英雄钟其汉

一代英雄钟其汉,早年戎马赣江边。手挥奴戟征豪霸,肩负电机越雪山。心底无私甘奉献,胸怀日月勇争先。高风亮节殊堪敬,众口皆碑好党员。

赞李国安同志

万千里路觅甘泉,重病何妨意志坚。
酷暑风沙无所惧,深沟路险只坦然。
水文地质填空白,甜井清流解倒悬。
草绿人欢生态好,军民情谊谱新篇。

学习孔繁森

看似平凡奉献丰,无人不道是英雄。
两番进藏忘生死,一意为民驱苦穷。
履困临危书记好,解衣推食寸心红。
昆仑雪域青松立,走马当先学孔公。

赠于泉同志①

白山黑水射天狼,越岭横江扫八荒。
勇士援朝争浴血,英雄卫国固金汤。
志坚岂惧身残重,苦读何须壁凿光。
桃李芬芳春色美,归田应是意昂扬。

① 于泉同志,抗美援朝时为志愿军某部通讯员,在突破三八线后负重伤,为甲等一级残废军人。后攻读大学,从事教育和环保工作。

摊破浣溪沙·读组建香港首届政府公报

一国能容两制存,长垂典范转乾坤。四海五湖皆推举,宇寰新。 港督历经多少个,谁来关注问人民。民主至今才算有,史无伦。

李　欣

1917—2017年,福建省人。1936年参加革命,曾任政治学院学术委员会副主任。解放军红叶诗社顾问。

忆平津战役

一

雄师百万入榆关,华北兵团箭在弦。
扼住津张围日下,守军已是釜中餐。

二

战云压顶鸟惊弓,顽石又闻催命钟。
已破津门无遁路,和平易帜沐春风。

李　桢

1914—2007年,山东临淄人。1936年参加革命,曾任工程技术学院副政委。曾为解放军红叶诗社副社长、顾问。著有《征尘拾遗》等。

军委二局某项工作获周恩来副主席嘉勉

红日破寒阡陌青,瑶池滴露万花明。
有声金石开迷雾,无字天书晓隐情。
五岳极穷千里目,九霄洞悉五洲风。
题词灿烂昭明月,鼓舞万千红哨兵。

赴朝鲜战地参观实习记事

1953年,由总参总政总后48名团以上干部组成的代表团,赴朝鲜战地参观实习,张挺同志任团长,我任政委,历时一个月,受益匪浅,诗以记之。

送战友援朝

清秋明月望征鸿,绿水青山烟雾中。
夜渡江桥防骤雨,昼潜崖洞抵狂风。
随师东指克昌道,策马南征下汉城。
惊悉进军衣浸血,伤痕未愈请长缨。

夏季大反攻

弹光闪闪炮隆隆,全面反攻摧敌锋。

东翼汉江歼李伪，西边岷洞灭元凶。
上甘激战沙虫乱，亭岭奇袭白虎倾。
日照群山光灿烂，和约签字血凝红。

攻克十字架山

蒙蒙夜雨扣心弦，十字架山将敌歼。
佯动攻峰障敌眼，伪装地物伏跟前。
百门重炮袭顽垒，万发飞丸裂九天。
鬼哭狼嚎贼溃乱，板门店里和约签。

参观我军世纪大演兵有感

金色秋天柿火红，我军今日练精兵。
燕山脚下军云集，渤海涛中舰炮鸣。
林野辽东神箭起，高原塞上弹飞腾。
创新三打三防战，昭示光辉世纪程。

重读《毛泽东诗词选》

击水湘江浪拍空，井冈挥剑气如虹。
红旗漫卷昆仑雪，铁马长嘶朔漠风。
师率工农开玉宇，文宗马列缚苍龙。
兴酣落笔惊天地，词绝骚坛百代雄。

纪念任弼时同志九十诞辰

少年壮志走天涯，遥掬朔方十月花。
播火湘黔五岭赤，传书燕赵九河霞。
风吹延水芙蓉醉，雨润太行杨柳斜。
龙战凯歌凤翔日，鞠躬尽瘁振中华。

闻胡锦涛总书记赴西柏坡考察学习有感

谦诚学习任千钧，奋发图强啖菜根。
治党常温七二旨，居安重读甲申音。
权为民用倡廉政，利为民谋凝众心。
全面小康黎庶乐，中兴大业万年春。

读邓公"南方谈话"有感

旖旎春风拂岭南，百花放蕊各争妍。
荒坡展袖铺新市，野浦开怀泊巨船。
梅坞朝霞迎晓日，粤溟暮雨润芳田。
春雷乍响惊寰宇，柳暗花明别有天。

沁园春·瞻仰导师毛主席故居

日出东方，光照神州，气象万千。看风云叱咤，红旗漫卷，鼓金浩荡，奴戟冲天。浪激三湘，威撼五岳，砸碎千年旧宇寰。井冈上，挥神兵百万，地覆天翻。　　韶山今日更妍，看冬日却如春日般。有银河天落，清泉流淌，修渠固坝，种绿肥田。士女如云，欢歌笑语，瞻仰故居学诗篇。望华夏，众愚公奋发，别著新颜。

李　铎

1930年4月生，湖南醴陵人。曾任军事博物馆研究员，中国书法家协会副主席、顾问。专业技术一级，文职一级。

观　海

南溟联巨垒，瑰璧际天陲。
立石观沧海，风帆跋浪归。

七　绝

坝上煎硝陈白雪，匣中抽剑露青霜。
当年鏖战驱强虏，斩尽倭儿日月光。

漓江行

蒙蒙烟雨暗青山，万壑千峰隐翠岚。

四面青纱遮碧岭,此身疑入画中天。

忆洞庭

汨罗西向洞庭间,晓雾初开水接天。
远看千帆分雪浪,一螺青黛落苍烟。

题 画

一山雄峙大江西,幽峡飞帆绕暗矶。
浪削危崖风削浪,数重烟霭逼天低。

观黄果树瀑布

怒泻飞奔落彩虹,声闻十里动苍穹。
淘蒙冷雾浸衣履,气夺骄天百万龙。

李 静

1922年生,陕西永寿人。1938年入伍,曾任总参某部处长,驻外武官,副军职。中华诗词学会会员。著有《李静诗词集》等。

咏西柏坡

面临碧水背层峦,多少寒窗不夜眠。
构画蓝图筹国运,雕琢璞玉绘山川。
千军驰骋开新运,万马奔腾创舜天。
缕缕电波穿锦线,织成华夏彩虹篇。

纪念彭德怀元帅
诞辰一百周年

长征路上展宏猷,立马横枪敌忾仇。
西北挥戈摧腐恶,朝鲜浴血搏狂流。
一篇谏语申民瘼,万字忠言诉国忧。
切意拳拳堪仰止,浩然正气照千秋。

参观甲午海战馆有感

纵眸黄海忆忠灵,盈耳铮铮铁马声。

誓把丹心抛碧海,拼将热血染征程。
宁为玉碎凛然死,不作瓦全屈辱生。
落后挨鞭诚可虑,尤伤腐败毁长城。

抗大二分校生活琐忆

上山砍柴

晨雾朦胧夜露寒,砍柴喜上太行山。
悬崖峭壁悬绳索,深壑重峦舞铁镰。

背 粮

走罢平川上陡坡,肩挑背扛运粮多。
弯弯曲曲长蛇阵,一路春风一路歌。

吃杨树叶

春风着意绿山川,杨树青葱嫩叶鲜。
采撷盈盆温水泡,色妍味厚碗中餐。

踏莎行·忆敌后行军

不畏严寒,更珍春晓,蟠龙响彻东征号。厉兵秣马整兵戎,进军敌后歌声绕。　　白雪皑皑,朔风啸啸,戎装素裹军容俏。千山万壑舞长龙,流星大步崎岖道。

水调歌头·赞长江抗洪抢险

寰宇惊雷急,妖雾蔽苍穹。乌云闯荡巴蜀,千里险情萌。碧落狂风暴雨,扬子涛喧浪滚,极目楚天惊。一发千钧系,举国志峥嵘。　　丹心沸,长缨握,战洪峰。赞我军民一体,奋力缚苍龙。如火如荼鏖战,可歌可泣抢险,鱼水铸真情。谱写同心曲,凝聚铁长城。

沁园春·庆祝建党八十周年

遥想当年,遍野哀鸿,满目创伤。喜南湖星灿,八方闪耀;井冈圣火,万丈光芒。铁马金戈,疆场鏖战,力挽狂澜指北航。酬夙愿,看群英荟萃,气宇轩昂。　　神州多难兴邦。春风拂、三中盛会昌。有小平旗帜,遥瞻指引;中央决策,德政弘扬。开放春潮,丰凝硕果,屹立寰球奔富强。新世纪,更宏图大展,业绩辉煌。

李长宽

1920年生,辽宁沈阳人。1935年3月参加革命,曾任军分区司令员。曾为《红叶》编委。

老兵心怀

荏苒光阴几十秋,老兵谈笑看吴钩。
乘风破浪三千里,跃马横枪八百州。
地覆天翻思变革,民安国泰话丰收。
前程信是春光灿,十亿炎黄志未酬。

悼英魂[①]

永定河边骨,经年六十春。
国强民富日,更念墓中人。

① 作者自注:1937年8月,吕正操将军率六九一团在永定河畔与日军激战一昼夜,敌方伤亡惨重。我团营长刘裕勤、副营长王德宽、排长刘建章等百余人为国捐躯。余时任排长。

怀念张学良将军

国土沦亡愤满腔,将军抗日志高昂。
临危兵谏惊中外,纾难同仇醒四方。
义士无私怀赤胆,奸人结怨陷忠良。
中华六秩沧桑变,翘首英雄返故乡。

卜算子·国庆五十周年感怀

弹指一挥间,五十春秋寿。改革春风万里扬,人喜山河秀。　　挂甲白头翁,矍铄身消瘦。犹记当年挽劲弓,雪地歼凶寇。

李文朝

1948年生,山东梁山人。1968年入伍,曾任解放军电视宣传中心主任,少将军衔。曾为中华诗词学会常务副会长,现为解放军红叶诗社顾问。著有《李文朝将军诗词选集》等。

国庆六十周年大阅兵感怀

举世凝眸望北京,长安街上走蛟龙。
铁流奔进风雷动,热血沸腾豪气冲。
陆海军容威震虎,空天兵阵势吞虹。
金戈交响狂飙曲,一往无前正步中。

纪念建军八十周年

扭转乾坤一杆枪,红星照耀铸辉煌。
长缨扫荡三山倒,铁壁屏藩四化昌。
海底神虬驱水寇,空中利箭射天狼。
眼观世界风云骤,使命忠诚卫小康。

世纪初年走边关[①]

世纪朝霞映在身,长征创举走新闻。
高原雪域连云哨,大漠沙洲守卡人。
海浪千重歌卫士,边关万里颂军魂。
民族村寨风情画,光彩荧屏满目春。

① 大型电视系列报道《世纪初年走边关》被誉为中国新闻史上的创举和中国

电视史上的万里长征。

神龙颂

——献给新中国改革开放30年

古地东方现巨龙,千邦万国自为中。
灵光圣火昭寰宇,玉甲金鳞映太空。
曾遇浅滩遭困境,又迎暴雨展雄风。
脱缰破锁腾云起,直上重霄舞彩虹。

北京奥运会开幕式感怀

盖世奇才汇鸟巢,百年圆梦在今宵。
史诗雄壮文明卷,幻化协和友谊桥。
元首云集当看客,精英荟萃竞天骄。
五星旗引全球目,圣火光催四海潮。

高原抒怀

乘风直上地球巅,日近云低手触天。
旷野青稞绿装暖,高峰白雪素衣寒。
碧空澈透悬明镜,蓝海清澄托玉盘。
万里河山千古远,岂容外寇染边关。

井冈山抒怀

凌空紫气冲霄汉,风卷红旗起大观。
莽莽山冈曾辟径,星星火种已燎原。
凭栏五哨烟云散,放眼九州天地翻。
访圣寻根明壮志,承前启后颂"摇篮"。

越零丁洋步韵遥祭文丞相

动地感天生死经,光昭日月暗群星。
改元帝国沙飞絮,换代君臣水逐萍。
正气歌中扬正气,零丁洋上颂零丁。
人间多少匆匆客,千古文公耀汗青!

戏马台怀古

盖世拔山千载雄,登台戏马正秋风。

舟沉釜破威名振,宴散人逃巧计空。
对垒沟旁争志壮,别姬垓下叹途穷。
乌江自去非天意,虽败犹荣气若虹。

歌风台抒怀

夺地争天一沛公,斩蛇烹狗竟成龙。
文韬可纳千秋计,武略能招百世雄。
开国安民思虑远,归乡宴友感情浓。
汉王基业光华夏,把酒登台唱大风。

咏　志

志士朝前走,洪波入海流。
开弓无复返,好马不回头。

红船咏

开元兴事变,党帜起红船。
破浪航程远,凌云视野宽。
前行凭舵手,历险靠风帆。
载覆全由水,民心大过天。

巴黎问月

华夏中秋夜,巴黎望昊空。
对天轻问月,可照我家中?

青莲曲

　　碧波澄澄叶田田,清歌一曲颂青莲。出水丰姿溢香远,映日娇容羞花仙。诗仙太白性高洁,自号青莲与俗别。疏狂浪漫醉开怀,忘情与月永相结。千古名篇《爱莲说》,花之君子多赞歌。出于污泥而不染,艳而不妖濯清波。金湖万亩荷花荡,八方诗家采风忙。雨过荷伞万珠滚,引发思绪万缕长。神思天纵发灵感,"青莲杯"赛颂清廉。古往今来廉政事,持俭自律总从严。志行修洁廉自身,鲁国上卿数季孙。三世为相权位重,家无衣帛之眷亲。齐相晏婴名天下,出行旧车伴老马。诸葛功盖三分国,不有盈余传佳话。克己奉公廉本职,"不贪为宝"谁可及?为官"贫困无田宅","丧无所归"神鬼泣。惠政利民廉社会,为官不使良心昧。黎民拥戴呼"青天",包拯况钟和海瑞。历史长河浪回旋,人生过客逐逝川。廉吏有瑕瑜难掩,贪官污吏臭万年。长夜神州破晓天,先锋队里出典范。多少先烈抛头颅,甘燃青春烧黑暗。中华赤子方志敏,救国救民志清贫。腰缠经费数万贯,不为私利动分文。人民救星毛泽东,全心全意谋大公。与民共苦不食肉,衬衣睡袍补丁缝。大国总理周恩来,清风正气净尘埃。身后了然无所有,四海悲声动地哀。兰考县委好书记,舍生为民谋福利。死而后已两袖风,鞠躬尽瘁感天地。地委领班孔繁森,雪域高原献丹心。哈达寄思千万里,常使国人泪沾襟。政权兴亡周期率,以史为鉴明得失。水能载舟亦覆舟,人于有日思无日。久遭侵蚀易生痈,树高千尺有蛀虫。触目惊心观案例,污风浊气蔓延中:谋钱夺利先抓权,营私举亲买卖官。一人钻营得了道,鸡鸭鹅狗都升天。权力到手再贪财,前门后门一齐开。贪污受贿歪斜道,不尽赃钱滚滚来。捞满钱财又捞房,侵吞房产近疯狂。穷奢极欲建豪邸,纸醉金迷白玉堂。十个贪官九沉沦,小秘二奶竞销魂。金屋藏娇浑不够,声色犬马又买春。积重难返下药猛,断头台上斩公卿。无奈有了"抗药性",杀鸡示众猴不惊。中南海里敲警钟,生死存亡系党风。重拳出击惩贪腐,力挽狂澜水向东。壬辰京华开盛会,神州大地劲风吹。合乎天时顺民意,反腐倡廉响炸雷。"老虎""苍蝇"一起打,标本兼治多管下。打铁还须硬自身,完善机制效用大。阳光运行晒私密,制度铁笼关权力。严惩严管加严防,不敢不能且不易。北海西海莲花池,又到荷尖初露时。清风催绽迎红日,一朵芙蓉一首诗。中海南海连四海,接天莲叶铺新绿。古国千秋正气吹,请君听我青莲曲。

满江红·雅安抗震

突降灾魔,天府颤、山坍地裂。一刹那、屋倾楼倒,魄飞烟灭。十指连心张母爱,三军拓路倾情切。闯鬼门、奋力挽同胞,真雄杰。　　夺分秒,人未歇;天使术,堪称绝。万民奔蜀道,志坚如铁。课本重开薪火举,家园新起篷房接。降婴儿、生命续传奇,惊天阙。

水调歌头·学习习近平总书记《念奴娇》寄怀

古老神州地,齐诵念奴娇。追思寄意明志,正气贯云霄。兰考焦桐新绿,榜样辉光重耀,放眼栋林高。一唱风骚领,四海起春潮。　　振纲纪,除蝇虎,架金桥。亲民惠政,坚定勤勉不辞劳。万众同心凝聚,何惧征程风雨,万里靖波涛。华夏复兴路,圆梦看今朝。

如梦令·中国梦

四海九州雷动,万众舞龙歌凤。鹏举正当时,合力鼓风相送。相送,相送,实现复兴之梦。

满庭芳·甲午海棠雅集

花应天时,春随人意,府深庭满芬芳。海棠初绽,娇美著新妆。墨客骚人又聚,仙音起、韵绕雕梁。恭王苑,琼楼玉树,倒影入清塘。　绵长,思绪里,丹墙绿瓦,见证沧桑。有遗梦红楼,异彩奇光。岁次重逢甲午,非昔比、狮醒东方。凭栏望,花团锦簇,正道莫彷徨。

沁园春·诗魂中华

古老文明,千载骚魂,独秀宇中。自诗经集典,楚辞添彩,唐风问鼎,宋韵争雄。元曲新弹,明清别唱,曾遇寒霜依旧红。逢春雨,看群芳吐艳,万木葱茏。　天生华贵雍容。四声字,图形音律融。赞抑扬顿挫,寄怀似酒,均齐对称,悦目如虹。妇幼同吟,城乡共咏,锦绣神州颂雅风。扬国粹,把心灵滋润,意远情浓。

西江月·赞西藏边防岗巴营

来自江南塞北,置身雪域高原。一腔热血锁边关,立地擎天铁汉。　坚守云端哨卡,人稀氧薄天寒。刚强战士苦为甜,甘愿无私奉献。

如梦令·赞"蚊虫王国"戍边人

新疆阿勒泰军分区某部北湾边防连,常年驻守在"全球四大蚊虫孳生地"之一的北湾,被誉为"蚊虫王国"戍边人。

乱眼、缠身、扑面,猛咬、死叮、凶惨。满目尽蚊虫,守卡戍边堪赞。堪赞,堪赞,边界阳光一片。

长相思·边关中秋月

心镜悬,梦镜悬,映照边关秋水穿。银光伴你还。　祝平安,保平安,万户千家绽笑颜。花开月正圆。

满江红·长征

盖世传奇,惊天地、神嘘鬼泣。翻战史、古今中外,问谁能及?九死一生成壮举,千山万水留奇迹。挽狂澜、舵手正航船,回天力。　堵截猛,围追急;天堑阻,饥寒逼。有红军亮剑,所经无敌。草地礼宾铺路送,雪峰迎客躬身揖。会三军、西北帅旗飘,升红日。

满江红·卢沟桥事变

千古卢沟,桥头堡、枪声激烈。睁睡眼、众狮齐吼,夜空撕裂。刀砍鬼头争寸土,身迎炮火拼颅血。宛平城、牵动万人心,群情切。

柳湖耻,犹未雪;兄弟阋,当停歇。铸忠魂血肉,筑城如铁。九域怒潮淹敌寇,八年烽火烧妖孽。战旗挥、奋起保中华,同心结。

望海潮·呼唤和平

为纪念抗日战争胜利60周年,中央电视台《呼唤和平》摄制组东渡日本,采访当年在华日人反战同盟成员,共同谴责日本军国主义的侵华罪行,呼唤人类持久和平。残阳夕照中,目眺如血海面,心潮逐浪,遂填是阕。

夕阳残照,海波如血,心潮逐浪翻腾。回望神州,倭魔入境,一时国破天倾。战祸起东瀛。铁蹄卷席过,血雨腥风。抢掠烧杀,欲吞华夏,甚嚣凶。　　亡国速胜休争。有明灯至理,持久方赢。众志成城,天罗地网,人民伟力无穷。强寇举白旌。覆鉴师今事,警世钟鸣。悲剧安能重演?永久唤和平。

念奴娇·戊寅抗洪

天河堤决,雨狂泻,恰似苍穹开裂。松嫩长江齐肆虐,洪浪排空卷雪。财产飘零,生灵没顶,万物遭吞灭。戊寅华夏,惊涛呼唤豪杰。　　灾情急点雄兵,海空兼陆路,风驰云掣。统帅亲征,挥巨手,将士争降蛟孽。众志成城,军民凭血肉,筑墙如铁。丰碑青史,功垂多少英烈。

清平乐·赞解放军驻香港部队

文明威武,正步和平路。行使主权期永固,树起擎天玉柱。　　红星闪耀香江,紫荆孕育芬芳。朝暮十年共处,军民鱼水情长。

江城子·飞天梦圆

人间几欲上天堂?访娥娘,问吴刚。大漠敦煌,壁画竞飞翔。华夏英豪多梦想,征玉宇,破天荒。　　腾空火箭九霄飏。送神舱,探穹苍。浩瀚星空,日月伴船航。舟返人安传喜讯,圆伟梦,凯歌扬。

李书卷

1933年生,河北深州人。曾任新疆生产建设兵团副政委。中华诗词学会顾问,兵团诗词楹联家协会名誉主席。

建筑兵之歌

万丈高楼耸碧空,阳关西出建头功。
一砖一瓦冲霄起,摩天大厦出手中。

五颜六色巧梳妆,赶日追星昼夜忙。
今日边城容貌改,全凭战士绘春光。

机声扎扎雨霏霏,灯火通宵映月辉。
盏盏明灯来作伴,施工进度快如飞。

敢把工场作战场,轻挥巨臂抹灰忙。
今朝再打墙边过,鼻底犹闻热汗香。

昨夜空中吐火花,宛如仙女散流霞。
凌晨日出云开后,一座新城望眼遮。

跃马扬鞭赴新程

人间美玉壮昆仑,史册名标建筑兵。
大道通天连海外,高楼拔地入青冥。

戍边伟业归前辈，开拓丰功待后英。
宿露餐风终不悔，扬鞭跃马赴新程。

李后君

1925—2018年，江苏南京人。1941年6月入伍，曾任总后石家庄高级军械学校副校长。解放军红叶诗社社员。

忆淮海之战

历城告捷柳营欢，淮海宏图虎帐悬。
四省毗连连续战，两军协力力移山。
中枢一线渠通畅，老蒋长吁马不前。
雾散冰消红日出，雄师百万下江南。

"喀秋莎"夜射

声似河堤决口鸣，形同无数火龙腾。
山川震撼惊贼胆，战地奇葩别样红。

破阵子·蒋第一快速纵队覆灭记

两路精兵进击，一番战役包围。左右开弓旗漫卷，南北交攻声似雷，雪飘天助威。　　穷敌仓皇突走，黄粱美梦成灰。卸甲丢盔山既倒，风卷残云乘胜追，喜看捷报飞。

李兆书

1923年生，江苏泗阳人。1942年5月参加革命，曾任第三十九军政委，沈阳军区政治部顾问。中华诗词学会会员，解放军红叶诗社社员。

赞十八大一代新人新风

换届遴贤肩大任，复兴喜有后来人。
新风治党承传统，实干兴邦快富民。

严格要求行正道，以身作则扫妖氛。
小康路上花千树，继往开来四季春。

忆十万大军进东北

延安急电进关东，配合苏军灭日凶。
渤海白山飞虎步，松江辽水聚英雄。
让开人路囚顽敌，训练精兵出硬功。
打狗关门施上策，三年决胜壮东风。

忆保卫四平歼敌八十七师

美械王牌肆鼓吹，远征越缅有声威。
东侵西犯狂推进，地网天罗难返回。
匝地硝烟迷日月，震天炮火赛惊雷。
一师骄虏全歼灭，处处欢歌笑展眉。

一九四七年夏季攻势喜当尖刀

当上尖刀喜气洋，挺身拔剑向前方。
冲锋陷阵凭身勇，炸垒摧碉靠志强。
阵阵杀声惊敌胆，隆隆炮火破坚防。
满腔热血思前事，一代忠贞赤子肠。

忆突破彰武城

炮声催日出，白刃破城开。
旗展城楼上，刀挥里巷来。
强锋阻援敌，火炮把碉埋。
奋勇无穷尽，军威激壮怀。

决战锦州

血洒凌河染战袍，我军个个是英豪。
千门重炮春花绽，万把尖刀柳叶飘。
炸堡舍身青史著，夺城捐首赤旗高。
五天大战关东定，碧血英雄世代骄。

赞志愿军彭德怀司令员

大任临肩战暴行，旗开伏虎显威名。
神机妙算驱狼虎，硬骨刚肠助友朋。
三载帅旗平战火，一身义胆卫和平。
功高行正垂青史，熠熠光辉照后生。

咏"神枪手四连"

人看功夫枪看威，夺魁立志在人为。
精瞄细琢强弓挽，苦练深研子弹飞。
暑汗如淋随背淌，霜风似剑透胸吹。
全连都是神枪手，赢得殊荣入史碑。

看机械化师演习

漫天大雪锁关山，铁甲雄师似箭穿。
速散隐藏开战幕，飞兵疾进练刀尖。
围歼逃敌收蓝阵，奏凯回师展笑颜。
科技强军成果著，如今出阵猛挥鞭。

重回老团队

柳营面貌胜从前，虎翼新装现代篇。
八路作风今尚在，强军战略正攻关。
当年沙场诛夷狄，今日精兵卫海天。
凛凛军威传后世，猛追科技最前沿。

忆高克同志①

黑林追击战顽凶，携手群英竞夺雄。
肢体重残倾热血，满营战友为讴功。

　　① 作者自注：1947年东北夏季攻势，高克为我团二营指导员，带头冲锋，身负重伤，致肺、臂重残，全营干部战士纷纷为其请功。

清明节缅怀彭仲韬政委①

受派顽营兵运忙，艰难对敌搏风霜。

突知敌垒行清党，旋接家音早返航。
入夜乘机离虎穴，惊心飞渡到前方。
率军逐日驱仇寇，五十年间总握枪。

　　① 彭仲韬，曾任三十九军政委，旅大警备区政委。

破阵子·缅怀薛剑强同志

　　壮烈牺牲战场，真情感动官兵。赤胆忠心骁勇将，正气雄风惠后生，全师泪雨倾。　　百战争锋决胜，一心破敌牺牲。蜜月夫人闻欲绝，战士伤心忾不平，含悲勇出征。

李宏垠

　　1928年生，江苏灌南人。1942年参加革命，曾任副军长，总参军训部顾问。

活捉四个日本兵

衔枚深夜袭倭营，乍响春雷敌梦惊。
一亮刀枪擒四寇，凯旋路上早霞迎。

征途中迎国庆

宜沙战后继南征，汗渍衣衫雨灌缨。
荡尽妖氛晴朗日，天安门上挂红灯。

抗美援朝

一

寇入东邻火起时，援朝抗美不容迟。
沟深夜暗军行疾，人不交言马不嘶。

二

鸭绿江潮逐浪高，战歌嘹亮过长桥。
前方炮火催征急，士气如虹贯九霄。

三

雪漫初冬战火红，美军装甲肆狂疯。

我军近战施雷爆,数百洋龟弃火中。

李治亭

1926年生,山东淄博人。1940年入伍,曾任第二十六军政委,青岛警备区政委。解放军红叶诗社社员。

"战上海"老兵重聚申城

溃卒何堪阻锐锋,欢歌声里过吴淞。
沪江今夜灯如海,旧地重游似梦中。

谒华东革命烈士陵园

风萧萧兮夕阳寒,一瓣心香谒墓园。
滚滚烽烟捐热血,莹莹碑石赞英贤。
丹心耀日朝霞美,赤胆为民鹏志坚。
铁臂铮铮除暴政,春风甘雨润人间。

深切怀念谭启龙书记

信是人间重晚晴,如椽健笔寄云龙①。
横戈扫雾妖魔泣,拯苦扶民黎庶崇。
军政双挑留伟绩,驰驱一世树丰功。
青松永立人心里,披雪经霜色更浓。

① 晚晴,指邓小平同志1986年5月13日为谭老写的一幅字"人间重晚晴"。云龙,指谭老2003年去世前不久给作者写的一个"龙"字。

故乡行

北战南征六十年,喜逢佳节着归鞭。
轻车碌碌迅犹缓,往事迢迢断复连。
久别荒坟思父母,重登故里赏山川。
青年相见不相识,询问欢言仔细看。

忆夜行军

夜静更深大地沉,茫茫雾海有行人。

雄兵不是闲游客,壮士皆为卫国臣。
临近村庄惊犬吠,远离敌堡冷枪暗。
凌晨隐匿青纱帐,策马持刀待建勋。

李绍山

1957年3月生,河南夏邑人。曾任解放军外国语学院院长,博士生导师,少将军衔。解放军红叶诗社社员。著有《远山诗集》等。

秋晨早行入秦岭

晓月西斜满地霜,星寒浸透客衣裳。
鸡声唤醒烟村路,直入秦山万木凉。

江岸人家

岭上人家半入云,门前日夜大江奔。
遥看袅袅烟生处,一片桃花正氤氲。

西溪晚秋

岸上芦花动若云,村前柿树入烟曛。
西溪曲水且留下,执棹摇舟更待君。

爱琴海畔

孤帆夕照残阳去,暮海苍烟夜月来。
对饮千家明月岸,乡思复入月前杯。

湘西凤凰城即事

灯楼历历清江上,客影憧憧暮雨中。
酒肆窗前杯盏错,蓑衣独钓岸边翁。

新疆那拉提草原途遇大雪

九月忽飞雪,周天落白鳞。
寒烟弥旷野,乱雪卷骑人。
马隐声嘶远,风临吼啸频。
苍茫归去路,何处得安身。

吐鲁番葡萄沟

天山寒望远,赤日背岩凉。
流雪滋桑柳,原风燥晾房。
葡萄沟上岭,庭院径边窗。
藤架千家下,炊烟暖碎阳。

拉萨河

侵晨出郭去,并向日边行。
狭路随山进,宽流任水泓。
平沙洲绿草,乱石岸红荆。
远目山隈见,空舟独自横。

李绍群

1920—2012年,湖北嘉鱼人。1945
年入伍,曾任军事科学院研究室主任。
曾为解放军红叶诗社编委。著有《暇馀
杂咏》。

高举红旗会陕甘

红军勇破万重关,高举红旗会陕甘。
北上已知南下失,西征更解东进难。
一隅立足天能补,全局怀胸海可翻。
协力同心图大计,五洋捉鳖等闲看。

中原突围漫忆

一

主力出西支队东,敌围突破万千重。
信花路侧枪声密,唐白河边战火红。
风雨兼程飞羽檄,晨昏有警向烟蒙。
几经拼杀过荆紫,驰骋陕南豪气冲。

二

何惧刘胡悬弩弓[①],关山飞度气如虹。
浪高强渡丹江水,月黑斜依秦岭松。

两月风餐军马健,连朝遇敌刺刀红。
同心协力更多助,天下谁思试剑锋?

① 刘、胡,指刘峙、胡宗南。

老战士吟

疾风催日月,落照瞬间生。
羞作秋虫泣,希闻壮士声。
身闲思战友,夜静梦边城。
漫步凭扶杖,犹存出塞情。

读叶剑英元帅《远望》诗步原玉,兼志悼念

吕端诸葛赞斯翁[①],明察奸邪剑耀空。
参辅中枢开伟业,治施南国记新踪。
长征险阻知封豕,继步艰难斩恶龙。
远见多谋蜇海内,风云际会建奇功。

① 毛泽东称赞叶帅:"诸葛一生唯
谨慎,吕端大事不糊涂。"

江城子·怀战友

相依生死在沙场,月无光,夜
茫茫。敌哨碉前、潜待号声扬。
震耳忽闻攻势起,飞步出,杀拼
忙。　　东西转战气轩昂,报安康,
跃如狂。胜利声中、喜得话情长。
此日何期千里隔,难把盏,惹神伤。

李静声

1923年生,山西长治人。1938年入伍,
曾任中央办公厅副局长,总参第五十三研
究所政委。解放军红叶诗社顾问。著有
《李静声诗集》等。

忆强渡洪泽湖

颍水流红百事殊,路西战罢欲东图。

千帆竞发高良涧,一旅强征洪泽湖。浪击清波群鲤散,风吹荷荡藕花舒。这般美景凭谁赏,战士前边顽敌驱。

忆雪河战斗

十八盘高高接天,雪河抱病扫狼烟。风吹枯木山间冷,夜夺残桥月上弦。倭寇丧魂弃尸骨,健儿热血洒危岩。年来衰老头飘絮,旧梦太行深处圆。

看烈士画册有感

目睹先驱泪满腮,瓣香遥奠断魂台。毛锥难画铜驼恨,枥下时听野鹤哀。马革胸襟昭日月,铁窗浩气藐云埃。丰碑早铸炎黄后,还有何虞尚眼开?

八秩放歌

自从矢志请长缨,慷慨悲歌万里征。大捷初经索堂庙,短兵曾伐百泉营。云笼秋浦鸡催舞,雪拥春城雨洗兵。跨纪休言林下老,青霜时作匣中鸣。

浣溪沙·悼八十二烈士

倭寇铁蹄频犯边,腥风血雨笼淮涟,奸淫掳掠罪滔天。 利甲坚兵丧敌胆,同仇敌忾保家园,英雄壮烈一心丹。

风入松·驻军齐市

征剿顽匪取龙沙,江水饮骅骝。刀锋直指兴安岭,嫩江西、一望无涯。捷报匪徒被灭,凯旋战士堪嘉。 驻军齐市暂为家,霜重醉金花。连天芳草黄羊壮,野泡中、肥了鱼虾。夕照一行朔雁,灯明万户人家。

鹊桥仙·支前

朔风千里,漫天飞雪,更觉英姿媚妩。月圆月缺一相逢,恰又是,寒冬岁暮。 离情才叙,又传战报,鸭绿烽烟正怒。支前工作莫稍闲,匆匆上,松辽去路。

鹊桥仙·过秦岭

叶落长安,风寒渭水,秦岭早飘瑞雪。风驰电掣过雄关,空望断,云山几叠。 思绪万千,京门路远,解甲何曾稍歇。长征万里越从头,浑不是,当年岁月。

江城子·送别

关山何处是家乡?走南昌,宿辽阳。风雨飘蓬,今又去都江。寒夜一轮巴蜀月,应依旧,照回廊。 机坪伫立意茫茫。不思量,怎能忘。惯是年年,独自对幽窗。冷暖四时当自理,谁与共,话衷肠。

浣溪沙·我军机要工作创建六十年

六十年来创业艰,先驱无数一心丹,优良传统代相传。 履薄临深为保密,埋头苦干业精研,喜看新秀胜前贤。

南乡子·红星照五洲

何计救神州?回首红都伟烈

谋。革命大旗空际展,方道,遍地哀鸿有尽头。　忍辱百年羞,誓扫列强申国仇。重整河山兴汉祚,谁俦?耀眼红星照五洲。

浣溪沙·答战友

昨日缄开南粤封,犹如鞍马又重逢,挥鞭高唱大江东。　退后沉浮疏势利,眼前得失付鸡虫,流年易逝太匆匆。

江城子·赞神舟五号

银河深处荡神舟,已千秋,梦方酬。水笑山欢,四海赞歌讴。任你如来仙法广,难阻我,广寒游。　升空一箭构思忧。九霄留,可回收。人间天上,来去乐悠悠。震撼宇寰扬国威,杨利伟,占头筹。

杨　森

原名杨开生,1952年10月生,湖南岳阳人。1972年入伍,曾任江苏省军区副政委,少将军衔。著有《疆吟江韵》。

海岛行

上　岛

天高云影淡,浪涌海潮生。
驻足花牵袖,抬头鸟畅鸣。
果园遮旧垒,碧树绕新营。
迈步从头越,戎装一老兵。

巡　逻

晨推星隐树,军号唤朝晖。
放艇身摇浪,握枪心欲飞。

攀崖添虎啸,越岭摘云归。
情洒巡逻路,花香湿汗衣。

班务会

久违班务会,四海五湖兵。
塞北喉音重,江南软语轻。
操场拼刺杀,灯下叙心声。
几载军营梦,终生战友情。

遥寄边关

一

群峰奋起锁西津,天地浑然不染尘。
望断千山风雪路,魂牵万里戍边人。
常邀明月舒心志,偶约东风牧彩云。
哨所窗前一枝绿,长留战士梦中春。

二

岁月如歌不计年,心随战友锁狼烟。
巡逻遇险同生死,伏击追踪共醒眠。
身后冰山松似我,胸中使命国如天。
依稀梦里千山外,雪域清辉到枕边。

军演二〇一三

一

塞草秋风起战云,苍茫大地隐千军。
运筹帷幄胸涛涌,决胜疆场剑气奔。
烈焰腾空张铁翼,骏骑驰骋碾狐群。
旌旗漫卷青山上,捷报声声送夕曛。

二

万众凝眸百感生,荧屏内外望南溟。
心牵阔海强军梦,情系重洋亮剑兵,
寻的高天拖靶落,驱鲸巨舰浪头行。
凯歌磅礴传千里,鸥燕衔波作和声。

参观核潜艇基地感赋

驭鲸牧海历沧桑,百炼千锤闯大洋。
航道无痕甘寂寞,惊雷有眼铸辉煌。
强军使命催征远,甲午残云引恨长。
大国平安倚长剑,纵横万里傲东方。

水调歌头

渡江战役胜利纪念碑前重温毛主席诗
《人民解放军占领南京》

笔底惊雷起,磅礴势如虹。胸
有雄兵百万,挥手大江东。踏碎惊涛
骇浪,突破固防天堑,千里舞长风。
橹桨催春晓,号角唤蛟龙。　历翻
覆,歌慷慨,敬碑峰。万里江山如画,
碧血染花红。俯仰千秋青史,回首沧
桑巨变,天地忆英雄。目送征帆尽,
思绪绕晴空。

沁园春 · 井冈山

万里江山,千里罗霄,百里井
冈。望天高地迥,林涛滚滚;峰回路
转,叠岭苍苍。革命摇篮,红军故里,
镰斧长缨耀赣湘。朝圣旅,忆星星之
火,燃遍东方。　秋收霹雳时光,
引赤县神州夜渐央。历三湾整训,宁
冈师会;枪鸣五井,炮震黄洋。沧海
云愁,长空风烈,漫卷旌旗辟武装。
人间换,赖精神伟力,真理华章。

沁园春 · 雨花台

细雨蒙蒙,秋意重重,登雨花
台。望青松翠柏,葱茏伫立;密云浓
雾,浑厚低哀。肃整衣冠,拾级而上,
雄壮歌声胸底徊。轻移步,仰神州英
烈,华夏雄才。　澄清玉宇尘埃。
唯志士先驱染血催。洗百年国耻,山
河补裂;驱倭杀寇,扫尽阴霾。大地
苍茫,中流砥柱,日月同辉昭未来。
雨花祭,看巍碑高耸,俯瞰秦淮。

金缕曲 · 三军联合演习感赋

信号腾空越。显神威、披坚执
锐,练兵时节。笑挽狂澜三千丈,战
舰天高海阔。沧浪里、巍然如铁。
搏击长空巡日月,看雄鹰展翅排新
列。空海域,贼尘绝。　关山万里
连天接。试长弓、穿云破雾,舞姿如
蝶。铁甲轻骑鏖战急,直捣狼烟虎
穴。江湖上、浮桥横截。塞北岭南
军旗猎,望中原逐鹿雄师烈。谈笑
里,报音捷。

水龙吟 · 舟桥旅长
江架设浮桥演练

大江翻滚西来,雄涛激拥腾空
舞。战船溅雪,飞舟斩浪,地摇江
举。汽笛连营,门桥竞发,握龙骑
虎。正急流澎湃,滩危航险,苍茫地,
桥横渡。　铁甲披烟裹雾,枕波
涛,隐雷藏怒。经年累月,耕江牧海,
军中劲旅。夏日谈兵,秋风说剑,气
吞强虏。望霞红水艳,山青野阔,阵
严新戍。

水龙吟 · 防空兵黄海滩头驻训

滚雷呼啸东来,撕堤裂岸苍穹
暗。骤风裹浪,乌云泼雨,地摇天

闪。烈焰飞红，金蛇舞袖，几分娇艳。试弯弓奋臂，利锋破障，凌云志，巡空胆。　　雨遁风轻云淡。俏清秋、海天深湛。鹭旋重碧，鸥鸣雄影，波翻激潋。旷野支锅，斜阳煮酒，战歌声敛。待携潮入梦，披星挽月，砺长空剑。

水调歌头·登阅江楼

久有盛名志，建业帝王州。潇潇风雨相送，俯仰阅江楼。浩浩长江东去，雾霭烟霞扑面，远处渺难收。身倚扶栏久，情景两悠悠。　　观雄胜，成感慨，故神游。六百余年过去，弹指数春秋。一代君王将相，几个风流人物，纵马带吴钩。多少兴亡事，万古大江流。

满江红·侵华日军南京大屠杀遇难同胞祭

破碎山河，倭寇践、伤痕累累。长夜漫、秦淮水痛，古城风涕。父老残躯惊梦断，孤嫠离魄嘶声碎。苦无言、悲惨绝人寰，苍天坠。　　流不尽，苍生泪；洗不尽，千秋罪。看屠夫嘴脸，满城冤鬼。祭誓声中铭旧史，国歌响处挥新矢。挽大江、巨浪涤尘埃，军心砺。

鹧鸪天·过嘉峪关

几度西行又复东，未曾识得戍楼雄。青春已染苍原绿，夜梦常萦雪域松。　　秦汉月，宋唐风，万里关山入胸中。当年立马扬鞭处，依恋斜阳

血样红。

金缕曲·军嫂

苦乐知多少。问关山、几重雨阻，几重风啸。手把摇篮声声唤，唤得星稀月老。杨柳岸、离多聚少。遥望升平歌舞夜，任柔情似水心头搅。思不尽，梦中眺。　　天涯海角边关道。可记得、妻子泪眼，娇儿容貌。驰骋疆场肩使命，换取神州笑傲。也有那、情丝频绕。铁马金戈巡逻夜，盼一轮明月当空照。千万里，敬军嫂。

水龙吟·梦南海

水天浩渺蓝畴，染春浮黛婀娜影。珊瑚岛上，云缠汉帛，浪鸣唐鼎。永乐滩边，宋碑沙掩，元瓷若镜。越千年往事，询星问月，铭文在，堪为证。　　梦绕魂牵南溟。梦三沙，此时情景。渔歌湿了，鲣鸥瘦了，鸦声又盛。椰树临风，珍珠映日，浪高潮紧。遣龙鲸蹈海，雄鹰啸剑，唤鱼虾醒。

浣溪沙·忆永兴岛

此刻南风似那时，芭蕉细雨润椰枝，心随沃土种相思。　　一别经年常入梦，久萦碧浪酿成诗，时闻浩气舞新姿。

金缕曲·建国六十五周年感赋

沧海高帆济。踏长波、壮怀激烈，披坚执锐。滚滚洪涛来眼底，历

练东方智慧。环宇望、风云际会。图治励精忧患始,驾神舟、击楫中流水。风景好,万山翠。　旌旗指处宏图绘。纵航程、几番波谲,几番云诡。磅礴远征星空灿,任尔潮升潮退。天下事、从容韬晦。圆梦百年凌云志,路漫漫、一跃开新纪。听响亮,国歌起。

清平乐 · 古田会议会址

一

古田窈窕,历史风云绕。冲破夜空旗帜耀,跃马雄关漫道。　凤凰浴火霜晨,锤镰铸造军魂。踏碎惊涛骇浪,看谁敢撼昆仑。

二

山峦含黛,染尽层林彩。送爽金秋驱雾霭,激起千峰澎湃。　几经沧海桑田,回眸星火燎原。抖落纤尘败絮,长风浩荡扬帆。

望海潮 · 京城相聚世平先生

淡烟年月,浓云心事,人生步履匆匆。风舞柳枝,花摇蝶影,织成聚散无穷。千里觅行踪。记兵谣大漠,雪裹边烽。锦瑟华年,射狼西北挽雕弓。　征夫地阔天雄。自潇湘秀色,梦里芙蓉。春涨棹歌,秋怜雁语,新晴洗涤迷蒙。客路又相逢。有华灯映月,沃土培松。铁板铜琶古韵,倚啸激清风。

杨卫群

1922—2009年,辽宁海城人。1937年入伍,曾任空军指挥学院院长。

百代飞天梦圆

霹雳冲霄连五箭,太空勇士展英姿。
得圆百代飞天梦,谱就千秋动地诗。
国力军威惊海外,高科技越雷池。
山河锦绣添新彩,揽月追星正计时。

杨子才

1930年生,云南宜良人。1946年入伍,曾任解放军报社总编。解放军红叶诗社顾问。著有《萤窗咏史诗》,编著有《古今五百家词钞》《历代咏史诗钞》等。

上党感怀

老至不知登太行,奔龙八百莽苍苍。
英豪血染清漳水,换得元元足稻粱。

陈赓麾下一老兵

——王永春《血染山河战旗红》代序

陈赓麾下一老兵,河南人氏王永春。从戎至今六二载,投笔恰在丁亥年。为何舍家来征战?只因穷人命难全。难熬水旱蝗汤苦,捶胸顿足问苍天:为何穷汉无寸土?为何豪门千顷田?为何富者厌粱肉,为何贫者甑生尘?顿悟苍天终聩聩,毅然荷戈上征程。长途奔袭攻顽敌,血影刀光下中原。黄河天险破浪越,万里长江飞渡船。鄂赣粤桂与滇黔,足穿草鞋都踏遍。枪林弹雨何所惧,九死一生得幸存。至老难忘征战事,白头著书不曾闲。塑得山峰十二座，更写滇南大追歼；而今又绘英雄谱，龙蛇飞腾笔如椽。年过八旬何所求？只图寄语后来人：血染山河战旗红，铸就国魂与军魂。

大决战开新纪元
——纪念辽沈战役胜利65周年

一

南昌起义廿一载，亿万奴隶盼身翻。主席韬略超万古，决策恰在戊子年。东野开赴北宁线，关门打狗奋铁拳。秋高气爽军威壮，战马长嘶渤海边。分隔包围斩鲸鲵，南克兴城北义县。将有空前大决战，风烟滚滚满辽天。东北蒋军归路绝，九分死兮一分生。望江南兮家万里，关山阻隔空断魂。

二

战略要地锦州城，自古兵家所必争。关内塞外挂两头，北挑满洲南燕京。锦州易手无东北，探囊取物下平津。老蒋下令定死守，筑堡如林似铁坚。为破坚城操胜算，林罗来到牤牛屯。涉水登山细勘察，织成罗网巧布兵。一声总攻号令下，万炮齐鸣鬼神惊。我军将士如猛虎，敌人顽抗半死生。鏖战三十一小时，一举歼敌十万零。守将范氏称汉杰，蒋氏钦点有声名。城破兵败心胆碎，就擒涕泪话心田。年少从军到白发，如此恶战冠古今。惨烈远过台儿庄，恰似秦赵战长平。

三

锦州城头枪声急，南京老蒋慌且惊。专机急飞葫芦岛，调兵遣将援锦城。东野四纵十一纵，奉命南面阻援兵。塔山一线设阵地，寸土不失寸土争。敌军十万轮番攻，炮舰炸弹齐轰鸣。大地震撼山岳动，我军守若泰岱坚。激烈拼杀六昼夜，敌尸累累阵前横。草木腥兮水呜咽，日无光兮月不明。攻锦部队已得手，援敌半步未能前。壮哉塔山阻击战，彪炳史册万古传！

四

长春早已成孤岛，被围度日若度年。守敌缺粮民饥饿，曾闻城中人吃人。攻锦胜利似雷霆，顿使守敌梦魂惊。军心动摇无斗志，携械投诚日纷纷。云南名将曾泽生，早欲倒戈求新生。如今得此好时机，毅然起义投光明。七军军长名李鸿，放下武器来归顺。剩下主将郑洞国，势单力孤难支撑。眼见蒋家气数尽，顺应大势归人民。东北首府长春市，兵不血刃息战尘。秧歌劲舞飘红旗，鼓乐雷鸣动山川。古人未见今人笑，今月曾经映古人。松辽平原万古月，从此年年照太平。

五

辽沈决战阵云密，最数辽西风雨奇。南面援锦碰了壁，北面援敌施诡计。蒋家精锐九兵团，"围魏救赵"行故伎。不向西南走锦榆，却占西北彰武地。美其名曰"断粮道"，欲逼东野撤兵归。东野多谋早有备,绕道运输保供给。彰武廖氏空欢喜,我军攻锦疾如雷。锦州坚城化土灰,蒋氏气恼心火急。忙携杜氏再飞沈,严令廖氏出辽西。"规复锦州"是迷梦,第九兵团无归期。沈锦路上有黑山,欲过黑山谈何易!东野十纵守此山,万众一心铸铁壁。美式炮火急如雨,硝烟弥漫笼天地。主峰阵地一〇一,炸矮一米三有余。十纵将士学四纵,死打硬拼不气馁。刺刀见红敌胆寒,黑山阵地屹然立!

六

"规复锦州"泡了汤,第九兵团向何方?廖说向南奔营口,卫说北撤回沈阳。南奔北撤两依违,东野再布天罗网。疾如迅雷快如风,各纵顺手牵肥羊。敌人夺路向南闯,八纵五纵成铁墙。最是三纵猛如虎,擒贼擒王捣心脏。首脑机关被打乱,军长师长无主张。"王牌兵团"被全歼,美式装备弃战场。十万精锐一朝尽,活捉司令廖耀湘。辽天雁叫凄凉月,西风萧瑟秋草霜。可怜流水漂浮尸,白骨黄沙满河梁。

七

我军全歼廖兵团,沈阳之敌大慌乱。欲逃营口求生存,营口守敌已不稳。林罗立即再下令,分路进击沈阳城。南面飞兵断退路,西面猛虎来掏心。还有各个独立师,齐攻东面与北面。敌人一如困垓下,四面但闻楚歌声。卫氏忙乘铁鸟去,烂摊交给周

福成。周氏原属东北军,本应效法曾泽生。无奈头脑花岗岩,声言不如作"忠臣"。可叹兵败如山倒,无人为蒋甘杀身。手下一位副军长,胁迫周氏交兵权。周某以手掩面哭,喃喃自语"愿投诚"。守军悉数被肃清,共达十三万余人。沈阳高歌庆胜利,营口再将捷报传。九纵星夜兼程至,与敌鏖战渤海边。守敌败退忙登舰,欲从海上去逃生。我军炮火猛轰击,三千敌兵水底沉。共歼守敌一万四,逃逸一个师有零。东北至此全解放,歼敌四十七万又二千。此役干净又彻底,翰墨简牍怎置评?细检华夏兵家史,三千年来第一篇!

八

辽沈枪声甫沉寂,四、十一纵已登程。昼伏夜行疾如箭,神鬼不知先入关。百万大军随后行,跃马平津下幽燕。放眼神州观棋局,战略形势大转变。我强敌弱从此始,战争进程要缩短。白山黑水作基地,工农"高悬霸主鞭"。天地翻覆沧桑变,翌年定开新纪元。

满江红·过卢沟桥感赋

水咽卢沟,枪炮响、声声未歇。狂寇恶、九州怒吼,万千杰烈。平虏雄豪飞霹雳,誓驱鬼子心如铁。遍太行、王屋耀戈矛,同悲切。赵登禹,肝肠裂;佟麟阁,英姿灭。宁断头,不教金瓯残缺。宿草沙虫悲战骨,郊原流尽军人血。屠龙手、从

此满河山，还燕阙。

满江红·吴佩民
《野草集》代序

万古漓江，流不尽、穷黎灾祸。改乾坤、执戈捍卫，南疆钥锁。再踏幽燕辽海雪，丹心白首追奢颇。《野草集》、凝集一生心，留魂魄。

奇儿女，当报国；浑不怕，头颅堕。身尚在，休把年光虚过。铁杵成针磨砺久，移山伟业由人做。莫蹉跎、驱二万征程，传薪火。

满江红·读赵可铭上将
《戎马吟》诗词集

豪气长虹，戎马早、南关舞钺。兼文武、如椽巨笔，华章激越。继效胡杨生大漠，风沙酷烈心如铁。雄赳赳、十万剑横磨，防西北。

看世界，多压迫。干戈动，何时歇。振华夏，切须精武强国。培育成千新卫霍，谋筹浇尽心头血。近古稀、宝刀闪云霓，如霜雪。

[仙吕·一半儿]自愧

铁马冰河入梦长，多少英雄作国殇，我今头白犹郎当。稼穑忙，一半儿苗稀一半儿荒。

[仙吕·一半儿]自挽曲

白山黑水入梦来，万千战骨埋荒外，我却耄耋棺未盖。还文债，一半儿泪水一半儿墨。

[仙吕·一半儿]十年浩劫

天地君亲师全错，走资派比牛毛多，打、砸、抢、夺满山河。谁快活？一半儿神仙一半儿魔。

[仙吕·一半儿] 读
《史记·货殖列传》

天下熙熙为利来，天下攘攘为利往，见利忘义成时尚。蔡中郎，一半儿是人一半儿狼。

[正宫·塞鸿秋] 吊古

煤山半坡枯枝树，是崇祯皇帝登天处。十三陵外霜天暮，是慈禧西逃饥馁路。良将丧头颅，八旗犹歌舞。河山万里换新主。

[正宫·塞鸿秋] 读《水浒传》

天之道兮倡互助，损有余而补不足；人之道兮真憋屈，却损不足奉馀裕。梁山最高处，杏黄旗飘舞，替天行道水之浒。

[大石调·青杏子]赞雷锋

[青杏子] 湘水之滨牧猪童，立志报国来从戎，雨露滋润成英雄。大爱心胸，扶老携幼，其乐无穷。

[归塞北] 对百姓，温暖如春风。上善若水心头涌，好事做了千百种，九州齐称颂。

[好观音] 永不生锈螺丝钉，一片丹心别样红。二十二年成永久，舍己为人气如虹。

[幺] 完全彻底为大众,心底无私只有公,道德高于南岳峰。

[随煞] 男女老少学雷锋,社会和谐情意浓;雷锋精神贯西东,四海五洲趋大同。

杨光明

1922年生,四川苍溪人。1934年参加中国工农红军,曾任石家庄陆军指挥学院兵种教研室主任、训练部顾问。解放军红叶诗社社员。著有《奋蹄》等。

小井感怀

红冢安眠烈士身,青松作伴未名人。
魂归天上星辰耀,魄入山川草木芬。
喜看井冈生俊秀,欣闻赣水诵红军。
长思昔日英雄业,再绘神州五彩春。

渔家傲·回思往事

幼小从军今已老,平生征战时光好。足遍天涯行正道。天亮了,翻天覆地人欢笑。　卸甲归田烦事少,回思往事豪情傲。孺子黄牛欣系套。闻军号,宝刀未老雄风啸。

念奴娇·红军渡感怀①

嘉陵江水,话当年、万马千军强渡。神勇健儿,冲敌阵、枪林弹雨谁顾。一往无前,堡垒成灰,遍野白军房。巴山欢笑,剑门关上歌舞。　父送船往江边,勉儿牢记,普天穷人苦。跟着"朱毛"求解放,早日回乡团聚。革命春秋,出生入死,未负尊亲嘱。人民作主,仙乡先辈魂甍。

① 作者自注:1935年春,为帮助红四方面军强渡嘉陵江,苏区人民踊跃运船至嘉陵江各渡江地段。我父亲欧明鉴亦在此行列。我们巧遇时,他嘱咐我革命成功了早日回家团聚。由于长期战争环境阻隔,音信全无,直到新中国成立后探亲时,方知父亲因贫困交加早已逝世了。

杨利伟

1965年生,辽宁绥中人。1983年入伍,现任航天员训练中心副主任,特级航天员,少将军衔。被中央军委授予"航天英雄"称号。

神舟雄风

神舟腾宇展雄风,重任肩担搏太空。
探险飞天圆夙梦,摘星揽月建奇功。
时空跨越迎新纪,浩瀚银河举旆红。
科技兴邦多壮举,中华雷响震苍穹。

杨清波

1931年生,河南嵩县人。1948年入伍,曾任广州军区空军副参谋长。著有《杨清波诗词集》。

赞修建青藏铁路官兵

海拔五千米,缺氧行动难。天寒大地冻,冰雪盖草原。十万铁道兵,重担挑在肩。架桥凿隧道,铺轨根根连。多少好儿女,长眠昆仑山。岁月历五载,高路入云端。列车飞奔驰,群山笑开颜。奇迹展世界,神州大地欢。

杨澄宇

1942年生,山东东阿人。1970年入伍,曾任总后勤部参谋长,少将军衔。著有《彩虹吟》。

帕米尔访军营

生命禁区永冻层,要寻春色到温棚。
边关将士汗浇灌,菜果瓜蔬四季青。

鸣沙山

金沙堆冢葬忠贤,赢得边疆息战端。
风起如闻鼓角响,悲歌慷慨唱阳关。

时　冲

1925年生,上海人。1938年参加革命,曾任解放军外国语学院训练部部长。解放军红叶诗社社员。著有《填海集》。

缅怀粟裕大将

历史虽然多失误,将军常胜普天闻。
大仁大智先锋胆,无畏无私国士魂。
三次条陈筹胜策,两辞司令见高忱。
战争回忆垂青史,淮海无言付众论。

六州歌头·忆地下党抗日活动

童年忧患,除夕炮声惊。寇氛炽,攻淞沪,火海殷。血泪凝。学子岂能静?俱神往,义勇军,捐义款,慰伤兵,济难民。饕餮朱门,路畔饥寒骨,悲愤填膺。读马恩经典,方向豁然明。誓结同盟,铲不平。　　演街头剧,群情激,歌悲壮,救亡声。讲时局,鼓民气,举红旌。筑长城。纱厂罢工急,声援紧,尽豪情。坚抗战,反分裂,斗"三青"。八百中华壮士,兴援救,被困孤营。更兼交通使,党刊传《斗争》。引我前行。

水调歌头·瞻仰皖南新四军军部旧址及烈士陵园

久有寻根愿,今日梦成圆。悠悠青弋江水,穆穆云岭川。八省健儿齐汇,四海菁英奔聚,腾沸想当年。虎后狼前伺,拼搏巧周旋。　　茂林血,恨顽敌,构奇冤。元戎铜像长伫,心瓣祭苍天。革命常多曲折,失误难遮功德,百岁纪昭然。结伴青山麓,忠烈好安眠。

十六字令·枫

画家任新月作《红叶少女》图,写陈毅元帅"西山红叶好"诗意,嘱余补白。

枫,霜叶萧萧斗冷风,如流火,血染战旗红。

枫,万业千秋出杰雄。新潮急,年少志先锋。

枫,志士当学陈仲弘[1],真善美,诗魂铸元戎。

[1] 仲弘,陈毅字。

瑞鹧鸪·七十初度

忽忽从心恪矩年,悠悠思往似鸣弦。唯求俯仰无多愧,自有欢愉释小嫌。　　一片冰心依大海,百年素愿寄新天。延龄伫望金瓯合,引领人间解巨悬。

西江月·老同志聚会

事业已添绵薄，友情仍欲熔金。百年忧患庆初平，盛世方兴如锦。 "命"岂先天注定，"运"能改变当今。野藤闲草可长青，太极潜心求进。

吴戈华

1920年生，河北获鹿人。1938年入伍，曾任南京高级步校研究部副政委。解放军红叶诗社社员。著有《军旅诗稿》。

忆在总部听朱总司令教诲

长忆太行三九年，聆听训话事如镌。
讲台背景青纱帐，场地蓬荫绿幔天。
站势威严鼎端立，纪容整饬日明妍。
欲将境象留斯世，赋得小诗待管弦。

左权总参谋长接待我

奉调趱程奔太行，其时总部在前方。
来人接待意亲切，与语垂询事细详。
军服一身呈旧暗，臂章八路泛新光。
误为管理员关爱，嗣后惊知吐舌长。

忆随部队反"扫荡"转移

山程亭午片云齐，绿叶伪装编彩迷。
时躲飞机头顶掠，每闻子弹耳边啼。
湍溪冰冽扎腓骨，萦路音清奏马蹄。
遥觅枫林宿营地，秋高极目太行低。

大刀曲

大刀一举虎瞠睛，淡淡寒光动魄惊。
威力可堪交手仗，逞雄端在夜摸营。
怯倭摩颈添新习，败敌扪头问死生。

民族之魂凝利刃，直将血肉筑长城。

草鞋颂

破衣报废扯成条，战士手编称绝招。
麻索竖经绷秀挺，布绉横纬织匀调。
关山万里奔驰疾，水陆双栖跋涉遥。
物换草鞋功自在，风行一代履中骄。

忆除夕风雪夜袭敌

越野爬犁溅白沙，飞军迥出一弯蛇。
凌风我笑疏林裸，夜雪谁怜玉路遮。
爆竹混枪声逐祟，凯歌贺节锦添花。
战俘酒汗乍惊醒，与共一元迎晓霞。

缅怀解放战争中牺牲的朝鲜族诸战友

千秋深谊日如恒，总是同胞手足情。
风吼夜攻高丽帽，马嘶晓战石砬棚①。
沙场血泽连茅草，雪野尸埋共墓茔。
且看燕然铭勒处，鲜花漫野紫云腾。

① 高丽帽，山名。石砬棚，村庄名。

谒杨子荣墓

翠柏萧森墓草蓝，万人瞻仰动心弦。
雪原林海英雄迹，每使兵家感泫然。

悼驻南使馆三烈士

感情何脆弱，数日泪难干。
直作亲朋死，总怜魂鬼冤。
血凝人道破，弹证霸权端。
身殉他乡土，英名史册传。

千秋岁·谒西柏坡党中央故址

万山苍莽，犹是虔诚样。如拱卫，

将屏障。当年前委驻,赢得声名响。今却是,土房旧物依原状。　圣地高山仰,导游流利讲。浮旧影,骋遐想。笑谈天下定,纵论舆图掌。留恋久,一轮皓月当空朗。

菩萨蛮·鼓浪屿上望金门

淡山依约沧漪远,紫霞缥渺轻纱掩。隔海看金门,望穿一片心。　雪鸥啼日落,海峡良寥廓。银汉足兰桡,何劳修鹊桥。

兰陵王·东南沿海三军

渡海登陆实兵演习

海情急,无际奔涛涌集。知何处?鸦片战场,顿激豪情怅怀昔。东南两海域,分出,南攻北袭。三军列,威武壮观,高技新装虎添翼。　龙宫亦惊魄。甚鹬鹭群翔,鲸鳄飘弋。锤雷鞭电风云叱。凭一气飞垫,两栖装甲,航机登舰巨网立。爽然尽歼敌。　凝息,紧观毕。竟兴泪盈眶,雄气添膻。谁堪忍更成齑粒?问"两国"倡者,一拳禁击?凫趋鱼跃,似配伴,演壮剧。

吴光裕

1927—2013年,江苏扬州人。1945年10月参军,曾任福州军区空军参谋长。曾为解放军红叶诗社副社长、顾问。

歌唱爱民医生吴登云

帕米高原耸雪山,白衣医圣美名传[1]。马驮镶药三千里,根扎边陲卅六年。访户穿乡除病疾,扶伤救死惠黎元。身皮自割医童子,鲜血常输献妇男。岂畏巡诊洪水泛,不阿权势品行端。开颅剖腹回春手,立德传薪济世贤。乌恰赞歌扬牧野,慕峰积雪汇溪川[2]。深情化作清泉水[3],永注甘流润世间。

[1]　乌恰县柯尔克孜牧民以民歌《白衣圣人》赞誉为民爱民的好医生吴登云。
[2]　慕峰,指慕士塔格峰。
[3]　《清泉水》,当地牧民献给吴登云的歌。

赠日本友人

原牡丹江航校日本飞行教官简井重雄来京,老友欢聚话旧。

连天战火艰时岁,共驾银鹰掠晓天。练武长空成远忆,重逢皓首话当年。

依韵回奉诗友

少时敬仰古贤豪,文武光华耀斗杓。振翼翱天偿凤愿,穿云破雾斗天枭。老来重拾诗书业,韶逝尤勤翰墨操。奉献人生无巨细,惜阴策马不辞劳。

水龙吟·一江山登陆战大捷

涛翻东海连天际,列屿浮波苍翠。顽军据守,抓丁筑垒,农荒田废。渔禁船封,网闲空晾,苦熬生计。望椒江口外,沉云密布,解民苦,除芒刺。　进击三军励志,战鹰低、突防势锐。劈波斩浪,舰炮喷焰,敌船沉毁。强渡抢滩,排浪登陆,痛歼残匪。吊枫山义骨[1],捐躯报国,永垂青史。

① 指枫山烈士陵园,解放一江山岛牺牲的烈士埋葬于此。

念奴娇·渡海登陆练兵

雾浮东海,正楼船列阵,待机潜伏。曳弹流星穿碧落,令出脱弦征逐。铁鸟翔云,战鲸吐焰,火箭冲天倏。硝烟指处,抢滩十万登陆。　　舟艇排浪如潮,炮摧雷障,砦垒须臾覆。小试锋芒收列屿,台独胆丧心怵。天堑长江,海南琼岛,曩昔强攻复。尔今雄旅,精装执锐擎纛。

六州歌头·刘亚楼同志百龄冥寿

时光飞逝,忽百岁生辰。思六五①,花铺地,奠堂深。祭亡人。恍似昨朝事,将星殒,同袍泪,亲朋咽,联帐布,恸销魂。遥想西归,仍念空军业,战技求新。制海空万里,势壮志凌云。两岸同根,一家亲。　　告元勋语,流年转,人事变,暗伤神。叹故旧,衰体病,状嶙峋。多凋零。喜作风传统,交相递,代传薪。驾隐战,登星站②,有精英。更建航母试海,排战阵,远海演军。访五洲列国,交友睦邦邻。天下安宁。

① 刘亚楼同志于1965年辞世。
② 隐战,隐形战机;星站,空间站。

金缕曲·黑茶山空难悼叶挺将军

万民心香祭。恸元戎、黑茶罹难,九州悲涕。立世挺身兴故国,十

载兵韬砥砺。征腐恶、先锋凌厉。直下三湘平楚鄂,更临危、受命坚无畏。奔赣粤,举红帜。　　抗日救亡悲歌誓。建新军、铁流东进,斩倭除伪。战祸萧墙亲者痛,千古奇冤惊世。临大节、《囚歌》明志。不屈不移昂首立,赞英雄、赫赫功勋绩。同景仰,共天地。

东风第一枝·抗战胜利六十周年感怀

千万英魂,八年浴血,赢来"诏告"降屈。举觞奏凯欢馀,忍看山河浩劫。疮痍满目,荒径外、断垣残堞。更发指、白骨堆坑,万载血仇难拂。　　催奋进、而今昂屹。修德政、睦邻邦悦。东瀛时卷乌云,更兼"安保"诡谲。屡参"靖国",且海上、衅端交迭。但警觉、嚣啸狂徒,我自枕戈应猝。

过秦楼·吊甲午战争

早逝硝烟。国殇常系,疚心马约难删。叹廿年经武,恸旦毁全军,四亿同潸。千卒海魂冤。战东沟、五舰沉澜。看平壤溃败,辽东沉落,威海残辕。　　诘丧师失地,谁之罪?唯清廷上下,腐朽昏贪。挪帑银军费,筑离宫禁苑,岂顾江山。卑屈膝赔金,割澎湖、拱奉台湾。纵世昌勇武,义士捐躯,无力回天。

金缕曲·马关条约一百周年暨台澎光复五十周年有感

海战沉机舻。怅英雄、捐躯殉

节，尽忠无处。辱国丧权马关约，腐愤清廷押署。更诺诺、卑躬如许。百载沧桑风共雨，叹多番、逐寇旌旗舞。流碧血，洒冈阜。　　台澎光复欢重聚。泪纵横、相拥凝噎，失声悲诉。蒋记残兵占宝岛，一叶金瓯割据。台独论、洋奴狂语。欲叛中华分国土，问尔曹、怀旧何心注[1]？当举国，痛声诅。

① 李登辉曾与日记者交谈称，他青年时代自认是日本人，对日统治台澎时代怀有恋旧情结。

浣溪沙·梅花岭凭吊

末世料知明祚凋，何堪阉贵伴昏朝，骄兵四镇不擎旄。　　孤意苦心防铁骑，哀哀十日血浸刀，英雄殉节恨难消。

雨霖铃·山海关兴怀

雄关第一，劈沧溟浪，翘首东立。逶迤峻岭千里，兵楼水寨，烽烟鸣镝。触目墙垣弹孔，自长留伤迹。念往事，千载兵戎，白骨疆场草如碧。　　长城自古中华脊。愤悲歌、抗日英雄血。拥迎百万雄旅，逾险隘、胜收京邑。故国春来，今是鲲鹏、搏风腾翼。纵面对、雷雨风云，敢向长空击。

踏青游·访福建崇武石寨城[1]

石寨登临，一色海天无际。监哨边、烽台遗迹。立前锋，正威帅、剑扬指敌。风展帜、披坚义勇执戟，千弩万弓飞镝。　　遥想当年，靖海御边兵激。寇逐浪、登滩蜂集。箭离弦，阵雨疾，挺矛刺击。倭刀落、遍岸尸横号泣，匍匐敌虏降乞。

① 崇武石寨城为抗倭寇而筑。城用花岗条石构筑，高两丈，方围一千三百余丈，至今完整无损。当年戚继光率义乌兵勇在此驻守抗击倭寇，曾在海滩歼寇一千余人，俘虏若干。

鹧鸪天·游古瓜洲渡

南北长河扼颈喉，沧桑津渡古瓜洲。渡江突骑英豪志，击鼓抗金巾帼谋。　　渔火闪，黛山愁，杜娘投宝殉江流。风尘烟雨随波逝，朗朗江天万旅游。

吴杰章

1931—2016年，湖北建始人。1949年入伍。曾任海军航空工程学院政治部主任，海军少将军衔。

怀念张爱萍将军

白马筹谋战火年，海军创建谱新篇。万钧伟力平沧海，一代雄才绘碧天。玉洁冰清立师表，诗情笔韵领群贤。将军风雅留千古，嘱语谆谆后辈传[1]。

① 张爱萍将军曾为海军的同志题词："勿逐名利自蒙耻，善辨伪真羞奴颜。"

读《战斗中的文艺兵》感赋[1]

战斗之中文艺兵，篇篇字字述真情。硝烟散去勋功著，文化传承德艺馨。岁月悠悠流水远，友情切切逐年升。呕心沥血汇宏卷，齐展丹忱照汗青。

① 本书反映原湖北军区独立二师兼

恩施军分区文工队的战斗生活、文艺宣传和同志间的革命友谊。王定烈将军题写书名,肖健将军作序。

调笑令·国庆大阅兵女兵方队

银浪,银浪,滚滚东来浩荡。搏击伟力无边,托起钢铁舰船。船舰,船舰,万里海疆利剑。

吴荫越

1921—1996年,四川达县人。1938年参加八路军,曾任军事科学院外军部副部长。曾为解放军红叶诗社副社长。

进　藏

大军进藏逐风云,百万农奴倍感亲。
协议威严惩厉鬼,金瓯完整仗吾人。
雪山皎皎开新宇,雅鲁滔滔迓早春。
一统山河增秀色,从今汉藏结同心。

鹧鸪天·忆出剑门

长忆当年出剑门,河山半壁叹沉沦。八年抗战驱倭寇,三载鏖兵逐蒋军。　追往事,看如今,神州已入国强林。人民十亿同心干,指日中华万象春。

何昌运

1930年生,安徽巢县人。1949年5月入伍,曾任北海舰队副司令员、副政委,海军少将军衔。解放军红叶诗社社员。

读《当代军旅诗词奖获奖作品集》一等奖诗作有感

喜读众佳篇,篇篇肺腑言。
心头凝大爱,笔底啸龙泉。
诵到情深处,泪流湿素笺。
又闻军号响,老骥自加鞭。

余伯由

1911—2003年,湖南临湘人。1938年入伍,曾任南京军事学院训练部政委,南京工程兵工程学院顾问。曾为解放军红叶诗社顾问。

新四军颂

卢沟事变寇侵狂,慷慨悲歌征路长。
八省英豪齐逐虏,四方义勇共存亡。
嘶风骏马惩顽伪,满月雕弓射虎狼。
借问铁军何处觅,大江南北古沙场。

瞻仰粟裕大将骨灰墓

塔左长眠大将灰[1],登台吊念几徘徊。
殚精竭虑精韬略,常胜将军万古垂。

[1] 塔,指淮海战役烈士纪念塔。

悼念钟期光上将

噩耗电波入梦惊,中宵猛忆故公情。
茅山烽火垂洪范,淮海战歌接笑声。
爱干爱民亲手足,亦文亦武著峥嵘。
鞠躬尽瘁瑶池去,亮节高风百世铭。

满江红·香港回归一周年

斗转星移,凭栏处、峥嵘岁月。红旗展、风光无限,海天空阔。回首旧时为俎肉,百年争斗何尝歇。看今朝、完璧已还家,歌千叠。　国两制,新章节。青史上,丰碑揭。辟和平道路,世人称绝。八项主张垂典范,金瓯一统民心悦。手相携、同唱满江红,从头越。

宋英奇

1925年9月生,河北安平人。1938年10月参加革命,曾任总政群工部部长。中华诗词学会会员,解放军红叶诗社社员。著有《宋英奇诗词习作集》。

新疆探望老战友

老友重逢喜泪潸,夜深促膝忆当年。
酸甜苦辣全谈遍,一笑相看两鬓斑。

国庆六十周年大阅兵

老翁昂首笑盈盈,健步登台观阅兵。
曾战沙场凭志勇,常思部队练全能。
关心传统发扬好,祝愿战争打得赢。
今见形神装备好,胸中浩气油然生。

丁德福阿里戍边颂

传承古格近千秋,灿烂文明汇九州。
痛忆象河消旧恨,欣闻冈岭结新俦。
戍边阿里巡冰雪,立业高原献智谋。
藏汉同心农牧旺,军民协力固金瓯。

西藏阿里风光好

神山屹立接苍穹,圣海澄清映玉容。
日土佛堂香火盛,托林古殿画图精。
草原莽莽牦牛壮,峻岭皑皑积雪莹。
边贸兴隆迎贾客,熙熙攘攘议行情。

李勇大摆地雷阵①

猖狂日伪忒穷凶,李勇埋雷歼寇兵。
道路山边巧布阵,河沟地垄连环封。
适时爆炸贼悬胆,威猛冲杀鬼震惊。
机动灵活麻雀战,野牛入彀烈焰烹。

① 李勇是抗日战争时期晋察冀军区的爆破英雄。

凭吊雨花台烈士碑

雨花台上耸丰碑,烈士流芳万古垂。
绿树为屏荫圣地,青山作嶂避风雷。
先驱血洒荆棘路,侪辈身逢岭上梅。
尽瘁鞠躬承遗志,兵强民富国生威。

神仙湾哨卡赞

神仙湾建卡,战士戍边关。
子夜观河汉,黎明望玉盘。
茫茫沙石海,历历冻冰川。
炽热忠心在,无花不觉寒。

解放军进军新疆六十年散忆

一

车轮西出玉门关,迷漫黄沙遮九天。
夙夜兼程神速进,前锋已过火焰山。

二

苍松翠柏绿天山,峻岭奇峰固险关。
昔日伊犁都护府,如今战士搭营盘。

三

茫茫瀚海烁金沙,白日熏蒸暑益加。
负重行军挥汗雨,草鞋铁脚走天涯。

四

冰峰壁立玉龙寒,哨卡高悬国境边。
战士英姿雄碧落,红旗猎猎壮河山。

五

雪山戈壁朔风寒,屯垦戍边意志坚。
新开良田千万亩,粮棉丰产赛江南。

进藏部队万里行

翻越二郎山

云雾漫天路险艰,泥滑坡陡断崖悬。

官兵牵手终登顶,万丈二郎回首看。

架钢桥冲破怒江天险

骇浪惊涛哮若雷,军情紧急令频催。
乘舟引索钢桥架,冲破天险坦途开。

乘牛皮船渡过拉萨河

行军作战百余天,铁脚终穿横断山。
更驾皮船拉萨去,欢歌笑语日光妍。

新疆边防连

别迭里边防连"好汉墙"

守边立志比豪情,铁血男儿唱大风。
好汉墙头龙虎榜,红星闪耀颂英名。

契恰尔边防连"左公柳"

报效国家来戍边,先栽树木绿河山。
文人赞喻左公柳,引得春风上雪原。

观《边关颂》晚会感怀

边关战士国之骄,妙舞高歌颂舜尧。
饱历风霜身益健,常临沧海志犹高。
离家舍己安前哨,聚族同民固界标。
紧握钢枪抬望眼,红旗猎猎领空飘。

张 力

1924年12月生,河北高阳人。1938年参加八路军,曾任海军后勤部副政委。著有《夕阳诗草》等。

小艇打大舰

1950年5月25日,在垃圾尾海战中,我一艘28吨小炮艇,借夜暗向吨位三百倍于我的国民党舰队停泊港发起突然袭击,打得敌人蒙头转向,损失惨重,为人民海军开创首次英勇战例。

勇追穷寇赤旗扬,海上奇兵弱胜强。
何惧狂涛腾百丈,敢杀恶虎展吾长。
乘风夜战云遮月,顺水强攻虎扑羊。
孤艇横冲敌阵乱,舰沉还在梦黄粱。

卢沟桥感赋

一

桥建卢沟八百年,群狮神态各悠然。
自从事变烽烟起,血染枯河晓月寒。

二

倭寇侵华震地天,醒狮怒吼浪涛翻。
健儿怒发冲冠去,血溅长城照胆肝。

三

战火熊熊满地川,抗争惨烈绝尘寰。
牺牲流血知多少,八载还吾尧舜天。

北戴河观日出

残月清光淡,汪洋晓雾浓。
人登滩石上,目极水涯东。
渐次微熹吐,瞬间赤焰浓。
群情纷跃动,满眼海天红。

西江月·怀念萧劲光司令员

一代元戎萧老,金戈铁马英豪。身经百战智谋高,赤胆忠心国保。　创建海军功著,"三桩"固本勋昭。海天威震拒狂涛,何惧敌嚣恫噪!

十六字令·颂南沙守礁官兵

家,浩瀚惊涛卷浪花。洋无际,堡屋立天涯。

家,烈日狂风掀白沙。身虽苦,

热血报中华。

　　家，阔别娇妻不识娃。爹何在，奉献在南沙。

　　家，且报佳音爸与妈。云天外，起舞奏琵琶。

江城子·青岛海上演习

　　腾空导弹慑蓝方。铁鲸航，战鹰翔。大振军威，海阔试新装。武备精尖勤学练，鸣霹雳，敌惶惶。　　海天浩瀚筑金汤。战旗扬，镝鸣长。虎跃龙腾，万箭射天狼。众志成城将国卫，斩魔掌，断黄粱。

张　英

　　1921年生，广东梅县人。1938年参加广东人民抗日游击队，曾任铁道兵政治部副主任。

悼熊兰英烈士①

寻　墓

战地重归四十秋，迢迢千里觅同俦。
英雄烈士长眠处，呜咽东江滚滚流。

泪　祭

为国捐躯万众歌，诉谈情景泪成河。
痛闻玉碎东江里，似见殷红染绿波。

红棉树

梅兰贞洁润江滨，血沃红棉挺拔身。
正是阿熊抬首笑，英姿激励后人心。

告　慰

一腔热血未消磨，壮志常留世代歌。
今日江山真艳丽，青天碧海慰嫦娥。

　　① 熊兰英，广东梅县人。1939年入党，后参加东江纵队。1945年落入敌伪之手，受尽严刑拷打，壮烈牺牲于东莞市桥头镇东江边之红棉树下。作者与之婚后，奉命北撤五岭，音讯不通，1946年部队南下东江，方知此信。

张　晶

　　1932年生，吉林长春人。1947年入伍，曾任军事科学院副部长，少将军衔。著有《蹄声》。

新疆托云口岸①

冰雪消融两岸青，丝绸路上唱驼铃。
辎车百辆争飞度，货垛千堆待启行。
手示笔谈通贸易，人来客往闹蒸腾。
悠悠羌笛升平舞，烽火楼前买卖兴。

　　① 托云口岸，位于喀什地区，与吉尔吉斯共和国毗连。

蝶恋花·海南特区纪游

　　海南古称"九死蛮荒"之地，自建立琼崖革命根据地，椰林点燃希望之火，红色娘子军声噪海内。余瞻仰洪常青就义之处，观今日特区飞腾新貌，感慨万端，敬和叶剑英元帅《海南岛》词一首。

　　五指峰峦披晓雾，娘子开关，不古长青树。精卫吟成填海赋，愚公掘出通天路。　　百业兴隆逢雨露，海角明珠阜。贾客连樯相竞渡，腾飞宝岛期朝暮。

张　耀

　　1924—2014年，江苏泗阳人。1941年入伍，曾任总参防化学院院长。

捣练子·忆夜战无名山①

一

风料峭,夜茫茫。越岭攀山攻敌防。
猛打猛冲红雪溅,勇师一举灭豺狼。

二

抢战镐,固金汤。重创狂师何惧伤。
军号声威惊大地,嘶风战马报春光。

① 无名山位于吉林省四平市西南,战斗时间在1946年。

张化春

1931—2010年,河北滦南人。1946年入党,1948年7月参军,曾任中央军委纪委专职委员、常委、秘书长,国防科工委政治部副主任,少将军衔。中华诗词学会会员。

学无涯

十年离鞍又上鞍,征尘未洗闯文坛。
墨耕四季心中乐,句觅三更梦里甜。
时愧涂鸦登大雅,偶欣得句上诗刊。
入门方悟功夫浅,屹屹书山催我攀。

总装备部老干部书画展观感

大庆之年寄盛情,琳琅满目得嘉评。
砚生云海龙蛇舞,笔造天然凤鸟鸣。
当日疆场曾布阵,如今墨海再挥兵。
无涯艺苑催人紧,新纪喜迎报捷声。

老将军的风采

将军新弄墨,情满豫章城。
紫塞曾鏖阵,砚池再点兵。
拳拳酬国志,猎猎战旗风。
放眼观天下,心牵细柳营。

诉衷情（四首）

尽瘁夕阳
——出席全军先进离退休干部表彰会有感

群英各路聚华堂,音像诉衷肠。
惠风阵阵拂面,义重暖心房。　思往事,志昂扬,力争强。今生何往?
永不离鞍,尽瘁斜阳。

大爱无声

山摇地动似天倾,一震九州惊。
中央急令援救,行动快如风。　倾国力,献真情,拯苍生。以人为本,大爱无声,多难邦兴。

电视剧《铁色高原》观感

当年四海雾迷天,领命战高原。
大军摆阵千里,穿透万重山。　急战备,抢时间,保国安。铁龙飞过,天路绵延,将士心欢。

历史开新篇
——"神七"问天圆满成功有感

文明古国五千年,今日最开颜。
炎黄漫步天外,历史开新篇。　彰国力,壮军威,耀江山。神州崛起,科技撑天,昔梦今圆。

张本清

1921年生,安徽当涂人。1938年参加革命,曾任南京军区某部局长。解放军红叶诗社社员。著有《留痕集》。

新四军成立

八省英豪汇铁流,东南砥柱战貔貅。

茂林喋血人天愤,盐阜兴军举国讴。
奋击江淮驱日寇,转征齐鲁解民忧。
功勋伟烈垂青史,壮士何忧白了头。

参加新四军某部史料征集座谈会

银丝满座会申城,回首峥嵘细柳营。
创建皖南经险恶,重筹苏北见中兴。
江淮齐鲁展锋锐,天地风云献赤诚。
不悔初衷情未已,丹心耿耿慰无名。

张乐元

1936年3月生,安徽宿松人。1953年8月入伍,曾任解放军后勤指挥学院副院长,教授,少将军衔。中华诗词学会会员,北京诗词学会会员。

贺我国第一艘试验飞船上天

一

敢与苍穹试比高,神舟一跃九重霄。
巡天三七瑶池近,玉宇人间路不遥。

二

太空无际任遨游,华夏航天壮志酬。
寄语嫦娥还故国,归来搭载有神舟。

清明忆母

深恩未报泪潸然,芳草凄凄泣杜鹃。
儿欲奉亲亲不在,古今忠孝两难全。

退休感怀

花有荣枯月有阴,人间自有老迎新。
长江后浪推前浪,世上新人换旧人。
新竹成林当奋发,枯株不倒也留荫。
年逢六十休悲老,花甲重开第二春。

七十抒怀

江河流水史流年,往事萦回时境迁。
私塾八年三易馆,戎装半世一挥间。
不期有幸标京榜,自愧无功捧将衔。
年届古稀休说老,夕阳不逊日中天。

国庆六十周年大阅兵

十月京都剑意浓,三军受阅气如虹。
齐装列阵惊行雁,铁甲奔流舞卧龙。
利箭昂天横大鞘,战机破雾掠长空。
中华儿女英姿发,一往无前盖世雄。

破 晓

——庆祝建党90周年

南湖破晓沐朝暾,纬地经天九十春。
金斧抡开新日月,银镰割断旧乾坤。
道奔四化图强国,纪约三章铸铁军。
港澳回归兴两制,腾飞华夏建殊勋。

光荣的足迹

——纪念建军85周年

洪都义举反围剿,万里长征剑气豪。
抗战八年驱矮寇,渡江一役葬王朝。
东援邻国摧强敌,西固边陲试小刀。
抢险救灾肩重任,赴汤蹈火不辞劳。

卢沟桥感赋

七七毋忘血泪天,疯狂日寇举狼烟。
卢沟桥诉侵华史,永定河开抗战篇。
累累弹痕警后世,淙淙河水泣长年。
妖风又起观东海,华夏仍须枕戟眠。

沁园春・贺"神九"飞天"蛟龙"潜海

巨箭飞天,万里乘风,举世觅踪。去云天交会,托推神九,太空对接,再吻天宫。手控航天,载人突破,女将刘洋首太空。归来日,看万民空巷,喜接英雄。　中华儿女丰功,又岂只乾坤天路通。上九天揽月,当乘神九,五洋捉鳖,跨驭蛟龙。完美神奇,全球惊艳,潜海、飞天一日同。舒望眼,独中华大地,魅力无穷。

浪淘沙・辽宁舰服役

航母首登场,国富军强。横空出世气轩昂。大物庞然巡四海,百舰之王。　领海固金汤,铁壁铜墙。纵横驰骋下诸洋。万里海疆驱匪霸,卫国安邦。

西江月・还乡

去日满天飞絮,归来布谷声声。回家小住过清明,细雨桃花燕影。　五十春秋易过,儿时岁月难平。离乡离土不离情,绿水青山作证。

张西帆

1910—2012年,河北肃宁人。1937年入伍,曾任北京卫戍区副司令员。中华诗词学会会员,解放军红叶诗社顾问。著有《半成诗稿》等。

读叶帅诗

读罢叶帅诗,满纸耀珠玑。观海烟波渺,望岳岭云低。吊古怀烈士,论今振时宜。用兵谋虑远,胸中握戎机。博大包天地,格律不为拘。浩然正气存,千古吾人师。

读萧克同志《浴血罗霄》

罗霄劲翼搏长空,往复盘旋神鬼惊。五十春秋记血碧,一篇史诗状纵横。岂惟净土宣良政,更愿武装拓民兵。晦日阴风终过去,红光青影永峥嵘。

浣溪沙・香港回归

清帝昏庸港九沦,沧桑百载雾沉沉,珠江门口血腥闻。　今日回归天补缺,神州再不任人侵,中华此举世皆钦。

张旭初

1928年8月生,江苏沭阳人。1940年加入抗日儿童团,1944年8月入伍,曾任解放军体育学院训练部政委。著有《潜志集》等。

聆听陈毅北征动员

雄师北上战旗扬,宏论金声话战场。烟幕和平须警觉,燃眉烈火莫彷徨。罗霄浴血英风在,塞外挥戈意气昂。缚住苍龙犹可待,谆谆教诲感难忘。

忆血战松辽

松辽大地朔风寒,千里银装晓月残。骄敌扬言平塞北,哀兵宣誓出江南。

忍看边塞血流碧,勇向尘寰心献丹。
烽火漫天霾气扫,从兹黔首竞相欢。

出冷口关

万里长城兵气哀,披霜带雪过云台。
茫茫野径炊烟断,寂寂山村篝火陪。
东失榆关鼙鼓急,西征冷口羽书催。
长驱直捣关东地,壮志鹰扬上九垓。

西江月·忆辽沈战役

长夜行军

弯月朦胧偷笑,繁星闪烁含羞。茫茫大地路悠悠,鼙鼓闻声永昼。　　犬吠鸡鸣风吼,霜凝露结寒流。雄师决战策骅骝,奔袭围歼穷寇。

虎穴劝降

铁岭城墙高耸,龙山虎穴幽深。敌顽布阵气萧森,透骨寒风已甚。　　虎口拔牙前往,敌营游说亲临。晓之大义动其心,终见降旗息寝。

忆抗大

鹧鸪天·熔炉洗礼

四海菁英集一堂,油灯茅舍地为床。熏熏暑气推兵演,瑟瑟寒风读典章。　　萦梦寐,沐朝阳,苍穹揽月志弥刚。风云变幻寻常事,伏虎终得夙愿偿。

南乡子·留校任教

伏案对昏灯,问卷寻经待月明。讲席方知才学浅,忠诚,未可空谈与沽名。　　自古戒骄兵,百炼成钢可射鲸。赤壁街亭犹可鉴,兢兢,学步还须蜀道行。

西江月·结社研史

抗大同仁老叟,共襄结社春秋。当年窑洞志鸿猷,鏖战终将驱寇。　　息影潜心研史,林泉宿志添筹。诗文书画是同俦,笑对春风杨柳。

桃源忆故人·怀念同窗

当年校友今何处,情愫几多须诉。似在梦中相遇,都已苍颜驻。　　回眸笑对长空语,虽是春风归去。未让年华虚度,已把丹心铸。

满江红·悼故乡反"扫荡"十二烈士

夜色茫茫,孤鸿急、山川哭泣。君知否、豺狼入室,断墙残壁。鸡犬牛羊何处去,妻儿父子阴间觅。景凄凉、孰敢再彷徨,无叹息。　　埋忠骨,筹良策。齐雪耻,同诛贼。喜风雷云涌,八方飞镝。犹似野牛驱火阵,怎逃八路挥天戟。数十年、后辈毋相忘,今非昔。

张寿华

1931—2015年,江苏镇江人。1949年入伍,曾任海军工程学院政治部主任,海军少将军衔。中华诗词学会会员,曾为《红叶》副主编。

千秋光照一题词①

若问为何恋海痴,千秋光照一题词。
方知有海无防日,便是丧权辱国时。
历史心酸当永记,未来使命应长思。
骇浪惊涛磨利剑,碧血丹心慰吾师。

　　① 1953年2月21日,毛泽东主席为人民海军题词:"为了反对帝国主义的侵略,我们一定要建立强大的海军。"

龙腾四海

从戎投笔恋情痴,难忘当年初建时。
借力扬帆天堑渡,临江练鸭海疆驰①。
旧船代代换新舰,新蕾朝朝发俏枝。
后浪乘风越前浪,龙腾四海展雄姿。

　　① 练鸭,海军初建时,大批骨干来自解放军陆军部队,常戏言"拿鸭子上架";经勤学苦练,"旱鸭子"终于变成"水鸭子"。

贺核潜艇远航归来

苍天碧海雨蒙蒙,吐雾吞云气势雄。
破浪骑鲸千顷雪,翻江倒海一条龙。
速航不觉寒风劲,深驶常思旭日红。
若问今宵何处歇,太平洋底水晶宫。

乐守南沙

南沙云集好儿郎,饮浪餐风日夜忙。
乐戍天涯心似铁,苦巡海角志如钢。
衔泥种菜棵棵绿,点水栽花朵朵香。
翡翠礁盘玉楼起,烟波深处建新乡。

太阳花

人间出奇葩,礁岛太阳花。
日烤红争艳,风燎翠上芽。
扎根沙石里,布绿满天涯。
义重长相守,情深伴月斜。

鼓浪屿迎春抒怀

浩渺烟波两岸连,乌云难断一尧天。
海风阵阵吹云散,鼓浪声声唤月圆。
思脉思根思祖国,爱台爱陆爱家园。
梦圆岂许金瓯缺,同享繁荣盛世年。

海边行

海风轻拂面,静坐好寻根。水为人之母,悟者得海魂。爱人必爱海,爱海为爱人。生如一滴水,入海自奔腾。少立逐浪志,老来葆青春。若问我踪影,海边听潮声。

水调歌头·记华东海军舰艇命名盛典①

天堑方飞渡,征海路途遥。神州有海无防,百载受煎熬。主席英明决策,华野水师初建,将帅智谋高。九域聚雄杰,四海集英豪。　　歌如浪,旗如海,士如潮。长江列阵名命,鞋峡涌滔滔。谁把东风巧借?海上长城共筑,立业在今朝。船发春雷动,舰驶赤旗飘。

　　① 1950年4月23日,在华东军区海军成立一周年之际,军区134艘舰艇列阵长江草鞋峡江面,隆重举行命名典礼。笔者亲睹了这一盛况。

张鼎铭

　　1928年生,山东莒县人。1944年3月入伍,曾任海军装备部政委,海军少将军衔。

夜 潜

海面无波镜似磨，夜深浪静探龙窝。
兰鲸伸出长臂眼，天水融融月似梭。

远 航

单艇潜航夜梦长，相思两地寄何方。
骑鲸蹈海平波去，水下神兵卫海疆。

恋 海

银滩常漫步，风疾浪花扬。
无事观潮乐，多情闻海香。
平波征万里，踏浪解千猋。
今日人虽老，心犹恋海洋。

张鹏飞

1942年生，上海嘉定人。1959年入伍，曾任总装备部政治部副主任，少将军衔。曾为中华诗词学会理事，现为解放军红叶诗社副社长。

赞总装飞控中心话务员

手巧心灵点键盘，清甜话语胜甘泉。
机台咫尺青春铸，电讯无涯热血牵。
竭虑殚思精技艺，朝阳丹凤献华年。
芳魂系念强军梦，视野联通地与天。

赞国防科技大学创新团队

学府新风拂苑田，百科千卉逐流丹。
红梅傲雪雪消白，绿叶映花花更妍。
孰见一园香跨海，谁知万水沃肥原。
凝心协奏攻关曲，国运酬勤出状元。

喜赋翟志刚太空行走

英雄披甲开舱笑，挥手苍穹气似虹。
轻步飞驰千万里，横空展翅九霄龙。

红旗映显五星艳，大地欢呼四海崇。
砺剑十年功卓著，天河竞技我登峰。

赞"飞天"舱外航天服

凌霄亮相飞天服，护卫英雄骋太空。
辐射特强强可卸，压差负荷荷无功。
相逢日赤消三暑，随遇月阴防九冬。
谁晓研发个中苦，须询夜半报时钟。

梦寄西安电讯工程
学院学友

子夜三秦入梦乡，燃烧岁月为军强。
冬晨操步北风烈，夏晚"攻村"阵雨滂。
立志支边怀九壑，求知消渴饮三江。
难忘更是同窗友，喜讯频传挑大梁。

江城子·缅怀聂荣臻元帅

元勋铸剑勇担当，射天狼，为兴邦。一星两弹，白纸绘宏章。遥忆中华科技路，棋三步，业无双。　　如今戈壁柳成行，产鱼粮，果飘香。神舟探月，载誉越西洋。若问缘何奇迹有？公教诲，似阳光。

一剪梅·载人航天曲

沙枣香飘戈壁秋。神箭高昂，怀抱神舟。一声令下巨龙腾。烈焰熊熊，气势赳赳。　　船箭分离寰宇游。探索天河，遥感星球。问讯登月几时来？桂酒多多，箫笛悠悠。

鹧鸪天·首次潜艇
水下发射导弹

巨浪滔滔云涌天，海鲸稳稳定深

渊。层层密密弓如月，挤挤叉叉步比肩。　　居斗室，铸鸿篇，辛酸苦辣亦甘甜。剑出水下凌空刺，直捣中军乱霸圈！

水调歌头·东风航天城

同在九天下，何处是东风？黄羊三五出没，偶见几驼峰。沙枣香飘拂面，红柳迎风照眼，沙漠旆旗中。一片绿洲里，点号卧长龙。　　发射队，测控室，百花荣。箭星环宇，华夏圆梦探苍穹。妙手书成巨画，精技研发空域，功力数无穷。登顶轻艰险，揽月显英雄！

南乡子·马兰雄风

梦笔握天山，意展苍茫大漠笺。倾侧博湖金碧水，攻坚，所向无前绘马兰。　　始见赤云翻，威震乾坤虎气旋。今日龙舟腾彼岸，扬帆，冬去春来四海安。

陆　恂

1933年生，浙江湖州人。1951年入伍，曾任总政宣传部副部长，西安政治学院副院长，少将军衔。曾为中华诗词学会理事。著有《陆恂诗词选》。

缅怀聂荣臻元帅

南昌起义史留名，万里长征称杰雄。
华北骋驰驱日寇，平津解放建奇功。
一星两弹惊寰宇，科技奠基唱大风。
戈壁荒原染霜发，顶天立地一苍松。

缅怀罗荣桓元帅

追随主席打江山，万里长征越险关。
抗日晋西驰捷报，进军齐鲁辟新天。
曾经辽沈迎鏖战，又向平津奏凯旋。
奋斗一生功卓著，政工巨匠盛名传。

纪念小平同志诞辰一百周年

人民之子志贞坚，起落三番一寸丹。
旷世雄才纾国难，超群妙手挽狂澜。
军功卓著铭军史，政绩辉煌冠政坛。
特色红旗扬九域，丰碑屹立耀河山。

赞试飞英雄邹延龄

银燕凌空上碧天，试飞探索志犹坚。
苦攻失速闯新路，不计安危越险关。
起落降升穿雾雨，翻腾上下入云烟。
天衢航道真无限，不到蟾宫不息肩。

纪念彭德怀元帅诞辰一百一十周年

金戈铁马战旗红，叱咤风云建伟功。
万字进言凭赤胆，乌峰屹立傲苍穹。

纪念我志愿军赴朝参战六十周年

拔剑过江战逆风，中朝携手气如虹。
当年烽火留陈迹，更有丰碑耸亚东。

纪念朱德元帅诞辰一百二十周年

建军立国老元戎，为党为民贯始终。
起义会师星火炽，抗倭伐蒋战旗红。
井冈扁担传佳话，南国幽兰播蕙风。

辅弼毛公兴九域，一生亮节世人崇。

赞北空地空导弹兵某部

不畏风霜不畏难，京郊战士手操盘。
英雄辈出功勋著，利剑威扬斗志坚。
报国冲天添虎翼，卫民流汗守燕关。
铁拳紧握金汤固，天网恢恢敌胆寒。

忆战斗英雄史光柱来访并赠《眼睛》诗集

两眼失光明，犹来觅旧朋。
卫疆流热血，执笔赋深情。
目眇心仍亮，身残步不停。
青春红似火，日日唱新声。

赞何美祥①

威武豪雄特种兵，一身技艺更全能。
举枪射靶如神助，走壁攀崖似履平。
跳伞驾机御风走，渡河潜水踏波行。
铁肩重任卫家国，赢得标兵美誉称。

① 何美祥2010年被中央军委授予"爱军精武模范士官"荣誉称号，并为《感动中国》2010年度获奖人物之一。

长城颂

千载长龙首自昂，横空阅世屹东方。
沧桑历尽雄魂在，华夏河山有脊梁。

谒人民英雄纪念碑有感

丰碑高耸入苍穹，领袖铭文纪伟功。
六十年来光万丈，根基深植众心中。

一代伟人毛泽东

——纪念毛主席诞辰110周年

砥柱中流挽巨澜，神州大地创新天。

缤纷义帜农奴举，浩瀚长空北斗悬。
无畏无私除腐恶，重才重德聚英贤。
光辉普照催征马，伟业丰功万代传。

功勋飞行员岳喜翠

中华巾帼爱蓝天，破雾穿云三十年。
救旱天山催暮雪，降霖哈市逐朝烟。
远航镇定升腾际，万险排除指顾间。
永葆青春多业绩，谁言女子不如男？

赞神七飞天

出舱信步太空行，笑展红旗我是星。
千载飞天圆宿梦，世人惊看巨龙腾。

忆聂荣臻元帅会见日本"小姑娘"美穗子①

昔日救孤成美谈，战场护送又交还。
寻孤当时越东海，携眷来华偿夙缘。
四十年间天地变，中日友好谱新篇。
宾主欢聚话往事，人道精神润心田。
元帅赠画言涵义，岁寒三友谊长传。

① 1940年晋察冀军区传颂着聂荣臻司令员救孤送孤的故事。1980年5月，姚远方同志写了《日本小姑娘，你在哪里？》的通讯，在日本掀起了寻找美穗子的中日友好热潮。同年7月，聂荣臻元帅邀请美穗子全家访华并会见了他们。

赠守岛战士

胸怀大海浪飞腾，身似苍松四季青。
踏遍沙滩不停步，目光穿透雾千层。

回忆军大生活

初着戎装

初着戎装思虎威，心花透脸笑弯眉。

寒塘作镜看新影,万里云天鸿鹄飞。

紧急集合

号声惊梦显神威,匆促理装不顾眉。
雷厉风行龙虎动,出门脚步快如飞。

打靶归来

人有工夫枪有威,弹无虚发足扬眉。
夕阳西下收场后,一路歌声四处飞。

长相思·赞学雷锋

忆雷锋,学雷锋,高举红旗贯始终。一心为大公。 树新风,赞新风,民族复兴尽寸衷。螺钉永不松。

浪淘沙·赞圣火耀珠峰

圣火上珠峰,天路难封。冰崖雪壁步从容。举炬健儿征绝顶,腾起苍龙。 壮举五洲崇,万目跟踪。中华儿女建奇功。世界屋脊光彩照,气贯长虹。

鹊桥仙·赞我海军编队 出访美洲四国

沧溟浴日,长风击浪,列队艨艟出访。军徽闪闪耀英姿,大洋外、云涛浩荡。 华人振奋,欢腾海港,喜架金桥来往。友情传遍大洋西,震寰宇、军威勇壮。

浪淘沙·赵一曼

铁骨女儿身,久历征尘。珠河抗日扫妖氛。白马红枪惊敌胆,壮丽青春。 热血谱忠魂,不屈坚贞。刑

场斥敌气凌云。一曲红旗歌激越,声震昆仑。

浪淘沙·刘胡兰

太岳动笳声,文水奇英。支前斗霸女民兵。面对铡刀无所惧,十四芳龄。 含泪祭崇陵,虽死犹生。万人敬仰吊忠贞。今日中华逢盛世,堪慰英灵。

鹧鸪天·纪念抗日 战争胜利六十周年

遍野横尸血满川,铁蹄践踏毁家园。亿民奋起刀枪举,八载驱驰狼虎歼。 奇耻雪,复河山,神州今已换新天。东条虽死阴魂在,应记常温胆剑篇。

陈 靖

1919—2002年,苗族,贵州人。1934年参加中国工农红军,曾任南京军区炮兵顾问。著有《诗言史——陈靖重走长征路诗歌集》。

难忘玉屏箫

箫笛相随事远征,梅花三弄雁门行。
千山万水声吹彻,曲曲难忘走玉屏。

苗娃颂

腊子口上朔风寒,远征被堵止步前。
高峦垒叠铁壁地,危崖层重一线天。
统帅忧虑频踱步,将军焦急愁眉尖。
十二苗娃排难上,绝险顷刻化飞烟。

贺龙任弼时草地觅钓破敌记

进军康青边,荒原无人烟。野菜已觅尽,半月不饱餐。统帅部首长,向水索食源。贺任关李甘,自组垂钓班。一行十三人,贺龙带头前。寻觅两小时,发现水一潭。一面燃篝火,一面抛钓竿。鱼儿频上钩,堆满乱石滩。赶紧破肠肚,烧烤莫怠慢。鱼油往下淌,浓香飘湖畔。警卫人人乐,首长个个欢。政委赞味美,主任叹无盐。李达参谋长,说是缺少酸。贺龙撅胡子:"无辣才遗憾!"吃饱心安逸,喝足自觉闲。有兴观碧野,放眼野花遍。天空白若玉,草地软如棉。盘坐眺昆仑,仰卧赏蜀天。巡哨挥红旗,情况突然变。敌人四十骑,目标奔眼前。肩挎来福枪,手舞刀与剑。呐喊似狼嚎,来势若狂癫。贺龙定战术:可守不可前,收拢人和马,宜聚不宜散。骈骑为阵营,背水对一面。全体十三人,紧握成铁拳。贺龙发号令,一声四方传:"擒贼先擒王,打狼先打前"。三支手提式,两挺花机关。火力交叉射,先打第一线。射击猛而准,近战加鏖战。接连三回合,敌人被打乱。我伤三四骑,敌死一大片。援兵赶到时,湖滨硝烟散。贺龙一声喊:大家都下鞍。鲜鱼烧马肉,"今天大会餐!"

陈一虹

1921—2014年,广东东莞人。1938年入伍,曾任军委办公厅局长,解放军档案馆馆长。著有《两代人诗集》。

从北岳到平西

当年北岳到平西,七日行程报晓鸡。易水寒冰徒步涉,紫荆积雪与鞋齐。身无彩羽双飞翼,心有阳春一点犀。玉斗乍闻强寇败[1],张垣策马不停蹄。

[1] 玉斗村是当年平西解放区领导机关所在地。

诉衷情·述志

奔波万里赴延安,抗日正艰难。河山大好沦丧,同胞被摧残。　辞故旧,别亲颜,约金兰。高飞远走,慷慨从戎,誓挽狂澜。

望江南·从延安到敌后

一

青春忆,最忆是延安。千里崎岖寻圣火,神驰何惧路艰难,赤子矢心丹。

二

求真理,窑洞读书忙。小米陋居虽是苦,广场听课最难忘,血热化冰霜。

三

黄河水,日夜向东流。宝塔红星光照远,日军残暴海深仇,敌后写春秋。

卜算子·小捷归来

塞外雪花飞,马蹄声声碎。昨夜平原小猎归,缴获成车载。　百姓笑呵呵,俘虏排成队。指点边区子弟兵,威武人人爱。

陈为松

1933年5月生,上海市人。1949年6月入伍,曾任总政纪检部部长,军委纪委副书记,少将军衔。中华诗词学会会员。

过三峡

绿水涌舟前,青峦退两边。
红旗巫峡卷,大雁瞿塘旋。
神女添明镜,古祠徙翠巅。
江山常有改,情意古今传。

谒刘公岛烈士纪念展

当年云暗刘公岛,覆没全军血染潮。
海底英魂应有恨,不除腐败本根摇。

大海比深

大军十万救亲人,铁骨钢筋火热心。
空降勇穿迷雾重,步行巧越塌方频。
废墟堆里掏希望,余震声中奏捷音。
动地感天多少事,无边大爱海洋深。

观北京残奥会田径决赛

中秋月夜凤还巢,圣火高空耀眼飘。
目障出征神奕奕,肢残冲线乐陶陶。
世间记录连连破,席上浪涛阵阵高。
多彩人生磨砺就,战赢自我看今朝。

江南行

足生千里快哉风,重到江南兴倍浓。
唐宋诗词浮眼底,湖光山色入胸中。

忘年台

忘年台上乐忘忧,书画诗歌春复秋。
笔底寒梅迎面笑,源头活水畅怀流。

朝阳冉冉升东隅,新月娟娟照我楼。
云散烟消堪远眺,西山隐隐望中收。

浣溪沙 · 怀念

喜雨桥边桂蕊开,青春战友聚台阶[①],一轮戊子又归来。　雏雁击空常遇险,老牛迈腿未徘徊,红星闪闪在胸怀。

① 台阶,位于上海青浦曲水园内,60年前地下青年团员秘密碰头处。

沁园春 · 走进绍兴

古越今朝,历尽沧桑,誉满八方。望稽山圣迹,殿碑雄伟,鉴湖净水,兰酒幽香。示儿名篇,秋风绝笔,一脉氤氲铸大梁。千年里,乃钟灵毓秀,处处流芳。　创新驰骋翱翔,喜继往开来好主张。那柯桥开放,繁华锦绣,未庄巨变,鲜活安康。逸少挥毫,青藤泼墨,难绘腾飞之气昂。新程起,正焕发魅力,劈浪先航。

西江月 · 瞻三台山于谦塑像

一片丹心托月,一双赤手擎天。粉身碎骨也朝前,眼里星光点点。　昔日风凄雨苦,今时春暖花妍。壮怀依旧念江山,眉敛几多忧患。

陈世文

1951年生,安徽六安人。1969年入伍,曾任北京卫戍区副政委,少将军衔。北京诗词学会顾问。著有《太行千秋》等。

海 练

——驻训翡翠岛

一

水抱平芜翡翠洲，风萧荒草起沙丘。
帐篷村设来黄鸟，泳道球漂惊海鸥。
浪里白条争奋勇，波峰蓝艇乐颠悠。
旆翻更展英雄气，雪涌花飞壮志酬。

二

风怒云翻燕雀啾，忽来猛雨落当头。
渔舟收网归帆急，战士分波踏浪游。
倏地遮阳钻缝隙，霎时浓雾竞奔流。
又闻舰吼炮声响，泛水铁车压海陬。

露营滹沱岸

冰封滹水雪封山，钻卧坎沟蒿棘间。
顷刻千军人影逝，一弯清月照边关。

歌乐山感赋

青松无语石山空，走进牢监恨万重。
渣滓洞深囚死地，白公馆隐杀生笼。
杜鹃啼血声声惨，苦楝开花朵朵红。
一掬清泉长静默，权当祭酒敬英雄。

忆延安

宝塔巍巍霞满天，红旗漫卷染河山。
灯光不熄杨家岭，电令频飞海岳川。
衣食开荒千日足，艺文定向九州欢。
激情最是秧歌舞，喜送心声到枣园。

焦裕禄烈士陵园

陵台高大满园桐，百姓心存济世功。
虽死犹荣千古誉，丰碑接染太阳红。

长江口

长河渐逝入汪洋，浪吻沙洲恋母妆。
遗爱有心存庶岛，钟情无语拓华疆。
敞开出海三江口，领起环球几道航。
沪浦扬帆云水际，一轮红日正东方。

高峡平湖

雄伟坝堤伸巨臂，敞胸峡谷起波涛。
一江温顺倾怀醉，万水襟开涌自豪。

碛口古渡

黑龙卧顶望秦云，青石铺街临渡津。
断壁似含风湿气，残砖多带雪霜纹。
今朝寂寞开新旅，昔日繁华留旧痕。
又见湫河黄水涨，他乡落雨自黄昏。

华山感赋

独坐苍龙岭，心欢万壑清。
脊高人语响，云坠鸟声惊。
树影摇深涧，松风撼石亭。
前关金锁道，再上望秦京。

江城子·驻训金银滩

金沙十里海空晴。远天明，近波澄。水里健儿，畅泳似蛟腾。潮卷望楼风浪起，人不怯，棹无惊。　　银滩晚照彩云生，沸长汀，乐官兵。球场呐喊，笑脸映苍溟。沙垒平台歌唱罢，犹有兴，捉蜻蜓。

陈右铭

1922—2011年，湖北武汉人。1938年参加抗日救亡活动，1940年参加新四军，曾任海军装备部部长。曾为解放军红叶诗社社员。著有《军海诗草》等。

赞南沙西沙将士

汪洋一片望无涯,红日蒸蒸染紫霞。
南海茫茫连北海,西沙漠漠接南沙。
礁前浪激鸣金鼓,耳畔风狂奏玉筇。
坦荡情怀天地阔,守礁虽苦众人夸。

鹧鸪天·忆核潜艇远航试验

暴雨狂风险象生,惊涛骇浪涌豪情。风因血热寒犹暖,浪遇奇鲸险觉平。　逢乱世,赖群英,历经坎坷志成城。头胎宝贝精心爱,首试成功万里行。

陈旭榜

1932年6月出生,湖南攸县人。1949年9月入伍,曾任宁夏军区政治部主任,少将军衔。中华诗词学会会员,解放军红叶诗社社员。著有《心声》。

贺神舟五号载人飞行成功

一

神舟五号上云天,举国欢腾庆梦圆。
利伟英雄遨宇宙,震惊世界凯歌传。

二

神五升空举世惊,冲天一笑抒豪情。
嫦娥寂寞无多日,故里乡亲去探卿。

赞航天英雄翟志刚

出舱漫步展英姿,足踏祥云舞国旗。
浩瀚太空留脚印,航天史上写传奇。

神十飞天

三英圆梦赋新诗,揽月追星逐日驰。
浩瀚太空初授课,天宫神女亦良师。

大海之子

——献给某潜艇支队艇长蔡一清①

惊涛骇浪锻英雄,敢下深洋缚逆龙。
万里海疆扬浩气,丹心永驻碧波中。

①　蔡一清曾获得首届全军优秀指挥军官等四十多项荣誉,荣立二等功1次,三等功4次。在一次完成全训考核返航途中因抢救落水战士壮烈牺牲。

赞李文波①

廿载南沙守岛礁,观天测海对风涛。
青丝白发多亏欠,祖国放心堪自豪。

①　李文波,毕业于中国海洋大学,长年在南沙永暑礁海洋观测站工作。

出席首届军旅诗词研讨会感赋

一

正是金秋红叶时,吟朋满座论兵诗。
同心共谱昂扬曲,战鼓催征万马驰。

二

军旅吟坛岁月稠,今逢盛世显风流。
诗人兴会开新境,携手高歌更上楼。

赞红军长征

万里长征旷古奇,精神烁烁铸丰碑。
雪山草地凝豪气,炮火硝烟谱史诗。
突破重围凭赤胆,甘流鲜血染红旗。
崇高理想坚如铁,一往无前志不移。

三军威武展雄风

洪都霹雳震长空,岁月峥嵘战火红。
伏虎降龙开伟业,安邦卫国建奇功。
步枪小米摧顽敌,利剑神舟耀碧穹。
八秩辉煌惊海宇,三军威武展雄风。

玉树生命大救援

灾民生命大如天,千里驰援勇向前。
将校挥师打头阵,军民携手克时艰。
伤残抢救高寒地,文物搜寻瓦砾间。
天地无情人有爱,格桑花开换新颜。

忆部队冬季拉练

号音催醒起三更,冬夜严寒砥砺兵。
雪虐风饕心炽热,山高路险步轻声。
朦朦月色犹如雾,点点灯光宛似萤。
一夜疾行天转霁,军歌嘹亮震晨星。

八十抒怀

岁月沧桑头满霜,壮怀不已志犹刚。
凌寒翠竹无枯叶,傲雪红梅有暗香。
情系平民忧乐事,神牵祖国海边防。
戎装脱下军魂在,一片丹心永向阳。

满江红·湘西剿匪

地处边陲,山高险、匪情猖獗。
频袭扰、庶民生活,水深火热。威武
雄师挥利剑,巍巍峻岭出英杰。我官
兵、勇猛更顽强,丹心热。　　忍饥
饿,迎雨雪,钻地洞,抄魔穴。赖军民
合力,壁坚如铁。匪患清除山水美,
红旗漫卷人民悦。喜湘西、历史写
传奇,开新页。

忆秦娥·血战严岘山

1951年10月,志愿军某部五连与美军
王牌部队骑一师第七团在朝鲜严岘山浴血
奋战,歼敌副团长等一千二百余名。

硝烟烈,岘山阵地坚如铁。坚如
铁,三天四夜,战酣无歇。　　千余
鬼子灰飞灭,堑壕内外齐欢跃。齐欢
跃,山河如画,战旗如血。

清平乐·红旗插上老秃山①

震天霹雳,万炮齐轰袭。跃
起冲锋鏖战急,跨越"人桥"攻
击②。　　白天黑夜交锋,枪林弹
雨腥风。敌阵遗尸一片,红旗漫卷
高峰。

① 1953年3月,志愿军某团一营攻打
老秃山,毙伤敌一千九百多人,俘敌28人,
取得争夺战的胜利,迫使美方恢复了已停
顿4个月的停战谈判。赴朝慰问团作家老
舍将老秃山战斗的事迹写成报告文学《无
名高地有了名》。
② 5名战士以身体扑在2米宽的铁丝
网上,搭起了"人桥",进攻部队踩着他们
的背冲上主峰歼敌,其中3名光荣献身。

渔家傲·忆部队长途野营训练

徒步行军冰雪里,长途奔袭刀磨
砺。露宿风餐何足畏,人声沸,前头
到了延安地。　　宝塔山前传统忆,
枣园窑洞灯光炽。宜瓦现场温战例,
齐奋起,发扬先辈英雄气。

临江仙·人民科学家钱学森

冲破重重封锁,归来奔赴新
程。一人能敌五师兵。航天开伟业,

广宇响雷霆。 淡泊个人名利,胸怀祖国安宁。东方星耀普天惊。功勋垂史册,品德永芳馨。

西江月 · 赞方永刚[1]

宣讲千场真理,拨开万众心声。情融百姓受欢迎,不辱崇高使命。 信仰非常坚定,践行格外真诚。激情如火与癌争,犹似春风强劲。

[1] 方永刚,海军大连舰艇学院教授,传播党的创新理论模范。

西江月 · 赞万金刚[1]

蓦地黑云翻滚,骤然烈焰腾空。挺胸昂首对群凶,卫护街头群众。 耿耿忠诚卫士,铮铮铁骨英雄。献身使命气如虹,赢得人民称颂。

[1] 万金刚,武警新疆总队某部中队长。在"七·五"事件中为打击犯罪、保护人民群众生命安全壮烈牺牲。国务院、中央军委授予"献身使命的忠诚卫士"光荣称号。

破阵子 · 时代尖兵许永福[1]

转战白山黑水,历经酷暑严寒。岩石泥浆常作伴,引出清清地下泉,为民舒困艰。 牢记军人使命,不忘重任如山。立足井台甘奉献,秋去春来十五年,水流百姓欢。

[1] 许永福,辽宁省军区某给水团军士长,全军爱军习武标兵,荣立一、二等功各2次,三等功3次,被誉为执行多样化任务标兵。

西江月 · 蹈火英雄阳鹏[1]

烈焰瞬间弥漫,满车乘客惊懵。临危勇士往前迎,如有无声命令。 生死置之度外,英雄代代传承。三湘大地颂真情,猎猎军旗辉映。

[1] 阳鹏,海军某驱逐舰支队干部,在探亲途中,为帮助着火大巴中46名乘客脱险,自己被烧成重伤。湖南省授予他"见义勇为先进个人"称号,所属部队为其记二等功。

卜算子 · 贺女航天员刘洋飞天

银箭刺苍穹,神九长空啸。神女飞天梦想圆,潇洒风华貌。 挥手自从容,回首真奇妙。"百米穿针"对接时,她在天宫笑。

西江月 · 悼罗阳

航母成功巡海,战鹰完美升空。英雄倒在凯歌中,谁不哀伤悲痛? 卅载航空报国,一心舍己为公。英年尽瘁铸丰功,十亿神州称颂。

西江月 · 大洋深处铸核盾
——赞英雄核潜艇部队

潜伏大洋深处,点燃浴海雷霆。涛尖浪谷悄无声,岁岁驭鲸驰骋。 热血铸成核盾,雄心保卫和平。龙宫砺剑谱忠诚,出鞘旗开必胜。

临江仙 · 赠防川边防战士

头上红星闪耀,眼观疆界三

方。爬冰卧雪守边防。夜深风刺骨,
拂晓满头霜。　　紧握钢枪担重任,
铸成铁壁铜墙。情融祖国创辉煌。
江山披锦绣,社稷万年昌。

西江月·甘泉颂

——赞宁夏军区给水工程团

翻越高原沙海,奔驰戈壁冰
川。扶贫打井志登天,流水欢歌相
伴。　　挑战狂风飞雪,送迎酷暑
严寒。吞咽苦涩捧甘泉,喜看村民
笑面。

西江月·惊涛亮剑

战舰遨游碧海,银鹰搏击长
空。"幽灵"深海露峥嵘,庆典恢宏
隆重。　　昔日征程灿烂,今朝使
命光荣。惊涛亮剑展雄风,博得环球
称颂。

陈辛火

1920—2010年,江苏常州人。1939年
入伍,曾任解放军艺术学院副政委。中华
诗词学会会员,解放军红叶诗社顾问。著
有《陈辛火诗词选》。

抗日战争胜利六十周年感怀

日寇投降六十年,思怀往事发冲冠。
南京屠戮河山怒,北国清乡日月寒。
异域幽灵犹未散,当年铁案岂能翻。
风云多变须经意,中日邦交放眼看。

奥运健儿凯旋感怀

捷报频传雅典城,开头结尾见精英。
顽强拼搏创佳绩,爆冷夺魁立盛名。

弱项破门新跨越,金牌得手显殊荣。
激情澎湃凯歌奏,载誉归来夹道迎。

大江截流成功

浩荡长江古渡头,库兴峡坝展宏猷。
千秋功业劳筹划,一片欢声看截流。
坚壁横江分水势,明渠疏导利行舟。
平湖夙愿民心向,神女今朝亦放眸。

彭德怀元帅百年祭

横刀立马世人钦,驰骋纵横天下闻。
讨蒋伐倭担重任,援朝抗美见丹忱。
乡情洞悉忧千缕,谏牍忠言重万钧。
乌石孤峰撑碧落,英魂长照翠高岑。

新纪宏开壮丽篇

沪渎南湖霁月鲜,银镰金斧傲霜妍。
风云叱咤三山倒,经济腾飞四化翩。
旷代丰功光史册,漫天春色染吟笺。
欣逢八十期同庆,新纪宏开壮丽篇。

八十抒怀

八十年华重晚晴,开颜笑对夕阳明。
硝烟战火留豪气,军旅生涯献赤诚。
行远边疆兼海岛,情深艺苑共兵营。
功名利禄淡如水,卸甲高吟后半生。

陈枢令

1928年生,江苏睢宁人。1944年参加
革命,曾任驻外武官,解放军国际关系学院
副政委。

浪淘沙·欢庆澳门回归

强虏屡侵边,四百年前。莲花遭

践海江潜。妈祖凝眸看故国,盼雪仇冤。　　红日照河山,冬尽春还。弹星飞上九重天。更喜贤明倡两制,澳海腾欢。

陈昊苏

1942年生,四川乐至人。曾任军事科学院战史部研究员,北京市副市长,广电部副部长,对外友协会长。

缅怀毛主席

首创丰功不记年,人民拥戴写鸿篇。
降龙伏虎经纶在,揽月巡天战略先。
正道沧桑终未改,牺牲壮志更无前。
豪情击水三千里,故国腾飞看梦圆。

缅怀周总理

无疆大爱忆周公,正气豪情贯始终。
建党建军终奏凯,为民为政自从容。
能安能辅亦能令,立德立言更立功。
青史长青无尽意,初衷不老太阳红。

颂新四军

丹心青史两辉煌,抗战春秋日月长。
叶项刘陈宏略展,江淮河汉胜旗扬。
铁军勋业传中外,烈士威名动四方。
敌后华中根据地,长城万里著荣光。

新四军成立七十五周年

七旬有五大旗红,抗日威名遍亚东。
解放豪情驱敌寇,牺牲壮志创奇功。
金戈铁马千秋义,北战南征万里忠。
理想传承新一代,青蓝胜意写英雄。

南京大屠杀七十周年公祭

祭典庄严第一回,军民缟素尽含悲。
牺牲惨痛情难已,正义张扬志不违。
征战百年人未老,和平万岁愿相随。
中华崛起春秋范,大业将成日月催。

为乐至县红军小学命名作

红军小学挂牌时,点赞千秋大主题。
前辈英雄曾奋起,后生小子更擎旗。
闹红传统能坚守,造绿精神不转移。
万里征程中国梦,江山壮丽看晨曦。

入党五十年纪念

奋斗多年老党员,力拼一万八千天。
国家发展都期稳,世界和平尽盼全。
大道同参欣后乐,孤忠曾效仰先贤。
英才辈出来新彦,伟业腾飞到眼前。

水龙吟·读新四军战史

华中百二山河,铁军无敌风雷迅。大江南北,长淮两岸,高歌东进。王者之师,元元久盼,堂堂之阵。喜三年开辟,红旗遍竖,新四军,多豪俊。　　皖变铭心刻骨,彼元凶,萧墙构衅。黄山落泪,清江泣血,人天同愤。健儿七师,精兵九万,罡风重整。看擎天巨手,挥戈退日,雪英雄恨。

陈法僧

1944年12月生,河北霸州人。1964年2月入伍,曾任后勤指挥学院副政委,少将军衔。解放军红叶诗社副社长。

纪念毛泽东同志诞辰
一百二十周年

慧眼观千里,哲心唤万民。
文韬酬壮志,武略扭乾坤。
纬地兴华夏,经天泣鬼魂。
同圆中国梦,莫忘敬先人。

清平乐·纪念学雷锋
活动四十周年

终身奉献,领袖齐声赞。心底无
私钢铁汉,留下传人万万。　　军民
共学雷锋,精神浩荡长空。同举助人
之手,中华众志成城。

沁园春·庆祝后勤
学院六十华诞

　　鼓乐齐鸣,高唱军歌,喜聚北
京。忆沧桑岁月,前人奋斗;同舟风
雨,后辈传承。创业艰难,丹心执着,
三撤回生更有情。今欢庆,看将星灿
烂,硕果丰盈。　　决心再展雄风。
践训令教研方向明。倡名师严教,一
流特色;人才为本,几代殊荣。众志
成城,履行使命,学院腾飞士气浓。
迎旭日,树凌云壮志,续写精忠。

陈德鸿

　　1930年生,江苏阜宁人。曾任海军副
参谋长,国家海洋局副局长,赴南极考察
队总指挥,海军少将军衔。北京诗词学会
顾问。

一剪梅·起航

　　风卷红旗猎猎飘。锣鼓喧嚣,
人海如潮。出征健儿志冲霄。船上

人招,岸上人招。　　极地远征华夏
骄。南极迢迢,冰浪滔滔。凯旋之日
在明朝。喜在眉梢,念在心凹。

忆秦娥·团结一心

　　涛声咽,狂涛难掩天边月。天边
月,天涯共映,远离无别。　　浪花
激起千重雪,百十六颗心如铁。心如
铁,名签一纸,光荣史页。

苗汝鹂

　　1921年生,河北献县人。1938年入伍,
曾任总参防化指挥工程学院院长。解放军
红叶诗社社员。

忆进军川东过桐梓山

母猪峡底谷森森,梯子崖头暮霭沉。
百里桐山多菜色,千家蓬荜尽悲喑。
壮男惧冷披棕片,少女无衣卧烂衾。
谁识山村贫若此,人间待变盼春霖。

抗美同心驱虎豹

东邻遭劫起烽烟,壮士南来厮并肩。
抗美同心驱虎豹,援朝立意解危悬。
血红遍染三韩地,风冽横吹九叠天。
三载牺牲多壮志,今朝喜得靖周边。

水调歌头·战火中的南开儿女
——怀重庆诸战友

　　解放山城日,巴蜀现春光。几
多英俊儿女,慷慨赴戎行。千里湘西
平寇,百叠关山抗美,壮志奋轩昂。
底定生平业,铸就百年疆。　　春花
盛,秋月朗,雪风狂。山河湖海,寰宇

万里任翱翔。历尽艰难岁月,踏破冷寒冰雪,炼就一身钢。欣看清平世,何患鬓毛霜。

范维纲

1922—2017年,山西榆次人。1938年入伍,曾任海军航空兵部副政委。中华诗词学会会员。

万州解放五十周年
寄留川诸战友

一别山城四九年,长江大海总相连。
铁衣远戍同甘苦,建国兴邦两地妍。
淡泊人生遗后世,鞠躬尽瘁效前贤。
丹心一片书青史,无限风光映夕烟。

征程回眸

一

救国人人责,参军逐寇仇。
枪林驱虎豹,弹雨沐春秋。
吃尽千番苦,初渝百载羞。
八年传捷报,雀跃太行头。

二

初战不知兵,心惊泪欲倾。
既然身许国,何计死与生。
马列开愚昧,宣言照眼明。
一朝闻大道,奉献显忠贞。

读《彭德怀自述》

少年颠沛苦凄凄,暴动平江举义旗。
立马横刀千载誉,为民请命万言犀。
牯牛岭上功成罪,挂甲屯中桃满蹊。
自古忠良谁怕死? 一腔正气唤晨曦。

南疆怀古

销烟池

销烟池畔奠林公,血染江山别样红。
千里舳舻今胜昔,蛮氛尽扫慰诗翁。

零丁洋

碧海轻舟眺赌城,灯红酒绿漫零丁。
文公正气存千古,横扫奸邪续汗青。

水调歌头·鼓浪屿
东望金门

鹭岛名遐迩,海上一花园。日光岩上临眺,旧貌换新颜。千幅帆樯如画,万顷碧波浩淼,舴艋逐风旋。续断琴声远,叫卖漫龙山。　　赞开放,夸改革,念团圆。长空焰火相映,隔海话亲缘。浪击礁岩擂鼓,风入洞天鸣籁,仙乐助人欢。台独南柯梦,两制艳阳天。

千秋岁·人民海军诞生

神州蒙庋,外侮频而厉。颐和耻,英雄泪。廉明兴大业,腐败遗污矢。君不见,圆明魂断游人酹。　　巨手挥云霓,狮吼惊天地。驰战舰,军民喜。蛟擒沿海靖,雕射寰天霁。艨艟笛,黄龙痛饮笙歌起。

范豫康

1922—2011年,江苏盱眙人。1939年11月参加革命,曾任海军副参谋长。

驱逐舰导弹打靶

一震雷霆箭出巢,烟腾火射欲冲霄。

苍天碧海长虹过,飞弹颗颗中目标。

小型水面舰艇战斗条令审定会感赋

金陵聚首论宏章,句酌字斟多度量。
忆昔思今权利弊,旁搜博采觅良方。
集思广益选佳案,沥血呕心设战场。
群策群谋收硕果,功成事就谊情长。

咏西沙（选三）

一

一日狂风三日澜,涛如崩雪浪如山。
舰船起落风波里,百炼成钢笑开颜。

二

渡海金银觅小诗,骚人墨客到何迟。
当歌猛士斗风雨,筑垒礁岩备战时。

三

琛航碑立吊忠魂,为国捐躯昭后人。
铁甲长戈严阵待,海疆浴血建殊勋。

林 平

1927年生,江苏南通人。1945年3月参加革命,曾任解放军报社副社长,济南军区政治部副主任。中华诗词学会会员,解放军红叶诗社顾问。著有《履痕集》等。

无 题

但闲身便懒,无事虑偏多。
才自勤中得,锋须石上磨。

乡 思

少年壮志乐天涯,铁马金戈到处家。
深怪年来思念切,故乡明月故乡花。

故居忆旧

古箧翻陈迹,黯然忆旧时。
家贫愁父老,雾漫笑情痴。
寇炽男儿恨,鹏飞出路迟。
难堪寂寞泪,雪夜画梅枝。

庐山初记

雨夜上庐山,飞车四百旋。
宵眠疑被湿,晨起觉衣单。
路曲游人密,林深宿鸟喧。
悠然回首处,云雾漫庭轩。

笔墨情

少年恃笔墨,奋志驭长风。
江海欣无冕,烽烟颂共工。
壮怀讴盛世,浩劫倦雕虫。
老大情难改,犹吟夕照红。

喜咏金秋

英雄山下乐悠游,笔墨钟情迄未休。
夙愿萦怀歌细柳,长风破浪颂神州。
承传有得循规矩,新咏无妨觅自由。
今日喜添诗会友,桑榆胜景唱金秋。

忆夜行军过分水关

盛暑军行急,夜经分水关。
侧身傍峭壁,俯首望群山。
晓露浸衣湿,山风透体寒。
会歼逃闽敌,岂畏征途难。

忆解放厦门

福州甫下又南征,将士袍衫满战尘。
建国初闻盈喜泪,为民夙愿葬瘟神。
誓师蓄锐摧残垒,怒海飞舟克厦门。

集美滩头相继渡,军中自愧是书生。

厌旧喜新之咏

校阅旧作,读至《客难》,沉思久久。复观今日,国运方兴,举世瞩目。今昔比照,颇多感触。瞻望前程,新世纪兴华大业,仍难题多多,未可懈也。

一

旧作重翻叹客难,杞忧犹自忆当年。
世风日下民间怨,经济腾飞纸上谈。
累累官场多墨吏,煌煌理想只金钱。
神州但见乌云罩,放眼苏欧不胜寒。

二

沉疴渐起喜今朝,四化新潮逐浪高。
主政欣遴经国手,反贪已见动真刀。
新篇引路三代表,改革安行独木桥。
世纪前程仍曲折,中兴基础已坚牢。

天香·抗洪堤畔鱼水情

滚滚洪峰,荆江堤畔,市场新事处处。卖主殷殷,坚持低价,难煞军人买主。公平买卖、有军纪,坚持高付。鱼水情深可感,君子国风重睹。　　如是经营何故,听个中、情怀细诉。百年一遇洪水,护堤抢险,赖有昆仑砥柱。好家园、全仗亲人护。难尽绵薄,聊欲相补。

水调歌头·重访启东塘芦港

重访塘芦港,宿梦喜能圆。惊讶全异旧貌,入目尽新颜。连片良田沃野,芳草池塘鱼鸭,华屋耸高檐。更上新安镇,恍入武陵源。　　永难忘,半纪前,塘芦滩。夜半狂风巨浪,

漂泊落荒船。四顾凄凉天地,无际淤泥没膝,极目绝人烟。敌后重围路,刺骨朔风寒。

沁园春·巨人颂

忧国伤民,学子情怀,欲搏激流。看秋收起义,蔽空帜赤。井冈星火,卷地风遒。封豕犁庭,昆鸡掣肘,伟业飘摇雾海舟。危局挽,引长征万里,举世无俦。　　雄才大略良谋。更历尽崎岖壮志酬。终驱除日寇,复完国土;颠翻桀纣,重建神州。冷眼向洋,热风吹雨,华夏岿然傲五洲。伟功在,纵晚年失误,不减风流。

林　毅

原名赛时海,1928年12月生,山东文登人。1945年3月入伍,曾任南京军区空军政治部主任。著有《思絮偶寄》等。

冬日雾中登娄山关

久欲探娄山,攀登不畏难。
抬头寻故垒,迈步越雄关。
雾重岩崖险,涧深瀑水寒。
当年撕斗处,几簇杜鹃妍。

金婚感怀

韶华挽手伴春风,两意拳拳鼓瑟情。
往事如烟涂白发,情深似海刻心旌。
经波历劫共艰厄,侍夕候晨同晚晴。
不羡丹花妍美色,清芬一掬谢苍生。

故乡行

欢欣健步故乡行,亲友惊呼带笑迎。
秃岭荒山添果圃,泥滩野地现楼庭。

田间喜览丰收色,海上又闻拉网声。
月夜清风梳白发,今生不悔付戎征。

满江红·参访井冈山

放眼群山,朝霞出、林峦凝碧。想当年、漫山营垒,烽烟千里。五斗江边军号响,黄洋界上枪声急。望大野、烈火正熊熊,冲天际。 逢盛世,非昔比。宏景绘,江山治。越千年百代,世间奇迹。桑绿菽黄金谷秀,弹飞箭发神舟起。凌高峰、瞩目我中华,心潮激。

卜算子·站在赤水河边

夹岸耸高峰,赤水奔流急。丽日晴空大雁飞,绿野添清碧。 触景想当年,战地寻无迹。唯有红军勇士碑,河畔高高立。

破阵子·粟裕将军赞

苦雨凄风岁月,投身革命征程。足蹈南昌城下水,手挽罗霄山上荆,金戈伴一生。 历数殊功赫赫,谦逊品德人称。解甲未忘家国事,静思常怀战友情,人间传美名。

林伯野

1925年生,河南洛阳人。1946年入伍,曾任国防大学马克思主义研究所所长。

观总政铁流艺术团
春节慰问演出①

雄歌健舞满台春,哪似双休白鬓人?
炉火纯青豪气在,丹心一片振军魂。

① 铁流艺术团由总政离退休老艺术家组成。

忆下连当兵

下连当兵去,心欢志亦豪。战友争相送,掌声入云霄。车行声隆隆,舰击浪滔滔。举目望东海,心潮逐浪高。停舟登嵊泗,首长亲慰劳。朝踏关山露,夕涉东海潮。苦练加巧练,心红艺更高。青年多敬老,夜哨常不交。感此心更暖,树人敢辞劳①?围坐谈传统,细雨润新苗。后浪接前浪,红色江山牢。匆匆归期至,分手在今朝。人去情永在,何惧路途遥!

① 作者自注:值夜班时战士们不叫我们,而我们则提前起床,准时上哨。

欧阳瑞林

1923—2011年,安徽萧县人。1938年入伍,曾任解放军报记者处副处长,中央人民广播电台对台湾广播部副主任。曾为解放军红叶诗社顾问。著有《欧阳瑞林诗词稿》。

忆攻占沈阳之夜

东北敌巢不复存,满城尽是凯歌音。
火光渐少千家静,夜鸟飞来唱悼文①。

① 是夜敌机飞临沈阳上空,哀鸣一阵,旋即逸去。

天津战役记事

一展旌旗入大关,天津城内试强拳。
方传打下指挥部,又报活捉司令官。

窗前那片竹

本是邻家手自裁,十年成片掩窗台。
春秋冬夏总青翠,不比时花开后衰。

夜宿京郊山村

到时已是黄昏后,好客房东忙泡茶。
月下谈及村里事,笑答多有小康家。

胡耀邦同志九十冥诞祭

总是青春火一团,风尘四季不知闲。
激扬改革平冤案,直把丹心昭地天。

看望六连

五十九年思念中,归来已是鬓霜翁。
威名三好添新誉,传统优良总继承。
生气蓬勃同迈进,辛勤奋战共争荣。
白头笑问凌云志,黑发当登万仞峰。

军乐震河山

——庆贺我军军乐团成立50周年

声声军乐震河山,五十生辰喜庆欢。节奏铿锵威武势,军容严整寸心丹。青春闪耀千人队,技艺精深表演团。肉掉十斤音不掉,暑寒久站亦心甘。喜听今日凯歌奏,爱唱昨天运动员。我愿乐团总前进,珠峰越过向云天。

参军六十五周年留句

雨雨风风六五年,军中经历只平凡。
遵循马列无他念,服务人民有两全①。
艰苦为公铭座右,争权图利岂沾边。
老来恪守当初志,乐得余生缓步前。

① 即全心全意为人民服务。

尚 可

1918年生,河南修武人。1938年参加太行南区游击队,曾任解放军体育学院副政委。

吉星照宇寰

一代风流憩九泉,风云变幻搅人间。
西天雪降寒流逼,东土尘飞恶浪湍。
任使列强翻旧戏,莫遮华夏拨新弦。
征航赖有雄文指,恰似吉星照宇寰。

忆江南·戎马太行

一

烽烟事,戎马太行山。崇岭奔腾山险峻,红旗漫卷士昂轩,与敌巧周旋。

二

风云急,烈火太行烧。愤举人民钢铁臂,敢搏日寇血腥刀,百战炼英豪。

三

红霞漫,倭寇太行凋。战士凯旋心益壮,江山光复志如潮,更望路程遥。

忆秦娥·忆反"扫荡"

宵如漆,羽书飞报寒流急。寒流急,八方来敌,狼奔豕突。 沙场奋戟云天黑,勇谋百炼英雄色。英雄色,穿山越垒,逐亡追北。

调笑令·南海前哨

烟渺,烟渺,舰队远航扬棹。英

雄勇缚鲸鳌，赤帜高悬岛礁。礁岛，
礁岛，屹立南疆前哨。

罗立斌

1917—2009年，广东东莞人。1936年
10月参加革命，曾任志愿军政治部文化部
部长，第二十六兵团政治部副主任。著有
《战迹游踪》。

诗记抗美援朝战争

春夜进军

镇市无寻处，村庄问有名！
荒丘窜群鼠，野冢闪流萤。
骨暴蛙争叫，尸横马不惊。
军行同指誓：杀贼保和平！

大军昼息

晴空千里无人迹，旷野未闻鼓角声。
皓月稀星明岔路，三军车马又登程。

告别朝鲜

和平捍卫结知音，反帝除奸铄石金。
漫地烽烟交挚友，喧天鼓乐别殊亲。
三年苦战凝鲜血，八载辛劳置赤心。
极目挥巾歌渐远，驱车回首泪沾襟。

和谷岩

笔名山石，1924—2011年，河北曲阳
人。1937年入伍，著名作家，曾任解放军
报社副社长。

战地黄花伴丹枫①

香山秋叶几番红，为命相依两媪翁。
骥老心雄千里梦，人赢志壮笔耕农。

青春似火书难尽，热血如泉涌不穷。
三载毫端情与泪，黄花战地伴丹枫。

① 《战地黄花》是作者老伴王慧敏
带病写成的长篇小说；《枫》是作者反映
抗美援朝的短篇小说集。

岳军

1923—2006年，吉林伊通人。1935年
参加东北抗联游击队，曾任总参某部副部
长。著有《鸿爪集》。

忆抗联生活

脚印

皑皑雪地昼行军，大队足痕似一人。
后脚踩合前脚印，瞒天过海计如神。

雪屋①

雪厚深掏洞，天窗望九重。
坐围篝火暖，梦入水晶宫。

军装

英雄女子巧天工，新式军装白布缝。
水煮柞皮为染料，借来树色战秋冬。

密营

木屋藏在老林中，储备粮油为过冬。
几处密营知者少，山穷水尽始开封。

磷火

夜宿森林里，抬头不见星。
雨过磷火盛，权作读书灯。

情报

黄昏进驻山村内，梦里惊闻狗叫声。
反日会员来报告，伪军传出日军情。

白山杀敌

白山松色秀，冰雪浮云端。

抗日红旗展,杀声敌胆寒。

① 长白山冬天积雪甚厚,日晒后上结硬壳,内仍松软。挖开硬壳,掏出软雪,即可在内宿营。

忆延安生活

延水清流浅,深沟野枣甜。
种粮山野外,纺线小窗前。
注视狼烟起,常偕甲胄眠。
偷闲观话剧,雷雨白毛仙。

忆新疆新兵营

一

遥远新疆乌市栖,小河清浅绕城西。
三方秃岭黄沙密,一面天山绿树稀。
八路老兵为战士,新疆营里学军机。
闲暇车马温泉去,洗尽征尘再跨骑。

二

将士磨刀毕,驱车过酒泉。
丝绸荒草路,沙漠古风烟。
千里如临阵,长途似凯旋。
咸阳曾中毒,无险见新天。

忆衡宝之战

回雁峰前判敌情,全歼衡宝蒋残兵。
当年一箭仇方报,闻有湘江鼓号声。

延安风光

初到延安观夜景,半山窑洞半山灯。
晨光淡抹城砖暗,塔影微斜水石清。
名著毛边方显雅,军装灰染最时兴。
大刀神曲黄河颂,处处高昂抗战情。

毋忘制戎衣

白山黑水晚秋时,悼念沦亡鬓有丝。
仿佛亲揩慈母泪,依稀又举抗联旗。
万千战士捐忠骨,四亿人民谱血诗。
历史常常会重演,后人毋忘制戎衣。

岳如薹

一名岳宣义,1943年1月生,四川南江人。1962年入伍,曾任济南军区政治部副主任,中纪委驻司法部纪检组组长,少将军衔。中华诗词学会顾问,解放军红叶诗社顾问。著有《八千里路云和月》《衔吴钩的和平鸽》等。

兄弟寄望

东南望断六十年,夜半徘徊梦未圆。
骇浪惊涛曾几度,和风细雨已开端。
连心碧海桥谁架,去怨情诗信我传。
待到金瓯缺补日,重新拥抱胜从前。

刘洋飞天

神女飞天梦已真,中华亘古第一人。
重开王母蟠桃宴,要为刘洋洗战尘。

癸巳岁末怀感

回头张望不凡年,万里神州正粲然。
昂首挺胸腰杆硬,躬身接地气息甜。
苍蝇老虎坚决打,丘壑鸿沟奋力填。
苦难辉煌勿忘记,明天大梦定能圆。

回 师

边寇今天讨罢还,七十二号界碑前。
又瞧华夏河山好,伴我春风唱凯旋。

调关矶上生死碑

万里长江险段长,荆江三转九回肠。
铺天浪涌西来急,盖地涛奔东去忙。
誓为平原除险患,甘同武汉共存亡。
英雄生死抛天外,立马矶头豪气扬。

从乌林到赤壁舟中

风卷洪波浪遇舟,乌林赤壁入凝眸。
千年壮士豪情在,今日雄师气势遒。
拼命只因图报国,舍身原不计功酬。
西风借我降魔帽,追逐长江万里流。

新中国成立六十周年阅兵

撼天动地过长安,华夏欢欣醉俏颜。
梦里百年悲鬼后,眼中一刻笑楼前。
鸟枪换炮堪威武,霸主惊心不胜寒。
钢铁长城新耸起,任凭风浪凯歌还。

鹧鸪天·惊心动魄赴公安

雨骤风狂夜渺茫,飞驰险境未彷徨。我今舍命分洪去,岂敢疏忽失大江。　　棉灿烂,稻金黄,三十万众转移忙。死生动魄惊心夜,不喜不悲不断肠!

西江月·第二届中国诗歌节

相伴兴衰百代,曾经璀璨千年。沉浮几度此时圆,诗梦长安似幻。　　定要走出琼厦,不须贴近权钱。多些个虎啸龙吟,点染乾坤好看。

蝶恋花·新中国成立六十周年

千古一声楼上唱。地覆天翻,夜尽东方亮。拉朽摧枯横扫荡,乾坤翻转多舒畅。　　剩水残山重摆放。炼狱出来,换了新模样。今看西风多惆怅,钓鱼台畔东风爽。

忆秦娥·首艘航母"辽宁"舰

辽宁舰,中华航母尊容现。尊容现,炎黄惊叹,好梦今圆。　　军威扬了国威粲,和平崛起须长剑。须长剑,巡洋游海,扫清边患。

清平乐·法律援助西藏行

层林尽染,雪域迷人眼。何惧八千多里远,奇异风光无限。　　民心法律工程,扶危济困苍生。爱使开疆拓土,消愁天下安宁。

鹧鸪天·神舟十号飞船上天值端午节

世界眼球贴酒泉,心情各种看飞天。英雄宣誓长空下,统帅壮行征地前。　　舟勇敢,粽香甜,举杯先敬宇航员。中国特色康庄路,崛起神州把梦圆。

清平乐·嫦娥登月

嫦娥奔月,向九天飞越。到了广寒宫里也,天下欢呼雀跃。　　须圆大梦才牛,守株待兔当休。我欲相邀伙伴,随心宇宙巡游。

满江红·红军长征胜利八十周年

妄想独裁,扑星火、用心何

毒。貔貅众、围追堵截,如狼似虎。万水千山逐大梦,腥风血雨寻出路。挽狂澜、妙选领航人,光明煮。　今内外,又围堵。糖衣弹,横飞舞。许诺初心愿,焉能辜负。万里长征需再走,崇高信仰应重塑。斧镰旗、漫卷我神州,环球慕。

周　迈

1952年7月出生,江苏无锡人。1969年2月入伍,曾任空军装备部副部长,空军少将军衔。曾为解放军红叶诗社副社长兼《红叶》主编,现为执行副社长。

惊闻四川汶川大地震志感

大震突袭举世惊,全球瞩目聚荧屏。
山崩地裂江河断,楼倒屋塌泪雨倾。
抗震谁嫌千担重,赈灾我信百金轻。
汶川尽洒人间爱,凝聚中华血肉情。

礼赞中华

——观北京奥运会开幕式

鸟巢璀璨耀星光,四海高朋聚一堂。
缶乐雄浑惊日月,画轴漫展颂炎黄。
轻歌曼舞飞流彩,火树银花引凤凰。
惊艳全球燃圣火,中华圆梦梦飞扬。

参加国庆六十周年阅兵有感[①]

茶饭不香已整年,冲锋只盼这一天。
战鹰受阅归巢后,醉亦欢欣梦亦甜。

① 作者时为国庆阅兵空中梯队装备组组长。

观上海世博会喜赋

鼎盛中华办世博,浦江两岸尽欢歌。

金鸡独立东方冠,彩帜飘飞世界波。
天热无妨行路远,兴高何惧看人多。
百年一睹终圆梦,引领寰球共唱和。

红叶诗社建社二十五周年

西山一叶久经霜,引领军诗入盛唐。
擎帜续歌边塞曲,挥毫新赋柳营章。
敢凭虎啸开蹊径,犹教龙吟育嫩篁。
且看枫林红似火,乘风化作战旗扬。

喜闻我航母舰载机首飞成功

恍如平地起蛟龙,一啸冲天震海空。
浩瀚五洲巡宇外,轻盈三点入怀中。
何当尽雪沉瀛耻,岂忍频侵闹岛凶。
航母梦圆抬望眼,挥师待唱大江东。

贺空军女飞行员首飞六十周年

巾帼添翼志飞高,不让须眉奋赶超。
抢险救灾云上影,造林植树雨间飘。
也曾舞彩迎嘉庆,更待弯弓射大雕。
三百木兰皆俊彦,刘洋最是队中豪。

贺空军八一飞行表演队成立五十周年

一自成军气势雄,蓝天仪仗舞东风。
恭迎贵客每赢誉,献艺佳节屡建功。
雁阵凌空行大礼,鹰旋掠地贯长虹。
敢同雷鸟争高下,翘首国人仰猛龙[①]。

① "雷鸟"指美国空军雷鸟飞行表演队。"猛龙"是八一飞行表演队装备歼十战机的绰号。

党的十八大感赋

空前盛会聚英俦,大美中华共运筹。
薪火承前传赤帜,镰锤启后耀金瓯。

会当反腐民生意，终解强军家国忧。
喜见神州新航母，复兴一路泛轻舟。

访西柏坡

西坡村小柏松高，血染丰碑入九霄。
石碾谈兵谋伟略，土窗驰电展雄韬。
卷席三战开新宇，警磬重敲戒侈骄。
何处复兴寻夙梦，油灯引领胜航标。

甲午恭王府海棠雅集

应时好雨洗霾尘，王府新迎处处春。
蘅芷绵延犹澹苑，海棠摇曳最怡人。
诗凭吟唱飞神韵，蕊借筝弦系梦魂。
共品馨茶歌盛世，且扬清气满乾坤。

赞空军英雄试飞大队

云端亦有万重山，敢闯初飞道道关。
极限填白经砥砺，刀尖化险转危安。
志坚可拒千金惑，血洒甘留一寸丹。
誓为强军添两翼，蓝天不懈奋登攀。

敬谒白求恩墓

万里何辞赴异乡，简床陋庙即沙场。
仁心施爱驱倭鬼，妙手回春救死伤。
功著英名垂昊宇，德高清骨馥华章。
今来拜谒学风范，伫仰苍松立太行。

钱学森颂

不恋留洋逐利存，志兴华夏转乾坤。
狂涛难阻归乡路，睿智终敲奔月门。
敢遣一星惊昊宇，拼将两弹壮昆仑。
殊勋今已垂青史，更有高风育国魂。

中华诗词学会成立
三十周年感怀

先父周一萍是中华诗词学会创始人之一，是学会第一届常务副会长。在中华诗词学会成立30周年纪念大会上，我有幸代表解放军红叶诗社登台发言，兼怀先父，诗以志感。

卅载云烟何处寻，几鳞轶事忆初心。
曾将豪气付红叶，亦洒甘霖润绿荫。
韵海承唐扬古律，骚坛翻宋奏清音。
神州焕彩瞳瞳日，告慰今当对月吟。

唐多令·参加中俄
联合反恐演习

塞北聚精兵，演习为打赢。看中俄、反恐同行。国际传媒齐瞩目，惊欧美、震东瀛。　平地起雷霆，冲天掠战鹰。霎时间、弹箭轰鸣。亮剑扬眉西北望，欲伏虎、请长缨。

满庭芳·中国梦

时恰金秋，薪传赤帜，神舟逐梦新航。宏图伟略，矢志创辉煌。破浪穿云驱雾，敢断腕，反腐兴邦。遂民意，人心凝聚，阔步奔康庄。　荣昌。切莫忘，近邻倭鬼，远有天狼。赖尧舜英才、科技风光。古老中华崛起，同戮力、国富军强。期圆梦，巨龙昂首，笑傲立东方。

西江月·贺空军

——八一飞行表演队国外首秀

袖掠雷惊环宇，肩披云舞东欧。终圆几代梦追求，一展出国首秀。　　彰显中俄自信,平添美日新愁。蓝天比翼竞风流,空海长城铸就。

南歌子・神十飞天

拔地腾骄焰,冲霄入昊穹。神舟约会吻天宫,更现巾帼绛帐展奇功。　　佳讯传瀛外,嫦娥诧月中。谁人追梦秀天工?原是昆仑昂首化金龙。

醉花阴・咏嫦娥玉兔

奔月嫦娥携玉兔,轻落虹湾处。舒袖舞翩跹,对酒欢歌,靓照拍无数。　　广寒觅宝悠悠步,赤帜迎风舞。宫阙共神州,仙路迢迢,一夜花千树。

临江仙・夏日军营采风

卸甲离鞍知几载,军歌唤醒豪情。新风拂面柳来迎。青春燃烈日,徽熠耀心灵。　　入眼尘烟萦剑气,厉兵汗舞戎营。苦甘欲晓问群英。开怀闻笑语,举首望雄鹰。

西江月・红叶

魂系井冈星火,情融圣地旌绸。凌霜破雾焕新秋,遍染江山红透。　　纵遇严冬残雪,何妨夙梦追求。辉煌一页总淹留,永葆彤彤依旧。

南乡子・观《中国梦 中华诗词演唱会》

嘉会蜡灯红,吟界迎新自不同。唱赋歌诗词伴舞,融融,年味醇香别样浓。　　一线缀瑶琼,穿越时空韵脉通。国粹弘扬添彩翼,腾龙,似梦犹非醉梦中。

望海潮・祖国颂

巍巍岱岳,悠悠青史,泱泱华夏虬龙。经历浩劫,乾坤扭转,英明党铸丰功。开放绽新容。巨擘挥椽笔,彩绘瑶琼。狮醒东方,中华崛起万山崇。　　神舟呼啸凌空,引海迎母舰,月吻天宫。声震宇寰,雷惊鬼魅,戎威气贯长虹。盛世荡清风,改革添国力,芳苑春浓。喜看龙骧鹏举,逐梦尽飞腾。

鹧鸪天・读英雄遗言感怀

空军一级战斗英雄、北空原司令员刘玉堤将军弥留之际,当空军马晓天司令员看望他时,他用颤抖的手写下遗言——"大大发展轰炸机"。

曾舞云霄唱大风,传奇孤胆一豪雄。拼将血刃歼飞寇,戍卫蓝天挽劲弓。　　存浩气,贯长虹,将军宏略蕴于胸。临终几字倾心腑,镇守空疆毋忘攻。

鹧鸪天・访马海德 夫人苏菲女士

又忆当年风雨稠,延安佳话话从头。油灯燃起激情火,窑洞结成同志俦。　　相濡沫,共追求,白衣泽润遍神州。传奇一对异国恋,别样辉煌军史留。

浣溪沙·访军委一号台

一袭戎衣淡淡妆,屏前酣战令麾扬,天波织梦载荣光。　纤指时弹春瑟曲,丹唇犹诵月诗章,玫瑰军旅也铿锵。

喝火令·观纪念抗日战争胜利七十周年大阅兵有感

虎啸戎威振,龙腾战力道。箭驰鹰阵正当头,更有远巡旗舰,东海逞风流。　毋忘民族耻,当存将士忧。恶邻贪岛又无由。且记金陵,且记那卢沟,且记强军兴国,一梦壮神州!

浣溪沙·空军"追梦空天"航空开放日

受阅归来揭面纱,长空砺剑绽奇葩,鹰姿威武实堪夸。　翁媪痴颜浑似醉,孩童笑脸灿如霞,飞天心种已萌芽。

虞美人·赞百岁女红军王定国

红军壮事知多少,百岁情难了。雪山草地几回回,赢得镰锤赤帜伴霞飞。　相传薪火经何处,重走长征路。犹将追梦浩歌行,依旧昂头八角闪红星。

周东葵

1922年8月生,浙江宁波人。1939年5月入伍,曾任军械技术学院训练部部长。中华诗词学会会员,解放军红叶诗社社员。

读蒋兆和《流民图》残卷

国破忍听云水哭,家亡何处觅归途?半幅世纪悲情卷,十亿炎黄痛切肤!

老干部大学四时吟

——纪念总后老干部大学建校20周年

试　笔

连年喜讯伴馀龄,翠鸟嘤鸣柳色惊。笔练龙蛇春正好,新元丽日沐东风。

画　荷

踏水轻红飘暗香,新风画意送清凉。汗珠合共陈颜洗,一抹流霞透曙光。

赋　秋

遍山红处问灵枫,几度霜寒色愈浓?四海情怀涵叶底,一天明净月当空。

搏　冬

踏雪簧楼赏玉琼,寻梅欲悟放翁衷。夜读肱枕西风里,听取惊涛万壑松。

"金钥匙"赞[①]

老白皮袄靰鞡珍,三下江南鏖战频。苦大仇深悟真谛,风饕雪虐扭乾坤。掀翻头顶千方土,解救世间同命民。百万军中贫困子,王朝末日筑坟人。

① 解放战争时期,东北野战军普遍开展毛主席倡导的新式整军运动,忆苦教育是当时连队政治工作三把金钥匙之一。

甲申殷鉴

1944年毛泽东推荐将郭沫若《甲申三百年祭》列入中共整风文件。

六九年前忆整风，识珠慧眼荐郭公。
明王腐朽烟飞灭，李闯骄矜昙现匆。
肆虐国贼终化土，亲民赤子自腾龙。
晨钟暮鼓遗音在，莫做当年李自成。

忆早年皖南受训夜练

陆沉半壁犬惊更，热血男儿苦练兵。
青弋江流涌含恨，中村月影步无声。
习拳奋力摧黑狱，砺剑腾辉乱草萤。
涉水爬山气犹壮，大风歌罢唱晨星。

行香子·伟大复兴梦

——写在荧屏直播党的十八大之际

七彩传真，四海凝神。且回眸、世纪风云。中华追梦，物象更新。历万般难，千重险，百年辛。　　几经考试，百姓评分。凭栏望、月朗风淳。人勤业振，广布棠荫。赞九州兴，三军奋，兆民春。

破阵子·戍边强军梦

——与战友叙旧并致边防老部队

转战白山黑水，连赢辽沈津燕。千里秋风摧落叶，百万乡心系辔鞍，五星耀海南。　　同庆龙腾九域，何忧海涌狂澜。戍卫金瓯圆宿梦，警枕霜戈亮铁拳，哨鸽翔碧天。

破阵子·雅安挺住！

劫难惊天考验，飞石倾雨相煎。强将精兵争赴难，白褂戎装冲在前，全民披胆肝。　　险境开通生路，废墟挺立中坚。大爱争来华岱稳，壮志焉提蜀道难，骄阳照雅安。

蝶恋花·庐山风云与黄克诚

——纪念黄克诚诞辰110周年

牯岭巍峨三百转，突起风云，花落人哀叹。五老峰高诚伟岸，三迭泉泄千秋练。　　曙色晴明寒雾散，满树红霞，春色欣重现。远瞩高歌东岳璨，胸怀大海人同鉴。

朝中措·心中月季

——有感于《诗词作业交流》出版120期

东君关顾暖八乡，承露沐骄阳。暮暮朝朝侍弄，花枝朵朵蜂忙。　　长春岁月，风情百样，欢乐辰光。方寸应时吐艳，花期敢比海棠。

如梦令·南征掠影[①]

复仇立功运动

梦里炮声惊晓，深恨大仇待报。万里望新程，奔向贼人窝庙。真好，真好！圆梦立功时到。

新区爱民运动

卸下背包枪炮，争抢挑水清扫。一宿满鼾声，临走物还缸冒。开窍，开窍，喜见老乡含笑。

听播开国大典

礼炮迅雷惊魅，逐敌险途飞腿。最陡桂湘边，石壁攀坑防坠。无畏，无畏！直奔边陲苍翠。

红旗插上边关

千里迂回追匪，十万大山无寐。声撼桂之南，骥尾附蝇惊溃。真美，真美！旗展镇南边垒。

　　① 1949年4月28日，四野第三十九军由北平向中南进发，一路艰苦行军作战，12月11日到达中越边境镇南关（今友谊关），歼敌5万。

周克林

　　1930—2015年，河北香河人。1945年1月参加八路军，曾任海军航空兵副司令员。

战　鹰

挥翅开云雾，扶摇驭劲风。
太清飘玉带，万里卫长空。

寄南沙指战员

神州形胜岛延伸，自古曾沙南国门。
高脚石屋皆圣土，苍天碧海系华魂。

海军飞行员之歌

抱定凌云志，航天卫海空。
和衷争胜技，比翼竞雄风。
忠慕岳鹏举，歆怀赵子龙。
云涛星月影，伴我建奇功。

空舰演习

——记1964年海军胶州湾大比武

倒海排山令一声，胶州水将会天兵。
移云掠雾神鹰啸，破浪乘风铁马鸣。
翠岛千峰连壁嶂，清波万里起长城。
民丰国富凭良策，一统和平论武精。

情系海空

曾经沧海千层浪，又历长空万里云。
临战升空唯恐后，操兵演练务精勤。
寒来暑往流光逝，斗转星移暮日曛。
息翅犹思未了愿，挥毫泼墨忆从军。

永遇乐·庆祝海军建军四十周年

　　碧海银波，层峦叠嶂，形胜千古。谁主沉浮？金鹰铁马，四十年征逐。长天刺破，龙宫出入，人道是擎天柱。忆当初，轻舟木橹，步枪火炮金鼓。　　星光月影，浪峰涛底，制胜出奇如虎。刮目当今，清波千顷，铁壁铜墙筑。大洋纵览，南极惊探，飞弹排澜起舞。神州愿，和平一统，海疆永固。

郑若谷

　　1923年8月生，浙江镇海（今慈溪）人。1942年加入中国共产党，曾任解放军军事法院顾问。

渡江作战五十周年

千帆竞发渡长江，百万雄师斗志昂。
勇往直前穿弹雨，争先恐后到江防。
克城破垒军威盛，弃甲丢盔敌胆丧。
直下金陵掏鬼窟，蒋家暴政一朝亡。

人民军队抗震行

大军十万夜兼程，慷慨出征抗震行。
瓦砾丛中救伤者，废墟深处觅余生。
身肩大任千钧重，心系同胞万缕情。
道是人民好子弟，忠于天职作干城。

欣获功勋天平奖章①

今日华堂灯火明,殊荣授予白头人。
才能疏浅犹深愧,贡献无多不足论。
回首征程虽曲折,欣看法院竟逢春。
莘莘新秀皆英杰,执法维权护亿民。

① 作者自注:2007年12月26日,最高人民法院举行仪式,向全国25名长期从事法院工作曾有一定贡献的老同志授予功勋天平奖章。余愧列其中,归后成此。

郑肇东

1925—2017年生,河北深县人。1938年参加革命,曾任军事科学院副军职研究员。曾为解放军红叶诗社顾问。

太原东山牛驼寨烈士陵园祭

丰碑高耸入云端,林木森森五十年。
岭下古城千室变,牛驼寨子百花妍。
重来故地酬先烈,再踏东山拜墓园。
长忆沙场鏖战苦,心香一瓣献灵前。

项 明

1915—2008年,河南人。1940年参加新四军,曾任军事科学院战争理论研究部副军职研究员。曾为《红叶》编委。著有《项明诗词五十七首》。

满江红·纪念彭雪枫殉国五十周年

抗日高潮,肩重任、誓师杀敌。率劲旅、渡黄东进,广开游击。豫皖苏边歼日寇,徐淮敌后驱民贼。赖万千、群众固边区,坚无匹。 日进犯,顽逃匿;收失地,西征急。正中原报捷,将军殉国。武略文韬寒敌胆,治军建政传奇迹。现巨龙、飞跃慰英雄,神州赤。

水调歌头·赞百万军民英勇抗洪

淫雨连绵降,洪水漫长江。巨流滚滚狂泄,沃野陷汪洋。果断中枢决策,百万军民上阵,抢险抗洪狭。誓保江堤固,老幼转安乡。 水灾重,抢险急,战旗扬!官兵龙口拼斗,水里结人墙。举国八方援助,夺取抗洪全胜,千里固金汤。患难同舟济,重建业辉煌!

赵文光

1930年生,辽宁绥中人。1948年入伍,曾任总参炮兵部副部长,少将军衔。著有《赤子吟》等。

抗美援朝

绿江彼岸射长蛟,千里河山战火烧。
城火殃鱼当抗美,唇亡寒齿必援朝。
东征勇士朝藏洞,破虏将军夜渡桥。
以劣胜优惊世界,列强气焰散云霄。

水调歌头·吊淮海战场

骆马邻彭海,龙虎斗千年。七捷名将一谏,故垒唱东边。西柏坡前羽扇,建业城中累卵,肥豕守中原。风雨大洋岸,佳丽美难全。 碾庄龠,双堆陷,蚌徐瘫。曳兵弃甲,陈官四面楚歌寒。回首台庄大战,弹尽粮空喋血,缘甚战犹酣?向背人心在,成败道为先。

六州歌头·访西柏坡

山间曲径，柏树满坡幽。农家舍，藏帷幄，统貔貅。砥中流。决战筹谋巧，功辽沈，征淮海，夺平津，惊华夏，震全球。追想当年，武器人家送，小米窝头。缘何操胜券，以劣胜强酋？军庶同沟，血同流！　看牛羊犒，秧歌舞，锣鼓竞，万家讴！峥嵘月，休忘却，颂歌稠。喜杂忧。开二中全会，防糖弹，避国愁。应谨慎，须艰苦，勿贪酬。李闯骄兵可鉴，内讧起，遗憾千秋。历代兴亡事，水可以承舟，亦可翻舟！

赵予征

1922年生。山西沁县人。曾任新疆生产建设兵团副政委，新疆维吾尔自治区人大副主任。

读岑参诗述志

万里勤边事，一身无所求。
也知边塞苦，岂为子妻谋。

为农七师《奎屯晨报》题词

黄沙织锦绣，戈壁起新城。
创此奇勋者，原来都是兵。

参加六十六团老战士聚会

当年模范团，太岳美名传。
秦陇鏖兵急，戍边驻雪山。

庆祝香港回归有感

昔日明珠割与人，只因国弱受欺凌。
而今狮醒一声吼，香港回归举世惊。

赵金光

1949年5月生，四川西溪人。曾任解放军三〇四医院院长，长春军需大学副校长，少将军衔。中华诗词学会会员。著有《赵金光诗选》等。

别西溪

忽然小子别西溪，南北行踪踏雪泥。
笔墨长为山海赋，弓刀梦断五更鼙。

进　山

烟迷樵道老猿哀，梅雨一山生绿苔。
千丈枯藤悬胆处，小兵背负木床来。

书剑郎中

半为书剑半郎中，踏破关山数万重。
屈玉垂金随意写，手提新月割疽痈。

中国军人赞

丹心一片许神州，岂止沙场敢断头。
国有险情民有难，也抛热血染千丘。

戊子春节前南国雪灾

一

何事天公大放癫？狂抛暴雪带冰寒。
千千游子归无路，万顷冬蔬竟半残。

二

热血救民谁在先？雄师援手雪灾前。
肉身曾搏坚冰阻，飞越星空送米棉。

寄三〇四医院同仁

十年救死扶伤路，曾向苍天说苦心。
我谢诸君齐协力，春风入耳是嘉音。

故乡行

梦行最是故乡频，今日醒来情景真。
信步长街多喜色，相逢握手不言贫。

戏水川江

惊涛撩发少年狂，且共山风闹怒江。
驾浪云端欣试胆，拨开鱼蟹探龙邦。

题孙大石《重担放下一身轻图》

一头是利一头名，手抱肩扛两不轻。
但得人生潇洒度，清心路上放歌行。

江　边

谁识江边一钓翁？当年跃马过刀丛。
赋闲只在银须老，横笛溪山夏复冬。

咏辛弃疾

鞯辔铿鍧一笔豪，栏杆拍遍奋金刀。
弦惊万里吞胡虏，梦断征鞭泪湿袍！

鹧鸪天·暴雨上学路

家距双中隔数山，当年暴雨急如湍。洪涛肆断拖柴路，吼石狂惊觅食猿。　　骑木渡，枕岩眠，饥吞野果渴吞泉。抱藤荡过狼嚎谷，也学阴平滚草毡。

破阵子·热血关山

热血关山执戟，梦中号角声声。数百里奔驰急急，风雪交加路路冰，沙场夜点兵。　　铁马金枪非昨，横空飞弹惊霆。卫我长城千万里，何计生前身后名，一腔为国倾。

江城子·报国路

当年小子别寒窗，着戎装，弄刀枪。男儿许国，荒野一身霜。苦战沙场曾不死，将血汗，寄匆忙。　　曾经意气欲飞扬，细思量，也癫狂。诗文书画，日日九回肠。学道大夫终不悔，挥利剑，斩千疮。

临江仙·南海

九重浩浩流霞俏，海光豪荡晶蓝。群鱼跃处白鸥酣。长歌声里，一笛送高帆。　　是谁掀起吞天浪？蚖鼍也趁狂涛。提弓仗剑踏云霄。拂烟寻觅，神箭射凶妖。

鹧鸪天·参观红军四渡赤水纪念馆

七十年前四渡兵，破围睿智一碑铭。娄山关上歼王旅，遵义城边溃薛营。　　跨赤水，逼昆明，插穿急进踏榛荆。敌人用尽搜肠计，难阻红军万里行。

唐多令·赋闲

小路步三千，疏林一趟拳。夏复冬、影动楼边。古古今今中外事，笑声里、一天天。　　笔底又新篇，长吟富养闲。问岐黄、谁是神仙？日把清心谣九唱，益椿寿、胜金丹。

[双调·得胜令] 从军

跃马走寒山，拔剑过冰川。许国寸心铁，劳歌热血篇。扬鞭，入梦家乡远；几番，松声枕月眠。

[正宫·叨叨令] 阳台

红红绿绿花花草，阳台四季风光妙，梨花皎皎香兰笑，桃花灼灼山茶俏。拍手也么哥，拍手也么哥，清清爽爽心情好。

胡若嘏

1919—1997年，河北鸡泽人。1933年参加革命，曾任国防科委局长，某核试验基地政委。中华诗词学会会员。著有《春雷颂》。

清平乐

庆我国第一颗原子弹爆炸成功

春雷报喜，闪闪霞光绮。滚滚仙蘑从地起，霹雳一声万里。　　雷公初显神通，人间欢庆声隆。战士笑谈胜利，再攀科技高峰。

祝我国第一颗氢弹爆炸成功

楼兰报捷，聚变难关越。金水桥前人喜悦，核霸黄粱破灭。　　雄图一举成功，中华又长威风。大圣神针到手，岂容魔鬼逞凶。

赞我国首次地下竖井核试验成功

无风尘起，无闪雷声激。顽石火熔声色异，瀚海无边瑞气。　　雷公今出奇兵，击波摧毁酆城。天将精神抖擞，阎罗胆战心惊。

钟　英

1916—2004年，湖南新宁人。早年参加革命，曾任吉林省军区副司令员。曾为中华诗词学会理事。

缅怀杨靖宇将军

为国献身万事抛，断头洒血志难挠。
番番征战寇魂丧，凛凛威风士气高。
巍巍白山铭战迹，滔滔黑水赞英豪。
悲歌慷慨惊天地，青史丰碑永世标。

施鹏九

1924年生，江苏南通人。1940年入伍，曾任后勤学院政治部副主任、顾问。解放军红叶诗社社员。

老兵情思

少年报国请长缨，越岭逾关万里情。
赢得兴邦头满雪，夜阑犹梦跨鞍征。

抗洪前线子弟兵

一身雨水一身泥，不顾安危只顾堤。
哪里急需奔哪里，抗洪险处有戎衣。

瞻仰人民英雄纪念碑

仰望高碑耸碧云，玉栏护座石雕珍。
披坚执锐千遭险，创业开基百世春。
赫赫功勋留史册，堂堂英气育来人。
万民崇敬巍然立，无惧风烟永葆新。

怀念黄克诚大将

忆一次查哨

参横月落已更深，夜静荧灯隐小村。
低嘱卫兵轻口令，此时师长正筹军。

举 旗

十载污尘待廓清,理纷岂可毁长城。
将军排浪举旗帜,猎猎高扬众眼明。

忆贺兰山劳动往事

牧 羊

白日黄沙满面尘,贺兰山下牧羊群。
扬鞭高唱声传远,瀚海茫茫影伴身。

运 木

山沟运木自挥鞭,一路铃声下贺兰。
啸咏骑驴且纾乏,未曾有意学诗仙。

菩萨蛮·旅顺口

鸡冠破垒残痕壁,深铭弱肉强吞迹。惊动睡狮醒,寰球闻吼声①。　　晴空红日朗,喜看新军港。舰艇彩旗扬,白鸥蓝海翔。

① 旅顺口又名狮子口,其北岸铸有雄伟铜狮一座。

鹧鸪天·与青干校校友相聚沈阳

五十馀春转瞬间,奉城重聚发皤然。群翁同忆当年事,难忘新兵第一天。　　风雨旅,慨慷篇,登山涉水路蜿蜒。今朝共赏秋光好,珍重分阴夕照暄。

鹧鸪天·后勤指挥学院成立五十周年

一世年华粉笔尘,脱盔鬓发雪霜银。难忘昔日荒芜地,喜看今朝院校群。　　熬午夜,惜分阴,育才曾为荐身心。柳营嘉木欣欣绿,绛帐良师代代新。

贺 彬

1925年生,河北深泽人。1938年入伍,曾任军事科学院研究员。解放军红叶诗社社员。

记一次反"扫荡"

口头战罢掉头西,夜出晋边转黄泥①。日寇合围均击破,滹沱河上洗征衣。

① 口头是冀西行唐县一个大镇。黄泥是冀西平山县一村庄。

鹧鸪天·红小鬼

跪别娘亲奔太行,少年宏志把兵当。红军队里小勤务,首长身边小智囊。　　红小鬼,好儿郎,枪林弹雨练刚强。忙中识字勤温习,闯荡摔磨育栋梁。

鹧鸪天·忆抗日区小队

抗日当年草上飞,夜来袭敌白天窥。飘游不定迷倭寇,狠打多方出迅雷。　　摧据点,破重围,青纱帐里盹鼾微。水车井上泉当酒,玉米饽饽大婶炊。

水调歌头·凭吊英雄葛振林

葛老在湘逝,恸哭易州天。五英碑塔高耸,荏苒六旬年。掩护全团主力,跳出倭军陷阱,引敌上棋盘。绝顶跳崖壮,鲜血染巉岩。　　水呜咽,山肃立,众民安。寇倭丧胆,端赖人杰铁双肩。林有参天楠木,岭有巍

峨磐石,队伍贵中坚。华夏男儿伟,
才得月常圆。

贾休奇

1924年生,河北涞水人。1940年参加
革命,曾任总后勤部基建营房部部长。解
放军红叶诗社社员。著有《野蒿集》。

忆　往

雄兵逐夜进,踏月接敌营。
径仄嫌瞳小,垒前恨月明。
犹如官渡战,孤立归绥城。
一战山河动,征衣映日红。

上苇甸伏击战

上苇秋风扫露时,妙峰山麓炮声疾。
星稀月淡羊肠道,林密山高滴水衣。
两撤三伏真亦假,三十六计诈为奇。
遭伏欲遁穷无路,汹涌浑河没蒋旗。

临江仙·马场送军马

塞外黎明秋雾冷,天高草郁云
平。西风阵阵掠黄城。骅骝今入伍,
欢送去军营。　　相望牝驹蹄刨地,
长嘶离别声声。汪汪泪眼诉亲情。
尔今离远去,疆场事新征。

江城子·夏夜宿察古拉边防点

俯看鹰背伴危崖。察古拉,早安
家。锅化坚冰,不见草生芽。炽热火
炉寒暑共,牛粪饼,爆红花。　　嫦
娥曼舞送归槎。燕衔沙,鹊喳喳。欢
泪相亲,梦断又天涯。数载戍边同此
月,常照我,保中华。

夏　川

1918—2005年,河北平山人。1936
年参加革命,曾任西藏军区副政委。著有
《夏雨集》等。

边卡战士颂

边卡四时无绿草,官兵五月不知春。
心中但有朝阳在,谁道秋声不可闻!

访"高原红色边防队"

高山红哨闻名久,边卡长空瑞气融。
旷野难容飞鸟落,营房常见野花荣。
官兵共唱长征曲,军地同栽不老松。
卧雪攀峰等闲事,国防线上出英雄。

重返西藏

一

人虽迟暮仍如火,豪气满怀返雪原。
谨向亲朋明志向,愿居边卡度余年。

二

东风送我到边疆,故旧重逢喜若狂。
自晓征途多棘莽,愿同藏友共炎凉。

夏　霙

1924—2013年,湖北沔阳(今仙桃
市)人。1940年加入中国共产党,曾任基
建工程兵政治部主任。

重到鄂西北

又到当年两竹房①,突围往事实难忘。
西征东返功千载,前堵后追梦一场。
汉水风涛强渡险,荆山陡峭勇登忙。
荒原洒尽英雄血,雷许坟头土尚香②。

① 鄂西北竹山、竹溪和房县之简称。

② 雷天明、许明清两位烈士曾分任房县、竹山县县委书记,领导当地人民为创建革命根据地跟国民党反动派进行了英勇斗争。1946年底,不幸被俘,惨遭杀害。当地群众不时到坟前祭奠。

痛悼李人林同志①

临危受命返襄东,五百健儿驰鄂中。
屡出奇兵收重镇,频施妙计灭顽凶。
纵横转战破罗网,堵截围追叹技穷。
百倍敌军何所惧,大洪桐柏显英雄。

① 李人林 (1917—1995),湖北天门人。1931年参加红军,曾任北京军区炮兵司令员,基建工程兵主任。1955年被授予少将军衔。

纪念抗日战争胜利
五十周年有感

五十年前战未休,降书一纸出倭酋。
硝烟散后蓦回首,满座将军皆白头。

菩萨蛮·重访安家集

驱车重访安家集①,来寻昔日旧踪迹。走近易家岗,依稀是战场。 河滨逢二老,自谓事都晓。不绝语滔滔,军民兴致高。

① 安家集,在湖北省宜城县境内,1947年5月,作者所在部队与国民党军一五三旅在此激战竟日。

念奴娇·九八抗洪

三江横溢,水滔滔,浪急波高流浊。却又风狂兼雨暴,更助洪魔为虐。万顷良田,千间广厦,转眼皆沟壑。百年灾害,从无如此凶恶。 一声号令如山,严防死守,誓把蛟龙缚。血肉长城坚似铁,确保江堤城郭。生死牌前,漩涡浪底,冒死竞拼搏。凯歌声里,笑看洪水回落。

党中奎

1937年11月生,河南唐河人。1955年8月入伍,曾任总参作战部局长,总参办公厅副主任,少将军衔。解放军红叶诗社社员。

寄墨脱戍边模范营官兵

江吼峰寒驻险关,踏冰餐雪守南天。
枕戈筑梦青春火,映照营边一片山。

悼张自忠将军

山河破碎最牵魂,马革裹尸悲断云。
报国岂凭三寸管,驱倭尽献一躯身。
阵前壮烈彪青史,征路艰危见赤心。
已是春花红两岸,风招垂柳悼将军。

山村问路人
——习总书记亲访工农兵有感

地脉连心筑梦人,躬身问计众乡亲。
鸡鸣一曲晴空早,鹊唱三声喜事临。
语震藩篱千障灭,剑掏虎穴万山春。
左邻右舍忙传话,又见东风进俺村。

朱德的扁担

井冈峰险谷幽深,帷帐挥戈掸战尘。
血染旌旗寒敌胆,霜凝征甲振军魂。
扁担感动三山堡,伟业修成首帅身。
朱记神威连北斗,迎来赤县满园春。

瀛台夜会

拾阶连手走瀛台，夜幕凭栏望眼开。
树影婆娑言大智，水波荡漾展雄才。
拨云追月觅新境，化异聚同交底牌。
点亮华灯天地阔，雾消星灿更舒怀。

徐　行

1931年生，河北抚宁人。1947年入伍，曾任国防科工委教育训练部部长、国防科技大学校务部部长，少将军衔。中华诗词学会会员，解放军红叶诗社社员。著有《雅趣集》等。

登乌蒙山走长征路

乌蒙险峻壮千古，万壑争流浪卷烟。
踏遍青山寻胜迹，遥思铁骑越重关。

纪念抗日战争胜利七十周年

卢沟战火暗尘烟，倭寇侵华罪蔽天。
八载冲霄歌义勇，九州浴血获重圆。
昔时岛国迷狂梦，今日死灰谋复燃。
覆辙前车成古镜，居安常备枕戈眠。

庆祝改革开放三十周年

特色红旗举，同心奔小康。
民生定国运，良策胜春光。
开辟和谐路，欢呼福祉长。
群情齐振奋，合写大文章。

胡杨林

虬枝老干翠苍颜，笑傲风沙斗暑寒。
执意终生伴红柳，铮铮铁骨卫边关。

赞军旅诗

军歌嘹亮美如金，铁马秋风动地吟。
热血凝成悲壮句，长留华夏慰英魂。

登司马台长城

金龙盘踞古长城，筑就燕山最险峰。
南望雾灵犹积雪，北看塞外异风情。
两军将士交锋地，千载诗书奋笔评。
气势峥嵘吞日月，摩天奇崛鬼神惊。

延安新貌

横跨太行穿吕梁，飞车一路上青苍。
巍巍宝塔映红日，座座荒山披绿装。
陕北高腔声韵朗，南泥湾里稻花香。
一壶天水奔腾下，洒向人间玉液浆。

欣访北大荒

完达山下建家园，屯垦边防塞外安。
百万兵民耕黑土，三江沃野变良田。
烟波浩淼湖光镜，商旅云兴国贸关。
放眼高歌今胜昔，将军石上望金滩。

苏幕遮·红叶

彩霞飞，秋水碧。红叶铺山，人在轻云里。无际平畴收眼底，雁叫长空，似解登高意。　　百年诗，千里骥。阅尽沧桑，日月知兴替。白发喜迎新世纪，壮丽山河，蓬勃英雄气。

满江红·庚子百年

庚子风云，刀光闪、京城陷落。清廷腐、奴颜签订，辛丑条约。赤子空怀悲与恨，黄毛狞笑烧和掠。

任瓜分、列国发横财,烟尘浊。百年事,堪思索。争朝夕,齐心搏。幸振兴一举,富强方略。红旗驱魔光社稷,春雷震宇惊夷魄。荡高歌、四海庆升平,今非昨。

水调歌头·武陵源揽胜

何处风光美,静静武陵源。轻车横跨沅澧,诸老奋登攀。万仞奇峰壁立,百丈飞泉垂练,峡峪水潺潺。兰蕙香溪岸,雾隐洞中仙。　　屈子赋,将军寨,忆前贤。菜刀两把,洪关举义壮河山①。湘鄂风云激荡,桑植红军鏖战,威震众凶顽。今日张家界,美誉在人间。

①　洪关,指洪家关,位于湖南桑植县。1917年,贺龙在这里以两把菜刀组织武装起义。

渔家傲·国庆六十周年感赋

百载抗争多苦战,迎来甲子开国典。日出东方光灿烂。何娇艳,黎元五亿书长卷。　　六十春秋天地变,暴风骤雨经磨难。万里鹏程无极限。同心干,神州崛起奔如电。

贺新郎·天河颂

2014年11月,国防科技大学研制的"天河二号"超级计算机,在世界500强排行榜中,获得"四连冠"。

网络联银汉。气如虹、雄姿列阵,妙筹神算。往昔难谋新利器,珠算研原子弹。今喜见、天河璀璨。五百强中称第一,贺尖端、奋战帆如箭。惊世界,怅然看。　　长空明月星光灿。架鹊桥、牛郎织女,展眉相见。寂寞嫦娥闻快讯,报道神州当选。路漫漫、心头百感。玉树芝兰三湘育,盼来人、千万精英现。科技苑,广开宴。

念奴娇·飞天

星空闪烁,看银河浩渺,凌虚清澈。西域飞天离佛国,升起祥云兰楫。轻舞长巾,微褰珠幂,袅袅风流绝。问君何去?欲寻天外梅雪。　　今日喜驾神舟,灵光万丈,广宇奔腾烈。玉女殷勤来引路,青鸟重霄穿越。素月晶莹,地球蓝碧,可见长城堞。纵横天界,中华多少豪杰。

八声甘州·中国航天城

望祁连冰雪映金滩,凛冽接居延。在大漠深处,晴空极目,戈壁连天。清水胡杨红柳,环绕绿营盘。层塔拥神剑,直刺云端。　　远射汪洋靶点,令强蛮震颤,霸气凋残。更神舟轻驾,天外访神仙。最开怀,声光霹雳,壮山河、华夏倍娇妍。东风劲、健儿奋发,宇宙扬帆。

浣溪沙·忆大决战

鏖兵古都

决战平津陈傅惊,隆冬百万降天兵,楚歌四面放悲声。　　渤海东逃无一路,归绥西窜梦三更,燕京城下庆和平。

黑土狂飙

东北捣虚华北牵,秋风落叶扫霜原,白山黑水战犹酣。　围困锦州如击卵,阻援塔岭似坚磬,关门打狗敌全歼。

铁血绝唱

首战碾庄决策高,尽歼嫡系黄百韬,气吞淮海卷狂飙。　北国欢腾齐踊跃,南京惨败暗哀号,古今战史领风骚。

徐　红

1947年生,江苏张家港人。1968年入伍,曾任军事科学院军事学术杂志社社长,南京军区司令部作战部部长,南京军区装备部副部长,少将军衔。中华诗词学会理事,解放军红叶诗社副社长、《红叶》主编。著有《诗旅》。

雁门关

边关衔冷月,远树吼寒风。
塞外犹堆雪,城头未释冰。
古门难觅雁,隘口总屯兵。
千载烽鼓地,残垣记废兴。

合川钓鱼城

故垒三江口,鱼城万古传。
一台支半壁,百战拒蒙元。
独钓中原地,改分欧亚天。
蜀中存浩气,共仰众先贤。

吴淞炮台

吴淞门户地,铁血炮台山。
守将曾遗恨,贼军屡破关。

旗扬新海口,港建旧芦滩。
水汇江声阔,潮高汽笛喧。

纪念一江山岛解放六十周年

莫言双鲤脊,小岛亦江山。
六秩涛如昨,三军战正酣。
敌酋惊鹤唳,儒将赋狼烟。
诺曼能重演,应称海不宽。

三军仪仗大队

校阅领三军,庄严接国宾。
英姿凝士气,阔步振民心。
四海齐抬眼,中华正挺身。
举旗刀出鞘,热血沃青春。

闻雅安地震感赋

飞兵茶马道,举国爱心牵。
瓦砾回悬命,壶浆让不眠。
熨平惊颤地,撑起突崩天。
多难兴邦路,同祈好梦圆。

天宫一号与神舟
八号成功对接

筋斗无云不染尘,深空有路客舟新。
冲天一吻惊穹宇,唤得群星拱北辰。

神舟十号飞船在酒泉成功发射

往返非难事,神舟又上天。
酒泉长剑立,禹域激情燃。
万里端阳粽,千年屈子篇。
志强星近月,远梦岂云烟?

道德恒星——雷锋

青春虽短化恒星,四海传人共姓名。

有志躬行成楷范,无私相助见真情。
平凡岗位螺钉闪,伟大精神玉柱擎。
道德文章曾累牍,何如榜样应民声。

贺解放军红叶诗社
二十五周年华诞

边关戎马挽强弓,自古军营唱大风。
卸甲犹吟金缕曲,凭栏长啸满江红。
春催绿野晴方好,秋老丹枫色愈浓。
远望登高闻战鼓,诗坛正唤百夫雄。

五十初度

双溪学子寸心丹,投笔从戎苦作甘。
号角频吹云月远,书灯常伴晓星残。
武经增色食可废,文稿留瑕寝难安。
知命之年鬓未白,惜时报国涌清泉。

寄 怀

金戈铁马在胸中,指点江山两袖风。
抬眼北辰添浩气,砺兵东线挽强弓。
忙筹帷幄心难静,闲伴诗书腹未空。
操练韵文排八阵,吟坛战火亦通红。

书 怀

鱼尾悄然眼角爬,人生苦短志无涯。
银钩虎帐灯前影,铁甲狼烟雨后霞。
秋染千山同仰月,春来两岸共飞花。
读完兵法研诗法,涌出心泉好沏茶。

老将军翰墨缘

半世打江山,将军翰墨攀。
清刚多仿柳,雄健爱临颜。
壮岁情难了,余年笔不闲。
秋霜红叶美,朝气又回还。

六十初度

花甲匆匆至,生性好争强。
山海谋攻守,韦编析短长。
修文迷李杜,演武效施琅。
盛世人难老,新秋叶未黄。

念奴娇·刘公岛

烟波十里,有辕门傍海、水师曾泊。小岛常年多远客,甲午风云重说。铁舰翻沉,金瓯破碎,蘸血签和约。兴衰前史,后人应识清浊。 无忘千古贤良,舍身明志、怒驶惊魂魄。慈禧挥金忙庆寿,媚敌永成奇辱。穷易遭欺,弱难御侮,须建富强国。百年梦醒,东方时世非昨。

浪淘沙·山海关

襟海且依山,第一雄关。靖边镇虏举烽烟。风雨箭楼曾射虎,遗迹斑斑。 形胜冠幽燕,古塞奇观。前朝巨匾气非凡。巡看瓮城思执锐,游客披坚。

浪淘沙·老龙头

截海隔辽燕,利剑插天。安澜镇浪似楼船。昂首巨龙飞万里,日夜巡边。 碑石记当年,烽火扬鞭。临风观海诵遗篇。今古英豪杀敌事,传说民间。

浪淘沙·北固山

屈指数江山,第一依然。神州北望有名篇。千古兴亡烽火路,热泪稼轩。　　京口汇群贤,落纸云烟。丹青吴楚正尧天。试剑孙刘期一统,并辔扬鞭。

破阵子·井冈山黄洋界哨口

翠竹风中浪起,青山雨后云堆。壁垒森严依险势,草木披靡解重围,炮声如震雷。　　肃立黄洋哨口,久瞻雾海丰碑。若是雄关庸者守,哪得红军主力回,大功青史垂?

采桑子·黄桥决战纪念馆

铁军挺进江淮地,东线擎天。联李孤韩,三进泰州义在先。　　黄桥决战乡人助,烧饼支前。炉火无言,得失民心胜败源。

望江东·纪念抗日
战争胜利日有感

未忘倭刀镂心痛,溅血地、高碑耸。同仇敌忾义旗动,十四载、瘟神送。　　招魂拜鬼乌云涌,火药味、如烟笼。降书绞架世人懂,我必胜、终圆梦。

临江仙·上海战役

席卷江南收上海,铁军劲旅当先。投鼠护器巧挥拳。吴淞扎口子,两翼速攻坚。　　十里洋场腰鼓响,沪城从此新天。人民子弟史无前。霓虹灯下夜,马路枕枪眠。

水调歌头·华东劲旅

星火红军路,铁血大功篇。几多骁将英烈,师史记当年。誉满江南虎旅,无愧华东主力,百战总争先。连长杨根思,壮举天下传。　　打硬仗,歼强敌,善攻坚。赴汤蹈火神勇,任务不言难。京沪霓虹灯下,浙豫演兵场上,高唱凯歌还。战士忠于党,挺进再挥拳。

浪淘沙·我海军远洋护航

军港箭离弦,远报狼烟。越洋亮剑亚丁湾。旋翼凌空能探海,导弹昂天。　　护我远洋船,一路安澜。五星旗艳胜当年。未忘郑和巡万里,蓝海情牵。

浪淘沙·浪里国旗红一线

大勇胜幽燕,志薄云天。远洋万里护商船。浪里国旗红一线,心海无边。　　驱虎比当年,已执长鞭。郑和编队续新篇。不唱旧时黄水曲,更向空间。

浪淘沙·且看郑和新一代

兵发亚丁湾,远战开篇。军中精锐正轮番。亮剑扬威酬壮志,血荐轩辕。　　强国梦须圆,翘盼多年。纵横球面大棋盘。且看郑和新一代,海阔心宽。

破阵子·国庆大阅兵

十月欣逢大庆,三军共展雄风。浩荡铁流随赤帜,闪亮机群掠碧空,精兵一览中。　　强国应须振武,安邦未忘磨锋。军乐催人追阔步,气势惊天挽巨弓,神州自挺胸。

水调歌头 · 抗洪英雄赞

疑是云天漏,连月雨盈江。惊涛似虎冲岸,一片水茫茫。百万军民奋起,千里江堤死守,不亚保边疆。屡报洪峰急,险处战旗扬。　垒沙袋,投石块,筑人墙。雄师百将亲率,泥里铁金刚。防地即为阵地,溃口如同枪口,又见黄继光。舍己真英杰,千古永流芳。

浪淘沙 · 湄公河四国联合执法巡逻首航

战艇共巡防,四国旗扬。湄公水道又开航。血案犹新风浪险,执法当强。　友谊本无疆,唇齿邻邦。古曾三宝下西洋。异域青山同日月,一脉流长。

徐 放

1915年生,江苏金坛人。1938入伍,曾任舟嵊要塞区副政委,江苏省军区顾问。

忆濮阳聆听朱总司令报告

朱总亲临士气腾,中原逐鹿必强争。黄河滚滚民情厚,赤帜昭昭计策精。掎角连衡军势壮,城防屡破敌魂惊。反攻胜局全棋活,震慑南京战鼓鸣。

徐洪章

1944年生,山东兖州人。1970年10月入伍,曾任总后勤部财务部副部长,少将军衔。著有《寻觅逝去的岁月》。

如梦令 · 四极哨所（选二）

东极哨所

迎日接晨东哨[1],戍守巡逻黑岛。霞灿曙山河,旗猎卷飞惊鸟。春晓,春晓,龙虎榜添英少。

[1] 驻守黑瞎子岛的"东极哨所"官兵,把"代表祖国迎太阳"作为卫国戍边的神圣使命。

南海第一哨[1]

身许海天礁岛,手挽波涛上哨。岩屋抒豪情,鸥鸟和声螺号。奇妙,奇妙,迎面涌来群豹。

[1]驻守华阳礁的海军守备部队,远离祖国大陆一千五百多公里,被誉为"南海第一哨"。

御街行 · 国庆献礼[1]

霏霏细雨撩情致,曙色渐、游人滞。红旗猎猎舞长空,星灿映辉天地。九州喜贺,母亲生日,鼓号传千里。　碑前肃立同宣誓,共筑梦、承遗志。放飞理想美心灵,添几许英雄气。凝神聚力,扬鞭催马,大业来昆继。

[1] 10月1日上午10时,习近平总书记等党和国家领导人与首都各界代表一起向人民英雄纪念碑敬献花篮,240名少年儿童热情放歌,接力前行。

春风袅娜 · 迎春

掌声雷阵阵,曲目翻新。同聚会,共迎春。乳驹追彩云,焰腾蝶纷;瑟琴调谐,曼舞情真。岁月如歌,征程似锦,宝塔延安牵我魂。大地恩深太行土,军民鱼水岱蒙人。　鼓铎音弥塞漠,烟尘起处,旌旗荡、捷报频频。当年景,忆犹存。冲锋号响,再抖精神。花甲无妨,古稀何论;枕戈洋海,待旦边门。身心酬国,厉兵从头越,驱妖扫雾,虹灿乾坤。

南浦·瞻方志敏纪念园

冬日煦南昌,赣水清、晨霞彩挂峦嶂。堤畔桂香园,人来往、情醉雁鸥鸣唱。先贤待客,一如烽火当年样。石书语壮,长卷制宏篇,号声嘹亮。　文山去后谁彰?纵横救黎民,丹心输党。殷血染沙疆,垂青史、烟阁阙宫攀仰。传承接代,弄潮凭险牵涛浪。小康曲荡,新岁梦圆时,共君同享。

永遇乐·深情厚爱励三军[①]

三九隆冬,北陲银野,冰挂霜结。领袖行巡,元戎列队,爱洒边关月。嘘寒问暖,同餐共食,谆语嘱言情切。履川峦、云端上哨,乐披两肩飞雪。　魂牵极地,心悬烟漠,征聚八方英杰。戍卫家邦,建功疆塞,岁伴青山堞。迎新奋发,争春不歇,霞映远天旗猎。厉精兵、强能壮武,志坚似铁。

① 习近平总书记于马年来临之际亲切慰问戍边官兵。

高立元

1941年10月生,山东临朐人。1958年12月入伍,曾任解放军理工大学副校长,少将军衔。中华诗词学会顾问。曾为解放军红叶诗社执行副社长,现为顾问。著有《路石集》等。

过平型关

长忆复长吟,烽烟七十春。
关前一声吼,幽谷荡回音。

山乡麦收

马嘶五月风,鞭脆四蹄轻。
装满一车笑,卸飞布谷声。

寻访边防哨

策杖向青冥,峰悬乱石横。
云深不知处,风送梦驼铃。

昆仑哨兵

军旗猎猎荡天风,放眼尘寰峙九重。
万仞雪峰擎利剑,一弧边月引强弓。
戎装未觉凝霜白,云海先看吐日红。
不唱阳关三叠曲,爱听泉水响叮咚。

走边防遇执勤山东籍战士有题

巧遇山东小老乡,边陲哨卡界碑旁。
眉扬剑卷风云气,语吐雷生齐鲁腔。
迷彩冰原抹春色,霜锋苍宇射寒光。
征途相约同追梦,我举吟毫你握枪。

寄扎根边疆老战友

策马边关未解鞍,青山踏遍鬓飞霜。
燃烧岁月一团火,慰藉平生五尺枪。
挽起斜阳乐坚守,犹存血性话担当。
痴情追梦昆仑草,一寸人生一寸光。

过榆林古长城

西衔大漠接东溟,千古一轮秦月明。
堞下曾抛乡妇泪,关前已敛马蹄声。
封疆锁地堪为界,御敌安邦岂可凭。
剑影刀光青史鉴,民心铸就铁长城。

虎头要塞谒抗日英雄群雕

一腔碧血染山河,誓挽沉沦悲壮多。
未上凌烟千丈阁,乌苏里畔听船歌。

出绥芬河访双城子①

造访双城半日程,铁门一出客心惊。
前朝故事当须忆,隔岸黄鹂不忍听。
尚袭炎黄华夏脉,未移习俗汉家风。
绥芬本是乡间水,流向他邦带泣声。

① 双城子,其名源于明代的双城
卫。1860年根据《中俄北京条约》划为俄
国领土。

古稀抒怀

岁月染霜斑,吐丝犹未眠。
寄情挥翰墨,寻梦叩刀环。
甲挂十年冷,心悬一寸丹。
夕阳休道晚,况是火烧山。

者阴山凭吊烈士陵园

簇簇花环片片云,子规声咽不堪闻。
敢叫志气熔成铁,更把精神化为魂。
陨落彗星辉子夜,洒抛热血写碑文。
者阴山下埋忠骨,座座坟茔守国门。

军休所老干部游老龙头

衔起汪洋接大荒,雄关无语对斜阳。
寻夫当悯孟姜女,御敌慎谗秦始皇。

万里河山横锁钥,千年风雨鉴炎凉。
老兵挽臂龙头立,加续长城一段墙。

观雁荡山龙湫瀑布

飞珠泻玉自天倾,一袭尘埃万壑清。
云绕奇峰刀削出,崖飘素练剪裁成。
丹青山绘墨浓淡,诗句瀑吟声仄平。
莫笑老夫贪秀色,此间早有忘归亭。

军旅诗友聚会
广州奉题,时在金秋

桂子飘香月满庭,金风作伴会羊城。
寒暄有意本无意,把盏无声胜有声。
击案放歌兵一个,联诗敲韵夜三更。
常言知己千杯少,喝倒一堆空酒瓶。

老战友来访有吟

清风明月入寒庐,对酌南窗影不孤。
盘内那知咸或淡,杯中只问有和无。
身经炉火千斤铁,面蚀秋霜一部书。
纵有牢骚防太盛,人生难得是糊涂。

与老战友乘东方红游轮
自渝州下南京,雨中对酌,
彻夜无眠,遂赋长句

漫忆春秋梦未寒,声声渔唱夜阑珊。
一篷风雨三巡酒,五味杂陈千里船。
天外沉雷传鼓角,峡中薄雾卷烽烟。
大江东去云韶曲,激荡心潮逐浪翻。

读《迟浩田传》感呈
迟浩田副主席

岁月峥嵘忆麾兵,许身家国剑知情。
硝烟弥漫悬孤胆,沧海横流鉴俊英。
腹纳云帆千顷水,心倾社稷一壶冰。

谱成热血春秋卷,悉听风雷笔底生。

登鹳雀楼咏永济

凌身鹳雀踏清秋,万象缤纷醉眼收。
云断莲峰过霜雁,水衔函谷走青牛。
绘成锦绣三千卷,当领风骚五十州。
欣告九泉王县尉,古城一步一层楼。

祭焦公

呼唤焦书记,心翻八月潮。
三杯寒食酒,一曲念奴娇。
公仆真形象,人生好坐标。
追思堪励志,战鼓动云霄。

珍珠港参观亚利桑那号沉舰

海底遗骸壁上名,腥风逐浪卷悲风①。
是谁又掷飞毛腿,血染中东一片红。

① 在亚利桑那号沉舰的水面上,建有纪念馆,纪念馆墙壁上刻有在珍珠港事件中该舰上牺牲的3000名海军官兵的名字。

过维纳恩湖畔见归雁有寄寓瑞典乡友

烟水起苍茫,秋深草木黄。
长天一行雁,不是向衡阳。

临高夜望琼州海峡有题

月暗风云起,心潮逐浪高。
途穷潜薛岳,剑亮渡林彪。
铁甲万泉洗,红旗五指飘。
何堪忆烽火,隔岸夜听涛。

过京西鲁谷

京西鲁谷是余50年前初入军营时的部队所在地。每经此处,钩沉往事,感慨万端,遂吟成律。

汽笛声声千里驰,京西鲁谷试征衣。
扎营林密云深处,巡线风高月黑时。
言失交心遭白眼,眉扬比武夺红旗。
钩沉往事碎成片,碎片情连缝作诗。

重访西柏坡感题

土舍茅扉次第寻,警钟时响史重温。
书修血火九千卷,文读甲申三百春。
经雨经风经世面,问天问地问民心。
京城赶考公家仆,答卷可评多少分?

军旅诗友雅集感事抒怀

击案横眉不自持,退身几位老东西。
杯中析胆剖心酒,笔底回肠荡气诗。
振举纪纲天似网,高扬利剑铁如泥。
尚能饭否君休问,勇向阵前挥战旗。

咏天涯古榕树

一片葱茏百岁身,谁言独木不成林?
消融地气根盘脉,沐浴天光枝拂云。
冷对风刀向雷斧,静看帆影听潮音。
俗尘不在垂荫里,漫将长须笑世人。

鹧鸪天 · 延安窑洞的纺车

未驾征轮驾纺轮,春雷生处卷风云。萦旋日月乾坤转,巧织山河天地新。 临圣地,史重温,峥嵘岁月忆前尘。情丝万缕车摇出,怀念当年纺线人。

行香子 · 军旅诗友携游香山

霜染层林,鹰击长空。步香炉、

谈笑从容。置身霄汉,仰啸倚风。咏临江仙,西江月,满江红。　高吟低唱,意醉情浓。任徜徉、夜色朦胧。塔悬似剑,月挂如弓。听韵声泉,寒声雁,脆声钟。

念奴娇·拜读习近平总书记念奴娇词《追思焦裕禄》感赋

地荒天老,岂能忘、忠骨高风人杰。妙笔生花,遂谱就、佳作雄词一阕。缅忆前贤,钩沉往事,意重情真切。铿锵神韵,顿成鸣鼓吹角。　休问身后功名,恰青碑屹立,旗扬星烁。五十春秋,风雨中、挥洒清辉华晔。耀我征程,纵马横戈,奋力宏图业。平生追梦,莫看霜鬓飞雪。

郭小湖

1922—2015年,河北临西人。1939年参加革命,曾任总后营房部副部长,后勤工程学院院长。曾为中华诗词学会会员、《红叶》编委。著有《秋湖集》等。

十六字令·刘邓进军大别山

一

山,千里进军鄂豫边。旌旗展,逐鹿竞中原。

二

山,饮马长江敌胆寒。刀锋利,直插贼心肝。

三

山,一盏红灯亮楚天。亲人返,

万众笑开颜。

四

山,开辟新区建政权。黎明至[①],勒马下江南。

① 1947年底,正当大别山斗争艰苦之时,毛泽东发表了《目前形势和我们的任务》,文中指出:"黑暗即将过去,曙光即在前头"。

临江仙·丙子中秋抒怀

玉鼎金瓯缺复整,情牵万众心潮。罗湖岸畔共良宵。嫦娥今惬意,同迓凤还巢。　时代风云多变幻,几经地动山摇。太平山上赤旗飘。香江联四海,两制领风骚。

阮郎归·香港回归周年

去年今日凤还巢,殖民烟雾消。紫荆区帜五洲飘,香江别样娇。　行两制,展宏韬,金门架鹊桥。月圆花好看来朝,丰碑世代昭。

踏莎行·登白云山

锦绣南天,晨曦薄雾,轻车直上云崖路。羊城十月百花妍,白云山上迷人目。　伫立峰巅,凝神四顾,千山万壑烟岚蠢。两巡南粤起风雷,九州赢得春常驻。

郭世泽

1969年4月生,河北保定人。1984年7月入伍,现任战略支援部队某研究员,文职二级。解放军红叶诗社副社长。著有《虎牙闲记》。

参观边防九团

极北严寒地，边防驻九团。
貔貅威武啸，细柳肃陈观。
乍到为新客，相识成旧欢。
兴来频放酒，大斗几回干。

腾冲国殇墓园

垂首陵园忆国殇，黄花难解泪思长。
凤山沈绿埋英骨，叠水长流诉衷肠。
碧血千秋遗恨在，忠魂一片义旌扬。
再挥戚帅轩辕剑，誓斩倭酋驱虎狼。

嘉峪关滑翔机飞行

气爽金秋日，乘雕振羽轻。
遥观南岭雪，俯瞰钜防城。
耳畔闻风鼓，心中响雨筝。
谁言无战事，怎可弃长缨。

观场史展览馆

走马观珍馆，潸然泪复流。
一方沙壁土，三代拓荒牛。
碧血书青史，雄心笑蚁蝼。
何曾怜白发，月下看吴钩。

西昌卫星发射中心

放眼深山处，周环绿岭峰。
石台托峻塔，铁腹隐长龙。
浴火乘风去，扶摇九霄重。
吴刚须借问，桂酒可醇酡。

天宫发射成功

闭门观紫穹，清夜射天宫。
停筷痴痴望，噤声淡淡忡。
放身行预轨，拱手谢诸公。

把酒频相祝，今来天地通。

纳基平台看发射

纳基登临看，强弓正射天。
赤霞盈壑谷，长啸动宏川。
飞掠三关外，扶摇万里悬。
胸膺犹振奋，一夜不能眠。

浣溪沙·随想

大将南征胆气豪，身背秋水雁翎刀，千军万马斩敌枭。　　本是上天飞虎种，暗穴蝼蚁胆心焦，凯旋谁为解征袍。

西江月·兰州军区访友

月过故人依旧，更添多少儿郎。金戈营院换新裳，一番欣然气象。　　三动之言且是，赠语十六情长。谁来覆手逞舒狂，道是西北强将。

西江月·到西藏军区营

外对凌峰群立，内含如画庭垣。藏营勇士壮如山，雪域神鹰齐赞。　　雷抗初显威力，通抗挥展双拳。不服请看六二年，威武谁能来犯。

鹧鸪天·昆明全军专咨委工作会议

海北天南聚春城，芭蕉雨打愈花红。全军翘楚谋大计，畅所欲言其乐融。　　长望远，互沟通，迅疾发展势如虹。愿君携手成合力，一片祥和欣向荣。

破阵子·演习

帐外清秋天气，中军人影繁忙。达旦通宵无睡意，只为研磨利剑霜，鞘出似电骧。　苦练源于责任，战时豪迈无双。蝼蚁蠢蠢频暗动，螳臂挡车枉逞强，可怜成梦梁。

青玉案·国庆游玉门关

玉门古垒知何处？只走过，黄尘路。寻遍残垣千百度。碎砂戈壁，小方盘堡，瑟瑟秋风舞。　陇云低首黄昏暮，伫立凝思汉逐鹿。四郡两关频克虏。班侯定远，张公举步，大漠埋忠骨。

破阵子·新干部培训赠言

今日学堂习武，明天沙场出兵。八百里途击指到，万马千军任我行，长歌铁戟轻。　出海蛟龙凭雨，下山猛虎乘风。休道剑出敌手少，元是今朝形胜赢，待君借势鸣。

摸鱼儿·名为何物

问青天，名为何物，须来生死相处？匆匆人世漂泊客，不过数十寒暑。何必努。君不见，秦皇汉帝皆尘土。欲深则苦。休去挤孤桥，不如去去，倒把西风误。　相争事，沉寂又鸣战鼓。新芽说有人妒。叹息失算周谋少，内痒怎堪伏虎。共克虏。君可见，霍卫合璧当空舞。角名何助。只愿慰吾心，千秋万代，沙场埋忠骨。

破阵子·赠子弟兵

抗震举国同力，救灾十万貔貅。十五轻帆随雨降，百二飞鹰落地稠[1]，何来生死忧。　遥想洪州热血，近观险境危楼。莫道前赴多少勇，元是后继子弟牛，长歌一曲讴。

[1] 空军某空降兵部队的15名官兵，冒着生命危险，从5千米的高空跳出机舱，无一伤亡，创造了军事跳伞史上的奇迹。空军出动一百余架直升机，往返救援，发挥了重大作用。

水龙吟·业务竞赛

寒冬岁末风雷起，十二大军齐至。龙腾虎跃，豹冲狼啸，猫扑鱼锐。隼速鹰翻，蜂毒牛野，穿山甲慧。几多好儿郎，争逐练场，看高下，谁称最。　大业鹏程万里，算今朝，初结珠蕾。百余人众，几番鏖战，文韬武备。抛洒豪情，酒歌剑舞，苦甘回味。念宏图未果，莫熔兵戈，甲衣休褪。

满江红·灵渠

伫立堤头，迎风处、滩流冲泄。临铧嘴、三七左右，湘漓分列。大小天平拦低水，闭合门陡通高节。两千年、几代圣贤公，埋忠骨。灵渠引，南北接，驱虎豹，征百越。看大秦立下，千秋功业。念我雄风今复在，会当扬世除妖孽。满眼望、多少好山河，何时阅。

临江仙·高峰论坛准备有感

信息战争天地，又开一朵奇葩。十年探索境无涯。春秋多国事，诸子有百家。　　浩淼空间差异，多种手段拼杀。理应携手共培花。无有长久计，大浪自淘沙。

秋夜月·宁远思袁崇焕

督师何罪？想辽东，千百里，山河堪碎。独骑边关巡塞，洒播豪气。筑宁远，诛岛帅，饬修武备。试看，一线铁墙铜垒。　　皇恩如纸。似当年，多倚重，平台召对。怎奈龙言无料，道济凝毁。啖脔肉，磔寸骨，痛号心肺。举目，不禁两行清泪。

下水船·锦州辽沈战役纪念馆

天下谁敌手？鏖战辽西成就。一座孤城，杀声火光依旧。可知否？东野锋牙初露，试看关门捉狗。　　初"流寇"，十载冲霄斗，中正实难回首。谋略江山，还凭帷筹领袖。终不朽。心大包容万物，德厚何须狮吼。

破阵子·回母校讲课

梦里几多思念，又回昔日军营。二十年谨记师训，穷一生不敢放行，难消母校情。　　旧貌依稀尚在，新颜处处蒸腾。军械工程勤铸剑，器利才能言用兵，诸君齐奋争。

破阵子·空军六十周年跳伞表演

天将彩虹飞舞，战旗开路先锋。彩柱纷翻迎盛典，仙女飘摇下九重，神图画碧空。　　才送六十华诞，又来甲子英雄。彰显国威图泽世，再铸军魂为大同，豪情盈满胸。

破阵子·庆典有感

铁血旌旗猎猎，冲霄画角声声。历尽十年甘辛苦，换得一朝事后名，何妨白发生。　　驰骋无形疆域，毅然烽火鲜明。一线高歌迎战曲，千万驱狼控甲兵，保家卫国宁。

浣溪沙·业务会有感

满眼英才你我他，庚寅岁末聚京华，共商大计树新葩。　　不愿轻浮飞高处，何妨厚重在低洼，甘当磐石不为砂。

鹧鸪天·山海关登高

画角声传万壑秋，危檐高阁镇东楼。枕山长御惊胡马，襟连雄关控蓟州。　　凭槛处，忍凝眸，一番思绪一搔头。梦中又借春秋笔，书我丹心万古流。

好事近·演练有感

战阵满烟云，惹动将军魂魄。又到枪旗指处，恰争锋时刻。　　江湖自是走龙蛇，谁作英雄客。难掩丰城剑气，看清光飞射。

唐作厚

1933年1月生,吉林东丰人。1950年11月参加革命,曾任沈阳军区后勤部副部长,黑龙江省军区司令员,少将军衔。

抗美援朝忆事

夜行军

防空哨卡警枪鸣,灯闭车行靠侧停。
留意敌人扔炸弹,照明弹亮隐身行。

团指挥所

深山峻岭依江旁,铁马机关洞里忙。
帷幄运筹歼敌策,惊人战绩显辉煌。

团部三次遭袭

敌机四架天空旋,投弹低空起浓烟。
伴友迎声坑道转,迟疑一步险登天。

审俘析情

绿荫深处战俘营,突审敌兵探敌情。
异国语言翻译解,分清真伪再催行。

停 战

金城前线扫烽烟,彻底全歼"白虎团"。
美伪慌张无对策,违心停战把文签。

爆破坦克

双方各撤两千米,铁马受伤难后移。
奉命违心来爆破,泪挥伙伴举红旗。

黄代培

1942年3月生,四川资中人。1959年入伍,曾任海军装备部政委,海军少将军衔。解放军红叶诗社社员。

观旺苍女民兵操演

演兵场上刀枪影,飒爽英姿武冠群。
改地换天驱虎豹,女独师有后来人①。

① 女独师,指"妇女独立师",系红四方面军在旺苍组建的红军唯一妇女独立师。

登重龙山

情牵疾步圆乡梦,又醉重龙秀色中。
泉落灵崖鸣玉镜,岚升翠谷舞琳宫。
融涓浩荡沱江水,浥露峥嵘鹤苑松。
遍地新楼炬伟岸,师城破浪驾长风。

国殇民难雄师在

2008年5月12号,四川汶川地区发生里氏8级特大地震,人民生命财产损失极为惨重。

地裂山崩舍厦倾,官兵火速救灾情。
履危抢治伤残者,踏险掘援砾困人。
双臂连成生命线,红心筑起铁长城。
国殇民难雄师在,蹈火赴汤浴血征。

挥旌再领军

——"将军论坛"感赋

不老青松仍壮心,居高声远语惊人。
真知好似泉喷涌,灼见犹如屋建瓴。
说古论今道传统,引经据典阐精神。
弘扬文化兴国策,众将挥旌再领军。

庆祝党的九十华诞

誓拯华夏积贫垢,棹泛南湖子共仇。
万里艰危播火种,八年苦斗挽金瓯。
摧枯拉朽三山倒,纬地经天亿众讴。
九秩辉煌仰北斗,扶摇龙辈行新猷。

小纸船

风轻云淡玉轮圆,漂放逐流小纸船。
波送感恩回故里,船承祝愿却边关。
思儿泪似胸中海,念母书如梦里帆。
无悔戍疆驱盗寇,堪嗟忠孝未双全。

沁园春·"神十"交会"天宫"

霹雳"神十",喷火携雷,飞跃
九重。会"天宫一号",攀星揽月,
穿云破雾,畅巡太空。往返分合,手
操自控,探奥寻玄自从容。巾帼将,
设宇天讲座,善导学童。　　中华自
古豪雄,历劫难图强力未穷。步神男
神女,攻难克险,兼谋兼勇,慷慨精
忠。新政宏猷,上行下效,实干兴邦
向盛荣。中国梦,待百年大庆,必定
成功。

水调歌头·国庆六十周年感赋

雾瘴锁河岳,长夜暗无边。虎
狼恣肆殃祸,黎庶苦熬煎。镰斧旌旗
漫卷,星火燎燃赤县,驱寇灭权奸。
三座大山倒,改地换新天。　　历兴
废,破封堵,挽狂澜。肇兴特色之路,
赖舵手高瞻。看我国强民富,九野风
和日灿,幼长尽怀安。六秩正年少,
乘势再登攀。

鹧鸪天·访旺苍怀徐帅

总部挥师驻旺苍,天开川陕赤旗
扬。寇敌堵截围追剿,步步为营似虎
狼。　　神妙算,勇攻防,取关夺城

渡嘉江①。红军所向皆披靡,伟略雄
才日月光。

①　时任红四方面军总指挥徐向前率
部夺剑门关、取广元城、渡嘉陵江,指挥
战役战斗数十起,粉碎敌围追堵截。

曹　汀

1911—1998年,山西襄汾人。1938年9
月入伍,曾任军事科学院外军部顾问。

惜　别

十年离别后,一旦忽相逢。
狂喜惊初见,依稀忆旧容。
应知来不易,更恐去无踪。
明日辽东道,关山又几重。

雨中游西湖

云低山树雨迷蒙,独步湖滨尘思空。
远嶂冥冥青霭染,长堤漠漠淡烟笼。
柳丝缥缈微风里,水色苍茫细浪中。
最是柳莺能解意,婉转相送小桥东。

欣闻我第一颗原子弹爆炸成功

九天霹雳震声隆,电火烟云遍碧穹。
风卷山林惊虎豹,浪翻冰雪走罴熊。
神州喜得长虹剑,玉宇终除万蟄龙。
从此不畏核讹诈,霸权迷梦一场空。

书　愤
——见报上公开点名批判康生有感

盖棺论定说非真,死后还须泾渭分。
肮脏一生皆劣迹,暴横十载陷忠贞。
青山不幸埋奸骨,历史无情判罪人。

代价高昂宜记取，谨防机体蛀虫侵。

怀叶帅

将星陨落普天哀，饮泪敢将恩德怀。
延水河滨曾训诲，西山麓下又培栽。
运筹信有回天力，拯乱全凭济世才。
劫后余生岂他望，但能竭力尽涓埃。

读《红叶》有感

洋洋洒洒竞佳章，诗社欣然名远扬。
儒将挥毫书战绩，名家搜箧献珍藏。
感时愤世情真切，叙事抒怀意激昂。
寄语军中同好者，能期从此水流长。

悼亡妻

五十年来喜与悲，心心相印不相违。
春风柳岸徘徊日，月夜案头共读时。
远别生离情更笃，蒙冤受屈志无移。
一朝沉痛失诤友，只影孤魂孰与归？

寄友人

我已八旬君古稀，别离数载不相期。
高龄留队诚堪贺，专业成功更有为。
优育优生关国运，全心全意发馀辉。
小诗何足颂功德，耿耿寸心当自知。

满江红·八十述怀

年已八旬，应算得、寿星之列。曾经历、斗争风雨，心酸岁月。圣地从军征战少，译林涉猎佳章缺。算西山日薄洒征衣，徒伤泣。　论享受，诚无极，论贡献，真愧说。幸至亲骨肉，成家立业。自我牺牲原有限，无私奉献谈何易。愿病躯、日渐有生机，辉余热。

满江红·建党七十周年怀毛主席

风雨七旬，常回首、峥嵘时节。念功德、耀空星斗，经天日月。延水河滨党基建，天安门上红旗揭。为推倒"三山"立奇勋，何人及。　抗强敌，气壮烈；求实是，宗马列。创中华民族、革命学说。四化宏图犹未现，擎天巨柱竟先折。喜遗志、终有继承人，当腾悦。

浪淘沙·看窗外门球比赛有感

炎炎日当空，战况正浓。你来我往各争雄。白发银丝不服老，兴会冲冲。　独自倚窗棂，呼号声洪。双眸追逐忽西东。残疾不能亲入阵，乐亦融融。

满江红·雷锋颂

事迹平凡，自称是螺钉小铁。却原本、平凡之处，方显英杰。前十一年血和泪，后十一年光和热。念全无半点自私心，济人疾。　攻毛著，养高节；重实践，善总结。能言行不悖，始终如一。生命在人固有限，忠心为党自无极。愿青春灿烂放光辉，永不灭。

崔　坚

1920—2010年，陕西西安人。1935年参加北平"一二九"运动，1937年加入中国共产党。曾任总参某部局政委。曾为解放军红叶诗社秘书长、常务副社长、顾问。著有《枣花集》等。

"一二·九"运动感怀

蓦然回首七旬秋,风雨如磐黯神州。学子救亡捐热血,先锋抗日砥中流。驱倭八载艰辛历,逐蒋三年壮志酬。"左"舵难行强国路,春潮催发富民舟。毛头憧憬大同业,耄耋萦怀千岁忧。蝼蚁溃堤除老穴,虎狼窥我固金瓯。乌云几欲遮曦月,北斗高悬照海陬。愿景和谐人奋进,镰锤旗舞在心头。

忆日寇首次轰炸延安

敌机肆虐袭城关,志士何辜血迹斑。断壁颓垣窥月冷,悲歌慷慨斥倭残。废墟狼藉无人泣,断手惊心不忍看。六十余年情未泯,招魂夜夜梦延安。

忆敌训队毕业赴冀中

浊清延水流冬夏,详析敌情志缚龙。日语深钻求致用,兵书细读备征戎。春辞宝塔胸怀壮,梦绕幽燕气势雄。健步如飞三百里,枣花香里渡河东。

披靡直向平津塘

飒飒金风稻谷香,再出保北战未央。忽闻敌窜拐角铺,前指立断容城厢①。挥师南下迅雷疾,血战清风三军亡②。夺取名城创先例,攻坚一举克石庄③。华北山河成联袂,披靡直向平津塘。

① 我晋察冀军区野战军前指由容城向西转移途中,获得情报后,当机立断,挥师南下。

② 指敌第三军罗历戎部。

③ 朱德总司令誉解放石家庄"是夺取大中城市之创例"。

春节致延安抗大敌训队诸同学

同窗荏苒六三年,往事萦怀旧梦牵。延水晓星钻研乐,太行寒月苦斗坚。而今矍铄人俱老,只有豪情尚未捐。遥祝健康人寿永,迎春岁岁喜开颜。

纪念《红叶》创刊十五周年

惨淡经营十五秋,千红万紫小园幽。方欣编委人才众,更喜诗词品格优。梦里留连情未尽,病中吟咏意难休。衰翁试作风云颂,奋力鼓呼新纪猷。

崔儒勇

1928年生,辽宁喀左人。1948年入伍,曾任第二炮兵总工程师,少将军衔。

留苏同学聚会感怀

四十春秋弹指间,一堂同忆外学年。寒窗勇探尖端术,逆境常思正气篇。紧握长缨驱虎豹,警擎神箭卫家园。今朝国富军威壮,日月重光华夏天。

卜算子·赞火箭兵

云外舞东风,海面飞神箭。华夏雄狮怒吼时,狼犬魂肠断。　　雄心筑长城,壮志冲霄汉。紧握长缨虎豹拦,列阵防狼窜。

彭　飞

1917年生,山东青州人。1938年入

伍，曾任总政群工部副部长。

访十七勇士渡河处

驱车安顺场，心境一肃然。
勇士渡河处，雕像耸如磐。
船公存四老①，激情话当年。
山河多秀丽，壮士血未干。

① 当年运送红军渡河的船公还有4
人在世，他们是：帅士高、龚万财、魏崇
德、张子荣。

老战友重逢

争叙当年战鼓催，八方不识尽来归。
树丛柴垛皆堪卧，草籽飞蝗亦可炊。
游击军民敌共赴，播收上下汗同挥。
青春一逝忽成昨，皓首相逢泪满杯。

赠小常同志

从来文墨味无穷，有志行行可纵横。
不向光阴欺寸力，于平凡处立奇峰。

北　海

一

开轩临北海，历夏复经冬。
绿女桨边水，红男刀下冰。
云移白塔影，波倒五龙亭。
人事有代谢，江山万古荣。

二

绿杨又掩五龙亭，窗下茵茵春色浓。
新燕低飞玩细浪，锦鳞高跃试微风。
轻舟谈笑绵绵意，深树读书琅琅声。
遥想边关明月夜，血花染得万山红。

三

鳞波争日月，伴我度沧桑。

飞絮来忽去，舞蝶寂复狂。
拈须悲白雪，搔首叹流光。
漫奏阳关曲，一叠堪断肠。

夕阳红

平生庸碌少从容，一旦离休顿失凭。
诗海词山涉成趣，墨池书枕味无穷。
盛年快事犹堪忆，暮岁流光岂可轻。
秋月春花多美好，晚霞似锦夕阳红。

余勇可沽

晚年时日似无情，柳絮槐花岁岁风。
受命仍须全力赴，卸官已觉半身轻。
或言老马宜休役，还道赢牛尚可耕。
但得涓埃归大海，尽沽余勇任攀登。

三五故旧小饮席上

相逢尽是老龙钟，犹贮当年细柳情。
霜鬓斑斑欺鹤羽，豪言侃侃傲金钲。
桑榆不坠青云志，高位更持廉正风。
一代丹心称亮节，干杯无醉话平生。

读《红叶》

弹雨枪林伴一生，骚坛吟咏亦豪雄。
梅花罹雪清心馥，枫树经霜照眼彤。
笔落每常非恶竹，诗成辄是赞新松。
年年留得心声在，代代流芳叶更红。

焦裕禄、孔繁森赞歌

英雄辈出看当今，服务人民甘献身。
血沃中原焦裕禄，骨埋边地孔繁森。
江山砥柱人生镜，华夏脊梁民族魂。
淄水流芳添异彩，泰山耸翠起彤云。

夜行军忆趣

鲁中山行

霹雳当头火满天, 狂飙带雨走山巅。
通身上下水流急, 云散风吹衣自干。

清明夜行

清明路上尽熏风, 断续朦胧断续行。
睡觉进军两不误, 几回短梦到新营。

春雨之夜

春雨如油上下坡, 羊肠小道费消磨。
终宵未足三公里, 走路不多斤斗多。

渡宋江河

流星飞弹乱穿梭, 枪炮轰鸣鏖战多。
命令传来如火急, 赤身竞渡宋江河。

彭松青

1923年生, 湖北应城人。1939年入伍, 曾任总装二十四基地政委。解放军红叶诗社社员。

长城天下雄

军旗映日红, 豪气贯长空。
征战功勋巨, 维和声望隆。
卫星神有眼, 潜舰妙无踪。
握戟狼烟尽, 长城天下雄。

韩守一

1924年生, 江苏射阳人。1942年参加革命, 曾任军政委。

冷口关宿营

日暮寒关静, 炊烟绕野营。
乡途遗旧梦, 故土寄深情。

夜半茶当酒, 更深月点灯。
倾谈思绪烈, 远处野狼声。

傅任远

1919年生, 山东临清人。曾任空军政治部秘书长, 沈阳军区空军政治部副主任。曾为北京诗词学会顾问。著有《桑榆情》。

伟 业

春满京城笑语频, 人民大会展经纶。
十年经济连番长, 一片金瓯不患贫。
曾忍腹饥知饱贵, 屡遭国难爱嘉辰。
天如假我足时日, 乐观鸿猷裕后人。

鸦片战争一百五十周年

自毁虎门诸炮台, 铁蹄利舰步虚来。
漫长岁月山河破, 亿万黎民水火哀。
古庙三元旗未泯, 新华大地寇氛衰。
继承强盗衣钵辈, 今有嘶声叫制裁。

傅庞如

1921—2009年, 山西沁县人。1937年入伍, 曾任湖北省军区副司令员。中华诗词学会会员。著有《秋实录》等。

从军五十年

柳营半世赋归田, 百战余生爱夕烟。
漫道秋风吹叶落, 赢来岁月乐颐年。

自 勉

离休有志尚堪为, 莫对斜阳枉自悲。
解甲老翁方学艺, 余年挥笔咏春曦。

鲁 挺

1920年10月生, 山西垣曲人。1937年

4月入伍,曾任八一体工大队大队长。中华诗词学会会员。

抒 怀

二十五年志不移,是非功过我尤知。
敢将全力经风雨,岂吝身心筑础基。
老骥欣逢交班日,新人喜遇任重时。
甘当块石铺坦路,八一雄风待有期。

第二届青运会即兴

火炬点燃松辽天,盛京空巷俱欢颜。
红旗招展添神采,鼓乐声喧壮威严。
虎跃龙腾争已烈,男拼女搏战犹酣。
金牌闪闪胸前挂,一代英雄出少年。

江城子·读《叶乔波日记》有感

五环辉耀艳阳天。会群英,奋登攀。施展才华,天下敢为先。仰望国旗冉冉起,心骤喜,泪如泉。 征途坎坷梦魂牵。创优艰,保尤难。冰上新星,立志度重关。酷暑严寒何所惧,登绝顶,谱新篇。

游全举

1920年生,河北深县人。1938年入伍,曾任广州军区后勤部副部长。解放军红叶诗社社员。

鹧鸪天·吕正操将军

驰骋冀中展赤旌,指挥抗战寇群惊。纵横地道游击队,千里青纱子弟兵。 坑道打,地雷轰,能防能战铁长城。太行高耸云天碧,骁将英风励后生。

谢 放

1913—1996年,湖南宁乡人。1937年5月入伍,原国防科工委副军职离休干部。

西江月·忆第一代支边女兵①

千里丝绸路廓,曾经沙卷戈滩。如今稼穑创丰年,谱出老兵新传。 西出阳关巾帼,屯边落户为家。军营自此有他她,欣慰田间细话。

① 作者自注:1951—1952年,我在长沙招聘一批女兵去新疆生产建设兵团,其中许多人成为拖拉机手、纺织工、医生、教师、技术员、科学家和干部,并在当地安家落户,为屯垦戍边迸发奇光。

楚 青

女,1923年生,江苏扬州人。1938年入伍,曾任军委办公厅副军职研究员。

送 君①

一

无限伤情日,凄风苦雨天。
送君万里去,思念永绵绵。

二

东南山水胜,更有血殷丹。
君去随亡友,相逢带笑颜。

三

莫怨关山隔,相随一颗心。
但期遂往志,欢聚大江滨。

① 1984年3月18日,粟裕大将的骨灰撒在他生前战斗过的土地上。此诗为前夕所写。

褚恭信

1943年1月生，山东烟台人。1965年8月入伍，曾任总装备部副参谋长，少将军衔。中华诗词学会会员。

喜迎"神五"航天英雄

长鞭高挂爆如雷，脆炮飞鸣异彩披。
锣鼓喧天迎俊彦，凯歌动地颂神奇。
嫦娥奔月传佳话，利伟巡天展国旗。
来日携孙游宇宙，停舟星汉赏晨曦。

老将军笔会有感

老骥伏枥志，将军迟暮心。
挥毫丹凤舞，泼墨赤龙吟。

念奴娇·赤壁畅想

火烧赤壁，越千年，战法兵戎全变。魏武有知当自愧，难辨战争真面。环视今朝，战区何在？陆海空天电。已决胜负，两军还未相见。　　诸葛纵有神机，谅他难料，电子先决战！立体纵深非线性，没有后方前线。精确攻歼，斩除要害，体系全瘫痪。信息制胜！孔明公瑾惊叹。

破阵子·现代战争素描

环宇侦察拍摄，巡天预警飞行。春夏秋冬无障碍，陆海空天全看清，战区今透明！　　发现等于摧毁，识别决定输赢。精确攻歼超远距，彻底清除高效能，信息化战争！

破阵子·现代炮兵掠影

导弹专攻要害，战神遍撒雷霆。群炮齐鸣贼胆裂，雨弹横飞敌阵平，哪能打不赢？　　压制杀伤歼灭，照明纵火增程。弹种效能随我选，制导跟踪任你行，智能化炮兵！

减字木兰花·战争之神新赞①

微机联网，轻点鼠标弹怒放。火炮自豪，快打速移踪影消。　　发发命中，自动寻敌堪称颂。覆盖群群，霹雳雷霆势万钧。

　　① 二战期间，炮兵被誉为"战争之神"。

清平乐·月夜行军

星稀月皎，雾漫云缭绕。夜过崇山轻悄悄，独有清泉欢笑。　　风寒路陡崖高，打赢心切情豪。踏尽山崖云雾，方迎天际红潮。

诉衷情·玉树地震

汶川地震泪刚揩，玉树又天灾。大灾催生大爱，善举似潮来。　　天暴戾，党关怀，民节哀。奋发重建，汉藏同心，玉树花开。

忆江南·除夕夜

除夕到，鞭炮震云霄。老少融融情切切，微博频频乐陶陶，能不闹通宵？

采桑子·重阳

重阳九九登高节，岁岁登高。今又登高，国富民强节节高。　　老人

更喜重阳酒,赏菊吃糕。山野飞鹞,
体健神怡百病消。

千秋岁·悼中国航天
之父钱学森

　　宗师巨擘,力掌航天舵。院所建,
英才茁。百年成伟业,星弹功勋烁。
华夏盛,国威大振诸强慑。　　忽报
双星落,天地伤悲嚘。泰斗去,箴言
灼。人才培养事,创新焉能没!无创
见,航天新路谁开拓?

破阵子·"神十"又访天庭

　　"神九"成功往返,"神十"
又访天庭。交会对接熟技巧,进退裕
如善绕行,仿佛神有灵!　　"神
女"太空讲课,炎黄地面视听。中式
正餐香味美,天宫肴馔厨艺精,美煞
王亚平!

如梦令·"神六"游天

　　五日遨游天宙,玉兔蟾宫迎候。
遥问宇航员,尔等哪方星宿?"神
六"!"神六"!华夏又添新秀。

清平乐·"神七"舱外行

　　如飘似泆,杳渺星空路。万里银
河顷刻渡[1],胜过闲庭漫步。　　嫦
娥奔月飞天,只身独舞翩跹。"神
七"伴星摄影,英姿永驻人间。

　　[1]　"神七"航天员出舱太空行走一
刻钟,行程9165公里。

诉衷情·"嫦娥一号"绕月

　　嫦娥神话说千年,奔月梦将圆。
吴刚桂酒迎客,何日摆天筵?　　舟
备好,箭离弦,已扬帆。察明航路,载
客飞天,宴会婵娟!

诉衷情·"嫦娥三号"落月

　　嫦娥绕月又三年,登月梦终圆。
抱玉兔软着陆,漫步在虹湾。　　巡
月表,探空天,测资源。望排行榜,落
月查勘,世界前三。

清平乐·贺"天宫一号"
发射成功

　　中华昂首,畅饮成功酒。华夏航
天三步走,只待神舟出手。　　地天
往返方遒,太空行走悠游。交会对接
之日,空间站里答酬。

清平乐·"神九"与
"天宫"交会对接

　　壮哉神九,踏破重霄走。情定天
宫今聚首,一吻天长地久!　　伟哉
夙愿千年,今朝来去翩跹。华夏觥筹
同庆,环球仰望神州。

樊玉振

　　1930年9月生,黑龙江泰来人。1947年
12月入伍,曾任海军南海舰队榆林基地参
谋长,海军少将军衔。解放军红叶诗社社
员。著有《流光集》等。

忆西沙海战

往来帆影似穿梭,群岛葱茏映碧波。

盗寇狼心行突袭,舰船铁甲复巡逻。
炮声密集歼顽敌,劲旅神威灭恶魔。
奏凯归来风浪静,明珠灿灿听渔歌。

咏天涯哨兵

英姿飒爽戍南沙,万顷波涛无际涯。
脚踏礁盘听骇浪,手持兵刃迓朝霞。
风吹雨打身心健,斗转星移岁月佳。
放眼八方观世界,家园遍地绽春花。

晚　年

春来甘雨润,垂柳发新条。
昔日擎风镝,于今动紫毫。
一窗明月照,两鬓白丝飘。
何惧风波起,丹心踏浪涛。

江城子·参观防化团操演

疾驰大道向东方。跨珠江,越农庄。工厂如林,海陆外通商。防化官兵迎远客,追往事,盛情长。　　化侦采样测当量。预先防,志如钢。武备淋消,清洁应无殃。现代战争防毒物,淋浴净,战辉煌。

薛守唐

1937年生,山东阳谷人。1959年入伍,先后在太原卫星发射中心、国防科技大学和酒泉卫星发射中心任职,少将军衔。著有《奔月集》。

篝火弱水连航天

边关篝火烘靴暖,弱水清波洗远尘。
身卷方知蓬顶裂,唇干倍感水千金。
芳春染绿左公柳,御酒醉歌航宇人。
几度神舟奔月桂,一星两弹入高云。

戴清民

1943年生,山西省人。1960年入伍,曾任总参某部部长,少将军衔。中华诗词学会会员,解放军红叶诗社副社长。著有《戴清民诗词集》。

登南岳

君不见,南岳高耸入云中,盘纡百里自称雄。七十二峰连南溟,一柱撑天赖祝融。寅宾日出极天峻,群山俯瞰能自躬。浮云散去好纵目,绝巘凭临眼界空。赤帝峰下藏经殿,莲花座上方广钟。朱陵有洞长驻足,喷玉涌雪听雷轰。岳庙残破君莫叹,闻道巧修有良工。杜鹃春风欲留我,来日复游慰愚衷。

过白马山

朝辞涪陵城,弹指乌江边。飞身跨白马,我在白云间。峭壁一剑立,仰视九重天。俯首目欲眩,乌龙万丈渊。密林鸟惊语,危岩红杜鹃。跃上八百盘,长啸绝顶颠。绝顶云雾绕,野花开更鲜。自有凌云志,谈何蜀道难。银线牵白马,只在半年间。

送战友出京

京华两度雪,红山一春秋。课业同授受,山径共优游。情凝千千结,谊聚长长流。今当诸君别,别意和酒酬。击盏复长啸,长啸冲斗牛。聚散虽无定,但愿人长久。莫道相见时难别亦难,他日相逢携君秉烛游。

对星吟

1995年1月11日夜,国防大学将结业,夜深却无睡意,月下独步,有感而吟。

夜半酒初醒,渴饮茶愈浓。披衣复坐起,窗外啸寒风。月下闲踱步,顾影何孤零。长天一弯月,碧海几疏星。寒星似解语,对语上长空:我本太行人,家居山野中。家贫徒四壁,无房窑两洞。柴门丛杂树,春来桃花红。不闻车马喧,鸡鸣犬吠声。幼而事农作,苦恋黄土情。七岁读书郎,邻村初启蒙。十三去运城,十六塞外行。军旅卅五载,磨砺在军营。军务倥偬余,书海漫歌停。山河诚壮美,驰骋万里行。大块假文章,阳春召烟景。天开青云器,造化自然功。而今居高位,高位也一兵。微躯许庙社,块垒筑长城。人生叹一瞬,广宇逝流星。流星去无踪,几度夕阳红。居官当自励,处事应慎行。且莫追名利,名利浮云轻。俯仰皆无愧,功过后人评。曙色上北望,山巅彩霞明。何处军号响,军号壮我行。

送战友

赤云夕阳西,野烟浮大地。林中鸟鹊噪,哑哑归巢急。红楼人语喧,阔论亦相契。俚语亦相赠,牵手更恣意。一载似觉长,此别却戚戚。重逢频相约,相约何太急?挥手自兹去,相去千万里。夜深方入梦,一别长相忆。

登天柱山

江北有皖山,独秀势擎天。怪石嵯峨甚,飞来悬云汉。千仞锁风雷,万壑淌流泉。异草弥山谷,古藤垂花妍。我今临绝顶,俯仰天地间。谈天与天语,投手流光揽。凌霄振衣云舒卷,绝顶天柱我柱天。

魏祥成

1923年1月生,江苏丰县人。1938年11月入伍,曾任广州军区空十二军军长。

祭淮阴刘老庄连八十二烈士抗日殉国六十二周年

烈士捐躯六十年,音容笑貌宛依然。
高碑土墓埋忠骨,碧树青山掩俊贤。
浩浩长空舒正气,悠悠岁月感苍天。
勋功未就君先去,留得春风奏凯旋。

瞿新发

1931年8月生,江苏南通人。1946年底参加革命,1947年4月入伍,曾任二炮某基地司令员,少将军衔。

纪念毛主席为雷锋题词四十五周年

千秋万代颂雷锋,榜样精神举世称。
创建和谐新社会,莫忘做好螺丝钉。

金婚忆

东海前沿结伉俪,硝烟弥漫炮声闻。
数杯美酒歌一曲,三日新婚地两分[①]。
琼岛连云迎晓日,关山如画献青春。
不教分秒空虚度,霜鬓更知老伴亲。

① 1956年2月9日结婚,12日接受上级命令,带部队到厦门前线执行任务。

诉衷情·战友喜相逢

当年解放战争中,生死共从容。冲锋陷阵前线,浴血战旗红。　今盛世,喜相逢,白头翁。畅谈心曲,其乐无穷,共沐春风。

浣溪沙·忆导弹部队夜练

萧瑟秋风野菊黄,月光西照演兵场,钢盔铁甲染清霜。　神剑巍巍军旅壮,机车队队阵蛇长,红旗猎猎向朝阳。

鹊桥仙·纪念二炮成立四十周年

峥嵘岁月,边关戍角,起舞巨龙长啸。沸腾热血立新军,倚神剑、扬威二炮。　高精练武,尖端布阵,任尔熊嚎虎叫。横空出世四十年,謷山姆、休称霸道。

浣溪沙·参加"新四军"植树

永定河边植树苗,将军耄耋也挥锹,争为当地治沙妖。　待到绿荫莺燕舞,来观锦绣与丰饶,京城风景益多娇。

乙白海

本名田济民,1929—2013年,江苏阜宁人。1946年10月入伍,曾任《解放军报》编辑、理论处处长、政治部主任。中华诗词学会会员,解放军红叶诗社社员。著有《阳台集》。

老红军

春秋历历说红军,勒石燕然万里征。
北斗抱怀明暗夜,枪丛馀息逐红旌。
量天铁脚书青史,开业江山遗子孙。
剩得晨星还报国,瓜棚豆架漫传薪。

孟良崮大捷

沂蒙布阵计周旋,狂敌颟顸自入筌。
孟崮危崖羁困兽,垛庄横剑锁重关。
铁拳沉重王牌碎,钢弹无情悍将翻。
祝捷甘霖消杀气,红旗猎猎满青山。

淮海大决战

逐鹿徐淮决胜场,锦囊神算策龙骧。
东驱陇海西牵鄂,前灭圩堆后克庄。
吃挟看盯餐一桌,追围阻割术千章。
强亡弱胜谁曾料,奇入兵书百代光。

百万雄师过大江

炮吼雷鸣夜幕摧,江烧红浪火云飞。
千帆怒碎澄波月,万马奋扬天堑灰。
枪刺生寒分晓雾,雄师破竹踏朝晖。
金陵一夕惊残梦,捷报双清赋茗杯。

沂蒙情思

一

雷霆风雨壮沂蒙,漫漫烽烟鲁地雄。
大捷连连红旆舞,华东剑利斗苍龙。

二

山情水意比天长,竭力支军自度荒。
和雪餐糠锅灶冷,大葱煎饼供军粮。

三

高山险崮运戈殳，七二奇峰八阵图。
诸葛犹惊神算妙，孟良一战入兵书。

渡江大军过我家

军号声声震山冈，龙腾虎跃操演忙。
籴粮筹菜严风纪，处事待人热心肠。
懵懂娇娃追马乐，喷香丸子送咱尝。
夜深离去无声息，忽报神兵过大江！

吊毛岸英烈士

长忌垂堂惜子情，烽烟起处壮从征。
寒江跨过冰燃火，炸弹飞来鹤化魂。
红色门庭连折栋，中南海水咽无音。
至今留得潇湘月，犹照仓山烈士坟①。

① 仓山，即原志愿军司令部所在地桧仓，毛岸英牺牲并安葬于此。

枭龙出世①

枭龙出世碧空吟，下掠梢头上剪云。
疾似流星惊忽过，嘶风啸月戍天门。

① 枭龙是我国技术先进、性能优良、拥有完全自主知识产权的新一代战机。

潜艇出航

蔽日瞒天水下雄，伴鲨随涌自从容。
潜龙怒发无声处，裂海撕云剑啸空。

南沙成海

万里波翻万叠山，红旗一角接天安。
礁盘寸寸尧封地，点点南沙水上关。

西沙蔬果香

西沙千里戍人乡，不羡黄金羡芥姜。

海角思鲜频梦绿，高科育翠战硗荒。
鼠标轻点金瓜壮，喷灌循环碧韭长。
碟碟芹椒逾鲍翅，兵心一片奉边防。

《百年抗争诗词选萃》读后

雷霆风雨蔚成编，慷慨神州溯百年。
节士毫端啼杜宇，英才笺上啸龙泉。
浩歌宁为山河痛，怒吼由来血火燃。
吟入兴亡诗有骨，骚魂史魄薄云天。

送大熊猫团团圆圆赴台

卧龙高士出泉林，碧峡桃园热泪涔。
黑白示人无蓝绿，娇憨率性有天真。
饮溪餐竹一身秀，惹爱牵情两地心。
落户新家犹夏土，川言台语俱乡音。

抗旱又见子弟兵

西南旱劫野如焚，烈日炎炎涌大军。
欲以军魂滋赤地，更将仁爱化甘霖。
机轰炮炸天倾水，车运井开泉到村。
渴土生津新绿长，山川万里再回春。

我国首位女航天员
刘洋升空礼赞

神九六月拥天宫，捷报三英越九重。
惯看行空男士勇，今惊登宇女儿雄。
里程碑纪蛾眉步，巾帼红披河汉风。
灵凤呈祥航业旺，万般光景在云峰。

贺我国首艘航母辽宁舰入列

青编今日大书新，华夏浮城列海军。
六万吨圆强武梦，一千人驭铁昆仑。
国疆远戍三沙岛，蓝水威惊众寇心。
鸣笛声声征曲远，满旗高挂望如云。

高　适

唐骚至达独斯人,笔扫边尘墨洗兵。
羽檄飞骑过瀚海,宝刀旌旆暗黄云。
铁衣残垒关山月,白刃沙场将士心。
塞上歌行灯下胰,吟声总带控弦声。

岑　参

身历穷边感不同,绝知荒漠有精忠。
平沙走石飞蹄铁,雪海愁云冻角弓。
壮士戈挥寒塞月,将军甲带玉关风。
黄尘万里勤王捷,多少豪雄咏叹中。

王昌龄

压卷群篇圣手吟,绪精工构赋思清。
楼头饯客潇湘意,塞下擒胡鼓角声。
秦月汉关期上将,连江寒雨寄冰心。
细行何害诗高远,官降龙标韵更尊。

李　白

青莲出水蹈云烟,字傲王侯句欲仙。
意骋九霄邀月饮,神驰五岳听河喧。
杯酬梦涤长安日,谪远魂飞血火边。
万里行空思有翼,诗峰留与后人攀。

杜　甫

仁心史笔叠诗山,水火黎元肺腑间。
冷对朱门怜士馁,愁思广厦庇贫寒。
长安冥晦期晴曙,中土干戈痛野烟。
韵海扬波飞圣棹,千秋骚客诵遗篇。

今日边塞吟

千古边塞血泪啼,几多悲壮与苦凄。雪满天山马蹄脱,瀚海冰深冻铁衣。极边几欲穷天尽,风掣旗旌冻不翻。春风不度玉门关,壮士一去几人还?!如今边塞多春风,风景不与旧时同。将士守边斗寒冰,国家百计暖戍人。高科技,投资金,现代边防装备新。雪线高处空气薄,科技供氧似小酌。高原反应有仙丹,"红景天"与"高原安"。自来水管上冰山,暖气通到前哨班。五千米处雪连天,阳光温室蔬果鲜。哨楼冰封霜雪裹,楼内玫瑰花正妍。风雪巡逻披冰甲,保暖征袍寒不觉。雪夜归来才下鞍,面包热奶营养餐。天山荒漠鸟兽稀,戍人文娱也多姿。不奏胡笳旧悲音,卡拉OK应时新。新歌新曲皆流行,弦管伴奏遏行云。台球桌上斯诺克,棋牌室内斗输赢。"雪域孤岛"何尝孤,鼠标一点通九州。图书电视小课堂,自学成才写文章。故乡万里相思苦,电波通话温煦煦。野云漠漠无人行,军嫂探营满营春。节假站哨数寒星,军官替岗暖兵心。兵心似火燃冰山,钢铁边关筑心间。冰刀雪剑只等闲,热血豪情冲九天。铁脚踏破莽昆仑,界碑遥接天安门。国旗冰峰扬国魂,战士青春铸忠诚。告祖国,告亲人,神圣边疆有长城,长城即是顶天立地戍边人!

念奴娇·井冈山

井冈耸翠,却曾战云暗,烽烟明灭。革命摇篮千嶂里,红色政权雄立。炮发黄洋,戈挥五井,林壑鏖兵急。险峰绝顶,红旗高与天接。　　今日万客来游,赏奇览胜,觅旧时风月。

双树伟人居处老,陵阜仰瞻英烈。汤品南瓜,歌听十送,履踵红军血。青山长在,雄风英气犹昔。

锦堂春慢·新中国六十周年

推倒三山,开天辟地,翻身万类舒张。重整山河,封锁却教成钢。抗美立威惊世,星射弹爆鹰扬。熠熠星旗照,纵有浮云,难掩骄阳。　　更看春潮新渌,拨征航旧轨,改革兴邦。万里长江横坝,地脊车忙。仰望神舟伴月,遍禹域、歌彻小康。崛起还疑是梦,跻列强林,四海辉光。

沁园春·海上大阅兵

汽笛鸣天,红旗飘扬,舰阵碎涛。看潜龙蹈海,长鲸劈浪;雄鹰掣电,铁堡掀潮。海燕穿云,白鸥击水,怒揭狂飙凌碧霄。春晖里,更涛飞浪卷,光耀金锚。　　心潮逐浪滔滔,感几许辛酸复自豪。痛北洋师失,海藩篱阙;泰州兴建,雄执牛刀。崛起今朝,泱泱大国,欣见波疆铁嫖姚。潮头立,赞雄师威武,碧海天骄。

丁　玉

女,1927年生,山东牟平人。1945年入伍,曾任国防大学门诊部主任。

渡江战役

油菜花香细雨绵,雄师百万下江南。
如龙劲旅船飞桨,似虎精兵箭脱弦。
弹落长河波浪涌,帆扬天堑杀声喧。
金陵直捣凶顽灭,胜利高歌响九天。

丁　芒

1925年生,江苏南通人。1946年参加新四军,曾任随军记者、《星火燎原》编辑。曾为中华诗词学会顾问。著有《军中吟草》《丁芒诗词曲选》。

从军乐

投身革命乐无穷,历尽艰辛意自雄。
荒岭暮炊锅底月,沙原晓逐马蹄风。
沁心水冷青溪路,催梦泥香峭壁松。
最是奇花开夜景,万千炮火映天红。

咏赣榆抗日山①

抗日山前沐海风,回思半纪气还雄。
英名镌石沉如铁,热血淋岩火样红。
峰举墓碑遥振臂,野凝新绿畅抒胸。
一声抖擞威犹在,隔海东条贯耳聋。

①　赣榆西有抗日山,埋抗日烈士七百五十余忠骨,碑镌名者3576位。

纪念抗日战争胜利

云霞拥处忆烽烟,血洗河山恨八年。
流火飞镖吞虎口,奔雷驭电走龙泉。
砍关小袭霜锋紫,绝路围歼浩气玄。
百万英躯填破国,枪挑落日马头悬。

坚持苏北敌后

敌军压境沉沉黑,破雾穿云一线红。
闯路机枪呼急雨,攻城大炮震秋风。
纵横战道成千里,壁立怒村几百峰。
游击战争方一载,烧牛火阵已熊熊。

待机夜越封锁线

风雪寒侵腊月初,路沟坐待敌情除。
为藏暖气穷衣带,聊骗饥肠嚼苦芦。

充耳殷雷鸣电线，警心燒火闪征途。
弯弓只盼惊弦响，箭发高关雨满湖。

遭遇战

寒气冲晨汗未消，朔风劈面薄如刀。
军行竟夕饥肠寂，马涉深溪疲足摇。
方托颓垣炊未举，忽惊沉莽雾腾霄。
阵前今日初遭遇，一震枪声气愈豪。

突围令

将军举手劈斜晖，逐地风来喊突围。
炸药甫开破壁浪，机枪又砸裂钢锥。
穿弹痛扫包天胆，血刃惊抛落地盔。
霹雳排空呼啸去，空留叹息付残灰。

夜　宿

今宵何处宿征鸿？户户茅檐迓好风。
开灶嘘寒千句暖，分浆洗乏一灯红。
笑沉光雾朦胧里，神绕青烟袅娜中。
不使梦随弹雨碎，灯前老眼捉针缝。

天亮庄

冷霜遍野雾朦胧，天亮庄前破晓风[①]。
不使乡亲惊好梦，茅檐坐待早霞红。

① 游击战争时期，我军多系夜间活动，天亮到达村庄，即宿营隐蔽，故军中惯称宿营地为“天亮庄”。

冬夜壕中待机

朔风吹雨锁云天，坚守长壕夜不眠。
湿袄沁身寒似铁，钢枪着肉暖如棉。
疗饥生米夸珍味，止渴泥浆胜玉泉。
更觅青砖磨雪刃，迟明敌血洒军前。

鲁南山区中秋夜行军

漏夜移营未觉匆，军心已越几千峰。
攀腾欲摘摩山月，叱咤将吞阻路风。
石迸火星飞哨马，水摇金屑渡长龙。
费滕此去歼援敌，解放济南第一功。

十人桥

云飞陇海起狂飙，桂系王牌气已凋。
断渡惊焚群鼠胆，凌河怒立十人桥[①]。
酸风射眼无回顾，恶浪摧身不动摇。
万马千军肩上过，碾庄遥望火如潮。

①1948年11月，我军由鲁南插向陇海线，徐州敌主力桂系“王牌”黄伯韬兵团撤逃运河西，焚桥断渡，我战士十人立河中掮板渡大军追歼该敌于碾庄圩。

船桥夜渡

临流待渡意如何，偏是军情急报多。
纵桨牵船裁怒浪，飞钩编缆锁长河。
桥颠马足腾惊笑，浪打戎裳湿浩歌。
最数殷勤今夜月，化船欲下白云波。

繁昌渡江战

雄师直薄大江傍，战罢梁山小麦黄。
明月悬灯明野渡，长风挥策着帆樯。
神州雷动洪波鼓，青史辉煌炮火光。
才饮中流三掬水，前锋已报下繁昌。

淮海追击

斩去双钳蟹已惶，横行忽作撤逃狂。
道奇失魄甘填壑，吉普丧魂瞎撞墙[①]。
箱破衣飞花蝶碎，马惊人散乱鸦忙。
追枪更甩惊鞭响，卅万大军争叫娘！

① 道奇、吉普均为蒋军装备的美式汽车。

担架队员

一肩风雪一肩晴，涉水穿山足踵平。
火线焦烟燃素志，长途汗雨沥深情。
倾心竹管传浆乳，抱臂寒衣让体温。
最是伏身遮弹雨，使人饮泪到天明。

枪杆诗①

莫道真情无觅处，硝烟影里恰藏诗。
枕枪爱梦牵心句，倚马常抒感兴思。
壮志凝成钢口号，豪情铸就铁言词。
且看枪杆如林举，霜叶红飞十月枝。

　　① 当年作者所在部队，苏北兵团十二
纵队创建"枪杆诗"，后在全军推广。

油印报

军中一朵素馨花，常倚征人梦畔开。
海内新闻铺锦褥，家乡小调拂凉台。
英雄事启图强志，壮气歌盈报国怀。
尤喜夜壕头枕月，油香袅袅入神来。

军中俏

军中漫说无颜色，除却硝烟也爱花。
两朵红绒鞋上俏，一方彩帕胁边夸。
枪尖插蕊香沉梦，碗布绣星红入牙。
时见倚壕诸小鬼，背人对镜觅新霞。

军中晚会

军中无日不开怀，最是锣声动地来。
大树蔽天张布幕，油灯伴月照泥台。
硝烟更炙英雄胆，血泪三呼志士哀。
犹忆撼人心魄处，举枪喊打势如雷。

军　邮

军行万里不回头，独有情思遍九州。

梦饮乡亲千盏醉，神牵敌忾百家愁。
四方战报飞红雨，两地心书寄热流。
昨夜阵前初奏捷，今朝万羽入军邮！

战上海——偏师出浦东

一路偏师出浦东，朝霞喜照战旗红。
颓垣败壁硝烟里，箪食壶浆泪眼中。
顽敌角尖徒抗拒，我军游刃自从容。
高桥一战东南定，夹岸双钳已合龙。

除夕年饭

刚从扬子洗戈回，初雪又开腊月梅。
守敌风前终瑟缩，乡亲年夜肯徘徊？
花红鼓响添豪兴，菜热汤香助壮怀。
满席齐呼新胜利，祝词和酒劝干杯。

渡江纪念碑

征帆止处赤云飞，吴楚英光射翠微。
扫穴秦淮抚冷月，顿开钟阜散朝晖。
璇宫旺气收千里，梅岭清芬透万扉。
入梦依稀枪响处，挹江门外御风归。

月照征途

青光夜夜照征途，如馈云天一曲歌。
香拭汗腮光染袖，凉浸焦舌话盈箩。
荡开沉滞抒胸阔，吟入清蒙意兴多。
谁比征人更爱月，满腔豪愫耀天河。

随　感

胸罗四海气如山，壮岁风华指顾间。
两脚量天游万里，一肩载月度千关。
梦飞弹雨燃心热，神着刀光照胆寒。
阅尽沧桑人未老，丹忱似水自潺湲。

渔家傲·海军

雾沫蒙空波若雪,云丝钩浪风弦急。谁敢飞舟将海劈。横枪立,身如岩石心如铁。　　四海纵横驰日月,长驱万里追潮汐。半世沉浮何所惜。心壮烈,浪山鞭作长城壁。

踏莎行·黄海随舰行

一

北国风霜,从容拂去,行装又湿蓝星雨。忽惊旭日踏波来,舷窗喜作画框取。　　碎影流映,海风新煦,涛声还绿水兵语。浪尖屏息梦飞轻,夜来网得亲心句。

二

黄海波澜,奔风破雾,往年碧血漂何处?炮火舰影犹浮沉,惊涛已自开新路。　　海上新英,魂牵甲午,舟中慷慨操刀舞。而今志士满神州,飞波都作花千树。

丁　帆

原名缪延东,1922年生,辽宁沈阳人。1945年入伍,曾任沈阳军区前进歌舞团副团长。中华诗词学会会员,曾为《红叶》编委。

"九一八"事变感赋

柳条湖畔腥风起,日寇屠刀刃奉城。
血溅八门仇刻骨,尸横四塔恨填膺。
硝烟遍地遮晴日,烽火连天漫晓星。
铁血男儿齐雪耻,丰功万世史书旌。

抗日女杰赵一曼

抗联篝火漫天烧,巾帼英雄胆气豪。
唤起平民除恶霸,令麾勇士斩倭妖。
白山黑水寒云咤,碧野鲜花热血浇。
囹圄无渝钢铁誓,临刑犹唱赤旗飘。

踏莎行·赞焦裕禄

心赤如丹,志坚似铁,誓除涝碱沙丘灭。鞠躬尽瘁展宏图,星寒霜冷难眠夜。　　高耸泡桐,广收棉麦,千里兰考腾飞跃。全民含泪共追怀,丰碑千古传英烈。

丁　洪

1918—2002年,四川成都人。1936年参加革命,曾任沈阳军区政治部文化部副部长、宣传部副部长、创作室创作员。曾为《红叶》编委。

忆一九四七年春渡松花江

夜色苍茫风啸呼,玉龙狂舞漫天都。
滔滔流水凝航道,浩浩长河变坦途。
重炮轻骑飞骋过,千军万马瞬息输。
甩开大步过江去,酣卧之敌尚梦熟。

咏董存瑞

胸怀一颗火红心,引爆青春大地焜。
鲜血催花开禹甸,英名千古壮军魂。

七四兴怀

硝烟风雨度一生,美景良辰未赏欣。
万里征程诛鬼魅,一枝秃笔颂生民。
浊流终变清流水,黑发熬成白发人。
但愿云天常灿烂,霜堆头上亦青春。

题老战士书画学习班

军营晨写景，虎帐夜挥毫。
老将雄心在，毛锥当战刀。

读权延赤《董必武的生活》

绍继国风成伟才，总将黎庶挂心怀。
一生不爱青罗褂，三夏犹穿老布鞋。
莅会饮茶交自费，就医乘轸付私财。
莫云都是些微事，多少雷锋从此来。

丁子骏

　1931年7月生，江西上饶人。1949年5月入伍，曾任军委炮兵政治部宣传部副部长，总参干部训练基地主任。中华诗词学会会员，解放军红叶诗社社员。著有《牧野诗词集》。

过大庾岭

晨曦薄岭巅，勇士奋当先。
令下山河动，军民望眼穿。
人如虎添翼，马似箭离弦。
铁拳挥南粤，越过大庾关。

粤桂边大捷

夜行达旦竟通宵，粤桂疆边试战刀。
炮火连天催要害，金戈遍地捣顽巢。
强攻正面王牌灭，追剿残师士气高。
一路南征传捷报，雷州岛上赤旗飘。

进军云南

审时度势取昆明，统帅挥师斗柄横。
飞驰车轮若添翼，奔腾战马似流星。
贵阳方报凯旋曲，重庆忽传战鼓鸣。
赤县重光黎庶乐，捷书滚滚到燕京。

驻防昭通

曙光初照入昭通，万里长征大地红。
云贵川边多匪患，金沙江畔卷狂风。
布防设点费谋划，建政安民换旧容。
重整山河抒壮志，乌蒙腾跃日方中。

离休抒怀

戎衣脱去复何求，壮志犹存身未休。
日里凝眸看世界，夜来伏案写春秋。
烟云纷事江中水，漂泊人生浪里舟。
曲径尽时花满树，怡情美景在前头。

花甲咏志

　花甲人不老，自爱更自重。莫叹青春去，放眼夕阳红。闻鸡便起舞，夜读逾三鼓。只要勤耕耘，收获足可数。愿为护花泥，甘做他人梯。胸怀天下事，岂论位高低。身洁尘不染，心正天地宽。任他暴风雪，菊梅傲霜寒。解甲戈犹枕，令下可戍边。老骥蹄自奋，不须人扬鞭。

重访三江营[①]

　千里寻故地，重访旧战场。英雄血染处，黄花分外香。炮台依然在，登临叟欲狂。当年鏖战急，萦绕久难忘。英舰晨入侵，阴霾布长江。华夏不可侮，操炮射天狼。雄师越天堑，战神列阵忙。雷鸣摧枯朽，闪电镇强梁。滚滚扬子水，长流勇士殇。把酒祭先烈，征人泪两行。放歌颂盛世，大步奔小康。寄语后辈人，国安兵须强。

　① 三江营位于长江北岸，距扬州市20

公里。我军强渡时，曾与英舰"紫石英"号展开激烈炮战。

丁云鹏

1929年生，内蒙古开鲁人。1945年入伍，曾任国防科技大学研究员。

忆彭德怀元帅

仗剑军前却万夫，平江举义辟新途。
众亲殉国千秋业，百战功成一统图。
抗美先声惊敌胆，为民请命动匡庐。
而今五老峰边路，犹听元戎鼓与呼。

丁浩然

1925年9月生，湖南桃江人。1964年入伍，曾任国防科工委二十一基地研究所室主任，基地科技委委员、技术部总工程师。解放军红叶诗社社员。著有《山枫集》。

勘察归来

查勘竟日不言难，笑语归来有美餐。
戈壁梦回庭外蹀，一轮明月出天山。

春　夜

大漠春寒夜，军中课后时。
火墙徐送暖，面壁读唐诗。

庆祝我国首次核试验
成功四十周年

不畏强权不怕难，蘑菇云上九霄间。
为添利器穷机理，石破天惊震大千。

八十自咏

回首人生八十年，历经忧患与甘甜。
求知苦遇邦危日，毕业欣迎解放天。

为国为民心恐后，勘山勘水足争先。
金秋时节逢昌盛，献曝传薪不自闲。

一剪梅·军休

戎马生涯数十年，东战荒原，西战荒原。为图强国不辞艰，奋力科研，硕果争妍。　解甲归来度晚年，学也天天，乐也天天。欣看盛世国威添，喜上眉间，慰在心间。

长相思·忆试验场

天苍苍，野茫茫，千里荒滩好战场，官兵日夜忙。　年长长，月长长，核爆成功国势强，豪情万丈扬。

丁继松

1928年生，安徽人。1949年入伍，曾在哈尔滨军事工程学院工作，1958年转业后任黑龙江农垦总局文联主席。解放军红叶诗社社员。

拓荒杂咏

卸掉戎装去垦边，而今把酒话当年。
荒池放鸭迎风雨，蚊帐防虫过午天。
完达山边镰割麦，黑龙江上篙撑船。
晚来小火烹鱼肉，食后惊呼未放盐。

沁园春·抒怀

少小无依，母离父逝，泪湿青衫。忆故园景色，芭蕉夜雨；桃花谢了，垂杨枝残。失尽繁华，星疏月淡，一夕秋风彻骨寒。天怜我，未吹箫吴市，沦落长安。　赤旗遍卷江南，着戎装、心中火炬燃。历几多艰险，长江饮马；嘉陵雾重，屯垦荒原。笔墨耕耘,情长纸短,驰骋文坛更着鞭。人老矣,喜丹心不泯,再写河山。

丁德润

1929—2017年,天津市人。1949年参加革命,曾任总参某部后勤部政治部宣传科科长、副师职助理研究员。曾为中华诗词学会会员,《红叶》副主编。著有《老骥心声》等。

万众争夸子弟兵

暴雨连天险汛生,大江处处涌洪峰。
苍天有误民无误,水患无情人有情。
戮力同心拦恶浪,修堤固坝筑坚城。
抗灾抢险功谁首?万众争夸子弟兵!

回顾参军五十周年兼致军委工校首届校友

从戎携笔赴张垣,回首匆匆五十年。
伏虎降龙凭赤胆,保家卫国仗忠肝。
披星戴月争分秒,沥血呕心忘暑寒。
今日中华呈鼎盛,离休解甲亦陶然!

谒韶山毛主席故居

正值春风染杜鹃,心急千里到韶山。
长夜漫漫思往事,烽烟滚滚忆当年。
只缘领袖挥金剑,遂教日月换新天。
今谒故居情万缕,滴滴热泪落衣衫。

过狼牙山

燕山易水草离离,才过西陵又向西。
路转峰回车速缓,山高云重燕飞低。
青砖碧瓦农家舍,西裤洋衫村女衣。
遥望英雄豪气在,宏碑硕硕与天齐。

离休抒怀

一生戎马度关山,解甲离鞍心自宽。
晨起登山偿夙愿,晚间读史补新篇。
谈兵尚觉豪情壮,卫国何愁两鬓斑。
为献余生酬祖国,愿将丝尽效春蚕。

登大境门感怀

塞外雄关大境门,几曾眺望几登临。
巍峨锁钥城犹在,大好河山字尚存。
昔日方称军旅汉,今朝已是白发人。
虽云解甲仍铭志,利剑匣中犹有音。

满江红·怒斥美轰炸我驻南使馆

怒发冲冠,心潮涌、奔腾难遏。恨美帝、穷凶极恶,暴施残虐。滥炸狂轰我使馆,几多志士流鲜血。邵云环、杏虎与朱颖,均遭劫。
说人道,实作孽;今此事,何其劣。我炎黄儿女,壮怀激烈。震古烁今伸正义,同仇敌忾施宏略。更齐心、建设我中华,趋前列。

卜开初

1949年生,江苏洪泽人。1968年2月入伍。中华诗词学会会员。著有《文学堂诗词选》等。

分卫生队学医

学海茫茫细探求,岐黄独占术中优。
曾为母恙寻方妙,却被文思动性柔。
一段因缘情未了,千般韵致意难周。
平生欲尽斯间味,戴月披霜万里秋。

秦皇岛海训

沧海呼天动地流,纵情欲效水中鸥。
秦皇岛外风涛险,北戴河中景色幽。
潮起千层翻雪阵,云飞万卷滚山丘。
浪高数丈真如兽,也似芳茵信步游。

抒　怀

春风一到雪霜消,杨柳新抽碧玉条。
初着戎装书剑整,远离桑梓水山遥。
孤身程路如丝茧,廿载心情似海潮。
今日幽燕欣度岁,自将豪气入云霄。

西江月·夜过青龙山

处处繁花古木,层层怪石奇峰。碧潭自隐绿阴中,飞瀑穿崖出洞。　　林茂遮星蔽月,烟寒带雨生风。方疑险隘径无通,忽听山歌传送。

于　真

原名于武魁,1931年生,河北正定人。1948年2月参加革命,曾任国防科工委工程设计研究所高级工程师。

六和塔下望钱塘江大桥

塔曰六和临大江,一桥飞架过钱塘。
桥头勇士知多少,犹忆英雄蔡永祥。

贺神舟四号试验成功

星空灿烂曳长虹,又送神舟上九重。
远去巡天拜牛斗,归来落地报勋功。
今宵接驾凌寒雪,明日乘人啸劲风。
从此登天欣有路,常来常往广寒宫。

于　浩

1928年10月生,山东烟台人。1941年参加革命工作,1945年入伍,曾任军事科学院政工研究室主任。

赞白求恩大夫

一

炮火连天子弹飞,硝烟滚滚庙将摧。
专心手术无他顾,救死扶伤头不回。

二

酣战三天夜不眠,身心全献救伤员。
吾为战士非宾客,岂顾征途一己安!

于志民

1929年生,山东文登人。1946年6月入伍,曾任空八军政治部副主任。中华诗词学会会员,《红叶》特约编委。著有《翰草芜存》。

烈士赵尚志颅骨寻得

英雄百战失其元,水复山重气郁盘。
裂眦剑光犹直逼,引吭尚吼大刀还!

怀董崇章同志

吾乡董崇章同志燕尔新婚,妻送参军,以真人真事编成秧歌剧演出。一年后,在淮海战役中牺牲,辛壬癸甲,宁如是乎。

新婚方五日,相送去参军。
敷彩长街舞,易装热泪涔。
撄锋多勇士,扼腕折斯人。
一别光阴老,无言慰暮云。

电视剧《诺尔曼·白求恩》观后

怀若春风天下芳,布衣陋舍藿藜香。

千村童叟皆知己,泪雨滂沱恸国殇。

张思德窑前

服务人民久已闻,南泥湾邲更凝神。
电光石火明心志,一脉同根百代珍。

志愿者

海北天南千里临,笑容可掬满烟尘。
无声命令蹈艰险,背影涔涔汗水侵!

读《中华诗词文库·军旅诗词卷》

百年几代执戈人,墨写血濡披素襟。
牢记长征肝胆语,情牵守堡赤诚心。
康平不懈亲弓马,忧患当先茹苦辛。
赋得军魂昭日月,戎衣本色是雄浑。

悼张爱萍将军

八方飘泪雨,百战将星沉。
马秣长征路,捷传敌后音。
海空初试手,辰宿问通津。
儒博三军誉,诗书九域珍。

长征胜利七十周年瞻仰蒙顶山红军纪念馆

一

如磐蒙顶气雄豪,指点川康走健骁。
拴马当年方及拱,凌风斗雪入云高。

二

负险扼吭横堑壕,岩砑拾得旧枪刀。
衣单弹尽粮无继,埋骨云深名未标。

三

雨洗青山净九霄,茶香沁脾百花娆。
林涛飒飒传心语,珍重前行路尚遥。

八旬初度

干戈早识挽虫沙,初步骚坛日已斜。
句拙情真倾肺腑,杞忧念切入桑麻。
常怀旧雨添新雨,喜共朝霞爱晚霞。
唯冀春风今有脚,晴光绮丽暖千家。

电视剧《井冈山》观后

一

前辈勋功久有名,红旗翠巘大刀横。
枪林血路伤痕满,千里鸡鸣记夙征。

二

战罢归来马上哼,当空彩练卜新晴。
关山雄峙秋风劲,引得诗人醉一觥!

三

无意拾来一叶枫,秋风再至现殊红。
流云不掩澄明月,当见两情偕与融!

四

踏破雄关强敌摧,旌旗高矗对重围。
支部在连心在党,军魂雄胆卓军威!

人民英雄纪念碑

一

白玉坚贞如劲骨,枪林啸急见身形。
伟功镌入千秋石,道是无名胜有名。

二

京都今日气弘恢,广厦连云路九逵。
老将风雷心应许,南来北往尽春晖。

三

回首当年血肉飞,苍颜无语对丰碑。
灵台尘垢须勤拭,好与朋侪并马归。

踏莎行·渡江突击团

泽薮操兵,湖渊习水,镜中细数江南垒。血书请战勇争先,钢锋烨烨千番淬。　　密电频传,征帆潜启,中流炮火燎天际。手雷掷处甲残飞,江防一夕支离碎。

浣溪沙·电视剧
《陈赓大将》观后

匍匐挥锹冻土翻[1],凯歌五十二年前,君筹帷幄我披坚。　　大义凛然泾渭判,细心如发勇谋兼,三军恸哭殒英年。

[1] 作者自注:1948年12月在围歼黄维兵团的双堆集战场,我部遵照陈赓将军命令近迫作业,将堑壕一直挖到敌前沿数十米,大大减少了进攻中的伤亡。

定风波

1998年长江大水,200万军民奋勇抗洪,捷报频传。追思1931年水淹武汉三镇一百多天,63万人流离失所,3600人魂归泽国。今昔对比,感而歌之。

一

世纪洪魔匝地来,连宵暴雨泻天开。死守严防人抖擞,酣斗,欢歌依旧漾琴台。　　回首当年心尚悸,天祭,浊流百里见浮骸。江汉钟声非昔韵,雄劲,神州阔步上层台。

二

民众安危任在胸,军营一出战旗红。千里舟车争急走,谁后?歌声盈路气如虹。　　堤溃涛狂肩并立,坚壁,危楼险救入虚空。汗浸征衫堤畔睡,甜美,稚颜犹现渡江雄。

千秋岁引·重读《梅岭三章》

每览华章,如闻鼓角。犬犯鹰瞵丛莽索。千伤万死巉岩赤,此头须对梅花落。正气扬,山河壮,肝胆托。　　几见鲲鹏云际搏,几见鹧鸪盆底啄。往事沉沉忍忘却。华颠旧部膺风节,流光宁蚀旗前诺。浪骇时,灯红夜,思量着。

望云间·赞人民空军五十年

执戟蓝天,五十春秋,为民卫国诚丹。记龙江初羽,鸭绿披坚。大漠孤烟抛掷,长空暗夜铁拳。有残枭碎鸷,璀璨红星,万众欢颜。　　貉丘麇集,豕突狼奔,猎猎环视周边。卫我尧疆舜土,缺月须圆。十亿神州殷望,千钧重担双肩。高技挑战,风云诡谲,奋勇争先。

破阵子·建军节书感

已是苍颜华发,梦萦总角青青。暗夜急行干复湿,拂晓攻坚雪裹风,凯歌壮此生。　　饥馁甘甜不采,寒宵民舍不惊。千载兵匪常一体,今喜秋毫无犯争,荣名岂易膺。

破阵子·援老抗美纪事

70年代初,余所在高炮某师奉命执行援老(挝)抗美任务。三十春秋过去,步入古稀,忆述当年可歌可泣之事,倘免湮泯,则幸之甚也。

军行千里

綦水娄山路隘，乌蒙无量摩云。铁甲辚辚九曲上，一路歌声入暗尘，战旗十里新。　　前日中枢令下，援师进驻南邻。护我健儿挥汗雨，宁许强梁蔽日星，军令急若焚。

誓告国门

花木盈盈妩媚，竹楼处处氤氲。壮丽神州千万里，此乃南疆第一村，前行是国门。　　队队寒光凛冽，人人矗立凝神。血染红旗当作证，为靖妖氛敢献身，骄阳定可闻。

阵地生活

合抱参天古木，葱茏匝地盘根。视界扫清成放列，昂首动联踪可跟，巍巍我炮群。　　露重毡棚听雨，晴空日出升温。虫鸟蚖蛇如故友，此地山花此地春，家书倍觉亲。

中老谊深

孟赛上寮重地[1]，殖民祸害伤痕。沃土强侵机起降，弹片横飞省会湮，一抔铁可寻。　　省长身居陋舍，山民粗布衣裙。几个竹编心手巧，一曲村歌情意纯，患难友谊真。

英魂常留

阵地硝烟未散，莽丛余烬燐燐。褛褛征衫如血洗，更有蜂窝百洞身[2]，未闻一叹呻。　　生死系于分秒，临危更见真纯。后己先人王可武[3]，域外长留有此君，伟哉英烈魂。

[1] 孟赛为老挝上寮省省会。

[2] 美制子母弹爆炸碎片如米粒，一战士身上弹洞达二百多处。

[3] 作者所在部队班长，身负重伤，见伤员多抢救困难，便多次表示"我是轻伤"，把生的机会让给战友，待发现实情已不治，后荣立一等功。

浣溪沙·军旅诗作者心语

散尽硝烟白了头，鸮鸣鼠暴未休休，襟怀有素重吴钩。　　百折千钧临壮骨，重关坚垒待兜鍪，苍穹碧海续春秋。

于选成

1931年生，山东莱西人。1947年入伍，曾任防化研究院所长。

渡江战役

隔江分治梦何奇，一统金瓯有妙棋。
蒋氏和谈延战日，毛公宣布进军时。
几支穷寇滩前困，百万雄师浪上驰。
飞弹光天驱黑夜，江南黎庶浴朝曦。

忆参加我国首次核试验

东风催度玉门关，苦饮沙餐趣话间。
光闪雷鸣寰宇震，棒惊霸主友开颜。

于福长

1925年生，河北兴隆人。1947年入伍，曾任总参某部第一七三仓库政委。

忆夜行军

雨骤风狂夜急行，潮河怒吼似雷鸣。
摩天陡峭三千丈，脚痛锥心未敢停。

忆兰州战役兼悼阵亡战友

雄师十万下兰州,五马哀鸣顷刻休。
郁郁皋兰凝碧血,滔滔黄水悼同俦。

记北宁线破击战

初冬滨海露霜浓,夜色空蒙雾九重。
欲遏雄关擒困鳖,神兵天降斩苍龙。

万　　励

1991年生,山东淄博人。2012年入伍。

水调歌头·赞下连蹲点

昔统帷幄事,今至基层留。衣食形迹无二,所异乃白头。遥想西河吮疽,且看成蹊桃李,为长亦为俦。畅论四邻状,齐为强军谋。　　俯身段,共苦乐,解忧愁。怅嗟日短,犹是难舍别离眸。兵事兵情牵挂,务实新风飒飒,旧法换新猷。典范驻久远,风雨忆同舟。

万　　玮

1928年生。1944年10月入伍,曾任某医院院长。

参　军

倭寇侵华天地昏,人亡屋破痛心魂。
家仇国恨燃壮志,昂首参加抗日军。

救死扶伤

熊熊战火救伤员,防治双行守业专。
重用科研新硕果,白衣战士爱心虔。

赞军队群众路线教育

群众为宗路线端,基层看镜正衣冠。
能听民怨心明亮,雪地冰天夜不寒。

思战友

院外清溪奏,林中翠鸟鸣。
闭门人不扰,忆昔友常萦。
携手三齐地,同尝一碗羹。
而今千里隔,夜夜梦仁兄。

万拴成

1937年生,河北无极人。曾任新疆生产建设兵团教师。曾为中华诗词学会理事,新疆诗词学会顾问。

怀念陈潭秋烈士

南湖一炬照尘寰,聊借明光度玉关。
筹得寒衣暖将士,送归鞍马保河山。
何愁榛莽藏豺虎,敢向天魔剥腥膻。
日出山腰消雪处,犹存石畔血斑斑。

怀念毛泽民烈士

君是湖湘一俊良,补天射日走穷荒。
盱宵何惜身多病,咯唾犹思富僻疆。
济世良谋出手远,泽民细务印心长。
边关几度移星月,尚忆捐躯国栋梁。

怀念林基路烈士

立马昆仑笔作枪,射雕捉鳖亦沙场。
伤心民瘼墨凝泪,疾首虎贪笔带钢。
引水开湖驱旱魃,修桥筑路利穷乡。
喜看翠柳拂楼处,野客田夫祭国殇。

冰姑娘

喜马拉雅雪茫茫，玉龙飞舞护南疆。春夏秋冬共一色，悬冰百丈日月长。陡壁峰端寸草绝，一杆红旗风猎猎。哨所悬挂半山腰，倚天枪刺映白雪。白雪白云白披风，踏遍琼瑶山万重，朝朝巡逻风雪里，且共冰山铸永恒。桃李花香久未闻，轻歌曼舞忆销魂。一天雪色看春夏，欲绘花红梦里寻。班长雕艺独擅场，艺林每被人称扬，一腔深情付霜刃，神手雕就冰姑娘。玉骨冰肌婀娜站，朝霞辉映芙蓉面，双眸炯炯开广宇，素裹红装何灿烂！谁人彩被龙凤绸？一袭霞帔罩肩头，疑是嫦娥来天半，引教诗家豁吟眸。战士列队站一行，班长语重心意长："从今哨所添巾帼，共我日夜守边防。检点形骸知荣辱，军风军纪牢记住，脏字丑话免开口，姑娘面前美谈吐。"青春俱是护花人，红颜玉立倍相亲，笑语欢声时远近，三春百鸟迷花林。朝巡挥手辞姑娘，脚踏坚冰步铿锵；归来倚天抖风雪，万丈豪气满胸膛！冬去春来节序换，哨所依旧雪漫漫，冲风冒雪出征去，不容豺狼窥防线。山高万仞我为峰，一脚踏断雪山崩。银雾满谷惊雷动，回首不见班长踪。辗转山下寻班长，刨冰扒雪见睡容，千呼万唤终不起，千山万壑放悲声！归来轻放姑娘旁，姑娘清泪落衣裳，褰衣陪伴班长去，高山墓穴作洞房。箫笛频传招魂曲，近壑远山共嘘唏。魂兮魂兮何时归？侠骨柔情两依依。万丈绝壁镌碑铭，一刀一笔记忠贞。孤峰插云似站哨，自此唤作英雄峰。放眼华夏正春风，塞北江南花气浓，姚黄魏紫花簇簇，遥献雪山卫国兵！

军垦组歌

玉蝴蝶·谒王震将军铜像

谁塑将军金像？松扶花护，影照青苍。征尘未弹，先自勘踏荒凉。任青骢、扬蹄奋鬣，依然是长啸沙场。更连营，雄兵十万，握镐持枪。　　辉煌！南追穷寇，西剿顽匪，屯戍边疆。带甲犁田，转眸戈壁献棉粮。露营地、琼楼叠起；饮马川、瓜果飘香。待黄昏，游人如织，歌醉斜阳。

摸鱼儿·第一犁

喜春来，雪融冰化，一犁界破千古。苇湖荒碛人初动，惊起黄羊狐兔。无暇顾。正掀卷、层层泥浪尘尘雾。汗流如注。况荆棘丛生，披星戴月，血滴新新土。　　千秋业，分秒休停脚步。尚多余勇可沽。将军战士天山麓，共挽犁绳一束。愁日暮。纷纷道：蚊叮蛇咬鼠钻裤。拉犁不误。待烽火台边，麦翻金浪，看我银镰舞！

贺新郎·第一井

四海拓荒女，越千山、抛家别舍，地窝居住。新井缏汲深泉水，荡起满天笑语。清清亮、甜如故土。旋砍梭梭红柳棵，拌野蒿、麦粒和盐煮。星月下，萤飞舞。　　浣衣井畔说风雨。最惊心、飞沙走石，归途迷路。夜望马灯梢头挂，昼听收工锣鼓。犹误入、芦花深处。辗转迷离寻旧径，蓦然见、饿狼蹲如虎。屯垦梦，香如故。

向湖边·第一楼

果海花林，红墙碧瓦，巍峨一楼高矗。万里风烟，帅令此颁布。更时时、锣鼓喧天，授勋嘉奖，英烈名传千古。君看楼前，有老兵漫步。　　回首当年，创业崎岖路。风雪弥漫夜，持钢枪守土；挽木雪原，竟冻残手足。更峡山瀚海剿顽匪，青松下、多少坟茔埋俊骨。楼上红旗，正带血飞舞。

水调歌头·第一城

楼共云同影，车借果流香。浓荫蔽路，任是炎夏也清凉。南傍青山松桧，北枕碧湖鱼浪，海市现西疆。灯火清风夜，踏月乐徜徉。　　鸟乐园，花世界，树海洋。泉喷七彩，且伴歌舞奏清商。情暖五湖倦客，酒奉宾朋万国，迤逦过吾邦。畴昔洪荒地，今日米粮仓。

扬州慢·清泉

红柳燃花，白杨舒叶，黄昏沙枣飘香。自开荒累日，尽尘汗如浆。趁工罢、轻呼女伴，惊鸿一掠，影落寒塘。似湘灵、玉骨冰肌，暂洗清凉。　　适才模样，频相觑、笑破肝肠。为虻咬蚊叮，黄泥涂面，鬼饰魔妆。更有机耕幺妹，淋漓汗、油玷面庞。快涤污清垢，明朝再逞豪强。

木兰花慢·绿风

纷纷何处去？玛河畔，篝火旁。正金色中秋，十分好月，最宜笙簧。酬他夏收累月，又匆匆、银海拾花忙。大碗砖茶代酒，长桌瓜果飘香。　　五湖四海聚一堂，老少喜洋洋。听箫鼓惊寒，繁弦急管，豫剧秦腔。撩人蒙歌维舞，旋绿裙、天地久低昂。豪兴更深未减，夜莺带韵飞翔。

沁园春·新乐章

丝柳摇池，胡杨筛月，闲话丰年。听麦收金浪，吴侬语软；棉堆晴雪，语带江寒。秋艳蟠桃，波明玉藕，齐鲁滔滔欲撼山。红装女，历沧桑巨变，志满心甜。　　峥嵘岁月堪怜。谁人识、空拳创业艰。为勘田觅水，餐风饮露；播菽布谷，鼠盗禽贪。集体洞房①，拉郎配妇，笑得姑娘眉黛弯。看娇子，唱南泥湾调，玩兴正欢。

① 兵团建设初期，住房奇缺。战士结婚时，只得将原集体宿舍略作隔断，改作新房，战士戏称"集体洞房"。至有起夜上错铺者。

望海潮·博物馆

米炊油桶，饼翻石板，向人叙说沧桑。收麦月镰，拓荒铁镘，而今犹露锋芒。犁铁耀寒光。百衲千补袄，尚裹风霜。引教人人，欲走还顾久彷徨。　　弹指五十年长。惜半丝寸缕,织就霞章。纱厂矿山,楼林电网,装成万里雄疆。风雨起苍黄。赢得五湖客,泪洒千行。瞻望馆前,灯火街市正辉煌。

八声甘州·谒周总理纪念碑

对苍苍暮色染平畴,丰碑入高云。看花红绿野,松青紫陌,独吊公魂。手撷芳兰一束,聊胜酒盈樽。华发当年客,幽思纷纷。　　犹记清风林樾,送数声细语,塞外生春。问淙淙渠水,谈笑可曾闻?孰能忘,安邦定国,遍寰中、万众仰昆仑。抬望眼,正星天远,皓月如轮。

扬州慢·谒八路军驻疆办事处

绿树红墙,春风庭院,登楼脚步轻轻。认当年桌椅,曾掀卷雷霆。抚床上,褥单被薄,秋霜冬雪,怎御寒风?有文章,白壁生辉,鸿志豪情。　　峥嵘岁月,遍神州、鏖战倭兵。为集药筹金,募捐衣物,彻夜灯明。驱帝富民锄恶,同筑起、铁壁长城。此煌煌功绩,真堪铭鼎汗青。

金缕曲·清明节谒烈士陵园

天泣伤情节。玉碑前、青童白发,祭花不绝。长忆边陲播火日,是处红旗猎猎。频唤起、刚肠热血。一别英风六十载,喜今朝、满眼楼千叠。松竹苑,歌难歇。　　秋风塞草曾飞雪。惨人寰、豺狼刀举,夜秉昏月。国际悲歌歌一曲,响彻人间天阙。刽子手、心惊胆裂。碧血一腔山脊洒,待晓看、遍染霜林叶。征路远,千秋烈!

望海潮·神木杨家城抒怀

烽烟故垒,中原锁钥,麟州自古雄关。虎踞龙盘,襟山带水,巍巍十里城垣。迤逦看河山。似听角声起,战马嘶寒。风卷龙旗,弓刀闪处静胡烟。　　杨门忠烈堪怜。竟三世主政,五辈临边。断剑折戟,残砖片瓦,依稀碧血斑斑。松柏证心坚。赢得文武将,踵武前贤。塞上杨家故事,千载共流传。

江城子·靖边统万城怀古

万邦一统志凌云。定一尊,筑城频。十万生灵,日夜历酸辛。无定河深涛滚血,天心月,照离人。　　铜墙铁壁不容针。戍楼新,摘星辰。十有五年,一炬化烟尘。固国不依城势险,行仁道,得民心。

江城子·榆林镇北台怀古

九边重镇势嶙峋,气萧森,扼三秦。镇北古台,戍国驻千军。烽火熊熊传紫塞,风雪夜,出辕门。　　登台弥望正秋深。枣红林,马成群。宋垒明关,千载静边尘。治国何分蒙汉满,销万虑,重亲民。

贺新郎·少年强者洪战辉[①]

年少谁堪比!叹双亲、或离或病,独撑家计。叫卖声中遭白眼,独自吞声掩涕。正日日、愁衣愁米。纵欲村头成一哭，奈家中弟妹待人理。千斤担，勇挑起。　　一鞭双节增豪气。慕嵩高、长松劲柏，傲霜凝碧。拔拳何惜伤一眼，岂容尊严扫地！携小妹、苦读城里。学海涛深拼一搏，任心旌猎猎摇云际。明日梦，应瑰丽。

　　① 洪战辉，河南周口人。2005年"感动中国十大人物"之一。现为中南大学教师。

木兰花慢·"侠之大者"魏青刚①

　　麦莎吹海立，摇恶浪，逞疯狂。正倩影留春，观潮探海，竟卷汪洋！是谁纵身一跃，似电闪、刹那入沧茫。但见蛟龙出没，三番擎起姑娘。　　英雄习见也寻常，黑瘦旧衣装。记冬夜救孤，路旁济困，时播贤良。屡屡舍生救溺，似雷锋、处处闪辉光。侠骨中州练就，高风四海传扬。

　　① 魏青刚，河南固始人。装修工，"五一劳动奖章"获得者。曾3次入水救人，感动社会。

水调歌头·公仆本色杨善洲

　　解甲归乡日，荷锄上荒丘。亮山望断，一卷愿景绘心头。日日挖坑挑水，历尽风欺雪虐，拄杖未曾休。血汗廿多载，放眼绿阴稠。　　果累累，花灿烂，鸟啁啾。松间拾翠，听猿听雨戏清流。人道造林千顷，价值远超三亿，一笑解乡愁。白发清风袖，

归卧故山秋。

马文通

　　1927年生，山东龙口人。曾任新疆伊犁军分区副参谋长。新疆诗词学会会员。

红　山

秀木葱茏石径斜，楼亭掩映绿相加。
凌空塔影微茫里，乘兴登临赏翠霞。

伊犁河畔

隐隐飞桥乱紫烟，忽闻对岸妙歌传。
悠扬婉转如流水，燕舞莺啼人哪边？

秋　夜

月色溶溶漾柳塘，低回曲径觉微霜。
秋虫唧唧相思曲，满院芬芳散桂香。

题画梅

冰雪霜风造此身，羞同桃李竞芳芬。
水边清浅琴三弄，冷月幽香第一春。

游清音阁

名山古刹出清音，悦耳悠扬似抚琴。
二水潺潺亭侧过，合流珠落击牛心①。

　　① 清音阁前有黑白二溪，汇流于牛心石。

嘉峪关

烽烟靖处旧关留，出塞遥看第一楼。
瀚海明珠畅想曲，雄鹰展翅信天游。

忆少穆公

销烟豪举震乾坤，铸就中华民族魂。
我自低徊思少穆，江山世代有良臣。

老兵新传

铁马戎装事远征,晚年着意绘丹青。
微笺蜀绢惬心意,泼墨长抒老叟情。

所思

正是山花烂漫时,春风春雨润芳枝。
神州尽染千峰碧,边塞经行万马驰。
紫气西来漫戈壁,青禽东去报晨曦。
玉关此日期开发,绿野明珠最所思。

马礼诚

1946年12月生,贵州兴仁人。1963年7月入伍,曾任普安县人武部政委。中华诗词学会会员,解放军红叶诗社社员。著有《兵心吟草》。

无悔

戎马一生心坦然,风华正茂守边关。
军中多少难忘事,化作诗情跃笔端。

从军吟

从戎意决别家园,父老同窗夜不眠。
一路乡思情未了,春城歇马落营盘。

新兵集训感怀

习武操兵百日艰,迎风冒雨战旗妍。
一声军号辞乡梦,七尺男儿列阵前。
昔日寒窗灯影闪,今朝营地杀声喧。
青春浴火豪情壮,他日沙场敢作先。

夜宿黄连山

入夜枪声歇,林森冷月昏。
弹坑留血迹,一梦听鼾频。

自卫还击感赋

信号腾空战马喧,雄兵十万惩凶顽。
硝烟滚滚枪声密,红水滔滔子夜寒。
后队才刚接保胜,尖兵早已占黄连。
恩将仇报当该揍,正义之师唱凯旋。

"五好"喜报寄回家

营地繁开五好花,芬芳束束世人夸。
摘它一朵家中寄,喜得爹娘涌泪花。

老照片

爱妻彩照久珍藏,红色领章映脸膛。
仰慕戎装留倩影,绵绵笑意伴军郎。

战地重游

故地重游逸兴长,清风无意惹花香。
峰峦跌宕千层碧,陵地深幽一径荒。
人聚边城喧嚷嚷,情随逝水入茫茫。
烽烟涤尽寻无迹,指点空山忆战场。

上海南京路漫步有作

南京路上步行行,剧忆霓灯百感生。
剑影刀光烽火尽,八连风范照新程。

除夕出征

边关烽火急,征战在除夕。寒风拂面冷,一路相思切。红水撕残梦,洞坪对寒月。群炮展威武,待令歼顽敌。他日班师还,军功妻儿悦。

满江红·甲午感怀

沧海横流,风云涌、惊涛肆虐。逢甲午、追思难尽,国仇仍烈。朝政忙收三尺剑,水师甘洒一腔血。

恨腥风狂卷舰船沉,金瓯缺。　世间事,当有决。乾坤转,龙狮跃。江山归一统,清风明月。冷眼向洋观变幻,壮心图治敢超越。看三军怒目御豺狼,坚如铁。

清平乐·参观黔泥堡村红军标语感作

山庄虽小,往事知多少?最忆当年神旅到,墙上檄文珍宝。　征程万里艰辛,红星唤醒千人。今日山花烂漫,壁中红日长存。

沁园春·大美黔西南

滚滚盘江,绮丽山川,气象万千。觉峰林万座,雄兵列阵;平湖百里,碧浪腾欢。驿道沧桑,荷塘璀璨,双乳奇峰神韵绵。金州美,惹八方游客,梦绕魂牵。　改革开创新篇,喜经济腾飞敢超前。看山河改貌,千村展秀;高楼拔地,万户居安。遍布新区,宏图大展,八属拼争任共肩。待明日,庆小康圆梦,更赋尧天。

马仲喜

1944年生,黑龙江兰西人。1970年入伍,曾任沈阳军区后勤史馆特聘馆员,大校军衔。著有《快然吟草》。

重回老团队

旧旅依稀感逝川,难凭故我认当年。坚车劲甲隆隆地,换物移星别有天。

观战士镌石有感

洪荒盘古辟真身,曾助娲皇挽昊沉。战士和岩等坚劲,千磨万挫写精神。

电视报道韩美联合军演

越洋跨海点边烽,展尽虎威狐假容。观罢汹汹一莞尔,上甘岭上早相逢。

马旭升

1955年6月生,河北任丘人。1969年12月入伍,曾任北京军区联勤部政治部副主任,大校军衔。解放军红叶诗社社员,北京诗词学会秘书长。

解甲感赋

常把夕阳当早霞,便装依旧绽霜花。回眸情动边关雪,积墨魂牵戈壁沙。倾尽心音经妙曲,激扬活水育桑麻。梦斓不老青云志,欲驾东风暖万家。

"辽宁"号航母诗话

一

波涛筛碎满天星,浪卷船舷跃碧瀛。岛上观天月明暗,舱中敲键日腾升。追风逐雨眼如电,引弹迎机身似弓。剑舞豪歌双锦绣,天高水阔演精兵。

二

碧水连天一色呈,云翻浪涌舰旗明。枕戈当握英雄戟,戍域尤怀飞将城。收拾涛声播战鼓,撷来电闪缚长鲸。凭栏仰啸抒浩气,万里深蓝看纵横。

西江月·军嫂秋月

风啸边关鸿雁,月传雪域霜

尘。迢迢万里望征人,淡了疏篱溪韵。　瀚海黄沙作赋,烟村青柳吟云。痴情夜夜伴星辰,座座界碑寻问。

马时成

1929年生,湖北枣阳人。1949年9月入伍,曾任总参某部助理研究员。

毛主席赴重庆谈判

飞越长空入剑门,英姿惊破雾都云。
花因喜露飞霞彩,虫为悲秋鼓噪音。
和战纷纭怀定计,安危旋转系平民。
折冲樽俎千般险,咏雪风骚耀古今。

千秋万众颂延平①

料罗启舰怒涛生,蔽日帆樯舞旆旌。
烟雨澎湖腾骇浪,风雷鹿耳奏金钲。
夷邦敌首降书献,华夏王师惠泽兴。
海水自深山自秀,千秋万众颂延平。

① 延平,指延平郡王郑成功。

马容方

1923年生,河北大名人。1938年参加八路军,曾任某医院院长。

纪念红军长征胜利六十周年

夺隘破关威势猛,迂回穿插敌军惊。
雪山高耸云天过,草地苍茫沼泽行。
大渡桥头冲阻敌,金沙江畔却追兵。
燎原星火光华夏,伟大史诗寰宇鸣。

西安行

历史辉煌溯逝川,三秦胜地十朝延。
连绵山水飞驰越,险峻关河羽驾旋。
渭水灞桥烟柳里,骊宫帝冢夕阳前。
重开万里丝绸路,西望阳关景物妍。

老人节感怀

伏枥襟怀广,奋蹄新里程。
簧宫闻叟语,鹤发出童声。
昔日戎机事,今朝翰墨情。
晚霞尤灿烂,学海育文明。

马斯兴

1930年12月生,陕西华县人。1949年5月入伍,曾任总后勤部供应部材料处副处长。

辎重兵在朝鲜

夜渡鸭江赴朝战,卸装搬运任担肩。
敌机封锁何须惧,粮弹源源送向前。

鹧鸪天·纪念朝鲜停战六十周年

战起东邻齿漏寒,援朝抗美斗凶顽。鏖兵五役摧敌胆,取胜无期乞会谈。　谈打打,打谈谈,达成停战万民欢。迄今已过六十载,协议和平仍很难。

王伟

1932—2005年,湖南芷江人。1949年入伍,曾任广州军区政治部纪委委员。

祝捷

耀眼红光洞内明,前沿奖励固长城。
隆隆敌炮添欢庆,义愤填膺再请缨。

在马良山上筑城

岭上硝烟腹内坑,锤声响处火星生。
拼将血汗攻坚石,筑就金城御敌兵。

水调歌头·纪念抗美援朝五十周年

白昼几时有?戚戚"乌鸦"轰①。疯狂绞杀埋室,强暴日无宁。到处千疮百孔,更惨生灵涂炭,路断大桥崩。粮尽铁心战,弹绝把刀横。　　拼血肉,惊神鬼,万民铮。捐装募款,黎庶踊跃献真情。少吃油条烧饼,节约枚枚铜板,抗美购雄鹰。三载风雷激,驱寇保和平。

① 战士称敌机为"乌鸦"。

王　杰

1931年1月生,湖南湘潭人。1949年入伍,曾任军政治部宣传处副处长。解放军红叶诗社社员。著有《晚霞集》。

凯旋归国

阴霾驱散别邻邦,整理戎装待返乡。
放眼山前英烈墓,连珠泪水湿衣裳。

故乡情

离别故居数十年,乡情总惹梦魂牵。
遍尝四海千盅酒,不及山村半勺泉。

怀念父母

凄风苦雨忆当年,父母恩深胜九天。
十月怀胎由母累,四时教诲望儿贤。
辛劳终日霜凝发,耕种经年露馊肩。
今我八旬思反哺,人间无路接黄泉。

沁园春·迎春喜赋

放眼神州,似画如诗,美不胜收。看西疆北国,民安物阜;蓝天碧海,箭舞舟游。大地春浓,小康景胜,经济腾飞誉环球。迎佳节,更心连宝岛,情满金瓯。　　中华盛事悠悠,赖全党深思熟虑谋。捧繁花硕果,欣辞旧岁;雄心壮志,拓展新猷。社会和谐,人民幸福,笑语欢歌溢九州。齐昂首,为中华圆梦,勇上层楼。

王　贵

1931年6月生,湖南长沙人。1949年1月入伍,曾任边防站长,处长,军事科学院研究员。解放军红叶诗社社员。

颂毛主席《论持久战》

速胜亡国议甚嚣,迷茫惆怅漫云霄。
毛公高论开新局,八载功成赖略韬。

任致迅马景然烈士牺牲四十年①

青梅竹马两无猜,壮志双双雪域来。
每忆乃堆飞弹击,总伤魔手鸳鸯掰。
豪男颅裂遏边衅,杰女肝撕动地哀。
婚喜将临竟合葬,魂牵悲泪落尘埃。

① 任致迅（男）、马景然（女）均为山西人,老八路子女。1962年参军进藏,1967年组织上批准两人结婚,婚礼前,任在中印边境向与我对峙之敌进行广播时,不幸被弹片击中头部牺牲,马在赶去日喀则看望任的遗体途中遇车祸身亡。

参军六十年有感

投笔从戎六十春,出生入死为寻真。

万里征程横赤县,千巡险隘踏青云。
微功小树唯依党,寸衷常思但尽心。
雪域翻天怀壮烈,书田无际垦耕勤。

忆解放西藏

世界屋脊非一般,列强染指久摧残。神州一统壮心激,幸赖毛公高远瞻。宜早进军宏策定,凌云大志劈千峦。等闲卧雪爬冰苦,何惧断粮停伙艰。野菜充饥马料嚼,高歌犹唱铁腿班。秋毫无犯藏胞诧,"菩萨兵"誉满高原。拯民水火岂容缓,驱魅逐妖为戍边。莫道张骞扬百代,今朝更有好儿男。昌都一役乾坤定,以战促和方略全。亘古荒原跋涉尽,红旗插上珠峰巅。小撮顽冥总怀忿,百万农奴展笑颜。广阔边陲天地换,多少英魂赴九泉。弹指五十九载逝,峥嵘岁月有铭传。崭新雪域游人赞,怎忘先贤血汗篇。

西江月·栽柳

1981年我从西藏军区调北京军事科学院,行前去拉萨西郊烈士陵园亲手栽下一颗柳树,以告慰长眠在园中的战友们。

雪域卅一岁月,拉萨廿二春秋。峥嵘往事涌心头,历历征程回首。 每忆西郊陵苑,长眠多少同俦。吾今东返尔还留,洒泪亲栽一柳。

减字木兰花·昌都战役

深谋远虑,善道偏遭顽劣拒。大德高僧,惨殁昌都康藏惊。 金沙强越,踏破千重横断雪。直捣澜沧,以打促和伟业张。

长相思·建党九十周年

一

上海滩,南湖滩,首举镰锤赤帜鲜。东方巨浪掀。 井冈山,宝塔山,星火终燎华夏原。高歌天地翻。

二

前英贤,后英贤,引领龙腾震宇寰。征途历万艰。 头颅捐,血汗捐,百折不挠九十年。思危再向前。

沁园春·西藏和平解放六十周年

劲旅西征,捷报东传,往事涌潮。跨二郎达玛,泥丸尽踩;金沙怒水,凌越惊涛。卧雪爬冰,斩关夺隘,万丈悬崖身后抛。残云扫,令妖魔鬼怪,竞遁惶逃。 沧桑六秩滔滔,启雪域新姿百态娇。看神山高洁,凭添悦色;圣湖清澈,光影凌霄。菩萨兵来,一条天路,万里通衢哈达飘。农奴笑,共锅庄欢舞,藏汉情牢。

王竞

1926年生,江苏海安人。1943年入伍,曾任福州军区政治部宣传部副部长,前线报社副社长。解放军红叶诗社社员。

谒雨花台烈士陵园

雨花英烈美名留,纾难扶危振九州。赤胆豪雄持亮节,坚贞志士卧荒丘。江山洒遍先人血,浩气凝成岁月稠。

革命精神传后世,忠魂泉下亦风流。

学《邓小平文选》

开卷沐春风,鸿文映昊穹。
九州旋日月,四海驾霓虹。
擘画宏图远,腾飞禹域雄。
真知源实践,清水出芙蓉。

瞻仰皖南事变纪念馆感怀

重游战地古山城,耳际犹闻拼杀声。
昔日皖南戕志士,今朝新馆树忠名。
继承传统酬先辈,建设宏图励后生。
俯视神州呈异彩,长留青史照文明。

鹧鸪天·礼赞十六届三中全会

十月京都放瑞光,三中全会引新航。复兴大任千斤重,砥柱撑天气势煌。　新理论,总提纲,市场经济巨帆扬。中枢决策鸿篇现,战略蓝图谱典章。

王　维

1985年生,黑龙江牡丹江人,祖籍山东潍坊。2004年9月入伍,海军北海舰队某部教导员。中华诗词学会会员,解放军红叶诗社社员。著有《卧海听涛》。

怒海争锋

山涌黑云战鼓鸣,出征壮士逆波行。
夜袭百里能坚志,苦训十年为打赢。
深海蓝鲸穿冷月,追空巡导射繁星。
啸川拓水勤锤炼,守到天开万丈晴。

演　习

波诡云谲号角音,海空亮剑对敌群。

备航舰艇雄风显,待命官兵热汗淋。
深捣蓝营凭勇略,高擎赤帜仗忠心。
战雷齐射惊涛怒,威慑八方捷报频。

王　琳

女,1953年生于北京,祖籍山西黎城。1971年入伍,曾任国防大学训练部教保部参谋。中华诗词学会常务理事,解放军红叶诗社副秘书长。著有《女兵词草》。

浣溪沙·歼十飞行员塔台待命室

且纵茶烟认碧螺,更从云影避青峨,隔窗悦耳战机歌。　屏幕天涯舒放眼,沙场咫尺点云波,一声令下剑如梭。

鹧鸪天·歼十飞行团长训练归来

右挟枪刺左持盔,狂飙一啸带霜回。独留天马日边卧,恍见嫖姚云里归。　紫膛脸,挂朝晖,轻烟微印剑弓眉。多情牵动青青草,摇曳珠珠霞露飞。

临江仙·访天路哨所①

秋霜石径嶙峋处,凭天一瀑长青。危云半湿浸孤庭。键忙寻马迹,心细检云屏。　征袍冰澈斜阳晚,鹧鸪催月邀星。戏从山影捉流萤。茶烟晨驱露,风片夜敲灯。

① 战士们在高海拔山上修起一条路,起名天路。

倾杯乐·寻访平型关

紫陌霜浓,壑深星冷,云边仞许

千尺。举关虎视,嘶马啸隐,正战云飞逸。催征鼓角惊鸦语,听金戈鸣壁。刀盘峻垒,风与血、搅得周天红湿。 我来问山询水,踏泥弹石,思镝如潮汐。记血溅荒沟,轻镰相逐,殉身心于国。日色三分,硝烟无迹,淹没东洋戟。汉家魄、民族脊、血凝成碧。

金错刀·寻访阳明堡

碧华地,紫云关。秋屏霜岭意拳拳。男儿横剑朝天问,当斩倭奴洗月寒。 弹劲迸,火撒欢。须臾贼寇化尘烟。中华自有擎天柱,笑看东瀛竖白幡。

望远行·寻访忻口
战役抗日战场

椒崖仄障,炊烟里、指点苍茫山势。杂花辞树,断壁荒台,幸有路翁曾识。伟岸新碑,高矗绝峰青处,还有醉心云气。说豪情,多少英雄不死。 当是。真个叱雷挟电,血雨湿、堞壕垂帜。铁骨砺锋,缺刀煮血,堪笑小倭存几。休问关头秋日,长川肥稼,可记丰碑青史?忽雁声如唱,呼君同祭。

念奴娇·甲午重上刘公岛

春潮翻涌,洗一穹晴碧,残峰如铁。谁道危崖吞海处,曾有高帆长楫。风卷狼烟,魂沉怒海,恨与青天接。怀人无迹,卷中曾记名节。 今日我问沧波,千秋浩气,可作飓风烈?后浪云涛前浪雪,呼唤豪雄英

杰。海韵新鸣,舰花轻旋,望处风波灭。健儿犁海,几多鸥语奇说。

西江月·女测绘兵

岸阔人为水影,天低杆入云端。微风清露野炊鲜,一任心随歌远。 惯眺奇峰沃土,欣巡樵路霞天。女兵活跃白云间,收取山川入卷。

朝中措·当兵剪长发

纤丝无奈散犹丰,忍顾泪惊瞳。别去凝妆问镜,换来策马临风。 春藤作靶,秋霜试手,暮野留踪。既爱朔云边雪,自当飒爽英雄。

西江月·春测

襟拂轻云一片,镜窥百里青山。桃红梨白拽标杆,时惹鹂鸪声乱。 远隔人间闹市,悠然图上神仙。休划寸草过边关,借力春风连线。

临江仙·秋归

草绿催征山里去,归来霜白枫红。脸膛黝黑一囊丰。积尘犹未浣,图稿已先工。 梦里循杆樵路远,风沙炎日星空。几番家信寄无踪。忽听军号响,身已在营中。

朝中措·野营途中小憩

险峰幽谷踏歌攀,灶煮一山鲜。冻垒戎衣相映,炊烟呵气同旋。 倚枪坐雪,邀云垂帐,临

墼争餐。悄理辫梢霜瓣,心随鹰击苍天。

行香子·女兵赶马车

一骑青鬃,一杆旗红。晓风剪、露重霞蒙。鞭梢含紫,足影追风。更蹄声碎,鸟声婉,笑声洪。　　歌随辫舞,秋到明瞳。喜晨光、亮透心胸。时听天语,偶倚房槐。任心中醉,田中黛,廪中丰。

一剪梅·女兵猪倌

瓢舀蒸烟桶溅浆。恣意春阳,碎染戎装。一肩挑出两头香,歌伴泥跄,栏伴欢吭。　　细数槽头探矮墙。悯此凄惶,笑彼张狂。兴来肥瘦日猜忙,偶照溪妆,偶采花黄。

浣溪沙·战友探家归来

归聚噙香不计尘,戎襟犹带菜畦春,欢声如浪一堂亲。　　漫使乡思催晓梦,且将滋味浸心身,柳营尝遍五湖津。

浣溪沙·野营拉练侧记

夜过村口

松下牵云紧紧腰,衔枚疾进惹兰桥,一星烛火隔窗摇。　　不扰村民圆好梦,且看劲旅过山坳,月光如水照征袍。

宿营

争扫柴门帚纵横,肩挑双桶上层冰,牵童教认旧楣名。　　枪冷靴凉

尘影重,茶温炕暖灶烟腾,梦酣恍进自家厅。

女兵宿营农家

雪月寒光照漏榱,背包争解手犹轻,怀枪沾枕梦酣生。　　疾哨飞声齐跃起,整装大步跨门庭,炕头一溜黑眸明。

新婚房宿营

互掸霜花进喜房,细挑烛焰紧关窗,沏茶烧水是新娘。　　围灶添柴心共暖,同龄絮语意犹长,凭它雪粒逗鸳鸯。

临江仙·探亲前夜

星影斑时无寐意,肥婴吻处听鼾。轻推镜里透红颜。栗甜和梦煮,囊重择衣妍。　　自恼情多愁易得,相思爬到眉山。边风催旅信如绵。推窗黄月近,倚枕黑眸涟。

西江月·军博绘图

红箭纵横疾锐,蓝绦鼠尾相连。挑灯碎染案前欢,但蹭戎衣袖绽。　　笔底千军万马,图中鼓角江山。青春浓淡任君看,自有豪情相伴。

一剪梅·驾自行火炮于坦克训练场

似缚蛟龙怒海腾。耳贯雷鸣,尘卷云蒸。红装铁甲傲西风,纤手移峰,瞪目心惊。　　履带豪吟军旅情。梦里寻营,笔底边声。木兰跃马试刀锋,疆有狰狞,再请长缨。

减字木兰花·访虎头要塞哨所

虎头江屿，哨塔轻登光一缕。月破微云，隔岸虫鸣侧耳闻。　　风捎林语，志在边陲聆雪雨。闪烁疏星，几束柔情对眼睛。

浣溪沙·登中俄会晤楼观兴凯湖

涌雾奔云到眼前，临崖斜日映旗杆，登楼胜景在观澜。　　拍岸涛惊丹鹤起，拂湖风戏白鱼穿，输他不认旧河山！

西江月·夜访演习指挥部

戎帐奇谋初定，山凹铁甲声消。交兵大漠仗雄韬，抬望银河星皎。　　闪击雄师突发，凌霄猎隼翔高。明朝只待踏危巢，且枕清风眯觉。

卜算子·雨中走中俄白棱河边防巡逻路

溪静石苔青，坡瘦菇衣冷。夹岸黄花带雨伸，湿动戎装影。　　晨饮露观风，暮踏沙巡岭。隐到云深不见人，但有双眸警。

鹧鸪天·兴凯湖上除夕夜

谁冒冰天万里蒙，欲开双臂隔西东。暗垂珠泪伴低眼，漫叙家常挟朔风。　　七尺绿，一篮红，眉肩霜白塑如峰。倚天哨卡冰中立，雪粒无端漫漫疯。

临江仙·"一步跨"边防哨所①

一阵落花风着力，犁溪咫尺飞关。笑它蝶去又轻还。隔田牛影近，闻哨燕声喧。　　梦得乡音来万里，楼头青树含烟。揣将家信暖巡边。心萦"一步跨"，回首九州安。

① 丹东中朝边境虎山哨所守卫的边界河，最窄处只有尺馀，当地人俗称"一步跨"。

浣溪沙·访"虎山排"边防哨所食堂

菜谱日新择瘦肥，锅蒸一屉逗斜晖，七八闲碗盼人归。　　最是流光难索系，唯招镰月听歌飞，殷勤军犬伴戎衣。

南歌子·访国境线巡江艇哨所

漾日舷风疾，犁波箭雨稠。去来天际意悠悠，恰是一江秋色到心头。　　望远云山好，巡边岁月遒。白芦黄日迓归舟，摄个床前明月向家邮。

王　超

1924年生，山东菏泽人。1949年入伍，曾任海军航空兵奔牛场站卫生队副队长。著有《休闲诗词》。

筑青藏铁路

开发西疆第一关，高原叠嶂路三千。
天寒骏马驰盆地，日暖尖兵测雪山。
掘透冰原填卵石，修通铁路洗温泉。

中华睿智高科技,世界巅峰亦敢攀。

鹧鸪天·颂海军航空军医

身在军营妙手夸,乘风破浪走天涯。青年体检三千秀,俊英精挑一百花。　　勤探问,细心查,选飞放眼望朝霞。胸怀赤胆兴邦志,保证腾空卫国家。

鹧鸪天·辞军营

脱去征衣复庶民,惜辞战友住新村。月明斜照孤鸿影,日暖半回独木春。　　扬子水,太湖人,东流西去最销魂。难忘沧海千重浪,更想长空万里云。

王　萱

1928年生,黑龙江肇州人。1947年入伍,曾任空军政治部宣传部干教处处长,空军后勤部工程设计局顾问。解放军红叶诗社社员。

鹧鸪天·蓝天骄子

六十年前始建军,龄同祖国庆华辰。蓝天骄子多荣耀,叱咤风云建伟勋。　　新使命,内涵深,光荣传统铸军魂。而今伏枥情难已,翘盼英贤代代新。

浣溪沙·赋伞师旧事呈贯章兄

伏虎擒龙力拔山,枕戈备马指东南,烽烟骤起齿生寒。　　飞伞汴梁尘砾滚,神兵天降挽狂澜,却传鸭水凯歌还。

王　赋

1943年生,吉林长春人。1959年入伍,曾任副主任医师。解放军红叶诗社社员。

哨所晚炊

记得边关溪水旁,青蒿点火炒蘑香。青烟缭绕如思绪,野味和风煮月光。

一顶旧军帽

人老更怀战士情,多因解甲总思兵。当年一顶单军帽,供在书斋不肯扔。

老班长

总在隆冬立北风,营房无电点天灯。当年班长旧军袜,常在窗前月下缝。

王　群

1930—2009年,山东黄县(今龙口市)人。1946年7月入伍,曾任总参某部训练处副处长。著有《无为吟草》。

贺新郎·抗美援朝忆怀

冬日观飞雪。任遐思、绿江两岸,弹声飞越。南岸居民无宿处,江北收容暂歇。难苦诉、亲人离别。山姆将军曾呓语,到丹东圣诞香槟节。唯此刻,盼归切。　　久闻彭总威名慑。见斯人、宏声朗笑,敬崇心悦。帷幄运筹翻《三国》,几倍雄兵剪灭。哀壮士、捐躯流血。抗美保家归无恨,看败兵元帅军威折。谁共我?马恩列。

卜算子·悼抗击"非典"的白衣战士

昔日见君时,曾记腮如雪。身上

军衣几点红,沾有伤员血。 今日送君时,隔见颜如铁。为战"非魔"献己身,老少齐声咽。

王 毅

1947年生。湖北襄樊人。1969年入伍,曾任荆门军分区司令员。解放军红叶诗社社员。

望 月

塞北江南两地分,梦思夜夜到边屯。
中秋遥望团圆月,十载天涯戎马人。

拉 练

当空悬霁月,拉练夜初冬。
铁甲冲天啸,军旗映日红。
疾风寒彻骨,豪气荡全胸。
此去程千里,何辞险万重。

西疆即事

奉命抵西疆,客兵为助防。
边陲三月雪,伏日九秋霜。
谷涧多冰舌,峰椒少日光。
朝朝谁伴我,风雪手中枪。

反恐境外演习

铁骑征万里,异域榷交兵。
反恐同联手,维和共振声。
黎元期逸乐,疆宇企安宁。
有备当无患,厉戈为斩鲸。

浣溪沙·伏"敌"

夜半深林闻野狼,伏兵侵晓两襟霜,凝眸紧握手中枪。 落叶耳边声索索,流泉身后水汤汤,从容待"敌"莫恓惶。

王 澍

1926年生,山西阳城人。曾任解放军外国语学院教研室副主任。转业后任中央马恩列斯著作编译局副译审。曾为《中华诗词》副主编。著有《王屋山房吟稿》等。

抗战胜利六十周年感赋

恶煞凶神参拜频,更堪虎视共鹰瞵。
和平崛起吾华族,史鉴非遥记忆新!

红旗渠

红旗健举凯歌扬,林县劳民慨以慷。
踢太行山开道路,牵漳河水返家乡。
渠龙踊跃三千里,粟雨滂沱八万仓。
愿得年年歌岁稔,苍生矫首颂春阳。

修密云水库

云集民兵廿万多,鞭投流断势如何。
丰碑尾续移山记,峡谷声回打夯歌。
伟绩止观人造海,奇功不让禹疏河。
东流从此休呜咽,水库清澄万顷波。

临江仙·船过神女峰下

暮想朝思期待久,念情凝伫峰头。几回巫峡误归舟。万轮都不是,泪涌碧江流。 念我劳生多俗务,今年始告离休。者番相见鬓丝秋。匆匆成一别,后约为应留。

王 霖

1933年生,上海市人。1951年入伍,曾任空军第四文化速成中学教员,转业后曾任开封教育学院副教授。中华诗词学会会员,解放军红叶诗社社员。著有《王霖诗词选》。

子弟兵颂

汶川遭大震,十万向前冲。
铁臂掀山岳,神眸探地宫。
飞身穿石雨,舍命跃苍穹。
举世无双旅,军旗八一红。

老伞兵观《鹰隼大队》

鸿鹄六秩捍苍穹,驰骋长天唱大风。
米格曾教敌胆丧,歼十更见刺刀红。
电光闪处诛飞贼,霹雳声中毁地宫。
鹰隼神威激老骥,梦中背伞又凌空。

忆跳伞训练

凌空一跃坠穹苍,脚下花开朵朵芳。
倏忽飞升翔浩渺,霎时飘舞沐天罡。
腾云俯视槐安国,放眼宏观古魏邦。
并膝从容回大地,神兵天降镇辽疆。

忆文化大进军

叱咤风云文教兵,当年热血沸群英。
今朝神箭飞天去,无忘深宵ㄅㄆ声①

① 1952—1953年全军文化大进军时,使用祁建华发明的速成识字法进行扫盲,成效极为显著。

满江红·伞兵师战友欢聚绿波廊

炮火犹酣,洛京外、几多俊杰。挥教棒、口干舌燥,披星戴月。飞伞长空舒壮志,进军文化倾心血。忆青春、战友死生情,何真切。　　五旬岁,弹指越,豪气在,头如雪。乘金秋万里,艳阳晖晔。绿榭重逢春意暖,金樽频举欢声泄。愿今生、长久共交游,同凉热。

王　儒

1925年生,河北玉田人。曾任第二炮兵司令部通信部部长。曾为北京诗词学会副会长兼秘书长。

题自画梅花

凌空伸铁干,飞雪长精神。
莫道花枝少,迎人满面春。

八十抒怀

一

峥嵘岁月已匆匆,老却当年赵子龙。
豪气干云犹耿耿,丹青绘我夕阳红。

二

中枢视察老兵营,列队戎装喜气腾。
八十犹能随骥尾,此时心境又年轻。

王乃坤

女,1935年10月生,辽宁辽阳人。1950年9月入伍,曾任某部报务员。解放军红叶诗社社员。

忆在空军某通信营值勤

戍楼临海御国门,空地通勤昼夜轮。
信号频连天网布,石礁威镇浊浪侵。
神驰八极眸千里,电掣九天雷万钧。
华夏民安责任重,赤心一片铸军魂。

战友来陕

江边战火临,热血捍国门。
有幸同窗训,无暇闲话频。
重逢惊皓首,惯熟辨乡音。
叙忆当年景,迟开半世唇。

喜迎老战士大学新学期

春光铺锦绣,旭日耀秦京。
席序迎翁妪,同窗聚弟兄。
欣闻书卷味,更醉磬琴声。
永履求知路,老兵畅晚晴。

古都书画院名家军营献艺

清风载客入营门,半日从师畅眼神。
健羽繁枝随手出,铁钩银划带诗吟。
方家厚意罗丰宴,战士忘情享美醇。
鱼水新章添大雅,珍藏心底永留痕。

浣溪沙·思念战友

魂梦张公旧日楼[1],红心壮志少年酬,烽烟扰境事堪忧。 迢递军情连昼夜,英姿虎气笑声留,何时重见话白头。

① 作者自注:张公,指张学良。建国初我部曾驻其第。

王力军

1933年生,山东安丘人。1951年入伍,曾任空军航校教员、参谋。解放军红叶诗社社员。

破阵子·忆四机空战演习

布阵排兵战室,穿云破雾蓝天。千米机场银燕起,万里晴空烟线连,长

僚将"敌"拦。 电掣风驰翻转,上升筋斗盘旋。瞄准目标忙开炮,歼"敌"空中奏凯还,练为征战先。

王力辛

1931年生,山西万荣人。1950年入伍,曾任兰州军区人民军队报社编辑科科长。解放军红叶诗社社员。著有《绿光涌动》。

想延安

每逢七一想延安,小米南瓜香又甜。
难忘窑窗灯火亮,常思崖畔美山丹。
梦中渴饮甘泉水,醒后歌飞宝塔山。
圣地牵情魂梦绕,丰碑高耸入云天。

干休所见闻

一

旧事新闻口互炫,漠风朔月总情牵。
老兵休养头盈雪,肝胆仍留大散关。

二

手捧书刊论短长,兴军科技慨而慷。
老兵争辩求真理,身在休闲心在忙。

三

官僚腐败同声恨,廉洁新风喜地天。
评论是非成一癖,扬清激浊度余年。

王力勋

1928年生,山东海阳人。1945年入伍,曾任武汉区司令部机要局局长。解放军红叶诗社社员。

渡江战役诗抄

万事俱备

练就渡江过硬功,何须诸葛借东风。
春江四月桃花水,亟待曳光穿夜空。

船隐芦荡

暴雨成灾汀渚漫,江东浓雾终朝暗。
周边芦荡隐船帆,令发桨篙如万箭。

临江坝上

晨鸡喜鹊叫天光,泥陷辎车马足凉。
劲旅临江声寂寂,战前唯恐动凶狼。

别我战马

重炮辎车不过江,尾追穷寇要轻装。
情深自有别离恨,纵是无言也感伤。

王大生

1931年生,辽宁绥中人。1949年入伍,曾任广西军区独立二团副政委。

南下漫忆

相见欢·渡黄河

黄河渡马无船,卸雕鞍。引颈嘶鸣泗水跨浑川。　齐抖擞,银珠落,望烽烟。跃马扬鞭直指大江南。

南乡子·渡长江

何处渡长江?百万雄师据岸旁。对岸黄石敌起义,无防。天堑通航未放枪。　摇橹战歌扬,大小船只接运忙。历史风云浓重笔,辉煌。续写江南又一章。

定风波·追击

梅雨潇潇四月寒,追击穷寇令如山。火烤湿衣编稻草,鞋好。干柴堆上睡声酣。　人道江南春色艳,谁看?狡敌逃遁诡多端。跑跑停停枪炮响,顽抗。摧枯拉朽紧追歼。

鹧鸪天·海练

半岛扎营湛海湾,琼州眼望水连天。扬帆破浪英雄胆,摇橹穿梭海里天。　洋铁舰,土帆船,湘云智勇与周旋[1]。步机枪械手榴弹,敌舰惊逃战史传。

[1] 副排长鲁湘云,曾在海练中用小帆船打跑敌人大军舰,成为海战英雄。

西江月·解放海南

暮色朦胧海面,千军把橹扬帆。海霞炮火染红天,突破“伯陵防线”。　登陆美黄鏖战[1],残敌狼狈南窜。榆林港内挤逃船,海角天涯笑看。

[1] 美黄,指海南美亭、黄竹两地。

王子江

1967年2月生,辽宁阜蒙人。1984年10月入伍,曾任沈阳军区装备部综合计划部装备财务处处长,中国预算会计师,上校军衔。中华诗词学会常务理事、宣教部副主任,《中华诗词》编委,《红叶》副主编。著有《牧边歌》等。

哨所吟

天下兵家事,关山万象中。
秋征霜入伍,一夜令枫红。

哨兵吟

空楼寂寞围,窗外雨花飞。
梦里闻侬语,抬头燕子归。

咏界花

寂寂春关上,幽香暗自来。
花知睦邻好,一朵两家开。

海岛哨兵

营孤海浪围,夜静月光飞。
战士礁石立,低头影子陪。

潜伏训练

夜归伏寒昼,空岭依如旧。
鸣雀印爪花,量谁霜最厚?

哨所吟

军装紧束在山林,和雨同风处到今。
塞上男儿真战士,红旗一角补天襟。

巡逻吟

寒营寂寂万山围,树影依依抱界碑。
如蝶雪花闲不住,前前后后绕人飞。

父赠丝瓜籽结瓜有作

明月无声照界墙,秋风瑟瑟惹情长。
瓜藤结满爹娘语,句句关山是故乡!

中秋吟

天际寒江蘸落晖,一行征雁向南飞。
关山原本无人醉,明月偏来照酒杯。

哨所吟

白山秋暮里,哨所雪飞时。

苍壁怀幽怨,寒阶引远思。
狼烟千古事,红树百年枝。
战士峰头上,站成一首诗。

巡边吟

黄昏临塞上,夕照大关雄。
暮火燎江灿,晚云烧岭红。
秋深霜入谷,夜老月巢松。
野径巡逻队,扬旗在画中。

夜行军

悄悄出北塞,瑟瑟夜风长。
铁脚穿秋色,钢盔戴月光。
旗粘原野露,刀淬昊天霜。
万里谁行速,回头雁两行。

宿营吟

夜静山已睡,林喧风欲来。
孤灯闻野炮,残月入峰怀。
鼠斗行军帐,蚊吟战士腮。
醒来倚门看,天际雁徘徊。

哨兵吟

千山沉寂寂,四野静悄悄。
月老明河影,人孤望界桥。
林深归路险,云淡雁飞高。
忽见灯传讯,巡边舰起锚。

塞上吟

边关凝寂寞,战士自由歌。
野径苍榆色,云流海水波。
晴川排雁过,暗渡块林遮。
养眼山泉处,秋风捧水喝。

战士歌

边关三万里,风雨五千天。
动静眉间锁,枯荣枪上拴。
浮云衔鸟过,明月带歌还。
时去征霜雪,红旗走在前。

北疆歌

红旗一杆眼前旋,欲写新诗大岭间。
雁字传书云外路,风声入帐酒中篇。
苍林绿炒逍遥雾,野渡红烧寂寞烟。
牧女摘来花两朵,悄然插在界壕边。

哨所吟

群峰极顶哨楼高,云锁眉头树裹腰。
旗卷清贫窗挂日,门闩寂寞鸟鸣巢。
风来省我敲枪口,月到邀人上界桥。
战士情怀营帐异,相思梦里枕军刀。

哨兵吟

那山那水那营房,都在哨兵心里装。
湖煮寒星云豆色,霜滑小道粉肠光。
烘干老树皮为饼,渴死歌声雪是糖。
十载关山别笑我,时摘明月口中尝。

海岛兵歌

歌声手挽落霞归,踏碎白沙影子随。
海岛临天天海远,花丛数浪浪花微。
和平共处枪为使,日月同辉诗做媒。
最是人间真战士,红旗时指目光飞。

初上黑瞎子岛

所欠人情今日还,放飞思想写诗篇。
滩头云裹春模样,野际树披花衬衫。
故岛新歌操课号,乌苏老调打鱼船。
开窗无语难收笔,往事如星挂在天。

最高峰上

长天一碧到沧溟,座座峰头点点青。
明月入诗当酒饮,春光放鸟作琴听。
暮林霞彩烧红日,晨水烟云抱绿声。
裁剪人间无限意,和平总在最高层。

渔歌子·雪夜哨兵

北塞峰头夜色肥,风吹草动雪花飞。新战士,自生威,梨花万朵作银盔。

调笑令·哨所吟

边草,边草,绿在天涯海角。哨楼一望心青,碧空夕照雁鸣。鸣雁,鸣雁,塞外飞来客串。

如梦令·长白山哨兵

岭上春来冬走,哨所旗红依旧。我自最高峰,赚雨赚风盈袖。能够,能够,一座白山参透。

卜算子·冬日哨兵

大雪锁雄关,只有寒风渡。千座峰头一座营,战士红旗驻。　　口渴煮冰花,饱饮青春赋。烤串军歌塞上行,昼夜边防路。

卜算子·潜艇兵

深海夜黑天,寂寞心无主。又是失眠独自愁,空把呼吸数。　　水上是何年?一把相思苦。灯影人前鼓掌声,海底界碑竖!

鹧鸪天·听笙曲

隐隐关山九百峰，白云深处有人声。营中旗影溪前动，树下芦笙梦里听。　　江上燕，柳梢风，天边村落暮烟腾。春花带雨遮荒渡，石径含情入哨亭。

蝶恋花·海林冬训

腊月关山天设巧，满地冰花，万木披霜袄。玉谷凝烟云树窈，银川千里寒风扫。　　群策雪橇寒岭笑，长野龙游，林海穿飞鸟。白发满头兵不老，一钩明月征人挑。

王子道

1935年生，湖南湘潭人。1952年入伍，曾任第二十军报务主任。

忆战友

军营十几载，手足谊情深。
头顶岭南日，衣沾燕北尘。
谛听东海浪，明察九霄云。
训练同寒暑，执勤共苦辛。
从戎心切切，解甲泪涔涔。
战友今何在，梦中觅故人。

王文仲

1941年生，辽宁康平人。1958年参加工作，1961年入伍，曾任国防大学政治部组织部部长，大校军衔。曾为《红叶》编委。

咏卫星回收部队

志在九霄河汉外，魂居广漠草原间。
分兵苦练寻星术，联网专攻识降船。
红柳有情相鼓励，长风知友共酸甜。
迎来利伟回归日，探月巡天梦共圆。

遥祝保钓七勇士成功登上钓鱼岛①

沧海无边岛有家，倭人劫掠毁山茶。
巍巍七子滩头立，五帝三皇共献花。

　①　2004年3月24日凌晨，我民间保钓联合会七勇士冲破日本军舰的无理拦截，成功登上我国领土钓鱼岛。

破阵子·再登八达岭长城

又去居庸外镇，绵延好似连营。京室北门成锁钥，隔断胡笳塞外声，朝朝摆重兵。　　阅过军都旧考，遍闻武斗文争。细读城砖皆战士，未计生前身后名，悠悠万里情。

八声甘州·咏徐帅

正腥风血雨染江山，枕鞍写春秋。战中原大地，巴山逐鹿，三晋奇谋。冀鲁平倭荡寇，猎猎帅旗遒。助伟人开国，重塑金瓯。　　不忍谈功沉醉，问何留碑记，此意幽幽。念人民疾苦，总为国家愁。想当年，千军万马，心同热，鲜血汇洪流。书丹策、秉公论史，直笔编修。

满江红·纪念反法西斯战争胜利

莫忘昨天，倭人掠、血飞头落。山共泣、庶黎横死，地残关弱。大地东西人共苦，长城内外兵同跃。史可鉴，国破众为奴，人漂泊。　　百年恨，犹未索，强盗在，还行恶。拜樱园神社，钓鱼行猎①。华夏坚防当备弩，国家永固需谋略。练精兵,战马啸南山,银枪烁。

① 樱园神社,指日本靖国神社;钓鱼,指中国钓鱼岛。

王世明

1933年生,贵州遵义人。1949年入伍,曾任第四十七师炮兵某团参谋。解放军红叶诗社社员。著有《秋苑吟草》等。

鹧鸪天·忆战地春节

呼气成冰浸骨寒,迎新松下鼓喧天。空中飞贼盘旋扰,驻地军民劲舞欢。 除罪孽,净硝烟,支援兄弟近三年。两迎春节山林里,坑道笙歌唱母安。

长相思·乡思

隐松山,守松山,杜宇连声坑道前。催归唾滴涓。 离家园,梦家园,明理娘亲书信言:尽忠须在先。

王石泉

1925年生,湖北黄冈人。1940年加入中国共产党,1943年参加新四军,曾任总参某部政治部保卫部部长。

忆夜渡长江①

夜幕降临伏草丛,独听敌舰动江中。五师壮士全无惧,精干船夫显巧工。临战军民飞险阻,闻风敌伪守牢笼。江南黎庶千般恨,见了亲人诉苦衷。

① 1943年秋,新四军第五师鄂东军分区挺进十七团在湖北黄冈夜渡长江,开展江南敌后游击战。

王平东

1923年9月生,河北武邑人。1938年11月参加革命,曾任广州军区军医学校副政委。中华诗词学会会员。著有《三十年诗草》等。

纪念建军七十周年

从无到有建军难,万里长征闯百关。八载披星驱寇贼,三年苦战夺江山。改天换地兴邦国,守土防边保靖安。钢铁长城磐石立,久经风雨志尤坚。

赞广州军区将七位英模铜像配发部队①

英模铜像放光芒,更使军营正气扬。优化营区新创举,继承传统好篇章。献身祖国千军颂,服务人民百代芳。添彩增辉环境美,心雄志壮卫边疆。

① 七位英模为张思德、董存瑞、黄继光、邱少云、雷锋、苏宁、李向群。

鹧鸪天·纪念建军八十周年

岁月如流八十秋,保家卫国仗吴钩。千军扫尽千年恨,万马蹄除万古愁。 传统好,武装优,长空大海任遨游。严防边塞烽烟起,统一江山志定酬。

长相思·守岛官兵斗志昂

东海洋,南海洋,沿海关山鱼米乡。海疆万里长。 守海防,建海防,守岛官兵斗志昂。海防似铁墙。

王东方

1929年生,辽宁北镇人。1947年入伍,曾任吉林省军区后勤部副政委。解放军红叶诗社社员。

炒面颂

五谷杂粮营养丰,精筛细碾万民情。
饥餐可化云山雪,渴饮能溶汉水冰。
昼夜行军肩上挎,冲锋陷阵肋间横。
香飘半岛三千里,温饱中华百万兵。

回忆辽沈战役

逐鹿关东斗志坚,麾军破敌写雄篇。
凌河冰冷征衣暖,闾岭旗张敌胆寒。
激战锦州擒困兽,回师辽沈灭凶顽。
英风不减今犹在,热血汹腾忆往年。

王业扬

1927年生,安徽人。1948年1月入伍,曾任武汉军区政治部宣传部副部长、战斗报社副社长。解放军红叶诗社社员。

忆襄樊战役活捉康泽

宛东之役血犹新,又聚雄师汉水滨。
小战南山先问路,巧攻三隘靖关门。
万钧炮火孤城堕,一纸援军空谷寻。
康泽被擒传捷报,楚天曙色正纷纷。

抗美援朝感赋

灰灭烟销五十秋,威名不减警顽酋。
三年浴血雄风展,五次重锤霸气收。
正义得心天地助,强权无道草虫仇。
将军麦克今安在?鸭绿江潮自在流。

王禾嘉

女,1927年生,浙江淳安人。1949年5月入伍,曾任十二军文工团团员,某部民运部干事。解放军红叶诗社社员。

八一建军节感怀

戎装常现梦魂中,每忆军歌响碧空。
几卷旧书权作伴,一支秃笔试当弓。
愧无功绩三生憾,堪慰豪情两袖风。
喜看神州春烂漫,老兵幸沐夕阳红。

纪念红军长征胜利七十周年

红军铁骨世称奇,万险千难志不移。
饮马金沙凭巧渡,飞身泸定夺先机。
雪山盛誉英雄胆,草地长留壮烈诗。
遵义正航排浊浪,长征青史铸丰碑。

读《诗朋雅聚》次韵奉和

高朋四座尽豪雄,把酒品诗瓢盏空。
曾赴沙场拼热血,又临吟苑唱新风。
襟怀磊落中天月,清韵悠扬古寺钟。
卓尔一群千里马,八方驰骋路相通。

纪念建军八十五周年

南昌枪响诞新军,赫赫威名八五春。
壮志曾经更日月,豪情尤念截昆仑。
枕戈持剑防狼虎,踏海巡天护国门。
谁敢动吾方寸土,笑它引火自焚身。

读《红叶》有感

红叶何浓郁?经秋染重霜。
丹心情不尽,白首志弥刚。
今日生花笔,当年杀敌枪。
英雄豪气在,热血写华章。

古稀也发少年狂

欣逢盛世暖心房,忘却如今两鬓霜。

不羡佳肴全席美,但求翰墨满堂香。
闲来四处游山水,兴至三更读韵章。
莫负夕阳无限好,古稀也发少年狂。

江城子·胸章

我至今保存着"中国人民解放军"及
"中国人民志愿军"两枚胸章。今年是我
参军60周年,掌中轻抚,思绪万千。

感君伴我沐硝烟。旧容颜,梦魂
牵。岁月峥嵘,噙泪忆当年。六十春
秋天地转,情未老,寄新篇。　　莫
忘英烈把躯捐。立碑前,禀先贤:改
革东风,驱雾见尧天。华夏腾飞惊世
界,迎旭日,再加鞭。

王亚平

1949年生,四川盐亭人。当过战士,
退伍后曾任云南红河学院教授。曾为中
华诗词学会副会长。著有《说剑楼诗
词》等。

西部屯垦歌

万里西征威烈烈,万里蹄敲瀚海
月。万里春风度玉门,万里春潮涛飞
雪。休道是瀚海阑干百丈冰,红旗指
处四海春。休道是西出阳关无故人,
民族团结一家亲。羌笛何须怨杨柳,
轮台从此风不吼。君不见大军十万
尽征西,定教塞北春长久。屯垦戍边
一肩担,追亡逐北气如山。铁骑萧萧
掀霹雳,倚天挥剑斩楼兰。分裂残梦
须臾碎,天山南北寒潮退。二十万众
齐下鞍,战斗队变生产队。亘古荒原
滚惊涛,天山南北大旗飘。塔里木河
畔飞春雨,准噶尔盆地涌春潮。征服
风沙植云树,斩棘披荆建水库。引来
雪水建绿洲,播种春光降春露。坎土
镘举豪气生,一犁破土热浪腾。田间
小憩何所乐,高唱我是一个兵。所
居者何"地窝子",陋室春浓北风
死。穴居犹自梦垦荒,此梦真堪入青
史。所食者何水煮风,咀嚼麦粒乐融
融。咽尽风沙千般苦,换取春花万朵
红。壮哉!卅年回首叹巨变,垦荒
一千六百万。农林牧副百业齐,戈壁
明珠何璀璨。君不见春风吹绿染田
畴,无边麦浪绿如油。地天一色春蓬
勃,对此能不放歌喉。君不见金风送
爽云天阔,素裹棉铃映秋月。亩产举
国列前茅,年年喜摘千堆雪。防护林
带看纵横,绿色屏障郁青青。枝头百
鸟歌婉转,渠中玉泻佩环鸣。春入果
园百花绽,夭桃红杏争烂漫。秋来苹
果压枝红,葡萄晶莹惹梦幻。君不见
新兴城镇拔地起,北屯奎屯石河子。
君不见死亡之海变乐园,阿拉尔辉映
塔河水。厂矿林立气吐虹,纺织制糖
作前锋。产值高达八十亿,日新月异
展雄风。噫!屯垦戍边由来久,汉唐
故垒皆残朽。但留遗训意常新:平
时积谷战时守。汉唐胜事今已矣,当
代屯垦孰能比:屯垦大军二百万,雄
镇天西七万里。亦军亦农亦工商,和
平建设斗志昂。召之即来来能战,钢
铁长城美名扬。快哉!诗翁曾此抒
感慨:希望之光升塞外。元戎曾此
赋华章:"戈壁惊开新世界。"新
声古韵两相辉,屯垦之树碧离离。更
上层楼抬望眼,改革开放好风吹。好

风吹放花千树,改革新苗争破土。四海争看西部热,屯垦伟业垂千古。吁嗟乎!大江东去兮流不已,白发老兵兮今余几?岁岁清明兮飞细雨,雨中结满兮相思子。我草长歌兮遥祭烈士之云帆,帆悠悠兮水蓝蓝。魂兮归来兮听我歌一曲:边疆处处兮赛江南!

沁园春·吊地窝子

学古人居,迎万重沙,对百丈冰。任椽间一孔,长流月色;门边数罅,时漏风声。莫合烟浓,垦荒梦美,鼻息如雷摇壁灯。闻鸡起,伴南泥湾调,耕落残星。　　卅年巨变堪惊。看北国江南处处青。更渠旁堤畔,春风得意;枝头垅里,瓜果欢腾。广厦驱寒,老兵退伍,难忘悠悠陋室情。遗址上,听有人吊古,正赋长征。

沁园春·吊坎土镘

伫立窗前,无语相看,思绪万千。叹开渠引水,三分柄瘦;披荆斩棘,数寸锋残。大漠驱寒,莽原夺宝,唤取春风出玉关。卅年后,看姹紫嫣红,绿满天山。　　几番梦绕魂牵。念壮士青青两鬓斑。更几人健在,依依堤上;几人作古,默默垅边。红柳情深,白杨意重,应记当年创业难。东流水,唱英雄子弟,又上征鞍。

沁园春·吊军垦犁

百战将军,戍边猛士,塞上躬耕。看一犁破土,荒滩春涌;双纤并力,大漠弦惊。体曲弓张,息凝劲发,此际无声胜有声。淋漓汗,正浇开新蕊,驱逐残冰。　　壮哉北国长城。听四海争谈农垦兵。更毡房手鼓,永存豪气;牧场笛韵,长颂威名。千里宏图,百年基业,自有边关子弟承。仰天啸,唱英雄本色,万古长青。

王华文

1932年4月生,山东掖县人。1947年2月入伍,曾任总后师以上干部读书班副师职助理员。解放军红叶诗社社员。

缅怀济南战役牺牲的战友

泉城激战忆犹新,千里来寻战友坟。
六十年前拼杀处,丰碑高耸万年存。

怀战友

一别六秩春,梦遇倍觉亲。
热血泉城洒,敌酋淮海擒。
渡江同破浪,收闽共荣勋。
相处如兄弟,今生难忘恩。

浣溪沙·解放济南

"耀武"扬威十万兵[1],墙高沟险作支撑,为谁殉葬枉拼争。　　霹雳火龙摧堡垒,英雄鲜血洒泉城,东升旭日映新生。

[1] 王耀武,时任第二绥靖区司令兼省保安司令,蒋介石命其死守济南。

王兴华

1943年生,河北河间人。1963年入伍,曾任武警北京总队副总队长,大校军衔。

解放军红叶诗社社员。

咏海角奇石

已惯狂涛荡,奇石并岸生。
风来淹水下,浪退露峥嵘。
晨伴朝阳舞,夕乘晓月明。
幽姿千态秀,大美自然功。

送战友

戎马经年共驰骋,南疆北土影留痕。
丛林反击谁言险,雪地相拥互取温。
潜伏难忘蚊作伴,野炊犹记草为飧。
愿君离队常回首,战友情怀传后昆。

临江仙·退休抒怀

独步坝河曲岸,爱看碧水朝霞。向阳路北是寒家。高楼鳞次立,垂柳影鱼槎。　　虽已离营解甲,依然军帽披花。几回梦里走天涯。夕巡河畔遛,早课小山爬。

鹧鸪天·老兵

白发苍苍一老人,军休所里度光阴。战功章锁衣箱内,解放鞋穿走早晨。　　哼小曲,赏新闻,一生最是柳营亲。幸能常在兵家住,耳畔犹听军号音。

王兆如

1933年生,甘肃庄浪人。1949年入伍,曾任成都军区后勤部卫生防疫队科主任、副主任医师。解放军红叶诗社社员。

神舟号试飞成功赞

玉门关上火龙飞,敕勒川前凤辇归。

一片雄心穷碧落,攀星步月树新碑。

忆秦娥

乙酉中秋节恰与九一八事变纪念日相重即事

中秋节,家家共赏中秋月。中秋月,月圆花好,人间情结。　　传来警报声声咽,眼前犹见凄风雪。凄风雪,儿孙牢记,抗倭英烈。

破阵子·中国世纪大演兵

敕勒川前报警,燕山脚下连营。塞外莽林神箭矗,东海深涛隐巨艨,联合秋演兵。　　陆上信息对抗,海空数字争锋。仗剑倚天削鳄首,坐地拔云射鹫睛,横眉对逆风。

王兆昂

1932年7月生,浙江宁海人。1949年8月入伍,曾任国防科工委军需部副部长。中华诗词学会会员,解放军红叶诗社社员。著有《军踪韵草》等。

忆进藏平叛

银絮铺千里,高原任策鞭。
狂风呼暴雪,骏马滞山巅。
夜宿天为帐,酣眠地作毡。
藏区平叛乱,将士凯歌还。

战戈壁

戈壁莽无边,沙尘欲盖天。
同心搭篷帐,协力攥风帆。
干菜佳肴佐,咸鱼贵客添。
艰辛何所惧,为国苦犹甜。

祭东风航天城烈士陵园

援朝抗美庆功回,科技强军愿更辉。
志在荒原征大漠,心牵玉宇听春雷。
当年举誓千钧重,今日捐身一展眉。
壮语豪言书竹帛,英雄业绩共天巍。

临江仙·贺嫦娥一号绕月飞行成功

终得千年圆梦,航天业绩恢弘。回眸艰险路重重。全球齐敬佩,华夏换新容。 今日嫦娥绕月,来年探秘星宫。外天开发显神通。早期传捷报,月桂五星红。

鹧鸪天·八十抒怀

军旅生涯六十年,放歌蹈谱未离弦。抗洪踏浪人墙堵,策马高原雪地眠。 离岗位,忆酸甜,卸鞍老骥恋关山。强军科技倾心注,习艺传经倡洁廉。

采桑子·贺"神六"胜利返航

人间银汉通行便,仙子曾求?万户曾求?圆梦千年天外游。 采来桂子全球播,欧亚香稠,澳美香稠。愿得人间共硕秋。

长相思·颂毛公

一

国内崇,国外崇,敢缚蛟龙屠虎熊。霸权日夜惊。 汉武功,唐皇功,历代英雄谁比公。神州万里红。

二

人加薪,自减薪,礼品书酬交库门,一汤四菜欣。 钱不存,宝不存,外出巡研拒宴珍,茶烟已付银。

浣溪沙·曾希圣请客

领导南来皖地巡,多人提议宴佳宾,曾公告诫有红文。 书记重新商此事,五元一位自掏金,诸君道谢赞声频。

王兆祥

1941年生,山东临朐人。曾任空军第三、第八航校领航教员。

毛主席纪念堂

堂前人涌动,殿内肃无声。
开创千秋业,永凝万代情。
扬眉惩腐恶,俯首济苍生。
华夏十三亿,高歌旭日升。

客 至

好酒随人意,清香透肺心。
千杯酬远客,万语话知音。
四秩曾挥手,七旬又举樽。
良宵当尽兴,共醉戍边人。

破阵子·忆下团训练航法

晨起三分曙色,晚归一抹斜阳。气象台前询数据,方框区中校短长,塔台作导航。 不管身心苦累,只求成果辉煌。信号腾空传指令,清场驱车向课堂,歌声一路扬。

王创基

1931年4月生,山西芮城人。1949年5月入伍,曾任解放军军事法院副庭长。

题毛泽东《论持久战》

山河沦陷雾重重,力挽狂澜毛泽东。
奋笔疾书持久战,明灯照耀起雄风。

题彭老总画像

百战一元戎,挥师惊白宫。
追过三八线,纸虎识英雄。

国庆感怀

礼炮隆隆赤帜升,铁流滚滚动京城。
长街十里英姿爽,受阅三军浩气生。
沧海飞舟腾巨浪,蓝天比翼展雄风。
老兵最喜新兵器,扬我军威照眼明。

居庸关

千峰一卧龙,万里贯居庸。
戍堞围屏障,边关扼要冲。
登城思战火,赏景扩心胸。
关闭山河破,关通国力雄。

边　思

不恋家门爱国门,雄关大漠日三巡。
夜深她似多情月,常伴英姿战马奔。

卢沟桥感赋

威武雄狮夹道迎,卢沟晓月似明灯。
桥头喋血今犹记,报国当防鬼子兵。

南国春早

红灿木棉春意早,南巡珠海起东风。
大鹏展翅途如锦,又绘新图谢邓公。

青松赞

虬干挺云端,涛声绕嶂峦。
雪霜何所惧,苍翠斗严寒。

张家界写生

雨丝淅沥尘嚣净,浓雾轻飘漫九垓。
叠翠层峦通鸟道,奇花异草满瑶台。
天公似有神来笔,妙手岂无渲染才。
仙界烟云成画本,桃源美景任心裁。

游庐山有感

望江亭近千帆远,五老峰前撒网歌。
翠柏苍松杜鹃艳,石墙铁瓦故居多。
滔滔云瀑山排浪,湛湛溪流绿逐波。
难识庐山真面目,几番国是叩心窝。

破阵子·高原剿匪战

踏破昆仑无际,围歼叛匪争先。千里分兵来布阵,万马奔袭未歇鞍,战机莫误延。　　粮断饥餐野菜,氧稀奋力爬山。烽火连天燃广漠,士气高昂擒敌顽,凯歌震雪原。

王冰冰

曾任驻南京某部队排长。

驻训南京偶题

石头城外柳含烟,漫引书生说剑篇。
携笔从戎初拜尉,去乡报国欲刑天。
终将寥落无多日,正是风华不少年。
一水沧浪还击棹,何人更在碧云间。

王如钊

1943年生。1960年7月入伍,曾在兰州军区通信团工作。

边 卡

茫茫万里沙,哨卡是吾家。
漫说边关冷,依然著百花。

王志彦

1949年生于辽宁铁岭,祖籍山东。1970年12月入伍。中华诗词学会会员,解放军红叶诗社社员。著有《蓟辽诗稿》。

登嘉峪关

久爱长城壮,终攀嘉峪巅。
雄关横大漠,鼓角震祁连。
烽火连秦月,旌旗蔽汉天。
登临知警惕,胡马正窥边。

赠原部队战友

月有圆缺古亦然,军书鱼雁忆当年。
石城雨雾勤巡哨,宽甸惊雷勇闯关。
训练劈波亲霭水,抒情踏雪咏江山。
许国慷慨同珍重,临战还应共成边。

与战友参观营口西炮台

百年遗恨汇渤海,萧瑟秋风西炮台。
铁锈斑痕铭耻辱,靖国神社卷阴霾。
归田不忘固边责,临战方识驱寇才。
聚首营川霜鬓客,强邦梦里共情怀。

读李惠军旅诗感怀

识荆革命醉《枫林》,盈卷烽烟耳目新。
延水惊涛驱日寇,塔山碧血染征尘。

红旗遍插壮琼岛,宗旨深铭为众民。
粒粒骊珠吟不尽,戎装异代共军魂。

王芷斌

1942年12月生,湖南常德人。 1961年7月入解放军外国语学院学习,曾任总参某部参谋。曾为青海诗词学会副会长、《青海诗词》副主编。

赠新疆生产建设兵团

垦戍西疆几十秋,飞沙走石旱低头。
白云万顷穿山顶,碧浪千重涌绿洲。
斟酒石河方醉客,栽桃瀚海可休牛。
春风已度丝绸路,又见当年博望侯。

登岳阳楼

四水奔流聚洞庭,君山仰卧大江横。
东来吴越逢新客,西去秦川有故朋。
注目神都天下事,遥看大海万民情。
登楼信步身高处,忧乐雄文贯耳鸣。

古稀吟

七十勿忘忆坎坷,经风历雨感蹉跎。
求知学艺文章少,走马知途梦幻多。
峡道阳关山避险,断桥独木水扬波。
欲登云岭三千丈,唱响人生百岁歌。

贺神九飞天成功

举目苍穹星万颗,又添神九壮天河。
悠闲玉帝恭迎客,寂寞嫦娥喜唱歌。
航宇英雄挥巨手,高端科技铸长戈。
双星对接相亲好,信息飞来捷报多。

蒙古包作客

百里芳原去踏莎,蒙胞面笑乐呵呵。

青坪上演探戈舞，篷帐里讴对酒歌。
锅煮肥牛香味远，碗盛酸奶笑谈多。
晚鸦欲落相依别，约定来年骑紫驼。

长江游

东行击浪大江轮，两岸青山飘彩云。
跨越丰都游地府，攀登白帝走夔门。
幽幽三峡风光美，浩浩荆州面貌新。
坝上平湖升朗月，笑谈赤壁论纷纭。

念奴娇·昆仑山

万山之祖，惠神州，峰顶直冲霄汉。出世横空连四海，造就江河成串。悬圃乐园，瑶池碧水，缥缈云中现。几多神话，千家万户传遍。　　昆仑昂首向前，引领炎黄，激励沧桑变。今日英才挥巨手，高举倚天宝剑。截断玉龙，开通天路，南水北疆灌。明星闪烁，寰球同睹璀璨。

浪淘沙·登高

年老亦逍遥，气壮情豪。登云直上九重霄。秀丽风光无限好，乐在眉梢。　　宏志比天高，信美心骄。吟诗绝顶展风骚。更有雄怀追日月，就看今朝。

王改正

1951年生，河南郾城人。1969年入伍，曾任总参办公厅保密档案局副局长，大校军衔。中华诗词学会副会长，解放军红叶诗社社员。著有《细柳营边草》等。

狼牙山

狼牙高万仞，碧血尚留痕。
壮士英灵去，雄风崖上存。
松涛吟锐气，绝壁写忠贞。
社稷千秋事，民族百代魂。

哨　月

夜哨山风静，月圆枪刺明。
不知乡里梦，可与此时同？

夜哨观月

夜哨邀明月，光芒慰旅人。山莺啁梦呓，野雉闹清晨。渺渺岚烟静，幽幽草树深。低头思故里，仰首望星辰。细柳营中客，情如桂魄淳。

营外青山

门外青山耸入云，岚烟轻绕露清淳。
军营绿透风前柳，霞彩缠绵战士魂。

山　野

沃野尽葱茏，山川翠色明。天高三万仞，峰卧几千重。泉洌清琴脆，池明草色浓。松间香雾细，崖上碧桃红。歌自军营起，云从涧底生。情怀抒不尽，长啸唱大风。

八达岭

居庸龙起舞，八达岭翻腾。锁钥封南北，雄关对西东。山河魂浩荡，沟壑气恢宏。华夏千年苦，家国一代雄。征鞍涂晚照，戍客恁多情。

号 鸣

号动营盘月，兵摘窗上星。
弯弓为射马，奋臂举旗旌。

雪

瑞气凝窗满纸清，丹青欲写紫毫空。
心驰塞外忧寒鹊，眺望云中叹猎鹰。
梦到天山三万里，情怀朗玛两千重。
一杯酒问关楼弟，几件衣披戍路兄。

神七发射成功感怀

炎黄问月几千秋，今夜神七一壮游。
提箭搜寻空瀚漫，出舱回望小寰球。
人群共用温凉水，利益分乘善恶舟。
探罢琼宫倾碧露，雄风再振写新猷。

王若钦

1926年生，山东寿光人。1939年入伍，曾任广州军区后勤部郴州基地副参谋长。解放军红叶诗社社员。

读《缅怀粟裕大将》

叱咤风云不朽功，敌顽丧胆众称雄。
孤军奋战赣东北，抗日驱驰苏浙淞。
执掌华中连七捷，运筹齐鲁缚三熊。
官兵尊敬人民爱，谨慎谦虚大将风。

王明松

1938年生，武汉市人。1955年入伍，曾任第五十五军副参谋长。中华诗词学会会员，解放军红叶诗社社员。

[正宫·塞鸿秋]
炮兵团野营归来

官桥榕水南河渡[①]，香蕉木薯东山路。战车火炮边关固，忠心赤胆军魂铸。野营豪气增，作战真功露。归来劲旅迎曦曙。

① 官桥、榕江、南河、东山均在广东省揭阳市。

王怡颜

1930年1月生，江苏启东人。1949年参加革命，在部队曾任文化干事、指导员。中华诗词学会会员。著有《笑石轩诗文集》。

铺路石

补天无份莫徘徊，铺路墩桥信是材。
但愿康庄遍天下，春风伴我荡尘埃。

有怀崇明扬子中学

一

负笈崇瀛始远程，三年履迹尚牵萦。
校刊编梓连宵竟，习泳涨潮绝处生。
学运历波羁楚域，从戎渡海达盐城。
同窗挚友今犹健？皓月凌空思故情。

二

向往新生唯渡江，从容北上气轩昂。
外滩秘密遮颜过，北岸自由神采扬。
幸有安边韬晦计，方无险境越顽岗。
今生勇向红流汇，破浪乘风始远航。

遥念许迪生

相交似水总萦牵，石径当年信步谈。
淡淡幽香飘古巷，谆谆智诲唤新天。
鬓飞扬絮心犹热，笔染涛笺梦正圆。
风静云收思旧雨，流觞万里下长川。

胡志毅先生《戍楼望月集》读后奉题

柳营解甲擎诗帜，欲遣征骖塞上飞。
寄兴豪吟钦倚马，感时当赋勇探骊。
戍楼望月军魂系，丝路情牵雨露滋。
又是熔炉炼风骨，龙雕联袂展英姿。

瞻仰毛主席遗容

开国元勋千古功，哲人长卧万花丛。
春风勿扰沉思貌，秋露焉惊伟岸躬。
北斗引航奸佞远，南针指路马恩崇。
何时梦醒舒眸望，一览江山举世雄。

纪念兰州战役六十年谒榆中陵园无名烈士墓

皋兰血战染山红，志士捐躯立大功。
碑下英雄瘗忠骨，陵前浩气育青松。
无名烈士留勋迹，永泽人间启聩聋。
您活我们记忆里，吾生您等事业中。

眼镜自述

悠悠半纪结同心，共览诗书共惜阴。
历劫红羊陪左右，骋驰阆苑识高深。
忠肝义胆青波泛，媚骨奴颜白浪陈。
自好洁身无杂念，人间莫道少知音。

园丁颂

庠序传薪志不衰，春风化雨百花开。
箴言教诲怀忧乐，至理熏陶济世魁。
宠辱不惊明道义，知行并重毓英才。
人梯一架凭君踩，桃李葳蕤喜满怀。

枕石吟

轨间枕石不张扬，一任磋磨自泛光。

地厚天高情缱绻，花明柳暗话沧桑。
春秋几度居安固，日月无私赏乐章。
处世何须论高下？立身矢志建康庄。

减字木兰花·学习雷锋

事无大小，有益人民是真好。品性平和，敬老扶孤掀爱波。　　其言不朽，冷月寒霜梅蕴秀。思念弥深，燧石萦怀火不停。

唐多令·清明时节怀英烈

苦乐付东流，生离作壮游。战沙场、无怨无尤。勇筑神州风雨厦，庇寒庶、稼藏收。　　柏卉献莹周，斟醇酹故俦。记当年、血染吴钩。"忆我之时常自省"，清明不？启新猷。

青玉案·秋怀

蟾辉静洒横塘路。倚栏望，遐思缕。桂饼清秋谁与度？团圞千里，难圆心户，南雁飞何处！　　霜华难把相思阻，菊酒频斟漫回顾。天意从人还许诉：吟情依旧，涛笺余愫，韵续秋声赋。

水调歌头·忆南征

奋步三千里，气贯九霄云。挥师进击福厦，强弩射狼群。东去南飞休想，鼠窜豕奔路绝，势若扫飘萍。告捷楚天碧，决战定乾坤。　　忆往事，情犹热，寓规箴：遥瞻海峡，掀波涌浪尚迷津。铭记先贤遗愿，科技兴邦跃进，镰斧铸军魂。盛世怀忧乐，砺志斗瘟神。

沁园春·感怀

辞沪从戎,华大悟真,盐阜春晴。记渡江帆浪,争流直下;云天闽鹭,徒步骁登。骏马离鞍,铁龙相伴,西部长驱斩棘荆。重回首,历白山黑水,风雨兼程。 欣逢华夏复兴,正焕彩桑榆蔗境荣。剩余丝几缕,枫林唱晚;秃锋一管,陋室书矜。曲直由人,心胸达度,毕竟疏狂举赋旌。情何壮,有师襄友勉,逸兴纵横。

望海潮·大连一瞥

东濒黄海,西临渤澥,滨城雄峙辽南。烟树画楼,三多复少,游人驻足情添。良港启千帆。科技开新域,物阜褒廉。壮丽关山,"北方香港"誉非凡。 难忘甲午羞惭。痛清廷孱弱,耻约强签。重正史篇,春风化雨,文明双建犹酣。龙跃自深潭。展翅扶摇起,远景高瞻。他日嘉槐竞秀,银汉橄枝衔。

高阳台·神八天宫银汉对接

环宇长飞,凌霄直上,天神银汉穿针。联袂云衢,苍穹筑殿情萦。神游从此凭船箭,觅仙踪,自主天庭。望婵娟、舒袖蟾宫,欲挽嘉宾。 梦圆千载中兴业,数三强鼎立,播撒文明。回首人间,晴空仰望鸥盟。逼真拍摄三维象,献虔诚,月壤图呈,宇航人,秘奥科研,保卫和平。

满庭芳·横渡天堑

暮霭苍茫,铁流浩荡,星火争艳长空。万舟齐发,江上灿芙蓉。将士扬威挺剑,惊涛立、势若吞虹。奔雷吼,凌波掠水,飞渡建奇功。 东风,苏大地,金陵易鼎,举世推崇。看楚调吴音,水乳交融。不可沽名踌躇,青锋砺、气贯苍穹。红旗展,扬鞭策马,南下更从容。

王春霖

1930年生,湖北黄冈人。1949年入伍,曾任江西省吉安专员公署工业交通办公室副主任,吉安航务分局调研员。中华诗词学会会员。著有《井冈大地行吟》。

忆从戎

一

迷蒙烟雨出东城,为击嬴秦事远征。学子时挥忧国泪,独夫每作虐民行。寒凝南岭春花艳,血沃中原劲草青。莫道书生空许国,丹心掷地作金声。

二

风雨兼程仰北辰,巴河一宿数惊魂。依稀魅影摇窗格,急促砧声叩寝门。道路闻凝学子血,乾坤待报岁华新。当关敌卡雷霆殛,传说昨经解放军。

三

话剧当年九件衣,声声血泪泣黔黎。长河怒浪来千叠,大地惊雷动万圻。喜看农奴挥剑戟,还期铁帚扫熊罴。人间多有白毛女,发换青丝心树旗。

王树令

1954年生,辽宁北票人。1973年入伍,曾任沈阳军区某部队部队长、管理办主任,大校军衔。解放军红叶诗社社员。著有《铁马清吟》。

北疆兵歌（选五）

军 号

晨闻军号响,吹落满天星。
北国春来到,边疆草木青。

军 旗

鏖战豫章城,枪林弹雨行。
江山鲜血染,生命铸峥嵘。

军 营

官兵方阵列,虎跃巨龙腾。
实战精锋砺,威武固长城。

哨 兵

边关屹然立,举目接春光。
手握钢枪紧,胸中祖国装。

界 碑

绵延边界线,碑立北疆端。
日夜官兵守,和平百姓安。

早 操

东方日出彩霞飞,移动长城军阵威。
脚踏群山天地动,北疆千里赤旗挥。

潜 伏

入夜边疆草木间,蚊叮虫咬血斑斑。
从难实战真功练,日出东方露笑颜。

打 靶

似火流星划夜空,弹无虚发显神通。
红花今日胸前戴,报国他年建业功。

巡 逻

迎风踏雪借星光,紧握钢枪巡界疆。
草动树摇尤仔细,豺狼休想过边防。

宿 营

地形利用桦林松,巧妙伪装无影踪。
野兔山鸡寻食地,怎知卧虎又藏龙。

演 兵

北疆千里雪花飘,夜半惊雷冲九霄。
展翅银鹰轰敌阵,奔驰铁马捣顽巢。
尖端武器展威势,特种精兵亮绝招。
劲旅雄师传捷报,红旗漫卷舞狂飙。

圆 梦

立党为公主义真,践行宗旨献终身。
全民奋战三山倒,革故图强百岁新。
实干兴邦坚国策,惩贪反腐固基根。
泱泱表率八千万,圆梦中华十亿人。

青 松

扎根瘠土屹山中,雨剑霜刀色愈葱。
鹤骨龙姿披铠甲,顶天立地笑迎风。

兔年咏兔

捣药常年住月宫,今朝下界与民同。
人间已比天庭美,往返飞船有路通。

行香子·雪原鏖兵

塞北森林,积雪腰深。鸟飞难,兽迹无痕。雄师挺进,将士同心。看登山岭,越冰河,夜追巡。　　挖洞藏身,雪拌粮吞。练生存,实战遵循。为民保国,不畏艰辛。更增军力,壮军威,铸军魂。

王致新

1929年生,湖南桃江人。1949年入伍,曾任沈阳军区政治部宣传部副部长。解放军红叶诗社社员。

白云山团礼赞①

汉江南岸白云山,勇士刨冰铸铁关。
炒面充饥心亦乐,雪团止渴齿犹寒。
英雄血沃青松茂,敌虏尸横腐草膻。
十一晨昏天阵固,凯歌缭绕白云端。

① 1951年1月下旬至2月上旬,中国人民志愿军第一四九师四四七团,在汉江南岸白云山坚守阵地11昼夜,毙伤敌一千四百多人,被志愿军总部授予"白云山团"荣誉称号。

缅怀蔡正国副军长①

将军卫国爱邻邦,血洒青龙卧沈阳。
斧锯熏陶心手巧,炮枪洗礼勇谋强。
武文兼备才难得,水陆双雄志似钢。
西海挥师歼白马,汉江恶战斩天狼。

① 蔡正国,木匠出身,志愿军五十五军副军长,1953年4月12日牺牲于朝鲜定州郡青龙里。在朝作战期间,曾麾兵解放西朝鲜湾诸岛,全歼南韩白马联队,在汉江南岸激战50昼夜,歼敌近万人。

王笑竺

1930年3月生,黑龙江泰来人。1947年入伍,曾任沈阳军区政治部编研室主任。中华诗词学会会员。著有《啸竹诗笺》。

笔换枪

久在机关干本行,今朝弃笔把枪扛。
移身下放经磨炼,活水激流利淬钢。

留在大山里的记忆

一

塞北春寒雪未消,桦林四月秃枝梢。
空山何物惊飞鸟?坑道钻机昼夜嚣!

二

兵士雄威锐似刀,凿开岩壁透山腰。
风餐露宿三班倒,钢铁边防血汗浇。

军营夜

月色朦胧夜未阑,山风瑟瑟早春寒。
邻床战友鼾声重,梦呓犹呼打满环。

访某边防哨所楼

七岭八梁九道沟,哨楼独揽塞边秋。
西风砂砾不迷眼,远处江流是界流。

边哨寄语

矢志服兵役,铮铮戍北陲。
朔风鞭塞野,冷月逐云飞。
眼底横防线,心头树界碑。
边情连国脉,赤胆铸军威。

界江秋色

山鹰逐兔过山陬,麇影惊飞戏水鸥。
烽火当年弥漫处,榛红荆紫一江秋。

三伏戍边

戍边岂止朔风寒,更有三伏汗水淹。
日晒岚蒸天播火,山烘石焙野生烟。
界江返照波纹颤,哨塔凌空若釜悬。
几见松荫惊憩鸟,欲伏又动不得安。

过狼牙山凭吊英烈

峻峭狼牙砺剑锋，棋盘陀口翦顽凶。
萧萧易水流千古，壮士血花镇日红。

山　居

20世纪60年代，一些部队营房分散建
在山里。

山居何事最撩愁，屋黯潮湿壁
汗流。肆虐蚊虻疯似狗，阳光丝缕贵
如油。山居自有山居趣，营舍傍山宛
若楼。风漾清泉吟细曲，云牵薄霭舞
轻绸。松声入夜伴乡梦，山雀朝来竞
哓喉。猛士愿与山共体，峦雄岭峻固
神州。

王爱山

1939年生，湖南湘阴人。1959年入伍，
曾任空军某部队干事。中华诗词学会会
员，新疆诗词学会会长。著有《王爱山诗
词书法选》。

神仙湾哨兵

哨卡云中立，巡边两鬓斑。
头临红日暖，脚踩白云寒。
带雪归营帐，和冰煮菜团。
问君何所想，唯有国家安。

访塔县边防团与官兵座谈

傍晚巡边黑，心宽自有灯。
执勤头顶日，演练夜披星。
涉水知深浅，读书明耻荣。
既将身许国，何必问前程。

谒石河子市王震将军铜像

自古屯边将，唯君功绩多。

笔描千里绿，剑指百湖波。
策马吟新韵，横刀奏凯歌。
军民怀赤子，花寄浏阳河。

癸巳秋与保成参观
大别山战史馆有怀

史展观瞻受教多，英雄气概壮山河。
先贤伟绩千秋仰，烈士高风四海歌。
厚德莫愁无敬慕，名人难得是谦和。
请君细看东流水，总有追随不尽波。

天心阁怀战友

漫步上天心，高朋何处寻。
花牵藤入阁，风戏竹敲琴。
雨过彩虹出，溪流碧水吟。
人生多少事，难得是知音。

烟台遇老战友作此诗以慰之

相逢往事涌胸膛，遥忆当年戍海疆。
时过境迁情未了，楼新人老谊难忘。
愁丝无绪理还乱，生活如茶品始香。
莫叹斜阳将落去，明朝又会起扶桑。

王通路

本名王同路，1950年12月生，河南尉氏
人。1969年12月入伍，曾任股长。中华诗
词学会会员，解放军红叶诗社社员。

老测绘兵

浓缩山河测绘兵，火红年代聚群英。
离天七尺树标塔，萦梦千番追卫星。
三北填充空白点，二南加密布防城。
风餐露宿堪戎马，图保家安与国宁。

老兵过八一

又逢八一着戎装,校正军姿挺脊梁。
老伴佯嗔浑打趣,帐前端坐小周郎。

一名老测绘兵如是说

细描东海日腾金,浓抹西天雪落痕。
测北量南心血绘,江河是我掌中纹。

导弹营

地空导弹对空瞄,雷达跟踪插刺刀。
为让母亲圆梦好,儿郎昼夜戍重霄。

解读"五气"精神

志气军魂胆气兵,擎天勇气筑干城。
扬威虎虎存豪气,制导凌空霸气凝。

八一奋笔

四十年前豪气贲,戍边测绘铸军魂。
测南蛇毒旗驱兽,绘北魔高笔遏云。
制胜蓝图填空白,功成巨帙布经纶。
每逢八一必心动,刮净苍髯枯木春。

民族精神歌

民族精神国力凝,外侵尤激倍加增。
卧薪尝胆朝朝是,旰食宵衣日日行。
双纪碧觞铭朗月①,一抔黄土醇真情。
江河曲折绵延浪,环我中华不越峰。

① 双纪,指抗战胜利纪念日、南京大屠杀死难者国家公祭日。

新中国六十五春

醒狮呼啸震西方,倒海排山蓄势罢。
六五风云圆梦始,八千关隘破天荒。

惩贪固本顺民意,定远安边医国疮。
重读宣言求达变,坚持特色步康庄。

解甲述怀

少壮情豪未等闲,横戈策马绘关山。纬经度锁定原点,方位角归零测边。望斗观星行正道,为民秉政效先贤。文章达意琢磨苦,往事铭心回味甜。见证非常随逝水,植身巨变济流年。风云卅二匆匆过,解甲种诗耕乐园。

参军四十五周年与战友心聊

人生二部曲,举步履艰辛。少小经风雨,中成固本根。从军冰雪酷,为政稻粱真。八九不如意,俩仨稍称心。畅怀壶下酒,抒志笔端云。教子行仁道,偕妻度晚春。夕阳无限好,平静释余温。

鹧鸪天·眺甲午战场

甲午蒙羞二转轮,硝烟未散国仇新。睡狮无奈豺狼觊,朽木难经风雨云。　　华夏梦,祖龙根,驱倭荡寇壮乾坤。渤黄二海连天碧,蓄势宁波增自尊。

王铭卿

1922年生,山东乳山人。1944年入伍,曾任解放军八六医院政委。解放军红叶诗社社员。

千帆飞驶

大军南下气如虹,势比孙刘赤壁雄。

一夜千帆飞驶急,连天炮火满江红。

"这里有解放军吗？" ①

盲女孤身出远门,站前买票托何人？
重重心事跟谁说,情急连呼解放军！

① 1999年春某日,上海火车站一盲女连声高呼："这里有解放军吗？"某战士闻声走近,盲女摸过领章帽徽后,请战士代为买火车票。

王淑昭

1940年生,四川梓潼人。曾任56043部队政治部副主任。解放军红叶诗社社员。

喜吟毛主席诗词

四十年吟主席诗,少年狂喜老犹痴。
心随丽句仰奇志,意入硝烟听马嘶。
时有风雷惊旧梦,每温言笑启深思。
诗魂情满黎庶意,璀璨华章举世稀。

江城子·咏开国大典

礼炮轰鸣震万方。战机翔,彩旗扬。雾散云开,长夜九回肠。红日东升歌嘹亮,天地换,百花香。　　乾坤扭转事非常。风凭狂,雨凭狂。摧朽拉枯,队伍向朝阳。热血满腔听召唤,降虎狼,气昂昂。

[越调·天净沙] 补丁谣

忆毛泽东主席一件睡衣多处补丁,百感顿生。

一

时装靓丽新春,高楼栉比迷人,新旧三年笑柄。补丁谁见,抚今追昔崇君。

二

补丁汤糊荒村,锦衣华宴朱门,长夜凄风瘦影。千年忧愤,苦熬父老乡亲。

三

补丁戎服红星,血痕弹洞犹存,奋战刀光剑影。残云风卷,朝阳喷薄欢欣。

四

补丁文物奇珍,细针密线惊魂,金缕龙袍粪品。民谣悠韵,古今唯一弥尊。

王景河

1930年生,河南长垣人。1948年入伍,曾任空军高炮第十七师卫生科副科长。解放军红叶诗社社员。

菩萨蛮·打过长江

波涛滚滚长江水,千军夜渡枪声里。拂晓占高山,旗飘吴楚天。　　英雄何惧险,迈步越天堑。旭日正东悬,青山开笑颜。

小重山·激战前夜

向晚追歼快步行,宿营刚入梦、炮声鸣。夜间口令一声声,回答爽、枪刺冷光迎。　　雪地出奇兵,旌旗红染血、鬼神惊。欲将杀敌缴枪情,托明月、告给母亲听。

王鉴非

1929年2月生,山西洪洞人。1948年

10月入伍，曾任高级后校副师职参谋、教员。中华诗词学会会员，解放军红叶诗社社员。著有《劲草集》。

扶眉战役大捷

驻休三日乐悠悠，整队齐看血泪仇。
夜黑星繁营地寂，黎明月落炮声稠。
渭河南北大军进，陇海东西俘虏收。
遍野敌尸悲委座，秦川解放笑心头。

壮心仍系旧疆场

老来夜夜难安睡，往事桩桩惹梦长。
粗布军装身燠暖，金黄小米饭喷香。
太原鏖战阎巢覆，陇县追歼马旅亡。
回首当年情激切，壮心犹系旧疆场。

在七军复委会工作

1950年5月，我七军执行军委指示开始复员工作，6月朝鲜战争爆发，此项工作立即停，已集中的干部、战士凡没走的一律返回原部队。

田野菜花香，天空飞鸟翔。
依依别连队，眷眷恋家乡。
营里音书寄，江边炮火映。
亲人望明月，战士返疆场。

在后勤学院授衔办公室工作

天天紧工作，事事抢时间。
品德公平考，才资结合看。
无人递条子，绝迹跑私嫌。
闪闪肩章亮，官兵笑语喧。

参加全军后勤先进工作者代表大会

不恋坐机关，来当指导员。

班排创先进，连队保安全。
总后标兵树，三军事迹传。
会堂尝盛宴，丰泽面慈颜。

卜算子·后勤学校学员毕业

我赴雪山边，君去琼崖碉。三化强军共习研，击掌豪情别。　黑水滚熊罴，豚犬红河虐。利剑勤磨露锐锋，试猎争雄杰。

王霞玲

女，1932年生，湖南省长沙市人。1949年9月入伍，曾任会计师。

解放军雅安地震救援

山崩地裂欲天倾，将士临危星夜征。
余震频仍忧父老，悬石飞溅履艰程。
掘墟抢险晨昏战，救死扶伤分秒争。
越岭翻山忘辛苦，丹心大爱见真情。

赞我国第一艘航母

猎猎红旗飘碧空，巍巍航母列军中。
元戎祝贺亲登舰，将士同心竞建功。
科教强军收硕果，大洋亮剑震罴熊。
和平崛起国威壮，海上长城钢铸成。

韦弦

1922年生，江苏扬州人。1943年参加革命，曾任合肥炮兵学院政教室主任。

临江仙·忆渡江战役

夜半冲天千里火，炮声压过涛声。雄师百万似雷霆。敌军营垒破，犹见启明星。　浴血健儿俱老

矣！当年虎跃龙腾。频搔白首激情
生。金山擂大鼓,赤壁论曹兵。

江城子·打窑湾

挥师淮海打窑湾。日昏寒,敌凶
残。炮火齐轰,敌阵起浓烟。六十三
军全覆没,初战胜,喜开颜。

[中吕·山坡羊]打英舰

渡江呼啸,英舰闯到,不可一世
竟开炮。火燎燎,地摇摇,英雄瞄准
惩强暴,打得"皇家"转舵逃。船,
洞不少;人,叽哇叫。

韦善通

1942年生,广西浦北人。1961年入伍,
曾任广东省军区司令部参谋。中华诗词学
会会员,解放军红叶诗社社员。著有《半
雅斋吟稿》。

忆军旅生活

一

男儿立志守边关,踏破南沙十八湾。
两脚量天报家国,一肩戴月写辛艰。
滩头放哨涛声急,浪里巡逻夜色阑。
敢把青春赌军令,赢来华夏铁江山。

二

旌旗猎猎壮军魂,比武扬沙逐日昏。
斗士杀声摇海岳,英雄胆色照乾坤。
刀枪似雪千尘落,甲伍如潮万象吞。
敌忾同仇钢百炼,忠心报国在辕门。

三

告别戎装卅载遥,山川传檄忆前宵。
潇湘饮马吞江月,南粤屯兵枕海涛。

雨袭战壕人寂寂,风摧草帐夜萧萧。
沙场比武惊天地,带恨刀枪总在腰。

四

潜行野岸步轻纱,传令千军静不哗。
渡涧筛风能匿迹,穿林篦月未惊鸦。
剑锋劈碎深沉夜,兵气冲开板荡邪。
百里征程同一瞬,号声吹出满天霞。

五

曾把青春付海疆,拍天潮水入诗行。
雨中放哨冥云重,星底巡逻秋露凉。
心照金戈昭日月,目迎大野写肝肠。
平英旧地黄花瘦,七尺男儿恸国殇。

我北海舰队亮剑西太平洋①

驱雷驭电出雄关,万里海天凭往还。
此乃中华初亮剑,滔滔巨浪洗征鞍。

① 时在2013年10月,共出动7艘舰艇。

从军忆

一

一别军营汉水东,卅年长忆战旗红。
挥鞭塞北迎飞雪,跃马江南斗恶风。
汗洗沙场人似虎,兵临海域气如龙。
满腔碧血凝枪准,杀敌豪情结在胸。

二

声声号角破长空,拼比沙场火正红。
队列森严刀映雪,攻防激烈各争雄。
气吞万里云追月,力撼千山虎逐龙。
骁勇谱成前进曲,旌旗猎猎马嘶风。

参加实弹射击

解甲卅年志未穷,沙场又见展雄风。

捋须步入青春伍,夺冠争夸抖擞翁。
卧倒抵肩能射虎,立姿屏息可屠龙。
心随弹道凌空远,直击昆仑云外峰。

南海吟

细数礁盘第几沙,版图自古属中华。
封疆追及元唐汉,世代捕捞鱼蟹虾。
遍石深藏戈戟影,同仇怒作浪涛哗。
不思量力豺狼国,若触长城必断牙。

边声入梦寄慨

披坚执锐走沙场,又似当年意气扬。
小米步枪呼啸远,微机火箭搏争忙。
登攀只为强军梦,凭吊犹思甲午殇。
习得一身新武艺,键盘轻击射天狼。

松风亭

斗拱飞檐在险峰,白云舒卷仰高风。
登临都是狂狷客,不拜权豪只拜松。

杂　诗

风尘六十竟如何,白日昏昏瞌睡多。
号角霜晨成往事,幽怀韵海泛金波。
秋深不作邯郸梦,老至犹吟正气歌。
血性文章鞭世俗,上楼何惧脚哆嗦。

观涛亭

倚栏满耳涌涛声,大海长为霹雳鸣。
白浪入怀鸥点点,观潮更比弄潮惊。

风入松·实弹射击

把雄心填入枪膛,身着旧军装。丛林卧倒硝烟里,掣风云、注视前方。三点连成一线,枪鸣"顽敌"身亡。　老夫不让少年郎,威武震高冈。风吹白发三千丈,夺头魁,笑指斜阳。百二重关在望,犹思驰骋疆场。

踏莎行·寒夜

冷雨敲窗,凄风入梦。绒衾隔断檐间冻。三冬情暖意融融,梅花香冷悄悄送。　铁马冰河,唐诗默诵。昆仑飞雪连天涌。悠悠一梦到边关,老夫又贾当年勇。

西江月·首届军旅诗词研讨会

吟苑阵容严整,戎装不瘦诗肩。满怀豪气举吟鞭,胜比沙场鏖战。　老少同堂砥砺,须眉巾帼争先。诗人兴会更无前,笔底奔雷挟电。

破阵子·卢沟桥

挖出弹痕记忆,拨开破国尘羞。七七枪声仍在耳,东海犹施夺岛谋,叫嚣从未休。　挥去当年积弱,而今重吊卢沟。桥上雷霆狮子吼,万里潮声报国仇,愤然十亿鳌。

破阵子·习主席视察海军驻三亚部队

南海怒潮滚滚,椰林欢笑声声。一席强军殷切语,万里风云一握轻,轮台初点兵。　汗水深融使命,战旗书写忠诚。海啸蛟龙云水怒,剑指沙场武艺精,战时能打赢。

风入松·边关月

一轮明月照边关,浪涌古罗湾。伶仃哨所崖颠上,摘星星、填作枪丸。虎视滔滔碧海,冰魂犹照心丹。　　青春焚却五更寒,月下忆家山。海风万里涛声急,只听得、战鼓频传。身后秦时故里,望中明月同圆。

破阵子·奔袭演练

铁甲喷仇追月,战车蓄锐鏖兵。二百行程军令急,十万貔貅步履轻,梳林鸦不惊。　　水阻前锋强渡,涧悬鸟道飞行。铁脚迈开山后退,骤雨斜来马不停,五更端敌营。

桂枝香·家书

沉沉一纸,乃寄付双亲、柔情心曲。手捧家书泪洒,几多愁触。征衣鞍马边关上,看浮云,都成笺牍。满怀希望,无穷牵挂,万千叮嘱。　　薛笺展,椎心作复。看塞外风云,变幻难卜。立志疆场致孝,万家安福。野花碑界岚烟里,用刀戈、书写荣辱。塞鸿高翮,应先送去,立功嘉勖。

韦湘秋

1921—2005年,广西桂平人。1949年入伍。著有《桂香飘吟草》等。

踏莎行·淮海英雄颂

雪沐长淮,冰封北皖,人民子弟英雄汉。襄阳营与洛阳营,攻坚拔寨先锋赞。　　棒喝当头,缨挥铁腕,同除老虎顽团患。双堆集破捉黄维,神兵天降阴霾散。

牛　健

1920年生,河南南召人。1938年参加革命,曾任西藏军区、四川省军区副参谋长。

竞向神州撒彩霞

大悟山高云锦遮,连天烽火育英华。洪公抗大扬基业,桃李葱茏尽着花。雨打风吹浑不怕,闯南走北到天涯。新征路上斩荆棘,竞向神州撒彩霞。

毛文戎

1933年8月生,湖北房县人。1949年入伍,曾任《解放军报》高级编辑,《中国国防报》副总编,大校军衔。

大军别安东

春寒日暮霭朦胧,鸭绿冰封雪未融。昨荡三山豪气在,今征联寇势尤宏。雄师开进猛如虎,铁脚飞奔阵似龙。昂首高歌雄赳赳,遥闻前线炮隆隆。

夜过新义州

枭敌何凶残?今看新义州。穿街兼走巷,未见一幢楼。瞠目问残壁,乡亲何处留?回眸江北岸,灯灿似龙舟。

夜行军遇雨

大雨铺天降,小溪沿颈流。

摔跤难数计,山径似浇油。
夜暗终能亮,风来雾不留。
日升相视笑,彼此尽泥猴。

忆军委顾问王建安（选一）

独步便装临豕栏,猪倌遇伴乐聊天。
肥猪昨借刚来圈,白壁才喷犹未干。
演戏向迷痴傻汉,虚夸易骗喜功官。
小兵碎语中时弊,虎将忧军夜失眠。

看新中国六十周年大阅兵

阔步乾坤震,雄姿神鬼惊。
陆空天海电,立体铸金城。

喜观我核潜艇揭秘

蛟龙今日露真容,扬我军威远海中。
仨月深潜环宇冠,万天无恙世间雄。
腾空长剑劈波起,水底平台悄隐踪。
决策英明成果显,射狼伏虎有神弓。

访"天涯哨兵"途中感怀[1]

朝阳映碧海,绿涌镀金光。战舰
驶行疾,水兵操舵忙。海深水似墨,
浪碎溅如霜。水上飞鱼舞,低空鲣鸟
翔。风光人叫绝,物产世无双。前沿
有志士,枕戈待虎狼。红军新一辈,
骁勇孰堪当！温酒斩华雄,迅雷妖孽
降。信息传北京,人民喜如狂。天涯
访猛士,大风歌飞扬。

　　[1] 1982年"八一"建军节,中央军委
授予海军驻西沙中建岛守备部队"爱国爱
岛天涯哨兵"荣誉称号。此诗初作于从西
沙永兴岛赴中建岛途中。

毛文明

　　1921年生,江苏泰兴人。1944年入伍,
曾任安徽省宣城县人武部政委。

曾记当年气势昂

曾记当年气势昂,军民共奏大风章。
千帆竞发惊天地,万炮齐鸣震八荒。
突破金汤驱虎豹,勇追穷寇战苏杭。
王朝覆灭开新宇,再造乾坤百世昌。

文小平

　　1935年10月生,河南项城人。1953年
11月入伍,曾任副教授,大校军衔。解放军
红叶诗社社员。

贺哈军工校友诗社成立

军工一甲子,诗苑绽丁香。
姹紫增文采,芬芳醉宋唐。
咏歌真善美,谱写大华章。
杆杆生花笔,吟旗猎猎扬。

贺哈军工校友书画社成立

蔼蔼春光至,飘飘翰墨香。
临池结挚友,挥笔谱华章。
染尽丹青美,开出百卉芳。
精神重抖擞,重彩绘夕阳。

问　童

何处有雷锋,街头问幼童。
叔叔随处有,笑指路人中。

出征曲

一

壮行问天阁,驾驭太空船。

无尽冲霄路,摘星上九天。

二

"蛟龙"今入海,探秘大汪洋。
潜水七千米,炎黄眉宇扬。

归国行

——陈赓受命创办军事工程学院

东方天欲晓,将军行路早。军用吉普车,战地路上跑。此行何所往?此行何所去?军令重如山,奉命回国急。日前见电报,中央有调令。调令到"志司",上有陈赓名,免去司令员,任职办军工。主席亲点将,可知重要性。工作交邓华,会议部署忙。告别诸战友,应约赴平壤。朝方招待周,战斗情谊长。会见金日成,隆重授勋章。夜赴"西海指",朝军有事商。话别韩先楚,拂晓即北上。美机"绞杀战",封锁交通线。铁道遭破坏,桥梁被炸断。山林变焦土,弹坑累累见。崎岖不平路,受阻行车难。目睹此情景,将军发感叹:我军现代化,迫在眉睫前。朝辞西海岸,日落过清川。常闻敌机声嗡嗡,又见战士抢修运输线。且辞龟城去,暮至鸭绿江。不闻战友话别声,已见西岸万家灯火亮。将军蓦回首,深情眺东岸。今日离沙场,思绪生万千。风雨革命路,转瞬三十年。形势加命运,此生多征战。东征讨军阀,北伐抵武汉。义举南昌城,战征鄂豫皖。龙潭虎穴险,万里长征难。抗日又倒蒋,横枪跃马扫忧患。现今南北两邻邦,求助

须支援。翻山进丛林,抗法援越南,协助胡志明,打赢边界战。吃尽多种苦,真比长征还艰难。北国有战事,唇亡齿亦寒,千里赴戎机,三度入朝鲜。辅佐彭老总,统帅万军决鏖战。军人有天职,听从党召唤。虽膺新使命,不忘邻国难。如有返朝令,再与战友肩并肩。武是常胜将,文能办教育。陈赓大将军,文韬武略集一身。

减字木兰花·赞工程兵

架桥开路,万水千山拦不住。爆破排雷,顽石坚冰无不摧。   工程保障,苦练硬功为战场。赞我工兵,开路先锋扬美名。

文作鹏

1930年生,河北滦南人。1945年入伍,曾任岳阳军分区副参谋长。

战马情深

少小从戎事远征,频频策马递军情。
相偕相伴无朝暮,共苦共甘托死生。
酷暑骄阳同洒汗,风天雪地勇兼程。
休闲解甲情难了,耳际常闻昂首鸣。

忆秦娥

一

狼烟烈,倭奴进犯山河缺。山河缺,哀鸿遍野,逞凶妖孽。   铁蹄踏破关山月,昏天黑地心流血。心流血,故乡沦陷,那堪凄切。

二

红星烨,黄河怒吼豺狼慑。豺狼慑,宝刀出鞘,斩狼心决。 赴汤蹈火朝前越,忠心赤胆为人杰。为人杰,中华儿女,志如钢铁。

三

笙歌悦,八年浴血终迎捷。终迎捷,扬眉吐气,国羞涮雪。 功高党帜光辉烨,金瓯修复怀英烈。怀英烈,千秋青史,万年明哲。

文济田

1928年生,广东深圳人。1943年入伍,曾任海军汕头水警区政委。解放军红叶诗社社员。

板门店谈判

金城痛击恶豺狼,纸虎求和乞协商。
边打边谈他戤触,时攻时守我舒张。
敲糖战术真神妙,啃骨兵韬难躲藏。
扼手板门停战约,军威正义胜强梁。

忆"八六"海战

海军通报敌来犯,舰队筹歼军心坚。突击编队汕头组,隐蔽出航乘夜天。高山雷达勤搜索,领导指挥冲向前。扬长避短求速决,逼近猛打要突然。先打小艇后大舰,分割孤立将敌歼。舰炮火力压敌焰,鱼雷攻击动铁拳。通信网络畅无阻,协同作战威力添。贤得头颅伤严重,刚毅坚守轮机边。敌舰两艘葬大海,我军扬威得胜还。领袖召见多勉励,授予"先锋"

美名传。

忆西沙海战

西贡当局蛮,海空战火燃。撞我渔船破,强占甘金珊[①]。我方舰艇备,巡防在前沿。令敌离领海,警告再而三。敌舰妄开炮,图谋动手先。我方火力猛,还手灭敌顽。靠帮手榴弹,枪炮齐动员。勇敢又机动,军民协同歼。蚍蜉撼大树,一葬三逃窜。海疆西沙靖,高奏凯歌还。

① 甘金珊,指甘泉、金银、珊瑚岛。

方国礼

1954年生,安徽枞阳人。1974年入伍,曾在新疆某部服役。上校军衔。转业后任安徽日报发行中心主任。中华诗词学会会员,解放军红叶诗社社员。著有《壮我神州——"两弹一星"诗词集》等。

雷鸣罗布泊

热气腾腾罗布泊,荒原亘古少人烟。
由他毁约留讯语,看我挥毫写壮篇。
情满营盘春浪涌,心萦铁塔巨雷悬。
声摇戈壁惊寰宇,欲奖勋章铸盾坚。

爆区取样分队

酷暑严寒独自豪,征衣汗透练千遭。
蘑菇云起冲天荡,侦察车驰任地摇。
恶虎张牙齐降服,狂波呼啸枉喧嚣。
向无媚骨倾权霸,更有雄心比赶超。

核大姐引[①]

大漠深处木兰村,英姿飒爽女军人。怀揣理想图报效,国防科技献青春。保密只言出差去，荒原榆下遇夫君。搭起帐篷四合院，且视名利等浮云。沉睡千年罗布泊，神秘神奇吹号角。四面八方汇集来，埋头苦干勤探索。垄断、封锁路难行，瀚海扬帆谁横桨？入夜点亮煤油灯，设计、绘图铭嘱托。起床号响又一天，滴水潺潺石可穿。科学运筹无怨悔，聪明才智汇新篇。仪器进场如宝贝，上下左右不容颠。演练排查细如发，尽心尽力耕好田。零时起爆惊天响，戈壁京华春荡漾。笑逐颜开报佳音，试验成功登峰唱。对话总理却无言，照耀前行灯拨亮。愿做一颗螺丝钉，争光焕彩同相向。核事业中娘子军，自我牺牲情亦真。未改丹心谈拥有，换得和平抵万钧。命运由来民把握，众志成城转乾坤。今日放歌核大姐，当年种树已成荫。

① 核大姐，指战斗在第一线的五位女科技工作者：杨妙秀、周玉芳、哈森、黄建琴、翟芳芝。

沁园春 · 挺进敦煌

天职萦怀，军令如山，待发整装。正风尘仆仆，重临暮色；车轮滚滚，又沐朝阳。绝塞苍茫，古城雄奇，西行召我垦蛮荒？生疑虑，纵万千感慨，波涌心房。　　雄师挺进敦煌，料丝路名城中外扬。看安营扎寨，初开序幕；挥兵勘察，遍插标桩。底事难猜，真情未吐，道破原由士气昂。摩拳掌，任炎天喷火，日夜奔忙。

满江红 · 挥师金银滩①

地僻天荒，沙卷浪、鸟愁花绝。悲旷野、草稀风啸，尘遮残月。生态寒心孤雁远，雕弓在手嚎狼咽。创业难、呼唤八方来，知氧缺。金银滩，挥师发；成大事，攻关急。想石磨锋利，站台朝别。相送诚言须茹苦，兼程有意堪驰捷。住帐篷、上下一家亲，嘘冷热。

① 金银滩，在青海省海晏县境内，是孕育我国第一颗原子弹、氢弹的地方。

鹧鸪天 · 工地纪事

推石筛沙分外忙，浑身汗雨亦无妨。收工号起黄昏近，集会歌飞晓月藏。　　篝火灿，笛声扬，感人故事荡肝肠。金沙奇袭重围破，倍长精神入梦乡。

渔家傲 · 夫妻树①

悄别家人鹏远举，互留片语公差去。大漠相逢疑有误。睁眼觑，凌云有志奔罗布。　　喜地欢天飞泪雨，音容笑貌情如故。召唤同来神秘处。榆下晤，将军笑赞"夫妻树"。

① 基地初创时期，王茹芝副教授和她丈夫同时接到秘密调令时，严守保密规定，只含糊地告诉家里"有工作，要出差"，然后悄悄离家。一天，他们在罗布泊一棵榆树下等车时，偶然相见。张爱萍将军听到这个动人的故事称赞不已，并说那棵树就叫"夫妻树"吧！

念奴娇 · 漠野垦荒

茫茫漠野，念春花碧草，梦中

难觅。怒吼狂风天地暗,似削群峰三尺。篷帐沙侵,泉流苦涩,空有楼兰国。几丛红柳,抗风相伴芦荻。　　千古魂梦今宵,拓荒兴业,播种迎春色。汗雨频浇沉热土,争创一番奇迹。画卷精描,工程细琢,楼阁环沙碛。齐心酣战,健儿神采洋溢。

桂枝香·核测试攻关抒怀

披荆斩棘,看起志摇篮,科坛挥笔。权霸扬长远去,尚欺无力。宏图欲展齐心绘,借东风,龙沙游弋。运筹科技,贯通"两论",画描千幅。　　重事业攻关不息。揭谜底深山,淡名甘寂。失败成功结伴,献身求实。卧薪尝胆嗟荣辱,测雷鸣频创佳绩。一番拼搏,几番收获,耀光为国。

西江月·核试验场

不见刀光剑影,亦无炮火硝烟。帐篷秉烛照无眠,奋笔宏图呈现。　　物换星移志壮,寒来暑往魂牵。惊天动地梦初圆,热血青春奉献。

木兰花·祝捷大会

欲成大业开新辙,封锁包围心似铁。泰山压顶不低头,讹诈淫威腰未折。　　天荒地老唯情结,有限青春拼热血。蟾宫折桂路同行,捧酒吴刚酬俊杰。

江城子·两弹结合试验

运筹帷幄创辉煌,傲沙场,著华章。两弹腾飞,风险且无妨。多少专家心力系,思妙算,献良方。　　安全合练不寻常,浴朝阳,拭刀枪。万马千军,磨剑射天狼。本土龙腾戈壁际,惊世界,又争光。

谢池春·氢弹试验成功

一片晴空,难得好天休虑。看零时,焰高烟举。艳阳光射,逐蘑菇云雾。庆功成、几多辛苦。　　抛名舍利,重任在肩情注。听新声,频敲战鼓。关山虽越,又攀峰寻路。喜惊人、玉碑高树。

青玉案·首次地下平洞试验

风云突变洪流注,追科学,旗高举。掘洞深山劳劲旅。钻旋车载,蚁衔驼负,笑浴泥浆雨。　　巧修工号形如栩,日夜回填擂征鼓。听卷春雷惊地府。自封坑道,飞扬尘雾,利剑丹心铸。

渔家傲·过废墟

铁网已圈勤维护,立碑警戒君休去。核火焰消沉地府。荒如故,熔钢化铁豪情抒。　　一片废墟思万缕,当年曾矗擎天柱。赢得和平谁敢侮!攀登路,辉煌史册丹心铸。

水调歌头·团结村

团结村中事,每忆长精神。地老天荒戈壁,见面一家亲。漫道寒来暑往,岂畏飞沙走石,创业共艰辛。"五让"高风在,携手越昆仑。　　旱中雨,寒天炭,友情纯。"绿灯"亮遍全国,夺席驾飚轮。多少俊才云集,无数难题心解,高手指迷津。假日观球赛,胜负惜难分。

忆江南·马兰

一

马兰好,戈壁一枝花。柳织长廊翻碧浪,林遮广厦透红霞。绿树逐黄沙。

二

马兰好,春日旱冰场。联袂军民欢共舞,高歌长幼乐同吭。顾曲尽周郎。

沁园春·西昌

翠柏红枫,古寺渔村,近树远山。有邛岩巨瀑,飞悬气爽;泸峰春晓,碧透红翻。秀丽风光,迷蒙烟雨,八景新添塔架抟。山谷里,更林深鸟语,花海斑斓。　　溪流曲曲弯弯,正一路叮咚喜向前。看松针珠露,朝朝滋润;彝家村落,代代相传。绿地生情,野餐多味,名利皆抛觉似仙。云卧处,念群峰头白,将士心丹。

水调歌头·我国首次载人飞船发射成功

早有飞天梦,令下步新天。扶摇直上云汉,瞬息越千年。挥手稳操胜券,敬礼诚交答卷,何事不争先!夺席从容去,开发欲超前。　　黎明夜,晨曦露,共无眠。一声"点火",多少荣耀润心田。鼓掌满怀厚望,探索自豪高唱,追赶好登攀。揽月歌重奏,遨宇克难关。

清平乐·朱德挑粮小路

羊肠小道,石板磨穿了。百十来斤难不倒,字刻扁担皆晓。　　身先士卒元戎,挥师激战豪雄。筑起铜墙铁壁,笑他"围剿"成空。

渔家傲·雁翎队

碧水清波舟竞渡,白洋淀里挥刀斧。出没苇丛寻智取。旗高举,队名雁翎身如虎。　　上下翻飞灵鸭顾,绿荷为我金刚护。大喊一声飞弹雨。歼强虏,水中搏斗倭兵惧。

渔家傲·八千里巡逻

初夏巡逻离哨所,归来大雁南飞去。一任半年风伴雨。擎火炬,胸怀祖国身相许。　　携手并肩多壮语,八千里路征鹏举。罗布泊人迁异处。思片羽,苍茫大漠丰碑树。

临江仙·仰军史浮雕

烽火燃烧岁月,军旗升起东方。挥师转战辟沙场。井冈点星火,梅岭赋华章。　　流血牺牲奋斗,增辉奉献绵长。摇篮孕育岂能忘!雄风源圣地,溪水汇汪洋。

采桑子·兰花坪

柔情圣地曾携手,一片心丹。自有心丹,烈火中生九节兰。　　抛头洒血奇儿女,改造河山。早换新颜,栽向京华泪始干①。

① 朱德1962年3月重上井冈山,曾在兰花坪观赏兰花,还特地带了一筐井冈山兰花回北京栽种,以怀念在赣南不幸牺牲的妻子伍若兰。

方俊民

1936年生,安徽安庆人。1962年入伍,曾任解放军报社时事部主编、高级编辑。解放军红叶诗社社员。

中国蓝盔之歌

西亚非洲战乱多,蓝盔将士去维和。
毒虫险疾浑无惧,扫爆排雷必伏魔。
耀眼红旗添异彩,文明劲旅谱新歌。
勋章荣誉胸前戴,中国军人名远播。

驻港部队礼赞

十载回归万象春,驻军默默献殊勋。
鹰翔天宇晨灿烂,豚跃海湾夜温馨。
威武雄师惊世界,文明形象得民心。
兵营开放迎宾客,情满香江歌入云。

中国舰队护航亚丁湾

海盗猖狂亚丁湾,护航使命重于山。
水兵自有降妖术,战舰何忧骇浪翻。
游子天涯情更暖,行船海角心益宽。
惟期溟静波平日,万里欢歌奏凯旋。

渔歌子 · 南沙卫士

——坚守岛礁21年的海军战士李文波

观测风云审浪花,栖身礁石守南沙。人寂寞,海喧哗,青春无悔献中华。

方培泰

1925生,江苏响水人。1941年入伍,曾任海军某部雷达处处长。解放军红叶诗社社员。

忆一江山岛登陆战

东南门户隐刀山,孤岛未收心岂甘。
峭壁巉岩登踏险,狂风恶浪用兵难。
三军始发惊雷电,万炮齐鸣震海天。
立国安邦须一战,丰碑永铸在人间。

赴大陈岛感赋

一

秋日晴和赴大陈,追思华夏大功臣。
台州海面驱迷雾,一战扬威靖国门。

二

一江山岛染霞丹,恰似丰碑天海间。
但愿后人常记取,当年英烈夺边关。

三

凤凰岭上铸雄文,横槊赋诗有几人?
纵使人间多变幻,英名永在耀乾坤。

北海雄风

一

惊涛凝史雾迷蒙,积弱年深厦欲倾。
旅顺辽东遗旧恨,胶州齐鲁有悲风。
雄鸡高唱尧天亮,战舰巡游海日红。
胜地群英排大帐,整装练武势如虹。

二

舰队雄姿耀海疆,国威渐盛赖弓强。
当年起步巡边岸,今日高歌赴远洋。
科技强军壮空海,人才荟萃亮朝阳。

胶州湾畔演兵阵,捍卫中华万里航。

缅怀张爱萍将军

一

六塘河畔识君容,战乱家园依劲松。
敌后操兵伴残月,指挥若定展雄风。

二

陈港硝烟上九重,长歌一曲自从容①。
三春原野车轮转,滚滚淮盐献老农。

三

当代海军首创人,将星闪耀泰兴邨。
航程万里斯为始,今日何人不识君。

四

空海两军方展容,尚无联动建殊功。
一江山岛初尝试,赢得辉煌青史中。

五

科技强军第一宗,中华儿女气如虹。
遥闻大漠蘑云起,再振长空一箭雄。

① 1944年5月陈港战斗后,张爱萍将军作《南乡子·解放陈家港》,一显儒将风采。

拼　搏
——记曾达人同志的壮丽人生①

不知何处说从头,历雨经风五十秋。
为国何辞闯东海,攻关偏要傲西陬。
瀛疆万里滋千岛,海缆千条固九州。
此生合是为拼搏,功成无语最风流。

① 曾达人,海军通信应用研究所原高级工程师。

游燕子矶

金陵王气越千秋,浩浩长江天际流。

石燕拂云晴带雨,铁桥镇浪月含羞。
丹崖醉石谪仙卧,红叶青檀白鹭游。
故地重来寻旧梦,江山常绿水悠悠。

满江红·登贺兰山

戈壁茫茫,齐天阔、边关星月。前日事、瀛洲西望,意难真切。无定河边征客泪,贺兰山畔夏王穴。叹息间、故国又千年,时空别。　　吾老矣,头似雪。豪气在,心难歇。驾轻车跨越,燕关秦堞。一座雄山依玉阙,八方壮景如屏列。啸苍穹、莫道老夫狂,余心悦。

尹同太

1934—2016年,山东临朐人。1949年8月入伍,曾任国防科委某部政治干事。曾为中华诗词学会会员,解放军红叶诗社社员。

老兵抒怀

铁马金戈细柳营,江山万里总关情。
桑榆景暮韶光贵,且效流萤照夜明。

老友欢聚

同舟共济友情长,欢聚泽园叶正黄。
昔日青丝成白雪,今朝雅兴续华章。
席间故事心牢记,桌上清茶意妙藏。
前路纵然多坎坷,老兵胸内有朝阳。

水调歌头·喜看孙辈爱宇航

大圣摇身蹦,十万八千兮!孙孙羡慕心切、我会在何时?"神六"游天惊喜,转学飞船驾驶,急于拜良师。哪位英雄汉,收我做徒儿? 我宣誓,听命令,不调皮。虚心学习,爬滚磨炼苦能支。为解牛郎何怨,晓得嫦娥怎寂,吃奶劲全施。宇宙期来日,遍插五星旗。

念奴娇·狼牙山五壮士颂

久闻勇士,弹粮绝、尤现忠贞豪杰。威震山河,功绩载、险峻狼牙碑碣。早盼亲观,今偿凤愿,塔耸云霄接。连绵游客,不言皆为恭谒。 遥想倭寇当年,施"三光"暴虐,村村流血。国破家亡,烽火里、民众横遭屠掠。民族英灵,悬崖惊贼胆,壮魂高洁。苍天为证,后人继承宏业。

水调歌头·迎圣火献文明

希腊传神话,天火降尘凡。已同奥运相伴,光焰照人寰。圣火燎原强劲,正义喊声响亮,消灭战争源。幻想变真实,世界得平安。 吾东道,迎圣火,友宾贤。庭除洒扫,花盛园美绿相间。备战厉兵秣马,赢得旗升奏凯,赤县尽开颜。华夏文明献,友好谱新篇。

东风第一枝·再访马兰

记忆犹新,春雷乍响,全球一片惊叹!众夸创业先贤,为民献身情愿。行迎风暴,喝苦水,饥餐沙饭;顶着烈日奋争先,竭力把峰巅占。 今喜见,马兰巨变。沙漠绿,百花满院。又听流水潺潺,宛若江南林苑。年轻战友,精专业,智高身健。"继承遗志不蹉跎",核试验称模范。

丑运洲

1932年生,湖南长沙人。1961年入伍,曾任新华社海军分社记者,海军政治部政研处处长。

出　海

苍穹吞大海,举目水连天。
舰发洪波涌,龙腾雪浪颠。
笑驱迷眼雾,稳驾顶风船。
利剑征腐恶,长弓近日悬。

江城子·登娄山关

雄关峻险健登攀。看穹低,觉风寒。千里峰峦、激荡在胸间。烈马嘶鸣奔骤急,云浪滚,树涛翻。 丰碑回首正冲天。三军团,战犹酣。为救生民、奋勇打江山。凝望残阳如血处,今已是,换人寰。

孔庆伯

1928—2003年,黑龙江林口人。1947年入伍,曾任广州军区某部政委。著有《戎路边花》。

夜袭秋庄

紫微催我袭秋庄,汗透征衣眉结霜。
疾走衔枚飞劲旅,南天立马眺三湘。

野营拉练抒情

破晓驱车贺家桥,雄师夜袭不辞劳。
惊观灌溉飞清水,叹赏梯田连碧霄。

蓝岭点头迎旧友,绿杨展臂送新交。
三杯壮色三千里,苦砺精兵胜券操。

邓　亭

　　1929年生,湖南长沙人。1946年8月入伍,曾任总参某部处长、研究员。著有《敝帚诗篆》。

满江红·离休初度

　　人过中年,身已入、离休行列。心却是、憨愚难改,不甘消歇。每有余闲思往事,偶从来使询新捷。虽关山阻隔两肩轻,犹关切。　　春已暖,寒未绝;风不正,今为烈。盖人间万事,自行生灭。当信经纶终有策,何须杞老忧天裂。且开怀、学绘晚晴图,添愉悦。

虞美人·回长沙

　　三湘秀色暌违久,岳麓青依旧。通衢广厦不为鲜,独有故园陈迹倍流连。　　围炉暖语言丰足,娓娓乡音熟。地灵人杰咱湖南,万庶心香缕缕系韶山。

邓元资

　　1933年7月生,湖南湘乡人。1949年入伍,曾任某炮兵师参谋。中华诗词学会会员。著有《拉犁吟草》。

无尽相思忆故人

别梦依稀五十春,峥嵘岁月去无痕。
心怀壮志为家国,血沃冰原助友邻。
鸭绿江边留倩影,天心阁上望星辰。
死生未卜归何处,无尽相思忆故人。

有怀偶成

一

少年怀梦走天涯,金达莱花望眼赊。
又见春城红万朵,杜鹃是我故乡花。

二

日驰战马披风雪,夜听含悲塞外笳。
血染征衣情不改,人间向往自由花。

老兵杂咏

一

疆场鏖战日,最可爱人称。
莫谓门庭冷,今谁识老兵。

二

报国男儿志,蒙冤又几时。
丹心何耿耿,幸有故人知。

三

沉浮经世事,夙夜竟相思。
若到钟情处,低吟老更痴。

怀老战友

论剑人中杰,行吟见性柔。
冰城频把盏,异域几经秋。
乱世情犹执,明时意更遒。
每逢鸿雁过,翘首望渝州。

忆旧抒怀

朔风催阵马,雨雪夹烟尘。
战友情难舍,沙场席未温。
伶仃怀故旧,火样忆青春。
相识满天下,相知又几人!

读《凉州词》有感

忽传北国起阴霾,欲恋乡关鼓角催。
热血曾抛君莫悔,当年鏖战几人回?

酬原《解放军报》总编辑杨子才惠赠《八大家诗醇》

迢迢千里寄书频,兄长情谊值万金。
戎马生涯兴国梦,等身著作白头人。
功名利禄君无计,朴实清平我所循。
细饮醇醪多品味,唐诗乃系老兵魂。

魂兮归来

一

2013年6月,韩国总统访华,向习近平主席表示善意,欲送还志愿军在韩遗骨360具。作为那场战争的幸存者,闻之不胜感慨。

异域飘零六十年,归来已是两重天。
头颅掷去何由说,一哭英豪一黯然。

二

报载,中国远征军仁安羌大捷阵亡将士灵位辗转万里,回湘入住南岳忠烈祠,读后有感。

长空带泪哭忠魂,抗倭英雄百战身。
孤冢荒凉长戚戚,归幡万里慰亲人。

北飞归雁寄相思

一

故人千里到长沙,爱晚亭前共品茶。
放眼枫林红似火,教人能不忆京华。

二

西山红叶记华年,创业艰难任在肩。

无奈江湖身已远,也趋风雅写闲篇。

三

远眺凭栏怅若痴,北飞归雁寄相思。
个中心事谁能会,一盏丁茶一页诗。

江城子·战士归来寻旧梦

神兵悄悄跨江桥,雨潇潇,雪飘飘。大义凛然,志愿去擒妖。为救邻邦于水火,捐热血,敢拼刀。 中原北望路迢迢,忆阿娇,哭英豪。第二故乡,何日雨风调?战士归来寻旧梦,心潮涌,意难消。

锁阳台·赢得凯歌还

五圣山前,硝烟弥漫,敌人高地习顽。悍兵骄将,得意正扬幡。且看桧仓洞里,彭老总,彻夜难眠。军情急,调兵遣将,决计欲挥拳。 攻防真惨烈,成灰草木,遍野尸寒。战神喀秋莎,万炮齐弹。捣得联军落魄,坑道里,一片腾欢。英雄血,忠心赤胆,赢得凯歌还。

虞美人·怀阿妈妮

飘飘白发慈颜老,棒槌声声捣。阿妈为我浣征衣,涤尽几多血渍与尘泥。 终于得把瘟神送,为汝除伤痛。清茶和泪望归程,水复山重难隔此番情。

蝶恋花·梦里伊人

遥想当年身寄旅。洛郡河边,烽火流连处。眼角眉梢都是语,口琴伴汝翩翩舞。 异国他乡难再叙。

梦里相逢,依旧姣柔女。金达莱花香满路,亭前空有相思树。

鹊桥仙·老兵吟

虏尘血洗,楚云风约,生死又何曾顾。哪儿炮火哪儿冲,问记得,青春几度？　山头赤遍,桥边血染,烟灭灰飞强弩。看谁挽既倒狂澜？应夸我,中华儿女。

西江月·忆朝鲜停战

今夜星光灿烂,官兵坑道腾欢。数年鏖战苦何堪,应喜狂澜既挽。　十万忠魂何处,三军血染江山。和平那得这般难？到底谁家胜算。

邓传瑶

1933—2011年,广西灵山人。1949年入伍。转业后曾任广西浦北县人大副主任。

熔炉初炼

别土辞亲逐夜縈,戎装驰骋气峥嵘。
三秋日暖征尘暗,一枕霜寒战马鸣。
紫塞绵延催劲步,沧溟浩淼隐繁声。
龙雷追击摧残垒,风雪明朝更几程。

战友情殷

征旗猎猎号声殷,几度星霜几度春。
弹道切开程漫漫,刀锋劈退莽蓁蓁。
行军疾运沙沙步,放哨长凝默默神。
碧血苌弘花烂漫,英灵含笑傲洪钧。

应邀参观民兵射击演习

老夫重作少年郎,实弹真枪演武场。

线一点三瞳尚炯,环千靶百气弥昂。
晴岚拥翠凝寒玉,杲日飞红染太苍。
髀肉复生常入梦,未忘倚马射天狼。

水调歌头·观荧屏军演漫咏

杲日硝烟蔽,雷动震天陬。纵深百里穿插,飙劲卷旄头。钢甲荒原驰履,铁鸟长空震羽,兵气荡寒秋。汗透迷彩服,尘浣赤星鍪。　红师壮,蓝旅猛,各风流。鼠标轻点搜索,信息战方道。顺境当思逆境,盛世毋忘乱世,未雨早绸缪。砥砺新锋颖,来岁更回眸。

邓芳英

女,1945年2月生,安徽蚌埠人。1965年入伍,曾任总装备部信息中心、系统工程研究所工程师。解放军红叶诗社社员。

梦军营

悠扬号角响,欲起背包扛。
梦醒星光闪,军营在远方。

阵　地

军旅生涯岂忘怀,诗坛佳卉竞相开。
晚晴秋韵绚红叶,思绪如潮滚滚来。

划　船

太液湖中双桨荡,同窗笑忆好春光。
人哼小曲舟掀浪,耳浴涛声鬓落霜。

荧屏观战

硝烟弥漫荧屏闪,对垒红蓝激战酣。
战术键盘飞指击,输赢决策鼠标传。

邓荣忠

1932年生，重庆市人。1949年入伍，曾任志愿军四一六团连政治指导员。

沸腾的鸭绿江边

鸭绿江边，枪炮烁闪。大军浩荡，援助朝鲜。兵士成海，吓碎敌胆。兵器成河，滚滚向前。马蹄得得，炮车绵延。军号嘹亮，动地惊天。思维盲区，麦氏不见。神兵天降，弃尸满川。

空战轶事

特等功臣王海

志空王海大队长，光辉战绩获嘉奖。集体个人居榜首，名扬中外受敬仰。王海率队击美机，加氏机伤急逃离。中美关系渐如常，你来我往话短长。美军上将加布里，来访中国参观忙。凝视战机崇王海，王海陪同有诙谐："如果将军重来犯，再把将军打下来！"加言"我们已友好"，互相拥抱表心怀。

空军英雄张积慧

强盗飞机侵朝空，狂轰滥炸施暴行。一腔怒火冲牛斗，积慧率队蓝天迎。我是牛犊不怕虎，尔敢霸道逞凶横？神鹰连声猛开炮，黑鸹接连倒栽葱。自诩王牌戴维斯，一命坠入枉死城。初试锋芒斩强将，威震九霄气更雄。

邓树竹

1930年生，山东威海人。1947年入伍，曾任空军高炮十七师副参谋长。

威海保卫战

老蒋图谋逞一奸，兵临威海起硝烟。棉花山上弹飞雨，古陌峰巅火映天。攻掠岂凭船炮利，打防须赖斗争坚。军民齐力歼穷寇，连夜东风捷报传。

邓碧霞

女，1927年3月生，湖南宁乡人。1950年入伍，曾在长春空军第一预科总队工作。著有《诗艺情深》诗书画集。

抗美援朝有感

一声号令赴邻邦，为保和平誓打狼。坦克猖狂无所惧，飞机滥炸又何妨。上甘岭洒英雄血，鸭绿江横钢铁墙。多少军魂飘异国，阿妈妮记好儿郎。

登"二七"纪念塔
读董必武诗有感

二七难忘日，罢工遭大兵。

今登纪念塔，俯瞰郑州城。

烈士千秋业，钢轮万里征。

江山娇若此，莫忘做先锋。

向为科研攻关而战的同志致敬

老帅令攻坚，群英不怕难。

赶超冲上去，万马越雄关。

纪念抗日战争胜利七十周年

前事毋忘后事师，中华喋血抗倭时。

至今留得卢沟月，犹照桥头怒吼狮。

怀念元帅

一

井冈会合念朱毛,星火燎原赤炽飘。
万水千山征腐恶,驱倭建国赞雄韬。

二

清歌重唱水长东,浪打荷花颂贺公。
元帅有知应笑慰,健儿拼搏立奇功。

三

喜吟叶帅黄昏颂,满目青山夕照明。
今日扬帆游海峡,三通九点指航行。

四

元戎沥胆披肝日,百战功成复鼓呼。
湘水庐山同一哭,人民不忘万言书。

纪念陈毅元帅诞辰九十周年

梅岭三章歌正气,重生父母颂青松。
骚人雅度千秋范,儒将风流一代宗。
耿耿丹心昭日月,铮铮铁骨藐鸡虫。
心香缕缕泉台献,捷报频传慰荩忠。

西江月·缅怀小平
同志喜迎香港回归

革命功高日月,鸿猷两制山河。三番起落又如何,宏志不移辅佐。　　旷世人才难得,政通国富人和。香江九七发高歌,莫叹琼筵空座。

十六字令·王家台
凭吊抗日英雄墓

一

山,抗日英雄葬此间。民族恨,

反帝誓除奸。

二

山,血战当年敌胆寒。英雄志,宁死供词难。

三

山,鱼水军民意志坚。殓尸骨,青松做大棺。

四

山,敬献鲜花烈士安。继遗志,江山万万年。

双　石

本名周军,1957年生,四川乐山人。1981年入伍。转业后曾任成都电视台记者、编导。

抗美援朝三咏

出　兵

寇压东邻逼国门,义兵奋起逐嚣尘。
经邦济困两相顾,擎起江山挽陆沉。

长津湖

江南子弟着衣单,白刃雄风搏悍顽。
雪酷冰寒飞铁血,精钢烈焰煅龙泉。

血战汉江

一江碧血向东流,坚甲疲兵战未休。
忠骨万千融四野,魂归桑梓励同仇。

艾　平

1931年11月生,陕西米脂人。1945年1月入伍,曾任国防科工委第二十七基地副参谋长。解放军红叶诗社社员。

东风航天城初创岁月感怀

一

春雨润滋嘉峪关,西疆古域少人烟。
士兵十万开新业,将帅三年老面颜。

二

戈壁英雄钢铁志,艰难岁月视等闲。
胡杨又绿东风起,大漠花开星满天。

忆秦娥

嘉峪立,古城西夏无人迹。无人迹,风旋沙石,啸狂戈壁。 雄兵十万开新邑,迎来两弹升天日。升天日,胡杨叶茂,柳营歌溢。

左文泽

1928年生,河北邢台人。曾任安徽省军区合肥军分区顾问。

浪淘沙·忆奔袭九井镇战斗

夜幕已低沉,锐旅如神。突奔九井灭猢狲。疾走衔枚风瑟瑟,人马皆暗。 围剿在凌晨,敌尚昏昏。梦乡酣睡作游魂。衾褥之中怎抵抗?全被生擒。

左素兰

女,1931年生,辽宁营口人。1948年入伍,曾任后勤学院副主任医师。解放军红叶诗社社员。

忆秦娥·勿忘先哲

情切切,英贤笑洒殷红血。殷红血,举旗开拓,救亡兴国。 热情融化千年雪,迎来春色心欢悦。心欢悦,江山如画,勿忘先哲。

如梦令·菊

战地黄花金绣,镇守边关歼寇。白发问征夫,是否英姿依旧?依旧,依旧,心共千山红透。

卜算子·诗词班老班长周东葵

枫叶染霜红,博爱情长久。日夜辛勤做嫁衣,为了群芳秀。 学识蔓春山,求索仍依旧。古韵新声唱晚晴,笑在黄昏后。

石 弘

原名窦秀英,女,1925—2007年,满族,辽宁北镇人。1949年入伍,曾任总参某部政治部组织干事、文化理论教员。曾为《红叶》编委。

忆南下行军途中

忆昔卅年前,戎装别校园。
乘车闷罐里,运米鸡公巅。
露宿颓垣下,造炊荒野间。
艰辛何所惧,矢志建新天。

立功感怀

时逢文化进军年,自请长缨上教坛。
唯愿人人知锦绣,不辞夜夜守窗寒。
互相切磋情谊厚,彼此提高展卷欢。
学友勤钻成绩显,为师无奖亦欣然。

欢呼我国第一颗人造卫星上天

霹雳晴空响,巨星飞紫冥。

银光耀宇宙,红曲播寰瀛。
马列明航向,天衢任绕行。
九州同仰望,七亿尽欢声。

纪念周总理九十诞辰

昔日清明泪雨倾,神州八亿忍吞声。
喧嚣妖雾昏天地,惨淡愁云暗日星。
雪海茫茫花砌就,诗山座座血凝成。
而今晴空放异彩,人大宏图慰英灵。

读《魏征传》偶感

魏征治国才,深悉兴亡故。遭
逢知己君,方略尽情吐:居安须思
危,灭国是镜烛。竭诚以待下,赏罚
依法度。节制嗜与欲,停办非急务。
戒贪以崇俭,正己而黜恶。太宗尽采
纳,贞观之治出。读后思潮涌,征语
不应忽。

玉楼春·欢庆粉碎"四人帮"

首都倍感风光好,雨霁云消红日
照。彩旗漫卷舞长空,锣鼓喧天鞭炮
闹。　　欢呼四害消除尽,八亿神州
拍手笑。为民平愤得民心,万颂千歌
犹觉少。

石长厚

1952年生,黑龙江青冈人。曾在沈阳
军区某部服役。中华诗词学会会员,解放
军红叶诗社社员。

祝贺总装老干部大学
成立二十五周年

投身军旅献华年,科技强军砖瓦添。
解甲归田志仍在,求知报国意犹酣。

放歌起舞身心健,泼墨挥毫天地宽。
学子殷殷师敬业,黉园廿五李桃繁。

满江红·入伍四十年回望

军旅生涯,铭肺腑、篇篇幕
幕。别亲友、从戎投笔,报国诚
笃。黑水白山搏雨雪,北疆南海驱
魔雾。多少回、号角梦中鸣,携戈
宿。　　战备紧,拉练苦;披星月,
历寒暑。更唐山抗震,海城争赴。猎
猎军旗鲜血染,巍巍华夏边关固。钉
一颗、把酒忆征程,欣然赋。

石理俊

1927年生,浙江浦江人。1949年入伍,
曾任空军后勤部政治部副处长。曾为《北
京诗苑》主编,解放军红叶诗社函授导
师。著有《小月河边草》等。

家　祭

先父石宝琛,毕业于黄埔七期,1942年
任陆军暂编三十五师副营长,殉于浙东抗
日前线。

泪眼汪汪望大荒,不堪重读吊沙场。
战魂梦里儿铭嘱,血荐轩辕挺脊梁。

吴山青·雨夜行军

风也鸣,雨也倾,沐雨栉风摸乌
宁,风雨听鸡声。　　山一程,水一
程,惯作峰间浪里行,跋涉即抗争。

鹧鸪天·草宿

行过山隈复水湄,云阶月地叩柴
扉。响生破屋风萧瑟,草掩寒躯暖气
微。　　枪作枕,虮来偎,"胸中海

岳梦中飞"。晨觑失笑相谑罢,四望云峰一振衣。

青玉案·从军大到航校

长车直向关东走,但目送江南岫。窗结冰花凝白柳。赤忱为国,壮心生翼,个个风华茂。　且抛万卷悬河口,换得一双擎鹰手。日夕情牵米格九。钻勤思苦,机良油满,喜听惊雷吼。

望远行·地勤

火样青春火样心,缁衣汗渍曙光新。螺丝钉上铆微忱,一丝不苟是情真。　看箭起,听雷奔,机坪仰首坐三人。鹰扬银翼我扬魂,长空长啸拽长云。

水调歌头

坐看风云变,飞接早霞升。沧桑回首,几星水滴几微尘。奋翮重霄霄上,瞩目银河河外,灿灿舞群星。应知征途远,更喜宇无垠。　天难老,人易逝,若为情?青霜紫电,千秋业绩唤雷鸣。瞬息神思万转,凝就晶莹雨露,润物细无声。腾腾旗上血,耿耿臆间诚。

满庭芳·华东军大成立四十周年

四海为家,八方归雁,重唱"江海之滨"。漫漫思绪,飞返石头城。一席春风化雨,心田润、魂系苍生。惊涛里,千回百折,凭指引铮铮。　长川逝不息,已生华发,未改痴情。吐热衷快语,荡气歌声。往事俱堪回首,今赢得、毅魄丹诚。凝眸处,征鸿鼓翼,秋色共云平。

行香子·赞黄金万两尽归公

一位将军当年率部解放洛阳,获黄金600斤,几位纵队领导分驮马上,全缴为公。有感而咏。

云月苍茫,赤帜飘扬,率千军苦斗沙场。中原逐鹿,直下洛阳。看覆与翻,歌和哭,慨而慷!　小米粗粮,土布戎装,万两金,不取毫芒。清风双袖,笑傲侯王。念战犹酣,人未老,路仍长。

浣溪沙·华东军大校友聚会

江海翻腾晓色开,从戎执笔八方来,万家忧乐到胸怀。　梦里秣陵芳草绿,望中云岳壮歌回,青春过翼挟风雷。

鹧鸪天·浙东革命根据地建立五十周年

十万军中一小兵,风云雷电也曾经。千家泪洒江南雨,百战关河感远征。　追往昔,看前程,宜将余勇奋余生。笔情墨意何能限?月照清溪水一泓。

浣溪沙·送别小平同志

燕水低洄带泪洇,白花生树恸京门,长街十万送亲人。　一德一心强一国,三沉三起率三军,永垂典范党之魂。

江城子·海韵

——为海军建立50周年作

水空辽廓听潮音。始调琴,忽鸣金。惊涛翻滚,腾怒巨龙吟。魏武鞭声遗故事,新气象,看而今。　　海疆志士海天心。爱深沉,艺精纯。弄涛江上,笑破浪千寻。扬我雄风强祖国,流韵远,荐忠忱。

青玉案·抗洪部队胜利撤离

洪峰八度长江路,献赤胆忠忱处。骇浪狂涛何所惧!死生誓搏,人存堤固,万难中流柱。　　碧云冉冉篷车暮,悄别乡亲直回顾。华夏情深深几许?千村忧乐,老天晴雨,总在心头注。

采桑子·《没有写完的日记》出版

——悼念许杏虎、朱颖烈士

风华如此长思忆,笔走雷霆,血染和平,未了文章未了情。　　青春痛悔应究罪,有泪如倾,有愤填膺,化作图强铁骨铮。

子夜歌·澳门回归零时印象

谁持史笔驱寒雾,淋漓大写回归步。读秒报时"零",旗扬红五星。　　人心不可逆,分久终归一。隔海恁凝眸,神驰破浪舟。

渔家傲·过阪泉

风啸燕山云涌浪,杀声阵阵震霄壤。利镞穿胸刀砍颡。三较量,炎黄决战千秋壮。　　百世流光如一晌,沙场犁了当年样。听那泉声清澈淌。悠悠唱,长矛化作青纱帐。

踏莎行·寻找王伟

鹰掠低空,船拉网练,港湾岛角都寻遍。人心十亿系南天,可堪水阔云涛漫!　　回浪飞鸥,追风海燕,全为志士圆睁眼。沧溟能不重英豪,老龙还我昆吾剑。

渔家傲·军休所里春风面

战士暮年何所惮!平生几历风波险。群治群防离感染。勤锻炼,支援一线纷捐献。　　老境弥珍筋骨健,送医送药送温暖。一德一心情一片。零非典,军休所里春风面。

临江仙·飞天

穿过流光天际去,漫漫上下探求。巡天信是信天游。风云都渺矣,湛湛看篮球。　　历尽艰辛圆一梦,千年岁月悠悠。无边光景在前头。星槎相对接,沉稳发神舟。

满江红·重读《血的哺养》

人民美术家,中国美协原副主席蔡若虹同志,1937年作《血的哺养》图,画日寇屠戮后一片死寂,流离道途的妈妈已倒在血泊中,怀里婴儿尚吮着奶头。我亦抗战孤儿,近日重读,依然坠泪如铅,填此抒怀。

大地沉沉,屠戮后、断垣残壁。天欲堕、无声圹野,寒川凝咽。才哺婴儿怀里乳,顿成慈母胸中血。恨入心、残暴惨人寰,东洋孽! 同胞泪,都化铁;赴国难,终闻捷。救亲娘祖国,几多忠烈。历史不忘惊魑魅,英雄长与同魂魄。展红旗、大业卷云涛,波千叠。

踏莎行·汶川速写

母 亲

一位母亲压死了,怀中婴儿活着;一位警花母亲,放下待哺婴儿奔赴抗灾一线,以乳汁哺众灾儿……

舍命护儿,儿生母故。突逢大难真情露。亲儿不顾哺灾儿,人间大义娘之乳。 大爱兴邦,大悲心聚。感恩祖国黎元母。看从坟墓到摇篮,虚墟迈出重生步。

老 师

记谭千秋。他被从废墟中扒出来时,张开双臂扒在课桌上,他死了,四个学生得救了。

断壁移开,顿惊模样。大鹏展翼庄严相。犹如慈父护亲儿,身下学生人无恙。 大德无言,灵魂无状。死生之际呈高尚。频挥热泪望遥空,永垂遗范心碑上。

虞美人·致浙江诗友

雄奇意象燕山雪,望里金萧月。飞流直下到钱塘,曾记少年心事学生装。 树犹如此潮犹在,情系云天外。清俊为友德为邻,安得诗心剑气伴忠魂!

菩萨蛮·登百望山望儿台

萧疏白发临风立,寒山一带层林赤。肝胆不容摧,望儿杀敌归。 飞梭千载掷,传说民心织;织出大悲欢,浩然天地间。

鹧鸪天·"大跃进"中稳放鹰

——纪念空军建军60周年

1958年,全国"大跃进",唯空军坚持稳步前进。刘亚楼同志直接向毛主席汇报空军情况,讲飞机上天,不能有半点疏忽,要稳步前进。他又请周总理、罗帅向毛主席讲。毛主席终于说刘亚楼爱自己说了算,空军让他说了算。

犹记当年热浪腾,红旗招展满天星。高歌一国"英特尔","敢笑猴王孙悟空"。 勤思索,勇陈情,直言恳许稳放鹰。挽澜身手留军史,试问兵家几个能?

水调歌头·神十问天

竞逐中华梦,神十问青天。恰值端阳佳节,举国忆湘沅。"望崦嵫而勿迫",仗群科之邃密,一日几回环。漫漫勤求索,乐在太空间。 巡天际,多诗味,几曾言?正如奇赋《天问》,未了此吟篇。船与天宫一吻,同向人间招手,仰首看飞仙。此际胸磅礴,投笔共陶然。

大江东去·国庆, 忆从军六十年

青春过翼,看长川澎湃,雪泥鸿迹。大地惊雷天翻覆,慷慨从戎提笔。吮石淘沙，传薪解惑，倾十年心血。蓝天情系，当时银燕能识。　　自信正道沧桑，红羊劫后，犹剩铜声骨。特色旌旗齐奋进，历史宏开新页。华发早生，诗心未老，放眼量风物。太空缥缈，悠游星际宾客。

石德兴

1928生，贵州榕江人。1950年入伍，曾任总后凭祥办事处作战参谋。

忆"天涯海角"夏夜站岗

海阔天空不见蓝，墨倾大海夜无边。繁星闪烁椰林上，细浪翻飞炮口前。远处孤帆渔火动，身旁合奏鸟声喧。戎装湿透心犹暖，枪挂白盐志愈坚！

卜算子·记志愿军入朝第一次战役

地面敌人多，又有加农炮。天上飞机昼夜来，炸弹时时爆。　　山地打联军，彭总指挥妙。一举歼敌万五千，首战传捷报。

鹧鸪天·敌机陪我夜行军

人往车来雪照明，天空阵阵敌机声。防空信号枪声紧，炸弹沿途夹道"迎"。　　三岔路，好分清，空中挂有绿红灯①。茫茫大雪纷纷下，我喜飞机陪伴行！

① 美机投在空中的各色照明弹。

平　均

原名周立维，1930年生，湖南湘乡人。1946年参加革命，曾在海军政治部工作。著有《平均诗词集》。

西江月·拉练

统帅一声号令，千军万马奔腾。寒天雪地练精兵，个个浑身是劲。　　互教互帮互学，同餐同住同行。艺高胆大抗侵凌，定教它亡我胜。

忆江南·西沙好

一

西沙岛，自古属中华。汉将明钱皆作证，朝朝代代此为家。永远卫西沙！

二

西沙景，碧海映金霞。潮落滩头寻虎贝，天晴浪里捉梅花。永远爱西沙！